陳子龍詩集

〔明〕陳子龍 著
施蟄存 馬祖熙 標校

上海世紀出版股份有限公司
上海古籍出版社

圖書在版編目(CIP)數據

陳子龍詩集/(明)陳子龍著；施蟄存，馬祖熙標校．—上海：上海古籍出版社，2006.4（2021.2重印）
（中國古典文學叢書）
ISBN 978-7-5325-4366-3

Ⅰ.陳… Ⅱ.①陳… ②施… ③馬… Ⅲ.①古典詩歌—作品集—中國—明代 Ⅳ.I222.748

中國版本圖書館CIP數據核字(2006)第020228號

中國古典文學叢書
陳子龍詩集
[明]陳子龍 著
施蟄存 馬祖熙 標校
上海世紀出版股份有限公司
上海古籍出版社 出版、發行
(上海瑞金二路272號 郵政編碼200020)
(1)網址：www.guji.com.cn
(2)E-mail：gujil@guji.com.cn
(3)易文網網址：www.ewen.co
新華書店上海發行所發行經銷 上海展强印刷有限公司印刷
開本850×1156 1/32 印張26.75 插頁5 字數475,000
2006年4月第1版 2021年2月第4次印刷
印數：1,501-2,100
ISBN 978-7-5325-4366-3

I·1863 精裝定價：128.00元

如發生質量問題，請與承印公司聯系
電話：021-66366565

前言

明清之際，是一個歷史大動盪社會大變動的時期，各種矛盾錯綜複雜，甲申(一六四四)三月，農民軍攻克北京，明崇禎帝自殺。接着是清兵入關，李自成戰敗，建立不久的大順政權迅速瓦解。清兵南下時，江南人民抵抗之激烈，爲史所僅見，致使階級矛盾退居次要地位，民族矛盾上升爲主要矛盾。江南各地義師紛紛興起，許多愛國志士奮身參加抗清鬥爭。

那個時代，對每個人都是嚴峻的考驗，是屈膝投降，還是堅決抵抗，擺在面前是兩條道路，沒有第三條路可走。史可法、楊廷樞、侯峒曾、黄淳耀、夏允彝、黄道周、楊廷麟、萬元吉、張國維、吴易、吴應箕、楊文驄、張煌言、瞿式耜、張同敞等，走的是抵抗道路；錢謙益、王鐸之流則反之。陳子龍不負平素抱負，到此家國危急關頭，毅然挺身而出，義無反顧。他在報夏考功書中，以血淚斑斑的詞句，沈痛地向殉節的亡友吐訴自己矢志報國的心願。後來，他果然實踐了自己的諾言。

在血與火的鍛煉中，陳子龍寫下了大量氣壯山河的詩篇，充滿了挽救民族危亡的急切呼籲。可以說，在明清之際先後以身殉國的夏完淳、瞿式耜、張煌言等愛國詩人中，陳子龍的文采和氣節是他們中杰出的代表。

陳子龍，字臥子，一字懋中，又字人中，號軼符。松江府華亭縣(今上海市松江縣)人。晚年自號大樽，易姓李。別號潁川明逸、於陵孟公。曾以出家爲掩護，法名信衷。生於明萬曆三十六年(一六〇八)六月初一日。崇禎十年丁丑進士，初仕紹興推官，擢兵科給事中。甲申六月，事福王於南都，連上諫疏，爲權奸所嫉，乞終養去。南都淪亡，積極參與抗清復明活動。最後以聯絡吳勝兆等謀結兵太湖擧事，事敗被俘，抗志不屈，在被械送途中赴水殉國，表現了壯烈的民族氣節，時爲明永曆元年(清順治四年，一六四七)五月十三日。

陳子龍出生於封建士族家庭，曾祖鉞，以任俠抗倭爲鄉里所重。祖善謨，慷慨好義。父所聞，萬曆四十七年進士，居官不畏權閹，很有清望。子龍幼承家敎，奮志讀書，博通經史，以風義自矢。十餘歲就有文譽，爲父輩東林人士所器重。

崇禎初，他參加以張溥、張采爲首的復社，又與夏允彝、徐孚遠、周立勳等結幾社，與復社相呼應。兩社都是東林的後勁，既是文學團體，又是政治團體，以復興絕學相期勉，以文章氣節相砥礪，堅持同魏忠賢餘黨作鬬爭，社友大多爲愛國知識分子。崇禎十四年，復社主將張溥卒後，陳子龍實際上是兩社共戴的領袖。當時稱文章者，必稱兩社；稱兩社者，必稱雲間；稱雲間者，必推陳、夏。而陳子龍的詩文，尤其著稱於當時。

陳子龍的詩歌，早期曾受前後七子影響，傾向復古，𥦗課社稿，多摹擬古人之作。隨着政局劇變，他在三次入京之後，目睹當時朝政黑暗，權奸當道，天災人禍頻仍，人民不堪殘酷剝削，紛紛揭竿而起。而新興的後金，正日益強大，崇禎二年至九年期間，三度侵擾，馳突京畿，給明政權造成極大的威脅。陳子龍憂虞時事，尤多憂邊之作，在淸兵侵擾，屬國淪亡，經、撫失策，邊將驕悍的情況下，對國家民族的安危不勝躭心。把深沈憤激的感情，念亂望治的意志，強烈的民族氣節，注入自己的詩作，在詩風上激起了深刻的變化。在湘眞閣稿、三子新詩中，極多興會淋漓盡情傾吐的作品，形成了高邁雄渾、悲壯激昂的特有風格。

他痛恨權奸誤國，閹宦攬權，導致邊事日壞，忠貞之士，橫被摧殘。崇禎帝即位以後，魏忠賢雖被誅戮，其餘黨仍在，「宵人罵碧血，羣閹豔華蟲」的局面，並未徹底改變。他在今年行、策勳府行、白韡校尉行等詩篇中，對魏閹餘黨的鞭撻，不遺餘力。而崇禎一朝却仍任用太監監軍貽誤戎機，造成多次軍事上的失利，作者痛心疾首地控訴了這一明代最大的弊政。

兩都傾覆之後，在嚴酷的民族鬥爭中，陳子龍不僅在詩歌裏慷慨激昂地申敍矢志報國的決心，熱情支持江南人民的鬭爭，且躬自投身於義旅。他生平聲氣相求、患難與共的師友，復社、幾社的同志，在鬭爭中紛紛蹈義赴難。杜登春的社事本末及其他志乘，多有詳細的記載。少數民族入主中原，在我國歷史上，並不止一次，而以明末慷慨死義的人士特多，這不能不和東林、復社、幾社的提倡民族氣節有關。

除了對國家內憂外患痛哭陳詞、慷慨悲歌之外，即使是登臨山川、友朋酬贈，及反映民隱民瘼的作品，也表現了他熱愛祖國河山、共期忠貞赴難、關懷民生疾苦的胸懷。到後來雖明知復國大業難以實現，但忠貞不貳之情，懸公精衛之志，始終激盪在他的胸中，終身不渝。

陳子龍的詞，清代王士禛、鄒祗謨、沈雄等人，皆深爲推許。其詞以花間北宋的雅麗爲歸，當明代詞學衰微之際，他和李雯、宋徵璧、宋徵輿、蔣平階等幾社名士皆致力爲詞，形成雲間詞派，開清代三百年詞學中興之盛。他現存的詞，大多作於甲、乙以後，其弟子王澐爲之輯入焚餘草中。王昶等人編輯全集時，又益以散見別本者數闋，彙成一卷。其中愴懷故國之作，沈哀淒麗，蘊藉極深。

陳子龍作爲封建地主階級的士大夫，他當然反對農民起義，稱之爲「寇」、「盜」。但他又是一個正直的知識分子，對明末農民起義的看法，也還有其客觀的一面。他認爲當時農民起義有兩個主要原因：一是「民怒」，二是「民飢」。寄桐城方密之詩中說：「民怒一朝發，裂帛張旌旗。中夜刑牛馬，縱火焚九逵。」「民怒」從何而來？顯然是由於朝廷橫征暴斂，官吏貪汚酷虐而起，積怨既深，就會如烈火之燎原，一發而不可遏止。在感懷詩中他說：「胡部徙庭秋上谷，飢民舉火夜平陽。」指出秦、晉人民之所以造反是因爲「飢」。人民在暴政、災荒、豪門剝奪，重重迫害之下，飢不得食，流離死亡。當局不知體恤，捐餉征輸，有加無已。最後，人民忍無可忍，才揭竿而起，以暴力摧毀苛政。作者還在詩中寫出當時起義軍盛大的聲勢，像「中州旗絳天」，「鄂渚旌旗紅照天」，「江濱烽夜赤，城頭旗晝紅」，這些詩句，皆指起義軍而言。在雜感詩中，他感慨地描繪了「車馬空官渡，風煙滿豫州。黃巾連戶著，白骨無人收」的景況。在和馮侍御談晉中事有感詩中，又寫下了「征輸靑草盡，名號赤眉多」、「荆棘交千里，風煙鎖百城」等詩句，都是當時的實況。這些都説明儘管在他的思想上、作品上，有其階級的歷史的局限，但仍具有一定的積極意義。

陳子龍的詩，無論當時或後世，一向都受到極高的評價。吳偉業稱他「負曠世逸才」，「詩特高華雄渾，睥睨一世」。又説：

> 初與夏考功瑗公，周文學勒卣，徐孝廉闇公同起，而李舒章特以詩故雁行，號「陳、李詩」，繼得轅文，號「三子詩」，然皆不及。……當是時，幾社名滿天下，臥子奕奕眼光，意氣籠罩千人，見者莫不辟易。登臨贈答，淋漓慷慨，雖百世後想見其人也。（梅村詩話）

吳偉業終於仕清，造成畢生的遺憾，雖然晚節異途，但對陳子龍却極爲欽佩，他的賀新郎病中有感詞，有「故人慷慨多奇節」之句，「故人」即指陳、夏等人。

王士禛論詩，以爲臥子七言律「沈雄瑰麗，近代作者未見其比，殆冠古之才。一時瑜、亮，獨有梅村耳」（香祖筆記）。又説：

> 明末暨國初歌行約有三派，虞山源於少陵，時與蘇近；大樽源於東川（李頎），參以大復（何景明）；婁江源於元、白，工麗時或過之。（分甘餘話）

王士禛論子龍七律，與梅村所評略同。其論歌行，則就宗法而言。其實子龍歌行，出入盛唐諸家，形成自己的風格，並不專主東川。如朱雲子稱他「七古直兼高、岑、李頎之風軌，視長安、帝京更進一格」（見明詩綜引)。朱笠亭也說：

七言古詩杜詩出以沈鬱，故善爲頓挫；李詩出以飄逸，故善爲縱橫。臥子兼而有之，其章法意境似杜，其色澤才氣似李。(明詩鈔)

轉益多師，正是陳子龍的長處。對於明代詩歌的看法，朱笠亭還有這樣一段話：

余鈔黃門詩以終明一代之運，劉、高開於前，西涯接武於繼，李、何、王、李振興於中，黃門撐持於後，此明詩之大概也。(明詩鈔)

朱笠亭這一評論，和一般論明詩者大略相同，都以爲陳子龍是明代最後一個大詩人。明初的劉基、高啓兩家，成就雖高，在藝術上並沒有形成獨特的風格，在思想感情上，也沒有像陳子龍那樣憂虞國事一往情深。及至前後七子，大多只在形式上追求復古，他們的作品，在政治社會意義上遠不能和陳子龍相比擬。

綜上所述，可見陳子龍的詩較爲深刻地反映了當時的現實，閃耀着愛國主義思想和崇高民族氣節的光輝，具有濃厚的時代氣息。他不僅爲明代的傑出詩人，從某些方面看，也可說是杜甫以來的一位重要詩人。在崇禎、弘光兩朝中，幾乎每一次重大的政治事件，都在他的詩歌中有所反映，現存的詩歌，雖然是經過兵燹和長期禁錮後倖存的部份，但僅就這些詩來看，稱之爲史詩，也並未過譽。

近代南社詩人，如陳去病、柳亞子等都推崇雲間。柳有詩云：「平生私淑雲間派，除却湘眞便玉樊。」

「湘眞」是指陳子龍的湘眞閣，「玉樊」是指夏完淳的玉樊堂集。當時南社詩人，多以陳子龍剛勁雄渾的詩風，鼓吹革命，在推翻清朝的鬬爭中，起了積極推動作用，這也可見陳子龍詩對後世的影響。

陳子龍的著作，當他在世的時候，曾刻有岳起堂稿、采山堂稿、屬玉堂集、平露堂集、白雲草、湘眞閣稿、安雅堂文稿等數種。還有些詩文見於幾社文選、陳李倡和集、三子新詩。乙酉告歸以後，刻有奏議一卷。丁亥五月殉國，因家屋遭受抄索，遺著頗有損毁。其後則有其門人王澐收集其乙酉至丁亥的詩，輯爲焚餘草（卽丙戌遺草）。以上各種刻本或鈔本，均曾流布人間，但未有全集的編訂。

關於他的詩文的結集，見於紀載的約有三次：一是他殉節以後宋轅文（徵輿）的收存。據吳偉業梅村詩話說：「臥子殉國後，其友人宋轅文收其遺文，今並存。」吳偉業與子龍交誼極深，轅文亦偉業之友，故偉業知其遺文尚存。但轅文早經仕清，趨舍異路，子龍詩文中極多觸清廷忌諱之處，轅文所收並未能彙編成集。轅文卒後，文網日嚴，屢興大獄，子龍遺文在禁忌極嚴的情況下，宋之後嗣，卽使能爲之藏匿，時日既久，亦難免殘缺佚散。至於陳子龍生前所刻的詩文集，人多深藏不敢出，且往往爲輾轉傳鈔本，其中觸犯禁忌的字面，都被銷除鏟毁，不可通讀。

一是子龍殉國後約三十年，其門人王澐的編集。王澐在康熙戊午（一六七八）獲得陳子龍的寓山賦，跋文中敍述他「謀與同志，裒采遺文，都爲一集，漸有次序，而茲賦遭逢喪亂，篇目缺焉」，又云「晚獲茲賦，克成全集」。可知王澐以畢生之力，搜集陳子龍的著作，編成了全集。不過王澐所輯，那時還不可能刊版流傳，只能秘藏於家。

在此之後，則有乾隆十三年至十四年間婁縣吳光裕的輯集。據王昶陳忠裕全集序文中說：

乾隆丁卯、戊辰間，婁縣吳君光裕零星掇拾，或得之江湖書賈，或得之舊家僧舍，叢殘缺軼，以致章亡其句，句亡其字，字失偏旁點畫，積有多篇，授之剞劂。未幾，吳君客死，板亦散失。

吳光裕所刻，今已不傳。其時清政權雖已鞏固，但文網並未鬆弛，以後被焚燬的禁書更多，此刻當亦難免浩劫。

陳子龍遺文的明文解禁，是在乾隆四十一年勝朝殉國諸臣錄頒行，追謚忠裕之後。至此，許多熱心人士才打消了顧慮，爲陳子龍遺作進行蒐訪編纂。但這個工作，還得遵照乾隆帝的意旨，改易掉許多所謂「違礙字句」。

現在流傳的陳忠裕公全集，是王昶編定的。開始於乾隆四十七年，成書於嘉慶八年。王昶在全集序文中敍述編輯經過頗詳，今不贅述。至於遺稿的來源，實以王澐所收藏纂輯者爲多，再加以王昶自己和王希伊、王鴻逵、莊師洛、趙汝霖、何其偉等人所搜羅的部份，由王昶總纂，彙成全集，於嘉慶八年刻成。

又據全集何其偉跋文說：當時曾訪得安雅堂文集，因全集已先兩月鋟板付印，卷帙浩繁，未便分體增入。並說：「本集所遺，姑俟續刻以成全璧。」可見這部全集，事實上還不是陳子龍的全部著作。

又全集凡例引徐世禎所撰年譜云：「乙酉告歸後，刻有奏議一卷，訪之藏書家，絕無知者。」案此即兵垣奏議二卷，尚倖存於世，光緒中，爲松江張錫恭所藏，光緒二十三年松江知府陳聲遹爲之刻於融齋精舍，此書今有石印本，其中較原刻缺失數篇。

現在我們標點的這部集子，即是陳忠裕公全集卷三至卷二十的詩和詩餘、詞餘部份，定名爲陳子龍詩集，以別於校文中所稱的「全集本」。卷末附錄自述年譜、續年譜、明史本傳、王澐三世苦節記、越遊記。各集原序文，陳子龍自己寫的白雲草序、三子詩選序，以及徐世禎丙戌遺草序、王昶全集序，另有諸家評論、哀悼詩、投贈詩，亦仍依全集列於各序之後。至於全集原輯注部份的考證、附錄，以至案語，當年王昶等人曾博采羣書，搜羅掇拾，頗費心力，其中雖有一些取材欠妥的地方，但絕大部份，仍可爲讀者提供重要的史料，今亦悉存其舊，以供參考。

由於陳氏著作的原刻本，亡佚者多，可以提供校勘的資料極少。經過上海古籍出版社向有關部門徵詢訪問，僅得湘眞閣稿、幾社文選、棣萼香詞等數種。今即據此數書及明詩綜等選本，略加校核，恐疏誤之處猶多。

在點校的過程中，對全集中誤刊的字句，作了改正。其殘缺空白之處，多爲淸廷忌諱的詞語，凡確有依據的，則爲之添補並註明出處，其一時尚無從覓得原本爲之校補的，則仍存空格。陳子龍的著作，流傳於海內外公私藏書家者，尚可搜集。例如詩文則有安雅堂文集、兵垣奏議，詞則有幽蘭草、棣萼香詞，皆王昶所未曾采及。本書除據棣萼香詞補入散曲一套外，均未增補，待他日纂輯補編，以竟王昶、何其偉之志。

施蟄存　馬祖熙

一九八二年七月

陳子龍詩集目錄

卷二

古樂府

卷三

古樂府

新樂府

卷四

五言古詩

卷五

五言古詩

卷 六

五言古詩

卷七

五言古詩　聯句

卷八

七言古詩

卷九

七言古詩

卷十

七言古詩

卷十一

五言律詩

卷十二

五言律詩

卷十三

七言律詩

卷十四

七言律詩

卷十五

七言律詩　補遺

卷十六

五言排律

卷十七

五言絕句　七言絕句

卷十八

詩餘　附詞餘套曲

附錄一

附錄二

附錄三

附錄四

陳子龍詩集卷一

風雅體

曜靈之什 八首

曜靈，天子遇旱而憂，省獄減刑，雨以時降，詩人美之也。【考證】明史莊烈帝本紀：「十年四月癸巳，旱，清刑獄。閏月壬寅，敕羣臣潔己愛民，以回天意。」

曜靈維陽，杲杲麗天。爰自東作，火見于昏。天之薦瘥，蘊隆如焚。皇曰予冀方，邦畿所安。廢我來牟，兆民孔艱。

旱之始盛，維塵冥冥；旱之已一作太。甚，百卉具零。豈降自天，胡德非馨？曾是有象恭，曾是有讒慝，曾是有詭隨，曾是有掊克。

爰命宗伯，大雩孔明；爰命徹侯，于郊于宗。以爾幣玉，及爾斯牲。方社既周，山川用享。振古率育，胡遘予不寧！

嶢嶢泰華，肥𧔥爲災。奕奕便殿，皇孫于居。蠲莫不虔，其謀其咨。帝祐日遲，胡寧忍我師！凡百君子，敬爾在茲。

巍巍薊丘，維君宅之；翼翼皇心，維天繹之。禮莫不展，來饗來格。膳宰既徹，鏞鼓既釋。凡百君子，勖爾無斁！

皇曰司寇，人亦有言，維刑世重世輕，朕堲姦宄，或愆于平。悍陽驕驕，憂我黎氓。乃淸岸獄，乃釋累囚。肆赦時夏，式歌且謳。

倬彼燕山，出雲油油。終朝瀰野，既舒既柔，既霑既優。田畯語語，樂我士女，以育我稷黍。皇王布惠，天錫純嘏。

不顯令德，明明義主。昭事上帝，儀刑皇祖。下民阻飢，天鑒在茲。既享祜之，又潤澤之。固天之寵，於萬無期。

【校】第六首「人亦有言」句疑誤衍。明詩綜作「司寇維刑，世重世輕」。

有虺宛宛　三首

有虺宛宛，刺讒也。民之訛言，君子傷之也。

有虺宛宛，葬則傷兮。彼何人斯？言如簧兮。用爾回遹，四國不寧。訛爾噂嗒，胡莫之懲！

有蜮綏綏，江之外兮。彼何人斯？干國議兮。終風突如，孰捫其舌。天不示爾以定，譸張我良士。

有醜爾憯矣，誰適爾憑矣！維彼不順，職競爾應矣！天聽孔卑，胡謀弗勝？淑人君子，鼠思履冰。

【考證】明史紀事本末：「崇禎十年，春正月，常熟章從儒訐奏前禮部侍郎錢謙益、科臣瞿式耜。疏上，溫體仁修郄，逮之下刑部獄，幾殆。謙益嘗作故太監王安祠記，曹化淳出王安門，憤其冤，發從儒陰謀，立枷死，謙益等尋釋。」又：「三月，陸文聲陳風俗之弊，皆原於士子。太倉庶吉士張溥，前臨川知縣張采，倡復社以亂天下，命南直提學御史倪元珙覆奏，元珙因極言文聲之妄，上責其蒙飾，降光祿寺錄事。溥、采爲古學以相砥礪，天下靡然向風，不爲政府所悅，故朝論多苛及之。時蘇州推官周之夔，亦訐奏溥等樹黨挾持。」【案】章從儒，明史作張漢儒。詩所云讒人，或指此兩案而言。

南溟 八章

南溟，少詹黃公貶豫章，其門人作詩以贈之也。【案】黃公道周，註見年譜崇禎十年、十三年。【考證】福建通志：「道周遷少詹事，侍經筵。時楊嗣昌奪情入閣，陳新甲奪情起宣大總督，方一藻以邊撫議和，道周草疏分劾上之。帝持三疏不下，召對平臺，嗣昌從旁摭鄭鄤事詆道周。道周奏：『大臣聞彈義，當退避，未有御前稱辯不容小臣盡言者。』帝曰：『爾言不如鄭鄤，何也？』道周對曰：『臣言文章不如鄭鄤耳。』奏辯久之，叱退，帝起還宮，御筆榜朝堂，以道周爲戒。貶江西布政司都事。」明史稿地理志：「江西南昌府，漢豫章郡。」

南溟浩浩，灌於九域。挺茲君子，光我邦國。生民惟良，好是正直。天惠大師，鍾此孝德。

孝德伊何？文明且貞。亹亹惠心，多藝不顯，令儀孔闇。愔愔淑人，秀於丘園。明德昭融，王廷所賓。

允矣司直，作予史氏。執事寅清，嘉謨是矢。皇王聿興，寤寐膚敏。孚于睿聖，如蘭如蒞。

惴惴纍宰，惟公恤之；攘攘畔人，惟公測之；永命難諶，惟公質之；帝德不爽，惟公翼之。國有靈蓍，俾無回遹。

天未寧爾以治，公孫于野，聖不違時。豈曰棄播？優游阿谷。履道弗彰，克柔克正，以永令名。

皇曰多難，朕方思過，眷爾舊學，庶幾夙夜。公心蹇蹇，知無不言。古有虞唐，以勖我君。毋信讒說，毋邇壬人

邦之多辟，式以天常。豈伊具瞻，不慎於儀，俾民卒狂。公拜稽首，抗言于庭。彝倫永

存，兆民其章。

惟荆之委，彭蠡湯湯。我思古人，身雖在外，迺心不忘。天鑒不替，顯忠遂良。無有遐心，以慰聖明。

【校】南溟詩，全集本原作「南溟八首」，案：原本湘眞閣稿在此詩詩末記云：「南溟八章，三章章八句，三章章九句，二章章十句。」表明此詩爲「一首八章」，全集本作「八首」，非是，今從原本湘眞閣稿仍改爲「八章」。又准南溟詩例，全集本曜靈之什八首、有虺宛宛三首，似亦應作「曜靈之什八章、有虺宛宛三章」，體例始一。

鳲鳩

鳲鳩，贈袁節母也。【考證】今世説：「袁重其名駿，江南吳縣人。三歲而孤，母苦節垂六十年。駿日走四方，乞當世賢士大夫詩文以頌母。每歸，莊誦母傍，聲出金石。歲葺一卷，裝褫之，積五十餘軸。陳徵君眉公題其幀曰霜哺篇。」

宛宛鳲鳩，集于嘉樹。其葉黄隕，悲鳴不去。中野張羅，維風及雨。顧將孤雛，傷我咮嗉。日月云邁，勞心實多。爾雛翺翔，在梁之沙。豈不高飛？庭幃孔遐。民生何艱？聽此哀吟。無言不酬，以慰爾心。

琴操

思歸操

思歸操者，君子遠遊，思其親而作也。

溶溶白雲，江之干兮。高陵委蛇，蔽檀欒兮。自我不見兮思無端，晨昏靡依兮獨盤桓。本葇葹兮題以蘭，懷形素兮溯流湍，遑極目兮忘朝餐。

四言詩

初觀政刑部自勵

【考證】明史稿選舉志：「洪武十八年，使進士觀政於諸司，其在六部、都察院、通政司、大理寺等衙門者，仍稱進士。觀政進士之名自此始。」春明夢餘錄：「刑部在皇城西，與都察院、大理寺，並列爲三法司。」

叡哲維明，皇王廣運。景曜遐暢，玄風內藴。求俊逐良，匪遺幽隱。蕩蕩玉除，肅肅龍衮。爰咨嘉言，寧我邦本。宏收土壤，授祿不返。授祿維何？視予秋卿。維王建國，六官允成。赫赫憲府，載明且貞。五服不愆，六典既平。祗承懿訓，夙夜屏營。我思唐虞，邁種作士。疆無逆命，荒裔同軌；朔無讒說，百工燕喜。勉爾台保，納溝是恥。伊我先人，剛塞自持。孔武司直，典獄于茲。克敏克寬，率乂棐彝。帝眷令問，降寵不遲。先民有言，明發懷思；矧瞻遺矩，永慕常悲。維余小子，性麗于愚。早歲孤露，希尚不模。樂我狂簡，任我馳驅。矜負壯往，雕蟲是都。豈無良朋？範以德隅。顧承嘉命，被此章服。怵惕未遑，其何能淑？水亦有涯，車亦有幅。愼爾話言，敬共維縠。毋曰道遠，服勤者長。毋曰聖希，舍己者良。大人含弘，敦厚流光。載淵載瀾，實潤芬芳。質以外淸，文以內麗。處物冲損，當機果銳。好是正直，若金就礪。儀刑前修，黽勉濟世。國譽馨聞，家聲遐繼。敢告君子，輔茲不逮。

【考證】案松江府志：「黃門尊人無聲先生，成萬曆己未進士，明年授刑部主事，時內侍劉、李輩在繫，先生杜請託，且上記尚書，言『內犯交外人宜禁』。」事詳年譜註。

辛巳上巳同太守王公郡丞畢公別駕李公修禊蘭亭倣古

【考證】紹興府志：「知府王孫蘭，無錫人。崇禎十三年任。同知畢九臣，蘄州人，十三年任。通判李猶龍，十一年任。」會稽縣志：「上巳三月三日修禊事，有蘭亭遺風。」浙江通志：「蘭亭，在山陰縣西南二十七里。」輿地志云：「山陰郭西有蘭渚，渚有蘭亭，王羲之所謂曲水之勝境。」

嘉辰載陽，良儔孔多。停雲冠嶺，輕風扇柯。我懷先民，在此山阿。散髮玄澗，浮羽澄波。

朔風

朔風其涼，灌木悲吟。靡靡長薄，實勞我心。陟彼高岡，宿麥青青。野無行人，遠望涕零。予懷維何？云念疇昔。發英三春，揚華九陌。馳光密移，倏若川流。素商既逝，玄景忽周。寒暑遞遷，當待來茲。我生不再，誰能攬持？瞻彼飄蓬，亦或爰止。嗟我憚人，載行載起。蘭茝在握，君子所媚。枯菀有時，芬芳不異。我有神鼎，誰與析薪？我有修竹，誰與絲緡？原田膴膴，何勿荷鋤？登高極目，不如脂車。臨茲蕪穢，豈無耦耕？執綏授策，可以遐征。

古樂府　一

豔歌行

石闔有仙女，遊行雜雲煙。朝臨湘川曲，解珮漪漣前。麗景屬雲楣，斜光傳紫鈿。流蘇灼星綴，跳脱豔虹纏。花露結翠幔，水木開清川。中有端然人，幻此無窮妍。媞媞悉衆媚，抑抑私自憐。蘭音凍成澀，柳髮揚復卷。春燕翦越素，秋鴻征蜀箋。中情慘不舒，音徽徒留連。

度關山

度關山，道路難與言。問爾詰曲，曷爲使我行無援？告而不答險復昏，行一退百，馬傷蹄，車摧轂。朝所共食人，墮巖見新魂。悲風激涕泗，風從故鄉至。問風室與家，曷不喻我志？豈無同行人，各不能言對以意。高山富雲霧，發端始何年？溪毒渴曷飲？日落虎有權。狐兔號行旅，斷碑草將平。勉讀能強識，乃云險在前。行道性命薄，抽思何獨度。豈憶高殿中，灑酒感恩遇。恩遇在殿中，殿中不識路。

王明君

我本弱女子，被選當雄兵。男兒畏強虜，辛勤獨遠行。行行漢城盡，遂見邊草横。馬鳴何蕭蕭，使者來相迎。俗殊姓氏曲，曷以稱其名。河凍塵失塹，北風摇旆旌。閼氏本至貴，當之乃心驚！穹廬亂南北，無繇瞻漢京。漢京君臣薄，胡人父子輕。豈欲惜一死？恐起漢胡爭。天子方厭戰，婦人聊苟生。縱有歸來時，恥見父與兄。日憂負君託，時聞胡馬征，采采苜蓿枝，血淚相與并。願因雙飛鵠，持贈漢公卿。

猛虎行

鯨何不生足？虎何不生翼？虎有翼而能飛，飛入城市擇人食。肥者公與卿，飲人膏，食人國，步趨生聲好顏色。奈何終日崎嶇在山北？不食吞風宿霧之樵人，或負敗襦結裳之桑女，身體微賤血肉少，跪告猛虎不堪供爾俎！虎言爾人無空悲，人死爲倀豈不知？禁之反覆聽指麾。當今貴人誠險巇，食祿受爵忘恩私，何況食肉寢其皮。有翼能飛入人屋，我得貴人安用之！穽機當道覆以莎，射卒林立藏山阿。愚倀引我能安過，貴倀引我陷網羅。嗚呼，豺虎不食豈足多！

西門行

出西門，行復思。遙遙道自遠，乃令我悲！一解。夫道遠，道遠豈足悲？何能摧輪解轡，窮年營所私！二解。大者王，小者侯。試問彼何爲？功業如山丘！三解。事大身遂小，憂愁亦山丘。求一乃得兩，何如兩不謀？四解。不見古人魯仲連，與人成功來無時。不見古人魯仲連，與人成功來無時。五解。世網雖云密，我飛自有期。隱見不終日，任君終日疑。六解。

東門行

出東門，步卻竟歸，自問歎中微。坦衢成太行，還視海內皆崔巍。一解。獻策驅駑馬，秋風吹人衣。囊中自問咨嗟，言者權奇知者希。二解。知者希，上言服色正朔，下言□□□徵。棄邇即迂，揚鑣雲中，羣人代戚志與違。三解。棄邇即迂，揚鑣雲中，羣人代戚志與違。絳灌誠可希，自問面目終難依。四解。

長歌行

浮雲恒窈窕，時上東南枝。樹體託山阿，千載常不移。暴雷裂根石，浮雲亦心悲。久處無近情，偶值結中私。曠焉天地間，豈無桐與椅？枝葉非素識，當之心生疑。衆人徒甍甍，結交亦有時。

飲馬長城窟行

北風時漠漠，長城草枯落。長城信嶢嶢，何如故鄉遙。相去雖萬里，諒同夕與朝。朝夕幸匪異，展側魂夢至。老馬知泉根，軍中盛騏驥。但揚出塞鞭，莫假歸家騎。胡馬隨草肥，鴻鴈隨人飛。寄書鮮竹帛，勉裂來時衣。作衣良不易，萬結復億織。讀書見故衣，益爾千行淚。

野田黃雀行

枯桑動寒風，蒼蒼天地涼。黃雀甘籬落，不慕高翺翔。物小易爲羣，相呼入空倉。空倉誠可樂，鷙鳥徒茫茫。冥冥蒲葦衰，水清見魚行。野老徐投竿，鮮鱗遂登堂。西山饒草實，東家多餘糧。出入在溪澗，感茲不能忘。

怨詩行

春葩似烟霧，當霜枝不延。傲睨松與柏，乃爲棟梁堅。貞材及豔質，均在疇昔年。疇昔君向妾，明月答清泉。月缺忽已滿，泉涸不復漣。淒風過眉目，情思託遠天。天邊多浮雲，掩抑若我憐。幽懷引君旁，芳香日亂零。難以棄婦顔，持陳君子前。

邯鄲才人嫁爲廝養卒婦

登山不厭高，墮水難言深。兩地各一顧，天道不可諶。盈虛有異理，譬彼旱與霖。芙蓉嬌清夜，忽爲秋風侵。達者識其機，冶容持小心。趙王有佳人，千萬爲一簪。一朝示國信，廝養來相臨。昔在趙宮中，妒無專房任。今來寵雖獨，悲哉彼同衾！

瑯琊王歌　八首

飲馬大溪下，石滑傷馬足。馬足不敢惜，恐驚雙屬玉。
大道何鬱鬱，瑯琊王者門。女兒中閒坐，男子傳饔飧。
東家鍊黃鉛，西家鍊青鐵。鉛刀難殺人，鐵刀有時折。
女兒好顏色，不嫁瑯琊王；猛虎依深草，不願登高岡。
三刀買一雞，日飼鳳凰食。鳳凰慕梧桐，朝來變荊棘。
秋風八九月，女兒換涼鋪。瑯琊王者門，石虎汗如雨。
水流渭橋下，橋影落水底。男兒不還鄉，何處無酒醴。
生來不識龍，見馬便相呼。朝看龍在廄，暮看龍齧芻。

讀曲歌　十一首

整帶背面立，強作不相從。春風動羅裙，恐歡疑殺儂。

歡家有楊柳，儂家樹梧桐。梧桐未有色，楊柳已從風。

拂拭青銅片，千拜復整襟。歡來學儂照，託他照郎心。

要歡看蓮子，歡看芙蓉花。見紅歡必動，儂故將身遮。

金鞍白皙子，比歡更婆娑。不敢向歡道，還向他儂賀。

歡入儂懷抱，弄髮成亂絲。把鏡向儂照，問儂何如未亂時？

買得珊瑚鉤，分明歡不在，誤挂羅帳頭。

所歡子，春蠶釜中泣，儂的因絲死。

奈何許，一夜不得言，天明始相語。

儂作妾薄命，歡喬不解讀。歡作美人行，儂意亦未足。

儂作妾薄命，非悲歡不濃。歡作美人行，歡情不在儂。

子夜春歌

春風不入帷，枝上百鳥鳴。生憎花有恨，在我窗前榮。

子夜夏歌

人言三伏熱，儂今不覺嫌。蓮子清冷裏，採出不成炎。

子夜秋歌

玉露濯秋葉，梧子高下傾。不似嫦娥寡，辛苦月中行。

子夜冬歌

重衾覆兩心，那能相決絕。霜雪入紅爐，何處分寒熱？

懊儂歌 二首

桃李生谷中，不被春風吹。儂今好顏色，歡來當及時。

蠟燭凝鳳凰，金鱗向火開。外豔中心少，那得不成灰。

華山畿

華山畿，其高五千仞，儂情重于山。仙掌雖云雄，不能持雙鬟。

獨漉篇

獨漉獨漉，草深泥滑。鵜鶘在梁，魚不怨獺。有蛙在溪，有蟬在松。終日鳴噪，不得罪凶。玉女所贈，天雲如羅。欲爲衣裳，讒言孔多。龍睡深淵，不如蛇醒。狐祥禍野，勝於明靈。術能壓虎，曷若誅之？權能殺人，知之則危。大縱鷙鵰，以擊鳳凰。鳳凰有神，擊之不傷。養虺袖中，不噬者愚。已欲親近，何得號呼！

雉朝飛

晨出隴上，雉求其妃。雌者戢戢，雄者翬翬。雌不如雄，文而錦緋。雖不如雄，文而錦緋，雄則不拒，相與飛飛。嗟乎！齊之處士，未有家室。高賢難和，豈無姜姞。嗟爾弗慕雉，彼曾勿矜其文，勉就羣匹。

君子行

君子夜夢遊，晨起猶惴惴。胡來妖麗人？令我魂魄悸。出門遇桃李，閉目不敢視。讀書廢鄭風，常飲必欹器。三十始議婚，百拜舉一觶。暗室每拱手，遇盜始徐誶。買鑑嚴問訊，恐曾照冶媚。策馬尤慎思，疑是遊人騎。漢帝招儒生，思繫長安綫。建章多佳人，公孫非布被。方怒長卿狂，又遇東方戲。行道來帝都，端然自憔悴。

行路難　十八首

奉君琉璃文玉之廣殿，海綃天錦之名衣。左受安期羨門之大藥，右攬上元雙成之容徽。君復不樂逝將去，我今爲言心事違。南山種田買滄海，古今賢愚相是非。雖能延年老常在，桃李不見永芳菲。繁華且恐易零落，窮愁何得無歔欷？

春花熒熒劇可憐，映以明月雙嬋娟。斜烟薄霧淡不息，花飄深澗流香泉。幽人酌之如玉液，一朝出山歸大川。淄澠涇渭不可問，誰能含香辨涓涓？

羲和日日向東生，不知何事相迫逐？長安城中百萬家，誰令先照黃金屋？羅裯錦瑟狄芬煖，春光瑩瑩滿絲竹。美人意氣在盛年，揚蛾發笑展新沐。曷不作書寄上天，常使東皇居若木。

明月忽然好，美人聯袂相遨遊。我獨鮮歡掩雙扉，傷心不敢當高秋。悲思浩浩若雲雨，何用織阿復助愁。九華之衾琥珀枕，紅羅高張十二樓。閉目重重謝明月，猶有魂夢來綢繆。

瓊樓繡幕通魚鑰，蘭香妙舞飛綽綽。屏風宛轉障不得，步搖半落雙金雀。蕩子相求亦無數，垂簾不語春漠漠。含愁斂怨慕君子，飄揚日令紅顔薄。江南才人情未通，幾回遍踏桃花紅。芳草如山心不許，年年惆悵臨春風。高情莫走日月外，美人不在蓬萊宮。

君不見桃花李花豔陽時，枝枝妖蕩紅顔垂。一朝風雨各散去，不聞桃李相嗟咨。華年隕謝天地老，人生有情偏悲思。常對春風泣花草，花草不聞風不知。何勿日日飲醇酒，遣愁天外無歸期。

晨起攬鏡長太息，神氣索漠顔枯零。幸不身作好女子，此時當爲人棄捐。何必白髮始稱老，今我不敢濫對春風眠。三十未有二十餘，考鐘擊鼓張管絃。老翁向我稱少年，含羞障袂不敢前。

夜夢架上兩鸚鵡，綠尾刷刷紺翠衿。小語分明訴花落，湘簾窈窕春風深。忽然化作二女子，玄衣素帶情不禁。迴眸搖曳前致辭，撫心發調多哀音。念此變化理豈測，何況魂夢難追尋。集靈臺上漢天子，西來玉女皆青禽。覃思繞繞怪物至，何以澄欲彈瑤琴。憶昔長安同舍子，盛年慷慨相爲雄。日日聯騎燕臺下，有時嬉翔韋曲中。一朝對策獻天子，步趨宛轉明光宮。我獨不堪而罷歸，意氣猶令江南空。世人笑汝計淹拙，雖有才調難爲工。不知英雄各如此，那能戚戚甘蒿蓬。

君不見九關虎豹方嚙人，東隣貴人衣繡黼；又不見扶桑高照霜雪消，東隣貴人盛歌舞。徵姬燕代樂胡羌，秦箏羯鼓諧笙簧。行樂不知身穢賤，日持蜥蜴點名倡。聞云老翁何太愚？日月逝矣猶皇皇。一朝送汝北邙去，大都我輩俱徜徉。

男兒生世不爲樂，黃金垂盡心茫茫。不見長卿出蜀時，卓家女兒弄酒漿。卓家有富術，長卿不願聞。俯身力作盡勤苦，那堪遂與監門羣。一朝奉命西南夷，滿城郊迎繁若雲。豈必戚戚患貧賤，人生要在多功勳。卽今山東賊壘黃金高於天，何勿仗劍隨官軍？

少年閉戶好著書，漁獵百代何紛拏。敍事直欲厠班馬，五言西京與黃初。人謂詰曲不可讀，五百年後知者虛。其名雖盛身寂寞，還與今人同丘墟。莫將文彩空照耀，鐘鼓可以駭爰居。

學書不成去學劍，身控紫騮雙雕弧。自言曾受黃石書，指顧一掃呑羣胡。前年匈奴寇薊門，今年山東誅賊徒。生平自言慷慨輩，誰人尙得留其軀！不見漢時衞與霍，雖成功名今已無。頗思炙牛飲醇酒，家有趙瑟與吳歈。起唱丈人且安坐，百年任意常歡娛。

西隣有美人，君子事遠征。嘗望山上雲，日日自從橫。不得從之去，愁緒淸泓泓。曉闥徘徊無端倪，晚室隱翳多悲聲。下帷怯見單影在，紅顏明鏡兩不情。昔日雲中雙黃鵠，同飛共啄遊蓬瀛。一朝雄集太液池，鸝雌繞樹爲哀鳴。鴛鴦唼呷一水間，丈夫多有萬里行。

朝觀貴家葬，祕器出尙方。珠襦爲君衣，玉匣爲君牀。旟旐爲君導，送者自成行。生時扈從本烜赫，誰知身後猶輝光！高亭豐碣銘盛德，誰其作者多文章。玉體一遊松柏下，便有狐兔來登堂。鴻文雖留千載後，大抵是非都茫茫。王孫倮葬名更遠，黃帝卻在橋山旁。

何事最傷心？青春與黃土。昔年埋玉草更深，又是梨花對風雨。孤魂慨慨出牆下，杜鵑初鳴死聲苦。紫蝶羣飛化影多，妖狐相對猶歌舞。百年明器皆精靈，夜往山南牽石虎。不能春日野中遊，疑有香魂在南浦。

娶妻必得陰麗華，生子當如孫仲謀。秦皇漢武更仙去，三事若成方無憂。君言太奇不可聽，天若聞之天亦愁。且酌旨酒以自寬，明日爲君相與求。玄駒繞繞枯桑下，口道鄒衍大九州。

子晉十五便厭世，時人信作緱山遊。彭祖吐內且千歲，一朝敗道歸荒丘。神仙亦應致身早，何況富貴如東流？兩物相銷爍，多情復多愁。即今二十已增五，功名寂寂徒離憂。長歌重歎百年事，與客置酒登高樓。浮雲迴薄日易暮，我今無言且優游。

【校】第十二首「自言曾受黃石書，指顧一掃呑羣胡。前年匈奴寇薊門，今年山東誅賊徒」四句，全集本原缺「羣胡」「匈奴寇」等字，今據壬申幾社文選校補。

悲哉行

朱夏候將變，素秋行來歸。慘節豈足慕，猶幸弛炎威。蟬翳柳葉長，鹿鳴求其妃。陽禽集枯桐，織婦停鳴機。華滋尙同懷，我意自相違。如何盛容顔，緬矣歡事非。朝暾照我牀，夕露沾我衣。温涼日迴斡，安得永芳菲！皇路何險折，南山何崔巍，本懷良不渝，乖絕鮮音徽。勿爲麟鳳姿，行歌聊採薇。

相逢行

春戲光柔枝，豔陽萬里餘。深紅亂人心，羣蜂語衣裾。忽逢娟韶子，自稱天上居。幽雨灑碧梢，澹澹明月初。發辭清和妍，邀我以同車。雜風送雲軿，炯然開石閭。珊瑚爲列棘，靺鞨布廣除。水殿浮淫裔，海綃隔綺疏。舞鳳孕巖岫，馴虎銜靈書。瑤草滋叢叢，耕父爲我鋤。後房刻軟玉，夜擣紅蟾蜍。上元敕青鳥，龍伯騎文魚。朱盤高矜持，天饌何紛挐。促觴香烟霧，紅顔淡容與。衆樂可君意，醉攬雙成袪。靜素絕妒歡，通情不崎嶇。寶蛤縣黼帳，淸娛蕩徐舒。神人難久處，君當歸其廬。貴盛再可謀，此中能自如。

燕歌行

燕山漠漠秋氣危，懷霜拂露相間之。妾有紫帶紅香褵，明燈孤照不自支。出帷下堦天四垂，雙鴻雙飛星流姿。念君窈窕雅善思，胡然入夢夜何其。丈夫生多辛苦辭，妾心安辨素與緇。錦繡大熒涼絺綌，與君相逢常違時。白日何德好西馳？盛年何辜有容儀？情言如飢飢可治，欲烹青鳥餐長離。

東飛伯勞歌

朱鳳小娟紫鸞大，霓裳洗絳沈烟帶。誰家嫁豔揚波瀾，春風飛花嬌上寒。錦溪碧樹明月居，帖肌温玉神清虛。奇懷歸日芙蓉熒，湘娥尺素文魚獺。墮釵暗擊銀箏絲，蛤帳舒光勞香荄。

枯魚過河泣

大河多賤魚，其一頗有神。偶然獲小譴，見困碣石津。身雖槁鮑肆，自知才莫倫。日望雲雨至，變化歸深淵。田父攜就食，痛哭經河濱。寂寞波不興，衆魚還濈鱗。神物久見棄，河伯自有臣。活汝理亦易，知汝終不馴。呑聲就盤餐，無爲賤者嗔。

長安道

燕京氣衍大，水清山雄紆。太行鬱盤趾，滄海限神圖。雉堞高於雲，宮殿相披扶。道旁羅邸第，呵導當中逵。城闉萬車馬，散蕩不一區。塵埃日夜起，蒙垢無賢愚。拜揖何紛紛，各自勞路隅。府横東越猾，樓炫并州姝。健兒多楚練，歌童學吳歈。貂璫有妻媵，商賈服紫朱。賣漿稱戚里，騖騎天閑駒。臺婦飾纁黼，賤隸佩信符。綺疏蔽幃幕，温室置氍毹。壁藏探丸客，隧養擊劍徒。佳園惟柏林，佐酒列犛酥。畫圖必紈帛，卉木臨熾鑪。矗矗千萬戶，瀌瀌成皇都。横者中貴人，其次執金吾。大兄李貳師，小妹衞子夫。舊領東宮尉，新賜平陽奴。朝出射狐兔，暮歸揚騊駼。罘罳垂錦垮，屈戌冷銅鋪。晶盤承韎韐，火布骨珊瑚。照宵燃菡萏，嬌夜香茱萸。中堂七十二，一一鳳凰雛。詗事疾魑鬼，叱咤驚於菟。朝彥勢忽變，莫言千金軀。終月論爲囚，不得少踟躕。吾聞有一人，貴盛常歡娛。許史乃石交，梁鄧豈葭莩。逶蛇承明廬，智術如覡巫。黄金入門去，膏壤助微須。炙手不可問，所恃深根株。逐臣涕長往，荷鋤衣短襦。言者猶在脣，豺狼來追呼。寄語金吾子，勿爲他人驅。此中一片地，頃刻换榮枯。金吾顧我笑，廷尉皆大儒。請看其獄辭，何人不當誅。吾輩宿奉行，長安有聖謨。

空城雀

黄雀形體小，不能搏鳥深山中，又不能啄魚鰍集水濱。朝棲棘莽，暮伏蒿蓬。或獨而羣，或西而東。寧食田中禾，莫食倉中黍。田中無網羅，官吏射殺汝。殺汝猶自可，倉中補粟又箠楚。

胡無人

惟漢五世其昌，大誅匈奴胡亡。龍堆乃作漢西門，祈連草木不長。單于竄寒方，積雪數尺，牛馬耗戕。漢天子，不相忘。已命六將軍，分道出大荒。又勒兵，三十萬，登臺浩茫茫。馬上殘胡望南哭，帳中閼氏心悲傷。胡頭山積於武庫，徹侯數十徜徉。惟漢更三君，國愈強。胡弱心易分，中自仇貳。其一款塞，漢發卒來迎，大受寵賜。請婚良家子，彈箏炙肉坐地。其一走康居，役屬諸羌自恣。都尉來發兵，都賴不得出。三重城已摧，射中夫人鼻。其首五日懸，西域盡入質。其後益衰微，常守邊。雖從上游來厭人，金人已亡天不憐。漢方涉汾祀甘泉，天令皇帝千萬年。

【校】胡無人詩，全集本題作擬漢樂府，今據壬申幾社文選仍改作胡無人。「惟漢五世其昌，大誅匈奴胡亡」兩句，全集本原缺「誅匈奴胡亡」五字，「馬上殘胡南望哭」句，缺「殘胡」二字，「胡頭山積於武庫」缺「胡頭」二字，「胡弱心易分，中自仇貳」句，缺「胡弱」二字，今並據壬申幾社文選校補。

隴頭吟

涼州城外秋原高，日落黃河風怒號。胡兒沙中射鵰鶚，漢家隴上開旌旄。自棄燉煌人內徙，孤邊搖搖千餘里。持節未解諸羌爭，道傍半築單于壘。材官扼塞尙不足，今年轉戰幾人死。忽聞關西盜縱橫，軍書又調涼州兵。

長相思 二首

長相思，在玉京。天高漠漠何時平？香雲馥霧橫太清，嬌魂如月不敢行。欲抱君懷夜夢明，暝鸞啼情咽幽素，心飛路黑相逢迎。繁華瀲灩雜哭聲，頹眠斜眄清泓泓。茫然不識愁爲誰，深心窈窕生空精。古來相思能幾何？無端令我情甚多。

百煙欲來花可憐，深深淸晝靜於天。湘簾半捲蜂竟出，白雲將去心茫然。春風蕩漾吹紅絃，我欲鼓瑟愁忽眠。中有幽靈含怨江水咽，波濤不去香在蓮。我將採蓮子，欲渡河無船。忽有蘭橈桂楫人淸姸，乘我迢迢入洛川。又聞美人已去靑山巔，碧霞素月娛嬋娟。望之不見空芊綿！長相思，怨千年。日夜望我生羽翼，心煩情痡不學仙。

秦女卷衣

渭南渭北千宮殿，眞人夜遊曉不見。捲起咸陽道上雲，裁作仙衣紅片片。藍田寒玉文參差，鳳凰嬌啄銀箏絲。褶衣坐聽花漏咽，複道燈光燒夜枝。秦樓弄玉已飛去，君王豈是嬴家兒。人生有情本無主，紛紛照鏡空爾爲！喜見明年祖龍死，相將又入驪山裏。

夜夜曲

碧落凝臙脂，紅雲灑秋香。墮妾玉牀上，化作雙鴛鴦。狻猊嬌吐煙，淡漢青茫茫。縹粉上瑤瑟，金蟲蝕繡囊。天吳化飛蝶，仙鼠入夜房。銀缸凍灰盡，晚屏龜甲涼。羅帳抱明月，妾身映文章。弄影漸成僻，自憐復難忘。鴛鴦飛上天，魂夢委嚴霜。

湘絃曲

紅脂染水魚鱗繪，涼烟殘佩香綃蛻。偃眉刷花月澀肌，吹羅嬌呼雲作蓋。靈書擲潭臥春蠶，神燒龍卵迷青嵐。女蘿成蛇黃葛死，楚娥倚竹搖空藍。踏波照帶霞文皺，琉璃梟渡芙蓉透。甄家夢成魂紅紅，碎璽研珠懷荳蔻。么鳳綽綽媒含愁，寒鋪水練丁香鉤。妖鬟啼春浴甘露，可憐情死皆清秋。暈玉投衾酣粉褪，小蘭脈脈温湘畹。

邯鄲少年行

叢臺之下風颼颼，軒然匹馬生波濤。乘夜殺人月未落，有時射虎青天高。一日幾上紅樓裏，醉倚錦瑟翻羅裯。曉來朱門擊鐘鼓，夢中壯士求其曹。年華倏忽成騷屑，昔日許身謀竟拙。邯鄲公子意氣盡，邯鄲美人黃金竭。況復時清無所爲，折節儒生常哽咽。壯心難斷思風塵，猶是當年遊俠人。

紫玉歌

吳山墓草寒香珥，清霜刷路蘭容毀。白日暮暮黃土深，千古情從此中始。星眸照夜霧衣輕，涼風啼樹嬋娟子。解帶束月野白荒，沈姿浴豔愁魂喜。冷光松露滴含玉，泉下雙環凍纖指。冥途太黑相思明，感君經過見君美。膩胸長閉蝕土花，玉魚珊枕勞桐婢。祖洲葬鳳千琅玕，緱山殉鶴百紈綺。昔日吳宮嬌曉春，今貯夜臺光尚紫。擬翻大地傾君懷，土木紛紛悲不止。水銀機發散人間，疑斲雲根翦月姊。白蝶銜花佐幽歡，贈君碧血徒傷此。豔女上殿日月昏，魚燈狐火紛相還。高歌激厲摧人心，至今淚作三江水。人愁劇可憐，鬼愁何時已？去來倏忽蕩無端，幽魂不再相思死。君不見館娃歌舞隨君王，無情歡笑安足恃？姑蘇之臺烟消矣！

江南曲　四首

綺閣罷含烟，江清促採蓮。水鳥白上下，溪流引芰田。明月窈窕來，照我箏中絃。飛露澀纖指，欲歌心渺然。夕香牽衣裾，淺波橫畫船。窗外明星流，樓上楚女眠。

憶登金陵城，長江日搖曳。女兒春浣紗，東風吹蘭蕙。雙槳繫垂楊，踏歌芳草細。烟景傷人心，入暮徒容裔。昔時繁華子，白日忽已閉。鶯花待今歡，山川正清麗。

古來佳冶地，茂苑乃長洲。出門湖水白，青山日夜浮。吳女好淡妝，烟中含素愁。常持輕雲意，蕩瀁澄江秋。紅玉日以冷，青草日以稠。橫塘芙蓉花，欲贈終悠悠。

今有傷心人，日暮江南雨。松花山上發，綠蒲抽清露。採蘭懷袖間，三年無所慕。何時明月來？散之吳閶路。江水自言深，多爲洲沚誤。沼沼萬里餘，我情誰當遇？

古別離

別離在高秋，庭中百草沒。無以贈相思，淚下如雲發。幽房閟瑤帳，寒風吹羅襪。塵沙滿河梁，未必同明月。

秋夜長

秋雲高寒照夜明，曲欄綉戶無人聲。摇摇孤星對更漏，美人焚香自清晝。稍覺玉除仙鼠啼，已聞黼帳飛蛾鬬。侍女沈沈向東牀，燭淚恐污紅綉裳。持燭繞牀行不得，空房寂寞無輝光。聊將纖手弄瑤瑟，一絃一心燈下出。鴛鴦瓦上霜離離，夜寒難曉知爲誰？始恨征夫不如日，朝朝照妾幽香姿。那知長宿虞淵裏，啼鳥咿喔勞相思。何況交河之北歸無期！

水仙謡

芙蓉漾波紅鱗鱗，宓妃愁坐烟爲茵。翠旗孑孑香蘭折，六銖衣寒秋水人。幾年涼枕動悲客，遺豔猶留岸花碧。夢踏蛟宮羅襪多，鯉魚飛處嚴霜白。

折楊柳歌　七首

折柳大河上，日暮驅牛羊。天沙各萬里，壯士猶心傷。

射虎黃雲暮，腰間載兩狼。願掃沙中日，照郎好輝光。

并州城上望，胡兒譎于鬼。美女載馬頭，黃金隨馬尾。

漢家屋裏坐，胡兒馬上眠。安得屋生脚，行動郎馬邊。
牛羊食黃虀，躑躅滿山苦。亦知不可堪，食時那能吐！
女兒借官馬，騎到黃河邊。隔河少年子，擲贈珊瑚鞭。
日暮官渡頭，苦望鄴城戍。就中無限人，二十猶未娶。

緑墀怨

攏鏡下堦步，曉思相徘徊。苔衣靜春碧，幽幽入照來。日影親密葉，妾心誰能開？豔陽滿天地，遊子方登臺。

夜度娘

儂行拂草露，衣溼夜無聲。河漢橫著天，隄防織女情。

襄陽踏銅鞮　三首

征人何處去？江水共東行。製帆千餘幅，知我閨中情。
何日下揚州？門前雙畫舟。卻載紫騮馬，黃金飾轡頭。
生長襄陽城，石頭在何處？登山望不見，他時來迎女。

陳子龍詩集卷二

古樂府 二

長安有狹邪行

京洛有大道，浩浩羅羣方。碩彥曳安車，英俊馳驌驦。投意適芳旨，睽懷喻參商。生平展衾枕，各自爲輝光。麗日端皎素，窈霧多蒼黃。疾飈矯阿閣，盤折紆殿堂。慄淵塞翳昊，趨步無徐詳。處士秉方操，迷轍歧路旁。要津鮮洪波，一葦誠可航。貞情負高駕，佇立思輿梁。

蒲生行

芳沼植芙蓉，綠蒲相紛披。盛年事君子，相視皆陸離。歡愛日以加，中心常苦悲。君但慕顏色，顏色誠可危。豈必衰與歇？故情難重陳。幽蘭本國香，日攬不見珍。新採朝槿花，可以嬌陽春。在遠憎日積，在近意莫申。君但平意氣，今昔誰所殊。懷閒兩寒暑，對妾猶區區。男兒重大義，轉盼在斯須。莫以愁自廢，情路多崎嶇。

虎欲齧人行

越山高，高以深，白茅風動何蕭森！中有猛虎踞山陰，胸懷尺一符，不知何所言？云奉上帝命，食人無晨昏。衆人聞虎憂，賢人聞虎怒。張機設弩大道旁，手持赤繩來縛虎。妖狐本爲虎先驅，夜夜潛身發機弩。天生戾質能殺人，賢豪何物來相苦。君不見兩虎相鬬逢卞莊，小者必死大者傷。乘時奮策勢莫當，手誅雙虎驚四方！越山雖高高何常？

出自薊北門行

薊門樹蒼蒼，桑乾雲外流。傳烽始北塞，列戍登南樓。苦月飛狐上，朔風滄海頭。都市紛繡錯，原野多淒愁。父老前致辭，昔日來□□。盧龍有弛備，遼海無奇謀。徵兵遍梁益，轉餉窮荊甌。落日營壘下，戰雲鵰鶚秋。平沙已吹血，新骨仍成丘。斬獲僅千級，蕭條此一州。少年下馬聽，憤氣橫戈矛。會當報國恥，豈必懷封侯。

豔歌何嘗行

何嘗求貴，貴不可言。但見高樓綺戶，車馬賓客遊其門。一解。新拜金吾徹侯，子弟十二乘朱軒。二解。問誰爲此樂？小女入增城宮，貴寵承大恩。三解。但當請田宅，畜狗馬，歌姬婉孌而嬋媛。置身其間，樂無晨昏。四解。人命苦短，憂苦相觸。安致周全，心何殷煩！五解。起家蔓草間，託身青雲枝。君自富貴，滄浪之天君何疑？勿學爲吏，吏不可爲，居中用事天下危。餽君白璧黃金卮，日飲醇酒人愛之。六解。

東武吟行

我本隴西士，結髮事戎行。少從李將軍，轉戰陰山旁。躍馬追胡兒，流矢爠有光。匈奴避飛將，士卒皆揚揚。漢家日拜侯，我軍聲不張。將軍七十餘，部曲都老蒼。一失貴人意，道路爲迷亡。帳中既引決，幕下奔他方。我來青門外，種瓜瓜已長。側聞上祠雍，車騎何輝煌！倚杖瞻路陌，掩抑自相望。前者主家奴，後者邯鄲倡。貂蟬爲君飾，金玉爲君裝。功業既不就，歎羨徒悲涼。壯士久摧沒，鄙人何足傷！

陌上桑倣顏光祿秋胡詩 九首

曉日引麗風，春陽拂柔條。綺樓間華素，光采相扶搖。孌彼琴與瑟，娟娟靜終朝。燕坐展幃幕，遺姸散虛冢。遐哉傾城子，寤寐矜晨宵。

淑歲日載陽，阡陌縟以陰。遠揚比低柯，所務在中林。及景正攀折，寧知形響深。惠風展淸露，習習飄華襟。高枝與盛飾，可以傷人心。

幽人振林壑，宛轉誰與娛？見者各驚歎，情懷良自孤。諠沓鮮遐契，沈詳在斯須。沃枝蔭行客，飛鳥歸城隅。期尙本相異，世俗徒崎嶇。

上客欣韶令，結軫臨路旁。蘭皐覯奇質，窅窅心遺忘。肆目緬林薄，弭節致周詳。顧問一何勤，託體非遐方。惠然通我言，粲矣傳芬芳。

束身應明問，良意將重陳。本係出邯鄲，華色盈上春。小少憐幽閫，弱歲多傷神。駕言逝芳甸，采采不及晨。各自營本務，無爲遲路人。

窈窕傾中懷，躑躅幸生平。良時既難遘，歡願修徽誠。豈必素所愛，慷慨有餘情。同車極俯仰，皎若擕舜英。昔人尙達節，何用厲孤貞？

荒辭累芳軌，薄怒聊相持。君子愆大義，要我桑中期。君家綺閣上，婀娜芙蓉姿。灼灼菖蒲花，本欲媚江蘺。羣生重儔匹，妄意徒傷悲。

結交爲人婦，文采橫道周。意氣照鞍馬，劍珮何修修。薄宦在朝列，美度忝遨遊。令質盟永夜，歡心申九秋。旁人起長歎，宿昔當綢繆。

張弦或異調，列宿多殊躔。道遠隔情愫，忉怛空未然。感君慕顏色，秉義難周旋。報情常苦薄，彼此同所憐。去去攜筐歸，望望歧路前。

結交絕交行 二首

漢王昔坐成皋臺，管趙二姬雙徘徊。不負昔言向微笑，薄家便帶蒼龍來。昔人結交望先貴，今人同賤猶誹排。莫言入宮多妒嗔，吾儕當愧二美人。

張陳結客楚漢知，賓從廝養英雄姿。一朝兩人負權勢，稱兵仇殺為世嗤。昔人絕交爭天下，今人翻覆爭飄瓦。莫言讓印如浮雲，吾儕更愧成安君。

善哉行 二首

登彼修陵，有枏有檀。言藉豐草，思來無端。一解。杳杳者夜，纍纍者丘。睠彼常道，能無懷憂。二解。獸求其羣，鳥鳴其私。各懷所歡，我將告誰？三解。壯士茫茫，心煩意馳。伊誰云憎？日月無期。四解。湛湛江水，或淺或深。君子任時，或陽或陰。五解。夕飲醇酒，朝撫鳴琴。古人不知，憂勞至今。六解。

春日載陽，開我曲房。孌彼靜女，意度低昂。審情中節，承旨精詳。吐音哀麗，激發中腸。善媚妙思，可樂可傷。爲歡不極，令人難忘。湯湯雲漢，惜無輕舟。龍翔鵠舉，自古爲愁。眷言予美，永以綢繆。昔有伊人，胡爲山丘？

煌煌京洛行

中土和衍，風雨所交。奄帶舊周，西控二崤。象魏翼翼，靈臺巢巢。符拔在囿，騶虞遊郊。一解。玉門以西，震讋威霆。置尉列郵，殫品殊形。匈奴耗貳，遂分二庭。萬里烟火，若彼郊坰。二解。孰起甲第，梁竇之家。下包川澤，上拂雲霞。食客監奴，車騎紛拏。發徒起卒，不敢怨嗟。三解。積以不堪，皇奮其威。非有常侍，孰與斷幾。權利所藉，一往不歸。龜鼎再遷，炎精式微。四解。

短歌行

今將爲歡，不知其端。焉能日月？爲我盤桓。念子悠悠，樂當以愁。萬里在心，何以遨遊？瞻彼四方，道遠多傷。撞鐘伐鼓，開我東廂。二八迭奏，感人心腸。黃鵠夜悲，天路難忘。焉有烈士？可以小喜。我思古人，芳於蘭芷。良時努力，借交賢豪。萬物波蕩，求士者勞。秋風森森，惟有哀吟。遐哉四海，聊以同心。烏栖者悲，龍潛者愚。忘情斂色，與衆歡娛。

丹霞蔽日行

丹霞貫虹，龍翰翼之。下照南澗，清輝離離。嘉木秀發，旁蒸靈芝。秋風可傷，澄鮮則夷。濯手寒流，使我心悲！

朱鷺

朱鷺翔以栖，心何謀邪？在我梁，在我隄。彼君之圃樂泠泠，中有鴛鴦鳧鷖。不見茹，上冒之。魚鬻清淺何用食，進一言，陛下大稱善。

思悲翁

思悲翁，大野將安期？深谿烈風，寒雲間之。逐狡兔也安知熊與羆。但垂綆作翁飯，炙翁脯，何用飽食鳳凰？鳳凰梟爲伍。

艾如張

艾而張羅，原田茂茂芳草吹。倉中幸有粟，黄雀不下中心悲。羅在南山之陽，君何得知？飛飛謝雲中，西過弱水，三萬餘里，何時當來歸？弗食吾子。

上之回

上之回，五時隆。肅若有聞，靈星寳雞光景通。齊巫越巫言不窮。遂踰隴，登崆峒。西望條支安息，大雀狻猊集甘泉宫。何來一少女，虎齒豹尾，沄沄態態，貺汝大功。匈奴𦗛駭願内屬，北庭虚空。羽林十八萬人爲先驅，右白螭，左蒼龍。齊賜麟趾褭蹏，皇帝陛下坐當中。

翁離

擸離趾，中天之端。上有金鳳凰，風吹羽翼遐哉寒。問築宫，何用蕙與蘭？勃律之河，皓皓者玉，但當作堦戺雜琅玕。高與天神往還，下視金闕露盤。

戰城南

戰城南，死深谷，烏鳶隨我軍，狐狸相號逐。朝來躍馬鳴雕弓，一何豪！暮爲腐肉。腐肉安可爲？白雪皚皚，黃沙離離，風吹草偃胡天衰。魂欲歸漢，山川間之。縣官祭國殤，明年青草生，頭顱安得知？漢兵絕漠，誅胡虜名王，漢士馬，頗相當。將軍賜弓劍，出入明光。沒時起冢像祁連山，安得送我白骨置汝旁？

巫山高

巫山高，不知高；湘水深，不知深。上有神女寄清音，縈思託夢情日深。狖啼雨冥風冠林，洄洄潏潏雨淫淫。但得君王無他心。我欲就之，中心孔悲；我欲歸來，路遠多思。南到蒼梧列翠旗，神態恍忽將安居？精魂徘徊不可治，芙蓉紛以華。氣理娟妙帶女蘿，沅湘無梁謂之何？

上陵

上陵，一何嶢嶢，瓊樹皎以修。下有水銀金鳧，上有騶虞符拔石虎秋。美人驅車來遨遊。手浥甘露銅池傍，不欲飲，下視九州。不見黄帝騎赤龍，日月爲友雲爲旗。下上玉闕，勿復相思。勿復相思，樂無涯，願陛下，壽萬歲，躡天門。小臣常得仕宦，策馬食肉乘軒。

將進酒

將進酒，燕柏梁。漢天子，坐中央。紛佳哉！心浩昌。七言舉，樂無方。眩人舞，百戲張。門外何所見？深目辮髮而冠裳。乃是單于休屠王。城郭之國諸君長，賜酒漿，各植蒲萄，上林苑中，年年再拜上觴。

君馬黄

君馬黄，臣馬蒼。二馬乘雲意徜徉。君何在？觀八荒，胡不南歷炎州，東過扶桑？馬生渥洼，遨遊東上，心思西歸。乘吾君，何騑騑？謁王母，朝眞妃。彼崑崙之山，白玉爲櫪，靈芝爲芻。龍之子乎，奉君入閶闔，臣當前驅。

芳樹

芳樹何時，植君之庭。星月蔽虧，枝葉冥冥。花落蘭池中，鴛鴦唼咀之。心懷目成美人子，讒言孔多，愴然無涯。妒人謂君殺此鳥，砍此樹。欲言不得言，結交何由固。但當去去南山陽，勿復爲馨香。

有所思

有所思，乃在雲之中。忽然雙黃鵠，過我不下，自西自東，我欲射之無雕弓。但用相思，思君所居，珠堂玉闕，椒房綺疏。中有神仙人，欲行不行縱所如。宿昔夢見之，視我篋中紅珊瑚。乃是君所贈，爾時自謂顏色殊。三年不展弄，化爲青蒲。

雉子班

雉子班，蜚來從雌集河干。王孫持彈來，乃見其毛羽陸離而遨遊，欲彈不忍彈。其母謂子：速去無遲遲！四海矰弋天爲卑。不如集天子上林苑，矰弋安施？黃鵠自翔于天池。豐草何美美，明年大較獵，心中悲。

聖人出

聖人出，坐明堂。駕四牡，朝侯王。通絕域，窮梯航。諸福至，怪物章。白麟獲，天馬徠。神震耀，光徘徊。東若木，西龍堆。忽而逝，萬里回。登岱宗，凌弱水，埋金泥，合不死。美人哉！天之子；佳人哉！赫炎祀。

上邪

上邪！自託與君相知，妒人之子當知之。流言罔極，陰陽可移。左有佞伯，右有讒姬。黃金如山甘如飴，不敢與君相疑。

臨高臺

臨高臺，江之濆，水清石見何粼粼。西來萬里浮素鱗，中有潛蛟蛟有神。遙遙蘭草隔青萍。彎弓射蛟，江以風雨。持蛟作脯獻吾主。金支翠旗，神遊南浦。

遠如期

遠如期，乃在日月所出沒。葱嶺若丘，扶桑如髮。望天子威靈，咸佩印綬齎賮貢，上謁天子居，神明臺，天之端，所受明珠，文甲通犀。琉璃琅玕紛佳哉。布大權設殿陛間，縱四夷之客來觀。巴渝都盧，碭極漫衍珊珊。上招七十二君，捧觴爲皇帝壽。永無涯，天地后。

石流

石流，下有玉，一何寒。左生丹砂涼可餐，右有香草蕙與蘭。水流風吹，泠泠者沙。但燕坐，雲來斯，何用爲家。蘭何揚心涼香雨，持以獻明主。

隴西行

隴坂何所有？黄草秋已枯。吹沙拂人衣，盤石長且紆。林木蔽浮雲，寒獸遍號呼。熊羆倚百樹，下視吟崎嶇。結交四五人，意氣相歡娛。左手倚長劍，右手彎雕弧。俯身試一捨，所獲盈路衢。歸來呼大婦，置酒出中厨。命婦遍拜客，皆言顔色殊。少年易成醉，擊鼓歌烏烏。一朝備材官，期門給馳驅。五五自成行，長安多博徒。酒家有妖女，嬌好鳳凰雛。捧觴爲客壽，冉冉筵前趨。百萬爲君盡，一時良所無。今日樂相樂，明年西擊胡。

豫章行

矯矯澗中樹，參差陰岑前。偃蹇屈翠蓋，枝葉相駢聯。杳冥際雲氣，離鸞栖其巔。雷雨走中柯，精靈何嬋娟！落葉秋風下，泠泠流碧泉。試問此根株？乃是雲官年。日月所輝麗，中理懷文堅。匠石過其下，歎息而遷延。斧斤雖在手，鋸墨不敢專。聖王洪儉德，茅茨以爲賢。苟非時所急，棟樑猶棄捐。咄嗟吹長風，永矣全其天！

董逃行

吾今近遊從崑崙，欲上雲氣何嬋媛！四望流沄沄，弱水萬里安存？但見龍女，貝闕珠軒。一解。大魚如陵飛翻，靈雲窈窕通天門。東採若木爲舟，但見白榆歷歷，漢水所源。二解。漢亦不大隨所行。星之宮中有眞人，絳冠玄纓，延我入門。置酒吹玉笙。長跪問道，教我忘情。三解。從吏受敕，嬉遊夜明，中有桂樹何敷榮。嫦儀顧我笑，手授玉杵雲英。臣再拜，不敢食，謹獻陛下爲長生。四解。君今服食，歷天之后，協和諸夏，永無盜寇。辟邪符拔，樂我君囿。往還者神人，乘雲與軒轅左右。五解。

白頭吟

南山青桐柯，裁爲綠綺琴。皎皎五素絲，昔日是君心。昔日弦上曲，君心妾知之。今來弦已斷，妾心君不知。兩人爲一心，白頭安可期？一人懷兩意，年少亦可危。鳳鳴何啾啾，愛憎不須愁。堂前雙栖燕，去來春復秋。桃子井上結，芙蓉水中生。男兒輕決絕，何用易爲情。

烏生

烏生在何處？挾其九雛，集我陛下乘輿間。唶我虎賁郎，彎弓射中一烏，烏死血班班，魂魄不隨阿母還。阿母率其子，竄入深冢松柏中，松柏中，一樹輪囷而偃蹇，中多蠹蟲。卽復問此樹，上有神靈所治，唶我人民安得知。空冢窈窕，又有修蛇吞噬之。燕雀乃巢美人子殿堂，尙復得依人，勿損傷。麒麟千歲始一遊，魯人乃得獲之如犂牛。天馬乃生渥洼水中，安得羈絡來漢庭。唶我人民何處所？在近當時時見誅，在外豈必安寧！

箜篌引

公無渡河！決河浮浮，魚龍弗鬱不能遊。公奈何披髮而蹈之，吁嘻一去無還期！前者往而不返，後者安得知？吁嘻，使我心悲！

平陵東　二首

平陵東，刀劍弓。誰其神靈隆準公。隆準公，心忡忡，翟家義旗一何雄？一何雄，卒爲虜，第宅潢汚雜棘土。雜棘土，見吾主，何時漢兵入三輔？

平陵東，鼓鼙鼙，漢家羣牧來關中。來關中，入都門，火燒承明漸臺空。漸臺空，傳宛市，東郡太守眞義士。眞義士，復爵里，四十萬人愧欲死！

王子喬

王子喬，化爲鳳凰何飄飄！化爲鳳凰何飄飄！尙容與，王子喬，不樂宮殿雲爲家，永逍遙。往來天門日月歷斗杓。乘白鶴極瀛海中，遠歷流沙若木，靑裙更謁東王公。眞僚玉女吹笙簧，審風入律應嘉祥。中華聖人坐明堂，神人化洽羣龍翔。羽衣受策靈壇旁，貺汝寶籙祚永昌。黃鵠離哉鳴柏梁，四海和樂登雲房。手持瓊漿進玉斝，君今萬年治諸夏。

淮南王

淮南王，心好奇，高臺錦帳延神師。靈文鴻寶園龍螭，變化山嶽恣所爲。埋黃金，飲玉丹，登山把袖驂青鸞。八公雲輦相盤桓，傲倪仙伯升上天。下視塵世心悄然！心悄然，神哉沛。雞鳴天邊，犬吠雲外。長安眞人夜受璽，願將玉鼎獻天子。

相逢行

相逢霸陵下，路長知馬良。何來一男子？悍疾目有光。家居鄠杜間，挾我登其堂。門前雙柳樹，內廄兩驌驦。戶下懸長劍，羽箭插兩行。下交錢百萬，盎中無餘糧。出門皆兄弟，千里如故鄉。有時一歸來，舉坐自輝煌。自從入公府，獨置千金裝。豪傑悉會飲，諸公盡行觴。酒酣爲楚舞，開我東西廂。廣筵復羅坐，沽酒烹肥羊。上客朝大夫，中客羽林郎。下客不爲官，應募征西羌。主人且安坐，衆賓恣樂方。

豔歌行 二首

迢迢天上星，浮雲翳清淺。蕩子萬里行，日月自黽勉。井上桃已稀，門前桑欲翦。念子衣裳單，殷勤事絲繭。日暮步衡薄，愁來不敢遣。我有尺素書，隨風任舒卷。隨風置君旁，令君生輝光。

南山一何高，松柏自言長。翩翩前春燕，行蟄在何方？一朝公輸過，枝葉各摧傷。載入秦氏樓，爲君玳瑁梁。覆之鴛鴦瓦，拂以鬱金香。春風豔金碧，紫燕巢其旁。生平念華屋，眄子好輝光。昔爲南山樹，燕燕自翺翔。今來適貴盛，自栖君子堂。結交何須故？別後莫相忘。

蜨蝶行

蜨蝶飛翻，來遊上林。自言三月間，白草叢深。幸得乘時而嬉遨，忽然老燕相接逐，竄荆棘中，欲逐不得逐。回視燕燕挾其子，登君堂，巢君梁。巢君梁，可奈何？託君若金石，草間欲有言，謂之何？

前緩聲歌

北逝之燕，必有南流之鴻，人生代謝，何以爲雄？但用快心，日寒風高，射獵南山中。意氣在人，弗能言功。因復思谷中之水，必有海上之山。金房玉闕，有人挾我遊其間。何用豪心悄然不欲還？且歸故鄉，置酒高會，萬載相追攀。

怨詩行

神明百尺臺，誰家青雲端？世俗永相望，美人自吟歎。一解。手持碧玉鉤，心望冰蠶絲。焉得在懷袖？因風紹結之。二解。南方有蘭草，慕君文綺芳，道遠不能至，三載無馨香。三解。相慕路益遙，天塗捍雲雨。求賢四海間，躄躄窘跬步。四解。窈窕雲中子，顏色何修明？嗟哉天人路，誰能通恩情！五解。恩情亦誠難，彼美猶乖離。何況本曠異，望君成相思。六解。不敢怨君薄，怨君知我賢。愛而不可見，淚下如流泉。七解。

怨歌行

精暉何晻晻，下有浮雲流。微生託幽昧，敢與日月謀。愛深疑則大，負信多見尤。中生恃骨肉，一朝化仇讎。屈平矜寵任，去國如蜉蝣。巧言易爲功，親愛何足憂？裁決適君意，離憤動君心。君心不可動，徒令言者深。悲哉擇所處，此事傷古今！

折楊柳行

豫樟生南山，枝葉何扶蘇？中柯拂雲日，下蔭萬畝餘。物大衆所干，安得常自如。一解。狐狸宮其下，螻蟻穴其旁。鴟梟鳴其巔，風雨搖蒼茫。一朝謝顏色，永爲智者傷。二解。萬物有波蕩，爲隙乃一端。羣累日已積，賢人良獨難。德薄而謀大，戚戚無所歡。三解。周公稱下士，濟濟皆彥倫。孟嘗亦好客，狗盜爲上賓。侯王有同貴，聖道愼所親。四解。

吁嗟篇

吁嗟紅珊瑚，所生大海中。龍女不敢動，照耀鮫人宮。頗矜此珍异，枝枝自相同。雖然浩蕩姿，願爲世所隆。璣珠與文貝，各自媚王公。網罟日夜施，皆言滄海空。千年人不問，誰見光融融？仙人過海上，岌岌芙蓉冠。手亦執此樹，飄搖青雲端。本是同根株，焉能託羽翰？願作桃與李，春風任摧殘。摧殘豈不痛？盛時世所歡。

桂之樹行

桂之樹，桂之樹，淮南之山不足榮，乃在衡湘之間，其山崢嶸。下栖金鵝之熠燿，上凝甘露之晶英。香氣流雲霞，杳然飄玉京。桂之樹，仙女乘玄鸞而來，手持蘭蒻之囊。紫者實，綠者膏，自言食之有輝光，換易肌骨常翺翔。往來大海中，左接遊女宓妃，右引羨門伯陽。顏色一何姣好，要紹翠羽明璫。

當欲遊南山行

南山高無極，乃在西京前。中有仙人居，下見市與廛。靈芝與雜草，各自稱其妍。白鹿駕雲車，遊戲餐神烟。擾擾日車馬，悠悠度渭川。弱水三萬里，穆王時往還。在近何必卽，在遠何必偏。達者有大隱，小人好深堅。

當牆欲高行

烏集之好多和鳴，人欲結交依虛聲。和光混俗，乃有大名。牆高宇峻，世人所驚。聖哲之憂，大義未明。瞶暗不見日月，蟲飛薨薨。願欲爲牆以千仞，外有羌胡之縱横。持以告明主，萬古常堅貞。

當事君行

欲爲忠臣，安辨是與非。但奉君喜怒，一往不相違。家置鄠杜，萬頃甲第巍巍。自言半菽嘗苦飢，門無賓客，飾無珠璣。一入奉明主，至死不言歸。不見鄙人好聲名，觸文抵網，曷能奮飛！今日事君樂相樂，愼勿怨怒人刺譏。

西門行

出西門，行相思，已自不爲歡，欲將告誰？一解。但爲歡，慷慨常自知，何用黄金白璧，炫燿他人爲？二解。左擊鼓，右吹笙。若爲鼓趙瑟，我爲鼓秦聲。三解。意氣不能止，顛倒須極情。昔時嘗貴盛，家世有聲名。四解。不見昔人田千秋，一言悟主封通侯。不見昔人田千秋，一言悟主封通侯。五解。人生貴得志，豈必多奇謀？折節求功名，當爲天所羞。六解。

東門行

出東門，何時來歸？中心嘗苦悲。同遊承明廬，獨無黄金爲爾私。一解。拔我井上葵，終日不言飢。乘時作姦受賕，長安田宅何陸離。二解。何陸離，内府交州犀蛤，外廄冀北駿驪。詔付廷尉，籍入縣官，君言貪吏安可爲？三解。詔付廷尉，籍入縣官，君言貪吏安可爲？爲善人所嗤，行清廉，君知之。四解。

傷歌行

輝輝暮雲氣，窈窕張清秋。攬衣步中庭，帶緩不能收。長歎梧楸間，河漢光西流。徙倚露沾裳，愴然知我愁！良時慕儔匹，耿耿路阻修。遲暮在一朝，誰能不懷憂？景光日以去，後時難與謀。悵望滄浪天，列宿相綢繆。盈盈水中央，獨我無輕舟。

長歌行 三首

綺綺庭中樹，春至發華滋。遲我羲和駕，念子好容姿。秋風不能待，仍隨衆草衰。託身時運中，一往各成悲。亮懷千秋志，盛名我所師。

仙人餐沆瀣，肌體何馨香？手持五嶽行，下襲素霓裳。攜手同一遊，塵世三千霜。弱齡好辭翰，宛轉不能忘。時誦鴻寶書，諧戲羣眞鄉。忘言違至道，罰我守東廂。

白雲橫仲秋，昭昭明月心。清光襲素衣，徘徊露已深。明燈鑒遙夜，宿鳥驚前林。所思日萬里，臨風爲哀吟。河梁一間之，在遠不能尋。摘我瓊瑤佩，繞以雙南金。常恐馨香歇，無時寄清音。疇昔一長歎，使我悲至今。

樂府

崎嶇自行胡，漢吏何所須？織罽刺繡錦氍毹，琉璃琥魄珠珊瑚，獨移蒲萄入帝都。

卻東西門行 代魏武本意。

黃鵠成羽翼，心好萬里遊。翻飛八極間，不知何所謀？朝飲大江岸，暮宿遼海頭。百鳥更相避，我勞竟安投？天門雖咫尺，本意歷九州。悲哉此征夫，日月不我留。五出號息春，三戰爲安秋。烈烈壯士心，功名非所愁。少年事遊俠，擊劍彈箜篌。人生何所樂？得志還故丘。

門有車馬客行

上客從何來？自言歸西方。初隨博望侯，展轉居胡羌。月氐與大夏，其人皆渺茫。手持蒲萄樹，口言宛馬良。天子召上殿，往往拜爲郎。男兒重尊貴，豈能還故鄉？今年窮河源，應募辭明光。持節葱嶺西，采玉崑山旁。星宿燦若木，青鳥東南翔。歸見甘泉宮，日日祠神房。親至弱水上，不載瑤池觴。何時下諸國？車駕馳西荒。諸侯朝層城，振旅還未央。

薤露 學魏武體，感時，萬里同。

嘉平以累葉，君子無雄圖。視肉而安寢，忽忽榮其軀。不學竟無術，何以濟馳驅？一朝艱天步，失色爲枝梧。其窘如泥行，顛覆嘗載塗。因緣生事變，紛然付割屠。豈云漢網密？快人良所無。徘徊西市間，聞有悲秋荼。

【考證】通鑑綱目三編：「萬曆四十七年三月，楊鎬帥師出塞，敗績。帝以四方援遼兵大集，恐師老財匱，發紅旗，日趣鎬進兵。鎬乃于二月中出塞，分兵四道，令總兵官馬林出開原攻北，杜松出撫順攻西，李如柏從鴉鶻關出，趣清河攻南，東南則以劉綎出寬奠由涼馬佃搗後，而以朝鮮兵助之，號四十七萬，期三月一日會二道關並進。天大雪，兵不前，師期洩。松欲立首功，先渡渾河，進至二道關，遇伏戰歿，全軍盡覆。林率開原兵出三岔口，聞松敗，結營自固。我大清兵乘高奮擊，林大敗，遁去。鎬聞急檄止如柏、綎兩軍，如柏遂不進，綎已深入三百里，至深河，大清兵擊之，綎力戰死。惟如柏軍獲全，文武將吏前後死者，三百一十餘人，喪軍士四萬八千五百餘人，亡失馬駝甲仗無算。敗書聞，京師大震，言官交章劾鎬，逮下詔獄，論死。」

蒿里行

幽燕患□□，徵兵周四方。懦帥不御衆，散潰以流亡。天災降秦晉，相煽而猖狂。反者如蝟毛，憑險爲阻藏。漢將捕不道，亦聞嘗殺良。轉戰萬餘里，至今防荆梁。中原故城郭，荆棘參天長。悲哉此赤子！望望淚沾裳。

【考證】通鑑綱目三編：「崇禎元年十二月，陝西饑，流賊大起。先是閹黨喬應甲巡撫陝西，朱童蒙巡撫延綏，皆貪黷，不卹民，又連歲大祲，白水賊王二，府谷賊王嘉胤，宜川賊王左掛等，一時並起，攻城堡，殺官吏，安塞馬賊高迎祥，自稱闖王，飢民王大梁等應之。三邊飢軍，亦羣起爲盜。大吏惡聞賊，曰：『此飢氓，徐自定耳。』明年，帝從給事中劉懋議，裁驛站冗卒，山陝游民仰驛糈者，無所得食，皆從賊。」

陳子龍詩集卷三

古樂府 三

步出夏門行 四首

地脈隱伏，碣石隆起。東爭海波，高與天倚。烟樹在下，上覆流水。神哉三山，望祭于此。朝日燿爍，旌旗萬里。大魚若陵，人立而視。幸甚至哉，歌以言志。

（右觀滄海）

十月之陽，疾風厲晨。木草徂落，水石粼粼。檻捕猛獸，以誇胡人。虎落高植，鏌鋣羅陳。鉤象搏熊，積以盈畝。酋長大喜，齊賜牛酒。幸甚至哉，歌以言志。

（右冬十月）

河華以西，沃壤是賦。氣勁土深，山川阻固。憑而東撫，勢稱建瓴。上帝是宅，清渭濁涇。隴右之墟，樸悍尚武。輕身結交，心念勞苦。幸甚至哉，歌以言志。

（右土不同）

神龜千秋，以靈見誅。守精鍊神，虎食其軀。心念不朽，九京曷嗟。大人濟世，其名紛葩。才高意廣，不知所裁。困慮折節，勿爲世猜。幸甚至哉，歌以言志。

（右龜雖壽）

秋胡行

布衣而歎息，我今亦何歡。布衣而歎息，我今亦何歡。朝共餔糜，草間求安。見彼文俗吏，格格保殘。欲陳尺一書，天路艱難。歌以言志，我今亦何歡！一解。日月久閒曠，智慧易以衰。日月久閒曠，智慧易以衰。意有大願，徘徊何之，起誦陰符，聊以忘悲。縱横以奸當世，非我所師。歌以言志，智慧易以衰。二解。命世不可見，我思者古人。命世不可見，我思者古人。生民所望，有莘之媵臣。其次一匡天下，聖稱其仁。曷爲箕山之上，獨善厥身？歌以言志，我思者古人。三解。時弊必更張，豈得常因依。時弊必更張，豈得常因依。積賢自輔，聖人之威。大略御世，主上以垂衣。刑措不用，四夷來歸。歌以言志，豈得常因依！四解。

對酒　二首

對酒歌盛時，天下方大治。帝者陳威儀，日月星辰布綱維。大饒樂，米穀積如茨。仗黃鉞帶甲百萬，徜徉四夷。都護治屬國，尉候相望，九驛道之。作樂章以告諸宗廟，自諸侯王君長，咸來京師，以跪奉玉巵。惠養元元日繁滋。崇廉讓，黎民無歎嘻。賜民爵以一級，大酺十日，熙熙如小兒。甘露垂飴于銅池，鳳凰和鳴，協聲中詩。

對酒歌風塵，日月多苦辛。識曲悲所因，中心抑鬱難自陳。少皎皎頎秀而嶙峋。嘗讀書二十萬言，咸識其眞。好著書立說，負氣結客，睥睨朱輪。以漢廷無出其右者，自鄉大夫三老，莫測其人。無以致要津，於是挾册而游秦。再上書不報歸負薪，幸無絳灌之妒，蓬戶以居，傲然視等倫。生逢聖世何寬仁，高自稱譽，災不及身。

精列

當告誰？俯仰以自憐，空有傾城姿！空有傾城姿！聖哲已寂寞，世俗徒見疑，懷心而不明，結交恐後時，結交恐後時。高翔附羽翼，攀龍亦以危，攀龍亦以危。富貴苟金石，赤松豈足師？赤松豈足師？慷慨思困阨，志意在恢奇。千秋隨奄忽，奈何與之期？

上留田行

里中一何皇皇，西家束薪削漿，東家乘堅策良。見者心悲傷，不顧問君樂方。黄鵠朝飢，勿謀稻粱。

江南

江南何娟娟，芙蓉淸且鮮。採蓮橫塘前，蓮花夏可攀。鴛鴦藕之間。蓮花秋已寡，屬玉茄之下。

釣竿行

東遊碣石津，下有千里魚。風雷在鱗甲，浩然縱所如。不得此釣竿，徒爲溟海魚。

十五

顧瞻中原道，丘墟何莽莽。狐狸亦羣遊，鴟梟振其羽。流血日夜多，甲兵竟誰侮。黄雲蒸幽谷，玄風吹朝雨。號熊爲我啼，猛虎爲我怒。

驅車篇

驅車駕騏驥，西到華陰城。亭亭彼華山，峨峨混高淸。勁深應東井，太白鎮金行。神靈所招搖，雲旗與霓旌。金玉自懷蘊，丹砂奮精英。上有靑芙蓉，灼灼揚淸明。玉漿流神漱，杳然見澄泓。明星窈窕女，炫燿天人情。自古有秩禮，秋巡報西岳。下瞰黃河流，上與閶闔平。軒轅所未到，白鹿常縱橫。昭王徒詭異，博箭非令名。漢帝昔好道，築宮望逢迎。堅寒任感物，省方義乃貞。聖王守斯典，逍遙升玉京。

白馬篇 代陳思王本意。

白馬若流光，驕驕雲中翔。金羈連錦韉，仰首鳴蒼茫。誰家白皙子，英氣驚四方。手執珊瑚鞭，指顧無胡羌。所從神與武，威霆掃大荒。西馳玉門遠，北歷玄塞長。濊貊貢良弓，羽箭插兩行。爠若流星沒，便儇不可當。歸來伐大鼓，絲竹何飄揚。妙妓出後帳，健兒擊鞠場。凱歌奏雅曲，金石紛輝煌。卽今數十載，奄忽多冰霜。壯士心尙在，默默無才良。右瞻岷峨氣，左望吳會鄉。躑躅不能至，淚下沾衣裳。昔時千里駒，哀鳴良可傷。

美女篇

美女麗朝日，採蘭春水前。獨莖秀淸露，落英散餘妍。俯身出玉指，欲折還遷延。紅羅繡翡翠，紫燕何翩翩。自稱百餘萬，寶玉黃金鈿。雙鬟綠無盡，光澤搖淸川。欲往而更來，渺若吹雲烟。觀者不能知，無故起悲憐。我識此姝子，家在洛城邊。雲綺障文閣，四角垂紅蓮。端居怨儕俗，獨立佇高賢。眷言觸韶令，中情難棄捐。遙思蕩何極，行行越陌阡。芬芳誰見採？懷意不敢宣。徘徊弄輝光，自顧方盛年。

種葛篇

種葛深谷中，蔓延及前谿。餘陰翳泉澗，綢繆常萋萋。與君共心愫，自謂恩愛齊。懷抱日明潔，和好無離攜。夕衾共下帶，朝餐結上袿。讒言未嘗深，甘悅意已睽。佳人思古處，衆醜生端倪。犖然見可憎，往意誰能稽？掩帳念已失，抑抑步中閨。池水何其淸，鴛鴦本雙栖。君爲雲間星，妾爲急水泥。相照不可見，永爲浮雲迷。恐君累明德，賤妾心悽悽。

野田黄雀行

高原生秋草，勁風懷早寒。壯夫好大野，眺望起長歎。物微亦有命，豈得常相干。網羅日夜深，賢人能久安？不見田中雀，嘖嘖似成歡。食粟豈必多？羅家爲爾仇。獲者已不知，脫者自言愁。去去枯桑間，安能凌九州。所以鳳與鸞，歌舞于祖洲。

名都篇

名都宛與洛，遊戲乘春陽。廣道夾奇柳，飛甍帶長楊。宛馬從西來，袨服以翺翔。綏轡十步間，滿衢自生光。十里闞紗縠，轉側有遺香。誰家橫甲第？彷彿孫與梁。高樓三十六，一一金鳳凰。岡阜自秀複，池沼何湯湯。山禽與水鳥，栖孕鳴相將。沈香爲飛塵，鬱鬱聞笙簧。佳人輕若雲，隨風爲樂方。寄言少年子，爲歡殊未央。官拜執金吾，有女專椒房。不學窮經士，白首尙書郎。

升天行 二首

軒轅戰涿鹿，虎豹爲中權。一朝志遐舉，鑄鼎荆山前。赤龍鳴啾啾，舉袖升雲天。羽葆發虛際，杳冥何時還？至今想英武，寂寞于上玄。

鳳凰之所宿，云在崑崙丘。淸音感蕭史，彩翮來秦樓。奇情協玄景，靈玩常綢繆。倏忽雲輦至，攜手眞人遊。明姿與淑質，千載無歡愁。

五遊篇

朝登五嶽巔，仰首視上淸。不能在其下，竦身雲中行。下爲履玄玉，上冠嬰赤瓊。白鵠交翠鳳，華旗雜霓旌。迎我入天路，恍忽搖目精。蒼冥不可步，躡足淸泓泓。拜謁紫微殿，遊戲玄都城。雲笈傳吾道，祕籙署我名。玉女顧我笑，豔逸多光明。子登八琅璈，雙成雲和笙。天樂固幻眇，感觸令人傾。何時閶闔開？塵世難爲情。

僊人篇

採藥南山下，雲霧何瀰漫。往路既已失，歎息此盤桓。忽逢三老公，挾我登巑岏。閉目風雨上，折竹成靑鸞。彷彿見銀榜，螭龍守井幹。不知何洞府，但見眞人歡。瓊枝交玉樹，碧草間紅蘭。明珠綴雲幄，四壁靑琅玕。霏霏復靄靄，中有芙蓉冠。親發紫錦囊，授我藥一丸。令我好顏色，萬里生羽翰。朝列瑤池上，暮宿扶桑端。問誰共爲樂，結交王與翰。終宵振鳴珮，乘風意珊珊。世人策高足，天路亦誠難。

棄婦篇

孔雀栖陽巖，毛羽似長離。曄曄展金翠，燦燿有光儀。當春盛花蕚，舒尾媚華滋。將以娱靈眄，自妒矜相持。一朝畏採捕，不復栖高枝。在山影輝麗，出山顏色衰。色衰復何爲，賤妾中心知。君若嶺上雲，飄忽難與期。妾若澗中水，一去無還時。吁嗟門五步，遙遙成路歧。白日易爲暝，中宵易成悲。流蘇雜彩帳，華燭光問之。鵾弦與鳳管，昔者寄相思。猶是盛年物，不知留爲誰？因思曩日意，何以成恩私？不見鴛鴦鳥，和鳴芙蓉池。芙蓉秋以殘，歡愛令人危。

鬭雞篇 代陳思王本意。

高秋寄豪邁，擊鼓吹笙簧。西園列衆賓，東郊闢廣場。巨鶤展金距，盛氣神揚揚。朱眸各凝斂，奮翅燿流光。崇冠或拆裂，胡髯竟摧傷。雜羽隨輕颸，勝者鳴相將。物微亦有志，乃願試所長。豈能樊中老，空懷君稻粱。

妾薄命

秋風瑟瑟露涼，椒房桂殿翺翔。上陳黼帳玉牀，下隱碧砌金塘。手持紈扇彷徨，迎風掩月流光，更解蘭佩荷裳。五蘊豆蔻雜湯，九華發豔鳳凰。舉體流波不禁，膚明腕弱浮沈。香寒粉薄夜深，百英露華鬱金，俯仰拂拭清心。起著絳綃纖羅，淡豔娟娟奈何。斜對玉女明河，斂容側袖清歌。手持紅珠黛螺，欲採芙蓉露多。娛心極意忘情，宛轉君懷不明。歡者色授逢迎，奉君蘭枝蕙莖，結以同心縈縈。隨風欲去仍還，攬持翠帶良艱。想彼青鳥崑山，同飛齊駕追攀，千秋要渺朱顏。

盤石篇

盤石何硊硊，乃在泰山巔。風雨散其下，神靈所周旋。紫芝蒸秀發，朱草相鮮妍。神房封窈窕，飄飄極上玄。龍螭守玉策，幽異世所傳。霓旌七十二，悠悠千載前。往往拜白雲，冥氣通衆仙。靈文竟寂寞，盤石猶高堅。不見北海上，碣石何聯綿。燕王築宮館，漢帝時遷延。浩然三山樹，飄渺吹風烟。蛟蜃日妖幻，龍女揚嬋娟。大風鼓波濤，地維不得全。淪蕩若飛沫，何時當來還？羨彼山上石，神哉誰能遷！託根本異地，安危各自然。

白紵舞歌　三首

幽房閒夜樂未央，手拂長袖神揚揚。齊歡等色當筵張，如雲若月隨風翔。從心遷化態難忘，欲前更卻復低昂。在山峨峨水湯湯，何以暢之永和康。琴箏簫管瑟笙簧，斂容舒眄遺清光。託情要妙置君旁，含嬌流媚感中腸。如言不語整羅裳，飛烟拉揩香滿堂。迴身恍惚進瑤觴，千秋極意娛君王。

美人遙夜來遲遲，輕羅華燭烟流離。操絃拂袖展光儀，微雲卻月山作眉。含情宛轉不自持，浮騰摩跌紛而馳。超光逐景忽若遺，縱心一往無還期。雜沓浮衍神不知，逝將飛去春風吹。遠遊文履誰攬持，精魂遙遙心念之。沈吟一曲星河移，奉以明月揚容姿。餘歡極媚君所私，誰能窈窕令人悲。

飄搖河漢雕雲明，素巾紅袖纖羅輕。下有垂帶風中行，側身赴影忽若迎。詰屈宛轉紛哉情，繁思雜怨流新聲。託君顧眄馳目成，春風徘徊花落英。流光逸豔心所傾，盛年蕩志歡縱橫。

滿歌行

得志當何期？手無斧柯，困于蒺藜。不見古人，爲善茅茨。飛聲騰譽，鬱爲帝師。我今獨坐，悲吟爲誰？嶽嶽者心，曷能平夷！日出月沒，飛廉莫追。志在後世，不能當時。世俗混澆，刀錐是驚。許由爲濁，莊蹻爲清。揖盜共席，人仰其榮。誰謂蘭芳，與蕕並生。掉臂去之，肆志適情。我欲爲儒，章甫無威；我欲爲俠，其人輕非。狗屠者貧，肉食者肥。非有黃金，何以指揮？安得猛士，與我斷幾。利劍在手，惟敵是求。北截大漠，南掃炎州。歸來置酒，將軍徹侯。不見古人，乞食道周。才不衡命，時不待謀。退而躬耕，聊以卒歲。神仙可學，不藉權勢。莫剖而珠，莫煎而桂。厥師柳下，佯狂斂鋭。俟時而興，且從此逝。

雞鳴

雞鳴門前樹，烏啼屋上霜。蕩子行不歸，遊戲諸陵旁。諸陵何鬱鬱，豪傑徙東方。門外何所見？夾道列長楊。誰家出駿馬？約略金與張。屯兵監平樂，新拜侍中郎。徽行狹邪間，鞍馬自成行。路人不敢問，彷彿聞都梁。夜半入宮門，賜坐殿東廂。歸來但意氣，絲竹正輝煌。大奴進黃金，妙伎獻樂方。但求良家子，何論邯鄲倡。主人困行樂，歡意徒茫茫。朝來報鳴鐘，賓客已滿堂。

茱萸女

閨人適何許？秋林多雜花。獨有茱萸子，堪隨玉鬢斜。入手高枝落，分囊綺袖遮。逢人還緩步，顧影惜停車。使君垂惠問，幾摘盡鉛華。芳草豈遲暮？馨香還自誇。去去入中闥，盈盈隱絳紗。惆悵東鄰伴，向晚始還家。

長干曲 二首

清淺在橫塘，相逢素舸郎。東風何太急？吹汝上潯陽。

橫江水自流，傍岸繫輕舟。妾隱芙蓉裏，人看風雨秋。

蘇小小歌

報郎騎馬來，先至西陵下。欲採幽蘭花，紅泉向身瀉。

沐浴子

玉鏡朝還濯，温泉夜自香。亦知人不見，終日理新妝。

企喻歌 四首

男兒惟一身，身在不須憂。但能騎駿馬，何必烹肥牛？
雖有千萬金，結交謝豪賢。好鷹不食鼠，烈士不憐錢。
腰間箭的皪，身上鎧明光。横刀還並馬，各自誇身強。
生平劇自快，利劍常隨身。可憐多意氣，生死由他人。

鉅鹿公主歌 三首

朱樓洞開雙玉鎖，夾城轔轔雜燈火。
車上鳳凰飛欲墮，簾中女子顏婀娜。
鸞旗翠羽迎道左，攜手萬乘中間坐。

黃淡思歌　四首

歸歸黃淡思，怨郎坐下驪。歸歸黃淡百，疑郎懷中璧。
郎心如亂絲，妾手那能治。欲織鴛鴦錦，須郎自解時。
廣州行不歸，孤帆去若飛。龍鬚爲郎席，鮫綃爲郎衣。
鮫綃常苦寒，郎今歸不難。

幽州馬客吟歌　五首

十萬買一馬，百萬買一姬。快人多光彩，笑殺富家兒。
東鄰養黃犢，西鄰烹黃羊。囷廩高于天，日月行兩旁。
人言鳳凰雛，不入鴿子羣。我家流蘇帳，女兒解羅裙。
女將綿作襦，郎將貂作裘。常恐北風至，煖氣不中留。
明燭鋪氍毹，朱顏爲我開。持刀席地坐，割肉行金罍。

慕容家自魯企由谷歌

寧折牆頭花，弗攀道旁柳。迢迢天上星，有時落人手。

碧玉歌　三首

碧玉不自量，何意郎迷惑。白日照朱華，自然有顏色。

纔成八寶鏡，復留明月璫。眞是郎顚倒，輕擲好輝光。

碧玉菖蒲花，感君春風吹。縱有秋容日，零落不須悲。

長樂佳　二首

鬱金生南海，自言解心疾。郎欲妾安時，莫使馨香失。

翠羽綴明珠，搴帷障媚蘭。極意相珍重，始知郎所歡。

懊儂歌　三首

咿啞江陵烏，集歡檣子頭。白晳江陵女，隨歡下揚州。

江中帆阿那，四面各相宜。歡是東西風，不專爲儂吹。

歡如牛渚磯，險怪知多少。常恨負情人，心事何繇照？

讀曲歌 十二首

雜花穿玉燕，小翠塗金雀。郎若就儂時，紛紛爲郎落。

儂坐六萌車，陌上來相視。芙蓉生道旁，乾蓮那得子？

可憐紅羅色，是儂淚時生。鬼火行古墓，照碑不分明。

金鍼與絲線，常使三葛穿。三葛雖疏薄，鍼線卻纏綿。

交花雙鳳帶，纏歡千百周。作態相持抱，不得歡心留。

儂是井上桐，開花落井裏。剩得零落容，秋風對梧子。

蛛絲語蛺蝶，自有相牽處。只愁不飛來，那得還飛去。

憶歡眠復眠，俯仰誰能數。馬行黃蘗中，歷亂蹄痕苦。

五更暗中語，借儂紅繡襦。端的從何去？

儂言歡大狡，歡言儂自貪。將飴投入蜜，當是兩相甘。

儂有別時啼，不忍教郎見。何故張明燭，摩挲苦相盼。

辛苦口邊語，儂疑歡意深。千層捲蕉葉，誰識本無心。

團扇郎 四首

團團明月姿，上有乘鸞女。慚無傾城色，畫此爲郎御。
手捉白團扇，窈窕自徘徊。若當相憶時，好風爲郎來。
殷勤團扇柄，繫作紫羅囊。中有都梁味，使郎玉手香。
可憐白團扇，秋風不相見。願郎還餉儂，持攜自遮面。

前溪歌 四首

粼粼白石子，前溪流水深。生憎清澈底，照影不照心。
門前溪水急，感郎居上流。來時一篙至，去作十步留。
羅巾汙清淚，洗就前溪中。鮮妍水色變，恐與郎相逢，疑是桃花紅。
黄葛生山後，枝蔓來溪前。願郎莫砍葛，到處根纏綿，砍卻還復聯。

黄竹子歌

女兒清江上，黄竹蔽江涯。不見流水急，惟嫌蕩槳遲。

江陵女歌

素板青絲舫，繫娘浣瀨邊。故脱杏衫子，宛轉得人憐。

宿阿曲

帷帳壇上輕，幡蓋雲中下。肅肅寒風來，眞官騎龍馬。

道君曲

中林夜陰，兩樹相語。東鄰富家，設我匕箸。跪告道君，使將汝助。

聖郎曲

上馬亦揚揚，下車亦款款。明星羽蓋飛，靈風侍從散。大巫停管絃，攜手椒槳熳。

嬌女詩

乘風集江渚，芙蓉結層樓。青雲山間出，碧水堂下流。髣髴高眞會，兩兩自淹留。

白石郎曲 二首

白石郎，遊江中。霓旌雲車駕兩龍。波濤夜醉鮫人宮。

江濱石子，爛若雲霞。郎豔容裔，臨風欹斜。水妃江妾，願以爲家。

青溪小姑曲 二首

暮遊青溪，雲散雨微。小姑出浣，紅裳翠衣。

何以無郎？曠然珠軒。小姑有兄，貴不可言。姑爲蔣侯妹也。

湖就姑曲 二首

風阻赤山湖，酌漿薦蘅杜，贈郎紅珊瑚。

大湖過帆多，小姑高雲髻，盡日青峨峨。

姑恩曲

明姑下天門，賜我常不衰。何以相持報？翠膏粉黛香臙脂。

采蓮童曲

蕩槳歌淥水，紫菱牽玉臂。芙蓉不解羞，那得相迴避。

明下童曲 二首

挾彈花林下，結束女兒裝。嬉遊日行樂，不羨烏衣郎。
白皙誰家兒？一顧傾朝市。手持團扇來，神氣淸于水。

同生曲

相憐隔巷居，齊歲各通名。新好雖云盛，豈得更同生。

石城樂 四首

陽春諸年少，尋芳各行遊。顛倒南陌上，寂寞城中樓。
妾有忘愁歌，夜夜嬌陽春。郎如不相識，枉作石城人。
流鈴龍子幡，吹過石城下。疑是歡相迎，風帆如駛馬。
竟陵五丈水，日日有人行。不斷方山路，那能無送迎。

烏夜啼 二首

象牀人正眠，烏啼門前樹。心驚明月光，籠窗急迷路。
儂家不難到，巴陵湖口旁。便是烏啼處，樓外雙垂楊。

莫愁樂 二首

打槳尋莫愁，莫愁不還家。當門搖淥水，豔豔芙蓉花。
石城美年少，皆言識莫愁。夜夜楚山望，無人樓上頭。

估客樂 六首

大艑十丈帆，小舠三尺槳。儂欲追送歡，江潮不能上。
身著鬱林布，知郎歸廣州。明珠凡幾斛，與儂淚時流。
打鼓發珂峨，波濤橫戲謔。郎攜千黃金，只愛他鄉樂。
昨得揚州書，不作分明語。百貨從郎買，莫買揚州女。
翡翠出廣南，黃金來蜀土。飾儂儂更愁，願郎守門戶。
賽神梅根渚，燒燭江底紅。郎祝願潮水，儂祝石尤風。

襄陽樂 四首

襄陽行樂地，大堤多女兒。同時各流眄，郎憐定是誰？
不入銅鞮坊，那知顏色好。白馬最關情，卻向垂楊道。
夜分西塞曲，蹋臂怨聲多。郎在城中宿，定是不聞歌。
鍛鐶自圓潔，郎買揚州錢。朱繩一斷絕，同心何處穿？

三洲歌 三首

相送巴陵口，含淚上行舟。不知三江水，何事亦分流？
布帆若飛鳥，頃刻三山東。儂無千里目，郎有千里風。
贈郎金縷枕，雜以百和香。交南多珍異，莫擲儂心腸。

采桑渡 四首

朝行採桑津，綠樹相交偃。過客莫停車，坐使芳春晚。
柔條盡著手，楊枝必裝鉤。周旋春蠶熟，製歡紅錦裯。
箔上蠶三眠，香草布地紅。提筐花豔女，遊戲桑林中。
牽衣桑樹巔，墮下紫羅襦。但令歡相拾，莫惜見還無。

江陵樂 二首

綠絲繫腰端，蹀埸各言工。作態相周折，顚倒四面風。
估客下三峽，江陵五兩多。儂蹋芳草去，上岸三摩挲。

青陽度　二首

可憐絲千緒，機中齊作經。停梭不擲緯，歷亂那能成。

輕擣十丈練，潔白夜生光。歡心自不淨，何得畏砧牀！

青驄白馬　八首

青驄白馬珊瑚鞭，行逢花林驕不前。

執韁遊戲美少年，黄衫白袷劇可憐。

可憐大道石爲梁，湖中唱歌白日長。

門前淥水常浩浩，借問鴛鴦爲誰老？

西曲巷西小巷斜，娘行駐馬儂停車。

西曲嬌娘不肯行，蘭橈桂楫來相迎。

去時躑躅三回顧，青驄不識來時路。

徘徊今夜心難忘，三唱可憐窈窕娘。

共戲樂 四首

茫茫寓宇九驛通，安撫嘉平和八風，
高臺廣殿列鐘鼓，音會聲繁雜風雨。
輕羅徐舉雲霧生，迅體觸發紛相迎。
將雛鸞鳳鳴將將，百靈呈瑞大道王。

女兒子 二首

明月峽中月夜明，據舷愁殺猿三聲。
鹽崖上水悲莫啼，篙頭裹布雙竿齊。

捉搦歌 四首

磨刀不快怨砥石，家計不盈問賈客。少年臂鷹上南陌，老女終宵弄刀尺。
東鄰狗竇兔出入，二十女兒怪羞澀。健馬嚙芻須疾急，何惜刀錢空竚立。
黃河岸邊多青草，誰家黃犢輕車好？女兒嫁時眞顚倒，偏我閨中自稱媼。

白鐵彈丸黃竹弩，朝行逐雀暮射虎。可憐女子持門戶，邯鄲名倡有錢數。

新樂府

范陽井

丙子秋□破定興，孝廉范士楫之配馬氏，及其子之婦并三女墮井死焉。其明年，范君與予同舉進士，予聞而壯之，爲新樂府曰范陽井。【考證】定興縣志：「范士楫，字箕生，別號橘山。萬曆戊午舉人，崇禎丁丑進士，任陽曲令，讞獄多平反，著有求其生錄。庚辰丁外艱，復洪洞履任，賊氛已逼，棄官旋里，入鼓蓋山以避亂。國初，召起禮部主事，尋改吏部員外郎。典秦中試，號稱得人。回晉選司郎中，以執法失上官意，罷歸。不交要津，閉門著書，撰范陽識略十卷及匯棘堂諸集。」又：「崇禎丙子，邑城不守，孝廉范士楫之妻馬氏，與冢婦王氏及三女同入於井，媵婢從而死者九人。容城孫奇逢、漳浦黃道周，皆有詩文紀之，時名井爲五芳井。」

皇帝九載秋，□大入畿輔。掠名城，以十數。室閭紛哉流離，人民腊脯。一解。騎倏忽至范陽。范陽城中大難，有范君，舉孝廉，家世衣冠，敦行秉禮，門內歡喜。二解。登城，火燉燉，城中大擾亂。男子蒼黃出奔，顧謂若婦：卿自爲計！答云不負君，無煩言。三解。庭中有石井，井水清徹膚。顧呼新婦：我爲若前驅。三女泣徘徊，大者十七，幼者十一，同去弗復躊躇。上牽紫繡帶，下結紅羅襦。相將入石井，井水淸徹膚。四解。咄嗟哉！美人子。世亂人如蓬蒿，寡廉鮮恥！亦有大將建高牙，望風而□□，長吏專城不能死，曷不媿范陽城十歲女子！五解。皇帝大明聖，獎孝旌義，以風於有位。范君今來射策在上第，欲陳家門中心悲。賢哉！賢哉！敢告史氏。六解。

穀城歌

旗離離，鼓坎坎。雕弓虎牌府門下，帳中錦袍坐紅毯。一解。縣官來，不敢行；監軍來，並坐烹肥羊。汝有禾稻供我糧；汝有訟獄聽我章。今我爲官，汝勿驚皇。二解。百姓入門何所見？白玉爲君牀，黄金繚繞之。美人侍者僊僊，仰面乃其妻。相視不敢問，中心悲！三解。將軍者何官？昨日黄紙招安。小兵騎馬醉歡，突入酒市盤餐。四解。將軍口傳勤王，艨艟大舶千檣。但問江陵漢陽，又問武昌九江。五解。

【考證】明史流賊傳：「崇禎十年，張獻忠入湖廣，會熊文燦爲總理，刊檄撫賊。獻忠先爲左良玉所敗，創甚不能戰。十一年春，偵知陳洪範隸文燦麾下爲總兵，因遣間齎重幣獻洪範曰：『獻忠蒙公大恩，願率所部降以自效。』洪範喜，爲告文燦受其降。獻忠遂據穀城，請十萬餉，文燦不能決。獻忠在穀城訓卒治甲仗，言者疑其欲反，帝方信楊嗣昌言，謂文燦能辦賊，勿憂也。夏五月，獻忠叛，殺知縣阮之鈿，隳穀城，陷房縣，合羅汝才兵殺知縣郝景春。降賊一時並叛，惟王光恩不從。」明季遺事：「張獻忠榖城再叛日，留書於壁，以告楚人，自己之叛，總理使然。具條上官名氏，而列所取賄之日月多寡於其下，且曰：『襄陽道王瑞旃，不受獻忠錢者，此一人耳！』閱者愧焉。」

遼兵行

【案】通鑑輯覽：孔有德、耿仲明、李九成皆遼人。巡撫孫元化謂其可用，擢爲裨將，遂有登州之變。此詩或爲有德輩而作。

胡兒騎馬來，漢兒騎馬去。交臂黃塵中，但問汝家是何處？答云我家隔河居，汝饋羊酪，我報明珠；我饋黃金，汝報貂褕。易水南，常山下，相逢折箭進酒炙，回頭便向西兵射。

【校】遼兵行全集本列入新樂府補遺，原本湘眞閣稿此詩列在榖城歌之後，今照原順序移前。

小車行

【案】通鑑輯覽：崇禎十年六月，兩畿大旱，山東蝗。是時先生銓選出都，目擊飢民流離之狀，故有此作，下賣兒行同。

小車班班黃塵晚，夫爲推，婦爲輓。出門茫然何所之？青青者榆療我飢。願得樂土共哺糜。

風吹黃蒿，望見垣堵，中有主人當飼汝。叩門無人室無釜，躑躅空巷淚如雨。

【校】「風吹黃蒿，望見垣堵」句，原本湘眞閣稿作「風吹黃蒿見垣堵」。蟄存案：有「望」字較佳。

賣兒行

高顙長鬣清源賈，十錢買一男，百錢買一女。心中有悲不自覺，但羡汝得生處樂。卻車十餘步，跪問客何之？客怒勿復語，回身抱兒啼。死當長別離，生當永不歸。

韓原泣

秦兒歌，楚兒舞，高冠廣額咸陽賈。排玉闥，登金堂，九卿側足趨道旁。一解。朝入左掖門，暮出左掖門，堂前衆賓客，一一乘朱軒。十日一休沐，香藥雜上尊。麒麟製君衣，褭蹄佐君飧。二解。得君歡，可君意，自謂百年長不棄。恩去何時回，情斷何繇繫？昔如石在山，今如水在地。三解。上君綬，爲布衣；怒未止，竭而歸。西市街鼓鼕鼕，衞軍簇簇呼擺圍。君家舍人先橫屍。四解。黃紙下，門已鎖，金吾將軍夜列火，緋衣御史來上坐。來上坐，出詔書，一尺組，莫躊躇。城頭撾鼓三更餘，使者復上靑驪駒，何以載君廣柳車。五解。田宅盡沒官，不得名一錢。堂前衆賓客，一一歸窮邊。先爲人所畏，後爲人所憐。六解。

【考證】明史薛國觀傳：「國觀，韓城人。爲人陰鷙谿刻，不學少文。溫體仁因其素仇東林，密薦於帝，國觀得志，一踵體仁所爲。崇禎十三年，以贓賄奪職，放之歸。十月，遣使逮國觀，明年八月入都，命待命外邸，自謂必不死。八月初八日夕，監刑者至門，猶鼾睡，及聞詔使皆緋衣，蹶然曰：『吾死矣！』倉皇覓小帽不得，取蒼頭帽覆之。宣詔畢，頓首不能出聲，乃就縊。法司坐其贓九千，沒入田六百畝，故宅一區。」吳氏說鈴：「崇禎十三年五月，韓城來京候審，有內閣舉人中書松江人王陛彥，向爲韓城心腹，以舊日情誼，至寓問安，稽事密談。廠役希旨，密伺薛邸，適遇陛彥，擒奏下獄。三法司嚴訊鍛鍊，加國觀候審鑽刺罪，惟聖裁。陛彥以職侍內閣，洩漏機密，例律擬大辟。八月，國觀賜縊，陛彥棄市。」

補遺

【案】集中補遺諸詩，俱照前人鈔本採入，其中或有贋作，明眼者自能辨之。

復讎行擬古樂府

【案】此首朱雲子選本爲黃門作，而李舒章集亦載入，註云：「贈黔士陸雲鵬。」是否俟考。

黔中有壯士，父死蠻夷中。父死弟爲虜，嗟乎苦哉！是讎不報，誰謂我雄。一解。乃置黃金千斤贖我弟，問我父死所，兄持手，弟牽裾，涕泣覆地。烏號獸鳴，白日慘慘天欲雨。二解。側聞官家招夷，夷來降。夷來降，鼓鼚鼚。大者賜輿服，小者賜酒鍾。蠻夷喜樂盤桓，誰知壯士鳴刀環。三解。「置酒置酒，我父死路衢，弟幸蒙全祜。感爾不殺恩，前宰肥牛，後烹吠狗。」四解。酒方酣，擲盃盤。壯士突出戶間，謂爾酋，抑何愚？爾昔殺我父，我今腊爾

肉！會大股慄，欲言不得言。五解。大兄斫其腹，小弟截其肩。還持讎首祭父，觀者滿路旁，

啧啧上指天。六解。道帥大怒：爾何殺降！兄弟爭死，罪無所當。小弟得爲將軍，大兄走故

鄉。賢哉！賢哉！君不見父死門東，子吟道旁。七解。

陳子龍詩集卷四

五言古詩 一

雜詩

娟娟露中蘭，遇我若有思。俯身近芬芳，野草忽間之。白日流有路，明星爛無期。清光傷人心，含懷待所私。杳杳復何樂，巧笑當及時。盛年閟幽歡，紅顔誰攬持？放情馳遠方，沉蹈天然姿。

歲暮雜感 四首

玄冬景方晏，浮雲寒無姿。晨風翔天末，狡兔横中逵。怨彼雪與霜，紛紛侵我肌。如何盛年子，窈窕有餘悲。旨酒徒滿樽，狐白何離離？相對不能飲，令我顔色衰。白日忽已暮，春陽豈無期？惜哉憔悴士，愧此桃李枝。燕坐還欲出，黯然臨路歧。

積素有盈旬，三日無朝暘。薄暮減容輝，起視雁南翔。雲物淒以惻，百年常相將。時恐哀怨多，欲告言無方。黽勉效輕薄，歡娛等悲傷。情性爲我累，何時當悅康？高桐苦多音，澤蘭苦多芳；何如一世人，是非皆茫茫。

深冬常閉戶，白日翳以陰。廣除生木介，高館來寒禽。言念懷所歡，杳若商與參。歲月自徘徊，孤情日夜深。豈無傾城色，可以明我心。君子樂幽素，小人爲荒淫。古時芙蓉花，芳香猶至今。良意信有託，何用雙南金。

長夜意惻惻，衾枕相因依。雨雪陽禽避，朔風胡馬肥。念我同門友，搖搖京洛歸。發軫天津樹，揚舲大江磯。或留承明省，九伐張一作佐。樞機。羽翰共一林，風塗各分飛。歎予蓬蒿下，歲暮多歔欷。烈士無閒情，悠悠日月非。側身天地間，愧我舊裳衣。何時二三子？連轡揚皇威。眷言繼往昔，毋令賢者希。

遣興　三首

妖狐有脂粉，上帝誇香馨。陰山漏霧姿，巧障月與星。帝醒白日舉，何處藏其形？卽今在蒙蒙，日夜思雷霆。

畏影而卻走，疾聲乃碎缸。既卻復繁複，方碎尤鏗鍧。人言可重禁，命盡難再榮。豈爲克讓士，汙己成人名。

田夫策牛犢，仙人騎鳳凰。用舍必乘時，宜適各有方。魯君視管囚，楚霸觀韓王；愚若鷄與鶩，塞默無輝光。一朝奮大策，呑聲徒困傷。

寓言 二首

江東有穢鳥，自名爲禿鶖。食魚徒滿吭，毛羽終可羞。其或所立渚，鷗鷺必遠投。何來一蒼鷹？鐵翮黃金眸。雖非高尙姿，猶任搏擊謀。不作摩天飛，下集滄江流。側身就鶖飽，比翼相遨遊。末流安可居？貴賤各自求。所以老鶴心，傲然當高秋。

魯國有腐儒，行止如淸狂。拜虎求不噬，揖蛇求不傷。二物頗威厲，豈欲貴儀章？非不執斧柯，欲舉心茫茫。終覺屈身易，寧知均喪亡。持肉餧猛獸，弭耳來相將。食盡甘餌見，亦得充君腸。所以天地間，盡產豺與狼。

惜捐

嗟賢人去國也。【考證】宋徵璧抱眞堂集惜捐詩注：「時漳浦黃石齋先生以諫言去國，故有惜捐之賦。」

憶昔先帝時，貐猰方內訌。國柄不在握，行止如旋風。入阱笑麟鳳，上殿皆狐狨。宵人駡碧血，羣閹豔華蟲。逆臣謀益急，勢去天愈夢。天下憂默然，日月何時東？是時大誅賢，餘孶託轉蓬。裂衣敦稼穡，上訴求盲聾。今皇膺圖籙，嘆嘯雲霧空。捕反不藉兵，協策鮮一忠。紫極終夜正，煌煌頌帝功。白首悉悲哽，大道娛清通。雖無異人出，奮節除夷戎。猶見皇綱張，羲和正當中。即今五載餘，庶事傷初終。前者胡難烈，其後內設罘。貂璫滿都鎮，四野多块埄。守臣報眚孽，農夫指蝃蝀。有士私憤切，陳辭發宿蒙。上言天序順，下言俗態工。爾作非時鳴，此輩眞愚侗。胡不牧羊去？蠢菌汚彤宮。秉鋤大歡喜，高山友羆熊。不見妄言儔，搒掠成罷癃。項嬰陰雨木，手錮崑岡銅。吁嗟夜魂黑，蹩蹩誰爲雄？射鳥莫射鳳，鳳去羞梧桐。擊樹莫擊桂，桂死怨豐隆。東鄰有賢婦，閒貞棄狡童。西鄰未嫁女，感物憂忡忡。其處雖異遇，均抱清潔衷。何人國所重？悲傷到微躬。

【校】「奮節除夷戎」及「前者胡難烈」句，全集本原缺「除夷戎」及「胡」等字，並據壬申幾社文選補。

【考證】明史本紀：「莊烈帝即位，誅魏忠賢。四年九月，復命內臣王應朝、鄧希詔等監視關寧薊鎮兵糧，及各邊撫賞，太監張彝憲總理戶工二部錢糧。十一月，太監李奇茂監視陝西茶馬，呂直監視登島兵糧。羣臣合疏諫，不聽。」又黃道周傳：「崇禎二年，起故官，進右中允，三疏救故相錢龍錫，降調。五年正月方候補，遘疾求去，瀕行上疏，帝不懌，摘葛藤株連數語，令具陳。道周上言，語皆刺大學士周延儒、溫體仁，帝益不懌，斥爲民。」

幽人

幽靈不在晦，明月誰能同？出則經天衢，隱亦大海中。龍蛇春變動，空谷生雄風。始知雷雨夕，不住蓬萊宮。君來爲明盛，光彩流虛空。劍佩隨雲高，平壤開華嵩。世亂天不見，掃除用豐隆。促促違所向，翻然扶桑東。山中時倚劍，帝所或射熊。素女騎紫鸞，寶匣靈文紅。壯心既有歸，大道非無功。咫尺宇宙外，胡爲守蒿蓬？

田家詩 二首

四月雨新足，良苗青可憐。農夫荷耒出，各自求其田。蓑笠有烟氣，隴陌相覆連。飛鳥或鳴樹，游鯈時泳川。歎息此村老，保聚多歲年。昨日村中人，買牛入鄰縣。傳聞有盜賊，殺戮求金錢。歸來但涕泗，終夜不敢眠。安得守其廬，鷄犬皆翩翩。雖嘗被呵責，官吏眞聖賢。

布穀先夏鳴，田鼠飲濁水。泯泯蚓竅通，格格鷺武徙。桑女蠶欲飢，攜筐餉于耜。夜望牽牛津，不見雲電起。遠村燈火紅，犬吠復不止。何來有一人？行趨甚雄駛。入門且劇怒，手探懷中紙。長跪不敢讀，請君命其旨。上言奉尙方，下言供戰士。難得少須臾，忍看長吏褫。在倉黄雀肥，在野黄雀死。雖然同羽翼，豈不異脂髓？忠臣亦可爲，老農徒自耻。

暑

白日稍行西，火雲猶在東。炎威盛揚越，旱魃爲誰雄？風力既已竭，紈扇其何功。鵂鶹曉亂鳴，毒蛇遊水葓。羣物各棲息，蚊蚋獨驕空。整衣終不堪，血國恣盈充。偃蹇本小節，畏客非我衷。頗思翠水巖，復憶蓬萊宮。玄霜薦夕膳，海納障朝櫳。自謀豈不樂，傷彼蒸黎窮。郊原焦若燬，牛死人罷癃。盛衰易以遷，世亂如蒿蓬。貴人都茫茫，賤士徒忡忡。

淩河

【考證】明一統志：「大淩河，源出大寧，自義州衛西六十里入境，南流經廣寧左右屯衛界入海。小淩河源出大寧，自廣寧左右屯衛西入境，合女兒河及哈剌河南流入海。」

遼東百餘城，一一居胡酋。卻發漁陽軍，版築青海頭。綢繆緝故壘，屹然當仇讐。揚兵直虜巢，轉餉淩瀛洲。中建大將旗，健兒雙吳鉤。國家勁兵處，此地無與侔。要區敵所爭，胡來必淸秋。朝廷東指笑，何異撼蜉蝣。我城鐵不如，況復饒貔貅。長圍既蛇盤，孤城遂獸罘。嗚鏑馬躍濠，負土駝塡溝。四門閉白日，萬人無一籌。擊鼓鼓不揚，愁雲高戍樓。

滿城悉斂魂，黯黯如荒丘。外救復潰散，氣奪層冰擊。後來不傳烽，出關皆逗遛。相顧但歎息，拔身終無由。都尉萬矢盡，左賢一角抽。漢王豈有神？事祕必可羞。白羽同獻捷，云解當宁憂。朝議持未許，頗見邊臣浮。退避理獲全，進攘眞大訧。榆關爲北門，寧遠爲遐陬。安居胡不樂？豈得恣他求。何人興妄役？坐引豺狼蹂。唐時築受降，漢代營涼州。其後或淪胥，未聞誅首謀。寄語臨邊士，曷勿常悠悠？失地律尚輕，開邊罪難酬。君王不好大，誰敢思封侯。

【考證】明史丘禾嘉傳：「崇禎三年，禾嘉拜右僉都御史，巡撫寧遠兼轄山海關諸處。大清兵以二萬騎圍錦州，禾嘉督諸將赴救獲全。時孫承宗議築大凌城，懼敵至，四年五月，命祖大壽以兵四千據其地，發班軍萬四千人築之，護以石砫土兵萬人，工垂成。廷議大凌荒遠，不當城，撤班軍赴薊，責撫鎮矯舉。禾嘉懼，盡撤防兵。八月，大兵抵城下，別遣一軍截錦州。城中兵出，悉敗還。禾嘉聞之，馳入錦州，與總兵吳襄、宋偉合兵赴救。與大兵遇，大戰長山、小凌河間。九月望，大兵薄錦州，襄、偉出戰不勝，監軍張春會襄、偉兵過小凌河東五里，築壘爲大凌聲援。大兵扼長山，不得進。禾嘉遣副將張洪謨等出戰五里莊，亦不勝。夜趨小凌河，至長山，接戰大敗。大壽不敢出，城援自此絕。大凌糧盡食人馬。大清移書招之，大壽約降，並設計誘錦州守將，留諸子于大清，僞逃還，遂入錦州。大凌城人民商旅三萬有奇，僅存三之一，悉爲大清所有，城亦被毁。禾嘉尋論築城開釁罪，貶二秩。」

【校】「一一居胡曾」句，全集本原缺「居胡曾」三字。「圪然當仇讐」句，缺「當仇讐」三字。「揚兵直虜巢」句，缺「虜巢」

二字。「胡來必清秋，朝廷東指笑」兩句，缺「胡」「東」兩字，「左賢一角抽」句缺「賢」字。「坐引豺狼蹂」句缺「引豺狼」三字。並據壬申幾社文選校補。

北郊觀梅

我心傷春陽，攜手城之陰。高冢臥石馬，遊女息遙潯。昔稱賢達士，鬱鬱成高林。游蜂花間來，觸草爲和音。感此渡前溪，淡越恣幽尋。煖葉潔肥柔，氣理相浮沉。芬芳放樊圃，水木兩不任。餘情給妖夢，蕩渺開空淫。他勝奪欣賞，人散花愈深。夜犯月露姿，奇香出襦襟。寒光來斟酌，清娛猶至今。

御史大夫張公撫浙時攜二鶴歸山東孕二雛焉以爲瑞也圖以記之命予賦其事

【考證】浙江通志：「巡撫張延登，進士，天啓間任。」【案】題名碑錄：「延登，山東鄒平人，萬曆壬辰進士。」

雲海浩無端，白日開高清。老鶴凌波濤，雙羽翻然明。影落芙蓉池，滄洲渺玉京。氣塞頓高墉，仙才飼牙兵。瀛風修神騎，瞻望虛遐聲。徒存俗羈憤，永保曠士貞。玉衣隨素裝，放志懷崢嶸。芳園蕩禽性，幽人知夜情。傲靜濟水上，橫翼風雲平。和光動儔匹，遠澤胎精英。二雛鳴啾啾，物小神矜盈。日長烟霞姿，弱翮霜華成。思昔太古時，人鳥無相爭。機物日夜深，樊籠何糾縈。物困智垂盡，鼓息阻芽萌。天地已促儉，區區思專生。張公今亞相，盛德滋雄名。炳廣攬國綱，日月在軒楹。惠心感潔材，清絕成符禎。安坐理天樞，繚繞紅玉笙。

櫻桃

夏春交麗景，當時貴朱櫻。擕以青絲籠，玉盌秀高盛。色若羣蘇鞨，照耀盤餐明。美人濕纖指，入口神輕清。甘澀本同枝，味亦隨時成。何年媚皓齒？圓的含流鶯。昨歲履佳令，倚泊平原城。風沙屑乾燥，頗懷烟林情。既斷婕妤賜，不見青童擘。憶昔在京口，碧葉綴璘瓊。恣食千餘顆，主人贈滿籯。卽今重對汝，三歎意縱橫。此物歲呈豔，我身時時更。竊懼年華衰，醜質羞精英。

冬日同萬年少遊横雲山李舒章園亭

【案】萬壽祺，字年少，注見年譜崇禎六年。李雯，字舒章，注見年譜崇禎二年。【考證】婁縣志：「横雲山莊，卽明李工部逢申舊園。後歸王司農鴻緒。」

玄冬景奄忽，薄暮山蒼茫。頹雲浩當野，黯然天外涼。石壁森崢嶸，深澗多嚴霜。朱樓峙其間，窈窕松月光。永夜宿烟霧，獨鳥號山岡。夢境有超越，及晨滯餘傷。搔首登高臺，雲物都荒荒。人影亂木杪，絕磴相翺翔。退哉池上飲，其樂不可忘。名士秀萬子，文苑長李郎。身在林泉際，思橫日月旁。明時一握手，願言保孤芳。

春晝獨坐感懷

晝靜不厭長，春風滿闤市。荒庭蔓深草，搖曳弄晴𡰪。瘦桑光尚沃，鄰家蠶脫紙。白雲過我居，殘花爛餘紫。嘖嘖決牆鳥，歷歷緣樹螘。秋毫涉微心，沉吟度舒晷。幽情懷新寂，寡營學遠累。戒飲時忘機，謝客翻倒屣。奮意難驟息，志士古如此。干戈日夜多，黎元色如燬。兵氣照文登，逆謀起越巂。用事臣益驕，植根有表裏。魑魅影太清，鉤陳注枉矢。時良盡三木，貞夫終朝褫。悽惻太平業，不見耕鑿喜。江南寂寞人，浩歌蕩無紀。宿好臥龍名，勉負莘野恥。二十頗有餘，空林老蘭芷。忍看豺狼橫，俯身默成痞。遠患翔鳳凰，乘時翹騄駬。天運屢通塞，英雄達其理。諒非閒散姿，何難混鹿豕。【案】「文登」句指孔有德事，見後七言古登州行注。「越巂」句指沙定洲事，見後七言律聞滇注。

贈羅華亭紋山

【考證】松江府志：「華亭令羅承祖，字宣明，福建永安人，辛未進士，崇禎五年任。」

良玉本温質，蘭蕙資深陰。夫君金閨彦，出宰吳江潯。淸風布霞路，羣象肅以森。耽文有餘歡，譬彼雙南金。鬱哉蒲中士，窈窕多奇音。在理亦無棄，殷殷仍宿心。皇塗正艱難，世用各異尋。旱飈震江表，嘉禾色已黔。誰爲神龍質？萬里懷甘霖。願言捐所緩，專心事保任。民命豈無期？積儲聊備祲。賢達方煩焦，何時揮素琴？

從段橋雨泛出西陵橋

【考證】杭州府志：「白沙堤東第一橋，曰斷橋，一名段家橋。橋界于前後兩湖之間。凡探梅孤山，蠟屐過此，輒春雪未消，葛嶺東西，樓臺高下，悉瓊林瑤樹，晶瑩朗徹，不啻玉山上行。」西湖游覽志：「西泠橋，又名西陵橋。從此可往北山。」武林舊事：「西林橋，又名西村。都城探春，水面畫楫如鱗，次第先南後北，至午則盡入西村橋。弁陽老人詞云：『看畫船盡入西村，閒卻半湖春色。』蓋實錄也。」

午雲正翳景，洩烟紛多時。文楫淹宿雨，觸波超陰涯。中湖既瀇瀁，外流亦委蛇。揚舲冒弱芷，淸淺犯幽荄。秋心率前麓，潤質懷豐枝。仰送孤嶺沒，俯矚潛鷺飢。松柏森修岡，傷客情易知。莽莽風滿山，美人絕光儀。涉水更淒放，屬纜開淸吹。精靈展密意，物化持後期。緬矣採芬素，瀰瀰蕩遙思。

循蘇堤至南屏下 【考證】西湖志：「宋元祐間，蘇軾築堤湖上。自南山抵北山，夾道植柳，林希榜曰蘇公堤。」杭州府志：「南屏山在淨慈寺右，每寺鐘初動，山谷皆應，逾時乃息。蓋兹山隆起，内多空穴，故傳聲獨遠也。」

輕舟遵芳涯，悠悠弄溶裔。濕雲卷峯外，繁雨涓松際。穠潤發秀直，空濛含幽麗。行旅隔烟水，擔荷縈薜荔。湖山競翠容，松篁間虧蔽。南屏覆虚泛，北亭懷婉嫕。日暮虎聲鬭，樹瞑猿飛細。吳客多深華，越歌雜傷慧。區中兹邈清，釆賞有淵契。柔枝媚羈情，秋心良易切。泛泛載芬芳，朝夕從此逝。

從靈隱寺上韜光道 【考證】西湖志：「雲林禪寺，在武林山之陰北高峯下，即古靈隱寺，康熙二十八年賜今名。」杭州府志：「從雲林寺西逕，穿叢篁中屈曲而上，約三四里，達韜光庵。懸崖結屋，勢若淩空，頂有石樓方丈，正對錢塘江，江盡即海。」

澄氣發層徑，午峯秀披扶。孤亭喬木下，散曠存清娛。水涸溪尚靜，雲暝山復殊。廣堂鬱朱草，別澗生青蒲。懸輿攀絕巘，反杖送嶇途。迭映媚樵路，虛折限人區。幽篁疊娟娑，飛泉歷虛無。鳴鳥谷中怨，巢鼪松際俱。高閣抱雲氣，迢遞開江湖。四山閴無人，秋響相弃趣。物慮勞光彩，遺心適可符。

歷南屏諸勝取雷峯路歸湖中

【考證】杭州府志：「淨慈寺北，有山自九曜峯逶迤起伏，爲南屏之支脈，名曰雷峯。吳越王妃建塔于峯頂，夕陽時，塔影橫空，此景最佳。」

悠悠長北堤，歷歷穿西渼。驅車亂朝暾，聯袂上雲綺。危峯陰先冠，窈澗影相比。烟白曉人淨，泉香秋草死。卷山納蔽翳，虛巖息遙視。疊石青無時，寒流明未已。羈心散羣壑，美人復何似。共挹層霄波，庶薦湘中芷。谷涵禾黍風，渡成橘柚市。幽魂撫肅肅，矜情候瀰瀰。會拾芳華歸，娟娟弄秋水。

春雨病坐讀左氏春秋

桃李方及時，翳景摧豔陽。況乃閟齋閣，學道猶心傷。林花遂杳冥，庭草傳幽芳。掩簾晝愈靜，謝客情難忘。山鬼徒窈窕，淸輝滿匡牀。嘆息霸才盡，流覽左氏章。天紀或姦亂，國步資才良。徵辭嘗感敵，處義多合方。愧彼簪纓士，庸庸無所望。緬想九京嘆，斯人今已亡。庶幾鷦鳩樂，可以識厚藏。

春日寄獻澹石師　【案】鄭友玄，號澹石，注見年譜天啓六年。

鵷生弁茲山，何年當來儀？束髮在朝列，音徽常自持。天步既多梗，日月難無私。夔然有烟霧，厭者存危辭。朝貴不滿意，九關恒狺狺。夫子植大猷，咫尺傷乖離。鴂啼沅江暮，蘭放湘中湄。立言題楚壁，避地非秦時。翦棘修昔歡，結綬爲世資。企予緬襄野，躑躅閟龍姿。蒼蒼隔雲雨，胡然見蹉跎？豔陽布春條，鳴禽弄柔枝。幽衷易感候，遐心勞佳期。懷哉素商節，永言慰朝飢。

上巳

令晨澹和景，繡野何駢修。嘉園盛雲物，攜手池上樓。凌曉發清賞，當春散羈愁。夭桃殷陽巖，香草青芳洲。廣除披惠風，弱藻隨新流。懷我同心友，憑勝各行遊。陟山愧道娛，臨水傷佳儔。淑明薦波際，婉孌亂雲陬。將離洧濱擷，鸂鶒江上浮。接歡隔遙素，怡情對輕柔。長晷有欣慕，妍氣多綢繆。徒見會境愜，眷與宿意謀。春醽投蘭莖，去矣忘他憂。

誦舒章歸家園詩遙和

孟夏備和爽，羨君出西城。惠風拂高木，平原廣且清。南溪流水急，落暉相與明。亭臺綠窈冥，鳥雀晴縱橫。海桐花若浮，橘柚香如醒。水閣障蒲荻，怒蛙陰池鳴。薄暮啓門館，薜蘿度簷楹。憑欄看新漲，浩蕩及我情。爲客始三日，雲物皆逢迎。予苦晏嬰宅，開戶履已盈。郊居自多歡，幽人知寡營。沈賦雖云盛，君今饒令名。

【附錄】李雯歸家園詩：「出門有羈旅，薄暮還故丘。新雲布草間，霞光從西流。平林藹餘靜，芳渚妍澄幽。菰蒲淡炎初，橘柚芳春遒。海桐富繁英，深陰暝梧楸。青冥原際歸，夕香園中遊。招月出蘭橑，挹清登菌樓。鳴蜩響陛中，喓萃聽浮條。深竹鳩夜噪，熠燿流牖陬。既覽羣物樂，復聞農人謳。撫景無留懽，攬時積層憂。隱娛研清文，修術探奇謀。浩浩何所濟，豈曰無方舟。」

初夏入山中

嶺氣已齊綠，澗風吹草寒。漾舟淸源下，松雲勢多端。偃蹇昆山陰，夕照西池殘。吳城鬱嵯峨，海色高盤桓。烟樹乃歷歷，亭館行珊珊。自然日易暝，宿鳥歸仙壇。我今不得意，笑倚青琅玕。下山雷雨至，咫尺蛟龍歡。

送勒卣之金陵省試　七首

【案】周立勳，字勒卣，注見年譜天啓五年。【考證】江寧府志：「金陵，在春秋時本吳地，楚威王滅越，盡有吳故地，乃置金陵邑于石頭。」

嘉賓集城阿，送客遊舊京。吳雲變昏旦，蟪蛄日夜鳴。望望路阻修，關河自崢嶸。去矣心內惻，居者傷中情。西瞻浮雲闕，遠道多令名。

念我生平時，弱齡意縱橫。嬋娟戀文史，時俗羞逢迎。忼慨事君子，大雅方流聲。勖勉望寥廓，結交繇中誠。

中誠亦何極，珊瑚與明珠。大海同一源，誰能分根株。我與二三子，結轡來馳驅。長江何浩浩？歡笑還憂虞。鸞翮不驟奮，貧賤慚久俱。咄哉離羣嘆，獨我遊皇都。

皇都盛冠蓋，宮闕何奕奕！燕山帶三隅，淸流穿中宅。飛塵日以揚，豺虎橫路陌。本意展殷勤，生平慕竹帛。流猋來廣衢，鵷雛有彈射。感此和氏篇，歸歟理墳籍。

墳籍將何期？古人爲我師。西鄰發巧笑，東里揚蛾眉。彷佛鄴城彥，頡頏洛下規。潤山無凡玉，德輝誰能持。盛名時不堪，植躬貴威儀。大人能達情，恐爲下士嗤。古義有攻誠，君今當別離。

別離抑誠難，攬袪起長嘆。修眕覆雲末，江河多羽翰。應龍潛大澤，雷雨生波瀾。亮懷神靈姿，時至無久皤。君子志不朽，小人慕微歡。遐路各努力，相勸惟加餐。

加餐事遠方，意氣何揚揚！秋風掃阿閣，行遊入帝鄉。皇塗正多難，英賢自輝光。奮策效明運，區寓資和康。與君共令德，何時日月傍？勖爾飲此酒，掩涕以徬徨。

送闇公聖期應試金陵

【考證】王澐東海先生傳：「先生姓徐氏，名孚遠，字闇公，華亭人。父太學公爾遂，以文行知名。生三子，長即先生，仲鳳彩，少致遠。先生天性沈敏，篤志力學。自爲諸生，文譽日盛，兄弟皆治毛、鄭之學。先生覃精六義，風雅之家，皆師事之。仲氏以多識，著述成一家言。少弟負才善交遊，時有雲間三徐之目。」婁縣志：「徐鳳彩，字聖期，諸生，入太學。」

送客谷水上，風雨來江東。夏日亦以寒，千里關河空。江城落雲際，吳山辨烟中。揚舲發二子，澹蕩蒹葭叢。賽神揚子津，咫尺金陵通。淸華在都市，環珮何玲瓏？秦淮十二樓，天外靑濛濛。伯子文章彥，意氣吞雄虹。仲子擅儒雅，霏霏多玄風。良璧不孤潤，威鳳誰能同？聖人臥瑤闕，側席招旌弓。若人匡時才，大道豈固窮？十載琬琰交，昔日雙飛鴻。倚樹謝公宅，避暑孫帝宮。咸思抱忠憤，世俗難爲工。棄繻不出關，貧賤羞微躬。越石固豪士，祖生乃時雄。同衾久商略，何年成奇功？

送默公師應試燕都

【案】王元圓，字默公。註見年譜天啓二年。【考證】畿輔通志：「京師，元初爲燕京路總管。至元二十一年，置大都路總管府。明洪武九年，置北平等處承宣布政使司。永樂元年，建北京，稱行在。十九年，始都北京。改布政司爲北直隸。」

風雨相因依，澄江流日暮。夕宿吳會烟，朝觀廣陵樹。黿鼉歎洪波，長川渺無數。夫子何所之？望望燕山路。黄河改新道，平原列古戍。風烈易水哀，關津薊門固。碣石宮久摧，黄金臺已故。昔人重慷慨，今人理章句。未識天子尊，豈無公卿顧。壯士有大略，不爲險情誤。朗然冰雪心，十年奉誠愫。英猷拯時運，明珠照玉輅。既展謁帝篇，當諷甘泉賦。庶以達沈懷，平居念天步。吾道未云非，去矣榮竹素。

送仁趾省親永嘉

【考證】浙江通志：「杜喬林，字君遷，華亭人。萬曆進士，知湖州府。陞按察使副使，遷右參政，分巡溫處。」松江府志：「杜喬林長子麟徵，字仁趾，少有英譽，與太倉張溥齊名。崇禎辛未進士，授刑部主事。時太監張彝憲等總理部事，監宣大諸鎮。麟徵上疏極諫，舉天啓近事爲戒，舉朝嘆服。尋改兵部職方司，爲尚書熊明遇所重。其請授諸將事權，及定滇寇普名聲，麟徵條畫爲多。又上書論時政得失，有賈、鼂遺風。丁母憂歸卒。」【案】浙江通志：「溫、處二州，晉爲永嘉郡。」

君今有遠别，况乃臨高秋。日雲濟遥嶺，海氣分澄洲。朝濟淛江楫，暮宿山陰樓。遐途涉險鄗，曠哉雄心收。棨戟壯華蓋，餘皇泛東甌。威名震瀛澥，更欲資英謀。努力事家國，豈懷公與侯。吾輩徒步人，常耽王佐憂。中原厭鼙鼓，此物何時休？黽勉振王路，各務萬里遊。九月霜欲下，哀雁紛南流。匹馬入薊門，越山何阻修？相思兩無寐，皓月當分愁。

酬萬年少　二首

石華秀南澗，幽蕙揚中陵。物情有欣慕，在遠各自矜。豐沛多奇材，東吳擅修能。與君新結交，意氣來相憑。帝京共遊戲，江表覲徽繩。道歡洽清燕，雅負賢豪稱。傷哉禮俗士，焉能辨淄澠！風塵滿天地，阿閣飛青蠅。何年竦長劍？昔人如股肱。

秋英粲林麓，揚舲大江湄。子愛澗中藻，余愛瀨下蘺。幽芬娟以淑，心曲多恢奇。偕遊不其山，道遠方俟時。流猋生雙闕，白日忽已移。赴難愧古人，變服良可悲！子負河朔風，默坐流英姿。問誰執此釁？我言既相疑。幽憤當見理，何言酬恩私！

中秋偕闇公舒章讓木集飲

【考證】奉賢縣志：「宋徵璧，字尚木，崇禎癸未進士。授中書舍人，欽差催督長蘆鹽課，頒發九邊。既復命，充翰林院經筵展書，尋又奉差催督蘇松四府柴薪銀兩，未復命，以國變歸里。入本朝，用薦授祕書院撰文中書。會有舟山之役，徵璧從征有功，還朝，轉禮部祠祭司員外，尋陞本部清繕司郎中，出知潮州府。潮素苦鹽，自徵璧涖任十二年，而鹽不至，人以為德化所致云。徵璧原名存楠，自少負才藻，工詩文，與其從弟徵輿有大小宋之目。」

有客來高秋，寥廓浩無主。是夜撫明月，故人愁復聚。失意猶慷慨，風流振前古。詞賦滿天壤，言論挾風雨。孤城落寒星，銀河對秋浦。玉露清梧楸，澄蟾隱門戶。夜凝哀雁流，霜深壯士苦。南紀鬱山川，才華盛文武。莫嗟吾道非，雄心寄歌舞。不觀古時英，多為常人侮。滅燭心蕭條，千里竟誰取？【案】闇公先生是年省試，諒以見遺而返。故前方送闇公應試，此又與闇公集飲，觀詩中「故人愁復聚」二句自見。

十六夜又偕闇公讓木諸同社集飲

八月潮大至，冥冥趨嚴城。聯袂出郊牧，晚意皆縱橫。丘樊滿秋氣，杳然天地清。佳冶務遙怨，酌酒俄已盈。主人本激壯，賓客多聲名。相對論河漢，月出雲霞平。宿鳥霜下動，蟋蟀莎中鳴。紛紛古今事，浩蕩誰能明？關河正歷落，歲月猶崢嶸。痛飲共涼夜，中懷各經營。

留別閻公聖期

江南滿秋草，落日迎寒潮。禾黍黃動地，川原何遙遙。駕言適冀州，行役無昏朝。攬袪各來送，我心多鬱陶。中意不可極，南州雙瓊瑤。異時一握手，文雅相招邀。所懷卽古義，芳若佩蘭椒。壯心論天壤，經史生光昭。羽儀盛餘子，誰人當久要？悵焉河梁別，萬里違丰標。我出畏世網，子居混漁樵。小山足賢隱，園桃譏士驕。勖子以盛時，經綸出芻蕘。北風當南望，再上桑乾橋。

留別勒卣

置酒城南隅，颯然秋雨至。卓犖有周子，杳杳出幽翠。登舟慘不言，浩蕩竟何意？長嘆多古今，愁心滿天地。問子遊帝京，挾持此軒輊。兵戈正紛騷，常懷文武志。黽勉爲風雷，皇塗展國器。弱質誠過期，敢羞千古事。夫君本上才，時違無賢智。寂寞揚子居，寄隱文園致。英雄在草間，時人笑狂稱。強意耽詩書，名山未憔悴。子釣溟海魚，予策燕臺驥。苟列壯士中，萬里戒攜貳。

偉男許予相送於廣陵作詩以堅之　【案】顧開雍，字偉南，註見年譜天啓五年。【考證】婁縣志：「顧開雍軀幹奇偉，美鬚髯，性和易，而詩文極峭刻。同時諸名士以文登第，而開雍獨以文學終。」明史稿地理志：「南直：揚州府，漢廣陵郡。」

澄江渺淸響，橘柚揚明秋。雲物相與濬，北鳥臨南洲。東吳秀無極，美人獨行遊。萬里效賢達，咫尺仍綢繆。顧郎負神儁，玄席推風流。斜倚琉璃匣，倒掛珊瑚鉤。屏風七尺間，文藻無停留。太息此分袂，依依送行舟。他鄉更難別，踟躕亦何求？顧恨江左近，遙瞻薊北修。朝發谷水城，暮登北固樓。吳女如烟霧，助予經年愁。歌君壯麗詩，命客彈箜篌。歸逢明月夜，寄我遼海頭。

【附錄】李雯贈偉南送臥子至廣陵詩：「木落淮南秋在天，離思遙直廣陵烟。獨搖羽扇蛟龍懼，並擊珊瑚雲水鮮。感慨會登文選閣，風流遠上孝廉船。珠簾十里隋堤路，更使君懷一惘然。」

陳子龍詩集卷五

五言古詩 二

擬古詩十九首

行行重行行

征途一何渺，萬里安足期？飛蓬亦有根，君行竟誰知？遙夜託清夢，眷言心念誰？浮雲依大野，春風動華滋。感物易成響，撫時易成囊。胡爲慷慨士，因之多俯仰！思君恐後時，天寒馳宿莽。我勞復何如？音徽日以往。

青青河畔草

靄靄採藍徑，悠悠浮苹水。輝輝羅袖揚，鱗鱗躡華屣。沉沉思遠方，交交不能止。昔時衣帶間，今成萬餘里。春風吹人心，鬱陶誰能理？

青青陵上柏

幽幽谷中蘭，昭昭雲間日。人生各自媚，一往更相失。歡愛無終期，娛心成良匹。遨遊李趙間，光輝不可必。朝入洛城門，車馬何飄疾？甲第廣且閒，妖姬撫鳴瑟。奉君爲一心，中懷異疎密。且娛斗酒會，悲來不遑悉。

今日良宴會

嘉賓集良宴，斟酌俄已盈。交歡妮所愛，意氣何縱横？絲竹競神理，且復極中情。中意不能盡，渺若曠生平。物化隨年消，倏忽事經營。亮懷竹帛志，千秋以自榮。胡爲稱令德？被褐驕虛聲。

西北有高樓

綺樓照朝陽，春風正依因。都梁展衾素，裛粉不及晨。盈盈戶牖間，躑躅意未申。紅顔誰攬持？絃歌動我神。哀音亂心曲，不敢聽其眞。強君一徙倚，他人難具陳。持此悲傷意，誰能感所親？知者亦已稀，三歎徒苦辛！

涉江採芙蓉

桂楫橫大江，相期蒻蘅杜。枉渚多迴風，盈盈隔南浦。佳人與我違，馨香亦誰主？遠道託所思，殷勤爲君取。

明月皎夜光

獨坐知寒風，四五夜光缺。蔓草霜已凝，皓皓何慘冽！河漢淸且微，參辰疎欲滅。候雁羣南翔，哀鳴傷雨雪。生平一予美，倏忽逝將別。不惜悅者稀，所悲情易決。濯濯漸臺女，引領心內結。亮無千秋期，容輝爲誰設？

冉冉孤生竹

葛生何漫漫？中谷自參差。枝葉豈不榮？託根亦有宜。願言事君子，意氣永不移。悠悠路阻長，彷彿心念之。浮雲易以散，千載爲一時。芙蓉揚其輝，將以媚所私。常恐秋節至，盛時不可追。努力愛遲暮，感君長相思。

庭中有奇樹

瑤草生巖阿，自言同馨香。佳人置懷袖，因風復難忘。昔爲山中秀，今爲席上芳。傷彼蕙蘭花，永懷君子堂。

迢迢牽牛星

蜿蜿雲間龍，濯濯月中兔。仙人擕素手，渺然一相遇。靈藥欲遺誰？遐哉悲往路！沈吟河漢西，常愁清景暮。眄眄希令顔，千秋誰能度？

迴車駕言邁

躑躅河梁西，所思萬里道。隮攀隴上飛，寒禽跡如掃。日月不我憐，焉能常美好！凡物各有化，人生遽相老。賢達復奈何？致身無草草。名在金石間，何爲稱壽考？

東城高且長

峨峨東城阿，睥睨自相覆。枯桑搖暮飈，黃雲蔽平陸。佳人多暮悲，物象凄以肅。貴盛易爲羣，衰賤易成獨。懷憂倘見申，娛心自馳逐。婉孌邯鄲女，歷歷橫波目。紅顏妙入神，中懷寄絲竹。淸商自然哀，馳情一何速？心期弄手爪，徘徊展淸淑。我有鴛鴦綺，寄君黃金屋。

驅車上東門

獨行北邙山，遙遙洛陽陌。悲風生廣野，原草秋以白。誰知狐兎間，下有侯王宅。生平多貴盛，一往無朝夕。永寐如虛無，游魂自相索。形神各爲仇，景光何太迫！悲歡旣同盡，懷憂亦無益。神仙不我欺，往往在疇昔。何當快人意？盛年良足惜。

去者日以疎

古人旣以悲，今人復懷憂。千秋遞丘隴，擾擾將何求？車馬爲誰歡？劍佩難遨遊。行者淚霑裳，鳥雀鳴啾啾。乘時歸故鄉，極意相綢繆。

生年不滿百

鬱鬱百年內，盛衰不可明。歡愁各相感，自取俄以盈。安得同心人？結交揚令名。德輝世所睎，高唱激中情。醇酒徒盈樽，不如見國卿。

凜凜歲云暮

天寒曠大澤，鷙鶬鳴河梁。方舟渺難渡，念子欲褰裳。所思寄遠道，歷陸五文章。裁爲合歡被，附以永相望。下託淸夢影，上承明月光。懷情日遙遠，常恐無芬芳。不明終棄置，慊慊獨難忘。安能若流景？馳光置君旁。徘徊望羽翼，努力西南翔。何因歸洛浦？惠然適中腸。

孟冬寒氣至

躊躕寒風間，浮雲竟誰寄？星漢何瀾汍？淸輝自相媚。萬里一盼睞，自言不遐棄。潑潑雙鯉魚，尺書遠莫致。浩渺此江水，欲行良不易。常恐中道歸，書成無一字。君亮知人心，多言亦徒累。

客從遠方來

客從大海南，贈我雙珠履。燦若綴列星，行行步秋水。朝亦以彷徨，暮亦以徙倚。煌煌鮫宮物，因君飾玉趾。清光來照人，餘輝不能止。

明月何皎皎

秋雲常夜照，輕豔羅雙扉。空房多幽響，拂我舊裳衣。孰不攬明月，故鄉有餘輝。誰知天路長？獨此鴻雁飛。極望浩難即，遊子何時歸！

擬公燕詩　八首

文帝

令晨唱高會，清夜猶陸離。層臺結雲氣，明月臨華池。攜手衆君子，羽蓋飛參差。疎星綴丹霞，長筵羅玉巵。妙舞倚清鐃，新聲中所私。慷慨盛時會，快意不可追。高言發廣坐，綺麗垂來茲。薄德領羣彥，此樂千秋期。

子建

澄秋發清景，星漢依南楹。西園集嘉宴，雲韡隨風輕。芙蓉照華月，鴛鴦夜和鳴。廣池多幽響，流飈激琴箏。妙伎整巾帶，玉樽自縱橫。春華誰攬持？放意聊絕纓。公子何翩翩，愛客招羣英。璠璵器不薄，興文懷令名。接席垂神盼，意氣一以傾。千秋此良會，願言展生平。

仲宣

芳草被長坂，高木緣清池。流猋來廣術，水禽相游嬉。良時多高會，幸與公子期。冠蓋出鄴城，並臨漳河湄。中廚敕嘉肴，旨酒斟酌之。清歌入層雲，玉管生繁吹。令音託歡宴，杯來不能辭。顧承君子惠，愧彼食苹詩。合坐各英彥，大國多光儀。陋姿依所愛，翩翩同盛時。回翔鸞鳳間，接翼相攀追。守分循大義，圭璧恒自持。

公幹

玄夜遊西園，置酒歌太康。主人乘雲輦，衆賓爲樂方。嘉林通清暉，華月舒中堂。瀲灩發素波，菱芡披風涼。羽蓋臨高臺，方舟泝金塘。淫魚出陰涯，珍鳥相翺翔。明星燦綺閣，彩虹垂浮梁。玉饌既難名，金罍漾流光。絲竹快靡麗，豈必知宮商。傾城來何遲？盼睞安可忘。

德璉

賓從集華館，被德皆上才。援筆從素蓋，攬衣金虎臺。玄言發和暢，清賞起徘徊。仲眉各諧辯，并坐傳尊罍。徽音觸絲竹，穆然清風來。極歡復太息，鬱結何由開！

元瑜

乘時布明惠，良夜集光暉。登臺盼清瀰，明月照裳衣。盛德難再遇，恩愛不敢違。娛樂既玄暢，降慈世所稀。我后巡青蓋，四海適安歸？君子保終始，並坐流音徽。芳醑傾綠樽，羅帳揚霏徽。持此高堂會，永矣常依依。

孔璋

修林帶高城，迴風飄素秋。羈客紛殷懷，言從公子遊。層臺多寂寥，玄鶴鳴悠悠。芳樹亂紅碧，纖草麗以稠。疇野一何綺？靄靄浮雲收。羽觴惜日月，歌咏寄阻修。荒哉高晏會，逍遙庶忘憂。明時不易逢，聊爲鐘鼎謀。

偉長

雲屋生微風，蘭華燦南軒。清暉動百卉，陶陶何嬋媛。端坐不能理，旨酒徒盈樽。窈窕展金翠，簫管幽且繁。歲月逝已晚，歡樂難具論。鴻鸞羨遐舉，中心念舊恩。顧瞻後時會，悵矣欲忘言。

詠懷 倣阮公體十首

晨遊嘉樹林，清風正徘徊。丹砂出流水，言從南澗來。玄蟬鳴秋露，音響一何哀！散襟唱高言，晞髮登層臺。

陽春二三月，江南豔綺羅。逍遙步蘅薄，婉孌揚清歌。相攜採芳草，盈筐豈云多？將以思遠人，一往如逝波。世俗厭傾城，馨香其奈何？徘徊無所託，北山多女蘿。

鳳凰生丹穴，歌舞崑山旁。一朝集潁川，百鳥朝歸昌。德輝誰能下？將爲王者祥。鴟鴞懷好音，引領鳴枯桑。終抱腐鼠志，誰能飾輝光？異物難與居，敗類徒悲傷。去去凌九霄，同心以翱翔。

生平好俠遊，一顧情何已。傾城令人悲，皎皎東家子。惠風吹清音，春英粲玉齒。懽情常苦多，誰能離別此？芳華豈云非，憔悴從何始？中心傷管絃，棄置勿復理。豈得長相思？還君鴛鴦綺。

灼灼難爲容，盛暑三伏時。玉質厭纖縞，羽扇自紛馳。紫莖秀水殿，綠萍覆華池。彈琴盤石間，淸泠有餘思。惠然濯吾纓，流水忽間之。願言風雨會，秋與佳人期。

殷憂四海間，託身在里閭。窮達與時會，黽勉亦以疎。長卿方慢世，子雲常晏如。心知非所歡，自處良有餘。嫱且樂魚鳥，鐘鼓饗爰居。世俗尙夸名，適性懷淸虛。素風耽往昔，高翔越皇初。顧我一心人，攜手以同車。

二女居瀟湘，遨遊來江滸。縹緲揚霓旌，出入以風雨。蘼蕪自然香，採之亦誰主？念此朝雲飛，輝輝弄靈羽。冷然木葉下，將歸涉秋浦。愴怳感中腸，南方非吾土。

步出燕都門，遙望桑乾河。平沙捲千里，曠野行蹉跎。濺濺石梁水，東流意如何？寒風躍孤獸，荒草亦以多。城中冠蓋子，許史相經過。黽勉爲磬折，日暮朱顏酡。肅肅交壎篪，聖人奏雲和。何爲慷慨士？浩然發商歌。

石瀨秀水華，秋崖多夕陰。下有鴛鴦鳥，上有橘柚林。暮雨飄靈衣，幻妙傷人心。玉佩何所投？娛景不及尋。楚王在京臺，夢寐自浮沈。寄情虛無間，悠悠望徽音。容顏已荒草，至今湘水深。

射山何綽約，緱嶺自逍遙。遊戲日月旁，安能常相邀？玄鶴一爲別，舉袖不可招。曉食玉山禾，夕宿扶桑標。朱華既零落，飛蓬亦飄颻。怨此雲中人，棄我不終朝。草間日以短，蟪蛄鳴嘤嘤。

錄別 計偕別友吳中作 四首

悠悠江海間，結交在良時。意氣一相假，羽翼無乖離。胡爲有遠別，徘徊臨路歧。庭前連理樹，生平念華滋。一朝去萬里，芬芳終不移。所思日遙遠，形影互相悲。出門皆兄弟，令德還故知。我欲揚清音，世俗當告誰？同心多異路，永爲皓首期。

攬袪臨大道，浩浩趨江湖。九月霜雁急，雲物變須臾。非不執君手，情短無歡娛！送我以朔風，中腸日夜孤。萬里一長歎，流光催賤軀。往路日以積，來者猶未殊。晨風轉秋落，懷哉在根株。猛虎依松柏，錦衾戀名姝。苟執心所尚，在物猶區區。睠焉山川路，巧笑誰能俱？

黄鵠怨晨風，吹君天一方。別時僅咫尺，誰知歸路長？行役慘徒御，霜落沾衣裳。迢迢斗與牛，望望成他鄉。錦衾與角枕，不復揚輝光。豈無盛年子？雲路相翺翔。明月知我心，蘭蕙知我芳。難忘心所歡，他物徒悲傷！

今日逝將別，慷慨爲一言。豫章生高岡，枝葉相嬋媛。一朝各辭去，彫飾爲君門。良材背空谷，慰彼盤石根。我行一何悲？所務難具論。非慕要路津，亮懷在飛翻。含意苟不渝，萬里無寒温。勖君長相思，努力愛蘭蓀。常使馨香發，馳光來夢魂。

招隱詩 二首

薄暮尋蘭皐，幽栖歡早歲。願與佳人期，攀條弄雲際。疏峯間喬林，潛池留陰翳。石瀨揚秋英，緒風轉明麗。彈琴對飛泉，悠悠相與逝。遐尙光景外，無心慢人世。朝露墜澗松，夕霞散巖桂。起坐攬羣籍，古今自遙綴。

良辰偃層岫，君子知我心。流泉帶高館，清暉照嘉林。玄鶴下遙嶺，寄此雲中音。採芝暢幽期，丹井自清深。弱齡辭寵辱，無悶覩古今。風塗抗靈駕，宵表披重襟。流景同終始，好道寡浮沈。昔時巢居子，心迹託鳴琴。

詠史 八首

生平好節概，壯思本難明。流覽往氏籍，歎息古時英。風雲日以歇，賢聖嘗崢嶸。瞻彼變通世，奮發垂大名。韓王拔漁釣，伊生亦躬耕。功成道則偉，羈日身本輕。飛揚懷往路，伏處在堅貞。悠悠草野間，豈曰能辭榮？

應龍託青雲，降澤周四方。時至寡留滯，身退宜潛藏。卻賞貴仲連，辟穀懷子房。榮利遞消歇，不朽方未央。四姓各競勢，七族繇相戕。至今千載後，寂寞無芬芳。

鬱鬱薋與菉，幽幽蕙與蘭。惡草蔓中谷，馨香日以殘。佞人託肺腑，中正難久安。痛言傷人心，附會生波瀾。楚國亂無極，屈平困上官。會當遠權勢，爲臣良獨難。

關水何屹屹，上與浮雲連。胡塵起陰山，烽火達甘泉。千金買良劍，匹馬空風烟。昔時衞與霍，偉哉此兩賢！拔身房闥中，指顧軀腥羶。漢威亦以廣，漠南無控弦。少耽權家書，走檄能翩翩。南來誚勁越，北去銘燕然。

黃綺既肥遁，梅生復遠遊。擾擾愚與賢，焉能同九州？安坐致卿相，立談說王侯。縱橫豈必用？阿世當見收。處子樂耿介，嘯傲無奇謀。風濤滄海夜，烟霧商山秋。

季心方任俠，意氣蓋關中。將軍得劇孟，宛若敵國空。匹夫尚奇節，可以驚王公。心期苟相許，萬里安足窮？施人若負愧，解紛不稱功。儒生徒區區，慚此烈士風。

矯矯雲中鴻，悠悠水中鯉。鱗翼不相借，飛潛各異理。丈夫貴時用，縱橫安足恥？焉能蓬蒿間，年歲如流水。絳灌何英威，手握天子璽。隨陸亦雄辯，憑軾下萬里。鼓運非一倫，各自稱奇士。居前不能軒，慷慨情何已。

終軍對奇木，長卿奏子虛。瑋麗一世間，照耀承明廬。天子旣勞問，豈得無高譽？至今文章士，扼腕亦以疎。龍門好遠遊，成都嘗宴居。倡優給戲弄，執戟供掃除。寂寞竟何限，豈曰才不如。固窮莫衡命，守玄常著書。顯晦在一時，聲名各有餘。和壁雖不遇，至今同璠璵。

七夕 倣玄暉

早秋辨雲樹，斜景生微涼。頗振玉堦葉，復折瑤華芳。蓮房碧秋渚，雜英搖暮香。烟露夕靡靡，綺閣正相望。引領佳人期，誰知往路長？玉繩麗薄霧，銀漢含蒼茫。寂寞雕陵鵲，使我河無梁。澄宇靜不舒，丹鳥穿衣裳。蕙莖秀玄夜，輕飈復難忘。迎涼依雲雨，彷彿巫山陽。

秋閨曲 三首

明月曲相照，珠簾竟不開。焚香衣尚冷，託夢雁先來。難定愁多少，秋心日夜催。

亦知秋不盡，夜夜聽西風。落葉簪珠箔，飛霜閉綺櫳。寄愁應一念，刀尺最能工。

非關秋易恨，惟近月爲家。滅燭凝妝坐，臨風抱影斜。自憐能傾國，常是傍霜華。

秋夜 二首

蕭蕭歷玄夜，孤雁流雲端。方期桂浦月，隨覺江介寒。荒庭嘿候蟲，中樹留秋蘭。徘徊宵影歇，寂寞芳歲殘。河影泫遙夕，露草白以漫。悽年多思慮，宛轉徒眇歡。起視西北隅，美人自吟歎。天塗阻靈駕，涼吹愧羽翰。不炫刀尺巧，顧子衣裳單。心摧苦寒節，塞嘿良獨難。

朔風搖雜樹，落葉向何方？中宵起爲別，零亂不成行。細草濡前術，寒鳥依東廂。攬衣冒豐霧，華燭蒙清光。晏歲增積慮，勁秋飛早傷。輝輝雁弄雲，皓皓月當霜。淒菊自疎放，帷幕媚芬芳。採摘當戶坐，妍容獨難忘。晚妾驚冶麗，遲暮觸中腸。回身撫瑤瑟，三歎彈清商！

舟行淮南道中 【考證】明一統志：「揚州府，漢初爲淮南國。」

我行撫浮雲，浩浩及淮浦。澄湖散四區，孤城含宿雨。緬矣望梁宋，了然見齊魯。鴻雁滿廬郭，征帆競鉦鼓。川澤日夜深，魚龍有門戶。嘗懷昏墊憂，顧瞻農民苦。美人渡江表，渺若握蘅杜。千里廓淮甸，愁心對今古。相與論陳迹，蕭條竟焉取。笑弄枚生詼，潛慕韓王武。落日橫開河，秋風吹祠宇。且酌廣陵酒，放浪楚人舞。少年貴意氣，勿思舊鄉土。

經淮陰有懷韓王

【考證】江南通志：「淮陰故城，在清河縣東南五里，漢封韓信爲淮陰侯，後仍爲縣。」南畿志：「韓祠，在淮安郡城南市橋。」

韓王徒步人，大志如風雷。當其不得意，求食甘塵埃。歷落城下釣，塞嘿南亭來。同時莫相謂，秦項何人哉！一朝奮鱗翼，誰曰非奇才？感激侯王間，嘗以一飯推。生平死知己，漢王何用猜？我來淮陰城，日暮登荒臺。旌旗已寂寞，祠廟生蒼苔。吾輩尚貧賤，覩此有餘哀！當今少英傑，幾人來徘徊！

渡黃河之作

大河東南來，徐兗當奔流。地維紛激射，冥冥不可收。揚沙傾淵津，日月無停留。謠委若雲造，起伏如山浮。旋折盤渦間，炯見宮府幽。陰靄帶積濤，暉景何時休？傾覆黿鼉歡，弗鬱蛟龍愁。盛世肅明祀，答禮同諸侯。王人或投璧，有司必沈牛。胡爲有遷潰？洪濫經數州。堤岸每崩剝，竹石亡山丘。瞻望各長歎，或者乖人謀。神靈郁容與，河伯行清秋。偃蹇導葆羽，躑躅雙翠蚪。恍惚發鉦鼓，玉質乘雲輈。金膏輝寒日，曾爲穆滿搜。何況明盛時，受圖非阻修。我欲頌休德，浩蕩揚孤舟。沃焦三萬里，崑崙十二樓。渺然不得見，悵矣翻百憂。

【考證】明史河渠志：「崇禎二年春，河決曹縣十四鋪口。四月，決睢寧，至七月中，城盡圮。總河侍郎李若星請遷城避之，而開邳州壩洩水入故道。且塞曹家口匙頭灣，逼水北注，以減睢寧之患。從之。四年，夏，河決原武湖村鋪，又決封丘荆隆口，敗曹縣塔兒灣大行堤。六月，黄、淮交漲，海口壅塞。河決建義諸口，下灌興化、鹽城，水深二丈，村落盡漂沒。逡巡逾年，始議築塞，興工未幾，伏秋水發，黄、淮奔注，興、鹽爲壑。而海潮復逆衝，壞范公堤，軍民及商竈户死者無數。」

入都滄州道中　【考證】明史稿地理志：「直隸：河間府滄州，隋曰清池，唐以清池縣爲滄州治，洪武初以州治清池縣省入。」

慕義辭江甸，揚舲近皇州。玄朔氣平肅，歲晏路阻修。徂雨蒙曙霧，寒裝帶冰流。滄景出雄塞，河海澄光收。靡靡薄暉暮，稍稍荒郭投。林鳥啄沙草，汀雁避行舟。佳期渺心賞，遐哉莫與儔。淮岫往路失，吳雲天外求。閒情念文囿，眇歡負清裯。鄉塗廓何許？悵焉奏誰侜！雷樽徒盈酌，難此忘百憂。良時匪懷祿，雅願攄徽謀。既愜金閨趣，遂初石屋幽。豈伊塵冕士，終老長悠悠。

雜感 二首 感時所見也

朝晞帶城阿，遨遊雙闕間。金鋪接隱道，溝水何潺湲。輝光羽林子，路旁車斑斑。恩私孰攜手？慘悅隨朱顏。天塗渺萬里，星辰誠可攀。丹荑植君庭，何時化草菅？晨風翔高苑，百鳥無綿蠻。不能平意氣，掩袖涕行潸。

仲冬日易晦，酌酒燕市西。商聲慘不發，高樹鳴荒鷄。棄婦出中閨，離鳥辭柔桋。本意要金石，中道相乖睽。弱草依泰山，思與松柏齊。託根各異性，安得長萋萋？黽勉慎言語，薄暮傷空閨。下有嚴霜深，上有明月低。

寒日臥邸中讓木忽緘臘梅花一朵相示此江南籬落間植耳都下珍爲異產矣感而賦之

天寒歲方晏，朔土風無時。有客馳緘素，中更尺一辭。室邇人則遠，何以寄乖離？啓緘燦孤英，炯然見寒姿。問誰植此卉？戚里揚葳蕤。温室張錦幕，玉手云所私。常因清香發，懷佩慰朝飢。紫蕚摘玄鬢，金屋分香褵。我家大江南，萬樹冰霜枝。緬想山中人，日暮對樊籬。丰容貌丘壑，冉冉羞華滋。一朝媚帝里，婉孌先春期。微物欣所託，令人長相思。

旅病 二首

端居知寒風，愁理相嬋媛。簷楹依烏雀，落日滿薊門。嚴霜嬰微質，馨香難具論。左右相慰藉，起爲金石言。自顧若飛蓬，悠悠吹平原。朔氣感中理，玄律思春温。安得登高臺？隨風歸故樊。美人步蘭薄，旨酒徒盈樽。願言媚南澗，側身愧璵璠。

日暮風出帷，攬衣起遙視。華燭垂流光，形影誰能理。游子厭衾幬，夢魂從此始。中夜紛寢興，神理更相毁。渺然心所歡，遐哉與流水。衆星燦南楹，雙闕照雲紫。皇都盛意氣，滿堂競珠履。歌聲落窮巷，憂來不能止。古稱賢達人，中情蕩無紀。

寄懷萬年少

早霜戒疎林，勁秋吹已暮。憶别銅馬門，至今吳江樹。自對青冥間，無期弄雲霧。引領日參差，予美違往路。策馬桓山陰，鼓楫黄河渡。寄我瑤華音，中腸益回互。明時有樽酒，相期遺世務。誰能天一方？懷哉隔情素。

【考證】春明夢餘錄：「銅馬門在舊燕城東南隅，即古薊城門，門有十，此其一也。昔慕容儁得奇馬，名赬白，歷三世四十九歲，而駿逸不減。銅範其像立門外，因以名門。」

寒雨

茲晨閟齋閣，託心尙飄搖。雲景既布塗，淒風亦鳴條。歲序日菴薆，惆悵無晨朝。開軒撫秋雨，慰此梧楸凋。離離綴寒萼，脈脈濡陳苕。倦翮款簷楹，勁草依回飆。蕭條思遠甸，千里吹迢遙。東睎秦望峯，北灑吳江橋。栖沖抱幽尙，玄義躭清漻。斂情計方宴，懷靈趣可要。聊用寄沈默，誰能眄英標？

寄懷聞子將宗遠歸自錢塘知子將方養疾山中

【考證】杭州府志：「聞啓祥，字子將，錢唐人。博綜羣書，尤工制舉業。杭州先有讀書社，啓祥、張天生、馮延年，暨餘杭三嚴，後乃入于復社。啓祥好延納賓客，江廣閩越之士，到武陵者，必質義啓祥，品題甲乙。萬曆壬子，舉于南雍。」明史稿地理志：「杭州府：錢塘縣，秦錢唐。東漢縣省，晉復置，唐改唐爲塘。」【案】朱灝字宗遠，註見年譜天啓五年。

鳳城春霞晞，露掌澄寒姿。徂兩一握手，惆悵當乖離。子偃山中桂，予薦江上蘺。音徽隔杳靄，晱影恨經時。文園託羸疾，巖谷自參差。百草晦秋根，餘芳誰攬持？綵雲蕩遙渚，拾翠循層湄。倚澗瞻騰駬，憑檻觀射麋。山寺每遼廓，難與時人知。詎用驗水碧，寧言餐赤脂。晏歲仰高寄，願叩青松枝。忘憂樹襟背，勿棄恆在斯。

秋暮遊城南陸氏園亭

【案】陸氏園亭，在松江府城南門外，註見年譜崇禎八年。

杪秋多勁寒，況當西景落。攜手城南隅，渺然寄林薄。既愜高原趣，復尋幽栖約。荒草披池塘，孤亭喧鳥雀。歎息巖阿間，感此意寥廓。朔風吹海雲，悠悠將安託？喬木當迴飈，十里無停籜。平疇見歸人，青天橫孤鶚。指顧懷山河，相與論饒樂。頗思置三臺，依稀望雲閣。何爲夕陽中，栖遲滿丘壑。曾是青冥姿，而無霸王略。去去勿復言，開觴展諧謔。

宣雲感事 四首

【考證】蔡氏廣輿記：「宣府，秦、漢時上谷郡。自黃花鎮起，西至大同平遠堡一千二百餘里。大同，古雲中地，自宣鎮西陽和堡起，至山西丫角山，六百四十餘里。」

上谷建大旗，制府秋巡邊。斥堠無所見，置酒轅門前。馳書報天子，千里空烽烟。杯來未濡脣，敵騎皆控弦。隘口既以失，女牆復以穿。不見平安火，一夜來甘泉。邊聲搖古塞，陵闕何蒼然。屹屹居庸關，高閉青山巔。已拔軒轅臺，流矢飛蔽天。小城委草莽，大城植旌旃。北瞻開平道，頗憶□□年。至今常與李，英風時往還。

【考證】明史常遇春傳：「太祖卽吳王位，詔改遇春左副將軍，北取大同。會元將也速攻通州，詔遇春還備，以平章李文忠副之。帥步騎九萬發北平，敗敵將汪文清于錦州，敗也速于全寧，進攻大興州。分千騎爲八伏，守將夜遁，盡擒之。遂拔開平，師還，次柳河，暴卒。」又李文忠傳：「洪武二年，以偏將軍從右副將軍常遇春出塞，遇春卒，命文忠代將其軍，會大將軍徐達攻慶陽。行次太原，聞大同圍急，遂出雁門，次馬邑，敗元游兵，擒平章劉帖木，進至白楊門，擒其將脫列伯。明年，拜征虜左副將軍，與大將軍分道北征，以十萬人出野狐嶺，至北慶州而還。」

吾聞□□□，□□遼海上。胡爲有□□，千里更西向。初窺鵰鶚城，既獵九原障。如何晉水清？秋風列廬帳。黃雲蔽禾黍，鐵馬供掃盪。百城旗暗天，未聞一矢壯。雁門高插雲，井陘不容兩。忍使三關外，川光雜兵漲。豈無陰平道？潛軍渡幽障。徒誇守險功，詎云能扼吭。峻哉形勢雄，所任乃庸妄。何時揚漢旌？雲中舊飛將。

元戎西出師，突騎來漁陽。驅車涼風外，仗劍秋雲傍。飛塵蹴薊門，旌旆何悠揚？天子命勞軍，中使馳上方。錦織金狻猊，朱提相輝光。關寧繼精銳，鱗次互成行。士和敵乃克，權分謀不臧。桓桓十餘壁，意氣吞龍荒。躊躇居庸下，何事徒雲翔？一違司馬議，委轡思故鄉。授師恥不戰，古義有出疆。坐失此機會，□□□□颺。

邊塵□□□，烽烟雜三輔。用兵二十年，往往稱風雨。縣軍來西偏，茲行竟成虜。版升試前鋒，老弱塡行伍。□□亦有盡，天□□勿取。火攻既已盡，尾擊又何補？邊臣多隱忍，聖人赫斯怒。既奪邯鄲軍，復易河陽鼓。何時壁壘新？乘風揚我武。壯士懷國憂，小人念勞苦。會應洩幽痛，終朝□□□。寄語臨邊臣，殷勤守門戶。

【考證】明史外國傳：「白蓮邪黨趙全、丘富、周原、喬源諸人，道俺答爲患，數犯宣、薊。富等在敵招集亡命，居豐州築城自備。構宮殿，墾水田，號曰板升。板升，華言屋也。趙全教敵益習攻戰事，俺答愛之甚。每入寇，必置酒全所問計。」

聞桐城亂久矣龍友從金陵來知密之固無恙也甚喜又以久不見寄書寒夜有懷率爾成詠

【考證】明史稿地理志：「南直安慶府桐城縣，漢樅陽，隋同安，唐桐城。」綏寇紀略：「賊攻桐城急，應天巡撫張國維，于正月十九日，率吳淞總兵許自強，提兵三千救桐。桐先有游擊潘可大，將皖兵三百人，偕知縣陳爾銘設守，不能克。賊以潛山、太湖、宿松皆無城，移營齮齕之。潛山令趙士彦重傷卒，太湖令金應元、訓導扈永寧遇害。國維至而桐圍解，謀於安池道王公弼，發守備朱士允等趨潛山，總練包文達等趨太湖，賊伏奸人皖城爲內應而覺，捕得誅之。二月十二日，南兵遇賊于宿松之五里舖，殺傷相當，賊越英山、霍山而遁。」明史本傳：「楊文驄，字龍友，貴陽人。萬曆末舉於鄉，崇禎時官江寧知縣。福王立，起兵部主事，監軍京口。明年，遷兵備副使，分巡常鎮二府。五月朔，擢右僉都御史，巡撫其地。大清兵破南京，命鴻臚丞黃家鼒往蘇州安撫，文驄襲殺之。走處州，時唐王立於福州，拜兵部右侍郎。明年，衢州告急，王命文驄援衢，文驄不能禦，退至浦城，爲追騎所獲，不降，被戮。」江南通志：「方以智，字密之，桐城人。崇禎庚辰進士，官翰林院檢討。晚游方外，旅病萬安，臨終猶與弟子講道不輟，生平博極羣書，所著有周易圖、烹雪錄、浮山全集等書。」感舊集補傳：「密之，湖廣巡撫孔炤之子。」

弱齡好騷雅，早歲耽交知。既乏鄉曲譽，難追遊俠兒。茫茫四海間，指顧頗傷悲。有時眺大野，歷落歌五噫。世人不之許，禮俗相怨嗤。二十得李生，努力事修辭。諸公江東秀，各有絕代姿。旗鼓既已建，千載供指揮。似遇鄒枚輩，復見曹劉詞。遂覺天下小，不與今人私。方子廬江彥，倜儻能好奇。脫略湖海氣，神貌揚參差。明秋盛游汎，覿我淛江湄。高談覺越衆，自言生平時。六齡知文史，八歲游京師。十二工書法，隸草騰龍螭。十五通劍術，十八觀玄儀。旁及易象數，物理不可欺。公明天機妙，安世嘿識資。不因壯夫誚，遂以雕蟲嗤。近來益折節，貽我數卷書。英辭被金石，光采常陸離。別君三兩年，何以慰相思？方期刷勁翮，翺翔共天池。子落京尹第，予阻春官期。各爲鄉里人，莫辭鈍如槌。五月寄尺素，勸子愼自持。君家皖城裏，冠蓋何綏綏？朱門高插天，雲霧生華榱。中有美人子，宴坐嘗恣睢。僮奴習纖妍，賓客競傾卮。君族既鼎貴，甲第誰能追？祖父爲九卿，中外多台司。憸人與豪士，往往稱兎絲。勢高易以激，地近易以移。所以勸君遠，豈曰眞磷緇。民怒一朝發，裂帛張旌旗。中夜刑牛馬，縱火焚九逵。昔時衣繡人，焦灼行何遲？自有黃鵠告，非關潁水漓。聞變憂玉石，心曲如朝飢。九月楊子來，首訊君安之？云在金陵市，僦宅將移居。聽言知汝在，驚喜復嗟咨。沽酒呼李生，西瞻浮雲馳。孝章方困阨，仲宣猶旅羈。已愧朱家俠，誰割魯氏貲。急難思友生，古義今竟衰。君有龍鸞章，才調空南陲。越在草莽中，勿爲豺虎疑。猛士貴有託，無家亦相宜。勗爾近明德，臨風寄天涯。

遣興 二首

江關多烈風，壯士顔不開。迢迢隔河漢，萬里無良媒。默然託柔翰，此事古所哀。折節良以困，逢掖眞塵埃。邊庭日戰鬬，明時方愛才。宰相張東閣，君王築金臺。賞音苟可見，何當愁九垓。不聞汗血馬，嘗從大宛來。

猛虎託松柏，狐狸憑社丘。吾欲滅此類，嗟哉無戈矛！天高誰與語，日夜相綢繆。朝掃丞相門，暮就京尹謀。公然見逆節，揚揚趨道周。昔時請劍人，束手徒離憂。此輩何所望？視國如仇讐。寂寞草野士，切齒鳴吳鉤。

【考證】此詩似指朱國盛，即年譜所云「同郡某貴人」也。貴人以黨逆罷歸，恣橫彌甚。前則委禽良家，先生爲書嘗之；繼則求復故業，先生立議黜之。而貴人恨之刺骨，遂嗾行臺，欲中以法。故詩中多憤激語，按譜讀之，意自顯然矣。

贈汪翁

汪翁衡臯秀，宿昔稱豪雄。少年事儒翰，顧盼千人中。既脱章句醜，頗見游俠功。舟車滿關河，姓名無不通。手挾計然術，心與烈士同。時散朱公積，陰解季布窮。悠悠雲霄人，愧彼丘嶽崇。晚來卻簪組，笑傲隨飛鴻。已識杖鄉陋，自託通隱風。丘園麗金碧，子姓挺椅桐。百年解羈縛，何況世度空。持此良燕會，送爾扶桑東。

聞子將結廬吳山之上壬申秋予與周勒卣顧偉南徐闇公共登兹宇見修竹交密下帶城堞萬雉遠江虛無嬋媛其間風帆落照沖瀜天際眞幽曠之兼趣也予賞其疎異許爲賦詩忽忽未究今年冬晤子將於湖上心念幽棲卒未及登眺以續舊游竟責前諾追賦一章亦有今昔之感矣【考證】錢塘縣志：

「聞子將博綜羣書，萬曆時，舉南雍，嘗與吳郡李流芳同與計吏入京，至國門，忽意不自得，趣車竟返。後屢以薦被徵，悉辭不赴。」聞子將墓誌：「子將性澹蕩，厭棄穢濁。外服儒風，內修禪律；酬應少閒，然燈丈室，趺坐經行，佛聲浩浩，儼然退院老僧也。卜築龍泓、清平之間，將誅茅以老焉。買船西湖，倣掘頭五瀉之制，爲文以要同志，風流婉約，爲時所稱。」名勝志：「吳山，在杭州府城內，春秋時，爲吳南界，以別于越，故名。」

高人託孤峯，渺然市朝上。白雲寄蕭條，茅茨自淸暢。已歡適境幽，頗覺憑勢壯。睥睨橫芳林，樓臺落靑嶂。嫋嫋叢篁際，長江動搖漾。平沙見千里，雲物開萬狀。時逢湖海人，常使神氣王。搖巾綠樹陰，把酒紅牙唱。翹首望會稽，山川供俯仰。抱景帶江雲，餘暉明越榜。且復消雄心，于焉徵雅尙。舊遊三載前，後會多惆悵。吾輩方失策，憐君復相向。何時期鹿門？攜手共閒放。

【附錄】聞啓祥詩陳臥子先自雲間寄余詩兼示余著作今來湖上口占二章答之：「陳子具正骨，文采復紛披。譬如華嶽夆，烟雲繚繞之。我但覺嫵媚，世自驚嶔嵜。鳩鵬不同量，咄哉付一嗤。」「文章非一途，胡獨奪漢、魏？爲憐世趣卑，如毒中腸胃。所以灑濯之，醍醐只一味。讀書鑒苦心，毋徒譁紙貴。」

集嚴子岸同沈崑銅聞子將彭燕又

【考證】浙江通志：「嚴渡，字子岸，餘杭人。弱冠餼于庠，未幾選入南雍，名譽籍甚，海内俊彦悉歸之。年四十，以明經終。」明詩綜：「沈士柱字崑銅，蕪湖縣貢生。」汪价三農贅人廣自序：「雲間彭燕又以五十年老孝廉，授汝寧司李，才華震盪，不屑以肺石縲人。未幾，巡方者劾之，款跡累累，罪且不測。御史李某爲之轉旋，追還原疏，更爲改繕，燕又得薄譴以歸。」

江城集羣彦，冬月延高清。輝輝弄懷抱，亹亹稱生平。美人酌寒醑，撫袂俄以盈。遙隈網上鮮，芳洲搴雜英。君家事漁獵，慨然爲我烹。主賓東南秀，歷落湖海名。顧盼生光曜，不言人已驚。既逢飛觴密，且覺雄辯輕。乘時極荒宴，歲暮有餘情。寒星散幽客，迴望誰能明？早春變澄湖，及此黄鳥鳴。睠焉後期會，因之百慮縈。

歲暮遣懷 二首

不復能免俗，愧此烟霞心。豈惟感時會，擾擾年歲侵。生平懷大志，脱略常至今。明時還鄉里，何以慰浮沈？公瑾受高囷，魯連揮千金。孰云取舍異，各見英雄深。周旋禮俗間，度外難追尋。惟應勉寂寞，託意丘中琴。

早春發華滋，意氣盈南陌。四面來嘉賓，光輝奪球璧。惜無公業田，愧我文舉客。昔人悲抽裂，豈謂少長策！機搆會有期，咄嗟竟何益？不羈遇世人，縱意觀羣籍。九州亦以大，吾徒安所適！嘗思魏公子，何事憂窮厄？

陳子龍詩集卷六

五言古詩 三

早春行

楊柳烟未生，寒枝幾回摘。春心閉深院，隨風到南陌。不令晨妝竟，偏采名花擲。香衾捲猶煖，輕衣試還惜。朝朝芳景變，暮暮紅顏易。感此當及時，何復尙相思。韶光去已急，道路日應遲。願爲堦下草，莫負豔陽期。

清明雨中晏坐憶去歲在河間

【考證】畿輔通志：「河間府，元河間路，明洪武元年改府，屬河南分省。二年，改屬北平行省。永樂元年直隸京師。」

淫雨積緜邈，晏處懷良晨。黃鳥濕欲避，花蘂猶相親。愁理鬱未開，東風向誰陳？芳郊掩萋靄，欲渡河無津。堦前蘭莖秀，井上葵葉新。已是鮮歡節，復此哀怨人。沈吟思往歲，方辭燕景春。朝過涿鹿野，暮宿滹沱濱。九河多草草，白雲覆鱗鱗。折柳贈行客，胡爲常苦辛？布衣歸東吳，令時託隱淪。雖云井臼逸，翰翮誰能振？弱志在畚庸，至道宜安貧。年歲日以晚，兩慮徒傷神。

上巳城南雨中

春甸搖芳華，長林縈幽壑。陰雨羈令晨，微風吹沃若。萍芷覆迴谿，輕烟依花萼。渫雲行瀰瀰，平田紛漠漠。曲水違往事，荒館動孤酌。佳遊邈不追，紅顏日已薄。遙思秉蘭會，彷彿見伊洛。中州旗絳天，時中原多警。歡宴誰能作。幸蒙江介安，郊扉聊偃託。良時待來玆，臨畦滋紅藥。

春郊　四首

玄思奪春緒，駕言出行遊。輕羅吹廣陌，和風襲芳洲。娛情向烟草，極眺心悠悠。麥苗流惠色，花藥滋羈愁。駘蕩隨羣鶯，翳景追林丘。會惜露條晚，掇馨寄綢繆。沈吟撫韶歲，懷人誰與謀？雜珮徒繽紛，江皐竟淹留。

喬樹抽豐枝，中陵鬱相望。麗暉散層霧，戲羽乘春陽。華滋盈遐術，賞心多雜香。脈脈野棠落，輝輝蕙草長。攬袪動微步，惠然適中腸。緒風吹息陰，青翠迷衣裳。顧余嬰物累，觸類嘗懷傷。睠彼東菑叟，偃扉能坐忘。

嘉卉繡青郊，烟靄無時同。豔陽二三月，高樓千里紅。弱蘭合香蘇，乳燕開雛櫳。靡靡夜情亂，悵悵朝華空。佳人在何許？徘徊蘅薄中。縟景永迴互，娛心誰與通？無因層臺會，縹緲乘靈風。曠野多神傷，芳盛慚微躬。

清晝明層霄，夾道紛華滋。遊戲遵微行，綠幘何流離？光輝在芳盛，坐使春帶移。彼姝炫長袖，遙遙紫陌遲。宛轉摘柔條，沃若照容儀。所惜君子顧，寧辭蠶欲飢。馳目默無言，緩步歸瑤帷。中夜廢寢興，引領恆在斯。

酬舒章問疾之作用原韻

房闈厭虛寥，愁心愧清曉。黃鳥鳴層陰，朱華長幽沼。錦衾誰能理，撫身一何小？思與帝子期，胡然化人渺？靈藥無消息，端然內煩擾。感君投惠音，款睇日未了。佳人蔭芳樹，憐余饜登眺。會當遺百慮，攜手出塵表。

【附錄】李雯夏日問陳子疾詩：「孟夏延清和，林光麗昏曉。褰裳獨徘徊，風琴蕩蘿蔦。閒居成滯淫，契闊長枯槁。庭蕪久矣深，黃鳥鳴未了。思君文園臥，數日瑤華少。散髮把素書，支牀念青鳥。蹉跎蓄蘭時，果氣歇林表。江上芙蓉新，堂中紫燕小。將無同賞心，南風送懷抱。」

送子服之維揚兼訊子退期以八月會淮南

【案】子服、子退，皆張公軌端子。子服名寬，註見續年譜順治三年。子退名密，乙酉恩貢生，南京兵部司務。時軌端爲與化教諭，故有維揚之行。

送客湖水寒，千里夏雲白。乘流翠羽扇，倚檻綠文幘。今日崑山陰，何時揚子驛？吳城芳草路，微月吐瑤席。思君奉家慶，攜手青娥夕。雙燕錦帆雨，蒹葭江上宅。朝試越羅輕，夜眠楚簟碧。令弟才不羈，常作維揚客。玉椀雕胡飯，蘭舫芙蓉澤。春深寄尺素，頗挾濟時策。慘淡鍾離事，長歎竟何益？城頭旗晝紅，江濱烽夜赤。徘徊慎行旅，咫尺聯雙璧。予厭久離羣，廓落將安適？迥然白露秋，美人澄江隔。觀濤廣陵岸，騎馬淮南陌。與君三月期，悠悠似疇昔。

【考證】明史地理志：「鳳陽府臨淮縣，元曰鍾離。」通鑑輯覽：「崇禎八年春，賊陷鳳陽，留守朱國相等戰死。先是南京兵部尚書呂維祺憚賊南下，請防護鳳陽陵寢，不報。及是賊自壽州犯鳳陽，國相帥指揮袁瑞徵、呂承廕等，以兵三千迎戰，頗有斬獲。俄賊數萬至，官軍敗，國相自刎死，餘皆陣沒。賊遂犯皇陵，大肆焚掠，漕運都御史楊一鵬在淮安，遠不及救，帝聞變，素服避殿，逮一鵬下獄，棄市。」

雜詩 二首

端門百尺樓，綺錢結雲櫄。中多光華子，鳴珂出鳳池。貴臣方執政，賓從盛威儀。朝承天語重，暮直黄閣遲。拱手事聖明，鳴躍無雄奇。擭位亦以久，蒼生將告誰？五日歸杜門，三日還鼎司。內顧恩私大，不惜彈射嗤。鵜鶘集靈沼，曹風實刺時。願言告在位，努力恆自持。

【考證】明史王應熊傳：「應熊，字非熊，巴縣人，萬曆四十一年進士。天啓中，歷官詹事，以父憂歸。崇禎三年，拜禮部右侍郎。明年冬，帝遣宦官出守邊鎭，應熊上言，語皆迎帝意，遂蒙眷注。五年，進左侍郎。給事中馮元飈發其貪汙狀，帝不省。六年冬，特旨擢禮部尚書，兼東閣大學士。給事中章正宸劾之，帝怒，下正宸詔獄，削籍歸。應熊佯具疏引退，語多憤激，屢爲給事中范淑泰、御史吳履中所攻，帝皆不問。八年正月，流賊陷鳳陽，巡撫楊一鵬，應熊座主也，恐帝震怒，留疏未上，俟恢復報同奏之。給事中范淑泰言應熊改塡日月，欺誑之罪難辭，且劾其他受賄事，帝顧應熊厚，不聽，而應熊屢疏乞休去。」

皇都廣九陌，翼翼雄冀方。雲帆漕荆吳，百貨駢景滄。珍異過靈金，漢庫名。紅腐誇敖倉。用兵十餘年，出納不相當。三農已力竭，諸鎭無春糧。主上弘儉德，漏卮亦難量。鑿山既穢盜，鬻爵徒濫觴。安得心計士，旦夕登君堂。江淮運鹽筴，西北開農桑。明年報賜租，安坐樂未央。

【考證】明史畢自嚴傳：「崇禎元年，召拜戶部尚書。自嚴以度支大絀，請覈逋賦，停薊、密、昌、永四鎮新增鹽菜銀二十二萬，俱報可。二年三月，疏言京邊歲入之數，田賦、鹽課、關稅、雜稅事例，凡三百二十六萬五千有奇，而逋負相沿，所入不滿二百萬，出浮於入。乞敕下廷臣，各陳所見，給事中汪始亨極論盜屯損餉之弊。自嚴請無論軍種民種，一照民田起科，帝是其議。明年尚書梁廷棟請增天下田賦，于是舊增五百二十萬之外，更增百六十五萬有奇，天下益耗矣。」又莊烈帝本紀：「八年十月，戶部尚書侯恂請嚴徵新舊逋賦，從之。九年三月，蠲山西被災州縣新舊二餉，五月，免畿內五年以前逋賦。十一月，蠲山東五年以前逋賦。」

上念故戚大將軍功在社稷問其裔孫幾人不忘勳舊以勵來者感而賦詩

【考證】明史本傳：「戚繼光，字元敬，世登州衞指揮僉事。幼倜儻負奇氣，家貧好讀書，通經史大義，嘉靖中嗣職，用薦擢署都指揮僉事，備倭山東，改僉浙江都司，充參將。繼光至浙，召募三千人，敎以陣法，戚家軍名聞天下。倭襲台州，繼光手殲其魁，九戰皆捷，進秩三等。明年倭犯福建，胡宗憲復檄繼光勦之，大破其巢，閩宿寇幾盡。及繼光還浙後，新倭至者日衆，繼光將浙兵攻賊于平海，斬級二千二百，進都督同知。隆慶初，薊門多警，召繼光爲總兵官，鎮守薊州。以邊卒木彊，請募浙人爲一軍，用倡勇敢。督撫上其議，許之。浙兵至，陳郊外，天大雨，植立不動，邊軍大駭，自是始知軍令。薊門軍容遂爲諸邊冠。尋以守邊勞，進左都督，加少保。繼光在薊門守甚固，敵無由入。盡轉而之遼，故李成梁擅戰功。後給事中張鼎思言繼光不宜于北，改之廣東，踰年，即謝病歸，居三年卒。繼光更歷南北，並著聲，在南方戰功特盛。北則專主守，所著紀效新書、練兵事實，談兵者遵用焉。」又藝文志：「戚繼光有橫槊稿三卷。」艮齋倦稿：「戚少保南塘，勳名赫赫，介於南北，疆場之暇，登山臨海，緩帶賦詩，有國士之風。」

永陵方御宇，島夷實縱橫。風塵起海上，浩蕩東南傾。少保英雄器，弱冠遊帝京。手持尺一書，來治橫海兵。宿聞鴛鴦陣，能使鱗介驚。轉戰窮閩甌，俘虜俄以盈。洪濤靜不飛，歷歷窺蓬瀛。薊門羽書至，公又西北行。再上安邊策，慷慨思長纓。飛檄召部曲，落日組練明。君子六千人，風雨立崢嶸。致令邊鄙士，惕息將軍令。關隘無一瑕，版築役已輕。墩臺既櫛比，車騎相輔縈。醜虜歸大漠，萬里誇長城。高秋偃烽火，享士開中營。將軍盛文雅，緩帶垂蔥珩。著書近六韜，詞賦齊名卿。嘗與王汪輩，狎主稱生平。上將貴伐謀，豈必皆鬬爭。遂使遼東李，獨被五等榮。元臣修芒刺，青蠅集瑤瓊。改領征蠻幕，坐鎮五嶺清。伏波方被讒，踴躍桴鼓鳴。疾作歸故里，四壁無餘贏。大星墮文登，寂寞蛟龍旌。至今五十載，誰人訟忠貞？君王重武節，俯仰思國楨。蕭條雲臺事，寥落山河盟。既賜武侯祠，復表龍驤塋。詔書問後裔，愴惻抒皇情。豈必恩澤多，感激通精誠。秦州盛飛蛾，遼海吞長鯨。撫髀念頗牧，何況當代英？螭龍盤金印，丹青照朱甍。歎息熊虎士，努力事專征。無使麒麟閣，獨有千秋名。

爲宋子建悼亡 二首

【案】宋存標，字子建。先生爲友人悼亡賦，序云：「子建娶婦徐，妙有德容，秉嫺文史。」而五言律內，有送徐司訓官海州詩，五言排律內有送子建至海州成昏詩，則所悼者爲徐司訓女也。司訓名元暟，詳見五言律註。

吳中有令德，盛閥流徽音。弱齡映儁士，婉孌媚國琛。朝暾明嘉卉，譬彼蘭蕙心。室思既靜好，相對澄素襟。濯濯皎神姿，惠風展疎林。率此瑤華佩，可以諧鳴琴。方期永暉麗，女史持明箴。何事厭塵栖？倏忽隨青禽。生平所御物，零落雙南金。君子顧之歎，神傷寄哀吟。

哀吟亦何極，言序生平時。沈冥不自達，固窮空爾爲。賴逢此令淑，黽勉相追隨。率禮展情敬，側身效明規。致令排俗士，中外無異辭。贊輔比良友，豈云懷所私？一朝謝歲寒，寢興神交馳。我感別鶴音，愴然自生悲。遺芳有彤管，遷奄要大期。無爲怛化者，達人恆若斯。

八月二十夜歸庭中眺月

清輝減澄夜，星露相高涼。雲塗無阡陌，玄景湛華光。蕭寥靜東隅，靈駕浮低昂。寒萎映深碧，沖虛浩茫茫。宵照漸迴翳，餘暉耿不忘。孤秋捲遙怨，拂襟步中堂。芳桂秀將歇，華桐柯早傷。羈禽振霜林，哀蟲響幽房。冥尋眺神會，賤子結中腸。何時抗霄闕？傾意無人鄉。悵然十二樓，渺矣道路長！

擬古 八首

漫漫與君別，綿綿路阻長。阻長猶可期，所悲天一方。容華日緬邈，衿帶有餘芳。去時春草動，今來秋已霜。涼雲覆素波，飛鳥越河梁。遺音託惠風，悽惻感中腸。所懷亮異塗，豈得遠相將？玄蟬思清露，鵾鷄慕朝光。安能及時會？俯仰君子旁。

逶迤洛城東，春風吹長道。皎皎園中女，相期掇芳草。攬衣歎遲暮，沈憂一何早！誰家文綺樓？紅顏自稱好。四面會嘉賓，管絃日傾倒。世俗重歡娛，幽貞誰能保？令時難久羈，安得辭速老？卻憐彼姝子，何自甘枯槁？

桂樹何敷榮，託根在巖阿。爲因馨香發，常恐秋風多。佳人思芳澤，歲晚相經過。人生會有情，託意斂雙蛾。含輝而不明，沈怨其如何？懷此同心友，一往若逝波。我有雙文帶，曠然隔山河。無因交玉手，引領揚淸歌。

幽房夜寂寥，涼風吹南楹。招搖轉仲秋，河漢寒且明。衆星亦已繁，誰能知我情。徘徊無終極，蟪蛄日夜鳴。零落摧紅顏，會與蘭蕙幷。良時坐婉娩，心曲何能平。亮非金石姿，含意必有成。譬彼陽春草，乘時奮精英。生平慕竹帛，努力邀令名。

置酒高臺上，遊戲相娛盤。妙伎接烟霧，鼓吹入雲端。賓客前致辭，爲樂良獨難。人生重時會，往謝若驚湍。繁唱曲未終，哀響俄已彈。玉顏趨昃日，歲晏常苦寒。得意貴情願，豈必世所歡？雄談激璀燦，四座生波瀾。佳人傾顧盼，滅燭夜方闌。胡爲窮巷間，戚戚有吟歎。

蕭蕭北風暮，茫茫欲告誰？狐兎出冢間，鳥鳴東南枝。生者日以傷，逝者不復知。長夜何時明？寢興豈有期！生平親愛人，次第相追隨。既知同奄化，百年遞相悲。爲歡媚故物，榮名策來茲。諒無神仙度，所務恆可嗤。

秋月三五夜，懷憂掩雙扉。出門顧千里，鴻雁暮何歸。念我同心友，迢遞絕音徽。江湖多浮雲，羽翮與我違。昔時鴛鴦被，三載香緋微。空牀無消息，玉體安所依。捲之有餘恨，舒之有餘暉。餘暉生妾心，顧歎見者稀。幸承君子惠，盼睞日芳菲。

翡翠出炎州，橘柚榮江岸。非因君子愛，何事揚璀燦？昔爲枉渚英，今作華堂玩。會運苟及時，無故生羽翰。不見傾城人，盈盈隱河漢。一入長安裏，窈窕迎風館。笑語落九天，光輝日零亂。悼彼幽谷姿，漫漫何時旦？嗟哉蕙與蘭，中夜起長歎！

秣陵雜詩 六首

【考證】江寧府志：「秦始皇滅楚，以金陵地屬鄣郡，改金陵邑爲秣陵縣。」

秋雲橫隴首，策馬此山岑。迢遙望京室，靑闕間紅林。蒼蒼碧城暮，微微紫殿深。皇衢列瓊樹，惠風展瑤音。宮莎閉拱鼠，苑果啄鳴禽。椒樾曉紛靄，星漢夜浮沈。宸居建東洛，翠輦不復臨。嗟予眺金闕，徘徊悵玉潯。遐哉帝子去，日昃勞我心。

【考證】春明夢餘錄：「明洪武元年，改大興府爲北平府。三年，封燕王。永樂元年正月，禮部尙書李至剛言北平實興王之地，宜遵太祖中都之制，立爲京師。制曰：『可。』其以北平爲北京。』上雖臨御，猶稱行在。十八年，宮殿成，去行在之號。洪熙元年，復稱行在，正統六年復去之，以應天府爲南京。」

方山嶄洪源，淸淮穿神宅。漠漠靑溪月，尋雲挂瑤席。輕波搖檻紅，層霄帶甍碧。秋螢耿寒樓，晚烟翳重栅。芙蓉秀香露，玉帳臨澄魄。中有鳴箏人，無儔坐相惜。飲虹託飛雲，迢遞星河夕。泛灩發朱櫂，折華薦丹液。芳音寄明暉，催槳迎佳客。高情日以荒，因之懷夙昔。

疎林被廣埭，散抱薄行遊。尋峯轉高殿，陟巘履重樓。秋英飛江甸，晨景麗皇州。卿雲燦宮雉，羽蓋出長楸。北湖涵澄淨，東嶺氣沈浮。瀾澳動寒茭，沙汭吹輕鷗。採蘭投極浦，悵矣無輕舟。龍旗失組練，鳳艦同山丘。寢興閱終古，玄藻攀前修。伊人不可見，引領獨淹留。

城南何卷迴，芳徑多修曼。縱轡出長干，緬邈恣情翫。步櫚通瑤宮，飛臺接神館。平岡紫石隱，丹峯白雲冠。秋坂留芳蕤，晚林送歸翰。佳人搴朱草，坐使襟帶亂。伊予陟層巖，憑勝皇輿燦。印山識秦餘，天闕表吳觀。日落山河空，歲久精靈散。荏苒失妙年，百慮縈昏旦。

峻矣壯京邑，言駕石頭城。倚峯三樓建，削磴千雉橫。陰壁青蘿翳，古堞丹霞明。飛甍瞰江皐，落景寫澄泓。雲幡轉四角，繡幕張雙旌。惟皇憑設險，阨塞表峥嶸。紫軑抗燕路，弘運啓嘉平。金壺瀝昏漏，玉管發新聲。佳期在何許？艇子解相迎。良時重歡宴，一顧傾人情。

鍾阜瞻紀堂，東田規鄠杜。嶽門開素秋，寢殿吹靈雨。巑岏青嶂高，卿靄紫烟聚。朱垣匝神垌，丹林拂星戶。結軫出東華，鼎湖懷英武。偃松交術阡，渫雲留壇宇。洵美託崇基，斯年歌皇祜。昔人此通隱，淹留緝農圃。歸來弄蘭桂，亦復嬰簪組。茲趣苟不替，賞心期我土。

歲暮作

黄雲蔽晏歲，壯士多愁顔。終年無奇策，落拓井臼間。已遲青帝駕，而悲白日閑。胡我常汲汲？天路難追攀。蕙蘭不見採，將無憂草菅。茫然一俯仰，徒見雲雨還。美人在層霄，春風鳴佩環。望之不盈咫，就之阻重關。西馳太行險，東上梁父艱。握中瑤華草，三顧淚潺湲！

上巳

良時盛遨遊，暉暉覽郊路。羅衣吹淸川，春風搖雜樹。青葱柳拂雲，飄蕩花如霧。黄鳥翻日華，紅蘭瀉幽露。澄鏡懸珠樓，美人起遙慕。晨妝開鮮妍，緩帶邅芳步。香車烟上流，翠袖風中遇。纖手摘葳蕤，汀洲照明素。芍藥濃欲浮，嫣然相迴互。芳草雖云多，無因託情愫。我懷洛水人，蕭條遺一顧。綿渺生平時，徘徊臨日暮。

徐九一太史邀遊支硎山

【案】徐汧，字九一，註見年譜天啓七年。【考證】蘇州府志徐汧傳：「中允黃道周以救錢龍錫貶官，倪元璐請以己代謫，帝不允，汧上疏言道周、元璐賢，且請自罷黜，亦不聽，遂乞假歸。還朝，遷右庶子，尋復家居。久之，京師陷，福王召爲少詹事，陳時政七事，而安遠侯柳昌祚攻汧恃東林巨魁，與復社楊廷樞、顧杲狼狽相倚，汧移疾歸。明年，南京失守，投虎丘新塘橋下死。」又：「支硎山在府西二十五里，晉高士支遁憩遊其土。」

吳山秀三春，積翠無深淺。白雲變中峯，微陰自舒卷。支公何爲人，高棲託層巘。悠悠宗法長，寥寥林壑顯。我友擅玄風，振襟尋渺緬。攜手山上樓，廓落千里辨。羣嶺雨空濛，平疇烟婉孌。明滅開五湖，横波不容翦。蘭芷發春洲，美人恣偃蹇。躑躅此巖阿，青蘿蒙碧蘚。泛覽多古今，千秋誰能遣？

送徐闇公省試金陵

草草羣公卿，飽食濫高位。皇輿正憂虞，此輩日遊戲。所以徒步者，凜然思大義。徐生挺英姿，夭矯青雲器。讀書尙疎通，下筆自弘肆。每負蒼生憂，慨然渭濱事。瞠目笑腐儒，支離守文字。曖昧甲乙科，荒唐有司試。常使至尊歎，蕭條想騏驥。近來稍不羈，非無異人至。上書或拜官，徵召遣爲吏。天下方抒懷，盈庭猶詬詈。夫君憤更深，酒間時涕泗。未聞王佐才，尙與經生類。格鬭慘中原，江淮見烽燧。塗炭悲蒸黎，崎嶇二元帥。空傳犄角謀，獨憐澄淸志。不識老布衣，可共雲臺議。資格久拘牽，變通良不易。豈作聲價時，阽危難坐視。勸君一黽勉，應舉何足愧？新建與威寧，風雲從此始。當其未貴時，庸人笑狂穉。我思聞雞人，中夜長假寐。

【考證】通鑑輯覽：「崇禎九年三月，以武舉陳啓新爲給事中。啓新請停科目，罷行取、考選，以除積弊，帝大悅。擢吏科給事中，朝士深惡之。」又：「八年八月，以盧象昇總理江北河南山東湖廣四川軍務，討流賊。賊已蔓延半天下，洪承疇一人不能顧，乃擢象昇總理。承疇辦西北，象昇辦東南。」明史功臣表：「新建伯王守仁，世宗卽位，十一月以文臣封，世襲。威寧伯王越，成化十六年，以文臣封，世襲。」

方澤

【考證】明史稿禮志：「嘉靖九年，建方澤壇于安定門外之東，方澤二成，壇面黃琉璃，陛增爲九級，用白石圍以方坎。內，北門外西瘞位，東燈臺，南門外，皇祇室。外，西門外迤西神庫、神廚、宰牲亭、祭器庫。北門外西北齋宮。又外建四天門，西門外北爲鑾駕庫、遣官房、內陪祀官房。又外爲壇門，門外爲泰折街牌坊，護壇地千四百餘畝。」

俯觀立大圻，報功禮陰澤。合祭本致和，分壇亦昭格。世宗坐明堂，超然覽古昔。臣言引舊儀，辨奪羣公席。築宇準圜丘，宸翰親損益。百年守憲章，五聖對無斁。仲夏當郊禋，展采紛絡繹。函鐘鼓至玄，金枝照凝碧。絳氣通層霄，神光燭綺陌。羣望咸來歆，雲騎夜無迹。我皇凛夤威，虔恭竟朝夕。齋宮垂大裘，爟火中宵赤。天人自一氣，王衷何間隔。受釐錫兆民，瘞玉奠九譯。荒哉汾陰祠，鴻休俟明辟。

【考證】明史稿禮志：「洪武十年秋，太祖感齋居陰雨，覽京房災異之說，謂分祭天地，情有未安，命作大祀殿於南郊，每歲合祀于孟春，垂爲永制。嘉靖九年，世宗既定明倫大典，益欲斟酌古法，釐正舊章，給事中夏言乃言：『國家合祀天地，不應古典，宜博考禮經稱制而裁定之。』於是禮部錄上羣臣所議，帝諭以當分南北郊，于二至日行事。」

苑中　二首

【考證】畿輔通志：「西苑，在皇城內，周圍深廣，波光澄徹，淥荷芳藻，含香吐秀，游魚浮鳥，競喜咸集。島皆奇石巉巖，下瞰池水，喬松古檜，烟雲繚繞，隱然蓬萊仙府也。」

闕右通天苑，西安歷禁林。紫茸洵平蔚，青嶂何嶔岑。密樹冠丹閣，輕華冒玉潯。離離文禽下，靄靄朝雲深。瑤臺聯複道，宮殿相凌臨。金輝鳳城曉，翠疊香山陰。神區麗縹緲，淑景澹浮沈。靈沼登周雅，汾水知堯心。宸儀時啓幸，鱗翰響鑾音。薰風被八表，揮手託鳴琴。

言遵陟山門，歷覽經巖椒。圓城既嵯峨，廣寒亦虛寥。卿雲抱高館，空翠含澄霄。柔萸被修坂，綠蒲媚輕貂。和風蕩吹萬，靈氣何飄颻。甘泉弭煙駕，紫臺盛先朝。羣眞齊拂羽，神光燭絳綃。姮娥粲玉齒，攜手凌招搖。協晨已陟降，通天日清漻。至今星露夜，有時聞鳳簫。

【考證】韓雍賜游西苑記：「天順三年四月，賜游西苑，遂由西華門而西，入西苑門，卽太液池之東南岸也。乃折北循岸而行，至椒園。園內行殿在叢樹中，殿之北有釣魚臺，南有金魚池。又北行至圓殿，觀燈之所也。歷階而登，殿之基與睥睨平。古松數株，其高參天。其西以舟作浮橋，橫亙池面。北則萬歲山在焉。北度石橋登山，山在池之中，磊石爲之。山之麓以石爲門，門內稍高，有小殿，翠臺碁局，石牀翠屏，分布森列。峯有最奇者，名翠雲，上刻御製詩。沼西陂北上，有虎洞、呂公洞、仙人菴。又上，有延和，有瀛洲，有金露，皆殿名。瀛洲之西，湯池之後，有萬丈井，深不可測。由金露折而東，上絕頂，則廣寒殿也。下至玉虹，又下而南，至方壺，至介福，皆與延和諸殿相對峙。而方壺、瀛洲，則左右廣寒而奇特者也。」李賢賜游西苑記：「天順己卯首夏月，上命中貴人引賢與吏部尚書王翺數人，遊西苑。入苑門，卽液池，蒲葦芰荷，翠潔可愛。循池東岸北行，花香襲人，行百步許，至椒園，中有圓殿。金碧掩映，四面豁敞，曰崇智。南有小池，金魚游戲其中，西有小亭臨水，芳木匝之，曰玩芳。又北行至圓城，自兩掖洞門而升，上有古松三株，中有圓殿，曰承光。」

春晚王京兆邀遊城南韋園四聲各六韻

【考證】畿輔通志：「韋園，在大興縣南左安門外，明太監韋霦建。」燕都遊覽志：「韋氏別業，四圍多水，荻花蘆葉，寒雁秋風，令人作江鄉之想。」

策馬出南郭，曉景麗平原。垂楊靡夾道，白雲覆松門。徙倚臨廣陌，芳草日以繁。輝輝搖雜卉，靄靄明遠村。佳遊擅京輦，高燕開清尊。主人解組會，賓從恣雅言。

韋曲天南地，春風無近遠。精舍隱喬林，羣公駐行幰。勝區生旅愁，名花傾繾綣。高談振綺席，微香迷小苑。遊賞無盡期，獨愁芳歲晚。昨得江東書，故人方肥遯。

上都矜春賞，言笑邀芳步。攜手登高臺，茫然愁四顧。迢遞盧龍雲，參差桑乾樹。山河壯黃圖，衣冠照盈路。大野宜放談，曠然愜情愫。我思擊筑人，蕭條千里暮。

幽瀨通迴溪，淡靄出林麓。白鰷依新蒲，黃鳥弄深谷。雜樹搖春隄，雲物媚清淑。戚里盛綺羅，馬尾花驚目。纖手攀玉柯，盈盈佇金屋。高情廢寢興，惆悵芳景速。

嘉靖五子詩

白雲樓在刑部中，即嘉靖時王李諸子遊息咏歌之地也。風流遡緬，迨將百年，瞻眺之餘，每增寤歎。遂作五子詩，敢云對揚前哲，聊以寄我延佇云爾。五子者，皆官其曹者也。茂秦布衣，明卿內史，故不及焉。【考證】燕遊記：「嘉靖間，李攀龍、王世貞、徐中行輩，俱官西曹，相聚論詩，建白雲樓于四川司中，榜諸君詩句，李詩警句云：『諸山城上出，落日署中寒。』時人目刑部爲外翰林。」明史文苑傳：「謝榛，字茂秦，臨清人，眇一目。年十六，作樂府商調，少年爭歌之。已折節讀書，刻意爲歌詩。西游彰德，爲趙康王所賓禮。入京師，李攀龍、王世貞輩，結詩社，榛爲長，攀龍次之。及攀龍名大熾，榛與論生平，頗相鐫責。攀龍遂貽書絕交。世貞輩右攀龍，力相排擠，削其名于七子之列。然榛游道日廣，秦、晉諸王爭延致，趙康王卒，王曾孫穆王亦賓禮之，酒闌樂止，命所愛賈姬獨奏琵琶，則榛所製竹枝詞也。榛方傾聽，王命姬出拜，光華射人，藉地而坐。竟十章，榛曰：『此山人里言耳，請更製，以備房中之奏。』詰朝，上新詞十四闋，姬悉按而譜之。明年元旦，便殿奏伎，酒止送客，即盛禮而歸姬於榛。榛游燕趙間，至大名，客請賦壽詩百章，成八十餘首，投筆而逝。」又：「吳國倫，字明卿，興國人，嘉靖二十九年進士。由中書舍人擢兵科給事中，楊繼盛死，倡衆賻送，忤嚴嵩，假他事謫江西按察司知事，量移南康推官，調歸德。居二歲，棄去。嵩敗，起建寧同知，累遷河南左參政，大計罷歸。國倫才氣橫放，好客輕財，歸田後，聲名籍甚，求名之士，不東走太倉，則西走興國。萬曆時，世貞既沒，國倫猶無恙，在七子中最爲老壽。」

李于鱗

【考證】明史文苑傳：「李攀龍，字于鱗，歷城人。舉嘉靖二十三年進士，授刑部主事，歷員外郎、郎中，稍遷順德知府，擢陝西提學副使。謝病歸田，將十年。隆慶改元，薦起浙江副使，改參政，擢河南按察使。奔母喪歸，哀毀得疾卒。攀龍之始官刑曹也，與濮州李先芳，臨清謝榛，孝豐吳維岳輩倡詩社，王世貞初釋褐，先芳引入社，遂與攀龍定交。明年，先芳出爲外吏，又二年，宗臣、梁有譽入，是爲五子。未幾徐中行、吳國倫亦至，乃改稱七子。諸人多少年，才高氣銳，互相標榜，視當世無人。七子之名播天下，擯先芳、維岳不與，已而榛亦被擯，攀龍遂爲之魁。」

長離出丹山，將以輝明德。鴻運正中天，應期來羽翼。濟南鍾神秀，大雅追古式。取材既宏麗，抗心迺淵特。二華插銀漢，蒼翠倚天側。憑陵視千古，瑰瑋高九域。感此郢唱稀，傷彼楚工惑。淫哇雖迭奏，精靈自無極。三歎魏祖言，文章實經國。一披滄海珠，爛然雲霞色。

王元美

【考證】明史文苑傳：「王世貞，字元美，太倉人。舉嘉靖二十六年進士。授刑部主事，屢遷員外郎、郎中，用爲青州兵備副使。父忬以灤河失事，嚴嵩搆之，論死。世貞解官持喪歸，隆慶元年，伏闕訟父冤，大學士徐階左右之，復忬官。世貞意不欲出，吏部用言官薦，令以副使涖大名，遷浙江右參政、山西按察使，母憂歸。服除，補湖廣，旋改廣西右布政使，入爲太僕卿。萬曆二年，以右副都御史撫治鄖陽，張居正枋國，世貞不甚親附。會遷南京大理卿，爲給事中楊節所劾，即取旨罷之。後起應天府尹，復被劾罷。王錫爵秉政，起南京兵部右侍郎，擢南京刑部尚書。移疾歸，卒于家。世貞始與李攀龍狎主文盟，攀龍歿，獨操柄二十年，其所與遊者，大氏見其集中，各爲標目，曰前五子者：鑾龍、中行、有譽、國倫、臣也。後五子：則南昌俞曰德，蒲圻魏裳，歙汪道昆，銅梁張佳允，新蔡張九一也。廣五子：則崑山俞允文、濬盧柟、濮州李先芳、孝豐吳維岳、順德歐大任也。續五子：則陽曲王道行、東明石星、從化黎民表、南昌朱多㸅、常熟趙用賢也。末五子：則京山李維楨，鄞屠隆，南樂魏允中，蘭溪胡應麟，而用賢復與焉。其所去取，頗以好惡爲高下。」

瑯琊挺奇幹，卓犖凌羣英。博覽亦汗漫，浩思何從衡。一入鵷鳩署，心傾歷下生。吐論極丘索，琢辭必咸京。河宗開左藏，鄧林當春榮。瓌異燦奪目，菁華能娛情。恍惚天地外，曠蕩窺蓬瀛。結納每下士，揚詡多大名。昭代有良史，藝苑推齊盟。寥寥代興者，蜉蝣安足爭。

徐子與

【考證】明史文苑傳：「徐中行，字子與，長興人，嘉靖二十九年進士。美姿容，善飲酒，由刑部主事歷員外郎、郎中，稍遷汀州知府。廣東賊蕭五來犯，禦之有功。策其且走，俾武平令徐甫宰邀擊之，讓功甫宰，甫宰得優擢。尋以父憂歸，補汝寧，坐大計貶長蘆鹽運判官。遷湖廣僉事，擒捕湖盜柯彩鳳，得其積貯，活飢民萬餘。累官江西左布政使，萬曆六年卒於官。中行性好客，無賢愚貴賤，應之不倦，故其死也，人多哀之。」

子與珪璋器，少小事矜束。十載奮菰蘆，操絃理清曲。自聆鈞天奏，曠然起遐矚。運思本沈鬱，信道亦淵篤。頡頏駈二雄，宏麗矩芳躅。良工琢精英，輝我苕華玉。窈窕天目雲，衍漾霅溪淥。博大歸友生，沖夷示流俗。醍醐雖不言，緣情適所欲。遺文何陸離，風流浩難續。

宗子相

【考證】明史文苑傳：「宗臣，字子相，揚州興化人，嘉靖二十九年進士。由刑部主事調考功，謝病歸。築室百花洲上，讀書其中。起故官，移文選，進稽勳員外郎。嚴嵩惡之，出爲福建參議。倭薄城，臣守西門，納鄉人避難者萬人，或言賊且迫，曰：『我在，不憂賊也。』與主者共擊退之，尋遷提學副使，卒官，士民皆哭。」

朱霞起天末，明月離雲端。矯矯湖海士，輝輝振羽翰。伊人才不羈，手倚青琅玕。英多無踐迹，超逸竦殊觀。既協塵外趣，復登作者壇。恍惚浮丘下，飄搖露掌寒。嚴霜墮令節，幽谷萎芳蘭。神仙竟寂寞，麟鳳徒三歎。至今邗溝曲，芙蓉十里寬。我欲採之去，秋水浩漫漫。

梁公實

【考證】明史文苑傳：「梁有譽，字公實，順德人，嘉靖二十九年進士。除刑部主事，居三年，以念母告歸。杜門讀書，大吏至，辭不見，卒年三十六。」

公實嶺表秀，抗志遺風塵。展彼徑寸輝，照耀合浦津。耽文何綺麗，冶質中所親。橫天集京國，古道歸俊民。英辭振冥漠，逸響通高旻。商歌出金石，一一凌秋旻。彌確尚超越，契玄託隱淪。搜探勾漏鼎，搖蕩羅浮春。飛颷起炎海，一往不及晨。中原黯相顧，南望傷我神！

仲夏直左掖門送彝仲南歸 二首

【考證】春明夢餘錄：「洪武十年，改作大內，午門添兩觀，中三門，東西爲左右掖門，北京宮殿，悉倣其制。」畿輔通志：「紫禁城內午門，左曰左掖門，右曰右掖門。」【案】夏允彝字彝仲，註見年譜天啓五年。

晨趨閶闔門，炎風吹綺疏。輕雲過員闕，鳳吹聞清虛。言與君子別，引領一躊躕。分手即長道，何時還故廬？非無騏與驥，修坂自崎嶇。子行慎霜露，予留愁卷舒。少小重南國，歡愛日同車。入宮方見妬，况廼更離居。努力理文繡，無事徒欷歔。

金塘迴素波，中有雙鴛鴦。託身在清禁，和鳴君子旁。人生會有別，孤翼忽南翔。顧此同林鳥，安知天路長？平生志慷慨，何事獨難忘？本爲四海人，豈得常相將。丈夫重知己，萬里同芬芳。黽勉効貞亮，德輝在巖廊。莫憂青蠅多，和璧貴善藏。執手不能語，悵矣結中腸。

玉泉　【考證】長安客話：「玉泉山以泉名。泉出石罅，瀦而爲池，廣三丈許，水清而碧，細石流沙，綠藻紫荇，一一可辨。池東跨小石橋，水經橋下，東流入西湖。山頂有金行宫芙蓉殿故址。相傳章宗嘗避暑于此。」帝京景物略：「玉泉山根，碎石泉涌，去山不數武，裂帛湖也。泉迸湖底，狀如裂帛。湖方數丈，水澄以鮮，漾沙金色。過溪曰望湖亭，宣廟駐蹕，今圮。」

西山豁神秀，靈氣通天潢。突兀一卷石，泛濫開青滄。山根足嵌空，雲雨生四旁。竇乳既瀝瀝，濩湧亦洸洸。玉女顧我笑，灑然傾瓊漿。虛瀨響雜珮，倒景搖孤光。瀾漪無定姿，空濛移陰陽。雲木亂曉日，芰荷留夜香。鳴蟬與哀湍，斷續成笙簧。我擕弄珠人，六月生微涼。緬想宣皇時，遊豫事省方。百靈集景運，羣后歌太康。鳳艦發錦纜，龍旗引翠黄。行殿次沙汭，御幄張高岡。起寺煥金碧，築亭臨蒼茫。侍從多耆舊，顧問皆虞唐。橋山既升鸞，京臺亦以荒。至今十皇帝，端拱遵憲章。常因上陵禮，歸憩瑶池觴。聖朝洪儉德，澗壑無巖廊。雄豈昆明鑿，豔非驪山湯。分波潤四野，萬頃滋稻粱。上腴壯京邑，鄠杜稱神鄉。惟應宗太液，年年流未央。

【考證】方輿記要：「西山在順天府西三十里，太行之別阜也。巍峩秀拔，拱峙畿右。」長安客話：「功德寺修于宣德二年，正殿及方丈凡七進，基皆九撰，撰披庭制度，費數十萬緡。宣德十年，宣廟西郊省斂，駐蹕于寺，因留輦仗寺中。」

登玉泉山頂迴望京室

【考證】畿輔通志：「玉泉山在宛平縣西北二十五里。」天府廣記：「山頂懸崖，舊刻玉泉二字，水自石罅中出，鳴如雜佩。」

濯纓汎澄瀨，騁目登高丘。翠微繫亭宇，絕壁懸層樓。百級上松磴，豁達開神州。天衢麗白日，衆川靜不流。虛霞蕩羣嶺，疊巘通遐陬。百里見黃屋，巖嶂雲中浮。熠燿難正視，歘赩無時收。華蓋起中天，銀漢垂清秋。恍惚飛鳥外，飄搖十二斿。阿閣表明盛，鳳凰鳴啾啾。茲焉玉山眺，昨日金門遊。媿無璵瑾器，良時安所投？

贈恭順侯吳國華

【考證】案明史功臣表：「吳允誠，本名把都帖木兒，永樂十年，以北征功，封恭順伯。允誠傳子克忠，進封侯。克忠傳瑾，瑾傳鑑，鑑傳世興，世興傳繼爵，繼爵傳汝蔭，汝蔭傳維業，維業傳弟維英，崇禎十六年十二月卒。」明詩綜：「維英字國華，襲恭順侯爵，有墨響齋集。國華累葉珥貂，風流獨擅。崇禎中，與翟都尉永固，並留心圖史，偕諸朝士，極文酒讌游之樂。家有墨響齋，摹拓金石文字，裝池插架，不減歐、薛、洪、趙之富。孫舍人國枚，采其詩入燕都游覽志甚多。」

吳侯出西涼，天造仰王澤。次第雲臺勳，圖畫甘泉迹。再世殉國仇，彝器輝金碧。八葉誕伊人，弱齡奮風翮。扶陽擅温雅，富平識墳索。夭矯窺先民，嶙峋脱時格。曠心朱門外，把袖青雲客。散帙理遺秀，開尊竟遙夕。皇運正雍和，文德展光宅。洵美此邦彦，袞衣侍明辟。七襄爛河漢，中台映東壁。媿予乏嘉藻，何時附竹帛。

贈葉亳州奕武

【考證】亳州志：「葉景先，字奕武，江西餘干縣舉人，知亳州，禮以優士，慈以撫民。流寇圍亳，率衆三戰，賊遁城全。州人爲建葉公祠。」

中原昔清晏，使君來此州。惠澤徧四野，鷙擊臨高秋。權豪氣蕭索，黎庶開歌謳。心知梁宋間，千里皆平疇。三川通孔道，二陵扼咽喉。遂鼓良家子，比屋修戈矛。高墉列萬堞，古障飛層樓。屹然蔽江淮，西望尋仇讐。流人三犯境，上兵多伐謀。賊氣暗山谷，瀰漫陰雲稠。開門出壯士，奮臂無中留。紅旗忽招摇，虜陣崩難收。捷書上幕府，至尊爲舒憂。河南百州縣，在在遭虔劉。官吏非不多，瞠目拗一籌。卻令邊兵來，重爲百姓愁。安得致公等，棊布宣王猷。銷兵事農器，高揖談商周。

【考證】羅萬藻公齋紀事序云：「賊發于秦，蔓于晉、豫、楚、蜀之間。如癰之潰，無不靡潰。遂復陷霍丘，陷潁，乘勝圍亳。先生東門之戰，追而撲之。再戰則屯兵義門，使賊失氣以去，而但以密計夜半掩擊之，俘其僞王子。又再戰，則但以義兵三千扼之界上，爲祖帥指授地勢，敗賊于穀熟村，斬級千餘。三戰而益整以暇。先生初入亳，已知亳有兵事，而其地爲二陵門戶之衝，卽加意清里役，鋤強禦，增城堞，濬濠水，而遂請設營伍。寇至，檄募鄉子弟爲義兵，而單騎詣各村，俾就附近保聚，選其少壯，立統領，遇警則與義兵相應，可謂知兵矣。」

京邸七夕

七夕涼風生，中庭愁四顧。白露澄清暉，微雲帶秋樹。洵美金門遊，悵然懷往路。況乃卽令辰，百慮營遲暮。玉衡轉西軒，望舒積輕素。宮雉分參差，銀河濬吞吐。靈景流層霄，烟駕何繇駐？豈無褰裳人，千秋誰能渡？媒勞其奈何？客心重迴互。願隨南飛鴻，馳光託情愫。

陳子龍詩集卷七

五言古詩　四

擬古詩　上山採蘼蕪以下五首

駕言出行遊，枉道經舊廬。舊廬今如何，九重交綺疏。幽蘭植洞房，清風吹廣除。昔爲故人室，今作新人居。但覺新人來，不知故人去。折我秋時花，種君春時樹。折花不復生，種樹何由固？願思故人新，莫使新人故。

客從海南至，握中有都梁。言慕君子德，遠道登高堂。堂中博山爐，鏤錯何輝煌。上有仙人遊，下有神螭翔。此器誰所用？將以薦國香。神靈四面會，鳥獸亦彷徨。我欲因風發，焚之送君旁。君懷常不向，何繇見芬芳！

今日逝將別，形影一相依。萬里不足遠，子行豈無期？別離古所難，但願長相思。子有新巧笑，古歡終不移。恩愛苟未替，努力事容姿。

浮雲生隴首，遠望何茫然。雙弧若明月，結交在盛年。晨陟太行山，側足不能前。念我同心人，涕下如流泉。

舜華媚朝陽，薄暮顏色衰。初承君子愛，豈復念來茲。昔時比翼鳥，相背雲中飛。肅肅霜露下，沈吟整裳衣。願言積情愫，同心以爲期。

雜詩 二十首

朱夏芳未歇，歷落懷長林。黃鳥鳴交柯，玄蟬翳淸陰。習習涼飈至，吹我綠綺琴。牙曠雖已遠，丘中留令音。處羣一作窮。生靡態，獨立凝貞心。遺慮繁景外，抗志高山岑。世度傷局促，賢達任浮沈。

勁翮有遐舉，直木無繁枝。邁往絕凡迹，端正嘗違時。世人重容悅，滑稽誰能期？疾風歘振落，橫流悲殆而！既丁陰雨會，曷望康衢馳。履榮豈永存，執義恆在茲。炯炯烈士心，寒暑安可移。

良辰多淸暉，玄化自旋一作相。扇。忘憂襟背繁，芣苢堦前蒨。蕤蕤桐華落，鬱鬱椒條衍。微陽照顏色，澹雲潤舒卷。四序如流泉，羣動遞遷嬗。人生任物役，銷鑠何由見。自聆鶗鴂哀，坐惜芳容變。

濯足黃河濱，河水廣且長。鯉魚何汕汕？乘霧欲高翔。玄圃不可到，退與泥鰍藏。燁燁雲中龍，夭矯天漢旁。霖雨徒在握，徘徊殊未央。天澤豈不大，屯膏安可常。哀此下土民，何由告穹蒼。

日夕登高臺，馳目窮萬里。衆星燦雲間，經緯誰能理。神哉玉衡運，天樞無終始。上有瓊瑤宮，紫皇日端委。我欲乘飛鸞，銜書碧雲裏。聲抗塗愈遐，心長情何已。懷中五色石，相見徒磊磊。

山椒微風發，薄暮遲佳人。頹陽濟林表，素月生河津。佇立懷往路，時晏多苦辛。君家青雲樓，瑤華豔當春。皐蘭亦有芳，欲寄良無因。歡愛豈足重，要使恩誼申。浮雲誠易阻，白璧終見珍。

逐時多近娛，邁古懷長憂。高節勵貞亮，芬芳耀千秋。日月逝逾疾，我生獨何求。烜赫邀世榮，傾側遞相仇。威甤丹山鳳，逍遙凌九州。一鳴簫韶奏，再鳴商爲周。顯晦隨景運，難與燕雀謀。曠哉唐虞際，念此心悠悠。

炎海蕩南極，陰火生紫瀾。珊瑚交的皪，淵客遊其間。隨珠產深崖，百里波光寒。輝輝若明月，登君赤玉盤。輕華映四壁，對此欲忘餐。國鎮同龜玉，匪爲耳目觀。庶其什襲固，毋使蛟龍歡。

昔余游泰山，獨上登封臺。金泥綠玉字，千古藏莓苔。日觀凛晨眺，勁風萬里來。羲和整東駕，蜺翠光徘徊。海波靜深碧，煜爍倒影開。出沒見孤嶼，恍惚浮蓬萊。役逐短景內，冥昧同塵埃。我思乘霞人，回視何其哀！

至道無相非，末流乖心迹。高懷苟不亮，執疑一作誼。日以積。賢隨貴同用，愚與賤交役。騰名自有階，投讒豈無隙。營營棘上蠅，可以攜金石。履繩一作純。思寡尤，超方鮮奇策。毀譽苟未忘，顧影慚跼蹐。

生平恥國難，少小慕從軍。一爲意氣言，英俊來如雲。烈烈風晝暗，鼓角遙相聞。胡漢日紛拏，轉戰黃河濱。仗劍立原野，四顧何無人！雲臺多高議，緩步淸烟塵。嗟爾漆室女，長歎良苦辛。

飄飄雲間臺，枚枚水中殿。宛宛黃龍遊，搖搖翠旗轉。中有芙蓉冠，蕭條日娛燕。烟塗豈云疲，神境安所戀？歎予無機智，忘情任舒卷。贈予金光草，相期事游衍。

尙口自有窮，捫舌豈我欺？伊予昧機變，率性不自知。遇物皆衷言，當險若履夷。於己固弗愼，安望人保持。俯仰生平內，常與悔相隨。沈默苦不蚤，壯盛忽若馳。世人貴形迹，君子敬威儀。臧否聖所誡，南容眞我師。

憶昔遊京輦，淹留西省鑰。好鳥及晨鳴，華樹當秋一作春。落。輝輝同舍子，皎皎豔城郭。人生各自媚，窈窕欣所託。淒飇自南來，斂意遲蓬藿。迢遙金門侶，惠好良不薄。猥以菅蒯姿，顧比蘭與若。亮無萬里風，聊從三徑約。

泠泠素女瑟，能使泰帝悲。鼓琴英皇間，八字薰風吹。愉戚中所感，聖賢疇不移。眇音依令德，子野審其徽。我登高山阿，浩然撫金徽。雖非陽春奏，賞心當自知。

秋風生桂樹，微月起繁霜。嬓人瑤臺秀，中夜立蘭房。惛嫕靜不發，儀態誰能詳？含情豈有極，凜義固其常。狂且重紅顏，妄意一彷徨。恍惚綺羅間，迢遙河漢旁。何時覯君子，解佩貽芬芳。

舜華照朝陽，枝枝自相媚。貞矣南崗松，玄陰秀交植。令顏豈弗愉，亮節疇能貳？婉孌彼姝子，邂逅一何嵗！共指千秋期，眷言不遐棄。歡情有新故，零落從茲始。白首既難保，傾蓋安可寄！

嵯嵯雙闕下，鳴玉交朱輪。前有田竇客，後有衞霍賓。昔合豈無慕，今疎豈無因。期願既不在，安能強所親。盛衰等晨暮，馳騖徒苦辛。勢移生背憎，多爲恩愛人。黨私既寡益，君子敬其身。

墓門有惡木，柯幹何連卷。良士不肯蔭，鴟鴞巢一作集。其巔。同茲雨露潤，不與百卉妍。性質固自殊，大造安能遷？我行適見之，三日酲未痊。一作「中心懷憂悁」。利斧雖在手，斬伐無此權。去去保芳潔，瘈然思過愆。一作「願言藝蘅荃」。

翹翹千仞松，萋萋徑寸草。居高風雨多，處卑履踐早。養內或遺外，周慮誰能保！人生遞相遷，玄機何勞擾？鯤鵬化固大，蛤雀變寧一作「仍」。小。蜉蝣戀朝光，顧影期難老。所以沈冥士，忘情放塵表。

【校】第十首「執疑日以積」、「履繩思寡尤」句，原本湘眞閣稿同，不作「執誼日以積」、「履純思寡尤」。又第十三首「於己固弗愼」句，全集本原作「於己固勿愼」，今據原本湘眞閣稿改。又第十四首「華樹當秋落」句，原本湘眞閣稿同，不作「華樹當春落」。又第十九首「鴟鴞巢其巔」，原本湘眞閣稿同，不作「鴟鴞集其巔」。「同玆雨露潤」，原本湘眞閣稿作「同以雨露潤」；蟄存案：「玆」字較佳。又第二十首「蛤雀變寧小」句，原本湘眞閣稿同，不作「蛤雀變仍小」。

擬古三首別李氏也

舒章爲其尊人水部公伏闕訟冤而北也。【考證】上海縣志：「李逢申，原名見素，字延之，號若鶴。萬曆丙午舉人，己未進士，除慈谿令，失閹黨意，左遷縣佐。丁母憂，服闋，起上林苑監丞，遷工部主事，甫三月，封事九上，劾兵部尚書梁廷棟誤國，疏寢不報。會軍興，驗試火器，廷棟中以危法，論戍漵浦。逢申長子雯，痛父以詆忤權貴獲罪，走京師訟冤。章上，報罷。後雯弟又伏闕上書，政府哀之，事得白。召逢申爲刑部主事，轉工部郎，逢申又五上疏論時政，有所彈擊。時寇已奄有秦、晉，逢申疏請出空名告身，與廷臣分募三輔、山東、兩河豪傑衛京師，廷議中沮。甲申三月，賊陷京師，逢申被執不屈，身受五毒，自經死。」

旨酒娛今夕，握手不能辭。漫漫即遠道，惜別在良時。引商爲君歌，浮雲爲我馳。慷慨寫新聲，遊子愴以悲。昔時隨陽鳥，和鳴託清池。一朝南風發，別我忽若遺。鷹隼滿天地，言念去何之？黽勉立奇節，相見會有期。

昭昭明月滿，燭我天一隅。黃鵠慕清光，萬里忽相踰。賴此尊酒會，因得少踟躕。懷中有短褐，十載常區區。人生貴高義，何用榮薄軀。淄澠既不辨，盈缺常一作在。須臾。古有雞鳴歌，隨君揚上都。愧無烈士心，徒歎形影孤。

北風歲云暮，攬衣起彷徨。行人佇中野，胡馬鳴枯桑。天漢流雲間，三星忽低昂。哽抑無所語，悽悽上河梁。孤雁從南來，助我心內傷。知君不可留，聊酌盈此觴。四海猶襟帶，毋爲往路長。願此魯陽志，能迴白日光。

【附錄】李雯北上酬別臥子詩：「仲冬寒氣冽，嚴風吹枯桑。我將遠行游，遠游之朔方。良朋置樽酒，凌波汎輕航。商歌奏微管，四座爲慘傷。孤鳥飛越林，羽翼自低昂。悲心在千里，不獲守楡枋。黃雀雖已微，哀鳴訴穹蒼。鷹隼諒不避，奇節安可望。」「微霜戒行軒，朗月照四陲。不因斗酒會，安得敘中離。羣鳥思反哺，鹿鳴亦念飢。兩義苟不兼，暫復從此辭。美玉在中懷，短褐安所疑？徒步見天子，片言稱帝師。古今同一揆，斯言亦我欺！慚無斐約功，何以慰相思。」「黃雲動萬里，游子暮踟躕。鷙颸起林薄，裂若吹笙竽。念我同袍子，素懷激清虛。芳義振墳典，悠然守敝廬。斯人不可見，傾側向皇都。山川間冰雪，目送千里餘。心存金石言，手持尺素書。俯仰在懷袖，誰謂音鬱孤？」

【校】第二首「盈缺常須臾」句，原本湘眞閣稿作「盈缺在須臾」。蟄存案：「常」字較佳。

蕭史曲

十二碧城暮，靈鴽傷孤遊。自聽人間曲，更入秦家樓。樓中有仙子，窈窕白雲裏。新聲落九天，紫烟生渭水。珠簾爲君開，火禽雙徘徊。一朝攜手去，此地空高臺。千秋幾儔侶，娟娟常獨處。寄我玉樓人，殷勤鳳凰語。

歲暮雜詩 二首

北風吹晏歲，白日淡無光。念我同門友，攜手一彷徨。冰雪滿原隰，烏雀鳴枯桑。回回不能去，脈脈意何長？牽牛豈無期？雲漢亦有梁。我懷獨在遠，徒使心內傷。流水逝安適？浮雲忽南翔。人生貴同願，胡爲思故鄉。本乖凌風翼，日夕遙相望。

長城帶洪河，茫茫搖白草。胡馬日夜驕，朔風吹不少。所思在冀方，無繇卽長道。良人依戰場，勗哉愼自保！生平慕高義，要津安足寶？思君可奈何？浮雲常苦多。憶伯祥也，時伯祥方逐虜於常山。

【校】第二首自注「時伯祥方逐虜於常山」句，全集本原缺「逐虜」二字，據原本湘真閣稿補。

送同年趙太史謫閩中　二首

【考證】蘇州府志：「趙士春，字景之。第三人及第，授編修。兵部尚書楊嗣昌奪情視事，未幾入閣，少詹事黄道周劾之，下獄。士春上疏曰：『人才所以不振，正由愛功名、薄忠孝致之。臣祖用賢，首論故相奪情，幾斃杖下，腊敗肉示子孫，臣敢背家學，負明主，坐視綱常掃地哉！』帝怒，謫廣東布政司照磨。祖孫並以攻執政奪情斥去，士論重之。後復故官，終左中允。」徐乾學趙景之墓誌：「公在翰林，鍵戶修業，不謁權貴。前輩唯黄石齋道周，尤愛重之，與同年劉孝則同升最善，以道藝相劘礪。語及國事，輒欷歔對泣。無何，而楊嗣昌奪情入閣之事起，時上召諸臣于平臺，道周面斥嗣昌，辭甚峻，上為之艴然誚責，道周不少屈。而嗣昌從旁故為休容以激上怒，且微引他事中之，道周由是得罪。明日公卽與同升各疏救，且劾嗣昌忘親害理。疏入，謫福建布政司檢校。」蔡氏廣輿記：「福建福州府，周時七閩，秦曰閩中。」

宿昔衣冠會，燁燁承明廬。知君有和璧，一顧傾璠璵。惠風吹荊棘，王路何崎嶇！令顔炤青雲，德聲振黄輿。嚴霜零中道，愴惻夜躊躇。登高望炎海，三島浩以虛。美人日遙遠，中懷鬱不舒。賴有塤篪唱，攜手託同車。時與劉晉卿修撰同謫閩也。

【考證】明史劉應秋傳：「子同升，字晉卿，崇禎十年殿試第一，授翰林修撰。楊嗣昌奪情入閣，何楷、林蘭友、黃道周言之，俱獲罪。同升抗疏，帝大怒，謫福建按察司知事，移疾歸。廷臣屢薦，將召用而京師陷。福王立，召起故官，不赴。明年五月，南都不守，江西郡縣多失。同升與楊廷麟謀興復，取吉安臨江，羸疾，卒於贛州。」

朱鳳揚葳蕤，昔者儀明德。生雛始凌風，和鳴亦華國。景之祖文毅公，亦以論江陵起服謫。世人慕高位，君子貴貞則。昭昭經天星，晦明安可測？君子指孟秋，山川何險仄？南中鴻雁少，無由寄羽翼。勗哉保令儀，邦楨仰遺直。

【考證】明史本傳：「趙用賢，字汝師，常熟人，隆慶五年進士。萬曆初，授檢討。張居正父喪奪情。用賢抗疏，與吳中行同杖除名。居正死之明年，復故官，進右贊善，尋充經筵講官，再遷右庶子，改南京祭酒。居三年，擢南京禮部右侍郎，以趙南星薦，改北部。尋以本官兼教習庶吉士，二十一年改吏部左侍郎。乞休歸，家居四年卒。天啓初，贈太子少保，禮部尙書，謚文毅。孫士春、士錦，崇禎十年，同舉進士。」

送同年時子求之安陽令 二首

【考證】蘇州府志：「時敏，常熟人，崇禎庚午舉人，丁丑進士，官至吏科給事中。」時子求期思集序：「辛巳二月，子求在固始，作詩五百餘言，敍述中原寇盜殺掠流亡之慘酷，而勉故鄉以綢繆桑土之義。既而子求考最赴闕，天子親召對稱旨。首擢爲兵科給事中，巡視眞定城守，旋督漕江西。」明史地理志：「安陽縣屬河南彰德府，北有安陽河，又北，有濁漳水。」

神京盛軒蓋，連袂忞遨遊。徘徊雙闕下，壯矣眞皇州！黃鵠思勁羽，厲志凌清秋。風雲散天末，飄搖安所投？子行宰巖邑，予歸守故丘。城郭鬱相望，遙夕通方舟。惠我瑤華音，襟帶何綢繆？時由海昌調鄴也。單車駕言邁，河水浩悠悠。執手臨往路，悵然懷百憂！良辰命徒御，送子涉清漳。西陵何鬱鬱，三臺亦已荒。霸圖既衰歇，王路方平康。傷哉洪河北，千里莽戰場。剖符綰轂會，日夜整我疆。蒸黎仰闓澤，武衞資奮揚。勉子榮世業，遠績正輝煌。何時清音奏，寄予南山陽。

【校】「壯矣眞皇州」句，原本湘眞閣稿作「壯矣貞皇州」。

由光福寺入青芝山房逕西

【考證】蘇州府志：「鄧尉山，在府西南七十里，亦曰光福山。山之西北，曰龜山，上有光福寺。」王氏姑蘇志：「光福講寺，梁大同間建。」吳縣志：「青芝山，在鄧尉山西南。」

娛心開令辰，幽尋展林薄。修坂帶明湖，餘暉瀉雲壑。我行何鬱紆，搴裳討寥廓。密樊夾山椒，惠風披花萼。園梅既芳暢，澗松亦孤削。興屬馳繽紛，遐情靡所託。歷覽窮層阿，會景啓高閣。日華炤瓊瑤，浮光滋沃若。春山翠氣積，晚浦霞文落。遵步歸東渚，一作峯。方舟動孤酌。明發懷佳人，緬邈丘中約。

【校】「遵步歸東渚」句，原本湘眞閣稿作「遵步歸東峯」。暫存案：「渚」字是。

登玄墓山

【考證】吳縣志：「玄墓山在鄧尉西南六里，相連不斷，本一山也。後晉青州刺史郁泰玄葬此，故名。」

茲晨復杖策，觴言陟遐曠。積玉彌崇林，屯雲接遙嶂。奇服遺馨香，烈心得幽暢。蘭臯吹雜英，石瀨汎餘漲。始浥六水清，忽歷萬峯壯。丹閣一作闕。戴翠微，金輪出霞上。和禽嬉冥濛，華桂媚搖颺。風日蕩層波，孤根浮屏嶂。吞吐千里流，彷彿三神望。翰飛理空傳，極目更成愴。春洲多芳草，無因一俯仰。

【校】「屯雲接遙嶂」句，原本湘眞閣稿「接」字誤刊作「按」。「丹閣戴翠微」句，原本湘眞閣稿同，不作「丹闕戴翠微」。

靈隱寺

【案】此首列在遊光福登玄墓後，則靈隱寺疑是靈巖寺。

凌晨越清澗，策馬邅交岐。羣峯變陰霽，密樹紛蔽虧。遐蹤愜幽徑，賞心澹棲遲。明霞帶高館，乳桐拂華榱。深森亭檻靜，黯靄巖花吹。素湍媚錦石，翠壁揚丹荑。度嶺既迴緬，陟椒復崟巇。會想層霄人，攬袂披英辭。撫物念疇昔，舊侶與我違。遠眺日以傷，孤歎誰能知。

古意和舒章　二首

東家井上桐，西家綠綺琴。中宵一撫手，哀豔傷人心。珠簾下深院，春風不相見。顏色本未移，音響俄以變。君意若流波，妾情常苦多。無人賞淥水，終日不成歌。

團扇如明月，羅袂自輕舉。本爲清風多，非愛乘鸞女。宛轉懷袖間，亦復賞容顏。自矜君所御，寒暑得相關。秋期一何早，蛾眉跡如掃。託身在輕微，棄置不復道。

【附錄】李雯詩：「美人碧雲外，素影春風中。自恃蛾眉色，非關羅袖紅。妝成不可見，楊柳深春院。朝愁紫燕飛，暮苦流鶯變。欲作陽春歌，陽春奈若何。清霜坐如此，明鏡濕秋波。」「裁金作步搖，買玉成跳脫。本爲紅顏新，寵麗一朝設。君意如朝霞，妾顏變明月。以此今日姿，愧君曩時物。人生有繁華，金玉無衰歇。願當顧盼時，勿隨浮雲滅。」「流蘇垂綺帳，朗月發華姿。側聞東鄰女，當秋揚光輝。阿閣鄰鳳凰，寶鏡雙蟠螭。攬結明星袖，製彩芙蓉帔。鳴雁良及晨，窈窕世所希。言承紫宮寵，將曜三春荑。西鄰有庶女，太息流黃機。短襦不及身，縝髮如亂絲。自顧非倫匹，不敢望恩施。但念促織鳴，縑絲同一時。」

【校】第二首：「羅袂自輕舉」句，原本湘眞閣稿作「羅袂同輕舉」。螢存案：「自」字佳。

佘山訪陳眉公先生

【考證】松江府志：「佘山，舊有佘姓者，養道于此，故名。東西二峯，延亘數里，招提蘭若，隱見其中，望之穠郁深秀。」又：「東山多奇石，明徵士陳眉公隱于此，自名其居爲神清之室。爲頑僊廬，其上爲高齋，折而北爲清微亭。亭之下，爲水邊林下、水石俱勝。」青浦縣志：「陳繼儒，號眉公，幼穎異，長爲高才生。年二十九，謝青衿，隱小崑山。五十，始築廬東佘白石山，郡邑大夫詢政，四方求文者，趾相屬。朝臣交薦，引吳與弼例，辭不就。」

朝日啓東嶺，靄然秋滿山。方舟度林澗，杖策款松關。喬木亂雲氣，遊禽日以閒。主人秀南紀，忘機駐紅顔。丹經註盈卷，羽旗時往還。高談泰皇際，馳騖羞人寰。眷言蒸黎事，天步何險艱。勗予從王路，騏驥相追攀。崢嶸鹿門語，躑躅桑柘間。

弔盧司馬

【考證】明史本傳：「盧象昇，字建斗，宜興人。舉天啓二年進士。授戶部主事，歷員外郎，稍遷大名知府。崇禎二年，京師戒嚴，募萬人入衛。明年，進右參政兼副使。又明年，進按察使。六年，山西賊流入畿輔，象昇連敗之。明年，賊入楚，陷鄖陽六縣，命象昇以右僉都御史撫治鄖陽，與總督陳奇瑜分道夾擊，連戰皆捷。八年五月，擢右副都御史。八月，命總理江北、河南、山東、湖廣、四川軍務，兼湖廣巡撫。尋解巡撫任，進兵部侍郎，加督山西、陝西軍務，賜尚方劍便宜行事。九年正月，斬賊首搖天動。九月，京師戒嚴，有詔入衛，遷兵部左侍郎，總督宣大、山西軍務。十一年五月，丁外艱，乞奔喪。時楊嗣昌奪情任中樞，令象昇席喪候代，進兵部尚書。九月，大清兵入牆子嶺，召宣大、山西三總兵楊國柱、王樸、虎大威入衛。象昇督天下援兵，麻衣草履誓師。嗣昌與總監高起潛主和議，象昇決策議戰，然事多爲嗣昌、起潛撓。時大清兵南下，三路出師，一由淶水攻易，一由新城攻雄，一由定興攻安肅，象昇遂由涿進據保定，命諸將分道出擊，大戰于慶都。俄以雲、晉警，趣出關。王樸徑引兵去，象昇提殘卒夾宿三宮野外。十二月十一日，進師至鉅鹿賈莊，起潛擁關寧兵在雞澤，距五十里。象昇遣兵部主事楊廷麟往乞援，不應。至蒿水橋遇大清兵，象昇將中軍，大威帥左，國柱帥右，象昇麾兵疾戰，自辰迄未，礮盡矢窮，身中四矢三刃以死，一軍盡覆。起潛聞敗，倉皇遁，不言象昇死狀。嗣昌疑之，有詔驗視，八十日而後殮。」

司馬磊落姿，少小尚奇節。勁翮思風雲，潛心訪英傑。天性能挽強，奔騰蹶超忽。初鎮大河北，千里靜車轍。秦盜走荆襄，南征氣勇決。倚劍開烟塵，彎弓殪饕餮。每率百死士，當陣自排抉。跳盪賊壘穿，弗使鋒刃缺。遊魂阻蒙茸，逆徒誠馳突。天子顧北門，五原新秉鉞。雄風振雲沙，憤氣視遼碣。三年漢月高，兩載胡塵歇。欃槍纏薊丘，公又在縗絰。強起護諸軍，赫赫專九伐。豈無推轂儀，恐有當肘掣。令多不易遵，將驕誰能罰？倉卒重閭間，矢盡紘亦絶。得免文吏議，難爲世人說。吁嗟鉅鹿下，千秋轉嗚咽！生平有十驥，上所賜及公自購馬共十，名千里雪、五明驥、玉頂赤、桃花驄、豹花驄、紫騮、銀青、燕色駒、赭白、菊花青，公有十驥咏。安忍事胡羯。尙思戰場利，誰留春草齕？部曲既飄零，參佐半摧折。惆悵李蔡封，隱忍劉琨沒。蕭條烈士希，成敗安可說！

【校】「兩載胡塵歇，欃槍纏薊丘」句，中原缺「胡」「欃槍」等字，據原本湘眞閣稿校補。「赫赫專九伐」句，全集本「九伐」誤刊爲「九代」，今校改。「生平有十驥」句注「公有十驥咏」，全集本原脫一「驥」字，今校補。「安忍事胡羯」句，全集本原缺「胡羯」兩字，並據原本湘眞閣稿校補。

生日寄酬唐吳江盃斝之贈

【考證】吳江縣志：「唐階泰，字瞿瞿，達州人。崇禎十年，由進士授知吳江縣。以文雅緣飾吏治，性不好簿書。每進文學名士，飲酒論文，雖文檄雜沓，階泰晏笑自若也。階泰出漳浦黃道周之門。道周負盛名，爲士林首，及門皆知名之士，階泰議論上下，爲一時所推，不喜趨附津要。尋補寧國府推官，陞禮部員外郎，卽謝病歸，寓吳江卒。」

才疎賤稍逸，年至憂與幷。浮名鮮憑籍，迅邁念生平。伊予敦宿尙，弱歲懷時英。貞心寡諧趣，慢迹謝崇營。頗覺芰荷貴，遂忘文繡榮。謬承嘉運會，短翮託和鳴。既覯連城德，言聆清徽聲。撫遇衷已惕，履傷身自輕。小宛愧無忝，杕杜悲特生。馳景積羈思，駐顏寄遐征。匪戀曼容祿，願協龐公耕。慰我如蘭友，斟酌展餘情。沈默苟未攜，荒宴良可賡。

九日崑山道中　【案】詩中「行邁」、「山城」等句，似指崑山縣之馬鞍山。馬鞍，俗名崑山，即所謂玉峯也。

平皋霽杪秋，行邁臻令節。靃靃衰林明，浘浘寒流澈。陽鳥紛已來，陰蟲聲逾切。碧草隨風變，朱實凌霜結。迅商宿莽疎，凄景遠峯潔。水涉頓迴飈，陸行鮮安轍。山城展游眺，孤客心如惙。紫萸爛盈把，叢桂芳可擷。彼美日夕遲，蘭巵空在列。逐物易生哀，暌羣自辭悅。賞心貴昭曠，遐矚忘違別。會尋丘園秀，持貞慎緇涅。

寄懷婦翁張方同先生時令邵陽　詩至，先生已卒，不及見也。讀之慨然。【案】張軏端，字方同，官邵陽知縣。註見年譜萬曆四十七年。【考證】明史稿地理志：「寶慶府邵陽縣，南有高霞山，東有烝水，又北有資水，邵水自東流合焉。其間有二百里灘、茱萸等灘，皆資水所經也。」

君王顧甫服，夫子誠國器。神鋒蘊盛年，歷覽見深智。俯瞰資水清，坐引衡山翠。平易乃近民，經術緣吏治。庭戶儆虛寥，揮絃碧雲至。谿水飛林端，千里綠禾穗。九月國賦畢，叢祠開鼓吹。人物比中州，風謠存古意。湖湘氣蕭索，逆徒擅名字。橫連荆岳氛，轉闘郴永熾。公與父老謀，開誠飭武備。修政閭黨間，隱然得渠帥。勁兵扼要津，四鄰偃烽燧。大君方殷憂，蒼生日憔悴。勉公旂常勳，康衢展騏驥。不見茱萸灘，銅柱古所置。男兒靖風塵，豈曰匪快事。賤子伏江皐，蒼茫雲海志。南雁日已稀，尺書良不易，瀟湘多明月，何緣一相寄。

初入剡中

【考證】浙江通志：「剡溪，在紹興府嵊縣南，一名戴溪。晉王徽之雪夜由此溪訪戴逵。」

夙昔躭奇異，久負名山期。詎意肅于役，心賞獲在茲。高峯疊遙巘，曲徑沿迴溪。沈沈迷積翠，靄靄含輕暉。洩雲岫時沒，急雨瀨屢移。青蘿被修坂，絳樹灼陰崖。迴互見別趣，登降各異姿。碩人昔考卜，荒途恆若斯。心跡既杳冥，衡宇亦參差。抗懷慚末代，尚志徵前規。終焉協要妙，遲暮良可悲。

過天台望赤城作　【考證】明史地理志：「天台縣，在台州府西南，西有天台山，北有赤城山。」天台山志：「天台山高一萬八千丈，周圍八百里，山有八重，四面如一。十道志謂之頂對三辰。或曰：『當牛女之分，上應台星，故曰天台。』一曰大小台，以石橋大小得名，亦號桐柏。往天台當由赤城爲道。」又：「赤城山，在天台縣西北六里，一名燒山，又曰消山，石皆霞色，望之如雉堞，因以爲名。頂上浮圖，係梁時所建，佇眺羣山，目窮天表，烟靄雲濤，晴嵐雨氣，隨時變換。山後有數小峯，迤邐於尾，遠觀如赤幟建竪，此又赤城之變相也。」

緩步升山紀，驅車降木杪。豁達平野闊，逶迤羣溪遶。度關嶺而南，山勢閒闊，中有平野，而天台峙其東。沼沼望赤城，亭亭麗雲表。紺石冠疎峯，絳綃卷清昊。崢嶸天際靜，蕭瑟秋氣杳。獨竦丹嶂豔，遙媚翠屏曉。晴暉動璀燦，陰霞觸縹緲。層嶝接青松，風烟含碧蔦。象越情屢遷，景愜意恣討。北亘首名嶽，東憑對靈島。會當褰荔裳，霄塗展游眺。

陟桐巖嶺　【考證】明史稿地理志：「台州府寧海縣，西南有桐巖嶺。」寧海縣志：「西南至桐巖嶺一百二十里，臨海界。羽書警急，取道於此。」

躭憂自忘倦，遇險若貽安。尋源無盡澗，躋峻轉餘巒。千盤上風磴，百折啓雲關。丹楓媚綺麗，碧嶂竦巑岏。含霧林樾潤，翳日藤蘿寒。回視萬壑底，更見羣峯攢。升喬意淩越，憑虛神汗漫。術阡布霞路，閭井出人間。懷靈豈存境？覯道託殊觀。獨立招予美，痗矣摧令顏。

曉發諸暨大霧不見苧蘿

【考證】浙江通志：「諸暨縣北界，有羅山，越西施、鄭旦所居，今名苧蘿山。」

長山既西迴，浣江亦東注。淩晨理騶服，出闉遵軌路。初暘失清暉，寒郊無榮樹。瀰瀰塞虛冡，漫漫混蒼素。平川蒸亂雲，宿莽凝瀼露。我思傾城人，綺羅如可遇？芳懷耿不明，紅顏向烟霧。緣流浩無津，躋嶝渺難度。越客心悠悠，俯仰勞歲暮。

望桃源作即世傳劉阮遇二女處

【考證】天台山志：「劉阮洞，又名桃源洞，在護國寺東北。先是漢永平中，劉晨、阮肇入山採藥失道，見桃實食之，覺身輕。行數里，至溪滸，有二女方笄，迎以歸。留半載，謝去。至家，子孫已七世矣。元祐二年，天台令鄭至道，鑿山開道，夾岸植桃數百本，隨山曲折，水窮道盡，則有洞潛通山底，深不可測。其林木瑰異，不類人間，乃即山石爲址，結亭其上，榜曰浮杯。」

空翠映微陽，深靄媚初夕。參差羣峯秀，四顧絕行迹。泠泠哀湍瀉，瑟瑟衰林槭。杳冥結雲草，鮮妍潤泉石。緬想蘭皐步，翹見瑤華摘。眞景忽若來，靈姿竟安適？疲情烟霞際，蕩志清虛籍。綢繆淡思慮，游戲非阡陌。神遇忘歡悲，一往成疇昔。騁望白雲阿，躑躅繁憂積。

富春渚

【考證】明史稿地理志：「富陽縣東南，臨富陽江，即錢塘江也。」【案】謝靈運有富春渚詩，聞人倓古詩箋云：「即浙江上流。」

賓雁冥遙渚，崇蘭芳幽林。遠蹤物自貴，清芬神所歆。蕭晨發漁浦，企彼春山岑。同雲翳重壑，羣溪挾滯霖。餘漲沒洲坻，驚濤搏嶇嶔。三港合何時，滄江流至今。無涯悟觀化，泛應離賞心。宿志在耿介，嬰務任浮沈。讙囂愧巢澗，薄拙負華簪。終當協禽尚，丘中有徽音。

偕熊令君伯甘游烏傷雲黃山

【案】熊人霖，字伯甘。註見年譜崇禎十五年。【考證】明史稿地理志：「金華府義烏縣，漢烏傷，唐義烏。」義烏縣志：「雲黃山，一名松山，高一百四十丈，梁傅大士於此行道，黃雲盤旋其上，狀如車蓋，故名。」

結軫邁長路，枉道登寒山。雅志悅淸曠，惠好擕盤桓。迴溪抱閒墅，密篠衛幽關。方塘畜委澗，長薄瀝微湍。綠草雖已歇，朱華猶未殘。陰岫白雲洩，落日青松寒。峯稠迷向背，嶺峻絶追攀。東瞻出海嶠，西顧指吳關。雙江掛樹杪，萬竈靄林端。俗比羲唐近，地與畏壘寬。和絃愧同調，擊壤庶齊觀。

蘭溪

【考證】蘭溪縣志：「蘭溪，一名瀔水，類羅縠紋，因號瀔水。岸多蘭茝，故名蘭溪。」

水宿澹容與，晨興曠游目。輕暾麗平沙，碧雲蕩澄淥。縹緲託懷賢，躑躅悲殉祿。柔檝緒風外，虛舟陰崖麓。峭蒨寫層淵，濚洄亂喬木。淸霜紛披練，薄霞復染縠。翠羽掠明鏡，紅泉漱哀玉。願搴蘭江佩，相依湘水曲。邅迴迷往路，紆軫思芳躅。山阿遲幽人，遐心俟嘉告。

渡江值雨

昏辭種山陽，明發西陵渡。零雨暗江皐，渫雲生海樹。櫂歌沙際發，帆影烟中騖。遠垤聞鸛鳴，淺汭肅鵠羽。懷哉採若期，緬矣芳洲路。文奏阻奇情，旅程滯幽趣。終集芙蓉裳，浩渺賞心遇。

吳興道中

【考證】明史稿地理志：「浙江湖州府，漢屬吳郡，三國吳分置吳興郡，隋湖州。」

鳴榔涉杪秋，苕霅何淹薄。微風澹平川，霽日澄遠壑。肅肅沙禽飛，垂垂江菼落。連崗鬱逶迤，荒林逾沃若。靜流忘洄沿，皎鏡涵城郭。采菱怨未終，哀蟬間行作。紆組嬰世塵，幽情誰能卻。矯首天目雲，俯此盈樽酌。歲晏戒霜露，我道惟龍蠖。惠好遲佳人，長纓聊可濯。

臨海道中

【考證】明史地理志：「臨海縣在台州府西南。有栝蒼山，又東南有海門山，有金鼇山，皆濱海。」

曙色發陽巖，昧景翳幽谷。白雲屯崇阿，淸霜被疎木。升巘既懸綆，涉溪亦編竹。曲竇吹霏微，急湍搖淺淥。秋盡百卉腓，風寒羣動肅。趯趯騰射干，呦呦鳴麏鹿。我行日南邁，山川何紆複？隱軫丘閭見，迢遞樓觀矚。石城負危峯，澄江帶修麓。邦君薦芳醑，游子眈野服。履奇惜易晚，處衆故矜獨。晞髮朝霞際，會窮滄海目。

夜半風雨渡曹娥江

【考證】浙江通志：「曹娥江在會稽縣東南七十里，娥父盱，迎伍君神，爲水所溺，娥年十四，投江死，江因是得名。」

攜燈還擊櫂，淸江夜悠悠。山暝始寧野，雨增剡嵊流。驚濤出寒渚，微月澹芳洲。佇沙空躑躅，涉水更夷猶。彷彿蒼波外，嬋娟不可求。況復當遙夕，霜華正凜秋。蕭颯靈風至，翠旗光已收。逝將捐余珮，蘩藻此淹留。無繇達明信，何以慰蘭舟？

下信安江至龍丘

【考證】明史地理志：「金華府湯溪縣北有縠江，即信安江。」湯溪縣志：「縠江在縣北二十里。」龍游縣志：「龍丘山在縣東四十里，山有九石，特秀林表，色丹白，遠望盡如蓮花。漢龍丘萇居此，因名。」

淩冬理桂楫，澄江無昏朝。松楠夾翠壁，巘崿靄青霄。安瀾旣皎鏡，驚瀨仍淸漻。時映佇沙鵠，復見乘空鰷。明滅燦金碧，晶瑩散瓊瑤。紫苔漾湛淥，黛甲潛虛寥。磷磷歎唐風，磊磊感楚騷。哀狖吟遠樹，飛鼯掛寒條。媺人勞騁望，袂褋徒飄颻。止鑒情已悟，疲津理未超。願言拾澗秀，愧彼食場苗。

雨中行建德江

【考證】明史地理志：「嚴州府建德縣東北，有胥溪，亦曰建德江。」

寒山千里碧，滄江浩悠悠。積陰斷遠壑，微雨灑芳洲。蕭蕭送落木，泠泠增伏流。猿啼峽樹暝，雁亂江雲秋。孤帆出杳靄，短棹任夷猶。葯房帝子室，繡被鄂君舟。北風吹予美，烟波懷百憂。

舟次七里瀨

【考證】浙江通志：「七里瀨在嚴州府桐廬治西，與嚴陵瀨相接，自桐廬至於潛，凡十有六瀨，七里其一也。兩山夾峙，水駛如箭。諺云：『有風七里，無風七十里。』蓋舟行難于牽挽，每視風以爲遲速。」

連嶂夾澄江，江流自迴轉。遙瞻前渚封，已顧後溪緬。掛帆入空翠，揚舲蕩清淺。伏瀨石參差，懸崖雲婉巒。崩奔激洄湍，順逆渺難辨。徒旅行屏障，和歌隔蜒蜆。衰林哀響多，寒魚跳波鮮。滯迹心已違，守湛道當勉。念彼巖中人，資身合舒卷。我勞復如何，晨夕事仰俛。

蕭山許寺作

許玄度所捨宅也。【考證】蕭山縣志：「蕭山縣西一里崇化鄉，又云蕭然山。許詢遇林築室，有蕭然自適之趣，故名。」沈仁束記隱士：「許詢，字玄度，捨第宅兩區，建伽藍二所。其一則營于鏡水，號曰祇洹，其一則立彼蕭山，目之崇化。」

香臺日澹微，祇林烟搖曳。城阿被巖端，繚垣斷雲際。喬木列閒敞，重樊帶幽翳。昔時許徵君，考卜此游憩。夷猶採馨香，盤桓蔭松桂。悟理塵網超，藴眞玄賞契。物我無定觀，取與何足滯？豈以精廬捐，而爲姓氏計。武仲天下讓，名與箕山綴。

越中郡齋送徐聖期還松江

【考證】明史稿地理志：「南直松江府，五代吳越秀州地，宋爲嘉興府地，元華亭府，尋改松江府，洪武初因之。」

丘樊移曩志，遂與世網尋。眷言生平彥，祖餞攬予襟。亮無衾枕分，謝以瑤華音。惟爾同攜手，歷此越山岑。通材覯時幹，淸輝映國琛。文案雖盈目，寢興良慰心。如何雙翔翮，逝我還舊林。歸寧不惆悵，留者若飛沈。駕騑亂心曲，理楫更悲吟。分袂何飄忽，攸且仍滯淫。勗哉茂弘矩，貞確道所欽。引領谷水陽，日側共鳴琴。

郡齋春日

萋萋被遠渚，靄靄冪層阿。陽澤豈不遍，景氣咸融和。俯欄眺芳甸，城郭銜明霞。惠風發嘉卉，麗日照平沙。玄覽極昭曠，賞心蕩光華。雊雉出深隴，鳴鶯引高柯。未覺柳黄暗，漸覩桑條多。物候感遷化，志慮空蹉跎。往悔時已去，後期理未遐。澤蘭怨遲暮，彼美傷如何！既違澗中趣，徒愧伐檀歌。

修禊蘭亭倣古

春陽照光澤，候禽鳴和柔。鮮葩映錦石，疏竹蔭清流。迴溪濯長纓，輕湍濫觴舟。遐契抗塵表，暢志希忘憂。

暮春晦前一日語溪道中

【考證】石門縣志：「語溪，在縣東一里，舊名禦兒中涇，俗名沙渚塘。」語溪賦云：「市曰義和，古之禦兒。州曰崇德，今之語溪。」

平疇暢和風，鵲言春已暮。菰蒲翳清湍，蘭芷凝晨露。方舟越嘉林，繫彼川中路。秀麥滋輕陰，新苗浥微雨。祁祁女出桑，宛宛鳩拂羽。淑景誰能留，芳草多所誤。縱目悼遠心，感化傷時遇。矧此瞻故鄉，企予不能渡。

討山寇至平昌憩項中丞雙溪園

【案】先生討山寇事，註見年譜崇禎十五年。【考證】明史稿地理志：「處州府：遂昌縣，三國吳析太末縣地置平昌縣，晉曰遂昌。」松江府志：「項應祥，字元芝，浙江遂昌人。萬曆八年進士，除建陽知縣。以再遭親喪，補丹陽、巴二縣，調崞。單舸赴任，寂無知者，吏民皆驚。聽訟盈庭，訊決立盡，無不情法相麗。常主勘勢惡，論大辟，聲震江南。修治陂塘，使蓄洩有備，旱澇不害，舉卓異第一。召入爲給事中，疏論儲貳及請冠婚，章凡七上，天下想見風采，遷太常少卿，轉右通政，三十六年，進右僉都御史，巡撫應天，旋以病乞歸。」遂昌縣志：「雙溪在邑東，前後兩溪，至此合流，故名。」

渫雲蔽層嶺，迴溪汎且深。井邑帶長薄，園圃依清潯。逋逃萃山越，阻化託箐林。銜命整我師，一舉靖崎嶔。渤海風既邈，廣陵事難尋。孚魚在秉德，革梟來好音。懷此修文意，愧彼師武心。休士憩閒宇，竹石照澄襟。庭中通遠澗，窗際列巀岑。蕤蕤碧草秀，潑潑紫鱗沈。擷芳聊可玩，啓卷觀所欽。詎云蹤好暇，再奏風中琴。

熊水部伯甘與予同討山寇水部徵兵西道贈詩一章

【案】義烏縣志："知縣熊人霖，崇禎壬午遷工部主事。"

齊威紬乘珠，昭奚賤和璧。席珍貴重器，國琛在嘉客。茂宰理越疆，英聲馳九陌。朱鳳威層霄，玄龍啓洪澤。既招華省崇，復專緹幕策。伊余飛蓬姿，綢繆託金石。弱蘿附高柯，腹羽依勁翮。毒淫共匏罌，嶔崎同衡軛。大師日以臨，小醜猶未革。西明予饗士，太末子行役。契闊情易深，慷慨愁難釋。隨武爲晉臣，羣盜無遺迹。美哉龔少卿，鉏鉤化戈戟。克廣古所稱，在和良可繹。勗爾靖氛祲，徽志輕竹帛。

【考證】浙江通志："西明山，在遂昌縣東十里，巉巖峻絶，下臨大溪。"又衢州府："秦爲太末縣。"

苦雨

洩雲屯層嶺，密霧瀰空林。南山發殷雷，北郭滯愁霖。紅泉落虛壁，綠水漲遙潯。危條度飛鼯，宿莽聚鳴禽。桃英蕩華色，麥穗悲陸沈。天畢騁所好，屏翳日相侵。徘徊華軒下，彷彿碧山岑。昏墊傷下土，沈冥符道心。側想零雨篇，空懷梁父吟。

阻雨善溪

【考證】諸暨縣志：「上瀨溪發善坑嶺，亦名善溪，義烏縣界。」

夕宿勾乘南，我行適東越。白雲觸石興，綠水懸崖發。陽景久蔽虧，陰霞互明滅。鱗鱗鯈湖川，一作洲。冢冢鸖鳴垤。舟楫超陌阡，網罟結林樾。洪濤汎高原，昏墊憂下澤。民生亦多虞，天意安可逆？征夫有常期，遇險無停轍。一展零雨篇，沈吟慰于役。

出栝蒼門渡江

【考證】處州府志：「處州據山爲城，因溪爲池，爲門六，西南門曰栝蒼。」又：「大溪在栝蒼門外，舊有浮梁，俗稱濟川。又名官渡。」

旅行無信期，利涉有恆度。日照陰巖幽，雲開滄江曙。擊櫂此夷猶，停車屢回顧。修堞冠危巒，飛甍出芳樹。岸草覆丹霞，渚花銜翠羽。西邁雙輪遙，東流千溪騖。悠悠寡遺跡，靡靡違長路。奉義當馳驅，徒懷税鞅趣。匪畏渴與饑，引領故鄉慕。

初春雪霽

昭昭青春暉，散此芳林曙。陽條披惠風，陰巖積幽素。鮮華映雲峯，澄霽明江樹。菌閣見參差，麥隴開迴互。中庭蕙草生，曲沼文禽聚。端居淑景移，極目玄賞遇。雖滯懷祿情，未緬丘園趣。履道任清時，守眞謝馳騖。

始寧道中【考證】浙江通志：「漢順帝時，分上虞南鄉爲始寧縣，隋廢。」上虞縣志：「東山西去一里，爲始寧園，乃謝靈運別業。」

彝山靜歷歷，寒澗靄陰陰。微風生枉渚，四野起清音。青松覆錦石，白日下荒村。雲屯平楚秀，烟幕丘樊深。一本無此四句。懷古念已積，勞歌體不任。榛途投毚兔，喬木弄鳴禽。履卑增危慮，處盛發榮心。避色事已往，明志徵在今。春華薇可掇，攜手託遙岑。

宋孝宗陵下作【考證】浙江通志：「宋欑宮諸陵，俱在會稽寶山，高宗欑會稽，上陵，名曰永思。孝宗欑永思陵西上陵，名曰永阜。」會稽縣志：「宋陵，僅存封樹，惟孝、理二陵，享殿三間，繚以周垣，今亦頹廢。」

修楸帶平原，悲風何蕭瑟！曠野斷行人，白日照荆棘。藤蘿蔓神房，鵄梟鳴古域。方中不知處，十里寒烟色。昔日鼎湖宮，遂同驪山室。玉盌思人間，金鳧生羽翼。精靈眷中土，丘墟復南國。撫運來百憂，懷古長太息！百年逢聖朝，始無樵蘇入。

【考證】明史禮志：「洪武三年，遣使訪先代陵寢，仍命各行省具圖以進，禮官考其功德昭著者，往修祀禮，令有司禁樵採。四年定議，合祀帝王三十五，在浙江者二，會稽祀夏禹、宋孝宗。」

寄贈舒章

明月下瑤京，照我吳江水。與君新結交，光輝耀鄉里。結交俱少年，顏色芙蓉鮮。子若雲中龍，夭矯清漢前。予如天際鶴，徘徊思九仙。揮手笑卿相，脫口必豪賢。春風芳草綠，攜手出平川。連傾白玉巵，倒執珊瑚鞭。醉題鸚鵡賦，絹素飛輕烟。吳姬白團扇，蜀客紅錦箋。黃雲合秋塞，日色澹無邊。飲馬隴頭水，呼鷹原上田。手挽兩角弓，目欲空燕然。並坐高堂上，自撥鵾雞絃。浩蕩亦何有，別離兩分手。前年子上書，待詔金門久。去年予就官，亦自甘升斗。送我姑胥臺，憶汝飛狐口。歸來秋已深，草草陳杯酒。揚舲指越郡，三夕夢我友。書達種山陽，知汝發錢塘。去謁三天子，笑傲白雲鄉。玉女指丹井，解衣瀉溫湯。歲星天上落，戲弄軒轅旁。予行一作窮。山陰道，攬秀凌滄茫。晨興事案牘，薄暮攜壺觴。小隱鏡湖曲，將裹雲門糧。窈窕香爐峯，枕席日相望。君下富陽江，夾岸幾垂楊。定過西陵渡，同採若耶芳。人生重儔匹，難遇復難忘。莫以門前路，便同參與商。

舟中立秋

明雲鑒層霄，微涼生中沚。蘭舟静不發，翠袖空徙倚。長林變玄蟬，陰潭乘赤鯉。念此蓮房露，溶溶作秋水。

十二夜對月

曜靈未匿彩，望舒已升中。林霏雜清露，雲影蕩輕風。浮翳斂深夕，澄流澈長空。矧當山館静，碧草吟陰蟲。徘徊明玉墀，窈窕入珠櫳。芬芳投遠道，漫傷千里同。攬帶起遙思，顧景恍華容。清輝日已盈，皓質誰能蒙？庶其乘廣照，獲此微志通。

十三夜對月

磊磊明星曙，昭昭輕雲飛。皓魄皎中天，萬象涵清暉。玉繩轉璀燦，金波蕩霏微。懸耀盈碧落，垂輝鑒翠帷。空華不可卷，流光若我依。零露團叢桂，延夕奉芳菲。楚臣歎中旦，秦客悲無衣。我有萬里心，何繇寄音徽？

十四夜諸僚長見過是夕無月

長筵列文軒，清酳遲嘉客。延待明月光，迢迢若我隔。瀰瀰平林昏，冥冥山館積。郁桂發華酳，疎槐蔭瑤席。玉宇情益遐，金支渺難摘。涼雨從東來，吹我澗中柏。澄波將欲滿，陰蒙爲誰役？玄雲無中宵，明暉有時闢。芬芳苟不渝，顯晦如遺迹。勗此盈觴酌，餘光俟遙夕。

十五夜對月

靜夜升華樹，淸光四望開。遙連滄海曙，下照金銀臺。灩灩侵羣曜，輝輝徹九垓。麗彩一以正，圓影何悠哉！玉衡既轉側，絳河亦徘徊。始羨芳景聚，已見流光催。懷賞頻移坐，愁思勉傾杯。初鴻度白露，驚蟬落青槐。在盛難久處，持盈安所裁？佳期在三五，惻促有餘哀。

賦得浣紗石

【考證】紹興府志：「苧蘿山，在諸暨縣南，下有浣紗石，相傳西施、鄭旦浣紗於此。」又：「浣紗石在若耶溪旁。」嘉泰志：「士城山下有浣紗石。」

越紗山機中，翦向春風裏。皎若晴川雲，飄揚隨淥水。佳人臨淺瀨，無言空徙倚。不惜紅顏勞，素絲誰爲理？斂衣入中林，澄江浩千里。青苔日夜生，沈思竟難已。

雜詩 十首

曜靈蔽丹霞，川原積烟霧。攝提指孟陬，推遷遞回互。柔條思發英，珍禽亦試羽。不悟玄象移，但惜芳年度。晨鴻尚南翔，局促悲天路。來愁渺無期，往歡盡成誤。靡靡卽長道，冉冉逼遲暮。枯菀在須臾，永言保貞素。

首春蕩輕寒，惠風起蘭皐。浮陽漾清隩，薄烟橫絳霄。澤雉出一作鳴。高隴，商庚擇芳條。樊欒潤遙夜，園梅馥崇朝。萬物競時良，我生獨飄搖。枯魚戒魴鯉，別葉念夭喬。榮悴既已乖，繾綣徒媒勞。樂飢潁水曲，謝彼食場苗。

謀野愧良籌，遯荒適孤尙。荷篠豈無侶？飯牛今誰唱？弱草抽青畦，繁雲停丹嶂。戴鵀出陽林，楚葵含新漲。攬物鮮遺迹，撫悰得餘愴。抱甕漢水陰，種豆南山上。機心久不嬰，壯志今安望？終事采眞遊，寥天獲昭曠。

卿雲覆瑤岑，崇蘭生浚谷。本以侑天神，馨香薦嘉穀。詎識嚴霜多，翻令陽春速。貞心既隨化，清芬何能淑？繽紛媚百草，令我傷幽獨。山河歎逝波，江海無奇服。遺世切烟霄，同羣愧麏鹿。願言折瓊茅，往就靈氛卜。

屏居遵海澨，仗策越河津。枌榆望逾遠，阡陌邈相因。驚飈振林樾，微霰集丘榛。田鶴厲警夜，汀雁及鳴晨。旅禽猶知節，客行獨無倫。山川忽改色，草木盡懷新。勢盛多同好，時遺鮮密親。我有清商曲，掩抑自含辛。誰說韓娥曼，能悲行路人。

自聞麥秀一作漸漸。歌，纏綿亂心曲。四野起重陰，白日一何速！親串與我違，豺虎來相逐。皓皓凝河冰，蕭蕭落山木。行吟空自知，獨立傷遊目。逝川何時還，頹光能再燭。詎惜紅顔變，所悲韶景蹙！豈無帝女靈？願就愚公谷。

生平貴遊日，卓犖追羣英。規蹤效墳典，抒論協韶韺。青門擊丹轂，紫陌耀葱珩。意氣傾儒俠，筆舌排一作避。公卿。朅來市朝變，荆棘浩縱横。昔居華屋下，今見曲池平。我行率曠野，側足自屏營。狗屠竟安往，瀨女誰見明？百城多鳥跡，四顧無人聲。朝見鼪鼯逸，夕聽鵂鶹鳴。民生無羽翮，一舉念遐征。蒼昊常悠悠，何由達精誠！

不周既傾折，岱輿有播遷。浮沈極寓宇，聚散悲靈仙。何況微生質，安能常自全？焚林希靜翰，涸澤少恬鮮。秋籜隨時隕，春荑爲誰妍？榮名爭寸晷，失意厭餘年。新壠即荒翳，故墟日芊綿。掩卷思陳迹，今昔邈相憐。行矣修混沌，毋爲傷未然。

墮羽念雲術，飛蓬倦天涯。曰予嬰憂患，行止兩不怡。臥痾息窮巷，緩步歷荒陂。原田自鱗次，丘陵相蔽虧。晦草媚初景，蟄禽趁令時。莓苔被幽石，荇藻發華池。楚歌歎蔓蔓，王風傷離離。遇物多更異，索居誰攬持？採藥愧生趣，汎瑟起哀思。旅人終瑣瑣，咷笑亦何爲？

烈士輕溝壑，達人慕遐荒。九京誰可作，五嶽永相望。昔我攜同好，秉志凛秋霜。楚龔既磊落，蜀嚴聊徜徉。求仁貴內愜，埋照戒彌章。夕陰怨濛汜，朝華羡扶桑。循環無兩轍，顯晦固靡常。漁父刺湘纍，淑媛笑首陽。歠醨非我事，洗耳安可忘。

同惠朗處中勝時分賦高士傳　二首

【案】徐桓鑒字惠朗，張宮字處中，王澐字勝時，註見續年譜順治三年四年。

嚴君平

蜀嚴既沈冥，寡營協幽尙。著書寄寥廓，端策發昭曠。無名悟孰親，有餘適眞量。日暮垂簾時，凝神獲和暢。

龐德公

龐公躭棲宿，朗識契玄化。負戴勤耕耘，朋遊聚桑柘。辭祿存貽謀，采藥遂長謝。矯矯龍鳳姿，婉孌匡床下。

詠古　二首

荆山自生輝，楚國無人顧。孅哉和氏言，視之等康瓠。三剖始見明，十襲豈云固？千秋得藺生，秦王不敢怒。悠悠知者希，誰能旦暮遇？

六雄畏嬴虎，持戟空如林。監門與狗屠，感激懷好音。魯連志俶儻，談笑千黃金。誰言徒步者，緩急固難任。浩浩東海波，可以明我心。

聯句

戊寅春仲同志集君子堂即席爲建安聯句

春雲照玄夜，言登君子堂。臥子。嘉樹栖珍禽，朗月流金塘。聖期。層霄下淸露，寒景侵衣裳。燕又。披襟挹惠風，素手傳羽觴。轅文。長筵淡華燭，妙伎揚芬芳。臥子。樂志固有時，憂來殊無方。子建。流星邁時運，奮袖何激昂。闇公。坐客盛文雅，主人歌未央。尙木。高談廣志意，遙盼來悲傷。存我。攜手悵後會，微詞安可忘！轅文。

【考證】明末忠烈紀實：「李待問，字存我，華亭人。崇禎癸未進士，授中書舍人，掌科事，被劾，歸守東門，城破，被殺于織染局。初待問夢所服衣裾，有『天孫織錦』四字，以爲中翰兆也。至是竟爲死所。」

陳子龍詩集卷八

七言古詩　一

昆明池治水戰歌

【考證】陝西通志：「昆明池，在西安府城西南三十里。」蔡氏廣輿記：「漢武欲伐昆明，鑿池以習水戰，刻石爲鯨魚，每雷雨則鳴，鬐尾皆動。」

滇雲北開照漢月，楚南積水光沖瀜。酷烟布絕大秦道，荒唐旄節啼腥風。黔巫壓翠綠波死，崑崙浴象搖龍宮。巴蟒暑飲毒溪水，踏歌蠻女攀雄虹。漢威不到劉郎怒，割石燒空翦銀浦。旋風捲土移洪濛，刼灰飛盡羵羊舞。長安城西星浸池，秦家蒼壁神靈雨。清秋碧落鵰鶻遊，樓船激浪中流鼓。高牙矗天日犯旗，黃姑愁絕雲莽莽。鸕鷀唼藻聲徘徊，老蛟失翼青兕哀。壯士學技夜郎國，美人倚望通天臺。支祈尺郭移下瀨，威名遣作天南雷。炎州小水入涇渭，卭竹枸醬端然來。從此昆明靜春碧，宮娃染紅青草隈。元狩三載工作始，叱咤滇王受漢璽。幅員不數羲與軒，茂陵龍孫眞天子。

廢苑行

荒郊落落行日暮，短牆旁屬大堤路。苑門零藉不安橫，芳草何年滿階布。餘花小紅猶照池，碧叢化蝶還能妒。燕雛空自有春秋，子規頗厭啼風雨。陰竹窈窕山鬼立，夜久燐光在高樹。樹影搖月月更涼，疑有香魂夢中度。昔時美人年尚芳，層城素宇遙相當。傳宴樓頭半鸚鵡，焚香被底雙鴛鴦。紫阮撥絃來古墓，明珠懸幕開中堂。白日欲暝水欲竭，驚花不得常翺翔。舊家亭臺尚未改，昔人已去徒悲傷！藤蔓經過蔽幽室，架上猶垂紅繡裳。牀前白粉與獸炭，其中往往存都梁。雨後流沙洗階戺，折釵碎玉相輝光。可憐壁間剝題字，當時一咏飛千觴。即今太平良不易，變遷蕭瑟數年事。況當衰亂何所期，浩蕩青崖足寡累。不爾歡娛須極意，後人勿復空憔悴。

分詠西京雜記得新豐　【考證】明史稿地理志：「西安府：臨潼縣，漢曰新豐。」又：「渭南縣，本漢新豐縣地。」蔡氏廣輿記：「新豐城，在臨潼縣。漢高帝因太上皇思故豐里，乃建此城，徙豐人實之，故曰新豐。」【案】幾社合稾，是時分詠者，舒章得斬蛇劍，宗遠得石鯨，勒卣得慶安世，彝仲得買佩蘭。

天上沈沈肅紫清，漢王宮闕崔峥嶸。長樂殿前拜天子，太公寂寞無歡聲。憶昔初從豐沛遊，少年屠狗相徵求。鄉里呼作亭長父，其樂不減秦諸侯。他時拔刀授龍子，相將約束長安裏。搖搖故鄉不可即，貴人歷落徒爲爾。一朝天力移新豐，萬室巧匠經營中。山東故人歸帝里，雖存禮數歡娛同。人生富貴豈不足，何爲貧困復堪慕？秦家遊俠氣未衰，漢帝衣冠禮相誤。嗚呼隆準眞乃公，豁達大度眞若翁。

學義山燒香曲

小欄春放煙未緝，靜夜花飛懸露溼。楚宮猛獸光熒熒，扨灰葬火香雲泣。海山雷擊枯枝紅，千年沈水涎龍宮。嫦娥纖手擘小炷，調絃剔蠟迎新風。玉鳳顫聲霜影瘦，月涼桂墮蟾蜍闞。雲母雙屏漏細烟，夢染玉肌通翠袖。香壓茱萸透體蓮，瑒璒幽暖淸眸眠。觸手暗帳凝芳澤，守宮收骨膏餘妍。濃酣散浪紅蘭液，髾燕粉蛾不得惜。啓幃星落空光白，春野荒荒蠱魂魄。

老將行

漢兵誅胡漠南空，捷書夜奏烽火紅。公卿紛紛選爵里，天子大開明光宮。是時檄召冠軍侯，雲連甲第長安中。少年搤擘獻奇計，塞上悲歌獨老翁。借問翁爲誰？曾守右北平。當年率師臨盛秋，匈奴不敢稱其名。暗中射石黃雲冷，白晝騰虎俱崢嶸。徒誇結髮已百戰，未得一當單于兵。年年出師作裨將，帳下健兒多專城。繇來功高賞不酬，惟有茂陵輕封侯。數奇縱遇高皇帝，豈得便與韓彭侔？君家丞相在中下，何況長平冠軍眞傑者。

【校】「漢兵誅胡漢南空」句，全集本原缺「誅胡」二字。「匈奴不敢稱其名」句，缺「匈奴」兩字。「未得一當單于兵」句，缺「單于」二字。並據壬申幾社文選校補。

登州行

作于四五月間。【考證】明史地理志：「山東登州府，元登州，屬般陽路。洪武九年，升爲府。」

山東無兵八九年，遼人一夜成貙虎。千村寂歷烟火微，燼邑殘城滿鼙鼓。新年轉戰渤海上，登州將士猶無數。青旗倒折赤幘來，哭聲斷處同時脯。秖存美女及衣冠，兩城百萬今爲土。昂然橫玉二大酋，高檣錦纜凌滄洲。隨風吳越抵交廣，東媒虜孽乘清秋。竊聞朝議且曲赦，此事若成方百憂。未必田橫有義士，大者爲王小者侯。老鴟幸死假雛翼，易軍擁帥椎氂牛。遼東健兒亦愚憤，昔日胡蹢殘首領。縣官收爾新長戍，彎弓射日孤雲冷。止令天下軍心強，叛服無常盡馳騁。吁嗟朝廷方用兵，負恩不滅威難行。

【考證】通鑑輯覽：「崇禎四年冬閏月，登州遊擊孔有德反。有德與耿仲明、李九成皆毛文龍部曲，文龍死，走入登州。登萊巡撫孫元化官遼久，素言遼人可用，乃以有德、仲明爲遊擊，九成亦爲偏裨。大淩圍急，元化遣有德等赴援，抵吳橋，天大雨雪，衆無所得食，一卒與諸生角，有德笞之，衆大譁。九成先賫銀市馬塞上，用盡無以還，適至，聞衆怨，遂與其子應元帥部卒劫有德，有德從之。還兵大掠，陷陵縣、臨邑、商河，殘齊東，圍德平，既而舍去，陷青城、新城。山東巡撫余大成聞變，遣兵往禦，連敗。乃移兵追賊。而元化軍亦至，與大成皆力主撫，檄賊所過郡縣，無邀擊。于是賊佯許元化降，遂抵登州。元化遣將張燾率遼兵駐城外，總兵官張可大發南兵拒賊，戰方勝，燾遽退，可大兵遂敗。燾兵半降賊，遣歸爲內應，士民爭請弗容入，元化不從。中軍耿仲明，都司陳光福等，夕舉火導賊自東門入，城遂陷。元化自刎不殊，與同城各官俱執，惟可大死之。有德乃推九成爲主，已次之，仲明又次之，用巡撫關防，檄州縣兵餉；而令元化移書大成求撫。大成聞于朝，爲言官所劾，帝革大成、元化職候勘。」

【校】「東媒虜孽乘清秋」句，全集本原缺「媒虜孽」三字，「昔日胡躙殘首領」句，缺「胡躪」兩字，並據壬申幾社文選校補。

遲暮行

無情忘白日，有情泣年期，是以複巖深澗之松柏，蠹菌千載梁棟姿。渥洼神馬三歲無人乘，跳舞朔風心何悲。君不見東鄰嫫母三十嫁老農，欣動盛飾常蚩蚩；又不見西施十五六，空房怨艷傷失時。丘壑自有物，天地何得久相欺！風塵稍稍壯士喜，拔劍起舞呼龍螭。婦人醇酒何物哉？不能忽奮難驟衰。世上白髮紛紛何足數，獨我年少劇可危。

姸歌

青玉流寒雲照臺，雙成弄影香霧開。鴨綠屏風綴玫瑰，縈嬌綰艷雜烟來。紅絃沈沈壓間雨，銅鋪凍斷幽紋古。花更搖夜蘭思苦，銀燈背人浩無主。嬋娟抱夢歡魂蠱，春山入懷隔秋浦。敲璫踏鸞望河鼓，我爲楚歌若楚舞。

邊風行

十月居延邊草死，黄風吹沙萬餘里。落日半照牛與羊，入暮胡笳馬上起。枯桑淅淅雜聲來，城頭嗚角何時已？千烽齊過玉門關，一聲夜渡黄河水。鴟梟宵啼豕戰場，白狐青冢燐光紫。此時將軍歸帳中，霜戈壓立月在空。金鐃十部盡胡樂，屈卮舞女酬新功。美人起唱伊州曲，颯然四坐生悲風。回首中朝冠蓋子，賜貂方出明光宮。

壯遊行

送董子也。【考證】今世説：「董俞，字蒼水，一稱樗亭，江南華亭人，遂初少宰孫也。童時喜讀古人詩，略上口，即能爲聲偶之言。父師見而叱之，乃吟咏自如，不少奪。庚子舉孝廉，與兄進士閬石，並以才名顯。後坐公事摧挫，不得用於世，卜築南村，方塘小榭，竹翠花深，灌園鋤菜，歌嘯自得。雖突烟常冷，意豁如也。」【案】閬石名含。

董生今年西馬走江外，我爲疑之久徘徊。羣盗倏忽滿天地，諸公寂寞無雲雷。中原惟馳白羽箭，燕市誰築黃金臺。九關秋風虎豹怒，三河曉霧蛇豕來。拔劍斫之非汝力，蕭條千里空塵埃。董生笑謂爾不知，十年以來嘗好奇。結交半在五陵下，學道時歷三山期。方士新獻壓虎術，厮養能獲射雕兒。去年種田地肺山，今年牧羊東海涯。我輩龍蛇不可測，豈得便採商山芝？渡江十月淮陰城，鴟鶬鴻雁相哀鳴。黃河獵獵吹天外，彭城落日高原明。山東故人久相待，有吳君子舊知名。昨夜山中射兩狼，解鞍且坐爲爾烹。官軍近日渡膠水，鯨波餘孽猶縱橫。有書可射聊城下，有酒可卻萊夷兵。忽然念作并州歌，挾旅夜走桑乾河。揚鞭入帝里，宮殿何峩峩，稍易儒冠拜學士，董子省其祖學士公。歸來仍著紅錦韝。亦有金張共出入，豈無李趙相經過。選人不就太常祝，夜飲不逢小尉呵。燕姬一曲那可留，傲然大舶淩滄洲。尺書別島劾奇計，樓船屬國恣遨遊。或回榆關外，轉歷青海頭。但言遼西樂，不言遼西愁。白衣綏帶河海客，挾策且試東諸侯。長揖高坐諸將上，紛紛參佐無風流。束裝又出趙邯鄲，更將西入秦長安。雲中北望虜千帳，榆林傳烽遮賀蘭。將軍守邊盡金注，王公設險無泥丸。高旗大纛但強飯，短刀長鋏憂忘餐。人生會當有鱗翼，時來便得成一作乘。羽翰。萬里之行豈足道，靑天肅肅路漫漫。我聞君語生雄風，燕南冀北萬馬空。或授黃石書，且遇採藥翁。朝泛鎭貊境，暮宿新秦中。古來英雄各如此，後人戚戚何其窮！我今亦將取侯印，移封更乞蓬萊宫。安能徒作老文士，天下健者獨董公。

【考證】松江府志：「董羽宸，字原孚。萬曆四十一年進士，餘姚知縣，選授御史，巡按山東，平妖寇有功。歷任順天府丞、光祿寺卿、副都御史、吏部右侍郎。」吳偉業董蒼水詩稿序：「余初與雲間董遂初先生遊。時先朝方行保舉法，諸生用薦者集闕下，先生以吏部郎攝部事，考其德藝而進退之。後二十餘年，識先生之孫孝廉蒼水，偕其兄進士君閬石，俱以才名顯其鄉。」【案】董宗伯其昌，天啓二年曾爲翰林學士。而是時已拜南京禮部尚書，董少宰羽宸爲閬石、蒼水之祖，而府志不言其曾爲學士，姑註此以俟再考。

池上寒月與客集宗遠園亭限如字

【案】朱灝，字宗遠。註見年譜天啓五年。宗遠園亭在郡城西郊之超果寺南，中有定壽堂，爲幾社諸君子遊覽處，見抱眞堂集註。

碧雲素月相躊躅，九秋楚客神淸虛。流烟娟娟臨廣除，高天飛霜獨愁予。幽潭不動寒有餘，枯林弜篠光崎嶇。上有棲鳥下有魚，羣影淡艷傷哉踈。命客爲我停望舒，既醉且攬雙戚袪。竦身凌兢高涼居，何以贈之璠與璵。今我不樂將焉如？

春寒曲

曉蕚籠烟愁暈薄，小院青苔寒漠漠。搖紅斗帳眠香姬，幽雨如花向風落。浪鶯啼逕相思樹，玉蟾鏡冷臙脂暮。草心欲碧涼飈吹，朱樓遙對傷心路。屏風曲曲黃金徽，雲容嬌涷凝薔薇。添偷鸞帶腰肢束，沈檀銀鴨試春衣。

春煖曲

鸂鶒沙頭弄晴態，高枝烘日遙相對。淺莎酣碧玉輪歸，絲鞭搖曳東風碎。長郊金縷烟無主，飛花茫茫啼杜宇。嬾卸單衫杏子黃，繡戶酒紅初罷舞。羅幕亭亭日正中，蜂翻鶯語近簾櫳。慵起枕痕射窗影，無數美人春夢空。

花朝大風

柳絲欲長梅欲落，蜂語紛紛上樓閣。嬌娃睡起凭雕欄，搖蕩春波弄金雀。鈴音碎動參差風，花竿倒折莓苔紅。羲和高蹄雲外沒，金縷翠羽搖藍空。十二樓前吹不足，輕沙獵獵寒鱗玉。飄零蝶粉依妝臺，一夜露香初翦綠。裁綃畫作星辰旗，植護西園桃李枝。願保紅顏豔仙籍，狂風妒雨知爲誰？

寒食雨郊行

年年二月烟雨時，遊人芳草多傷離；卽今桃花久欲放，十日春風吹不知。幽麗紛紛野中暮，欲往從之心孔悲。棠梨飛紅鵖鴣去，平郊澹蕩無常姿。柳絲含雨灑荒墓，神女廟前捲靈旗。雄心半耗江南春，春花春雨愁殺人。明年此時燕臺上，十三陵下風鱗鱗。會當竦劍侍天闕，柔情無數不敢陳。

薔薇篇

春風滿庭花影深，輕枝秀葉棲青禽。搖曳巧弄朝光初，架覆碧潭香陰陰。園鳥枝頭聲日變，輕雲搖搖閉深院。暈檀新惹楊花肥，黃心欲就飛蛾扇。吳姬杏子輕衫嬌，鴉翎玄鬢雙步搖。偷將纖指嘗紅露，折得含苞籠絳綃。綺樓障綠春方暮，數莖橫絕傷心路。猶能獨夜對芳菲，更有黃昏池上雨。

大樹行同舒章贈子美

【考證】松江府志：「張安茂，字子美，以誠子，順治丁亥進士、工部主事、浙江提學僉事、陝西西寧道參議。」青浦詩傳：「安茂，號蓼匪，陳子龍、夏允彝倡立幾社，會者數百人，安茂嘗爲之冠。」

孤庭文杏青峩峩，長風萬里雲流波。蛟皮石裂百餘尺，滿堂深綠衣藤蘿。上影高寒陷白日，中柯窈窕封纖阿。落花飄葉神靈怒，風雨之夜哀聲多。疑有離鸞叫蒼兕，似聞山鬼揮玄戈。深根北結碧松石，遠條南拂青桐柯。千年古樹足炫怪，獨坐往往來嘯歌。君家賓客多壯士，日暮酒酣碧窗裏。有時徘徊古臺上，叱詫正直徒爲爾。高棲俊鶻如愁胡，雄心歷歷悲風起。倚樹歎息天東垂，扶桑小枝今在此。

【附錄】李雯大樹行贈張子美：「南山蒼龍飛不去，養在君家碧窗裏。日暮鳴聲風雨來，高枝攪雲雲爲止。磐石作根銀吐花，白日冥冥啼鳥鵶。滿堂空翠拂衣袖，下有青兕上靈蛇。祝融回鞭不敢住，直上赤霄叫青女。庭中豈有猿狖呼，月明鸞鵠來歌舞。崩騰躨跜勢莫當，冥靈之北東扶桑。衣雲吸日三百年，中有精麗包文章。雷霆繞枝覙滉滉，拔劍磨根聲琅琅。少年脫頂坐樹旁，口吟不言心蒼茫。」

收登行

瑯琊臺上烽火明，官軍已得登州城。羣公戮力時既久，天子神武斷乃成。波濤應責橫海使，清蕩可撤關門兵。豺狠在野穴已塞，雖有牙角難縱橫。去年賊將方圍萊，東海漠漠雲氣哀。謀臣畏事議姑息，賊徒章奏多戲詼。宮中聖人怒不測，黃紙夜半閶闔開。懦將紛紛向西市，徵兵天下如風雷。長圍百里斷樵汲，城頭四望皆塵埃。遼人苦戰爲賊守，土人被驅少身手。帳前歌舞皆娼娥，女牆持兵到健婦。漫言支粟可三年，天亡一夜成稂莠。黃金雖多不可食，剔屠老稚充牛酒。火龍飛攫睥睨穿，衝車百道何連綿。□騎馳驅牟子國，逆徒宵遁楊樓船。滄海不曾走侯景，田橫入島頭已懸。書生未解執長戟，飛章走檄能翩翩。欲列豐碑序盛德，歸功獻捷慚中涓。

【考證】通鑑輯覽：「崇禎五年八月，以朱大典督軍討登萊賊。初，余大成、孫元化既論罪，朝廷以徐從治爲山東巡撫，謝璉爲登萊巡撫，並駐萊州。時賊先已破黃縣，陷平度，還，益兵攻萊，從治、璉與總兵楊御蕃分陴固守，久之外圍日急，從治時以間出兵掩擊，頗有斬獲。而兵部尚書熊明遇惑撫議，諭從治毋遽出兵，從治力言不可，三上疏于朝，朝議以兩撫臣並困圍中，乃議設總督，以侍郎劉宇烈任之。宇烈素無籌畫，日遣使往撫，賊亦以撫愚之。已而賊用大礮攻城，從治中礮死，萊城益危。越兩月，璉復爲賊所誘，出城被執。于是舉朝痛憤，詔逮宇烈下獄，罷尚書明遇，專任大典督主客兵數萬，及關外勁旅四千八百餘人合勦之。戰于沙河，賊大敗，乘勝追至城下，賊夜半東遁，萊州圍解。越日進兵黃縣，斬賊首無算，賊竄歸登州，官軍築長圍守之。」又：「六年二月，官軍復登州，山東平。登州城三面距山，一面距海，其北有水城，與大城相接，開水門以通海船，賊恃此可走，故不下。及被圍久，李九成出城搏戰，官軍殲之于陣。賊渠五，已殲其二，氣大沮。至是奪其水門外護牆，益大懼。有德載子女玉帛先出海，仲明以單舸繼之，皆遁。官軍遂入大城，攻水城不下。遊擊劉良佐獻轟城策，城崩，官軍遂入，賊退守蓬萊閣，朱大典招之，始釋甲，俘千餘人。有德等走旅順，島帥黄龍邀擊，擒毛承祿、陳光福等，斬九成子應元。惟有德、仲明逸去。乃獻承祿于朝，磔之。有德、仲明俱降于我大清。」

贈文湛持先生

【案】文震孟，號湛持。注見年譜天啓七年。

具區何浩浩？胥臺何峩峩？自然有大隱，嘯傲凌天河。憶昔先皇調笙竽，二十二人當中趣。公時對策置第一，英雄動色皆大呼。會言昇平在咫尺，誰知直道多憂虞！一朝九關捍雲雨，鳳凰不得棲高梧。已後諸公入三省，復先諸公歸五湖。雄虺眈眈盡賢哲，公也安枕神所扶。今皇一手撥烟霧，左歌嘉魚右朱鷺。侍從還須屬正臣，尺書夜到横塘路。鋤奸自天植，赤鵷高秋見毛羽。明夷之初明未融，長人障日扶桑東。綠章排雲到閶闔，妖狐尚坐瑤華宫。吳江融瀲盛蘭蕙，使節南歸復容裔。文園稱病避寵年，東山臥爲蒼生計。禁苑鶯花使屢催，吳中泉石心猶繫。去年晤公澄江秋，笑指西北浮雲流。今年謁公碧城裏，池館歷歷聞清謳。簾櫳日薄映巖樹，翰墨高寒照縑素。飲公旨酒樂未央，眼中之事亦無數。我亦生來絳灌嗔，爲山爲嶽何如人？

送偉男應試金陵

吾黨作賦才，生平徐與李。顧郎突兀勢莫當，瑰麗直與張衡比。一賦南巡漢武皇，眼中歷歷千餘里。非無故交楊得意，羞作詞臣拜天子。憶得昨歲南皮遊，建安七子相唱酬。崢嶸凌厲氣不一，就中爾多風流。君才若雷雨，杳冥而飂飂。龍螭吟深穴，虎豹騰高秋。我爲怪之不敢問，咫尺若見精靈愁。君今辭我去，悽惻橫道周。鳳凰翻然谷水陽，行遊帝鄉日月旁。擊桂楫，採明璫；登木末，浮蓮塘。笑傲鍾山巔，下視江水心茫茫。無論南朝四十帝，我家西京王氣長。欲借君才爲黼黻，當年狎客無文章。秋風瑟瑟黃雲堆，我亦振駕燕昭臺。望君就徵會稽守，承明對策皆奇才。更願關東掃羣盜，渭橋北望呼韓來。從上東封侍簪筆，勒功頌德天門開。【案】偉南先生有武皇南巡賦，見幾社合稿。

彷彿行

廣陵小女隨烟霧，環珮踏雲向東度。星光掩抑花參差，顏綠嫣紅對秋雨。窈碧凝眸孤影通，啼魂無語黃昏路。畫圖不到春風前，夜夜傷心泣縑素。幽泉香氣日應薄，我曾灑酒松間墓。悲情遙斷草連天，杳冥神靈渺難遇。天下何人劇可憐？譜將幽恨入管絃。羅屏美人善惆悵，妙學此曲雙嬋娟。一聲宛轉盡生死，啾啾麗魄來當筵。雲髮眼波光影碎，我欲從之然不然？忽如移我孤山下，咫尺風雨淸秋天。昔人何年在黃土？丹靑雖好猶棄捐。解識相思古來少，此情久斷君何傳！傳神豈獨邯鄲步，攝魂反恐遙相妒。不須重見李夫人，劉郎空自愁無數。

【附錄】李雯彷彿行幷序：「余少聞小靑之事，傷其哀麗矣。今年秋，同郡好事者，爲靑作傳奇，劇於其宅，召余觀之。事既絕賞，情又淒異，而體是曲旨神態彷彿者，實吳郡女郎靑來也。小靑怨才深秀，單思激哀，雖古之才婦何以加？乃其人去今亦數年矣，涼草冷風，化其妙質，昔之所哭，今已爲歌。而是女郎持容適面，悲引內發；意嚮所赴，形魂俱至。豈非有深傷之情者耶？神仙家言情深之士，不得聞道，類以夭喪，小靑由此死也。乃或泝神淸響之外，結意影似之內，亦自愧非達流矣。宜託所慨，聊作此行：『天下佳人不易得，小靑之墓徒靑靑。生時逸豔人不知，死後空名傷娉婷。雲容綺思安可見？吳閶才人馳目成。滿堂斂容靜不語，淸唱獨發如哀箏。寡鶴夜叫山竹冷，幽蘭落露泫淺淸。切如悲鷖鳴素琴，商絲將斷不可聽；絕如秋風振哀玉，芙蓉欲墜難爲形。四座舉袂盡惆悵，白日爲涼蟬不鳴。憶昔小靑信仙侶，任魄悲魂天不許。淸姿下邁失所儔，有骨更作西陵土。西陵之土松柏修，石泉雨滑啼斑鳩。沈顏杳冥不可問，忽來堂中生麗愁。當年美人恨不遇，故託遺容垂絹素。豈知一曲寫最眞，蛺蝶飛來錢塘路。』」

秋潭曲

偕燕又、讓木、楊姬集西潭舟中作。【考證】松江府志：「白龍潭，在府城谷陽門外。潭廣可十餘頃，今爲商民所侵，已去潭之半矣。然花晨月夕，尚有遊人，簫鼓畫船，歲時不絕。」【案】抱眞堂集：「宋子與大樽泛于秋塘，坐有校書，出所壽陳徵君詩，有『李衞學書稱弟子，東方大隱號先生』之句，後稱柳夫人，有盛名。」蓴鄉贅筆：「柳如是，初名楊影憐，流落北里，姿韻絕人，錢宗伯一見惑之，買爲妾，號曰河東君。」

鱗鱗西潭吹素波，明雲織夜紅紋多。涼雨牽絲向空綠，湖光頹瀹寒青蛾。暝香逕度樓船暮，擬入圓蟾泛烟霧。銀燈照水龍欲愁，傾杯不灑人間路。美人嬌對參差風，斜抱秋心江影中。一幅五銖弄平碧，赤鯉撥刺芙蓉東。摘取霞文裁鳳紙，春蠶小字投秋水。瑤瑟湘娥鏡裏聲，同心夜夜巢蓮子。

少將行

平營十里春風路，錦旗牙帳連烟樹。黃鬚奚奴控青驪，鐵葉金錢向官渡。五營畫戟青茫茫，龍幡虎纛雲霞牆。高臺繡幄團紅玉，曉鐵畫角聲蒼涼。河陽小將綾紋紫，珊瑚輭鞭佩朱鯉。二十五騎嘶向風，陣後芊綿驕射雉。將軍初拜冠軍侯，帳前愛將雙吳鉤。昨夜獨身砍妖壘，歌姬送酒彈箜篌。酒酣便賜金鑿落，更乞青娥歸鳳幕。五鼓拔營星月寒，香衾草草嬌情薄。

今年行

今年漢帝思賢良，制詔郡國求圭璋。大江以南古會稽，誰其作者多文章。老若公孫還牧豕，少如終童歸治裝。治安不識絳與灌，天人僅相江都王。經明行脩竈下養，秀才異等貲爲郎。天漏奎壁女媧死，腐鼠滿眼飢鳳凰。且憂文武道將盡，百年嫫母長專房。楚江蘭芷盡廢放，我獨何爲遊帝鄉？丞相不復開東閣，更有中貴持短長。跼蹐短轅下，出無車，衣無裳，胡不笑傲凌蒼茫？君不見東方生，大隱在朝市，漢庭公卿咸得人，吾曹歷落恢諧耳。廉如鮑叔飢欲死，可爲天子大臣矣。

予偕讓木北行矣離情壯懷百端雜出詩以志慨

高秋九月露爲霜，翻然黃鵠雙翺翔。雲途窈窕星蒼茫，下有江水淸淮長。嗟予遠行涉冀方，嵯峨宮闕高神鄉。良朋徘徊望河梁，美人贈我酒滿觴。欲行不行結中腸，何年解佩酬明璫。高文陸離吐鳳凰，江南羣秀誰芬芳？河干薄暮吹紅裳，紉以芍藥羞青棠。何爲棄此永不忘，日月逝矣心飛揚。旌旗交横莽大荒，聖人勞勞在未央。欲持中誠依末光，不然奮身擊胡羌。勒功金石何輝光，我其行也無彷徨，感君意氣成文章。

獻馬行

今年春見秦馬八獻闕下，追思其神駿得在天廏，遂感而賦也。

黄鬚奚奴錦袖紅，手牽八駿來關中。閶闔門前日杲杲，颯然尾鬣生迴風。銀鞍玉勒金絲繩，龍文鳳臆雙翔鴻。意態閒閒一作驕矜。若嫵媚，心懷超軼萬里空。引入能教至尊羨，圉人中使誇飛電。詔錫嘉名内廏開，五花從此無人見。太液池中泉水香，萬歲山南草蔥蒨。春遊齊駕紫雲車，秋射分弸大羽箭。君不見莊浪萬騎雲錦重，昔時繡帶皆當胸。此來夢斷洮河雪，雖有同種難相從。世上紛紛盡凡馬，一入天廏成眞龍。追風逐影古來有，大宛渥洼君知否？千金買骨事已非，羞道騏驎落人後。吾皇有意凌八極，爲爾西馳見王母。

劍術行

【案】本集五言古聞桐城亂知密之固無恙詩中有「十五通劍術」之句，則此詩或爲密之而作。

西風蕭條吹渭水，咸陽日暮黄雲起。遠村燈火桑葉飛，解鞍下馬星光裏。老翁猿臂鬚眉蒼，紫襆黑衣慘綠裳。舞捲高原一長嘯，風烟哀濇天荒涼。雙蛇白尾各騰上，雷霆夾鬬神飛揚。松柏紛紛葉欲下，紅霞出霧開淸光。神靈變化從何始？少年曾事嬋娟子。天女手授石室中，靈篆玄文百餘字。採鍊日月收精輝，左蹲蒼龍右靑兕。七七之期合神度，窈然滅影向天倚。劍成只在虛無間，驅風馳景千餘里。常居少室三花巖，幾度洛陽五都市。聞言把袖意已傾，生平我亦能崢嶸。九關虎豹日無賴，天下壯夫皆不平。借君龍文志一決，深山大澤爲我行。老翁笑汝何太愚？此曹天命難力爭。報仇雪恥非我事，逍遙人世歸蓬瀛。竦身遙望暮光滅，門外寒深三尺雪。

射蛟歌

【案】本集五言古聞桐城亂知密之固無恙詩「君家皖城裏，冠蓋何緌緌。中有美人子，宴坐嘗恣睢。」意其時必有豪家子作橫鄉里者，則此詩或亦爲密之而作。又【案】江南通志：「桐城縣樅陽鎭有漢武射蛟臺。」故借射蛟言之。

武皇南狩浮潯陽，樓船雜沓雲錦張。圖形璀錯水獸翔，欲驚波浪開龍堂。昆明甲士疊鼓揚，玄戈靑幟何煇煌！刺舷蕩槳黃頭郎，虎毛犀甲文錦裝。乘流直下浩茫茫，風雲哀濇簫管涼。深潭極浦鬼物藏，騎魚江妾拖紅裳。鉤蛇騂馬紛騰驤，中有妖蛟白頸長。腥風十丈赤日黃，蜿蜒噴沫首尾昂。佽飛壯士拔魚腸，欲擲不擲心彷徨。天子神靈不可當，烏號夏服穿中央。雲奔波沸鱗甲創，口吹毒霧昏横塘。漂血亂梗身體僵，鉤牽屠割三車箱。宰夫五味調芬芳，侍臣大酺共舉觴。不數神禹龍在旁，何況魚眼摧秦皇。元封五年漢道昌，手獲異物神所將。天符地寶趨盛王，南有馴雉西白狼。

鳳頭行

和李子作也。【考證】客譜偶鈔：「崇禎間，有人匣致鳳凰頭一枚，寓我郡普照寺後，人欲觀者，出銀一分，飽所欲而去。」

吾聞鳳凰翔千仞，何時見厄能摧傷。錦翅繡翮今安在？空餘冠咮無輝光。市人投錢始一看，或云此物眞荒唐。老胡叉手當風立，自言本自西方入。將雛欲宿崑崙山，琅玕滿林招汝急。當年羌兒好身手，已飛一矢雲中及。是時神皇御宇初，玉門萬里通車書。願持此瑞獻天子，毛羽可飾黄金輿。有詔卻之不得上，從此流落人間居。五十年來轉零墮，金翠寂寞堪欷歔。咄嗟汝鳳何碌碌！網羅如天白日速。昔時一鳴霸天下，卽今市井相徵逐。鳥雀羣飛不肯朝，梟鸞自此皆同族。德衰終發楚狂歎，翮鎩能逃中散戮。明堂阿閣待汝來，夷表荒陬豈堪宿？祖洲千載宜潛藏，行逢虞帝諧笙簧。

【附錄】李雯鳳頭行幷序：「甲戌冬，有炫鳳頭于市者，云是萬曆八年回回胡人入貢，頭高三尺，冠高一尺，承以金盤，光耀震動，索萬錢之賞，然後獻于闕下。當是時，顯皇初政，愛惜經費，不喜祥瑞事，遂卻其貢。而此物流于民間，至今存骨，具耳目，吭以下都截去，喙長五寸餘，殷紅，有異冠，腐至寸，用漆堅之。索圖按狀，洵是鳳也。嗟乎！可謂物之不遇者矣。作鳳頭行：『玄冬靑霜麗白日，曉行塡咽路促膝。云有西域波斯人，手持鳳頭不肯出。卻擲數百靑銅錢，與人一觀皆太息。長喙殷深瑪瑙紅，雄冠凋蝕荔枝赤。雖不飛鳴事已奇，羽毛旣謝存風格。觀罷胡人慷慨陳，此物本自回回入。神皇端拱垂八年，蠻夷貢獻皆重譯。三十八人承金盤，盤彩照耀鳳頭立。章武門前日色高，奇毛亂錦紛相射。中使將移禎玉盤，詞臣欲染琉璃筆。小國死鳥朝至尊，天雞鶡爵皆辟易。嗚呼神物不遇時，天子不盼同山翬。亦有金咮誇妙飾，曾無靑鳥揚旌旗。至今存落五十載，不勞光彩紛相帶。流示燕、齊、吳、越人，赤霄之物隨風塵。搴衣看之最易得，豈憶百鳥稱羣臣。此言感歎良有由，願將千金買鳳頭。祭以琅玕獻明主，承之玉匣陪天球。燕昭市骨駿馬至，當聞赤鳳聲啾啾。』

策勳府行

【考證】明史紀事本末：「崇禎元年春，命司禮監斥賣魏忠賢田宅，因以賜第請，上曰：『侯東西底定，留賜第以待功臣。』榜曰：『策勳府。』」

長安日暮塵蔽天，雕牆繡宇東華邊。只疑身在雲臺上，不爾家與椒房連。胡爲非勳復非故，凶閹干紀開旌旃？七年茫茫閉白日，惡名千載隨荒烟。憶昔先皇委神嚮，一朝叢借中常侍。宮中阿父自縱橫，海內淸流日憔悴。五等重開畫戟門，千秋遍視丹書字。一家襁褓盡封侯，三事公卿稱下吏。豈獨驕矜竊大弓，已懷叵測窺神器。起第連雲橫道周，徵材楚蜀黃金流。司空使者董木石，將作大匠來持籌。隙地能包沁水里，高軒直比望雲樓。秦人只識華陽君，漢家不數富平侯。衣冠望塵便先拜，一言歎息緹衣收。眞人龍躍乾坤朗，紅霞閶闔排神仗。卓臍已照西京城，莽頭更懸滄海上。彎弓親自掃欃槍，鑄鼎猶思刊魍魎。事成各擬盟山河，事敗猶寬戮支黨。此輩至今滿天下，朱簾畫棟空塵莽。昨朝賜第鎮金書，日暮官家易銀榜。策勳之府胡爲乎？君王有意乎□□。爵以上公賞十萬，歸來朝請宅一區。男兒富貴不足道，何時獨身取□□？生平切齒亂賊輩，還君甲第歸五湖。

【考證】明史宦官傳：「魏忠賢自萬曆中入宮，爲皇長孫母王才人典膳。長孫乳媪曰客氏，忠賢通焉。長孫嗣立，封客氏奉聖夫人，廕其子侯國興、弟客光先及忠賢兄釗，俱錦衣千戶。忠賢自惜薪司遷司禮秉筆太監，客氏淫而狠，忠賢不知書，頗強記，猜忍陰毒，好諛，帝深信此兩人。忠賢乃勸帝選武閹，鍊火器，爲内操。又日引帝爲倡優聲伎，狗馬射獵。副都御史楊漣，劾忠賢二十四大罪。帝嚴旨切責。魏大中等七十餘人，交章論忠賢不法，忠賢以次斥逐。崔呈秀乃造天鑒、同志諸錄，王紹徽亦造點將錄。皆以鄒元標、顧憲成、葉向高、劉一燝等爲魁，盡羅入不附忠賢者，號曰東林黨人，獻于忠賢，忠賢喜。于是趙南星、楊漣等二十餘人，削籍遣戍有差。逮漣及左光斗、魏大中、周朝瑞、袁化中、顧大中六人掠治，死于獄。又逮治前應天巡撫周起元及江浙里居諸臣高攀龍、周宗建、繆昌期、周順昌、黃尊素、李應昇等，攀龍赴水死，順昌等六人死獄中。冒邊功封忠賢姪良卿爲肅寧伯，賜宅第莊田，頒鐵券。督撫大吏，爭頌德立祠。監生陸萬齡至請以忠賢配孔子，忠賢父配啓聖公。袁崇煥奏寧遠捷，忠賢令周應秋奏封其從孫鵬翼爲安平伯，再敍三大功，封從子良棟爲東安侯，加良卿太師，鵬翼少師，良棟太子太保，絀崇煥功不錄。時鵬翼、良棟皆在襁褓中，未能行步也。良卿至代天子南北郊祭太廟。于是天下皆疑忠賢竊神器矣。熹宗崩，信王立，嘉興貢生錢嘉徵劾忠賢十大罪，帝安置忠賢于鳳陽，尋命逮治。忠賢行至阜城，聞之縊死。詔磔其屍，笞殺客氏于浣衣局。魏良卿、侯國興、客光先等並棄市。」

【校】「逮漣及左光斗、魏大中」句，全集本「魏大中」誤刊爲「魏大忠」，據明史宦官傳校改。

白靴校尉行

【考證】明史刑志：「天啓時，魏忠賢以秉筆領廠事，用衛使田爾耕、許顯純之徒，專以酷虐鉗中外。東廠之屬，掌刑千戶一，理刑百戶一，皆衞官。其隸役取給於衞，最輕黠獧巧者，乃撥充之。役長曰『檔頭』，帽上銳，衣青素𧜀褶，繫小絛，白皮靴，專主伺察。其下番子數人，爲幹事。京師亡命，誆財挾讎，視幹事者爲窟穴。得一陰事，由之以密白于『檔頭』，『檔頭』視其事之大小，先予之金。事曰『起數』，金曰『買起數』，既得事，帥番子至所犯家左右坐，曰『打樁』。番子即突入執訊之，無有左證符牒。賄如數，徑去，少不如意，榜治之，名曰：『乾醡酒』，亦曰『搬罾兒』，痛楚十倍官刑。且授意使牽有力者，有力者予多金，即無事。或靳不予，予不足，立聞上，下鎮撫司獄，立死矣。鎮撫司考訊重犯，曰『聽記』，他官府及各城門訪緝曰『坐記』，某官行某事，某城門得某奸。胥吏白『坐記』者，上之廠，曰『打事件』。至東華門，雖昏夜，投隙中以入，卽屏人達至尊，上下惴惴，無不畏者。莊烈帝卽位，忠賢伏誅，而王體乾等相繼領廠事，告密之風，未嘗息也。」又職官志：「校尉力士，僉民間丁壯爲之。」

宣武門邊塵漠漠，繡轂雕鞍日相索。誰何校尉走復來，獢如飢鶻凌風作。虎毛盤項豪豬靴，自言曾入金吾幕。逢人不肯道名姓，片紙探來能坐縛。關東仕子思早還，走馬下交百萬錢。一朝失策圍邸第，貴人尙醉侯家筵。歸來受賞增意氣，鳴鑼打鼓宮門前。嗚呼男兒致身何自苦？翻令此曹成肺腑。萬事瓦裂豈足憐？至今呼吸生風雨。

望下邳作

【考證】明史稿地理志：「淮安府邳州，秦下邳，宋於縣，元爲邳州治，洪武初，以州治下邳縣省入。」

我今不樂魯宋間，東望嶧蠋凋朱顏。眼中高山與大水，古來英雄幾人死？龍騰虎嘯勢莫當，誰知芒碭雲飛揚！君不見項王生長下邳者，黃石卻授張子房。

與客登任城太白酒樓歌

【考證】明史稿地理志：「兗州府濟寧州，漢任城縣。」山東通志：「太白酒樓，在濟寧州南城上，李白客遊任城時，縣令賀知章觴白於此，後人因建樓焉。」

我來中原凡幾日，浩蕩縱飲多離憂。眼中狂客竟何限，攜我任城城上樓。平野洸濟直，朔風海岱秋。落日滿天地，黃河當中流。齊城十二魯東門，杳然烟樹無時收。離離羣鶴叫河漢，欲躡元氣登浮丘。秦皇漢武意如此，時來海上朝諸侯。招之不肯下，悵望東瀛州。而我胡爲見羽翼，眉宇横分青冥色。古來歷落吾輩人，風車雲馬知何極？即如此樓樓中人，星辰已沒徒悽惻！憶昔全盛開元中，天下詞客多雄風。賀監猖狂綬尙墨，李侯跌宕錦欲紅。相從汗漫老賓客，把袖一傾天西東。濟西小伎白玉巵，當筵唱盡丹丘翁。珊瑚欲折瑤甕倒，遂令此樓突兀千秋空。一自人歸鑑湖雨，李猶躑躅巫黔路。青門祖餞事已非，夜郎流謫年垂暮。無論二公黃土哉，開元天子驪山露。華清宮中生草萊，興慶池頭足烟霧。當年美人人不見，至今惟愛沈香句。海水栽桑去復迴，欲寄精靈與詞賦。今我太息城南隅，蒼茫四顧胡爲乎？棄繻入關應明詔，燕市如澠不敢沽。且爲君王□□□，歸來賦詩殿上爲歡娛。登斯樓也傾百壺，辭官學道無踟躕。吁嗟二公皆吾徒！

霜月行

作於魏郡清淵。三首。【考證】明史稿地理志：「河南彰德府，戰國爲魏之鄴地，漢爲魏郡。」

銀灣夜凍無波瀾，澄天如玉飛青鸞。霜月漫漫浸空碧，疎星當照江南寒。我思江南在雲端，紅文綠綺清夜闌。鴛鴦在枕凰在被，呼之不起生羽翰。蠟燭啼心半明滅，滿庭涼影衣裳單。爲君彈淥水，爲君歌路難，促節不成調，一往摧心肝。清光自逐遼海月，夢中環珮行珊珊。

青女吹華飛向天，素娥落影涼風邊。冷魂千里翠欲斷，玉衣不敢當嬋娟。九關凍絶相思路，瓊樓幽素依紅綿。起吹鳳管寄燕然，三十六簧寒可憐。啼鴻一曲雲無數，眞珠小字成都箋。羅屏遙遙隔江浦，書成再拜焚燈前。燈已滅，書不傳，莫使星河知我意，化將烟海沈嬌眠。

美人贈我雙螭鏡，云是明月留清心。寒光一段去時影，可憐化作霜華深。持鏡索影不可見，當霜望月多哀音。紅綃滿川龍女宿，買之不惜雙南金。温香沈沈若烟霧，裁霜翦月成寒衾。衾寒猶自可，夢寒情不禁。離鸞别鳳萬餘里，風車雲馬來相尋。愁魂荒迷更零亂，使我沈吟常至今。

長安夜歸曲

星燈遙遙雙鳳遲，銀河金闕烟迷離。銅籌傳警宮門下，落日驚鴉兩不知。走馬宵寒九塵陌，綠袖紅裝羽林客。鸞篦蟾鏡曉留人，御溝一夜冰紋白。羲和欲馭鳴天雞，時鐘斷續黄姑低。朱戶曈曨滿春夢，北駝南象馳東西。

寒夜行兼憶舒章

紛紛漢月落長安，長安城中焚麝蘭。掩扉假寐復太息，起唱客子衣裳單。九衢河影穿遙夕，殘雪猶銜關塞白。鼓角城頭蘆葉秋，銅龍門外金吾客。侯家沈宴重氍毹，紫駝赤鯉來行廚。後帳潛歌青玉案，西池夜凍黄金凫。帝京行樂知無數，誰令寂寞同朝暮？荆卿期客天上來，昭王買駿人間路。頗思歸擁春風眠，十三雁柱秦箏前。李郎才子五湖長，此時獨步江東年。

孟津行【考證】河南府志：「孟津縣在府東北五十里。」

孟津渡頭雪盈尺，洛陽城北風吹石。青巾白馬當中流，南向彎弓聲嘖嘖。小旗大槍飛上天，中原官吏皆無策。洛陽女兒休洗紅，野火焚輪滿山赤。昔時山川主盜家，椎牛沽酒迎豪客。傳聞澠池已流血，楊僕新關叩方迫。秦樹嵩雲慘淡間，河洛千秋帝王宅。官軍勇悍勢莫當，十道解圍應辟易。莫逐飛蛾徒繞空，歸來黄金常滿席。

【考證】明史莊烈帝本紀：「六年十一月，賊渡河陷澠池，連陷伊陽、盧氏，分犯南陽、汝寧，遂偪湖廣。」

癸酉長安除夕

歲云徂矣心內傷，我將擊鼓君鼓簧。日月不知落何處？令人引領道路長。去年此夕舊鄉縣，紅妝綺袖燈前見。梅花徹夜香雲開，柳條欲繫青絲纏。曾隨俠少鳳城阿，半擁寒星蔽春院。今年此夕長安中，拔劍起舞難爲雄。漢家宮闕煖如霧，獨有客子知淒風。椒盤獸炭皆異物，夢魂不來萬里空。吾家江東倍惆悵，天下干戈日南向。鶴馭曾無緱嶺遊，虎頭不見雲臺上。且酌旨酒銀箏前，汝曹富貴無愚賢。明朝曈曈報日出，我與公等俱壯年。

送李舒章遊新都

【考證】蔡氏廣輿記：「江南徽州府，三國吳曰新都。」

江南雲雨飛青凫，李郎辭我遊新都。吳天遙遙碧水盡，愛汝手執紅珊瑚。吾聞黃山四千仞，削成不與西華殊。三十六峯滿蛇虎，藤蘿窈窕騰鼪鼯。雲爲舟兮風爲步，杳冥虛無莫回顧。沸泉丹砂絳拂天，黃帝容成昔相聚。芙蓉灼灼流神霞，千年鍊玉生毛羽。鳳吹鸞翀今有無，星漢蒼茫思一遇。烟霧與君相往還，夕嵐曉日揚朱顏。置身空濛若魂夢，雷霆在下難追攀。雨收半隱南康郡，月出若見匡廬山。此時哀樂不可問，歎我躑躅猶人間。

【附錄】李雯將遊黃山作：「驅車登五嶽，怨彼道路睽。放舟凌三山，或恐風中迷。遐哉時未會，志與飛雲齊。茲山毓靈秀，道自邃古稽。經隱秦漢初，跡遯齊梁題。仙英久已作，龍首森然棲。我行雖彳亍，朝夕懷幽蹊。旭旦發陽厓，落日宿陰谿。未知白露團，似聞秋猿啼。褰裳卽往路，仄足攀山荑。願言結遙契，及此緣丹梯。」

送楊扶義入都授官

【考證】金山縣志：「楊枝起，字扶義。」松江府志：「楊枝起，字我旟，崇禎庚午舉人，甲戌進士，湘陰知縣、兵部主事、選授戶科給事中。」【案】明史：「扶義崇禎中，官給事中。陳新甲以邊事下獄，與廖國璘營救，後以錢天錫孫鳳毛獄詞削職。」

楊郎窈窕青雲客，射策歸來聲籍籍。思得百里稱自効，秋天驅馬長安陌。趙北燕南多早寒，關塞飛霜墮蒼碧。一朝尚書上除目，玉立春風拜交戟。君今作吏無逡巡，生平嶽嶽多嶙峋。利器未逢天下事，手板每對尋常人。丹墀青瑣亦已近，愼勿歎息愁風塵。中原格鬭難方作，東海布衣多不樂。爾曹功名上雲臺，吾輩文章置高閣。晨鐘初罷散朝歸，車馬殷塡照城郭。京洛故人倘相問，道予痛飲猶如昨。

寄懷吳來之大行

【考證】復社姓氏錄：「吳江縣吳昌時，字來之。」嘉興郡記：「吳昌時，吳江縣學生，崇禎庚午舉人，甲戌進士，授行人。」明史周延儒傳：「吳昌時爲文選郎中，有幹才，頗爲東林效奔走，然爲人墨而傲，通廠衞，把持朝官，同朝咸嫉之。延儒再相，昌時之力居多。

繼以年例出言路十人于外，言路大譁。掌科給事中吳麟徵、掌道御史祁彪佳劾昌時挾勢弄權。御史蔣拱宸劾昌時贓私巨萬，俱牽連延儒，中言通中官李端、王裕民，洩漏機密。重賄入手，輒預揣溫旨告人。給事中曹良直亦劾延儒十大罪。帝怒，御中左門親鞫昌時，折其脛，遂棄市，勒延儒自盡。」

憶昔初辭春明門，吳卿掩涕爲一言：汝歸江海足浩蕩，我擁冠佩徒嬋媛。予云明時不易得，公等致身須努力。宮中聖人方宵衣，海內蒼生亦孔亟。況君沈敏多英風，前有文若後道沖。從容造膝斷幾事，剖別一掃雲霧空。別來萬里江南樹，五度寄書秋已暮。上言猛虎欲噬人，下言蝮蛇更當路。兩人念亂天下稀，漢家使者吳布衣。近來啓事大不道，目中久矣忘天威。公卿立身太草草，遠引超然苦不早。亂臣賊子何時無，吾曹百年共相保。

明秋曲

楚江娟娟媚遙夕，玉雁金鳧亂深碧。紅鯉撥剌丹楓飛，翠帶神娥江上宅。素波不動雕雲前，銀河啼烏涼風天。雙槳美人向明鏡，空光襲鬢相鮮妍。綺樓照夜屏風曲，霜華欲洗芙蓉綠。蘭房白曉簫管停，羅帳輝輝弄寒玉。幽夢沈吟欲待誰？天塗寥廓星參差。須臾月墮香羅薄，雜英滿欄人不知。

雨中過李子園亭

【考證】案梅村集張南垣傳：「其所爲園，李工部之橫雲，虞觀察之預園，王太常之樂郊，錢宗伯之拂水，吳吏部之竹亭爲最著。」又李舒章集張卿行：「海上張卿善丘壑，作使頑石如雲烟。」又云：「我家橫山若㟝嶁，開生幸入虎頭手。今來怪我石壁奇，啞然大笑不開口。」則知此園爲南垣所造也。

邇來交遊何索莫，數月不登李生閣。三日雷雨秋暗天，咫尺疑有蛟龍作。張油忽踏西郊道，溪田漠漠丹楓落。與爾一臨池上樓，樓頭雲霧滄江流。芙蓉已殘尚哀娟，柳枝蒙茸黃欲浮。新詩滿笥一入手，欲乘黃鵠凌九州。風雨千尋不可渡，還來醉舞珊瑚鉤。豈徒騷賦凌三楚，海內英雄亦相許。時危往往長太息，夜半悲歌各私語。天下模楷有元禮，不畏彊禦稱仲舉。此言太奇豈可信？至今跼蹐如鼯鼠。低昂百代無所屈，鄉里小兒難共處。不見君家故將軍，飛揚跳盪何不羣。一朝家居正失勢，霸陵小尉若不聞。何況見辱市門吏，我家向說成安君。男兒嬋媛徒能文，何時奮策垂功勳？豈能忽使梟鸞分，誰云富貴如浮雲？

【附錄】李雯詩：「余杜門半歲矣臥子雨中相過一復接手作詩感慨賦此酬之：北風吹雨天上來，荒庭日日愁冬雷。

潦倒故人闚相問，蓬門喜爲陳生開。芙蓉斷絶柳絲短，迷雲漾漭棲蒿萊。樓前徒有一尺水，其中不復產龍子。嗚皐老鶴今離羣，無復飛揚思萬里。君覩草堂竟如何？向來哀歎胸中多。中原相避何爲者，雕蟲小技空婆娑。藍田山下李都尉，廣武城中陳伏波。英風不與白髮盡，霸才歷落如江河。拂衣爲高事不得，側身懷古當悲歌。君看昂藏有意氣，手無風雲但垂淚。少遊之馬誰當騎，元長椎壁非高計。丈夫有弱會有強，時來虎步兼龍驤。只今隱忍螻蟻側，雄才大略無輕擲。」

寄衣曲

吳蠶素絲絲入繭，吳姬手中金錯翦。可憐夜半銀釭微，起對明月縫征衣。停鍼添線不能語，手量心揣徒依稀。飛霜萬里陽關路，胡雁平沙雜征戍。巧將沈水透紅綿，香到君邊君莫誤。知君素愛芙蓉花，織成並蒂當胸斜。邊庭年少多輕薄，酒酣莫使他人誇。昨夜交河方合戰，官家敕使如飛電。蜀錦萬疋金麒麟，殷紅照耀軍中見。歸來繡帶五文章，此衣不御無輝光。願君還妾妾自藏，見之不覺淚沾裳。

華山劉鍊師欲刻道德經於老君洞口屬予書一章并贈以詩

【考證】陳繼儒《元輔韓公壽序》：「客冬華山劉朝萊見訪，讀蒲州韓相公贈詩，余曰：『公喜翰墨乎？』劉曰：『公春秋垂七十，目光如電，猶能燈下作蠅頭書。』又以公寫道德經一章見示，余笑曰：『公亦喜學道乎？』劉曰：『公自少具道骨，曾有羽客趺坐門外，久不去，曰：吾欲見此中一貴人。令子弟賓客歷詢之，不應。公出，羽客熟視之，喜曰：是矣。』」【案】蒲州韓相公，名爌，見排律註。

道人本住毛女峯，十年常對青芙蓉。胡爲翻然歷塵世，手攜瓢笠辭蒼龍？嶽陽陰崖洞壑古，瓊笈琅函閉風雨。玄文欲勒五千言，海內書家亦無數。東山首列韓蒲州，撫寧魏國諸公侯。道人嘗稱此數公。朝貴姓名滿襟袖，碑版共照華山秋。玄元皇帝昔度關，金支翠蓋雲斑斑。岳蓮窈窕秀千載，杳然紫氣何時還？君家茂陵嘗好道，靈壇祕宇張雲山。此事不資富貴力，脱屣萬乘難追攀。劉鍊師，能好奇，口稱關西全盛時。青柯高峯入雲漢，遙望涇渭何平夷。舊京宮闕遍烟霧，秦川如繡常若斯。八百年來王氣歇，卽今盜賊紛流離。劉鍊師，弗妄語，汝歸結廬最深處。或騎虎豹隨精靈，仙人掌中舞玉女。他時禮嶽尋草堂，飯我黄精與白苣。

【考證】明史功臣表：「撫寧伯朱謙，景泰元年封。天順元年，追封侯。繼勳，萬曆十九年襲。國弼，萬曆四十六年襲。魏國公徐達，洪武三年封。維志，萬曆十七年襲。弘基，萬曆二十三年襲。文爵，崇禎末襲。」

十月　三首

十月慘淡雲不開，迴風捲葉淩江來，一鷹掣臂羣鴻哀。怪爾飛揚亦逞意，與客傞俄登古臺。

長安豪華非吾土，城闕眈眈多猛虎，去冬寂寞江之浦。今年上書復不報，鶖鶬哀叫風吹雨！

風高日出萬里霜，錦衣壯士鐵裲襠，長弓大箭開蒼茫。曹家兄弟亦不惡，呼鷹縱犬神揚揚。

贈河中韓別駕

相國介弟也。【考證】明史稿地理志：「平陽府蒲州，唐河中縣，爲河中府治。洪武二年，改河中府爲蒲州。」【案】山西通志：「韓爌，萬曆壬辰進士，楫子，大學士。韓焯，萬曆乙卯舉人，榜子。鄧州知州。」榜爲楫之弟，則焯乃相國之從弟也。

韓侯磊落意態奇，少年走筆騰龍螭。王謝子弟不可見，袁楊門閥能相追。大劍高冠走燕趙，十年上書徒繞繞。已曾通籍賢良徵，頗覺風流卿相少。勉強折腰州郡間，懷章執板低朱顏。自言五十昏宦畢，飄然高臥中條山。君家門第聯臺閣，紫綬朱輪照城郭。驃騎常稱第五名，安道猶誇家弟樂。賦詩結客華筵開，秋深桑落盈金罍。有時獨騎款段馬，閒看黃河塞外來。

仲冬十二日湖上方暖夜二鼓呼小艇循兩堤並南山環湖而歸抵岸則雞三唱矣同遊者爲彭燕又張幼青諸君

【考證】西湖志：「白公堤，在錢塘門北，由石函橋北至餘杭門，築以蓄上湖之水，漸次以達於下湖。新唐書白居易傳：『居易外遷杭州刺史，始築堤捍錢塘潮。』」又：「蘇公堤，堤有六橋，南自南屏，北接岳廟前，橫截湖中，宋元祐間，蘇公軾所築也。」又：「南屏山在淨慈寺右。」復社姓氏錄：「錢塘縣張坰，字幼青。」【案】彭賓字燕又，註見年譜天啓五年。

吳天冬夜無風烟，寒湖千頃月可憐。羣峯黯靄眉黛老，一泓睡醒明鏡前。山館沈沈遙暗碧，呼艇乘流竟安適。裊窕空濛恣所如，清光白露憑虛客。四坐無言酒不辭，燈移岸轉穿雲石。已驚梟雁起寒洲，豈有魚龍動深宅。此時瀲灩月正明，長庚舒芒雲漢橫。高林燈火南屏寺，戍樓鼓角錢塘城。夜久天深靜莫測，星辰歷落隨人行。花港柳堤皆寂寞，水遠山長動魂魄。鄂君湖上影融融，帝女湘中飛綽綽。二客酣歌如有神，燭龍已駕排銀閣。城烏咿喔棲寒枝，人生哀樂各有期。何年不見越谿女，攜手西陵明月時。

甲戌除夕

男兒致身須棨戟，何事縱横弄文籍？十載常爲徒步人，去年猶作長安客。長安景物宜春風，御溝冰薄光瀜瀜。西苑蒲萄輕霧裏，南宫楊柳曉烟中。此夜銀虬雜鼉鼓，酒酣星宿羅門戶。千官已賀鳳凰城，吾輩猶看鸜鵒舞。炙牛點酪冰盤陳，是時頗憶江南春。比來高臥谷水上，寂寥歲月空嶙峋。讀書射獵徒爲爾，何況飯牛還牧豕。惟應與客乘輕舟，單衫紅袖春江水。

陳子龍詩集卷九

七言古詩 二

早春初晴

今朝春態劇可憐，輕雲窈窕來風前。繡閣梅花墮綠玉，牙牀枕角開紅綿。宿雨猶含蘭葉紫，已多陌上繁華子。可能齊出鳳樓人，同時走馬鶯聲裏。茂陵才人獨焚香，魚箋麗錦成文章。空有蛾眉閉深院，不若盈盈嬌路旁。

陽春歌 和舒章

東風習習垂楊裏，芳草如雲吹不起。雙鬟拾翠鬭紅妝，羣鳥銜花過綠水。日照青樓午夢長，鳳釵自落黃金牀。桃枝柳枝入明鏡，臨窗極望心茫茫。陌頭年少多惆悵，遙見妝樓一相向。苑牆寂寞乳鳩啼，簾外春光空萬狀。

【附錄】李雯詩：「陽春曉霧花間溼，踏青女兒盼行客。陌上牽花風欲輕，袖裏藏鉤人不識。荇帶初舒魚戲通，柳絲乍捲鶯窺急。高屏孔雀對牀閒，短架薔薇映身立。試看香羅紫袖寬，金槽琵琶語夜闌。落花滿砌柔無力，春風何處不相關。」

櫻桃篇

美人曉帳開紅霞，山樓閣道春風斜。綠水初搖楊柳葉，石屏時拂櫻桃花。淡灩籠烟寒白日，柔條叢萼相交加。有時飛入玉窗裏，春夢方長人不起。芳草閑庭蝶正黃，瓊甃小院蘭猶紫。茫茫珠露翦輕紅，裝成自擲湘文水。棠梨宮中日暖時，龍旗鳳輦紛流離。低枝隱映入纖手，時親蟬鬢無人知。楨玉盤承紅韎鞨，翔麟飛鞚行參差。即今寂寞香雲度，墮粉搖英春草路。麗魄應悲夜雨天，幽人愁倚東風樹。珊瑚磊落幾時多，恐有流鶯含已暮。

春日風雨浹旬

城南十日雨，堦下生青苔。梅花溼如霧，東風吹不開。落紅滿江曲，蒿藍春水綠。黃鸝醒尚啼，白鷺飛還浴。幽雨沈沈麗景殘，浮雲入坐羅衣寒。翠竹迷離日欲暮，孤亭黯靄凭欄干。芳草風流寒食路，無限青驄楊柳樹。遙望海棠紅滿枝，可憐難向前溪渡。

觀楊龍友射歌

【考證】華亭縣志：「楊文驄，字龍友，貴陽人。崇禎七年任縣教諭，好推獎士類。嘗作養賢堂，招諸生論文角藝其中。有貧而好學者，輒傾囊篋給之。時輕騎出郊，率諸生擊劍校射，務爲有用實學，以紓世難。」

平原杲杲日正中，微風晝動旌旗紅。良家少年好身手，一一欲墮雙飛鴻。楊侯起彎三石弓，周旋閒雅神融融。徐抽夏服已不見，九枝中處皆相同。電掃星流輕一擲，看罷千人皆辟易。侯也今爲儒者師，生平自許文章伯。長鎗大箭古來有，羞與諸生弄文籍。祕枕無人閱素書，絳帳有時留劍客。自言本系出黔陽，少小飛騰勢莫當。錦衣繡帶紫騮馬，左馳右射開蒼茫。蠻家女兒笑不止，夜郎酋長驚如狂。皆言三十佩侯印，天南掌大難翺翔。自此縱橫十餘載，漸向中原交吾輩。年年獻策不見收，幾回欲擊珊瑚碎。慷慨聊從俠少遊，滑稽戲作師儒態。時從小隊出城南，悲歌不禁雄心在。鄠西弓馬事已非，藍田射獵今應再。君家兒郎亦太奇，終軍賈誼能同時。大兒矯捷不可羈，手持繁弱東西馳。小兒神貌殊可喜，開弓躍馬來遲遲。海內風塵今若此，英雄歎息徒相視。可憐兒戲棘門軍，忍使神州盡蛇豕。安得借君大羽箭，北掃王庭南越巂。樓船將軍安足比，功名又在君家矣。

【考證】案龍友子名鼎卿者，唐王時爲左都督，見明史本傳。又復社姓氏錄：「貴州楊鼎卿，字愛生。」

偉南築居遠郊鮮入城市近聞其事釋氏甚謹作詩問之

【考證】蕁鄉贅筆「偉男少好學，秀贏多才，俯仰顧盼，綽有雅致。與陳、夏諸公並起，名滿海內。晚更築數椽，在跨塘橋外，竹木森秀，琴書瀟灑。獨坐一室，凝塵寂然。前輩風流，猶可想見也。」

顧生奕奕神如玉，忽然築室淸江曲。牀頭經卷錦帶紅，門外漁舟芳草綠。夏雲縱橫白日閑，恣心緩步何時還？豈是幼安默遼海，不然光祿棲東山。自從沈冥耽幽趣，城中故人隔烟霧。室邇空嗟正渺然，惆悵塵容幾回顧。更聞理外事無心，披襟解帶相追尋。玄言不數衞叔寶，講議時誇支道林。比來萬事皆不有，何故賦詩滿人口？室中未免周顒妻，座上曾無阮家酒。昔時有意懷蒼生，高言慷慨談澄清。我求千戶不可得，羡君大志何崢嶸。

苑馬行

安定二苑馬爲賊所掠也。【案】安定縣，屬陝西延安府。流寇瑣聞：「崇禎八年乙亥，秦賊數十萬出關，三分，入晉、入豫、入楚。冬春之間，悉萃于秦。李自成獨留秦，卒衆七八萬，洪承疇敗之，乞撫，後復振，突出潼關。」二苑馬爲賊所掠，想卽是時。

君不見隴山南望朔那地，牧苑連綿二十四。大澤香泉淺更流，平坡豐草寒猶翠。使者常因索駿來，番人幾歲龍駒至。漫說如雲天廄同，錦帶青絲三萬騎。常聞漢將欲□□，悲嗚颯颯風雲際。自賊之反繇三秦，涇原渭北多烟塵。潼關楚塞日搖蕩，飄然西至如無人。突入同川長樂監，紛紛坐奪眞麒麟。圉人牧師不敢動，飛騰倏忽穩稱身。龍種東來應辟易，誤逐豺狼輕一擲。印毛尙帶官馬字，矯首猶思惠養澤。征西幕府旗暗天，六監驊騮顧相惜。何時乘夜走官軍？明年春草咸陽陌。

【考證】明史兵志：「弘治十五年，楊一清爲副都御史，督理陝西馬政。奏言我朝以陝右宜牧，設監苑，跨二千餘里。兩監六苑，開城、安定，水泉便利，宜爲上苑，牧萬馬。廣寧、萬安爲中苑。黑水草場逼窄，清平地狹土瘠，爲下苑。萬安可五千，廣寧四千，清平二千，黑水千五百，六苑歲給軍外，可常牧馬三萬二千五百，足供三邊用。」又洪、永時設行太僕及苑馬寺，凡茶馬、番人貢馬，悉收寺苑放牧。

【校】「李自成獨留秦，卒衆七八萬」句，全集本「卒」誤刊爲「平」，據流寇瑣聞校改。

立秋後一日題採蓮圖

淥水芙蓉塘，青絲木蘭楫。誰人解蕩舟？湘妃與江妾。夜來秋氣澄天河，越谿新添三尺波。倒瀉生綃傾不足，碧空宛轉雙青娥。今朝輕風拂未動，昨宵已似聞清歌。雜港繁花日初吐，紅裳濛濛隔霧雨。橈邊屬玉不肯飛，翠翹時落橫塘浦。圖中美人劇可憐，年年玉貌蓮花鮮。花殘女伴各散去，有時獨立秋風前。何得鉛粉一朝盡，空光白露寒嬋娟。我家五湖東百里，紅霞滿江吹不起。素舸雲中月墮時，枉渚香風出蘭芷。借問莫愁能共載，可便移家入畫裏。

秋夜

秋雲偃蹇明雙扉，城頭擊柝風吹衣。倚袖顧影燈欲滅，四隅切切蟲聲微。碧梧當黃不相待，風禽高唳橫天歸。雲端月明向人墮，娟娟玉露凝淸暉。堦前細草泣幽麗，落英霜葉相因依。靑娥迢遙隔河漢，孤鴻爲爾東南飛。

代州行

【考證】明史地理志：「太原府代州，洪武二年，降爲縣。八年，復升爲州。句注山在西，亦曰鴈門山，其北爲鴈門關。」

雲中飛將久不作，代州歲歲□壘□。去年□兵驕未歸，漁陽突騎何蕭索。今年雁門箭滿眼，更守三關備京洛。漢軍大呼斬一級，捷書夜奏麒麟閣。金罍酒多不肯飲，上馬紅顏飛綽綽。吾聞□□兵，西接白龍堆，此行欲窺漢強弱，先分別部從中來。小隊已令飽颾去，□庭絕漠何人哉！不知英雄在草澤，時危往往成奇才。安得一見衞與霍，攜手同上□□臺。

乙亥除夕

憶昔兒童問除夕，百子屏風坐相索。西鄰羯鼓正參差，小苑梅花強攀摘。華年一去不可留，依舊春風過東陌。每作尋常一布衣，坐看衰亂無長策。今年惆悵倍莫當，俯仰蕭條心內傷。親交賦愴陸內史，知己人無虞仲翔。桃根渺渺江波隔，金瓠茫茫原草長。人生忘情苦不早，羲皇以來迹如掃。惟有旂常照千載，不爾文章亦難老。崢嶸盛年能幾時？努力榮名以爲寶。不見古人吐握忙，今人日月何草草？

寒食行

江城桃李月，春風花亂飛。空濛度寒食，紅翠展芳菲。郊原漠漠涵平綠，柳雲如夢金塘曲。遠林宿雨壓棠梨，水底明霞浮屬玉。開簾悄望愁不眠，流鶯已落朱欄前。天際青葱障白日，迷離偃蹇搖蒼烟。此時美人横繡閣，幽怨鳴箏看花藥。碧玉新妝倦復鬆，丹珠小帳香逾薄。鞦韆弱影鬬垂楊，輕飈飄蕩吹紅裳。牆外紫騮驕不去，回頭拾得金鳳凰。

壽李若鶴年丈舒章尊人也【案】李逢申號若鶴。註見五言古擬古別李氏詩。

玄元皇帝乘雲還，仙根散漫留人間。太原眞人已寂寞，隴西才子猶追攀。幾葉公爲廟廊器，登朝十載不得意。萬言伏闕難公卿，一語論兵忤驃騎。貴人矜大難與謀，公亦歸臥橫雲秋。鑿泉小壑通蛟館，築室層巖問玉樓。春風搖蕩烟霞路，輕衫畫舫無朝暮。盧女能彈偕隱歌，客兒自寫山居賦。即今五月嶽降期，芙蓉菖歜花發池。已圖戴勝屏六曲，復見鳳凰巑九枝。令子結交滿東海，意氣縱橫擅文采。坐中有客如鄒枚，年年與爾銘畏壘。

送李舒章省試之金陵

隴西李生氣莫當，心雄志大神揚揚。數年屏居谷水上，三十始登京尹堂。憶昔鄉里八九人，同時恣意成文章。海內聲名忝陳李，伊予弱翮難雁行。歎君深沈廟廊器，霜鍔輝輝未嘗試。風勁高鶱識阜雕，時危下坂須良驥。男兒何必早致身，正復難忘天下事。天子常思度外人，公卿最厭澄清志。送君西上心悄然，舊京雲樹秋風前。淮壖烟露白荒草，鄂渚旌旗紅照天。古來往往徒步士，一朝得策稱高賢。不須置酒新亭座，惆悵中原烽火邊。

送宋轅文應試金陵【考證】奉賢縣志：「宋徵輿，字轅文，號直方，順治丁亥進士。官都察院左副都御史。徵輿自少負才名，工詩賦，與同里陳子龍、李雯稱雲間三子。子龍負盛名，於當世詩家無所讓，而獨推重徵輿，以爲當出己上。嘗共選明詩行世，學者宗之。」

月明素舸徵風起，香草江雲一千里。花簟連心臥楚烟，輕羅半臂涼秋水。少年才子正芳菲，鳳膠麟角世應希。幼敏能誇劉孝綽，詩篇不減謝玄暉。君行幾日秦淮渡，畫舫盈盈雜烟雨。玉樹常沈廢井前，朱樓更起寒塘路。操筆飛英縱所如，六季文章體更疎。已成希逸東封頌，復上元長北伐書。長干女兒思一見，競寫新詩自矜眩。莫聽清溪宛轉歌，奪君手中白團扇。

丙子九日雨中同客讌集鄰汝樓　二首　【考證】江南通志：「盛翼進，字鄰汝，松江人。」

雨冥冥，雲浮浮。青楓黃梧相對愁。胡雁南飛日以急，落木千里傷哉秋。衆芳滿眼不忍醉，蕭條日月徒離憂。古來異人亦公等，昔何智勇今無謀。方見燕雀笑黃鵠，安能乘風凌九州。深山大澤有神物，金堂玉闕皆庸流。飲君酒，登君樓。十年所遇多故物，歲云暮矣安所求。坐中有客善長歎，與爾擊筑彈箜篌，贈爾明月雙吳鉤。

去年九日登胥臺，澄江組練雲徘徊。皖城烽火夜不息，艅艎萬艘從東來。今年九日醉鄉里，菊蘂茱房滿堂是。傳聞□騎尙雲屯，官軍自斷瀛洲水。回首橋山淸路塵，畫戟罘罳射□矢。嗚呼禍亂誰所爲？此曹飽食安能知！欲往從之阻雲霧，可憐寂寞英雄姿。空餘一身常矯矯，何日風塵濟時了？置酒當令饗萬人，登高應見中原小。桓家博徒非吾事，龍山賓客古來少。

計偕之役尙木先行歌以送之

孟冬十月天高涼，黃雲動地山蒼蒼。離哉鴻雁滿川澤，送君先驅遊帝鄉。帝鄉宮殿三十六，中有雙闕金鳳凰。聖人垂衣想廉李，公卿綬帶歌虞唐。今年□□射漢月，□□飲馬長城窟。桑乾洪波吹血腥，太行山前多白骨。遼西健兒相顧盼，手彎雕弧嘿不發。自古時危須異人，千官飽飯何時歇？歎君沖鍊智有餘，心雄意廣神舒徐。小年縱橫任裘馬，長來折節耽詩書。卽今共推管樂輩，有時相看還嘻噓。人生有才應自祕，忍視王路常崎嶇。勸君攬轡長安道，華陽之館空文藻。無論射策開金門，但得乘時寫懷抱。海東□□不足摧，山南羣盜豈難掃？我亦追隨來玉京，把酒燕市人崢嶸。海內豪賢若膠漆，長驅遠駕千里行。澄淸天下屬吾等，君當請劍予請纓。

南海子【考證】春明夢餘錄：「南海子在京城南二十里，舊爲下馬飛放泊，內有按鷹臺。永樂十二年增廣其地，周圍凡一萬八千六百六十丈。乃育養禽獸種植蔬果之所。中有海子，大小凡三，其水四時不竭，汪洋若海，以禁城北有海子，故別名曰南海子。」

京城以南三海子，元人舊時校獵場。我朝因之講武事，周垣百里中蒼茫。清泉繚繞草深細，高臺突兀雲飛揚。惟聞兔走復鹿觸，妖狐特立如人長。武皇翻然匹馬出，四家子弟奔騰至。錦衣自臂海東青，紅妝齊上飛黃騎。大者藏熊小獻豜，毛羽紛紛風滿地。百年老麋親射得，金牌尚帶永樂字。三軍大饗按鷹臺，圍坐敕教無謝賜。卽今主上憂時艱，遊畋不復開天顏。阜鵰已放韓盧死，苑牆離離白日閒。何況國家禁樵採，北抵居庸西盡山。廣成棄地旣相假，上林果實復見頒。高柔諫草可焚卻，揚雄賦就難追攀。九成格氣懷夷蠻，郊有樂獸名般般。

【考證】高士奇扈從西巡日錄：「南海子，元時爲飛放泊。至大元年，築呼鷹臺於漷州澤中，初改鷹坊爲仁虞院。劉祁歸潛志：金章宗春水放海青，時趙黃山在翰苑扈從，旣得鵝，索詩，黃山立進之。其詩云：『駕鵝得暖下陂塘，綵騎星馳入建章。黃傘輕陰隨鳳輦，綠衣小隊出鷹坊。搏風玉爪凌霄漢，瞥目風毛墜雪霜。共喜園陵得新薦，侍臣齊捧萬年觴。』觀此，則鷹坊不始于元也。明永樂年，增廣其地。繚以周垣，百六十里，育養禽獸。又設二十四園，以供花果。內有三水，故以海名。」明武宗實錄：「正德十二年二月，車駕幸南海子。」

觀石鼓歌

【考證】春明夢餘錄：「周宣王石鼓文，在國子監廟門內，其形如鼓，其數盈十，蓋周宣田獵之事，史籀之迹也。舊在陳倉野中，韓昌黎爲博士時，請於祭酒，欲輿之太學，不從。鄭餘慶遷之鳳翔孔子廟，經五代之亂，遂至散失。宋司馬池知鳳翔，復輦至府學廡，已失其一。皇祐四年，向傳師搜足，大觀二年，歸於汴京，詔以金塡其文，金人破汴，輦至於燕。」冬夜箋記：「石鼓在太學，列廟門廡下。」

七雄紛紛赴秦火，三代法物皆流離。商戈夏鼎僅摹畫，軒皇蒼頡空爾爲。此石千載字不滅，黯澹錯落星文垂。左搫右攫盤龍螭，鵷雛交啄琅玕枝。塵黃蘚碧雷雨破，形奇句仄精靈知。雖遭剝蝕見大雅，霜枯石割蛟蜃皮。周王神聖起中葉，北逐玁狁南平夷。諸侯大會岐山下，申甫方召相追隨。旌旗如雲暗山谷，搏熊殪兕東西馳。執珪載弁受朝賀，從官拜上銘功辭。臣籀稽首勒此鼓，刻琢金石何淋漓！變幻參差駕蟲鳥，豈徒兒子觀邕斯。赤烏已灰黑帝起，陳倉豐草交嶔㩼。元和文人善歌咏，大觀帝者能好奇。幾罹兵厄神所護，留此聖代彰威儀。成均峩峩廟奕奕，誰其坐者我孔師。上列典謨映奎壁，下陳磊落輝尾箕。諸生捃摭示詭博，腐儒淺陋徒驚疑。天球赤刀不可見，周官禮樂恒在茲。我行釋菜謁宣聖，徙倚松柏窺簷樣。摩挲十鼓三歎息，摹搨數紙當宗彝。我皇今日中興主，歌鴻仰漢常嗟咨。前歲臨雍訪治道，親見此碣同穹碑。延招奇俊整天紐，當令海内無瘡痍。已觀王會畫白鹿，復聞嵩華生神芝。小臣載拜頌明德，敢繼常武登聲詩。

阜鵰行

【考證】雲間無名氏說品：「涼州衞鎮羌驛北百二十里爲松山，即田大司馬諱樂所開大小松山也。山林險阻，多松。近出阜鵰，巢林際，能捕黄羊麞鹿。其性耿介，人設機獲得，百計調馴，終不肯捕獵。惟採其翎毛爲箭羽，一服之中得一鵰羽箭，全服之矢，雖遇陰雨皆不脱笴，亦不曲，工極珍之。一鵰全羽直八金，若遼東之鵰，其毛似鷹，非阜鵰也。亦肯捕獸，鵰之次者。」

燕山之北遼海東，朔雲晝暗冰崖通。阜鵰竦翼胡沙中，飄颻萬里凌天風。大如車輪飛唳空，壯士仰面彎雕弓。獵師羅網來榛叢，一時掩捕何其工！依人誰見正馴伏，食肉豈必無英雄？侯家錦石高臺上，獨立凝思適相向。鐵爪金眸終日閒，丰姿槩疾神清壯。意氣常令天地寬，愁心每識風雲狀。王孫夜獵平原田，雙馬載之高比肩。赤霄杳冥忽不見，有時下擊低蒼天。修蛇十丈竟飽斫，黄羊野豕止一拳。草枯不屑下狐兎，空中何得容鷹鸇。故鄉茫茫只咫尺，一舉翻然輕六翮。嗚呼！此禽本是胡中客，非我族類終難役。

哀屬國

【考證】明史外國傳：「崇禎十年正月，朝鮮告急，命總兵陳洪範調各鎮舟師赴援。三月，洪範奏官兵出海，越數日，山東巡撫顏繼祖奏屬國失守，江華已破，世子被禽，國王出降。」

黑風東吹海水僵，□□十萬如雲翔。平壤城頭烏喔喔，橐駝滿野塵飛揚。李氏君臣哭廟走，馬蹄凍折相扶將。可憐江華不能到，錦衣王子悲彷徨。烽烟澒洞忘南北，層冰浩浩□兵亟。七寶之鞭斷不行，斗大一城聊偃息。四面軍聲夜合圍，援師數道無顏色。□□□□入坐中，鮮人閱書淚沾臆。但見須臾席捲歸，其中事祕那堪憶。神皇昔日威九垓，二十萬衆滄溟開。鯨鯢一掃等秋籜，銘功勒石何崔嵬。此邦倚漢與天等，一朝都邑生蒿萊；雖然都邑生蒿萊，回首尙望天兵來！

【考證】一統志：「本朝天聰元年，大貝勒阿敏、貝勒濟爾哈朗等征朝鮮，屢戰皆捷，遂克義州。分兵搗鐵山，又克安州，至平壤城。朝鮮國王李倧懼，攜妻子遁江華島，遣其弟李覺來貢獻求和，許之，以李覺還。尋遣歸。七年朝鮮復背盟，遣英俄爾岱等賫書往責之。崇德元年，復遣朝鮮使臣羅德憲、李廓歸國，遺書國王，不報。是年，和碩禮親王代善、睿親王多爾袞等，征高麗，渡鎮江，至郭山城及定州、安州，進圍朝鮮王都，李倧遣妻子入島，而自遁入南漢山城，就圍之，分兵敗其諸道援師。李倧哀詞求和，許其出城歸命，然倧猶疑懼不出。未幾，睿親王多爾袞等破江華島，獲倧妻子及羣臣妻子，令其內侍護至軍，并遺以書，倧乃率其長子溰及羣臣朝服出降，伏地請罪。乃還其妻子及羣臣眷屬，封其主爲朝鮮國王，賜龜紐金印。」通鑑綱目三編：「萬曆二十年五月，僞倭王平秀吉，分遣行長清正等率舟師破朝鮮，國王李昖求內屬，請援。詔以宋應昌經略備倭軍務，李如松爲總兵官救之。官軍喪失甚多，更命楊鎬以僉都御史經略朝鮮，二十六年十一月，倭遁去，官軍分道追擊，敗之，朝鮮平。初，官軍分道擊倭不利，會平秀吉死，羣倭皆有歸志，其渠帥清正發舟先走，都督陳璘敗其援兵，倭始揚帆盡去，自倭亂朝鮮七載，喪師數十萬，糜餉數百萬。中國與朝鮮迄無勝筭，至秀吉死，禍始息。」

【校】「朝鮮國王李倧」，全集本「倧」誤作「悰」，據明史外國傳校改。

高梁橋行

偕夏彝仲、錢仲馭遊賦。【考證】畿輔通志：「高梁橋在西直門外半里，跨高梁河上。」長安客話：「高梁河離西直門僅半里，橋跨河上。玆水源發西山，匯爲西河。東爲小渠，由此入大內，稱玉河。水急而清，魚之沈水底者，鱗鬣皆見。橋北，精藍碁置，歲四月八日爲浴佛會，四方來觀者，肩摩轂擊，浹旬而已。」嘉善縣志：「錢棅，字仲馭，相國士升仲子，崇禎丁丑進士。授南職方，轉郎中，察軍政，剔夙弊，中涓欲有所撓，糾之不少枉。南都稱健決郎。遷廣東僉事，請終養。甲申闖逆陷都城，仲馭糾召兵曹，以時舉義。乙酉秋，殉節震澤。」

西直門西春景殊，長堤十里多歡娛。玉泉東來清澈膚，欲流不流止躊躕。殷紅溪草寒菰蒲，咫尺已自忘江湖。平原高風吹麥穗，柳烟翠暗張雲衢。內家矜束紅羅襦，從風婀娜揚流蘇。遨遊千騎誰最都？小侯戚里官金吾。就中數騎彎雕弧，黄門意氣無時無。昔從期門學刺虎，新分龍節領□□。當天一笑墜六翮，眼前已失青驪駒。且登高臺立斯須，畿甸千里開神圖。夏子名譽聞東吳，錢郎相門眞鳳雛。一朝彈冠事天子，長纓何計摧□□。矯首北望嗟崎嶇，諸陵烟樹神所扶。

遊鄭戚畹園亭

【考證】明史外戚傳：「鄭承憲，神宗鄭貴妃父也。妃有寵，鄭氏父子、宗族並驕恣，帝悉不問。承憲累官至都督同知，子國泰請襲，帝命授都指揮。四十三年，男子張差入東宮，被擒，皆言國泰謀刺皇太子，主事王之寀鞫差，差指貴妃宮監。主事陸太受、給事中何士晉遂直攻國泰，帝以貴妃故，不欲竟事。國泰官左都督，病死，子養性襲職。天啓初，光祿少卿高攀龍、御史陳必謙追論其罪，且言養性結白蓮賊，將爲亂。詔勒養性出京師，隨便居住。魏忠賢用事，宥還。」燕都遊覽志：「鄭公莊在萬壽寺左，度橋而南，有亭在平疇，亭外俱稻田，緣堤蓮芡，蓋鄭戚畹園也。」

帝城西北春如霞，朱門晝靜常飛花。二松亭亭引深翠，老槐屈曲隨風斜。藥欄藤架猶驚目，文窗稍暗無絲竹。主人罕出賓客稀，依然燕子巢君屋。昔時椒房勢灼天，黄金狗馬相蟬聯。沁水已傳新闢墅，鄠杜方聞更賜田。即今花木不足道，縣官猶給水衡錢。三十年來似飛電，牽牛自照長生殿。回首當時折檻人，諫草沈沈棄深院。顯皇燕翼眞神靈，鴻鵠高飛絕青冥。瑤瑟殷勤倚歌舞，太阿手握端朝廷。此園寂寞自何日？幾度定陵陵草青。

【考證】明史后妃傳：「恭恪貴妃鄭氏，大興人。萬曆初入宮，封貴妃。生皇三子，進皇貴妃。帝寵之，外廷疑妃有立已子謀。羣臣爭言立儲事，章奏累數千百，帝概置不問。二十九年，皇長子立，而疑者仍未已。四十一年，大學士葉向高勸帝以靜處之，而速福王之藩，以息羣言，事乃寢。」

寄郢中鄭澹石座師

【考證】蔡氏廣輿記：「湖廣安陸府，春秋戰國屬楚，曰郢中。明嘉靖初，爲承天府。」

我思鄭夫子，遠在漢江邊。素衣娟娟吹白雪，郢歌激楚蘭臺前。自此以南更千里，洞庭落木搖蒼烟。二妃虛無寒翠鈿，靈均祀鬼彈紅絃。至今秋深風雨外，有人夜抱芙蓉眠。我今在何許？縹緲羣帝鄉。開瑤闕，啓玉堂；飄華蓋，翳鳳凰。王母粲然迴一笑，雲霞滿殿皆芬芳。手持讁藉示上帝，欲追歲星歸大荒。女媧已往傾西北。借汝五色成文章。上天亦蕩蕩，下天亦茫茫。何來一仙伯，髮短而心長。自云帝弄臣，口吹雲霧移陰陽，豐隆屏翳嘗相將。人生江海足娛樂，何必定遊日月旁？鄭夫子，無迫蹙；楚西山，吳林屋。其中有書佇深谷，紀事都在人皇前，唐虞以還皆碌碌。不知理亂心無憂，日披一卷教麋鹿。此事若成莫問天，扼腕燕市何足賢！荆歌高筑徒茫然。

孫新齋同年索詩壽其母龔太孺人聊成短章兼述今昔之遊也 【案】吳綺林蕙堂集：「孫廷評新齋先生，名鼎，江都人。」江南通志：「孫鼎，崇禎丁丑進士。」

去年臘月風大寒，江淮千里無波瀾。我隨估舟發揚子，湖水凍立連旌竿。孫郎家居邵伯埭，門前畫舫兼雕鞍。偶然識面遂痛飲，鼓吹間發傳盤餐。自云賢母甚明達，令子結納多交歡。汝客滿堂盡長者，仗劍莫歌行路難。今春射策南薰殿，御廚法酒陪恩醼。夜聽西清下玉簫，朝聞東省催銀箭。嗟我淹留臥茂陵，羨君駟馬歸淮甸。錦衣繡帶登高堂，壽母稱言莫矜炫。家慶雖隆日月長，國恩未假風雲便。斯言聖善世所希，遙進新辭佐春宴。璧社湖中明月珠，燭龍不夜常相見。

袁臨侯先生督學山右爲御史奏下獄晉人伏闕稱寃狀者數百人適御史以他事逮天子命轉公一官備兵武昌郡余作詩送之 【案】袁繼咸號臨侯，註已見年譜弘光元年。【考證】明史本傳：「袁繼咸，崇禎三年，擢御史，坐謫。七年擢山西提學僉事，巡撫吳甡薦其廉能，而巡按御史張孫振以請屬不應，疏誣繼咸贓私事。帝怒，逮繼咸，責甡回奏。甡賢繼咸，斥孫振，諸生隨至都伏闕訴冤，繼咸亦列上孫振請屬狀，及其贓賄數事。詔逮孫振，坐謫戍。繼咸得復官。十年，除湖廣參議，分守武昌。」

袁公直節海內聞，論文三載高河汾。官廚烟冷太行雪，講壇樹拂中條雲。天子已虛九卿席，羣公薦奏何紛紜。誰其繡衣來綽綽，昔爲神羊今宋鵲。更化青蠅飛集人，深獄黃塵白日薄。父老伏闕訟延壽，諸生脂車迎孟博。須臾迴光燭不難，讒者下吏公拜官。讒言可爲不可爲，一朝天定徒悲歡。近來海內多拂鬱，借公此事皆彈冠。山南漢北屯豺虎，鄂渚殷殷動鼙鼓。君王大度拔檻車，公其擊節臨江滸。不須秋月嘯高樓，早晚飛書慰明主。君不見魏尚張敞從赦來，功名磊落眞奇才。

詠吳駿公太史邸中丁香花

【考證】太倉州志：「吳偉業，字駿公，崇禎四年會試第一。懷宗批其卷曰：『正大博雅，足式浮靡。』殿試第二，授編修，給假歸娶。九年，陞南京國子監祭酒。」曝書亭集：「梅村吳先生，以順治壬辰舍館嘉興之萬壽宮，於時先生將著書以老矣。越歲，有迫之出山者，遂補國子祭酒。」

幽欄曉凭紅霞卷，薇帳東風吹夢淺。龍綃六幅障明妝，紫玉嬋娟不堪翦。高枝歷亂搖輕烟，含愁願墮佳人前。結成鸞帶同心字，凝香夜熳雲鬟邊。宮漏沈沈鈴索偃，夾城飛花白日晚。流鶯自解惜芳菲，相將銜入宜春苑。

秋月篇

明月起天隅，輕雲飛漢水。初映朱門十二樓，俄通紫塞三千里。海上瓊蟾浴已過，天邊玉蓂葉還多。瑟瑟清風吹桂魄，沈沈碧落委金波。金波桂魄知何處？蘭葉蓮房滿香露。烏鵲橋成溼不飛，鴛鴦瓦凍光難度。綺閣纔分半榻輝，玉堦漸吐中庭樹。此日長安重狹斜，青絲聯騎晚相誇。置酒先過魏其宅，徵歌還到富平家。第宅連雲藏宿燕，樓臺如鏡起驚鴉。公子爭騎五花馬，美人偏坐六萌車。只有班姬經歲別，九秋紈扇西風發。長信堦前黃葉翻，層城宮裏玄蟬歇。屈戍霜濃門半開，轆轤水冷聲頻咽。漫下晶簾薄似雲，愁懸夜蛤光如月。城南少婦玉爲牀，可憐夫壻在遼陽。黃龍暮色沙無數，白雁秋來字幾行。將軍昨夜聞平虜，都尉今朝又護羌。玄菟城邊方入夢，臙脂山下更迴腸。願學浮雲生羽翼，願逐流星走南北。吹笳萬里盡邊聲，搗素三年迷雪色。織成文錦思縱橫，裁得流黃淚沾臆。鐙前香燼玉鑪寒，窗外烏啼金鷁溼。玉鑪金鷁夜漫漫，白草黃榆接漢關。紅顏朔氣經時落，青冢寒雲竟不還。箏築淒清秋愈緊，琵琶哀怨夜雙彈。獨憶漢宮人寂寞，那堪胡地斗闌干。與君心期展歡燕，朝朝暮暮常相見。定遠弓彎太白高，徐一作盧。家鏡破纖阿轉。空熨衣香白玉堂，空塡寶飾黃金鈿。纖手愁翻銀甲長，青蛾斂坐冰綃卷。銀甲冰綃枕簟愁，低昂織女漢西流。天上風光終不夜，人間離別慣經秋。虛傳靈藥長生術，不見澄輝每夕留。只有今宵滿三五，淸光應是共一作到。涼州。

長相思

美人昔在春風前，嬌花欲語含輕烟。歡倚細腰欹繡枕，愁憑素手送哀絃。美人今在秋風裏，碧雲迢迢隔江水。寫盡紅霞不肯傳，紫鱗亦妒嬋娟子。勸君莫向夢中行，海天崎嶇最不平。縱使乘風到玉京，瓊樓羣仙口語輕。別時餘香在君袖，香若有情尙依舊。但令君心識故人，綺窗何必常相守。

當壚曲

迢迢芳草長安路，千里飛花繞春樹。紫騮爍電追東風，卻望朱樓驕一顧。胡姬綺繡鳳凰紋，酒濃如霧人如雲。玉鞭隔座爲君取，金盌銀缾手內分。白日銜山向何處？紅羅香滿不須去。春宵苦短君莫愁，此樹烏啼天未曙。

烏夜啼

邊城早閉烏欲棲，朔風吹角行人迷。此時無鐙掩羅幔，珊瑚鉤落敲銀蒜。子夜月明莫更啼，夢到金微路將半。

上巳行

春堤十里曉雲生，春江一曲暮潮平。紅蘭綠芷遥相對，油壁青驄次第行。洛水橋邊閉春殿，碧山翠靄迴芳甸。陌上綺羅人若雲，城隅桃李花如霰。少年躍馬珊瑚鞭，道逢落花驕不前。已教步障圍烟霧，更取東風送管絃。垂柳無人臨古渡，娟娟獨立寒塘路。公子空貽芍藥花，佳人自愛櫻桃樹。又有青樓大道旁，樓中紅粉不成妝。萬里黄龍誰出戍，三年紫燕獨歸梁。晚下珠簾垂玉筯，盡日凝眸芳草處。無限雕鞍逐豔陽，誰識郎從此中去。

悲濟南

【考證】山東通志：「濟南府，在濟水之南，漢濟南郡，宋始爲濟南府，元濟南路，洪武初改路爲府。」

北風蕭蕭歷下城，千樓萬雉何崢嶸。城頭老兵獨擊柝，宫中美人雙彈箏。吹角鳴笳來大野，槖駝餵食宮門下。珠簾玉檻芙蓉池，雜沓黃昏飲胡馬。朱邸諸王宮錦袍，玉顏隆準塡蓬蒿。血汙清泉流不得，白烏暮噪蒼狐嗥。紅粉青蛾今在否？黃塵晝暗穹廬高。琵琶一聲漢家曲，梁父不見心徒勞。春來東望長太息，更聞此語淚沾臆。旗仗旌旄何處尋？滿城風雨生荆棘。天子方隆魯衞恩，諸姬豈盡藩維職？海岱愁雲黯淡間，應使皇情更淒惻。

【考證】明史諸王傳：「德莊王見潾，英宗第二子，景泰三年，封榮王。天順元年三月，封德王，歲祿萬石。初國德州，改濟南，成化三年就藩。崇禎五年，由樞嗣，十二年正月，大兵克濟南，見執。」

【校】「雜沓黃昏飲胡馬」句，全集本原缺「胡」字。「黃塵晝暗穹廬高」句缺「穹」字，並據原本湘眞閣稿校補。

檀州樂

【考證】畿輔通志：「密雲縣，漢漁陽縣，後魏分置密雲縣，唐檀州。明洪武元年，改州爲密雲縣，屬順天府。正德中，改屬昌平州。」

檀州使宅夜開宴，伎樂紛紜擬天饌。簾垂紅錦附氍毹，蠟和沈香焚甲煎。猩脣熊白不知名，碧玉黃金滿深院。誰其坐者中貴人，盤龍織綺穩稱身。賜炙傳呼動千騎，上壽逡巡來九賓。漁陽老將邯鄲兒，競前呢呢誰最親？皆言禁中出頗牧，指揮萬里無烟塵。山頭嵯峨烽火絕，此時胡雛窺漢月。明駝快馬凌風雪，帳前健兒沙中血，迴首華堂燈未滅。

【考證】通鑑輯覽：「崇禎十一年九月，大清兵分路入牆子嶺青山口，薊遼總督吳阿衡敗死，監視中官鄧希詔遁走。」

錢遵王曰：「鬻人周元忠，狡而有口，自詭曾爲王化貞用。間以講款說遼撫方一藻，崇禎丁丑八月，密疏以聞。武陵楊嗣昌在中樞，力主其說。戊寅二月，遣元忠渡海，四月還報，款議可就。且攜書一通，與總督關寧太監高起潛。九月二十二日，總監東西二協太監鄧希詔生辰，薊遼總督吳阿衡，暨文武大吏俱與之上壽，東兵乘虛得入，阿衡聞變急還，被囚而死。」

東皋草堂歌

東皋草堂者，給諫瞿稼軒先生別墅也。丙子冬，奸民奉權貴意訐錢少宗伯及先生下獄，賴上明聖，越數月，而事得大白。我友吳駿公太史，作東皋草堂歌以記之。時予方廬居，駿公以前歌見寄，因爲屬和，辭雖不工，而悲喜之情均矣。【考證】蘇州府志：「東皋在北郭外，瞿少參汝說所搆。子式耜增拓之，築浣溪草堂、貫清堂、鏡中來諸勝，爲邑中園亭之最。式耜東皋春景詩云：『春光到處滯遊人，自入桃源莫問津。柳線風微縈綵袂，花茵香輭蹴輕塵。虹橋宛轉隨波折，翠黛空濛作意新。勝地天開看不厭，願分魚鳥畫中身。』東皋秋景詩云：『空林結搆本天成，洗盡鉛華秋更清。喜有清音供點綴，偏於色界見晶瑩。旋風白鳥翩翩下，映日黃花灼灼明。極目平蕪烟暝闊，接天遠水霧初橫。』春暉園云：『烟露湖光几榻前，此中一日抵長年。數聲清磬來書枕，十里山塘過畫船。茶作松風延夏月，花迎人面笑晴天。枝頭樹底纔交付，又見田田水面錢。』」【案】奸民訐錢、瞿事，註見年譜崇禎十年。又：梅村集有後東臯草堂歌，不載前作。

虞山巖水飛不息，虞山先生高臥日。黄門從此亦拂衣，東皐平田二頃微。翳然林木草堂靜，單衣白帽娛金徽。高談王霸神清竦，江風獵獵水雲動。當時有口每借人，公業傾家非自奉。應是淸流同調多，豈關失職交相重。江湖何與中書堂，當門厭爾多芬芳。田蚡久欲更廷辯，朱竝居然來上章。十年放逐念京雒，可憐入國雙銀鐺。豈惟松桂無顏色，長安城中烟霧塞。金吾吏向閤門歸，告密人從丞相揖。但令深文一獄成，何難鉤黨千家及。君王神聖揮太阿，此曹深計空蹉跎。左掖門邊十步地，那知一往如流波。舊疾雖痊留不得，七月秋風下潞河。道旁小兒戟手駡，掩耳莫聽吳人歌。大街陳屍誰氏子？相公殺汝可奈何！嗚呼！男兒全身良不易，自稱騎虎終難事。可憐數載黄扉人，未識千秋青史字。何如草堂突兀山之陽，七檜偃蹇雲蒼茫，飛觴樂聖凌滄浪。吾聞檻車開一匡，胥靡霖雨興殷商。生平報國殊未央，草堂何得常徜徉？

【附錄】吳偉業後東臯草堂歌："君家東臯枕山麓，百頃流泉浸花竹。石田書畫數百卷，酷嗜平生手藏錄。隱囊麈尾寄蕭齋，鴻鵠高飛鷹隼猜。白社青山舊居在，黄門北寺捕車來。有詔憐君放君去，重到故鄉棲隱處。短策仍看屋後山，扁舟卻繫門前樹。此時鉤黨雖縱横，終是君王折檻臣。放逐縱緣當事意，江湖還賴主人恩。一朝龍去辭鄉國，萬里烽烟歸未得。可憐雙戟中丞家，門帖淒涼題賣宅。有子單居持戶難，呼門吏怒索家錢。窮搜廢篋應無計，棄擲城南五尺山。任移花藥鄰家植，未翦松杉僧舍得。漁舟網集習家池，官道人牽到公石。石礎雖留不記亭，樵籬還在半無門。欹橋已斷眠偃柳，醉壁誰扶倚瘦藤。倘有荒祠叢廢棘，豐碑草沒猶堪識。堦前田父早歌呼，陌上行人增歎息。我初扶杖過君家，開尊九月逢黃花。秋日溪山好圖畫，石田眞蹟深咨嗟。傳聞此圖再易主，同時賓客知存幾？又見溪山改舊觀，雕欄碧檻今已矣。搖落深知宋玉愁，衡陽雁斷楚天秋。斜暉有恨家何在？極浦無言水自流。我來草堂何處宿？挑燈夜把長歌續。十年舊事總成悲，再賦閑愁不堪讀。魏寢梁園事已空，杜鵑寂寞怨西風。平泉獨樂荒榛裏，寒雨孤村聽暝鐘。」

【校】「江風獵獵水雲動」句，原本湘眞閣稿作「江風獵獵黃雲動」。「田蚡久欲更廷辯」句，作「田蚡久欲更廷辨」。案：史記魏其武安侯列傳作「廷辯」，據史記改。又「道旁小兒戟手罵」句，作「道旁小兒擊手罵」。案：「戟手」較佳。

萬卷樓歌爲王子彥賦

【考證】鎮洋縣志：「王瑞國，字子彥，號書城，世懋孫，士驌子。弱冠中天啓辛酉舉人。吳門文震孟、姚希孟折輩行與交。寡嗜好，研精讀書，爲古文出入歐、曾二家。國朝順治十年，授增城令，三載告歸，築瘞研齋，著述以老。」吳梅村壽王子彥五十詩自註云：「家有樓，名萬卷。」

王郎風雅靜者流，百城高擁何所求。坐中半傾名下士，攜我獨登萬卷樓。武庫森然見經史，劉家七略安足比。過江文獻在瑯琊，豈獨簪纓長淮水。文苑相傳盛肅皇，爾祖尚書與奉常。東吳二美氣無敵，中原鞭弭先翺翔。當年此樓人倜儻，矯首千秋共欣賞。論文欲抗兩京間，把酒時呼五湖長。五十年來事已非，文藻風流尚堪想。我爲王郎傾百杯，鳳雛驥子皆奇才。邗溝芙蓉既寂寞，濟南白雪成蒿萊。驚君才致多英特，滿堂賓客皆顔色。代興寥寥知者誰？俯仰此樓三歎息。

【考證】江南通志：「王世貞字元美，嘉靖丁未進士。爲刑曹郎，以救楊繼盛忤嚴嵩，出爲青州兵備。會父忬爲嵩所殺，棄官伏草土者幾十年。嵩敗，以薦復起，由藩、臬陞撫鄖陽。以荆州地震，上言臣道太盛，語觸時相居正，遂拂衣歸。後仕至刑部尚書。」又：「王世懋，字敬美，世貞弟。嘉靖己未進士。才學亞於其兄，人呼爲小美，會遭父難，縞素者十年。隆慶初，父冤白，歷官至太常少卿。」

【校】「王郎風雅靜者流」句，原本湘眞閣稿作「王郎淵雅靜者流」。

春日行遊城南作

東風搖蕩吹紅樓，樓上人遊南陌頭。雲暖烟輕春脈脈，極浦心傷芳草碧。小徑桃花開夜闌，欲卷朝霞照行客。荒園晝閉鶯自歌，飛花滿林人奈何？一生常爲豔陽苦，幾夜能留明月多。此時玉窗掩烟霧，躑躅三回楊柳路。何處愁心堪贈人？盡日焚香待春暮。

二月十五夜

輕舟綠浦揚春衣，晚來風急花亂飛。月輪欲上烟霏霏，高樓遥望明鐙微。小港長楊弄薄暉，横波清淺人夜歸。美人無語垂羅幃，欲眠不眠撫金徽。撫金徽，情何已，象牀繡被紅若雲，六尺銀屏漏沈水。春夢驚回風雨多，攬衣起坐玉窗裏。

東郊即事同謝禔玄宋轅文

【考證】案：先生農政全書凡例云：「友人謝茂才廷禎，博雅多識。」又案：郭廷弼松江府志宋徵輿序，有本郡文學謝生提月者。及考纂修姓氏，提月名廷禎，意卽禔玄，蓋序作於康熙二年，避御名改字也。池北偶談：「雲間宋孝廉幼青，直方父，精數學，直方生時，預書一紙緘付夫人曰：『是子中進士後，乃啓視之。』至順治丁亥，捷南宫，開前緘有字云：『此兒三十年後，當事新朝，官至三品，壽止五十。』後果於康熙丙午遷副憲，至三品。明年卒官，年正五十也。」

春風未踏東郊道，纔到東郊見花好。布席偏當桃李蹊，莫放落花沾細草。與君薄暮登高臺，平川十里春雲開。朱樓倒影蕩落日，黄鶯紫燕先徘徊。

蜀山行

君不見蜀山巑岏侵青天，懸崖棧閣相綿連。猿鳥欲度心茫然，下有江水出沒鳴潺湲。陽平將吏皆晏眠，烟塵慘澹通秦川，褒斜駱谷如風旋。此等豈有五丁力，攀林越澗無中堅。但傳長吏棄印綬，更聞大將亡旗旃。西南誰人司鎖鑰？坐擁雄兵守劍閣。賊師已渡枕席上，翻遣材官救城郭。嗚呼！益州本沃野，中有錦官城。樓臺十萬春鳴箏，美人濯錦江水明。三月三日渠口平，千里秔稻萬寶成。卽今岷峩氣蕭索，豺狼塞路無人耕。瞿塘東，閬山北，其中富貴華陽國，前有子陽後李特。可憐此輩皆庸奴，誰人爲抽金僕姑。掃清井絡民賜租，勒銘絕巘消雄圖。

【考證】明史楊嗣昌傳：「崇禎十三年，羣賊盡萃于蜀中。嗣昌遂入川，以八月泛舟上，謂山地扼塞，諸軍合而蹙之，可盡殄。獻忠聞督師至，遂趨大昌，犯觀音巖。守將柳仲光不能禦，遂突淨壁，陷大昌。嗣昌斬仲光，劾逮四川巡撫邵捷春。賊遂渡河至通江，嗣昌至萬縣。賊攻巴州不下，嗣昌至梁山，檄諸將分擊。賊已陷劍州，趨保寧，將由間道入漢中。趙光遠、賀人龍拒之。賊乃轉掠陷梓潼、昭化，抵綿州，將趨成都。十一月，嗣昌至重慶，賊攻羅江不克，走綿竹。嗣昌至順慶，諸將不會師，賊轉掠至漢州，去中江百里，守將方國安避之去。賊遂縱掠什邡、綿竹、安縣、德陽、金堂間，所至空城而遁，全蜀大震。賊遂由水道下簡州、資陽，嗣昌徵諸將合擊，皆退縮。徵左良玉兵，又不至。賊遂陷榮昌、永州，十二月陷瀘州。自賊再入川，諸將無一邀擊者。嗣昌雖屢檄，令不行。」又流賊傳：「崇禎十三年，張獻忠進屯開縣，轉趨達州。川撫邵捷春退扼涪江，賊北陷劍州，將入漢中，總兵官趙光遠、賀人龍守陽平百丈險，賊不得過，乃復走巴西。涪江師潰，捷春論死。獻忠屠綿州，越成都，陷瀘州北渡，陷永州、漢川、德陽，入巴州，又自巴走達州，復至開縣。」

送楊伯祥還豫章 【案】楊廷麟，字伯祥。註見年譜崇禎十年。

閶門雪花飛十日，津頭樹折江波立。美人扁舟玉袖寒，飲我百杯壯顏色。自言淸時方罷官，西去翻然拂釣竿。香鑪春陰松檜薄，潯陽月黑蛟龍蟠。雷雨冥冥來窈窕，蕙綢羅帶山之端。憶昔胡兒滿畿甸，燕山吹沙暗河縣。君也發憤上封事，夜半宣呼紫宸殿。匹馬自逐漁陽兒，晨馳趙壁如飛電。邯鄲城南晝草檄，滹沱河旁夜傳箭。王師二月盡驅胡，三十六軍隨羽扇。吁嗟我謀適不用，坐使胡兵穿塞便。男兒不願生封侯，但願當世無百憂。眼中不見讒諂士，杖藜飽飯何所求？西望空濛數千里，北流浩浩章江水。君歸讀書雲壑裏，託跡何須混鹿豕。逃名未免公輔望，端居尙負蒼生恥。異日徵書下傳巖，應有三篇獻天子。

【校】「憶昔胡兒滿畿甸」、「王師二月盡驅胡」、「坐使胡兵穿塞便」等句，全集本原缺「胡兒」及「胡」等字，並據原本湘眞閣稿校補。

題楊龍友倣襄陽雲山卷歌

【考證】續圖繪寶鑑：「楊龍友善畫山水，一種士氣，人莫能到。」王澐讀畫樓畫册跋：「余年舞象，黔中楊龍友中丞來爲博士弟子師，命余偕其二子，讀書學舍。時董文敏致仕里居，中丞亟師事之。」

巨靈驅卻劖中山，移將煙霧留人寰。滿堂雲氣動虛壁，流湍隱見聲潺湲。昨夜有人山中還，拂笻便欲相追攀。但見千山萬山涇不盡，杳冥迷離白日閑。龍眠山人腕欲脫，襄陽漫士天機活。神姿出塵自瀟灑，筆底空濛見雄闊。自稱氣韻跨千古，俗格詎使荆關奪。泗水沈淪五百秋，雲山滿眼無人收。楊郎盤礴神遠遊，欲袖揮灑天爲愁。森然欲呼鬼神出，玄猨青兕中淹留。米家橫掛殊矜惜，新展吳綾百餘尺。米畫不過三尺，今作長圖。陰洞虛無松檜長，深巖窈窕龍蛇坼。茅屋高寒少行跡，出門浩浩雲濤積。中有人兮歌白石，此處雲林安在哉？年年絹素生蒼苔。天姥峯頭丹欲就，若耶溪邊花正開。珊瑚爲杖玉爲屐，攜手與君歸去來。

平原有懷顏魯公

【考證】山東通志：「濟南府平原縣，即戰國時平原君食邑。」又：「顏眞卿，平原太守。」

漁陽突騎從東來，河朔百城皆晝開。平原孤壘獨嶽立，逆徒爲之久徘徊。淸河少年亦奇士，義聲一日遍九垓。嗚呼！此地胡塵飛不息，高牙大纛無顔色！君不見顔家太守未知名，開元天子不相識。

寄密雲趙匡谷中丞

【考證】明史地理志：「密雲，在昌平州東北。元檀州。南有白檀山，西有白河，東有潮河，北有古北口，又有石塘嶺、牆子嶺等關。」明史本傳：「趙光抃字彥淸，九江德化人。天啓五年進士。崇禎初，除工部都水主事，歷兵部職方郎中。十年秋，遣閱薊、遼戎務，盡得邊塞形勢，戰守機宜，列十二事以獻。明年冬，大兵入密雲，總督吳阿衡敗沒，廷議增設巡撫一人，駐密雲。遂擢光抃右僉都御史任之。至卽發監視中官鄧希詔奸謀，帝召希詔還，而令分守中官孫茂霖覈實，茂霖爲希詔解，光抃反得罪，遣戍。十五年廷臣薦復官，召見德政殿，奏對稱旨。拜兵部右侍郎，兼右僉都御史，總督薊州、永平、山海、通州、天津諸鎭軍務，而大兵已克薊州，分兵四出，命光抃兼督諸路援軍，諸援軍觀望，河間、施南皆失守。四月大兵北旋，光抃邀於螺山，敗走。帝聞大怒，逮光抃斬西市。」密雲縣志：「趙光抃，字石菴。崇禎十一年，總督薊遼軍務。」

潮河川南塵漠漠，牆子嶺頭夜吹角。檀州健兒逞一戰，殺氣昏騰滿幽朔。趙公司馬尙書郎，虬髯猨臂氣莫當。爾時玉几臨明光，召來論事聲激昂。颯然一騎徧三協，歸來未卸鐵裲襠。至尊色喜催賞賜，鴉翎寶鈔內錦裝。高牙大纛盧龍幕，悉護諸軍九關鑰。平原公子本雄豪，金城老將多方略。倚劍長看古北雲，移兵欲斷黃崖壑。佽飛白日捉生歸，小隊黃昏射鵰約。秦家築塞古應稀，漢家和親事已非。昔日長纓懷壯志，此時白羽公當揮。春風運轉亡胡月，馬毛如蝟膠絃折。黃金羅綺百橐駝，回首紅妝盡嗚咽。可教萬騎輕兵掣，骨都當戶翻然滅。男兒封侯豈奇絕，當使風烟靖遼碣。憶昔射策遊皇都，周旋豫章諸大夫。坐中袁侯與楊子，袁憲副臨侯、楊太史伯祥。共公轟飲常歡呼。袁侯方平漢南賊，楊子獨身取單于。況有開府佩虎符，社稷頗賴羣公扶。伊予躑躅愁江湖，何時麟閣分畫圖？

【校】「春風運轉亡胡月」，全集本原缺「亡胡」二字。「骨都當戶翻然滅」句，缺「滅」字。「楊子獨身取單于」句缺「單于」二字。並據原本湘眞閣稿校補。

贈孫碩膚職方

【考證】明史孫如游傳：「孫嘉績字碩膚，崇禎十年進士，授南京工部主事，召改兵部。尚書楊嗣昌以嘉績知兵，調爲職方員外郎，進郎中。督師中官高起潛譖之，會有發其納賄事，遂下獄。已黃道周亦下獄，嘉績躬親飲食湯藥，力調護之。因從受易。徐石麒爲刑部尚書，具爰書奏，乃釋之。福王時，起九江兵備僉事，未赴。魯王監國，擢右僉都御史，累進東閣大學士。王航海，嘉績從至舟山，遘疾卒。」

昔日武皇八駿雲飛揚，吳楚逆氣纏豫章，孫許之節爭三光。姚江流慶獨綿邈，四世七葉何煒煌！前有平韋後袁楊。孫郎夭矯廟廊器，神姿豁達驚人意。曩時偕我遊金門，慷慨激昂嘗論事。崇文街上月中行，淨業寺前花下醉。水曹自弄秣陵雲，緘書幾度加餐字。漁陽九月風蕭條，胡塵晝暗桑乾橋。畫沙借箸古來少，長鎗大箭徒逍遙。據鞍飛檄問九塞，攜燈草奏通雲霄。可憐萬馬長城窟，銳頭奚奴射漢月。太行綿綿野火青，黃河茫茫春草沒。天子宵衣念胡羯，祕計深謀向誰發？子房幃幄不專將，博陽案邊能倉卒。知君春殿曉鳴珂，談笑風烟靜九河。我歌江漢繼周雅，汝稱召祖鳴琱戈。

【考證】明史忠義傳：「孫燧，字德成，餘姚人。弘治六年進士。正德中，歷河南右布政使，十年擢右副都御史，巡撫江西。時寧王宸濠逆狀已露，燧時時為宸濠陳說大義，卒不悛。於是密疏白其狀，言宸濠必反。章七上，輒為遮護不得達。明年六月，宸濠生日，宴鎮巡三司。明日，燧及諸大吏入謝，宸濠伏兵左右，大言曰：『孝宗為李廣所誤，抱民間子，我祖宗不血食者十四年，今太后有詔，命我起兵討賊，亦知之乎？』衆相顧愕眙，燧直前曰：『安得此言？請出詔示我！』宸濠怒，麾兵縛燧，曳出遇害。」又：「許逵，字汝登，固始人。正德三年進士，擢江西副使。時宸濠暴橫，孫燧每事輒與密議，及宸濠縛燧。逵爭之，宸濠大怒，并縛之，遂死。」【案】孫燧本傳：「燧子堪、墀、陞。堪中武會試第一，歷都督僉事，墀以選貢生歷官尚寶卿。陞官尚書，墀孫如游大學士。如游孫嘉績僉事。陞子鑨、鑛皆尚書，鋌侍郎，錝太僕卿，鑨子如法主事，如洵參政，並以文章行誼世其家。」

【校】「胡塵晝暗桑乾橋」句，全集本原缺「胡」字；「銳頭奚奴射漢月」句缺「奴」字；「天子宵衣念胡羯」句，缺「胡羯」二字。並據原本湘眞閣稿校補。

秋雨過眞娘墓

【考證】蘇州府志：「眞娘墓在府城西北虎丘山，西臨水。」

闔閭城西風雨秋，眞娘墓前松柏愁。滿川烟草陰蟲路，古岸楓林丹鳥度。昔時羅綺嬌春風，橫塘十里桃花紅。美人自比越溪女，上客曾賦吳王宮。玉顏銷落霜華早，荒原常對胥臺草。千年有客私自憐，暮雨冥冥舟不前。

陳子龍詩集卷十

七言古詩 三

詠嚴先生釣臺

【考證】浙江通志：「嚴陵釣臺，在嚴州府東五十里七里瀧內，嚴子陵先生披羊裘釣澤中處。嚴郡所以得名。」

眞人親破昆陽壘，二十八宿平天紀。濯龍冠蓋盛如雲，一星自落滄江水。青齊大澤春茫茫，東都使者何輝煌，入君之宮登君牀。但可相從故人飲，安能刺足天子旁。羊裘不肯脫，長歌出漢關。手攜梅家女，築室桐君山。輕緡欲抽五色繭，長竿擬琢青琅玕。富春崔巍連碧落，繡壁蒼崖倚山閣。松陰寂寂寒女蘿，乳竇涓涓芳杜若。石潭時出金鯉魚，祠下横飛雙白鶴。行人往往奠椒醑，越巫如花舞簾幕。君不見洛陽雲臺高插天，鄧馮耿寇俱寒烟。

秋風行示偉南禔玄

昨日大風今未休，黑雲冥冥吹梧楸。秦王望海海不見，伍胥白浪如山丘。山齋小庭足花石，碧松丹桂當軒幽。茂陵蕭瑟對紅袖，寒江歷落披羊裘。古人憔悴不足道，抱膝長吟何所求。朱雁葳蕤莫南去，渚宮燒斷滄江秋。洞庭巴陵色慘澹，湘君日暮空淹留。巫陽雲雨行不得，片片欲落瞿塘流。誰能掉臂剡中去？我欲從之采烟霧。石梁倒掛雙飛龍，桐柏仙人引歸路。振衣海色拂青霞，高臥霜天看錦樹。瑤草金芝太古壇，長往君當生羽翰。遙望雲峯七十二，美人玉佩行珊珊。

贈孫克咸

【考證】王士禛肆雅堂詩集序：「孫先生諱臨，字克咸，更字武公，少司馬晉季弟。少讀書任俠，與里中方密之、周農父、錢飲光齊名。所爲歌詩古文詞，流傳大江南北。崇禎末，流賊蹂楚、豫，闌入蘄、黄，英、蓼間皆爲戰場，皖當其衝。先生渡江走金陵。益散家財，結納奇材劍客。與雲間陳大樽、夏瑗公、徐復菴三君厚善，大樽贈先生詩，曰『孫郎磊落天下才』云云，著其事也。」明詩綜：「克咸，桐城貢生。」

孫郎歷落天下才，龍文手握雙玫瑰。自言三卷授黄石，談兵說劍如風雷。時與少年四五輩，呼鷹走馬登高臺。春風初綠長干草，白門柳花飛滿道。紅妝落日醉輕霞，影寫清淮金陵裏。酒酣拔劍爲我歌，結交賢豪苦不早。鄂渚風烟亂素秋，千帆鬬艦上荆州。上客重題鸚鵡賦，書佐還陪明月樓。數行能折虎牙將，一言叱咤龍頷侯。歎息我謀適不用，歸來仍典驌驦裘。錢塘八月與君遇，慷慨猶存肝膽露。明河欲墮西泠橋，疎鐘半暝南屏樹。十年衰亂難重陳，把酒相看淚如雨。皓齒青蛾委路塵，淮水長江尚東去。君家哲兄多雄風，擁師十萬鎮雲中。今年逐□來盧龍，天子賜讌明光宮。何不拂君大羽箭，仰天一射天山空。第五之名比驃騎，指揮萬里平諸戎。黃河鯉魚紅撥刺，長安故人素書至。白波惡浪高於山，焚林觸石知何意？千古終無廉藺徒，眼前惟見蕭朱事。軒冕甘爲五鼎烹，壯士翻爲二桃棄。以之舉世難盤桓，掉頭烟海空漫漫。子學任公垂釣竿，予亦逢萌早掛冠。天陰野曠龍蛇蟄，雲高日薄鴻雁寒。此行倘把浮丘袖，翠羽金支掃石壇。

【考證】板橋雜記：「克咸負文武才略，倚馬千言立就。能開五石弓，善左右射。短小精悍，自號飛將軍。然好狹邪遊，縱酒高歌，其天性也。葛嫩才藝無雙，定情一月不出。甲申之變，移家雲間，間道入閩，監楊文驄軍事，兵敗被執，并縛嫩，主將欲犯之。嫩大罵，嚼舌碎，含血噀其面。將手刃之。克咸見嫩抗節死，乃大笑曰：『孫三今日登仙矣！』亦被殺。」

【校】「一言叱咤龍頷侯」句，「頷」全集本作「額」，案：漢書魏豹田儋韓信傳作「龍頷侯」，據改。

酬吳次尾

【考證】明史丘祖德傳：「吳應箕，字次尾，貴池人。善今古文，意氣橫厲一世。阮大鋮以附璫削籍，僑居南京，聯絡南北附璫失職諸人，劫持當道。應箕與無錫顧杲、桐城左國材、蕪湖沈士柱、餘姚黃宗羲、長洲楊廷樞等，爲留都防亂公揭討之。列名者百四十餘人，皆復社諸生也。後大鋮得志，謀殺周鑣。應箕獨入獄護視，大鋮聞，遣騎捕之。應箕夜亡去。南都不守，起兵應金聲，敗走山中被獲，慷慨就死。」殷頑錄：「次尾，鄉副榜。」

昔年遇子金陵陌，錦衣吹蕩楊花白。玉缸溶溶春夜長，當軒繫馬傾行客。石城翠蛾西曲娘，清歌一聲江水碧。別來落魄吳楚間，飯牛屠狗俱無顏。鄂渚章臺氣蕭瑟，旌旗東接匡廬山。安東仗劍尙慷慨，夷門挾策終抱關。爲予東來探禹穴，寒飈烈烈凌霜雪。班荆野岸旁無人，布席明湖風景切。雄談逸思橫九霄，痛飲酣歌更嗚咽。自言海內兵未休，且將遊說東諸侯。十年結交盡湖海，猛士如雲不見收。牙璋虎節滿天下，誰能好士知英流？珠玉錦繡不足論，異策奇謀何所求？龍淵出匣星文古，鸊鵜膏作華陰土。繇來安攘發明王，莫學縱橫事盟主。彎弓一矢下天狼，欲墮不墮欃槍光。鉤陳煌煌正四方，我與汝曹俱樂康。更從北斗乞酒漿，緩步貢之白玉堂。

立春前三日寄舒章京師

燕京臘月騎馬來，雪花初落軒轅臺。畫屏温室花爭發，仙掌龍樓雲半開。李郎彤管雙碧玉，狐裘蒙茸裼慘綠。朝並相如賦上林，暮學揚雄箴九牧。腰間錦韉繡螯弧，插羽鳴鞭塞垣曲。白檀城北草中醉，黄花戍西烽下宿。西曲胡姬度紫騮，禿衿小袖彈箜篌。長安宛若空窈窕，茂陵小妾徒淹留。知君落魄咸陽陌，矯首金門迷咫尺。萬石丞相常閉閤，嫖姚將軍不揖客。黄金臺上柳初晴，白玉河邊草復生。倘憶故人能問訊，江南千里亂啼鶯。

大梁行

【考證】明史稿地理志：「河南開封府，戰國時，魏大梁。」明史地理志：「開封府，祥符縣倚，洪武十一年建周王府。」

悠悠芳草地，漠漠暮雲平。秋風千里道，遙望大梁城。大梁豪華古無比，請說先從信陵始。如姬臥內新竊符，晉鄙軍前初散士。十萬雄兵金作羈，三千上客珠爲履。豈止邯鄲賴解圍，嘗令函谷無堅壘。歸來甲第起歌鐘，舞袖繽紛照夜紅。豔豔雙娥低白日，沈沈醇酒對春風。歡娛未終河漢沒，叢桂芳蘭幾回歇。朱邸亭臺鬱若雲，青樓羅綺嬌如月。北里佳人錦罽靴，西園公子珊瑚玦。金梁橋上月初明，汴水堤邊柳下行。翔鼓聲高珠勒轉，箜篌彈罷玉輪迎。回鶻兩行番地樂，梨園三部內家名。桑田倏忽無人見，百年冠蓋如飛電。壁上旌旗掣曉霞，地中鼓角搖芳甸。鸛雀還棲翔鳳樓，魚龍盡入飛雲殿。屠市曾無朱亥奇，夷門只有侯嬴賤。繁臺南去接平臺，一望蒼茫殺氣開。惟有賈生梁客慟，還應宋玉楚臣哀。

【考證】明史諸王表：「周定王橚，太祖嫡五子，洪武三年封吳，十一年改封周。十四年就藩開封府。」又諸王傳：「崇禎十四年，冬，李自成攻開封，周王恭枵出庫金五十萬餉守陴者，懸賞格，殪壹賊，予五十金。賊穴城，守者投以火，賊被爇死不可勝計，乃解圍去。明年四月，自成再圍汴，築長圍，城中採樵路絕。九月，賊決河灌城，城圮。恭枵從後山登城樓，率宮妃及寧鄉、安鄉、永壽、仁和諸王，露棲雨中數日，援軍駐河北，以舟來迎，始獲免。事聞，賜書慰勞，並賜帑金文綺，命寄居彰德。汴城之陷也，死者數十萬，諸宗室皆沒，府中分器寶藏，盡淪於巨浸。踰年，乃從水中得所奉高帝、高后金容，迎至彰德奉焉。久之，王薨，謚未行，國亡。」綏寇紀略：「周自定王啓土，憖守其共德而加之以文，東書堂集古法書，手自臨摹勒石，暇則製樂府，被新聲，梁園士女弦歌之，渢渢乎盛世之響焉。」

【附錄】宋徵輿汴梁行：「汴梁城北多白楊，蕭蕭百尺高女牆。黃河水沒白楊樹，濁波惡浪嵩山陽。汴梁守臣三歎息，高頭大舸迎周王。狐裘蒙茸走河北，漸裳之水何湯湯？汴梁守臣歸故城，黃沙平堞無人聲。樓臺十萬宅魚鼈，荇藻飄拂將軍營。旌竿流離刁斗絕，空城烏雀喧鬭爭。嗟乎城空賊亦去，河水滔滔自奔注。詔書重治梁王宮，官軍未啓夷門路。流尸不辨賊與民，白骨如山自撐拄。安得息壤生豫州，堙此洪波宅黎庶。」

夜半走金華道中

三更騎馬向婺州，馬蹄半裂行未休。風高月暈星欲落，草枯石細泉爭流。山深天寒龍應蟄，鴛鵝鴟鵂夜鳴急。汝獨何爲中野立？山東豪吏人不識，終日低眉伺顔色。

【考證】明史稿地理志：「浙江金華府，漢會稽郡地，梁金華郡，隋婺州。」

落花篇

東風動地起，卷落春城霞。已折灞橋柳，還吹杜曲花。杜曲斜連上林苑，樓臺爛漫當春晚。一朝搖蕩各東西，盡日飄零無近遠。皆道根株共一身，那知花葉不相親。雖辭麗質隨塵土，誰慕殘紅在錦茵？迴首繁華方此日，烟條露蕚皆顔色。流蘇披影玉鈴風，步障承陰金井汲。百寶龍幡壓角輕，五絲雀網連雲密。此時公子珊瑚鞭，平川緹幔啓瓊筵。金犢迢遙林外度，銀虬滴瀝壚頭眠。舞燕啼鶯未曾已，只有陽春不相俟。炙就臙脂欲褪紅，翦殘羅綺看猶紫。昨日宜春宫，今朝御溝水。狂風無情落九天，不知飛入誰家裏？綽約春光能幾時？倏忽濃陰綠滿枝。明歲花開更相對，今年花謝任相思。不羨今年人正好，但愁明歲花將老。百花不復怨東風，游人空自憐芳草。高樓小女斂雙蛾，垂簾不唱陽春歌。三春白日如飛電，一代紅顔奈若何？

辛巳七夕于役吳興同轅文飲陸太守陳司李壬午元夜復在前席悵然有懷賦寄轅文【考證】湖州府志:「陸自巖,字魯瞻。南直武進人。崇禎十年進士。守湖州,值庚辰歲霪雨成巨浸,民相聚謀食,幾致亂。自巖兼程入境,以至情諭。父老感其言,有泣下者,亂少止。及任,爲廣糴,爲勸輸施粥,又割俸資贖鍰以佐之。存活不可勝計。著有守苕血譜,讀之不忍終篇。陞任本省糧道。」【案】湖州府志推官題名,內有陳達情。又考題名碑錄,崇禎庚辰進士陳達情,大名府元城籍。宋轅文詩自註亦云:「陳君,北人也。」

七月七日吳興城,高樓百尺吹鳳笙。霅溪菱角綠於玉,洞庭鯉作金盤羹。華星煌煌彩霧歇,碧月沈沈絳河沒。仰天清嘯旁無人,據地酣歌心欲折。狂客一醉春茫茫,今夕何夕登君堂。火樹輕烟亂花鳥,銀鐙積雪交輝光。我今擊鼓君擊缶,屈卮更進烏程酒。感舊頻思京雒遊,興來且折江南柳。秋月春花俱可憐,每逢佳節此留連。人生少壯不易得,更莫暗擲東風前。

【附錄】宋徵輿七夕宴吳興陳司理署樓同臥子及州守陸君詩:「高坐涼風百尺樓,烏程美酒客銷愁。雲霄月上天河澹,牛女星前花霧收。河朔主人能獨醉,江南遊子共傷秋。夜深玉漏無消息,五斗高談四座留。」

匡山吟寄燈巖子

【考證】明史稿地理志：「吉安府泰和縣東，有王山，亦曰匡山。」蔡氏廣輿記：「匡山在泰和縣，唐貞觀中，有匡智者，棄官修煉於此，故名。」嘉興府志：「文德翼，號燈巖，九江人，崇禎時推官。」江西通志：「文德翼，字用昭，崇禎甲戌進士，司李嘉興，平反得釋者甚多。大憝吳中彥子徵霽，倚恃持國柄者，武斷鄉曲，戕害善類，德翼特揭而力討之，卒置於理。後某府丞具疏汙衊萬狀，實爲左袒中彥者修怨也。居無何，內召秉銓，值變作，知事不可爲，遠遁歛之商山。」

荆揚之間南紀雄，五老吟笑天門東，墮地化作五芙蓉。堯時谷口尙未通，伯禹南巡竟不封，敷淺瑣瑣何足崇。至今秀壓衡與霍，氣逼牛斗迴江風。燈巖家居九江側，讀書時向山中立。一朝作吏東海隅，治獄七年惟正直。鳳凰常被鴟梟疑，歐冶翻遭魍魎嫉。甬東青蠅驅不去，欲向紫庭翳白日。豐隆一掃萬里空，去穢除殘俱帝力。豈惟白璧仍十襲，滿座琳瑯各顏色。淒風烈烈江洋洋，素舸西歸一斷腸。卻望當年讀書處，九節杖掛香鑪旁。雲松晝結東林寺，海月夜吐潯陽江。仙人騎鹿種瑤草，玉女跨鳳斟天漿。草堂終日對廬嶽，蕭然遂欲凌柴桑。燈巖子，汝歸山中尋舊師，綠蘿裊裊紅霞絢。白社雖留青桂林，丹心應戀猗蘭殿。伏波將軍終被讒，即墨大夫今始見。握瑜懷瑾酬君恩，勒鼎銘鐘人所羡。君不見清江楊機部，獨身逐□猛如虎。生平誦法黃叔度，雷公塡塡屛翳怒。又不見婁東張西銘，萬卷著書一草亭。可憐身後猶被謗，我徒發憤歌采苓。積羽撓椎何太酷，自古聖賢皆側趄。吉甫猶令伯奇寃，漢文不救長沙哭。汝獨何爲保奇服，白玉爲牀金作屋。安能久住康王谷？致君堯舜無碌碌。

劉戶部九符謫理杭州與予雅相契也居無何以原官召還賦詩贈別

【考證】杭州府志：「推官劉開文，鄒平人，崇禎戊辰進士，十三年任。」

天下新知闕赫奕，多君贈縞如夙昔。自古宦遊苦不眞，感君結綬同情親。安東俠客本豪邁，越州從事相追尋。起舞何曾減越石，有酒每欲呼陳遵。漢家此日軍儲促，召君還掌司農牘。計相尚書領度支，戶曹都尉名搜粟。敖倉壟接建章秋，載筆郎官此運籌。南省署中應見憶，西陵浦上不勝愁。

越中清明憶長安作

長安古道東風發，滿城花豔陽春月。綠波西苑接西湖，翠靄北山凝北闕。垂楊夾水拂金堤，碧草平沙一望齊。橋邊朱鬣新調馬，臺上黃衫晚鬭雞。侯家戚里爭顏色，別墅連綿逼雲日。沁水園中香作塵，杜陵原上花如織。帝城此日競尋芳，珠箔銀鞍炫道旁。袖分鴨綠盤龍繡，鬢壓鴉青墮馬妝。陌上相逢不相避，麗服紅顔照天地。贈來寶帶結將離，拾得金鈿縈翡翠。此地豪華自古聞，繁絃急管晝紛紛。金張遊俠車如水，李趙經過人似雲。少年結客五陵下，作吏羞稱棄繻者。忽念文園好著書，漫憶章臺曾走馬。會稽山下若耶春，臥看桃李自相親。惟應細雨輕烟外，清江碧石浣紗人。

送家大母還松江至檇李感賦

【考證】明史稿地理志：「嘉興府嘉善縣，春秋時檇李鄉，西南有古檇李城。」

我家門對吳江水，本將耕釣供甘旨。十年漫逐幽并遊，幾度挾書謁天子。遣來作吏東海濱，兩見草綠山陰春。朝持手版候鈴下，暮策蹇衛隨風塵。我親欲向家園去，畫舫盈盈度江樹。未能偕隱問歸期，猶得同行指歸路。檇李城南鴻雁飛，西水驛前風雨吹。方知李令陳情是，深悔毛生捧檄非。

邯鄲少年行

邯鄲城中十萬戶，男能彎弓女能舞。少年赤驥如風旋，青絲珠勒七寶鞭。春雲臺下獵狐兔，落日樓頭共管絃。自道生平負奇策，長揖侯門爲上客。酬恩豈獨卻千金，報怨還能輕七尺。君不見平原堂前坐欲傾，秦兵日夜下長平。破敵仍須魏公子，退軍終賴魯先生。

雒陽女兒行

雒陽大道六萌車，綺戶紅牆指妾家。舞席每移長信草，妝樓偏對上陽花。上陽宮殿千門起，銀榜金泥照天紫。羅綺晴連伊闕雲，笙歌夜落黃河水。狂夫匹馬酒如澠，陰郭驕奢各自矜。陸渾山中曾射虎，天津橋上共呼鷹。玉窗一唱相思曲，飛花亂點湘文綠。芍藥攀來不贈人，櫻桃種得何年熟？上東門外有啼烏，富貴豪華事已徂。惟有北邙雙蛺蝶，春風先自到蘼蕪。

寄獻石齋先生　五首

張禹朱遊同日見，漢皇親御承華殿。抗論雷霆白日移，虎賁壯士皆驚疑。嗇夫利口得官爵，長孺直道將安歸？車如雞棲馬如狗，南行不繫都亭柳。大滌山頭天目雲，西眞洞口餘杭酒。談笑無令管樂知，文章不落庖媧後。遙聞敵渡桑乾河，恒山岱嶽烟塵多。不覺慷慨悲滂沱，安得猛士揮雕戈。腰間弓劍三摩挲，伐鼓鏦金驅橐駝。此時將軍起婆娑，閣門隨例朝鳴珂。　指戊寅冬事也，時侍師於禹航。

【考證】明史稿黃道周傳：「崇禎十一年六月廷推閣臣，帝用楊嗣昌，道周劾嗣昌冒喪斁倫。七月五日召內閣及諸大臣于平臺，并及道周，道周所對不合指，帝屢駁道周。嗣昌言：『道周自謂不如鄭鄤，安知綱常？』道周爭辨，帝叱之退。貶道周六秩，爲江西按察司照磨。」先生自述年譜：「戊寅冬，石齋師以謫還居禹航之大滌山，予往謁之，賦詩而歸。」

烈風蕭條吹百羽，朱鳳葳蕤適南土。　羅畢如雲不見天，秦人高歌楚人舞。　出門不向妻子辭，八尺銀璫五色組。　虎鬚校尉紅錦裘，峩舸大艑下江州。　蛟龍娟娟碧沙靜，日月冥冥青楓秋。　赭衣墨幘安魚服，予亦相逢淮水曲。　京華時事不足論，慘淡相看日彌促。　鎌刃誰留門外蘭，庖廚肯恕山中鹿。　可憐舉世學浮沈，燭龍迴照杳難尋。　蒼茫不解時人意，慰藉還憑明主心。　我有短札置懷袖，安能一矢千黃金。　平生風義慚師友，陳蔡相從但鼓琴。　庚辰秋，師被逮至淮南，予遇之。

【考證】明史稿黃道周傳：「江西巡撫解學龍薦所部官，推奬道周備至，大學士魏照乘惡道周，擬旨責學龍濫薦。帝遂發怒，立削二人籍，逮下刑部獄，責以黨邪亂政。　並廷杖八十，欲寘之死。　詞連黃文煥、吏部主事陳天定、工部司務董養河、中書舍人文震亨，並繫獄，戶部主事葉廷秀、監生涂仲吉救之，亦繫獄。　逾年，尚書劉澤深等言道周建言蒙戮，非聖主覆載之量。乃謫戍廣西。」先生自述年譜：「庚辰七月，南還，遇石齋師于邵伯驛，詢京師近事，緹帥促行頗迫，須臾別去。」

閶闔門開翡翠城，鳳凰十二相和鳴。碧血一灑玉階裂，驚雷急電何時平？門生往往自引匿，故吏不復來通名。賈彪奔走何側趄，曹鸞上書翻桎梏。謂葉、涂諸公也。鈎連幾作甘陵部，相將同入黃門獄。緋衣獄吏行生風，黃封小匣排當中。更番榜掠不知數，但稱汝罪如山崇。小臣萬死不足惜，聖德如天輝簡策。帶血晨興寫孝經，和枷夜臥編周易。爰書一旦出風塵，薄讁由來湘水濱。萬里同聲頌明主，海內相看似古人。辛巳，師自詔獄得論戍。

【考證】明史黃道周傳：「葉廷秀，濮州人。天啓五年進士。崇禎中，授戶部主事。黃道周下獄，廷秀抗疏救之。帝怒，杖百，繫詔獄。明年冬，遣戍福建。」福建通志：「涂仲吉字德公，萬曆間入太學，一日，在金陵，聞黃道周下詔獄，投觴而起曰：『仲吉當一行，爲朝廷保正士。』遂赴闕上書，通政司施邦燿有難色，仲吉作色曰：『朝廷奈何使巽懦者作納言乎？』疏上，詔杖仲吉于長安門外，下錦衣獄，盛陳刑具鞫之，指盡折。與道周並論戍，尋赦歸，歐血卒。」又：「道周在獄，感明夷事，著易象正。方草十二圖，錦衣校急徵，道周恬然曰：『俟我畫一圖成，就逮耳。』」孫承澤庚子銷夏記：「石齋于崇禎辛巳自詔獄過刑曹，初拜杖，血肉淋漓，乃據一敗几，日書孝經，凡百餘本，每本係之以跋，無一語重複。當時人得一本，侈爲奇寶。」

祝融峯下巴陵水，芰裳荷蓋千餘里。朝隨山鬼啼黃熊，暮逐江妃乘赤鯉。屈平問天天不語，楚壁淋漓石文紫。子規一聲雲欲裂，年年月下耕蘭芷。洞庭南去走辰陽，二酉茫茫多典章。帝遣仙人讀金簡，青鸞白鳳相翱翔。丹砂聊作大官膳，石室眞爲太史藏。虞帝南遊湘水綠，蒼梧綿連九疑麓。驂乘曾無一作聞。皐與夔，攜手英皇倚修竹。我欲束書上重華，玉女在旁不敢告。宮中何人奏簫韶，爲君起舞南薰曲。言戍酉陽也。

【考證】案明史稿地理志：「辰州府，領縣沅陵，西有酉陽廢縣，又有大酉山、小酉山。又領縣辰溪，漢曰辰陽，屬湖廣省。」湖廣南至九疑，與兩廣界，而廣西北至懷遠，與湖廣界。石齋先生本戍廣西，而此詩自注，言戍酉陽，蓋以廣西元時屬湖廣行省，至洪武初，改置廣西，先生故統言之也。

南箕墮地人不識，天子夢中見顏色。巖花巖草幾春秋，巖下胥靡侍君側。致君堯舜會有期，許身稷契非無術。夫君八月上潯陽，彭湖朱雁雲蒼蒼。短衣白帽老江漢，寒風秋月連瀟湘。至尊夜坐南薰殿，甲帳沈沈罷深宴。詔書飛渡巴陵湖，遷客旋歸少陽院。朝士相逢但相賀，鳳至麟遊豈足羨。造膝之言不可明，紛紛論薦皆成名。自是漢皇思故劍，此身今已屬蒼生。壬午之秋，天子召師還舊職。

【考證】明史稿黃道周傳：「崇禎十五年八月，帝召輔臣，問及故庶吉士張溥，延儒因言：『溥與黃道周爲人皆偏，止因善讀書，人多惜之。』帝不答。蔣德璟曰：『道周蒙戍，極感聖恩，但家貧子幼，實爲可憫。』黃景昉、陳演、吳甡復相繼言，帝顏頗霽，明日傳旨，復故官。」

送王畹仲備兵韶州

【考證】明史忠義傳：「王孫蘭，字畹仲，無錫人。崇禎四年進士，累遷廣東副使，分巡南雄、韶州二府。連州瑤賊爲亂，馳勦三戰皆捷。十六年，張獻忠大亂湖南，湖南之郴州宜章，與韶接壤，孫蘭乞援督府，不應，最後以七百人至，一宿復調去。及賊陷衡州，肆屠戮，韶所轄樂昌、乳源、仁化，逋竄一空。連州守將先據城叛，韶士民聞之，空城逃。而賊所設僞官傳檄將至。孫蘭仰天歎曰：『失封疆當死，賊陷城又當死，吾盍死乎！』遂自縊死。既死，賊竟不至，朝廷憫其忠，予贈恤。」明史稿地理志：「廣東韶州府，三國吳始興郡，唐爲韶州，洪武初爲府。」

五月南風梅子黃，淸笳疊鼓發鳴榔。鬱孤臺上雙旌去，遙望海雲連嶺樹。詔書昨夜下咸京，虎符龍節許南征。橫海將軍開壁候，日南太守奉車迎。武溪深淫歌一曲，竹雞啞啞桄榔木。鮫人織綃海月明，蠻女洗花江水綠。漢皇雄武任賢才，百粵風濤銅柱開。何用跕鳶問交趾，直看馴象入蓬萊。豈止功成移大鎮，干羽南歸事虞舜。獨不見君家宰相王茂弘，始興內史始興公。韶州即始興。

石翁師召後以仲冬過越晤鴻寶先生卻歸漳南閏月聞□師大入畿輔鴻寶先生募義旅入衛丙子之役石翁師首倡勤王舊勳不可忘也獻詩志懷

【案】倪元璐，號鴻寶。注見年譜崇禎四年。

永和三月大會來，山陰千載生莓苔。先生一至江海動，巖花嶺樹雙一作空。徘徊。幅巾筇杖渡江水，一日幾成華陰市。國風初聞吳季札，易象已示韓宣子。倪公司馬今三君，並坐一語開青旻。鏞鐘鼉鼓相考擊，天球大貝俱璘珣。璽書懇惻隨蒲輪，師拜讓表歸七閩。呼牛更耕莘野地，有錢莫買箕山春。□□夜嘯盧龍月，萬馬奔騰暗遼碣。有詔盡徵天下兵，十道旌旗同日發。倪公奮袂持長纓，一麾壯士皆從征。長弓大箭穿□壘，短衣疋馬朝王京。前年□入雄州城，我師匣中雙劍鳴。毀家不滿千金橐，結客能爲萬里行。海内始知中大義，□□亦自震先聲。此時風塵暗畿甸，至尊側席明光殿。弦高卻敵未足奇，魯連解圍眞可羡。珊瑚作柄五絲纏，爲師拂拭舊羽扇。指麾天地無征戰，柏梁高臺侍君宴。

送倪鴻寶少司馬學士赴召聞有□□隨率義旅勤王

【考證】東林列傳：「時京師戒嚴，元璐長跪告母曰：『自瓊州公已來，再世祿食，今天子有急，奈何？』其母裂所衣襦示之曰：『爲爾旃也，豈曰無衣。』元璐乃毀家召募，得數十人，及其弟瓚率家徒佐之，可數百人，趨淮上問淮使者覓鹽徒爲助，無有應者。乃自率十騎持滿，夾趨衢險出濟北，十餘日達京師。上聞之，甚喜，曰：『固知是吾倪講官也。』」

明星白草長城下，□廬夜布漁陽野。高牙空閉漢家營，鳴鞭惟見□□馬。武皇按劍明光宮，羽書十道旌旗紅。六郡良家齊買轡，三河俠少盡從戎。倪公詔徵不欲赴，聞警翻然衣跗鞋。幾年鳳翮在文昌，此日龍韜開武庫。英謀亮節有威名，壯士紛紛都請行。已向博徒招劇孟，復從門下得侯嬴。鴉青繡袷圍紅玉，小隊城南射堂綠。羽扇時揮明月開，角弓初響邊風肅。豪豬作靴青兕裘，鳴笳疊鼓上幽州。此去但憑司馬法，直須痛飲□□頭。豈止忠猷聞宇縣，拊髀風雲至尊羨。縱使搴旗細柳軍，何如借箸蓬萊殿。願公旦暮秉絲綸，澄清九域靖風塵。采薇本自承天保，不數麒麟閣上人。

寄上京山鄭師

【考證】湖廣通志：「京山縣，古鄖地。明屬承天府。」【案】「鄭師，卽濬石先生。註見前。」

我師昔立殿西頭，龍淵欲擬安昌侯。一朝忽失絳灌意，十載翻從屈宋游。鄢郢城高風景切，鹿門野陰桑柘幽。年年著書殊未止，吾道何須歌虎兕。劉向七略簡欲青，蔡邕九經石半紫。網羅更盡三千年，上掩龍門追魯史。爾來禍亂眞倥偬，中原萬里旌旗紅。大梁公子逐流水，襄陽耆舊如飄風。尤來大槍相間出，海內殺氣纏衡嵩。安陸卿雲成紫蓋，肅皇以來比豐沛。軒轅神臺不敢攀，康成德里人所賴。春風落日顯陵西，輕裘疋馬衣冠會。指日徵書下玉京，登車攬轡奏澄清。豈得徘徊留白社，早知不免爲蒼生。掃除天下必英俊，戡定變亂歸忠貞。予一作龍。持刀筆趨公府，署事本州亦無補。但願時清兵革稀，束書牛角還農圃。法言應自授侯芭，河汾一作仲淹。門下慙房杜。

【考證】湖廣通志鄭友玄傳：「友玄拜御史，疏論奄寺變置軍政、養豎總戎、跋扈薊門。嚴旨降調。尋以欠漕折，被逮，謫戍。友玄性孤刻，爲文峭厲自峙，別闢蹊徑。詩語高寒，比孟貞曜。杜門著述，歷十餘年而卒。」明史禮志：「睿宗帝后陵寢在安陸州，世宗入立，追謚曰睿宗獻皇帝，葺陵廟，薦號曰顯陵。」【案】承天府，明初爲安陸州，嘉靖中升爲府。

清明登越州門樓

【考證】浙江通志：「紹興府，秦漢爲會稽郡，隋曰越州，宋爲紹興府。」

高樓四望春風曉，落花已滿江南道。黛色橫天照白雲，碧川繞郭連芳草。芳草湖分屏障中，千巖倒映金芙蓉。盡日紅妝明鏡裏，幾處青山憶謝公。

古有所思行

紫雲仙人歸玉京，驂鸞謁帝遊太清。白榆歷歷瓊樓明，九龍銜燭五鳳鳴。弄臣盤旋玉女笑，上帝一醉紛相迎。雙成宛轉歌未闋，共工頭觸不周折。璇室瑤臺半已傾，杞國之人心欲絶。銀河倒瀉滄溟波，五山鰲背高嵯峨。方壺岱輿落海底，珊瑚沈緑生交柯。乞得媧皇五色石，下土茫茫見深碧。願從北斗挹酒漿，九天無事觴霄客。

【考證】案是詩似指南都之事。通鑑輯覽：「順治元年五月，福王由崧監國于南京，以史可法、高弘圖、姜曰廣並爲東閣大學士。又以張愼言爲吏部尚書，起劉宗周爲左都御史，徐石麒爲右都御史，兵部尚書張國維協理京營戎政，餘皆遷擢有差。」詩中「紫雲仙人」云云，殆謂是也。是時黄門奉命入都，蓋決江左事尚可爲耳。無何而淫荒失德，政歸羣小，國祉將傾而不悟，識者徒抱杞人之憂而已。半壁江山，終歸淪喪，猶思鍊石以補天，蓋不忍坐視殘棋之莫救也。

九日虎丘大風雨

【考證】蘇州府志：「虎丘山，在郡西北九里。先名海湧山，吳王闔閭葬此，三日，金精爲白虎踞其上。因名虎丘。」

吳閶門西風雨秋，澤鵠沙雁鳴河洲。黑雲夜卷亭皐木，片片飛過鴛鴦樓。野夫呑聲攬衣袂，驚雷掣電無時休。憶昔良辰日瀟灑，青翰之舟赭白馬。季倫賓客多英豪，謝家兒郎本妖冶。迎將西曲茱萸女，共醉東鄰楊柳下。酒酣據地歌未央，繁英錦石金風涼。紅樹蕭蕭鳥歸急，青天漠漠神飛揚。竭來朝市無遺迹，萬事蒼茫動魂魄。昔日金閶彥，半作泉臺客。而我獨何爲，傷心對朝夕。曜靈流光不相照，霜飛鬼哭烏頭白。君不見龍山置酒桓宣武，參佐風流映千古。又不見宋公秉鉞眞奇才，横槊賦詩戲馬臺。江左英雄安在哉！彭城南郡生蒿萊。嗚嗚觱篥坎坎鼓，□□嘯風渾脫舞。黄昏騎馬醉射生，有客相看淚如雨。

白日行

滄波深碧倒影紅，羲和窈窕扶桑東。九烏紛紛落何處？六龍萬古當長空。陽春欲沒星出河，花影瀋豔朱顔酡。半照人間半地底，一去不還可奈何！紫霞靄靄沈平陸，金支曈曈吐暘谷。伐鼓撞鐘天下聞，雞鳴狗吠相爭逐。日車荒茫不可尋，夸父馳驅成鄧林。魯陽壯士亦無補，獨肯回翔留寸陰。問爾何爲成古今，朝朝暮暮愁人心。

【考證】案：是詩疑悼福、魯二藩之失國，而比于虞淵之沈也。通鑑輯覽：「順治元年五月，福王由崧監國于南京，二年五月，大兵定南京，福王由崧降。六月，魯王以海監國于紹興。三年六月，大兵克紹興。魯王以海遁入海。六年，吏部尚書張肯堂復迎以海居舟山。八年，大兵襲舟山，以海復航海，鄭成功奉以海居金門，禮待頗恭，既而懈，以海不能平，將往南澳，成功使人沈之海中。時順治十一年也。」詩中「九烏」二語，蓋謂明末諸藩，相繼淪喪，福王獨得稱號南都也。福王既立，日事荒淫。大兵渡江，猶於宮中演戲，與太監韓贊等，雜坐酣飲，迨蕪湖既降，而後遂至一去不還矣。魯王監國于紹興，馬士英請入朝。魯藩諸臣力拒之。乃與阮大鋮先後投方國安。大兵屯江上，國安挾營走紹興，劫魯王南行。江上各營俱潰走，國安與馬士英謀獻魯王以降。遣人守之，會守者病，魯王得脫，至台州航海走，則亦等於日車之荒茫不可尋而已。夸父逐之而死，晉叢奸誤國，卒至身受誅夷，如馬、阮、國安輩是也。壯士揮之而不返，歎忠藎之臣，終亦莫能挽回天意耳。魯王沈海，黃門已不及知，而是時王師平定浙、閩，魯王竄身海外，已不成爲國矣。

前緩聲歌

五行之山高插天，右割參墟左幽燕。上有鳥道礙雲雨，下有羊腸之險磴，掛蹬側足不能前。葛蘽綿羃翳白日，客子迴車愁陌阡。文命刊木徒茫然，愚谷之叟誰能遷。草木慘淡眞宰泣，靈夔罔兩空自憐。翩翩帝女號精衛，銜石西山毛羽敝。黃鵠高飛不相助，陰火連波渺無際。何爲捧土塞孟津，濁浪驚濤愁殺人。巨靈運斧華山摧，黃河拔地龍門開。金牛西奔五丁死，褒斜劍閣通離堆。安得秦王驅山鐸，羣峯連綿趨大壑。黿鼉作梁海種桑，萬里康莊走寥廓。海可枯，山可移。胸中車輪轉，淚下如懸絲。

【考證】案此詩，蓋黃門自述其愚公精衛之志也。文命刊木，似指有明開國之君。太行、孟津，力不能勝，而竊慕夫巨靈五丁，妄想夫驅山塡海，蓋不知天命之眷顧興朝，論德論力皆相懸若霄壤也。讀者第憫其志焉可矣。

登高丘而望遠海

日觀天門攀紫極，東望洪波淨如拭。扶桑曉拂金銀臺，鳳舞鸞歌烟五色。蓬萊宮中人不知，咸陽陌上長相憶。壓去鎬池狐火紅，璽歸軹道魚燈黑。莫愁徐福不還家，五百童女顏如花。別向魚龍起朝市，還將麟鳳藝桑麻。茫茫雲海泛仙槎，劉項風塵未有涯。翻憐黃綺無長策，空向商山老歲華。

【考證】案是詩，疑爲徐闇公而作。通鑑輯覽：「順治二年閏六月，唐王聿鍵以張肯堂爲吏部尚書。八月，肯堂請出募舟師，由海道抵江南倡義侶。而聿鍵由仙霞趨浙東與相聲援。乃加肯堂少保，給敕印便宜從事。擢文選郎中朱永祐爲吏部右侍郎，福州推官徐孚遠爲兵科給事中從行。二人皆肯堂里人也。鄭芝龍懷異心，陰沮之，不成行。」蓋闇公是時從王于閩，故望其建樹奇勳耳。首四語冒建國東南，猶日之升于海嶠也。「壓去」「璽歸」，追憶福藩降于蕪湖之事；黃綺商山，黃門自謂。續年譜云：「先生以歸國之志未遂，至廢寢興。」詩或作於是時歟？

杜鵑行

巫山窈窕青雲端，葛藟蔓蔓春風寒。幽泉潺湲叩哀玉，碧花飛落紅錦湍。鼪鼯騰烟烏啄木，江妃嬋媛倚修竹。蔭松藉草香杜蘅，浩歌長嘯傷春目。杜宇一聲裂石文，仰天啼血染白雲。榮柯芳樹多變色，百鳥哀噪求其羣。莫將萬事窮神理，雀蛤鳩鷹遞悲喜。當日金堂玉几人，羽毛摧剝空山裏。魚鳧蠶令幾歲年，臥龍躍馬俱茫然。惟應攜手陽臺女，楚壁淋漓一問天。

【考證】案是詩，或云指崇禎十七年三月，張獻忠陷重慶，害瑞王常浩，順治二年八月，張獻忠陷成都，蜀王至澍自沈于井之事。然明季諸王被殺者甚多，不應專指蜀事，則疑爲魯王而作，蓋借杜鵑以致其故君之思耳。通鑑輯覽：「順治三年六月，大兵入紹興，魯王以海至台州航海走，命張國維防遏四邑，圖後舉。國維還守東陽，知勢不可支，赴水死。兵部尚書余煌赴水，舟人拯之，居二日復投深處，乃死。大理少卿陳潛夫走山陰化龍橋，偕妻妾赴水死。職方主事高岱偕其子朗躍入海死。禮部侍郎陳函輝從以海航海，已而相失，哭入雲峯山投水死。兵部主事葉汝恆與妻同死。以海至石浦，定西侯張名振從之。至舟山，守將黃斌卿不納，乃浮海至廈門，遂走南澳。」詩中所云羽毛摧剝，啼血空山，揆之情事，正復相似。而諸臣之流離奔竄，殉難捐軀，殆所謂哀噪求其羣者耶！

怨詩行

九江倒影揚素波，洞庭微風鳴白鼉。文貍赤鯉迎湘娥，翠竹泠泠蒙女蘿。重華一去不復還，愁雲萬古蒼梧山。五臣八愷竟誰在？空令帝子凋朱顏。凋朱顏，墮綠水，不見軒轅神鼎成，黃金如山映天紫。日月光華閶闔開，飛龍半負嬋娟子。玉笙杳渺流雕雲，升天入地皆隨君。小臣徒望青冥哭，天路茫茫竟不聞。

【考證】案是詩，疑爲唐藩曾妃而作。通鑑輯覽：「順治二年閏六月，唐王聿鍵稱號于福州。十月，妃曾氏至福州。妃警敏，頗知書，每羣臣奏事，妃于屏後聽之，共決進止，聿鍵頗嚴憚焉。三年八月，聿鍵與妃俱就執，妃至九瀧投于水。」詩中「墮綠水」云云，正謂是也。唐王初封南陽王，唐即南陽府屬邑。爲春秋楚地，故詩詞多援引離騷。時政歸鄭氏，黄道周既以募兵殉國，而何楷、劉宗藻輩，皆以忤芝龍去位，故有「五臣八愷竟誰在」之語。福州既下，如給事中熊緯、總兵官胡上琛、禮部尚書曹能始、通政使馬思理等皆從死，故以軒轅之騎龍上升，羣臣後宮從上者七十餘人爲喻，而自比于小臣之攀髯號慟歟？

枯魚過河泣

滄江老翁倚竿立，清晨舉網白魚入。吳姬素手霜刃寒，錦鱗錯落黄金盤。盤中雲氣徒五色，須臾旨酒調椒蘭。魂魄飛沈隔河水，云是東溟赤龍子。九江元龜亦被收，紛紛見夢誰爲理。胡僧咒海海欲枯，蕭家大鳥來蓬壺。珠宮貝闕盡傾倒，誰言可豢不可屠。寄語羣龍莫輕見，大澤深山任舒卷。三春雲雨出岱宗，青天爲爾生雷電。

【考證】案是詩，似痛悼唐藩汀州之難，而并傷楊、萬兩公也。通鑑輯覽：「順治二年十二月，楊廷麟請唐王聿鍵出江右，何騰蛟請出湖南，浙中諸將請出衢州。蘇觀生以事權悉爲鄭氏所握，請聿鍵出贛州。三年二月，聿鍵決意入贛，鄭芝龍令軍民遮道呼號，聿鍵不得行，遂駐延平。八月，仙霞關敗問至，聿鍵自延平倉卒出走，抵順昌，聞追兵且至，騎而奔，數日至汀州。大兵奄至，從官奔散，聿鍵就執，死於福州。十月，大兵克贛州，故明總督萬元吉、兵部尚書兼東閣大學士楊廷麟，皆投水死。」詩中「龍子」，疑指唐王，而「九江元龜」，則謂廷麟、元吉，蓋廷麟清江人，元吉南昌人，地皆屬江西也。時魯王浮海至廈門，走南澳，倖而獲免，故有「大澤深山」之句。「岱宗雲雨」，困而得亨，其即少陵「哀哉王孫愼弗疎，五陵佳氣無時無」之意歟？或謂順治三年十一月，桂王由榔稱號於肇慶，唐王聿鐭稱號於廣州，日尋干戈，自相攻伐，恐其爲鷸蚌之爭，故有「寄語羣龍」二語，「岱宗雲雨」，則指魯王也。

猛虎行

我欲乘鯉如琴高，長鯨鑿齒橫波濤。我欲登山友麋鹿，猛虎嚙人無賢豪。黃茅苦竹連平麓，白項老烏啼古木。雲昏月淡客獨行，淒風颯颯吹陰谷。妖倀躑躅何太愚？常與寇仇爲前驅。道旁獵夫好身手，大黃夏服空躊躇。泰山之陰非樂土，牛哀七日亦何苦。咆哮不肯居山林，騰躍還來坐公府。君不見漢帝誇胡獵火紅，隴西飛將彎長弓。隴西飛將何足雄，楊家自苦毛間蟲。隋文帝語。

易水歌

趙北燕南之古道，水流湯湯沙皓皓。送君迢遙西入秦，天風蕭條吹白草。車騎衣冠滿路旁，驪駒一唱心茫茫。手持玉觴不能飲，羽聲颯沓飛清霜。白虹照天光未滅，七尺屏風袖將絕。督亢圖中不殺人，咸陽殿上空流血。可憐六合歸一家，美人鐘鼓如雲霞。慶卿成塵漸離死，異日還逢博浪沙。【案】此詩似專詠古，或云：爲左轟石奉使求成而作。

月夜遊劍池作

【考證】虎阜志：「劍池，闔廬葬其下，以扁諸、魚腸等劍各三千殉焉，故以劍名池。」

客子常畏人，潛行採薇蕨。中宵攬衣愁不眠，杖藜聊窺石上月。夾道微茫古木平，四障蒼崖起碧城。幽巖一曲秋花明，露珠淅瀝莎雞鳴。恍如澄波浸寒玉，白雲片片吹蓬瀛。石門絕壁攀星斗，百尺清潭月當午。藤蘿尚翳太古文，金花空濛雜烟雨。繩橋飛磴赤欄干，轆轤宛轉素綆寒。鐘漏搖搖發水底，潛虬偃蹇生迴瀾。白虎不來月皓皓，三千劍氣沈埋早。水犀長鬣已成塵，玉雁金凫空宿草。五湖秋水光映天，樓臺如夢夜如年。離鴻別燕滿天地，登高四顧心茫然。安得東峯度笙鶴，揮手遂拍洪崖肩。君不見館娃宮裏人如玉，豔舞嬌歌歡未足。金屏一笑花競開，蝴蝶滿園芳草綠。此事風流照千古，只今慘淡空山曲。伍相一怒濤連山，何不傾蕩搖天闕？爲我洗兵青海灣，還君花月開朱顔。昔辭承明殿，沈冥事荒宴。身披五銖衣，手持白團扇。笑擁紅妝歌采菱，參横斗轉長相見。羣僊澒洞作風塵，綺閣雕欄愁殺人。王珣宅畔無珠履，紫玉墳邊絶錦茵。朝隱短垣暮荒壠，避世牆東何足重。作客應呼范蠡船，還家先掘顧榮冢。

【考證】案詩中「水犀長鬣」句，似慨師徒之喪敗；「玉雁金鳧」句，似傷陵寢之荒涼。「館娃宮裏」云云，蓋追歎福藩之淫戲自絶，而不忍明言，故寄慨于古人也。其思伍相，殆猶前九日虎丘詩中之思江左英雄歟？

平陵東

炎精中燼妖彗紅，平陵松柏生秋風。四十萬人頌符命，巨君卻在層城宮。東郡太守建旗鼓，排山動地連關輔。五威國將紛東馳，大誥金縢亦何補？洿宫薦棘雖無成，天下始知稱漢兵。不逢時會豈失策，猶與宛雒開先聲。斗柄横斜漸臺蹙，白水眞人坐黄屋。逢萌束帛卓茂封，義公碧血無人哭。男兒何必上雲臺，千古徒悲兩黄鵠。

【考證】案是詩詠漢翟義事，疑爲沈忠烈、李忠節諸公而作。通鑑輯覽：「順治二年八月，大兵克松江。先是南京既亡，列城俱下，而州縣多聚兵自保者。松江在籍兵部右侍郎兩廣總督沈猶龍，偕中書舍人李待問、羅源知縣章簡，募壯士數千人守城。會吳淞總兵官吳志葵自海入江，結水寨於泖湖，總兵官黄蜚擁千艘自無錫至。猶龍聯絡二帥，而參將侯承祖守金山衞，遥相應援。大兵進取松江，志葵、蜚敗於春申浦。城遂被圍，未幾而破。猶龍中矢死，待問守東門，閽守南門，俱見執，死之。」考年譜，松江起兵，黄門實奔走戎索，事在乙酉之閏六月。時未聞浙、閩監國之信，故有「宛、雒先聲」之語，聯絡二帥與承祖遥應，殆所謂「排山動地連關轄」歟？

隴頭吟

隴坂沼遥天咫尺，隴樹微茫映沙石。隴頭流水聲潺湲，隴上明星照行客。哀湍古道危陂陀，西入洮河東渭河。夜發虎符屯枹罕，晨持龍節過朝那。旌竿半壓天山雪，百尺層冰馬蹄折。亂醮駝酥不醉人，三襲狐裘冷如鐵。莫説營平老種田，班生白首未歸年。羌笛紛紛花落盡，春風終不到祁連。

冰池篇

朔風吹落定昆池，一夜霜摧瓊樹枝。初擬鮫人開縞練，還如龍闕起琉璃。紫鱗黛甲苔文綠，屬玉森寒花底宿。冷氣先侵雲母屏，清光欲透黄金屋。金屋雲屏不覺寒，美人妝罷倚欄干。玉梁倒影還棲鶴，石鏡分光半舞鸞。倉琅屈戍葳蕤鎖，月色盈庭香滿坐。龍腦重添五藴湯，蘭膏再續九微火。別有深閨冷玉顏，可憐夫壻出陽關。篋中獨貯鴛鴦錦，塞上相思龍雀環。皓皓層冰結瑤草，珊瑚凍折銀瓶杳。畢網曾無雙鯉魚，寄書空憶三青鳥。曉對金塘斂翠眉，紛紛紅淚滴臙脂。明年依舊成春水，流到君前君不知。

【考證】案是詩之作，應在乙酉之冬。通鑑輯覽：「順治二年六月，故明兵部尚書張國維等，以魯王以海稱監國於紹興。閏六月，故明禮部尚書黄道周等，以唐王聿鍵稱號於福州。」考道周爲黄門之師，而國維與兵部尚書余煌及閩之吏部尚書張肯堂等皆黄門平日道義之交也。詩中所云「美人」，其或指此。「深閨玉顏」，其黄門自謂歟？首言「瓊樹霜摧」，疑指南都之喪。「重添五藴，再續九微」，蓋死灰復然意也。末言己亦將跋涉從之，以明從一而終之志。續年譜云：「冬春之交，閩浙之命，間從海舶而至。」玩「雙魚」「三鳥」云云，其或在尺素未通之時歟？

貧交行

羣龍戰野風雲盡，攀鱗附翼常相引。劉公本藉東海貲，周郎亦指臨淮囷。慷慨空餘一片心，經年落魄任浮沈。縱横無計酬白璧，英雄締構須黄金。君不見繩樞蓬戶軹深里，夷門老人貧莫比。家無擔石凌萬夫，義重丘山輕一死。結納還論意氣奇，感恩何用錢刀爲？古來爭說原陵客，世上悠悠程卓兒。

【考證】案是詩，乃自傷其貧不能濟當世之用也。夢囈集：「順治二年六月，蘇州既下，大兵進取松江。沈雲升猶龍、吳昇階志葵等倡義守城，募兵乏餉，雲升出家資五千金助之。」先生雖慷慨從事，而家貧無措，郡中富家大室，又莫有應者。秋日雜感詩中有「八廚舊侶誰奔走」之句，蓋亦同此慨也。

怨歌行

商顏芝草不足採，首陽薇蕨方彫枯。有酒惟應召屠狗，無米安敢輕侏儒。青天欲沒燭龍死，男兒失意無時無。金鏡珠囊盡傾倒，鸞文虎變今何愚？天門迢遙不可扣，風雲爲我昏淸晝。沐日浴月久無人，擊鼓投壺常邂逅。歸期未見白烏頭，醉裏時聞蒭鶉首。六鼇已呑龍伯鉤，九閽空守開明獸。問爾微物同塵埃，何爲慷慨令心哀？君不見豐碑初立瑯琊臺，東井聯珠殊未來。監門已受小吏責，惡少何識王孫才？一朝騰驤勢莫測，平齊下趙如風雷。又不見威斗方持建章殿，四七之期龍又戰。牧羊隴漠一作頭。豈見奇？販馬漁陽何足羨。開拓三巴最有名，遨遊二帝追英彥。但知勢去作庸人，豈識時乎會當變。昨夜天吹廣莫風，海水凍立扶桑東。傾河決溜哭無益，且將萬事隨飛蓬。錦衣繡袷胡青驄，翠扇一作眉。粉壓一作黶。桃花紅。牛背讀書馬上飲，冬春射獵南山中。

種柳篇

日月逝矣心飄遙，冰霜滿眼風蕭條。野夫吞聲披短褐，天寒野曠隨漁樵。終朝慘淡柴門下，有時拾橡還山椒。手砍柳枝作柳樹，何年送爾干青霄？長安城外春風起，高梁橋頭玉泉水。萬縷常垂繡轂旁，千條盡拂朱門裏。鳳舸龍舟人似雲，緹城錦幔山如綺。當年種樹屬何人？歲歲看花常在此。予時婉孌金門遊，走馬章臺百不憂。三枝戲折靈和殿，帶露籠烟拂御溝。黄鶯紫燕無消息，故國三年成古丘。金莖玉樹生秋草，桂苑蘭臺色如槁。三戶飄零僅寡妻，五陵遊冶無年少。長條短葉日悠悠，飛絮浮萍空渺渺。比來屏跡北山阿，門外毿毿綠漸多。彭澤漫能稱傲吏，一作士。陽關無一作何。處寄悲歌。起看庭樹一婆娑，歎息年華奈若何！何日金城重見爾，攀枝流涕問山河？

【考證】案此篇因種柳而追憶長安舊遊也。蓋柳之爲物，横種亦生，倒種亦生，態弱花狂，無往不可，以比當世之隨時變遷者，故有「長條短葉」、「飛絮浮萍」之句。結處與陶詩「枝條始欲茂，忽值山河改」同意。

歲晏倣子美同谷七歌

西京遺老江南客，大澤行吟頭欲白。北風烈烈傾地維，歲晏天寒摧羽翮，陽春白日不相照，剖心墮地無人惜。嗚呼一歌兮聲徹雲，仰視穹蒼如不聞！

【考證】案是詩，惜南都之不用忠言也。先生身爲前朝給諫，自聞南都不守，即避地泖濱，故以遺老自居，比于屈子之行吟澤畔也。而自述年譜云：「予在言路五十日，章無慮三十餘上，當時無有聽之者。」此致慨于「白日之不相照」，雖「剖心墮地」，亦復何益哉！

短衣皁帽依荒草，賣餅吹簫雜傭保。罔兩相隨不識人，豺狼塞道心如擣。舉世茫茫將愬誰？男兒捐生苦不早。嗚呼二歌兮血淚紅，煌煌大明生白虹。

【考證】案是詩，傷避地之無所適從也。續年譜云：「順治二年八月，先生在陶莊之水月菴，託爲浮屠僧，九月攜家武塘，十一月移居于禾中之徐灘。嘗曰：『茫茫天地，將安之乎？惟有營葬大母，歸死先隴耳。』」蓋是時，越、閩失守，轉自悔捐生之不早矣。

欃槍下掃黃金臺，率土攀號龍馭哀。黃旗紫蓋色黯淡，□陽之禍何痛哉！赤墀侍臣慚戴履，偷生苟活同輿儓。嗚呼三歌兮反乎覆，女魃跳梁鬼夜哭。

【考證】案是詩，傷兩京之淪喪也。通鑑輯覽：「崇禎十七年三月，京師陷，帝崩于煤山。順治二年五月，大兵至蕪湖，福王由崧降，明亡。」

嗟我飄零悲孤根，早失怙恃稱愍孫。棄官未盡一日養，扶攜奄忽傷旅魂。柏塗槿原晤冰雪，淚枯宿莽心煩寃。嗚呼四歌兮動行路，朔風吹人白日暮。

【考證】案是詩，傷高太安人之沒也。年譜：「先生方五歲，母韓宜人卒，太安人憐而育之。顧復過于所生。先生自幼依太安人居，通籍後，以親年日衰，意欲絶仕宦，供菽水，太安人勉以大義，乃就職。崇禎末，上疏乞身。福王監國，遂陳情終養。丙戌三月，太安人卒于徐灘，十一月歸葬富林。先生報劉之念，有不能無憾者耳！」

黑雲隤頽南箕滅，鍾陵碧染銅山血。殉國何妨死都市，烏鳶螻蟻何分别？夏門秉鑕是何人？安敢伸眉論名節。嗚呼五歌兮愁夜猿，九巫何處招君魂！

【考證】案是詩，哀黄石齋也。通鑑輯覽：「順治二年七月，唐王聿鍵遣其大學士黄道周以兵出江西。十二月，道周進至婺源，遇大清兵，戰敗見執。至江寧，幽别室中，聞當刑，書絶命詞衣帶間。過東華門，坐不起，曰：『此與高皇帝陵寢近，可死矣。』監刑者從之。」詩中死都市云云，正謂是也。鍾山，孝陵所在。銅山，石齋讀書處。

瓊琚縞帶貽所歡，予爲蕙兮子作蘭。黄輿欲裂九鼎沒，彭咸浩浩湘水寒。我獨何爲化蕭艾，拊膺頓足摧心肝。嗚呼六歌兮歌哽咽，蛟龍流離海波竭！

【考證】案是詩，哀夏考功也。明史本傳：「南都失，允彝自投深淵以死。」黄門報夏考功書云：「足下臨沒，移書於僕。勉以棄家全身，庶幾得一當，今荏苒數月矣。上之不能伏歐刀，赴清流，速自引決；次之不能走閩、越，奔滇、蜀，以幾幸宗廟之復血食；下之不能客遊下邳，結納倉海，持長挾短，以懷縱横之計。而乃竄處菰蘆之下，栖伏枋榆之間，往來緇羽，混跡屠沽，若全無肺腑者，僕即大不肖，靦然面目如禽獸焉，而異日固有一死，其何以見足下！」詩云「我獨何爲化蕭艾」，正此意也。

生平慷慨追賢豪，垂頭屏氣棲蓬蒿。固知殺身良不易，報韓復楚心徒勞。百年奄忽竟同盡，可憐七尺如鴻毛。嗚呼七歌兮歌不息，青天爲我無顏色！

【考證】案是詩，痛知交之相繼殉國，而自述其志也。社事本末：「諸君子以身殉國者，史道鄰可法、何愨人剛，守揚州死。侯豫瞻峒曾、黃蘊生淳耀，守嘉定死。沈雲升猶龍、李存我待問，守松江死。徐勿齋汧、楊維斗廷樞，於蘇州破日死。夏瑗公允彝于松江破日死。」追至紹興、福州之難，諸賢先後授命，而平昔交遊幾盡矣！乃知「報韓復楚」，此志徒勞，而自愧一死之輕于鴻毛耳。

上元行

條風香霧啓皇州，寶炬星橋直御溝。霞斂纖阿升碧海，雲開珠斗掛瓊樓。沈沈大道流金犢，隱隱周廬聽玉虬。戚里爭誇絲步障，妖童多著紫綈裘。錦屏繡幕遙相向，綠柳青槐夾道上。芙蓉闕下已傳餐，翡翠樓前初放仗。火照千門散舞衣，月明三市聞歌唱。綵綴金支白鳳膏，光分芸閣青藜杖。俠客腰間玉鹿盧，胡商坐上錦氍毹。鴨綠木難銜鳳觜，鴉青靺鞨藉龍鬚。海人槎表星河路，漢帝池中烽火樹。五枝碧玉紫烟高，百寶流蘇朱網護。金鳳雙飛雲母車，銅烏不動相風斜。琉璃自隔九微火，菡萏重開四照花。玳瑁雕梁紅蕚小，茱萸黼帳丹螢曉。綺羅成霧影徘徊，簫管流雲聲縹緲。列邸開筵衆樂分，諸郎休沐盡相聞。連鑣金市人如玉，試馬銅街氣入雲。期門新給張公子，驃褭常隨霍冠軍。紅羅陌上迎秦氏，綠幘堦前謁董君。北里宜春矜此日，青娥綏夜開璇室。玉釵曾掛楚臣冠，銀甲工彈趙女瑟。鸚鵡杯傳微暈輕，蛟龍被解生香密。明光百尺錦纏頭，馥郁雙花金屈膝。此時漢主五雲端，翠裘蒼珮整和鑾。侍臣初下承華殿，天子親祠太乙壇。龍燭六鼇飛觀閣，蚖燈九鳳集琅玕。廣庭角觝陳三部，甲帳回翔舞七盤。昭容紫袖收金鴨，宮監花簪左貂壓。密錟千行晝戟開，上樽百斛黃封押。御廚仙液日紛馳，相府華筵拜賜時。上賓獨重樓君舌，家妓新傳京兆眉。睚眦不避誅翁伯，杯酒偏能殺魏其。玄菟將軍供鼶尾，朱鳶計吏上冰絲。自謂千秋豪貴擅，誰知倏忽山河變。咸陽金狄露生寒，洛邑一作水。銅駝草中見。□□□□柳市遊，□□□□蘭臺宴。火城夜靜落三星，月殿春歸歎一作笑。雙燕。棄繻挾一作仗。策走秦川，曾得君王顧盼憐。東省舊臣青鎖闥，西京遺事白頭年。相如漫作宜春賦，王粲空餘灞岸篇。惟有青門種瓜叟，朝朝哭望五陵烟。

飲徐文在山亭

【考證】青浦縣志：「西佘草堂，徐景曾別業。中有皆山閣。」宋徵輿序景曾詩集云：「徐子文在，卜居西佘峯之陽，無他嗜好，惟作詩以自娛，其詩甚富。」【案】徐景曾，字文在，華亭人，金山衞學生，入太學。文貞公階曾孫，居文貞別業西佘山莊。

君家碧雲裏，彷彿玉山岑。霽雪峨峨照春海，輕風裊裊吹芳林。我攜衆賓意傾寫，解衣岸幘青松下。謝公雖少如花人，嵇生本是餐霞者。錦樹青軒次第開，晴雲縹緲出樓臺。千樹飛花搖綺席，雙峯積翠映行杯。銀燭沈沈飲君酒，爽氣高談驚戶牖。半酣長嘯歸去來，明月忽然滿楊柳。相約春深桃李時，與君花下重攜手。【案】文在本故相之後，先生又身遭世變，詩中絕無感慨意，似非乙酉以後所作，編次疑誤。

明妃篇

范史南匈奴傳：「昭君以良家子，選入掖庭，數歲不得見御，積怨悲怨，乃請掖庭令求行。」故本其意成篇。

絕代良家十五餘，掖庭待詔上椒除。三春花落收金鑰，五夜燈微望玉輿。竟寧年中賓北國，詔選才人歸絕域。胡兒已失燕支山，漢家何惜傾城色。明妃慷慨自請行，一代紅顏一擲輕。薄命不曾陪鳳輦，嬌姿還欲擅龍城。詔賜臨行建章宴，顧影徘徊光漢殿。單于親御六萌車，侍女猶遮九華扇。一曲琵琶馬上悲，紫臺青海日淒其。當年應悔輕相棄，深愧君王殺畫師。【案】是詩似爲當時之不得志者而作，故借明妃言之。言女不可以不見御而易其心，猶士不可以不見知而變其節也。

陳子龍詩集卷十一

五言律詩一

春望

春深天意靜，草滿碧無聲。野濶烟難並，山濃雨易成。火應殘海國，花反綴江城。掩抑傷心細，吳農且放耕。

對鶯

啼魂時隱豔，軟語待春催。麗曲温香裹，美人烟霧臺。雨深花幕病，日弄柳衙詼。造次憐看汝，遊絲可自媒。

江南贈別

自古相思地，離筵意渺然。雨深南國暮，雲滿北征年。寇盜悲横野，蛟龍喜浴川。時艱更行役，大抵急幽燕。

病鸚鵡

久爲簾幕客，心性學吳姬。同悴風前伴，相思隴外知。多言老更甚，解夢病增疑。莫厭樊籠困，春鷹不敢窺。

早春

嫩寒猶傍雨，鶯弄促芳春。香洗憐梅婢，波清落雁臣。山光開小羽，雷勢發羣鱗。空野烟雲薄，迢迢倍損神。

曉

空光雲外至，淡灩散林烏。殘月初回夢，幽花漸入圖。乍明羞障幕，先暖照笙竽。行樂如昏旦，華年不可俱。

燕巢

海濱羈旅客，幸託畫粱宜。養子仍能穩，汚泥不在卑。知兵營暗壘，識向避非時。莫恨秋風蟄，華堂今正危。

楊梅

盤餐媚朝日，五月豔新姿。絳雪寒清幄，明星綴曉枝。禮無原廟薦，驛少後宮馳。分餉江湖士，流紅染越絲。

送密之歸皖桐

【考證】江南通志：「皖，今安慶府。桐，今隸安慶府之桐城縣。」

君歸秋色盡，落葉九江哀。宿雁依寒水，潛蛟避古臺。衍餘圖馬在，機及木牛來。密之衍易解，作木牛。霜月橫吳楚，清光送客杯。

送杜冏思省親溫州

【考證】復社姓氏錄：「金山衞杜騏徵，字冏思。」【案】冏思，方伯喬林次子，時方伯分巡溫處。

小舫逐烟姿，君行知有思。涉江神女賽，度嶺石門詩。明月夜深緩，陰峯暑到遲。聚歡應好夢，我意欲相期。

聖期別業即景 三首

晨光風渚淡，首夏濯羣妍。遠浦估船泊，高林梵鼓傳。岸香藤覆水，墓濕草深烟。盡日荒郊路，江流同去年。

雨淡海棠外，春深弄小紅。猶殘花夢後，已入夏雲中。深隴常藏雉，淸江欲下虹。農家早收麥，官吏曉年豐。

虛室河干靜，青苔深淺同。漁蠻絲網月，龍女繡幡風。麥秀歌村老，蓬辛泣小蟲。避愁無地好，踏徑瞑梵宮。

行樂詞 十首

小少通輕俠，家門事事宜。初成巫雨賦，新聘茂陵姬。玉盌分長樂，珊鞭貢月氏。青樓隨意入，不信有相思。

高樓臨曲沼，朱檻動波濤。別院空歌舞，中堂列羽旄。難忘三婦豔，早結五陵豪。夜飲何能倦，深寒解玉絛。

珠簾花正豔，春夢入葳蕤。碧玉籠嬌鳥，沈香浴小姬。早冠迎劍客，晝飲試箏師。日暮歸何處？銀燈楊柳絲。

池館新成列，來尋舊酒徒。水嬉開曼衍，春倦借樗蒱。宮樣監奴舞，戎裝燕女扶。自矜能任俠，有客履明珠。

誰家好男子？甲第五侯中。世爵當橫玉，先朝有賜銅。雀屏秦鏡碧，鳳枕漢環紅。猶恨難爲宿，長歌教小童。

清麗仍儒雅，風流不負身。性能通樂府，名早廁騷人。小史匀箋膩，青娥搗藥新。詩成花幕下，燈火晚留賓。

待月樓頭宴，霜飛龍腦塵。賜釵雙翡翠，壓袖小麒麟。閉幕矜歌妓，持金看浴人。温柔兼激宕，意氣往來新。

出獵平郊道，紅妝隊隊霞。探丸望楊柳，踏鐙理琵琶。佐酒龜茲樂，傳圍大宛騧。醉嬌聯騎去，油壁晚還家。

春江妙含雨，錦纜濯烟姿。繞岸聲歌合，沿溪香粉遺。佳人沈玉珥，神女獻金支。彷彿陳王事，年華不可衰。

未極人間樂，寧知眞有焉。碧雲扶殿閣，素月館嬋娟。穆滿旌旗日，劉郎陵墓年。若云天上好，何不遂神仙？

舟涸

舟影清虛斷，秋炎日夕加。幽燕傳厭雨，江澥反霾沙。越女擔鹽橫，村童堰水譁。憂虞萬端在，行旅莫長嗟。

偕諸公集盛氏

俗士久不遇，雅人天下稀。文章矜意重，遊戲壯心違。塞北聞兵聚，城南見鳥飛。諸公無寂寞，日月未全非。

偕萬年少李舒章宿陳眉公先生山房　二首

【考證】松江府志：「東佘，故郡僻壤，繼儒爲洗巖疏壑，植榆柳，構亭榭，茶鐺藥臼，左圖右史，躡者比華陽洞府。」

與客俱好靜，夕陽水上寒。遂緣晚山下，頗歷幽人端。烏鵲振風起，松杉入照殘。夜深更語笑，明月畏相看。

連袂上雲岫，寒心各自知。預營高士墓，乃築仙人祠。時先生方營生壙，築呂仙祠於其旁。江海鳥飛內，冰霜月起時。幽幽林木下，浩蕩不能思。

除夕

城中百萬戶，繞繞管絃前。風俗隨鄉古，烟花隔歲姸。未應悲白髮，能不怨芳年。明日春光滿，經過劇可憐。

雜詩　四首

豈愁春易暮，天地日崎嶇。不待驪鳴馬，相將祀野狐。邊關分禁闥，臺閣畏江湖。受諫何年事？臨風意轉孤。

【考證】通鑑輯覽：「崇禎六年，春正月，命曹文詔節制山、陝諸將討賊。二月，流賊犯畿南、河北，詔遣總兵倪寵、王樸率京營兵赴河南，而以中官楊進朝、盧九德等監諸將軍，命曹文詔自山西移師會討。」又：「六月，溫體仁欲起逆案王之臣，帝以之臣問延儒，對曰：『用之臣亦可雪崔呈秀矣。』體仁大恨。會延儒所用巡撫孫元化復陷登州，于是言路交章劾延儒，併謂其受巨盜神一魁賄。體仁復嗾給事中陳贊化劾延儒昵武弁李元功，招搖罔利，帝下元功詔獄窮治。延儒大窘，引疾歸。」

彈射非今日，逢迎自昔長。烏臺傷諫草，鳳閣愧飛章。還詔虛風節，聯辭謝紀綱。可憐湖海士，無力奏明光！

【考證】案此首指王應熊。通鑑輯覽：「崇禎六年十一月，以王應熊爲東閣大學士。應熊善迎帝意，蒙眷最深。屢爲言路所劾，至是以溫體仁力援，入參機務。」詳見五言古雜詩註。

干戈生日夜，不見奏金鐃。霧塞已三晉，風淸僅二崤。豈應天雨粟，徒兆鳥焚巢。尊貴仍槐棘，悲愁自草茅。

【考證】通鑑輯覽：「五年九月，流賊連陷山西州縣。部議令宣大總督張宗衡駐平陽，巡撫許鼎臣駐汾州，分地守禦。賊乘間入據磨盤山，分其衆爲三。闖正虎據交城，窺太原。邢紅狼、上天龍據吳城，窺汾州。紫金梁、張獻忠，突沁州、武鄉，陷遼州。」又：「五年八月，總兵官曹文詔等連敗賊于平涼、慶陽。賊可天飛、郝臨菴、獨行狼、李都司等，連兵圍合水。文詔往救，大敗之。越日，復破賊于甘泉之虎兕凹。會總督洪承疇師次平涼，擊斬可天飛、李都司，其黨殺獨行狼、郝臨菴以降，餘皆散遣，關中巨寇略盡。」

河北飛蛾盛，山東困獸張。長圍開一面，夾擊委三方。虎節神於電，龍章薄似霜。洛中邊使斷，貴粟未空囊。

【考證】通鑑輯覽：「崇禎六年二月，流賊犯河北。副將左良玉與賊戰武安，良玉大敗。河北三府所屬縣，焚刼殆遍。」又：「六年二月，官軍復登州。登州城三面距山，一面距海。其北有水城，與大城相接。開水門以通海舶，賊恃此可走，故不下。及被圍久，李九成出城搏戰，官軍馘之于陣。賊渠五，已殲其二，氣大沮。孔有德載子女財帛先出海，耿仲明以單舸繼之，皆遁。」

酬皖城孫生【案】孫生名臨，字克咸，桐城人。註見七言古。

遙思江外地，名士有芬芳。結客滿天下，移書此一方。妖蛟潛漢帝，麗女屬孫郎。彷佛英雄事，君懷不可忘。

【考證】案題名碑錄：「萬曆丙辰進士阮大鋮，安慶府桐城籍。」時大鋮以奄黨被黜家居，則「妖蛟」句應指大鋮。又案：尤侗宫闈小名錄：「葛嫩，金陵妓，歸孫臨。監軍被執，嫩駡賊死。」則「麗女」句應指葛嫩也。

欲偕舒章遊金陵不果各賦詩十首

自隔金陵道，今來第四秋。星辰羅帝闕，龍虎抱江樓。氣象年年大，登臨處處愁。風流如晉代，無夢到西洲。

區中仍故宅，不復寓荆揚。襟帶疑清渭，規圖似洛陽。御街營細柳，廟貌近長楊。嘆息西京老，柴門對未央。

憶出東華省，鍾山謁祕宫。熊羆依日月，弓劍化崆峒。陵戶松杉下，羣臣圖畫中。不逢高帝世，深愧事雕蟲。

更憶鷄鳴埭，勳庸王者姿。河山荒國邑，烟雨剝旌旗。不見征誅事，惟看明盛時。中原誰可問？六代令人悲。

佳麗江南日，清流偃大航。柳枝披市屋，蓮子繞宮墻。積翠迷飛閣，眞珠拾畫檣。更經三女廟，明月夜焚香。

城北清涼寺，前朝避暑遊。藤蘿水上覆，鼯鼠谷中秋。處處迎盧女，家家祀蔣侯。應憐烟草地，不見景陽樓。

側足興王地，傷心霸業衰。化龍終寂寞，射雉已迷離。月冷貴妃井，風寒太子池。何年憑弔盡？江水不知悲。

昔人多曠遠，今日更繁華。東府諸王宅，含章公主家。月中望楊柳，天際弄琵琶。亡國尋常事，非關玉樹花。

清心憐顧婦，水曲弄明珠。迎女慚桃葉，無郎唱小姑。淺烟雙槳動，帶月半窗扶。莫恨情人少，千秋愁未殊。有感也。

昔共同門友，寂寥江表姿。豪華羊侃伎，風調謝公姬。晉代詞人歇，吾家狎客衰。此方愁絕地，何許更傷離？憶周、徐諸子。

【附錄】李雯詩：「十年空抱膝，搔首望金陵。月照宮牆冷，龍來江水騰。綠菰波上出，紫霧雨中興。才子多同調，臨秋有所憑。」「高帝龍飛後，南徐不作關。六朝增王氣，五嶽拜鍾山。玉甲吟朱匣，金蜿響碧鐶。焚香宮廟使，端拱拭塵顏。」「曾聞南國麗，萬雉列青霞。雲出牛頭壯，風迴燕子斜。江淸烏榜樹，鼓散石城鴉。日暮長干路，翩翩油碧車。」「白鷺羣飛外，江雲何所之。琵琶憶王儉，長笛想桓伊。散客烏衣巷，招涼靑骨祠。此中行樂處，何異是南皮。」「諸將從龍彥，雲臺會冕纓。千秋勞戰伐，一代肅高淸。神馬朝幽闕，靈旗護紫京。書生良有意，長揖負平生。」「碧瓦通雲氣，淸江接芰荷。由來佳麗寺，獨向秣陵多。叔夜悲安在，子荆樓可過。南朝射雉處，好著虎皮韡。」「今日淒涼寺，嘗爲結綺樓。麗華空自死，江令不曾羞。麝粉香仍薄，胭脂水不流。當年歌舞散，不獨景陽秋。」「淮水穿中城，宮城燕雀湖。櫻桃聞薦寢，鳧鴈集明廬。鴛瓦人間出，銅龍尾後濡。聖朝興業地，會欲賦南都。」「男兒仗意氣，屢欲問英雄。聞說奇材客，能容游俠風。要人看寶劍，親自製雕弓。此日不相識，羞稱壯士中。」「文事歸江表，白門羅上才。含毫睨楚岸，飛藻寫吳臺。海氣羣龍見，城樓雙鷺來。秋砧警雨後，余獨苦蒿萊。」

十四晚見閻公從金陵歸感賦　二首

不有開淸廟，難施萬石鐘。叩牛歌甯戚，非馬辨孫龍。餘子才無敵，諸公禮自恭。明時多意氣，爲爾訪芙蓉。

我交多泛愛，如爾更淵然。高密難爲客，南州誰見賢？諸儒推嶽嶽，弟子誚便便。各有千秋在，揚家今尚玄。

秋風 二首

白日空庭過，秋原倚大荒。風吹蓮粉黑，雲帶雁翎黄。海上烽烟重，江南感慨長。壯心馳薊北，匹馬掃□霜。

各有雄心在，秋風兩不平。稻黄天暝暝，桂白月盈盈。虎嘯千秋動，鷹盤百鳥輕。少年方擊楫，未敢問蓴羹。

塞下曲 六首

落日緣邊去，雲沙相對黄。傳烽近星斗，徙帳逐牛羊。姑衍將軍禪，河源校尉詳。莫愁殘虜在，有策斷西羌。

千里鳴哀角，荒荒動戍樓。橐駝銅狄夜，鵰雁玉關秋。萬馬隨龍種，三軍拜虎頭。更收河右地，自此號涼州。

頻年出漢將，六郡徙良家。雪積黄河岸，風高青塚沙。羌童彈鳥鼠，胡女弄琵琶。別部天山外，分兵逐渾邪。

壯士紛紛在，關中氣莫當。早隨騎都尉，生得右賢王。葱嶺連西極，龍沙阻北荒。古來矜武節，此地淨□霜。

長安萬餘里，東望暮雲扃。邊驛戎王邸，天山漢將銘。塞榆猶歷歷，關柳更青青。無數臨洮勇，傷心對短亭。

屬國新朝漢，陽關西向開。一城當雪積，雙隘立烽臺。遠節何年反？降羌幾種來。將軍愁未解，小隊射生回。

秋暮　二首

夕陽朱草外，新月暮蟲前。素襪欺秋水，紅裳吹晚天。雲紋盤落雁，池影對枯蓮。愁絕瀟湘路，雙彈帝女絃。

獨對滿庭草，幽心不可名。秋香情入暝，雲葉魄生明。移燭金波薄，添衣玉露輕。自聽孤鶴過，碧落久無聲。

揚州　三首

【考證】明史稿地理志：「南直揚州府，漢江都國廣陵郡，隋揚州。」

今日江都道，垂楊剩幾枝。霧因金獸結，風待玉人吹。繡土香消夜，寒塘月起時。紅樓應更醉，莫使昔年悲。

江南年少子，處處逐青娥。怕問雷塘事，終憐水調歌。牙檣淮雨暗，玉管楚聲多。夜半城頭角，飄零怨紫羅。

秋風誰與唱？明月至今哀。已夢江南客，猶歡大業杯。神仙歸霧雨，環珮失樓臺。自弔蕪城賦，淒涼又幾迴。

游任城南池

少陵賦詩地也。【考證】山東通志：「任城，即今濟寧州治。」濟寧州志：「南池，在南城樓下。」【案】少陵集有與任城許主簿游南池詩，今南池有杜工部祠。

自昔詞人見，今來共黯然。驛亭官柳道，池館暮雲天。弔古尋遺碣，徵歌問采蓮。何堪攜魯酒，浩蕩晚秋前。

汶濟雜詩　十首

【案】明史地理志：「汶水，在汶上縣東北；濟水，在歷城縣西北，皆屬山東省。」

齊魯千秋路，關梁萬里游。平疇驕雉兔，土室傍梧楸。雲出東封盛，河傷南徙愁。寂寥無壯士，霜雪滿吳鉤。

平野冥冥氣，居人極望中。城分莒子國，殿似魯王宮。老鶴盤天碧，妖狐吹火紅。維舟荒岸下，木落古祠空。

不見多文學，荒茫何處村？黔黎輕黍稷，朱戶畜鷄豚。俠客驚鳴鏑，焚香擁繡旛。問風頻灑淚，東海尙游魂。

莽莽層沙見，川原無是非。犬驕風勁獵，鳥駭日寒飛。小市船朝集，孤城吏夜歸。北來星使冷，應已授冬衣。

東秦憑覽內，昔日甲兵間。避地人誰見？雄圖意可攀。水封鄒嶧穴，雲擁穆陵關。橫海方傳捷，三齊且破顔。

沙草隨朝霧，長天覆幾重。魯雲猶似馬，汶水半名龍。城郭風塵際，舟車日夜逢。漸深雲景怯，未敢訪登封。

涓涓流石路，離別在南池。地脊如天黨，山根足雨師。牛羊龍女宅，松栢禹王祠。爲有朝宗道，川符貢不衰。

寂寞皆賢聖，遺風更渺茫。文章青史信，陵墓白雲長。稷下談無敵，龜山操可傷。紛紛多我道，興廢在神鄉。

千里浮舟竟，糾糾戍卒風。豈無輸塞下，有計實關中。惡少橫鹽去，誰何露刃攻。可憐皆奥壤，阡陌幾時空？

聖德深垂儉，王供遞不煩。憂虞都水使，意氣小黃門。鹽鐵標靈薦，弓刀媚至尊。賢豪徒扼腕，按劍與誰論？

抵都下久矣未得家書

別緒分秋去，于今月再弦。夢魂當雁侶，冰雪滯鶯年。京國雲霄上，江城牛斗邊。況聞多戰鬭，忍對晚風前。

長安月夕 二首

畫角吹殘夜，金縷唱薄寒。千門承玉椀，九陌照銀鞍。青女魂猶白，黃姑影自丹。應憐并州戍，昨日凍桑乾。

燈火高燕市，雲塗萬里空。鴉驚宮樹下，魚凍玉溝中。金鶴螭頭影，銅人鴟尾風。沈沈瑤闕靜，醉尉莫相逢。

有懷舒章用子美懷太白首句

不見李生久，荒哉夢日深。文章誰我黨，泉石豈君心？燕市狗屠酒，吳城鳳女簪。迴思游俠伴，何處用黃金？

癸酉除前一日 二首

亦識他鄉意，同時幾客愁？人情趨帝里，春態到幽州。自失華年去，羞從俠少游。側身天下事，寂寂厭無謀。

晏歲紛紛事，相思夢不全。陸機方入洛，樂毅更遊燕。念亂無儔侶，辭親愧歲年。尙隨日月後，強飲及春前。

贈陳定生

御史大夫中湛子也。【考證】汪琬陳處士墓表：「宜興陳少保于廷，爲吏部侍郎，以會推忤魏忠賢，削籍。愍帝卽位，起左都御史，以言事忤同縣要人，又削籍。公有子貞慧，字定生，少用文學著聞，喜結納東南名士，最善金壇周禮部鑣、貴池吳秀才應箕。會阮大鋮久被錮，陰輦金巨萬於京師，謀復用。諸名士聞之，數大鋮罪惡，爲文檄之，共推應箕屬草，而定生與周禮部皆列姓名。大鋮愧且恚曰：『吾不識陳某何如，乃魚肉吾至此！』弘光帝卽位，大鋮用事，將盡殺東林黨人，是時少保公已沒，而定生與周禮部及應箕皆在南京。禮部先被逮，君爲營救，人諫止之。定生曰：『死耳，何畏！』大鋮詗知，夜半遣校尉捕定生與應箕。應箕亡，定生出詔獄，鍛鍊久之，獄不成，始釋定生，而竟傳致禮部於死。君歸，乃謝絕故時諸名士，屏居村舍中十有二年。卒，享年五十有三。」明史本傳：「于廷字孟謣，萬曆二十三年進士。」

此客乘青翰，飄然若有神。家聲黨錮後，時譽結交新。南國多君子，西臺獨老臣。兩溪漁獵地，何用旁風塵。

九日南郊社集

斜日聚羣彥，高原風更涼。鳧鷖明水影，禾黍廢臺旁。痛飲非長策，良辰眞可傷。還將漁獵態，落拓九秋霜。

重九後一日集子建宅觀菊

共此雜英暮，清暉照曲房。香魂搖楚殿，酒態據胡牀。橘柚金盤冷，蝤蛑鐵甲張。何當良會散，明月映寒塘。

月夜獨坐

攬衣隨杳冥，雲霧共清深。明月常相見，幽人愁至今。梧桐搖暮景，蟋蟀斷秋心。屢夢姮娥冷，天高何處尋？

喜宗遠從匡廬歸　二首

【考證】南康府志：「匡廬山，在府城西北。周時匡裕兄弟結廬山中，仙去，因名其山爲匡廬。」

秋山迴相待，羨爾訪廬君。振袖江湖小，憑欄吳楚分。康王谷中水，天子障邊雲。無限幽棲志，斯人自不羣。

聞說歸宗寺，松杉出晉年。有花雲自染，不雨瀑常穿。彭蠡千帆轉，潯陽九派懸。惠詢風已渺，何處可談玄？

晚秋郊外雜咏　八首

大野冥冥氣，清秋散落暉。白雲涼水曲，丹樹靜山扉。飛燐三冬麗，晴鴻萬里歸。何堪分手處，月露夕霏微。

楓林搖落暮，明淨對孤秋。已見月寒苦，惟餘山夜幽。蛟龍蟄大野，桑柘翳荒丘。獨立河梁晚，清波更不流。

遠浦參差動，朱霞夾日輕。犨飛流水急，蘆映落暉明。城郭連秋壯，風烟入夜平。一衣天外冷，把袖一心驚。

秋晴修里社，玉粒盡除芒。雜樹繞烏雀，荒祠走麝香。寒綸漁事寡，片版吏歸忙。征賦何年減？無繇假稻粱。

野水猶侵岸，寒溪繞暮雲。蒹葭相對落，鵞鸛已成軍。海國北風晚，吳城薄霧分。不堪惆悵事，迴首憶離羣。

隴頭雲欲沒，逐望各生愁。瑟瑟風霜至，荒荒天地收。千山搖落照，萬木振高秋。獨坐孤亭晚，昏鴉滿廢丘。

天高迴野曠，不復聽吟蟲。衰草居然白，寒花強自紅。霜明羣雁影，葉冷一溪風。柟栢猶寥落，亭亭極望中。

把酒愁難定，非關秋易醒。幸無豺虎急，已覺蕙蘭零。冷浦菰根黑，霜畦菜甲青。何妨爲大隱，耕稼傍滄溟。

寒雲

荒荒何所有，暮靄倚山横。斷續吳城出，蒼茫海樹平。日黄寒共影，雨白照還明。愁絕孤鴻夜，辛勤萬里行。

長至　二首

寒鴉分曙色，城郭曉烟青。檜栢高霜氣，蘭芸發夜馨。嫂風花泛泛，長景酒冥冥。獨憶蓬萊上，龍鸞賀紫廷。

佳晨難晏坐，日月近芳菲。風動星辰轉，雲長雁鶩飛。春心憑玉管，朔氣滿金微。應有邊庭樂，今朝射獵歸。

湖南淨慈寺【考證】西湖志：「淨慈寺在南山慧日峯下。」

湖南幽絕處，林麓共蒼然。鳥識松柟路，鼯飛鐘磬前。梵宮山月夜，水驛海雲天。大道斜臨北，悠悠更幾年？

送徐司訓官海州　二首【考證】松江府志：「徐元暟，字完懿，青浦學。天啓中歲貢，蕪湖訓導，海州學正。」【案】元暟文貞公階之孫。海州志：「元暟號香谷，華亭人，崇禎間任訓導。」明史稿地理志：「淮安府：海州，春秋時郯子國，唐海州。」

君去清淮道，諸生絳帳間。俗餘郯子國，天外鬱洲山。夜霧長鯨立，晴雲野鶴還。嘗聞三島事，從此一追攀。

此夕離筵酒，孤亭驟雨殘。憐君丞相後，猶作腐儒看。蚌蠣春山沒，薔薇夜水寒。遥思射魚處，滄海各漫漫。蠣山、薔薇河，海州地名。

【考證】江南通志：「蠣山，在海州東南百里海中，潮至則沒其半，山多蠣，故名。」又：「薔薇河，在海州治西一里，其源自羽山來，內接州城市河，北通贛榆，東入於海。」

立春 二首

晚歲移芳景，梅花照眼紅。飛雲搖夜澤，雜雨度春風。有國懷劉向，何人忌孔融？還應歌沔水，念亂與誰同？

清時方晏坐，歲月已遄征。南國易春草，東風入夜情。五絃聊永日，一劍有生平。怪爾飛揚意，何堪事耦耕！

早春閨情 二首

暖氣通珠箔，晴雲掠曉妝。帳圖黄蛺蝶，香惹紫鴛鴦。芳草愁中發，春暉夢裏長。何因花影動，偏照鬱金堂。

曉睡憐黃麝，高樓動玉珂。金堦紅藥展，珠幌碧雲過。鏡入傷春近，花當夢雨多。自矜方盛日，常傍豔陽歌。

雨夜示闇公

又當風雨夕，終歲此淹留。莫憶十年事，將成永夜愁。憂讒鸚鵡賦，解困鷫鸘裘。已見無奇策，猶思萬戶侯。

除前一日 二首

寒城雲影薄，脈脈度今朝。柏葉翠無敵，鶯聲澁未嬌。鳳簫紅袖籠，羯鼓碧燈搖。頗念芳年事，春風道路遙。

歲序何遷次，輕風官柳斜。縱橫裁麗錦，偃蹇折寒花。燈火通千堞，雲霞出萬家。莫愁行樂地，江左正繁華。

春日酬舒章言懷之作 二首

積雨迷時令，不知春已深。君懷當綺豔，吾意怯登臨。自短風雲氣，猶憐花草心。何堪看淑景，辛苦獨鳴琴。

念爾崢嶸志，非時且獨居。俠遊思季布，慢世愧相如。夜雨青蕪長，春風黃鳥初。錦帆應共載，湖海日清虛。

【附錄】李雯春日示臥子言懷詩：「不喜春風見，更憐同病人。江湖仍自大，荊棘故能頻。詞賦就餘習，烟花愁此身。十年寥落意，益復動嶙峋。」

今年梅花爲積雨所困過慤人館中見其娟然哀麗戲言欲以石甃其下如曲水之製酌其香雨斯亦事之可懷者賦以記之

【案】何剛，字慤人。註見年譜崇禎十七年。

夜夜思春至，當時已棄捐。無從留豔質，有計酌寒泉。錦石支文砌，溫池想翠鈿。華清愁絕地，行雨出神仙。

羣盜

聞道西師至，秦州夜解圍。黄巾誅更熾，白羽猒還非。商洛多幽谷，潼關鎖翠微。中原諸將在，急爲著戎衣。

【考證】通鑑綱目三編：「崇禎八年九月，洪承疇遣副將曹變蛟等追賊至醴泉，賊將高傑降。承疇身追自成，大敗之於渭南臨潼關。自成東走，高迎祥亦屢敗，東踰華陰、南原，絕嶺，偕自成出朱陽關，與獻忠合。」

讀倪鴻寶先生制虚八策疏有感

又傳劉子政，奏記出精誠。孤憤因羣輩，昌言賴聖明。拔山眞可恨，塡海有餘情。何日無梟獍，天池引鳳鳴。

【考證】明史本傳：「崇禎四年，元璐上制實八策，曰：聞插部、繕京邑、優守兵、靖降人、益寇餉、儲邊才、奠輦轂、嚴教育。又上制虚八策，曰：端政本、伸公議、宣義問、一條教、慮久遠、昭激勸、勵名節、假體貌。其端政本悉規切温體仁，其伸公議則詆張捷薦吕純如謀翻逆案事。捷大怒，上疏力攻，元璐疏辨，帝俱不問。」

春初集張子美館中　【案】張安茂，字子美，見七言古大樹行註。

晴暉搖不定，春影暮珊珊。大樹巢雕鶻，幽庭發蕙蘭。長廊調馬速，步障試燈寒。容易愁心動，看人獨倚闌。

送楊扶曦之湘陰令　二首　【考證】長沙府志：「楊枝起，崇禎中湘陰知縣，設「勿欺簿」手授耆民，詳註荒熟，荒者設法蠲之。尤長聽斷，無微不悉。十二年寇圍長沙，湘陰已空，忽有差至，知其爲賊偵探，設宴禮之，引觀庫藏，示空虛狀，其人放舟而去，賊果不入。」

君當春草去，幾日到長沙。雁影衡寒火，猿啼落暮花。孤城湘水濶，畫舫洞庭斜。爲政風流地，天南不憶家。

日照黃陵廟，春生青草湖。迴風神女秀，大澤嶽雲孤。賈誼文悲壯，羅含記有無。知君憂國念，萬里望天都。

酬萬年少　二首

音問何時發，方春恨不勝。花明千里道，月照九微燈。衰亂誰當念，風流敢自矜。還應謀大隱，荊棘滿青蠅。

海內方多難，殷憂動草萊。奔流羣盜近，疏鑿大河開。時盜向商、洛，開徐、邳黃河。落日雲龍氣，春風戲馬臺。知君高臥穩，心念出奇才。

【考證】通鑑綱目三編：「崇禎九年三月，賊高迎祥由鄖、襄趨興安、漢中，李自成由南山踰商、雒走延綏，張獻忠、羅汝才等竄伏鄖陽、商、雒山中，不能救。未幾延綏總兵俞冲霄擊自成于羅家山，官軍大敗，賊勢復振。」明史河渠志：「崇禎八年九月，總河尚書劉榮嗣得罪。初，榮嗣以駱馬湖運道潰淤，創挽河之議。起宿遷至徐州，別鑿新河，分黃水注其中，以通漕運。計工二百餘里，金錢五十萬，而其所鑿邳州上下，悉黃河故道，濬尺許，其下皆沙，挑掘成河，經宿沙落，河坎復平。如此者數四，迨引黃水入其中，波流迅急，沙隨水下，率淤淺不可以舟。及漕舟將至，而駱馬湖之潰決適平，舟人皆不願由新河，榮嗣自往督之，欲繩以軍法，有入者輒苦淤淺，弁卒多怨。巡漕御史倪于義劾其欺罔誤工，逮問坐贓，父子皆瘐死。郎中胡璉分工獨多，亦坐死。其後駱馬湖復潰，舟行新河，無不思榮嗣功者。」

南園即事　二首

春檻微寒動，垂楊搖暮天。鳩啼雙閣晚，客散百花前。葭菼乘新漲，簾櫳憶舊年。不愁風景去，方盛已淒然。

二月溪橋上，芳心折柳過。春深荳蔻小，風入杏花多。鈴閣高猶閉，金塘暖未波。百勞飛欲盡，惆悵不成歌。

花朝溪上新雨

池臺傷令節，憑檻拾珍珠。密雨含花重，明雲出樹孤。沙平浮屬玉，溪煖發菖蒲。舊恨春風裏，飄零又載途。

歸家月中題庭前絳桃

憐爾纖穠意，年年伴寂寥。不知人掩戶，惟見月當宵。絳樹歌猶怨，紅珠照未消。應愁芳歲晚，風露莫飄颻。

諸將 五首

羣盜七年劇，神州不可論。又聞方入楚，復道已歸秦。汙染黎民泣，驕矜將帥嗔。何時嚴紀律？天地息風塵。

【考證】通鑑綱目三編：「崇禎七年春正月，以陳奇瑜總督河南、山、陝、川、湖軍務，討流賊。初，奇瑜巡撫延綏，破賊延水關，有威名。賊躪豫、楚，廷議以事權不一，請設大臣統之。乃進奇瑜兵部侍郎，總督五省軍務，專辦流賊。張獻忠等十三營流突漢南州縣，遂陷夔州，遠近皆震。」又：「八年六月，賊復走陝西，總兵官曹文詔等戰死。」

明主憂時急，曾聞上將才。尙方星劍動，敕使虎旗來。莊賈誅猶晚，揚干法未裁。貂蟬諸帥滿，何計畫雲臺？

【考證】通鑑輯覽：「崇禎八年，賊已蔓延半天下，洪承疇一人不能顧，乃擢盧象昇總理。承疇辦西北，象昇辦東南。尋進象昇兵部侍郎加總督山西、陝西，賜尙方劍。」【案】明史莊烈帝本紀：「六年五月，太監陳大金等，分監曹文詔、張應昌、左良玉、鄧玘軍。」又：「八年八月，詔撤監視總理內臣，惟京營及關寧如故。」則「諸貂蟬」云云，蓋猶未撤時也。

王氣開淮右，崢嶸有歲年。熊羆誰不守，狼彘忽相纏。哀痛傳新詔，逍遙恨曩篇。何人慰明主？飛捷到天邊。

【考證】明史紀事本末：「崇禎八年正月丙寅，賊陷鳳陽，焚皇陵，樓殿爲燼。燔松三十萬株，殺守陵太監六十餘人，縱高牆罪宗百餘人。留守朱國相、知府顏容暄、推官萬文英等俱被殺。燔公私邸舍二萬餘間，恣掠三日。戊辰，總兵楊御蕃以川兵三千救鳳陽，南京兵亦至，賊拔營南下，趨廬州。」明史莊烈帝本紀：「八年十月庚辰，下詔罪己，避居武英殿，撤膳減樂，示與將士同甘苦。」

馳逐幾千里，中原未罷兵。至今多李苾，受李特流人賄，令其入蜀。猶自憶升卿。虞詡字。赤幘轅門見，紅顏馬上行。諸軍皆賣賊，天意厭昇平。

【考證】通鑑輯覽：「崇禎七年六月，陳奇瑜圍賊于車箱峽。賊僞降，奇瑜縱遣之。賊復叛，陷所過州縣。先是張獻忠等十三營，流突漢南，而別賊之入四川者，亦以阻險，復還鄖陽。奇瑜偕象昇督將士大破之。賊見官軍盛，大懼。獻忠奔商、雒，高迎祥、李自成等悉遁入興安州之車箱峽。峽四山巉立，中亘四十里，易入難出。賊誤入其中，路絶無所得食，死者過半。自成急，用其黨顧君恩謀，以重寶賂奇瑜左右及諸將帥，僞請降。奇瑜意輕賊，遽許之。檄所過州縣，具糗糧傳送，賊甫出峽，即大譟，屠所過七州縣，略陽賊數萬亦來會，關中大震。」

三秦通楚塞，鼓角晝猶鳴。荆棘交千里，風塵鎖百城。亦知悲寇盜，不敢望官兵。難息烝黎痛，殷憂賴聖明。

【考證】通鑑綱目三編：「崇禎七年冬十一月，逮陳奇瑜下獄，論戍，以洪承疇代之。賊自陝西分犯河南、江北、湖廣。帝以賊盡聚陝西，詔河南、山西、湖廣、四川出師合勦。高迎祥、張獻忠、李自成俱東出關，陷陳州，破汜水、固始，大會于滎陽，遂陷潁州，殺故尚書張鶴鳴。賊每營數萬，因糧宿飽，馬一日夜馳數百里。官軍兵寡備多，饋餉不繼。左良玉在懷慶與撫議不合，檄調不時應，帝命承疇出關急勦，限六月平賊。」

【校】第三首注：「留守朱國相。」全集本原缺「相」字，據明史紀事本末校補。

百合

百合何幽素，含風芳草情。豈知花易暮，欲化蝶難成。百合化爲蝶。麗玉依人媛，黃檀隔帳明。應憐縈蕙帶，小閤夜盈盈。

馮侍御談晉中事有感　二首

不有風塵息，并州今若何？征輪青草盡，名號赤眉多。安撫依熊虎，飛揚列鸛鵝。時以都司劉投賊首，隨復叛去。可憐餘霸氣，表裏舊山河。

【考證】吳氏記聞：「崇禎甲戌，晉中有三大夥賊：一名活地草賀宗漢，一名顯道神高加討，一名鄉裏人劉浩然，各以千、萬屯聚汾州、平陽要害。前撫院撫之，給劉子廩餉，歲費金錢累萬，而實分投出境，焚掠如故。」

三鎮將軍幕，防秋鼓不揚。無勞衣韎韐，徒事結貂璫。滅□爾猶豫，登壇人渺茫。蕭條□馬去，落日雁門黃。

立秋日酬建陽沈令

【案】建陽知縣沈鼎科，字鉉臣。註見年譜崇禎十七年。

初涼開玉札，爲政爾神清。酌水建溪冷，餐霞閩嶠明。荔枝當夏熟，蕉布御秋輕。慰我投文錦，無煩夢裏行。鉉臣寄紅綺及文苑英華。

七夕 二首

夜來涼雨散，秋至緒風多。渺渺雲澄樹，峨峨人近河。金鈿烟外落，玉佩暗中過。聞說天孫巧，虛無奈爾何？

清影何時隱？神光迥澹浮。龍鸞虛佇月，烏鵲靜臨秋。風落花間露，星明池上樓。漢宮誰更寵，此夕拜牽牛。

秋居雜詩 十首

幽處眞無策，曠然生衆愁。詩書徒自喜，藥餌日相謀。蘭蕙芬芳晚，星雲窈窕秋。單衣臨玉露，庭樹夜淹留。

秋風高不極，萬里下城阿。霽日曉雲淨，橫塘亂水過。仲翔時論異，平子抱愁多。寥落予堪隱，無心問斧柯。

堦下久荒草，況當秋日殘。秦風悲白露，楚客怨紅蘭。鴻雁影寥廓，梧桐聲勁寒。不知千里暮，衰颯幾人看？

愁思隨時積，悲涼秋更殊。何當臨玉鏡，無計挽金瓠。時予有殤女之戚。肅肅飛烏鵲，冥冥啼蟪蛄。不堪兒女氣，引滿莫躊躕。

秋燕何時去？空堂試夾衣。城池多落日，雲樹展清暉。畏客漸成僻，言愁誰與歸？天寒孤館夜，俯仰託金徽。

蒼茫聊出郭，大野一徘徊。早穫登高隴，斜陽上廢臺。水聲丹鶚壯，天路阜雕開。爲爾飛揚意，憐予在草萊。

常作雲山夢，離羣不可招。遨遊犬子倦，賓從客兒嬌。舒章招予遊横雲，予病不往。楚橘明霜圃，江楓偃畫橋。刺船斜月下，何計慰飄颻。

獨夜嚴城靜，霜寒擊柝清。蟾蜍金井恨，絡緯玉關情。紫塞方回馬，藍田正擁兵。可憐餘壯士，結髮未知名。

明時慚遠志，安穩獨幽居。溟渤當秋壯，星河永夜虛。黃金誤子政，白璧恃相如。奇服吾寧愛，無勞擬上書。

未遣憑陵氣，高秋見大風。昔人宜射獵，而我事雕蟲。歲月生愁裏，關河繞夢中。不知身本賤，何處有奇功。

夜泊滸墅 【考證】長洲縣志：「滸市去縣西北二十五里，一名滸墅，景泰間置鈔關於此。」

暮宿津頭樹，微寒此夕分。鴻連鴨城雨，人夢虎嘐雲。擊鼓迎關吏，吹笳發戍軍。棄繻眞少策，回首日紛紛。

將抵無錫 【考證】明史地理志：「無錫縣在常州府東，西有慧山，西南有太湖。」

揚帆投不極，黯黯凍雲過。雨後村春急，風寒岸緯多。水城輕秫米，山市傍烟蘿。蕩口新醅熟，何妨倚嘯歌。

舟行雨中有憶亡女 家以俗例，是日饗之。

猶是吳山路，回思便悄然。歸時開玉鎖，誰與索花鈿？綠蕙繁霜夜，丹楓夢雨天。未衰憐庾信，哀逝賦空傳。

立春夜

又聞芳歲近，豈意耿爲愁？遠響風搖雁，微明雪下樓。干戈春草斷，鐘鼓暮雲收。自笑何寥廓，常思問九州。

除夕有懷亡女

渺渺非人境，何年見汝歸？常時當令節，猶自整新衣。小像幽蘭側，孤墳暮鳥飛。豔陽芳草發，何處託春暉？

清明

芳草望不極，離離澹夕暉。可隨羅襪去，宜碾玉輪歸。楊柳紅樓重，櫻桃碧樹稀。何人當令節？陌上託音徽。

暮春月夜遊虎丘寺　二首

【考證】虎阜志：「虎丘山寺，晉王珣別墅，唐避諱，改名武丘報恩寺。宋至道中，改爲雲巖禪寺。」

幽徑人間近，微行適晚情。紅泉明夜壑，碧樹隱春城。鐵鳳荒祠古，金鳧暮草平。又當遊女散，玉佩迥無聲。

華滋澄夜色，緩步涉清光。雲散高臺淨，烟深雜草香。孤亭人渺渺，小院木蒼蒼。獨憶吳宮事，春風不自傷。

送徐聖期省試金陵

南朝多博雅，爾去可縱橫。苑藕供玄席，宮鶯囀碧城。畢方能辨族，服匿早知名。誰載張安世？君王顧盼榮。

晚秋暮雨

寂寂爾何久，悠悠江水東。勁風吹畫角，密雨度哀鴻。世事豈高枕？吾身尙轉蓬。誰堪倚枯樹，搖蕩九秋中。

有感示閻公

風塵仍不息，杖策每差池。吾輩豈終爾，天心安可知？徒勞明主夢，誰釋柄臣疑？報國生平事，憐君未老時。

久不得邸報

消息經時斷，神京極望愁。百城閉河朔，萬馬赴幽州。絶塞黄沙暮，高原白露秋。漢廷誰寵貴？明主莫分憂。

晚出左掖

吏散催金鑰，傳呼晚更稠。霞連三殿角，日照五城樓。衞士層霄暮，宮鴉疎影秋。遥瞻清禁裏，省覽尙垂旒。時上在武英。

【考證】春明夢餘錄：「武英殿，在右順門之西，規制如文華，凡齋居及召見大臣于其中。」

會極門接諸司奏章

【考證】春明夢餘錄：「午門之内，曰皇極門，左曰弘政門，右曰宣治門，旁曰歸極門，曰會極門。」玉光劒氣集：「會極門，在皇極門之東。凡京官上下接本，俱于此處。南入爲内閣，輔臣票本地也。」

前朝通左禁，晨闢綺疏風。黄閣當雲雉，丹霄憶夢熊。御書垂象緯，封事半韜戎。衮職憑元老，應知諫草空。

曉入端門【考證】春明夢餘錄：「紫金城內牆，其門曰承天門，曰端門，曰午門。」

周廬方罷警，曙色洞門斜。天仗分霞氣，雲旗捲露華。鶯流春殿檻，象識御堤沙。青鎖諸郎貴，還能問白麻。

游米太僕漫園爲米吉士賦 二首【考證】畿輔通志：「米萬鍾，字仲詔，宛平人。萬曆進士，累官江西按察司。工榜書，與華亭董其昌齊名，當時稱南董北米。魏閹數遣人求萬鍾書翰，卒不應。閹恚，嗾倪文煥劾爲黨人，削籍。崇禎初，起太僕少卿。」春明夢餘錄：「海淀米太僕勺園，園僅百畝，一望盡水，長堤大橋，幽亭曲榭。路窮則舟，舟窮則廊，高柳掩之，一望彌際。旁爲李戚畹園，鉅麗之甚，然遊者必稱米園焉。」復社姓氏錄：「順天府米壽都，字吉士。」明詩綜：「米壽都，宛平人。貢生，沭陽知縣。」

便覺市朝遠，幽亭烟水涵。打魚紅撥刺，洗馬碧瞜𩥇。花柳競春態，樓臺通夕嵐。無勞望雲樹，萬里憶江南。

大隱何年在？菰蒲好問津。下流宗太液，別院望宜春。竹石悲生事，風騷寄後人。至今餘彥會，遺卷一傷神。

淨業寺【考證】燕都遊覽志：「淨業寺，從德勝門西循城下行，徑轉得此寺。昔爲智光寺之基。」明水軒日記：「淨業寺門臨水岸，去水止尺許。其東有軒，坐蔭高柳，荷香襲人。江南雲水之勝，無以過此。」

娟娟媚湖日，靄靄靜春流。魚艇驕中貴，蓮塘屬子侯。藤蘿蒙鉢石，幡蓋拂簾鉤。僧老四朝事，閑論動客愁。

【附錄】包爾庚同臥子避暑淨業寺詩：「長安有仕子，焦然鶩廣術。夕負炎埃歸，朝觸熛烟出。懷抱既以乖，俯仰成牽率。紛紛許、史家，競弄如年日。選蔭激齊謳，臨坻汎趙瑟。玉手斲玄冰，金柈薦丹實。吾徒引勝流，駘蕩依清室。樓雉覽參差，嶺雲更嵬崒。遙渚蟲光升，高樹蟬吟畢。充充芳氣盈，翩翩魚鳥逸。誰云京洛塵，一往緇素質。」

御溝【考證】畿輔通志：「玉河在正陽門內，源出玉泉山，滙爲西湖，逶迤從御溝而東，以注於大通河。」

潺湲御溝水，窈窕吐清音。添得龍池雨，遙憐玉砌深。飛花隨九曲，鬬鴨滿層陰。惟有金波影，年年流至今。

燕中雜詩 二十首

聖化深幽朔，輿圖三百秋。昔時豪俠地，今日帝王州。宮闕符玄象，山河擁上游。更聞弘儉德，薄海仰垂旒。

黃雲覆千里，朔氣滿城阿。滄海北流急，燕山南向多。邊關新堠火，風俗舊悲歌。文帝雄圖在，□庭今若何？

上苑秋風早，邊愁四望開。寒砧動星漢，夜柝警樓臺。雙闕塞雲淨，嚴城山雨來。諸公多暇日，鳴玉出蓬萊。

西宮花向夕，南內樹臨秋。雁塞雲成陣，龍沙月近樓。羽林天廄馬，謁者閤門籌。共見昇平日，誰分聖主憂？

依天開壁壘，十萬衞神都。蛇鳥應靈異，魚龍定有無。佽飛驕壯士，敕勒散降□。歎息西園貴，年年佩虎符。

聖代離宮少，威儀備漢年。龍池雲出地，鹿苑草連天。夜樹移温室，秋禾熟弄田。但能勞夢卜，晏坐理朱絃。

城西幽絕地，策馬一盤桓。鐘鼓千山暮，風雲萬木寒。竹宮浮露掌，花殿接星壇。歷歷先朝蹟，丹青歲月殘。

玉泉流不極，野老說宣宗。香象臺邊臥，牽牛水上逢。屬車驚雁鶩，御幄冷芙蓉。欲望景陵樹，雲山暝萬重。

自天迴紫塞，坼地小黃河。匹練雙蛟下，長虹萬馬過。牛羊秋草潤，梨棗晚雲多。俯仰英雄事，高原發浩歌。

絶塞西山頂，高寒極望時。參差界燕趙，恍惚辨華夷。落日催飛輓，荒雲拂大旗。應知天設險，不敢祭龍祠。

昔有龍門嶺，居庸第幾層？但聞通一道，兼得護諸陵。烏散毳徒鼓，雞鳴候吏燈。新添八校尉，□馬日飛騰。

北望鼎湖遠，軍都松柏中。郭樊陪寢殿，田杜徙關東。倉卒降□變，蕭條故井空。艱難開幕府，輦道起秋風。

荆吳勞轉運，萬舫日相聞。人指天津樹，帆開滄海雲。流離玄菟郡，跋扈水犀軍。嘗憶乘風將，樓船自不羣。

河朔多遊俠，金鞍白鼻騧。雙雕秋渡海，羣鹿夜尋沙。苑中鹿冬時輒逸海濱食鹽，至春始歸。舊業高東第，新兵領北牙。拂鷹臺臺在南海子。下宿，應識苑中花。

馬客幽州盛，將軍大宛回。繇來駒萬匹，不惜錦千堆。苜蓿開新苑，風塵出異才。還應空朔漠，此日號龍媒。

昭王曾此地，賓客滿華陽。壯士何寥落，仙人更渺茫。千年臺草碧，盡日海雲黃。易水無情思，蕭蕭暮景長。

傳聞西塞裏，洞壑少人知。鍾乳雲同漏，琪花風不吹。幼安還或默，子幹更爲師。今日稱肥遯，還山本未遲。

薊門東出塞，幾驛到遼西。沙磧邊聲起，雲峯夜火齊。□□眞□虎，□□本連雞。何日從驃騎，天山聽鼓鼙。

橫波傳碣石，大漠走雲中。犄角吾無計，陰謀人自工。不成誅悍將，何事策奇功？廟算一朝定，天威遼海東。

自識京華客，將爲州郡臣。搴帷瞻日月，叱馭卽風塵。案牘眞能事，文章暫寄人。酬恩皆有地，莫憶上林春。

得閻公書知與讓木有卜鄰之志卻寄讓木

河北朔雲滿，君今歸舊廬。買田兵革外，漉酒稻花初。宿有青囊志，猶傳黃石書。桑陰移欲盡，談笑定何如？

寄懷彭燕又

春來登岱頂，海色夜徵明。今春同燕又登岱。二月京華別，三年吳市情。伯鸞歌欲盡，孝若誥初成。九畹今無恙，遲予事耦耕。

出都次蘆溝作　二首

【考證】畿輔通志：「蘆溝河，在宛平縣西三十里，即桑乾河，古㶟水也。俗曰渾河。康熙三十七年，賜名永定。」

燕山一回首，去國爾何之？遠道八千里，壯心三十時。鐵衣生慘澹，玉座問瘡痍。亦是分憂者，無嫌佐郡卑。

愁絕炎天吏，秋風度渾河。可憐今夜月，偏照帝城多。拜慶江雲滿，乘傳嶺樹過。緜來輕萬里，況復仗恩波。

陳子龍詩集卷十二

五言律詩 二

立春前一日雪中集龍潭舟次

【考證】婁縣志：「白龍潭在城西北隅，潭廣十餘頃。相傳有龍蟄其下，歲旱，禱之有應。今爲居人所侵，已狹其半，然韶晨朗夕，尚有游船載簫鼓，汎浮其間。」

樓船投極浦，大雪無迴風。獨樹虛無裏，長河黯淡中。迎春金縷重，暖夜玉杯空。共惜華年去，更闌燭影紅。

【校】此詩全集本列爲白雲草五律最末一首，原本湘眞閣稿列爲該集中五律第一首。又「暖夜玉杯空」句原本湘眞閣稿作「緩夜玉杯空」。蟄存案：「暖」字佳。

戊寅元日 二首

平明開淑景，雲物媚新年。曉日朱霞外，春風碧樹前。雄心銷齒馬，捷足敢憐蚿。莫厭鶯花事，寥寥守太玄。

自覺滄江穩，猶思上苑春。重輪符帝子，今春，皇太子出閣。五色盡賢人。豺虎無寧歲，鵜鶘莫愛身。昇平應不遠，垂拱理三辰。

【考證】明史諸王傳：「太子慈烺，莊烈帝第一子，崇禎二年二月生，九月，立爲皇太子。十年，預擇東宮侍班講讀官，命禮部尚書姜逢元、詹事姚明恭、少詹王鐸、屈可伸侍班，禮部侍郎方逢年、諭德項煜、修撰劉理順、編修吳偉業、楊廷麟、林曾志講讀，編修胡守恒、楊士聰校書。十一年二月，太子出閣。」

早春遊婁東王璽卿東園　二首

【考證】鎮洋縣志：「王時敏，字遜之，號烟客。父衡，大父錫爵。以恩蔭授尚寶丞，工詩文，尤擅六法，寸縑丈幅，海內珍之。」太倉州志：「東園，王文肅公別墅，出東郭數十武，入南偏舍一門，度小石橋，歷松徑，緣平橋，啓扉得廊。廊左修池，寬廣可二三畝。廊北折而東，面池有樓，曰揖山。循左，屋數間。右石徑，後多植竹，竹勢參天，有閣曰涼心。度竹徑南，累石穴上，置屋如譙樓，且行小折，啓一扉，曲室數十楹，有閣，斜望涼心少弱。出而東，更折而南，小山平起，上隱桂林。山盡，便得一門，內爲期仙廬。廬前額曰峭蒨，鑿方沼，中突二峯。不數武，入掃花菴。再進，得小板屋，推戶，平疇百十頃，看耕稼菴前，繫艇刺艇，上下岡陂，回互周見。南汎藻野堂，堂㽘然而大。階下蒔芍藥滿阡陌，舟及岸，憩小平橋紫藤下，垂古木十餘章，遶水如拱揖。東折石徑，見梵閣藏松際，北汎遇小崖，循崖登望，水石起伏，夾路，樹影罥衣。崖窮一竇，有屋倚水，旁通廊，廊衍水中，委曲達亭上，東折繇平登橋還揖山樓下。園中橋三、樓二、亭二、閣一、菴一、庭一、佛堂一。水前後通流，嘉木異卉亡算。」

別墅東郊道，春暉起薄陰。曲樊微徑出，亂木小闌深。竹勢迴崗接，花源隔水尋。便生濠濮想，疎館獨鳴琴。

拂拭朱門貴，幽然物外情。碧雲搖暗雨，紅藥媚餘晴。平野華堂迴，寒花絕澗明。最憐無紛澤，一往見澄泓。

戊寅七夕病中

又向佳期臥，金風動素波。碧雲凝月落，雕鵲犯星過。巧笑明樓迥，幽暉清簟多。不堪同病夜，苦憶共秋河。

夜泊鹿城

【考證】崑山縣志：「鹿城，即今土山，山下有卜將軍廟，墓碑云：葬母鹿城。」

孤舟撥暝色，倚檻薄寒生。古木昏雲氣，微香入暮情。繁星搖極浦，斜漢轉嚴城。縱飲不能寐，秋風北雁聲。

同舒章晚泊黄浦【考證】婁縣志：「黄浦，會吴淞江以入海，相傳戰國時，楚黄歇所鑿，故名黄浦。亦稱春申浦。」

南浦微風動，茫然扈壘秋。寒潮天際出，落日海西流。草樹津雲合，人烟朔吹收。可憐舟楫夜，咫尺近滄洲。

石齋先生築講壇於大滌山即玄蓋洞天也予從先生留連累日　八首

【考證】朱彝尊徐伯齡墓誌：「崇禎三年秋，漳浦黄公道周，來典浙江鄉試，榜既放，以力學勗門弟子。久之，公以言事獲罪，出至杭州，愛大滌山，治精舍著書，門弟子皆從講學。」杭州府志：「大滌山，在餘杭縣西南十八里，與臨安分界，高六百九十餘丈，周五十里。有大滌、棲真、石室、白茆、歸雲、鳴鳳、蜕龍諸洞，丹泉、翠蛟、撫掌、桃花、洗藥、飛玉諸泉。第三十四洞，名大滌玄蓋之天，山凡四峯九鎖，石室出其半，天壇冠其巔，皆勝處也。」

明湖連暮靄，積翠萬重山。九折泉聲亂，千峯雲氣閒。尋眞窮石室，卜築掩松關。尙有蒼生慮，高談夜未還。

夫子辭金馬，君恩萬里遊。講壇依日月，福地少春秋。窈窕巖花落，空濛玉乳流。此中堪大隱，何計訪披裘。

傳聞玄蓋洞，遠接具區流。尚與人間近，疑從天外遊。玉芝丹竈夜，石鼓碧雲秋。不見羣眞會，相攜到十洲。

龍臥非間日，鴻飛亦有年。蓋標臨碧澗，種藥引紅泉。猨虎窗前度，星辰谷口懸。翻愁山鬼意，寂寞對嬋娟。

三山迷漢使，更起白雲壇。環珮天風滿，旌旗海日殘。草侵羣帝靜，月度九霄寒。惆悵乘鸞女，焚香獨夜闌。

或默還無意，賞心空自知。鹿銜堦草遍，龍起嶺雲遲。金石歌商頌，蘭蓀寫楚辭。美人烟樹外，愁絕眄佳期。

本是行吟侶，翛然意不羣。簾垂天柱雨，樓斷海門雲。匪兕存吾道，批鱗樂聖君。明時多夢卜，蚤晚欲相聞。

小雅原無怒，高眞尚有情。仙人星作佩，弟子玉爲名。山遠禽聲斷，冬晴木葉輕。風塵天地外，俯仰已心驚。

【附錄】黃道周再遊大滌玄蓋詩：「九折他年杖，孤危七尺身。不因交有道，那得展通神。竹徑疑人絕，藤香與石親。能賒數畝秫，爲寄隴頭春。」「洒掃不辭倦，幽尋未厭頻。呼童穿舊竇，召客賀新鄰。石戶侵瑤草，爛碁冷積薪。尚多圖畫意，欲悉與家人。」

【校】附錄「黃道周再遊大滌玄蓋詩」全集本原作「再滌玄蓋詩」。案此詩是再遊大滌玄蓋而作，題字顯然缺「遊大」兩字，補記於此，以俟再校。

輓侯文中 二首

【考證】案侯洵，字文中，嘉定諸生，夏瑗公先生婿。練音集：「夏淑吉，字美南，華亭夏允彝女。工詩，善琴弈，適侯岐曾仲子洵，生一子而寡，截髮爲比丘尼，有龍隱遺集。」

之子華宗彥，清標得令名。琳琅眞獨立，羅綺不勝情。淳行諸儒重，玄言舉座傾。春風搖落後，彷彿念生平。

南國多英俊，如君雅度希。風規何太整，名教樂相依。玉樹悲黃土，金庭問紫衣。更增山簡慟，翻覺達人非。文中爲予友雍瞻子，風儀整秀，規簡貞令。

【考證】嘉定縣志：「侯岐曾，字雍瞻，震暘季子。少奇穎，年十一，與兄峒曾、岷曾同補諸生。學使者表其廬曰『江南三鳳』。及長，博覽工文，重氣節，敦行誼，吳門、婁東、雲間，壇坫角立，岐曾調劑其間。順治丙戌，以匿故人陳子龍被逮，巡撫土國寶陰使人致酒脯曰：『汝湖海無名，待家僮通，得不死。』岐曾曰：『我已無家，何僮爲？』遂受刑。子汸、洵、涵，與峒曾子演、潔、瀞輩從，自爲賡和，有上谷六龍之譽。」

浦口觀潮

【考證】松江府志：「黄浦，在郡南境，即古之東江也。東北合於吳淞，其出海之口，雖名吳淞口，實黄浦口也。」

北風吹廟口，斷岸落蒹葭。海氣兼秋盛，江雲夾日斜。檣帆迎疊浪，鳧雁沒圓沙。掛席搴蘅杜，乘流晚到家。

舟發金陵宿儀眞 二首

【考證】明史地理志：「儀眞縣，在揚州府西。元眞州，洪武二年改縣，曰儀眞。」

芳草斷中流，連峯出潤州。潮迎雙槳慢，日照片帆收。入雒慚初服，橫江數壯遊。可憐回首地，痛飲石城樓。

三月風濤暮，滄江萬里情。浮雲生采石，春色斷蕪城。淮甸開王服，吳關鎖舊京。烏啼今夜月，分得故園明。

河上逢李映碧給諫謫還

【案】李清，字映碧，注見年譜崇禎十三年。【考證】徐乾學李映碧墓表：「先生司理寧波，以考最擢刑科給事中。同日上兩疏，一言禦外敵，當戰守兼治，不當輕言款。禦內寇當剿撫並用，不當專言招。一言治獄，不宜置失入，而獨罪失出。因論尚書劉之鳳不職狀。尋以天旱，復疏言：此用刑鍛鍊刻深所致，語侵尚書甄淑，淑遂劾先生把持。詔鐫級，調浙江布政司照磨。」

莽莽平原盡，荒荒落日過。颽風吹白麥，崩岸走黃河。馮軾投瑤草，班荊動玉珂。一聞京雜語，倍使客愁多。

桃源夜遇鄭超宗落第還維揚

【考證】江南通志：「淮安府桃源縣，本宿遷縣之桃園鎮，元初置縣，後訛園爲源。」李清鄭職方傳：「鄭元勳，字超宗，先歙人，家江都，崇禎癸未進士，以母老家居。甲申三月，聞變痛哭，出家貲，募勇俠，貽書當道，謂宜建大帥，統精銳，以守河北。會福王立，興平伯高傑鎮揚州。傑與元勳有舊，揚民喧傳元勳招傑來，必蹂躪我，因閉城拒之。傑怒，掠城外，將攻城，元勳單騎入傑營，曉以大義。傑爲心折。曰：『前事特別將楊成爲之耳。』出禁令退舍，且誅楊成。而揚民誤傳爲『揚城』矣。時巡撫黃家瑞等，會議于南城樓，揚民洶洶，持杖環列，元勳至，下馬就坐，爲言城外事由楊成。語未畢，而聞者遽升樓，攢刃害之。督師史可法，斬倡亂者三人頭，以祭元勳。逾三日，有兵部職方之命，而元勳已及于難。」

相逢班馬鳴，三月出王京。秉燭黄河岸，悲歌下相城。風雲雙闕暗，花柳半江明。突兀金臺上，知君最不平。

宿遷

【考證】江南通志：「宿遷縣，春秋時，鍾吾子國。秦下相縣。明屬淮安府邳州。」

寂寞鍾吾國，荆榛項籍臺。霸圖三楚盡，王氣九天開。坼地黄河出，經漕白羽催。朝宗今不改，空憶濟川才。

途中

不識宦情薄，驅車今若何？兗徐荒草澗，淮泗大風多。擊柝空村臥，于茅廢井過。遥思故園在，明月滿藤蘿。

淮北憶家　三首

微祿我寧羡，辭親入帝鄉。不知行旅地，何處倚閭望？夢度淮雲小，心隨越鳥長。萋萋芳草路，無地不迴腸。

失策在天涯，驚心感物華。江天多宿雨，魯國佢飛沙。梅子黄銀熟，桐陰碧玉斜。夜闌長不寐，何計夢還家？

我家谷水上，暮色碧雲端。朋好長攜手，高談指歲寒。離羣時態異，旅食衆人看。此日一樽酒，誰憐行路難？

雨後發下邳

雨過下邳城，林端霽色平。嶧陽含宿霧，泗水動微明。征馬浮雲氣，離人芳草生。橋邊有黃石，惆悵不勝情。

將至嶧縣

【考證】山東通志：「嶧縣，元嶧州，明改爲縣，屬兗州府。」

明發望仙臺，青峯斷復迴。一川烟草潤，千磵石林開。堠吏聞雞度，山農抱犢來。紅顏不可見，倚柱至今哀。即魯漆室地。

嶧縣

四嶺起層陰，孤城接茂林。鶻巢春樹迥，馬度夕陽深。絕坂野花落，平橋亂水侵。防秋猶此地，危堞動邊心。見城上守具尙存。

【校】「防秋猶此地」句，原本湘眞閣稿作「防胡猶此地」。案，淸兵在崇禎十二年春曾攻陷濟南，此詩作於崇禎十三年春，作「防胡」爲是。

兗州　【考證】山東通志：「兗州，明洪武初屬濟寧府。十八年，封建魯藩于兗，升兗州爲府，降濟寧爲州而屬焉。」

東藩冠帶國，魯郡舊名城。雷雨秦碑暗，星辰孔壁明。危旌荒草動，畫角海雲生。落日關門閉，翩翩雙燕輕。

汶上　【考證】山東通志：「汶上縣，明初屬東平府，後東平降爲州，隨州屬兗州府。」

海岱色蒼然，風迴萬木連。雲深鉅野澤，雨隔汶陽田。歸燕愁兵氣，勞人惜壯年。何來遊俠子，羨爾玉爲鞭。

東平　【考證】明史地理志：「東平州，太祖吳元年爲府，七年降爲州，屬濟寧府，十八年改屬兗州府。」

陵谷何紆曲，平盧雄鎭開。暮雲橫戍幛，春色斷烽臺。苜蓿驚胡騎，菁蔦薦客盃。樂郊還可賦，誰繼阮生才？

過東阿懷曹子建【考證】明史地理志：「東阿縣，在東平州西北，故城在縣西南，今治本故穀城縣也。洪武八年，徙于此。」一統志：「曹植墓在東阿縣西八里魚山西麓。」

文苑風流散，賢王池館空。應劉存古誼，吳蜀恥奇功。獄樹春雲外，濟河暮雨中。最憐不得意，睇盼雒城東。

過茌平有懷馬周【考證】明史稿地理志：「東昌府茌平縣，故城在縣西茌山下，山之平地曰茌，因以名縣。金時劉豫移今治。」山東通志：「馬莊在茌平縣東十里，唐中書令馬周舊居。」

賓王慷慨士，落魄向長安。不作將軍客，誰邀天子看？棄繻函谷易，買駿華陽難。此日方開館，何年更築壇？

苜蓿

荒雲連苜蓿，已傍戰場開。不向宛城閉，偏宜漢苑栽。邊愁生馬邑，春色斷龍堆。何日嫖姚將？親驅汗血來。

經高唐傷旱【考證】山東通志：「高唐州，元置州，領高唐縣。明省縣入州，屬東昌府。」

胡塵吹不息，旱魃爾何威！四月無春旱，千村惟落暉。狐祥祠已廢，狠跋野應稀。北人以狼多爲豐年。薄伐誰能咏？昭回帝自祈。

德州【考證】山東通志：「德州，元爲陵州，明降爲縣，尋以德州治陵縣，屬濟南府。」

景德原通北，衡漳流自西。千帆津樹合，萬井曙烟迷。蔓草燐能照，空林燕不棲。周餘無野哭，聖世有雲霓。

交河【考證】明史地理志：「交河縣，在河間府東南，元屬獻州。洪武八年改屬府。西北有高河，經縣南合滹沱。謂之交河。」

烏啼征馬動，曙色散滹沱。海氣通三島，天風靜九河。沙平邊草斷，日淡塞雲多。百里無烟火，空村客自過。

蘆溝新城【考證】尊鄉贅筆:「崇禎初年,于蘆溝橋建一城,鐫四字于扉,右曰永昌,左曰順治。不數年,闖賊僞號永昌,而我朝長驅破賊,改元順治,此城預爲之兆云。」

赤縣山河壯,青郊版築新。旌竿千嶂逼,鼙鼓萬人屯。雉堞開天市,虹橋出漢津。應知非設險,翼衞軫王民。

渡馬頰【考證】案:山東通志河渠:「有馬頰河,有馬頰水,俱非禹貢九河之馬頰。馬頰河故道已湮,僅存遺跡。惟馬頰水自東阿縣境內行六十里,與濟、汶二水會。」則先生所渡,應是馬頰水也。

長薄緣修坂,中流馬頰河。平沙喧佇立,野艇漫經過。高樹涼飈早,陰巖返照多。吾纓聊可濯,日側倚青蘿。

濟上立秋 二首

濟西驚一葉,涼雨滿東州。枉渚蒹葭落,荒林鶗鴂愁。風雲生太澤,笳吹發中流。蕙草空相憶,誰憐白露秋?

春辭蘭渚東，紅蘂繫青驄。別久成荒草，歸期逐塞鴻。輕雷殷鉅野，急雨過龜蒙。況値相思夜，秋風萬里同。

秋歸涉黃河　三首

秋水下龍門，黃河九曲渾。西來浮日月，南徙劃乾坤。羣燕盤渦掠，千帆折溜奔。茫然思禹迹，何處是崑崙？

揚舲濁浪起，掛席晚風多。氣壓淸淮水，沙橫滄海波。秋陰沈大野，落日蕩長河。繁吹生遙夜，中流發櫂歌。

銀漢掛邊城，黃河入塞行。南溟愁吐納，西極想澄淸。黃河源本淸，合他流始濁。怫鬱魚龍氣，飄零烏鵲情。秋來破浪意，翻爲望鄉生。

薄暮望海

山光齊入暝，海色靜分秋。獨眺羣峯上，虛疑萬里遊。星連陰火動，天接浪雲浮。明月生東嶠，淸輝滿十洲。

山中曉行

夕宿青冥裏，晨驅翠靄旁。卷旗千嶂月，吹角萬山霜。虎嘯陰崖黑，雞鳴曙海黃。無因愁予馬，側足此高岡。

朱家巷

【考證】明史紀事本末：「太祖之先，故沛人。徙江東句容，爲朱家巷。宋季，大父再徙淮，家泗州，父又徙鍾離太平鄉。」

漆沮周后國，豐沛漢王家。雪霽都亭柳，春生原廟花。山川留第宅，日月近京華。萬乘曾游地，嗚笳起暮鴉。

七夕渡曹娥江

【考證】會稽縣志：「曹娥江，在縣東九十二里。娥父盱溺死，求屍不得，娥亦自溺，因名。」

佳期今又見，旅思日應加。秋水芳洲淨，朝雲桂楫斜。虹橋連海市，玉珮照江花。彷彿奔龍會，迢迢漢影遮。

寄青田令楊龍友 二首

【考證】浙江通志：「青田縣，隋括蒼地，明屬處州府。」抱眞堂集詩注：「楊龍友，貴州乙榜，任青田令。」

無盡青山裏，何峯是栝蒼？朱絃彈落木，玄翮唳清霜。磬折工爲慢，嶙峋不易藏。惟憑南雁發，矯首白雲鄉。

小郡分千嶂，卑官共一州。秋雲通畫幔，春水遇蘭舟。游女湖爲鏡，仙人石作樓。羨君郎宿位，乃傍少微留。處州上應處士星，故號。

【附錄】楊文驄答陳司理臥子詩：「峻節山陰道，魚書過婺州。遠人驚異數，高論許同舟。僻壤蘭爲國，荒城竹作樓。自憐隨去住，淮海亦曾留。」

弔東湖樵夫 遜國義士。

【考證】明史紀事本末：「東湖樵夫，不知何許人，樵浙東臨海東湖上，日負柴入市，口不二價。建文壬午秋，詔至臨海，湖上人相率縣庭聽詔，或歸語樵夫曰：『新皇帝登極』，樵夫愕然曰：『皇帝安在？』答曰：『燒宮自焚。』樵夫大哭，遂投湖中死。」

痛哭腰鐮子，深林獨夜聞。猿啼滄海岸，龍失楚江雲。丹闕星辰變，青山魑魅分。首陽薇可掇，共爾弔湘君。

哭周勒卣 八首

勒卣歿兩月矣，忽忽未得爲哀誄之文，越暑小暇，爲詩八章以哭之，神理有知，庶幾不忘生平之言。【考證】竹垞詩話：「歲己卯，勒卣就試金陵，質素清羸，寓伎館。伎聞貢院擂鼓，促之起，勒卣尚堅臥也。未幾，遂客死。宋徵輿轅文哭之云：『翠羽明珠擁莫愁，君家顧曲舊風流。一時腸斷人何處？風雨蕭條燕子樓。』又云：『山陽玉笛異時情，天問靈均意不平。縱使未堪軒冕貴，何妨白髮老書生。』數日後，忽夢勒卣至，曰：『君詩固佳，胡不云：縱使未堪丘壑死，何妨白髮困諸生。』轅文覺而異之，爲位於佛祠祭焉。」

搖落周生後，風流頓黯然。盛名猶在世，大雅竟誰傳？窮巷悲横笛，高山欲斷絃。華亭雙白鶴，何日是歸年！

壁立無愁色，蕭然湖海風。依人嘗氣盡，慢世爲途窮。薄祭虛王導，遺書乏所忠。古來稱寂寞，未必與君同。

海內推吾黨，何人可共攀？生當元凱世，名在顧厨間。文字垂三象，精靈叩九關。藏書幷埋骨，突兀此青山。

昔日長干里，紅樓隱暮霞。酒狂如僕射，情死似瑯琊。松柏西陵樹，菖蒲北里花。春風夜臺路，玉勒向誰家？

數子皆狂簡，如君埋照多。放言天地外，痛飲歲時過。雲散南皮讌，珠沈東海波。酒壚已昨日，流恨遶山河。

禰生嘗客楚，司馬更游梁。勒卣嘗游襄、漢、睢陽。江漢留鸚鵡，風塵短驌驦。秋雲兔苑冷，春草鹿門荒。欲向巫咸問，中原正渺茫。

後死予還在，先驅汝竟虛。文章悲鵩鳥，靈爽媵文魚。力命嘗相難，天人事總疎。可將宣室語，重報秣陵書。

地下仍文苑，人間混酒徒。一丘虛宿草，萬里會生芻。掛劍吳公子，招魂楚大夫。還應碑有道，不朽未全無。

早春風雨

春城愁極望，黯澹失長空。樹杪流泉細，雲根衆壑通。松柟沈曉霧，鷹隼會天風。花月前宵滿，相思隔夢中。

雹

雨冰何歷落，韶歲告陽愆。瑟瑟珠簾濕，泠泠碧瓦穿。城烏爭粉堞，澤雁起沙田。愼莫傷牟麥，三農愁不眠。

初春閣夜

高閣俯青冥，春宵任醉醒。鐘聲沈凍雨，燈影落寒星。驛使南來斷，風煙北望扃。折梅無所寄，萬里念飄零。

春雪浹旬自郡適諸暨【考證】明史地理志：「諸暨縣，在紹興府西南。元諸暨州，太祖丙午年，降爲縣。」

荏苒春光後，蕭條積雨前。迴風分嶺雪，懸溜沒山田。日月迷樵徑，村墟斷爨烟。停車慚野老，愁絶度流年。

西陵初晴【考證】浙江通志：「西興渡，在蕭山縣西二十里，本名西陵，吳越王以非吉語，故改西興，爲吳、越通津。」

積雨閒愁滿，新晴野望開。潮平海門樹，春到越王臺。江柳含烟細，林花入照催。物華欣有託，盡日此徘徊。

西陵得家信

家山吳苑側，官舫越江湄。作客憑書易，思親恨信遲。雰林黃鳥度，深院碧陰一作雲。移。不念看花侶，春風今又吹。

桃花

春色斷簾鉤，飛花上玉樓。新妝微雨過，捲幔綵霞流。日炙紅顏淡，風搖碧草愁。最憐零落處，誰向錦茵收？

送張孝廉游廣州

【考證】明史地理志：「廣州府，元廣州路，屬廣東道，洪武元年爲府。」

君向羊城去，羅浮已落梅。應題漢將柱，獨上武王臺。地折東溟盡，天低南斗開。征蠻幕府客，爭羨陸生才。

雜感 四首

鍛翮仍爲瑞，批鱗亦已遙。更聞收杜衆，誰與赦王調。淸議存游士，昌言憶聖朝。平生師友誼，俛仰愧漁樵。

【考證】通鑑綱目三編：「崇禎十三年四月，逮江西巡撫解學龍及黃道周下獄。尋遣戍，先是詔督撫舉人才，學龍薦道周，帝逮二人下獄。法司擬戍烟瘴，帝以爲輕。踰年，尚書劉澤深言：『二人罪至永戍，過此惟論死，非聖主覆載之量也。』乃戍廣西。」

大河南北望，萬里入春愁。車馬空官渡，風烟滿豫州。黃巾連戶著，白骨少人收。自古中原地，應煩聖主憂。

【考證】明史紀事本末：「崇禎十三年九月，河南郟縣盜李際遇、申清邦、任辰、張鼎，衆至五萬。」通鑑輯覽：「九月，李自成走鄖、均，入河南。」

蒼莽淮南路，連城動鼓鼙。春風愁燕子，朝雨落棠梨。神物園陵護，兵聲江海低。兩京舊馳道，極望轉淒迷。

【考證】明史紀事本末：「崇禎十三年八月，江北賊革裏眼、左金王，突霍、太間。」明史禮志：「熙祖墓在鳳陽府泗州蠙城北，薦號曰祖陵。仁祖墓在鳳陽府太平鄉，薦號曰英陵，後改稱皇，設皇陵衛。」

兵戈傳劍外，消息每差池。已失夔門險，誰言蜀棧危？雪山寒鼓角，玉壘暗旌旗。天子頻西顧，元戎實總師。

【考證】通鑑綱目三編：「崇禎十二年八月，命楊嗣昌督師討賊。十三年七月，張獻忠與羅汝才合，官軍敗績于夔州。」

九月，獻忠陷劍州。」

越署早春 二首

春色開青甸，山樓鎖翠微。千林浮淑景，萬戶媚清暉。日煖鳥初囀，風和花未飛。不知候雁意，何自獨思歸？

春山雪後明，黛色滿江城。風轉林花發，霞蒸海氣平。管絃催暮靄，樓閣動新晴。越客登臨處，浮雲日夜生。

得萊陽宋澄嵐書序令昆華之賢從宗玉兩令君及長嗣夏玉孝廉之變兼訊亡友周勒卣悽然賦酬 二首

【考證】明史地理志：「萊陽縣，在登州府南，元屬萊州，洪武九年來屬。」【案】宋繼澄，字澄嵐，天啓丁卯舉人。宋繼發，字華之，崇禎戊辰進士，官長洲知縣。宋琮，字宗玉，爲甲辰進士繼登長子，與叔繼發同第戊辰，官祥符知縣。宋理，字呈玉，繼登次子，恩貢生，未仕卒。宋瑚，字夏玉，繼澄長子，與弟璉同舉崇禎己卯。俱萊陽人。見山東通志及復社姓氏錄。山左詩鈔：「澄嵐先生父子，皆在復社。復社始於天啓丙寅、丁卯間，嘉魚熊魚山先生令吳江，實主斯盟，四海翕然從之。吳郡楊維斗、張受先、張天如、吳來之、楊子常、顧麐士，雲間夏彝仲、徐闇公、陳臥子，金沙周仲馭、周簡臣，貴池劉伯宗、吳次尾，豫章羅文止、陳大士、章大力，浙西錢彥林及吾鄉宋澄嵐、趙伯濬、王補之、左仲，及沈宙泉、姜如農、如須諸前輩，狎主中原。於是楚、豫、閩、浙、粵東西、山左右，絡繹奔會，是時，澄嵐父子倡道海濱，士多歸之。故山左之干城名教者，澄嵐爲之冠。當時安丘韓孟聚先生，寓書澄嵐，以爲漢之黨錮，宋之僞學，皆成於標榜門戶之見，吾黨亦不得不分其責。澄嵐雖韙其言，而不能用。後果爲當事所忌，幾陷不測。」

迴首長安夜，春風五載過。親朋餘涕淚，天地阻干戈。江外浮雲變，齊丘荒草多。書來問消息，忘爾隔關河。

越觀望江天，風烟海上連。招魂非一客，惜別過三年。日暗田橫島，春深范蠡船。故人今漸少，誰與拂朱絃！

杭州使院有懷

【考證】浙江通志：「貢院在觀橋東，明洪武初在府學西，即仁和學基。其後人才寖盛，地狹不足以席舍，天順三年，改今所，乃仁和倉舊址也。」

鈴閣晝陰陰，風清古木深。壞墻生薜荔，小院熟來禽。惻促過嘉月，飛揚負宿心。有懷遲彼美，何日度遙岑？

流民

懷符山縣去，憑軾暗生悲。中澤鴻多怨，空倉雀苦飢。市門連井閉，米船渡江遲。樂土今何在？春風易別離。

【考證】山陰縣志：「崇禎辛巳至癸未，連年大旱，米價每斗三錢五分。貧民爭入富家搶米，有司力禁，始息。」諸暨縣志：「崇禎十三年，斗米五錢，十四年，斗米至千錢。」【案】詩中「懷符山縣」句，乃先生攝諸暨篆時途中作也。

寄番禺令謝天愚

【考證】明史地理志：「廣州府，番禺縣倚。在城有番、禺二山，縣是以名。」吳偉業謝天愚墓誌：「君諱泰宗，字時望，晚號天愚山人。補博士弟子，累試第一，丙子，君乃雋。明年連掇南宮，筮仕得粵之番禺令。番禺多盜，君捕得按誅，蠻有盤古峝蘇鳳宇者，聚衆以叛，用計擒之。調陞工部都水司主事，尋中蜚語，謫爲福建幕僚，攝司理事於泉州。踰年，遷南安司理，擢兵科給事中，謝病以免。」明詩綜：「謝泰宗，定海縣人。」

萬里炎州吏，褰帷嶺外看。煖風開蜃市，清響到珠官。雨過江雲合，虹殘海日寒。迴瞻北斗近，莫憶路漫漫。

孟夏一日禾城遇錢宗伯夜談時事 二首 【考證】浙江通志：「嘉興府，三國吳名禾興縣，晉爲嘉禾郡。」

孟夏陶陶夕，相逢檇李城。山川留謝傳，鄉里識州平。抵掌無羣盜，同心數世英。誰知湖海上，黽勉念周京。

數州皆警急，東國倍堪虞。不自清河濟，何繇問轉輸。雄才非世出，羣策每相符。庶有公開閣，狂言許我徒。

襄陽 二首 【考證】明史地理志：「湖廣襄陽府，元襄陽路。太祖甲辰年爲府，襄陽縣倚。正統元年襄王府自長沙遷此。」

江漢西陲重，荆襄南紀雄。諸侯悲峴首，耆舊失隆中。燧色通秦塞，妖星下楚宮。不知大堤女，何處舞春風？

昭帝諸王國，先朝寵貴偏。至今漢水賦，應勝大風篇。冠蓋屯羣盜，銅鞮乏少年。楚臣零落盡，哀郢竟誰傳？ 冠蓋里在襄陽城。

【考證】明史諸王傳：「襄獻王瞻墡，仁宗第五子。永樂二十二年封。宣德四年，就藩長沙。正統元年徙襄陽。萬曆二十三年，翊銘嗣。崇禎十四年，張獻忠陷襄陽，遇害。初大學士楊嗣昌視師，以襄陽爲軍府。是年二月，獻忠邀殺嗣昌使於道，奪其符驗，以數十騎紿入襄城，夜半火作，遲明賊大至。執翊銘南城樓，屬卮酒曰：『王無罪，王死，嗣昌得以死償王。』遂殺王及貴陽王常法，火城樓，焚其屍。三月，楊嗣昌自殺。」湖廣通志：「冠蓋里在襄陽府治南。自峴首山南到宜城百餘里。漢宣帝末，有卿士、刺史、二千石數十家，朱軒華蓋相掩映，荆州刺史行部見之，歎其盛，號曰冠蓋里。」又：「銅鞮坊在襄陽府城山南，東道樓左，楚人好倡白銅鞮詞，因以名坊。」

吳興 四首

藹藹吳興郡，輝輝震澤陰。山川紛斷續，浦溆澹浮沈。粳稻春田足，芙蓉秋嶼深。南樓重懷古，暇日此登臨。

卷幔雙溪下，淸虛出畫圖。人烟吹雁鶩，城郭入菰蒲。暮靄平千嶂，秋風落五湖。羅衣汀草外，何處採明珠？

飛燕晝初長，陌頭行採桑。春風一垂手，日暮尙攜筐。密繭温如玉，新綿白似霜。何勞使君問？無暇織流黃。閔災也，民以絲充漕。

暮雨過汀洲，江深菡萏秋。碧雲天際合，青嶂鏡中收。菰米侵唇冷，菱絲入腕柔。更聞西塞下，漁唱落輕舟。

新秋蔣楚珍周天格二同年招飲台州東湖

【考證】台州府志：「蔣鳴玉，號楚珍，金壇人。崇禎丁丑進士。任司理，精明嚴肅，所釐剔皆有聲。負文名，嘗一典浙闈，再聘閩闈，所得多奇士。在郡與諸生課藝論文，指授矩度，嘗刻霞章社文，一時紙貴。時臨邑周令壽明，字天格，同年友也。天性長厚，亦雅意作人，與鳴玉所嘗識者，皆後先得雋云。」臨海縣志：「周壽明，號天格，蘄水人。崇禎十一年任，以卓異調北直曲周縣，擢給事中。」又：「東湖在崇和門外，凡一萬六千步，中有堂曰共樂，有亭曰流杯，皆址于湖心。水光山色，爲春夏行樂勝境。」

碧檻臨秋水，華軒對落暉。明霞流綺席，淸露襲仙衣。烏鵲高玄渚，芙蓉入翠微。佳期應不遠，樽酒重依依。

郡閣秋夕

嚴城秋色滿，高閣夜聲多。碧月懸丹嶂，華星落絳河。泠泠桐葉下，冉冉桂花過。不識浮雲意，無因問素娥。

同畢李二寅丈重游許寺【案】畢郡丞九臣，李别駕猶龍，注見四言詩。

爲愛徵君宅，相攜日暮尋。風鈴搖碧瓦，雪磴照珠林。疊石層樓迴，叢篁小院深。不勝懷古意，並坐惜華簪。

富春城中作【考證】明史稿地理志：「杭州府富陽縣，漢富春，晉富陽。」

古邑抱江流，江寒五月秋。浮雲平畫堞，倒影射飛樓。帆轉冥遙渚，潮生失淺洲。空留形勝在，頓使客心愁。

【考證】浙江通志：「富陽縣古城，唐咸通十年築。去今城二百七十步，慶春河即古縣城濠。」

冬涉曹娥江

夕宿淹長道，晨興涉廣川。峽雲昏草樹，江雨雜人烟。風急神娥廟，天寒津吏船。溯洄可樂，思卜剡中田。

冬雪之暨陽 二首

積雪山陰道，猶同晉永和。空濛封窈篠，皎潔秀巖阿。平畈飢烏落，奔流涉馬多。不知高臥者，歲晏意如何？

重重雲出樹，杳杳雪浮岑。松檜青葱見，熊羆偃臥深。穿林明錦障，度嶺照清襟。遂覺風塵外，偏多山水音。

斗子巖

【考證】諸暨縣志：「斗子巖，在天稠鄉南，去縣四十里，其形如斗，高出諸峯上。有獅子嶺、香爐峯，飛泉從峽中噴吐，鏗然如聞琴瑟。下有金井龍潭，天旱祈雨每驗。」

風高陰日蕩，野曠曉嵐平。積雪飛虛壁，寒雲護削成。天移南斗近，地接婺星明。繫馬青林下，蕭寥胡雁鳴。

慈谿道中

【考證】明史地理志：「慈谿縣，在寧波府西北，元曰慈溪。永樂十年，改溪爲谿。」

山合輕陰淺，江明積翠深。白沙迴枉渚，黃葉亂寒林。跋涉羞關堠，風波動越吟。跂予桐柏頂，悵矣隔幽尋。

歲暮于役烏傷道中

【考證】明史地理志：「義烏縣南，有烏傷溪。」

田野氣沈沈，悲風灌木吟。逢迎成吏道，奔走動鄉心。雲覆松陰薄，冰流石瀨深。中原烽未息，歲晏欲沾襟。

送家大母還鄉至禦兒夢入里門

【考證】嘉興府志：「語溪，在石門縣治東南，一名禦兒中涇。」

家山連檇李，悵望轉躊躕。夢入平原宅，春留潘令輿。官橋桑柘滿，小閣蕙蘭初。五兩終朝路，雲中辨敝廬。

早春李立齋令君邀游罨畫溪 二首

【考證】明末忠烈紀實：「李向中，號立齋，鍾祥人。崇禎庚辰進士。知長興縣，調秀水，入爲職方主事，進員外郎。南渡，還車駕司郎中，出爲蘇松道副使。閩中授尚寶卿。魯王入閩，召巡撫福寧，城破，從亡至浙，升兵部尚書。父死，居憂。大兵取瀛州，召之，辭，因發兵捕，至，以衰絰入見。帥謂之曰：『聘汝不至，捕汝而至，何說也？』向中曰：『前則辭官，今來就戮耳！』遂見殺。」長興縣志：「李向中傳：『縣市井惡少，連結豪家奴，名曰天罡，向中下車，擒得渠魁，立磔杖下。歲饑，勸糶平價，裒多益寡，民稱便焉。」又：「罨畫溪，一名西溪，在縣西七里，古木夾岸，叢篠翳其下，朱藤蔽其上。花時，遊人競集，如在畫中。溪半有畫溪亭。」

松崗明積雪，竹岸覆春沙。別浦生芳杜，乘流問浣紗。迴風張樂細，落日蕩舟斜。欲解江皋佩，皆言勝若耶。

桂楫五湖西，春風入畫溪。石泉分裊裊，沙草靜萋萋。卷幔藤蘿合，迴舷竹樹迷。使君多暇日，眞欲問幽棲。

睢陽

【考證】明史稿地理志：「河南歸德府，唐睢陽郡。」

閼伯分星地，商王建社來。族多欒黶汏，守乏華元才。日暮歌鐘歇，天荒畫角哀。異時賓客在，寂莫向平臺。

【考證】綏寇紀略：「崇禎十五年二月，李自成陷歸德。歸德者，嚮爲州，後因亂故，獨無藩封，不置兵。知商丘梁以樟者，故鄖撫夢澤子也。邑舉人徐作霖、吳伯裔、伯胤相與集鄉勇爲守禦。賊攻圍七日夜，以二月二十七日攀堞入，作霖、伯裔、伯胤死，以樟被兵，尋救甦，遁于淮南。家四十口，悉以燼。儀封、杞縣空城逃，開、亳亦繼陷。」

初夏同倪司成吳金吾畢少府同游祁侍御寓山園亭　八首

【考證】明史倪元璐傳：「崇禎八年，遷國子監祭酒，爲溫體仁所忌，遂落職閒住。」紹興府志：「吳孟明，字文徵，山陰人。承蔭錦衣千戶，進鎮撫司副理刑。魏忠賢盜國柄，以私人許顯純掌鎮撫刑篆，忌孟明，逐之歸。嘗乘小舟出遊，忽舊邏卒來謁，問以何爲，卒曰：『爲伺察周汝登、劉宗周等間隙耳。』孟明曰：『昔夏門亭長，知憐李固；長安石工，猶賢司馬。今爾曹豈獨無心耶？』卒亦唯唯去。崇禎改元，晉錦衣衞事。時蘇州以復社事指張溥等爲倡亂魁，具疏救之。掌篆二年，解任，卒年八十。」山陰縣志：「寓園，去府城西南二十里，有寓山。崇禎初，御史祁彪佳依山作園，後彪佳自沈於池而卒。園有八景：曰芙蓉渡，曰孤峯玉女臺，曰迴波嶼，曰梅坡，曰試鶯館，曰即花舍，曰歸雲寄，曰遠山堂。」

南國稱佳麗，西園足徜徉。地鄰梅尉宅，人即鄭公鄉。碧岸花迎棹，朱欄柳拂牀。清歌遲客意，引滿向斜陽。

寓園幽絕處，暇日此經過。錦石支紅藥，青霞帶綠蘿。卷簾朝雨至，放艇夏雲多。忽憶東山客，應憐對綺羅。

月館凌虛迥，風臺永夜涼。鏡中分畫閣，樹杪出迴廊。竹色匡牀冷，槐陰清簟長。不煩絃管在，高論到羲皇。

幔亭高不極，獨夜此登臨。歷亂方塘影，徘徊嘉樹林。星辰丹嶂逼，燈火翠微深。久立霑清露，猶懸待月心。

芳甸乘雙槳，和風試夾衣。華筵張水次，清曲送雲飛。日鑄茶新熟，湘湖蓴欲肥。主人歌伐木，眞擬醉無歸。

蓮塘迴窈室，宛轉碧欄干。珍鳥窺羅幔，幽花掃一作滿。石壇。綵虹當澗落，凝靄入窗寒。此際愁予美，迢迢萬里看。

中朝柱下史，偏愛若耶春。巖壑千重合，樓臺十里新。燕泥汚錦瑟，竹粉墮花茵。眞有幽棲興，相攜此卜鄰。

湘水羅含宅，成都揚子亭。山川逢暇日，賓客動千星。講易瑯玕榻，藏書琬琰銘。不知王逸少，曾見幾峯青？

大風雨渡東陽江

【考證】浙江通志：「東陽江，在東陽縣西南，源出邑之大小盆山。」

險道疲征馬，危灘得艤舟。千山梅雨合，五月漲江秋。鷗鷺當人立，魚龍出浪浮。還憑忠信在，欲上呂梁游。

予討山越遇大水阻酥溪不得渡宿善溪【考證】義烏縣志：「酥溪，在縣東北三十里，源出清潭山，至了口，與深溪合，入豐江。」

積雨靄沈沈，川原不可尋。前驅稱沒馬，埋竈得空林。峻壑千重溜，懸流百仞深。一作尺岑。編橋還叱馭，莫歎武溪淫。一作深。

過酥溪水深不可涉從間道至上流十里渡

策馬溪流駛，籃輿小徑通。亂泉穿石底，飛瀑掛雲中。纂纂棗垂雨，離離苗向風。問途荷篠子，掉臂入墻東。

壬午生日發永康憶去歲在崇德前歲在都門【考證】浙江通志：「永康縣，元屬婺州路，明屬金華府。石門縣，元崇德州，明爲崇德縣，屬嘉興府。」

屈指予生日，三年不在家。前春薊門柳，昨歲禦亭花。壯志銷奔走，殊方感物華。高堂應念汝，遠近總天涯。

縉雲【考證】明史地理志：「縉雲縣：在處州府北，東有仙都山，亦名縉雲山。」

烟火傳深谷，何年聚邑成？懸崖開小市，壘石置疑城。草木雲中見，溪山雨後明。仙都青靄斷，迴首欲忘情。

仙都【考證】浙江通志：「仙都山，在縉雲縣東二十三里，按道書，此第二十九，爲玄都祁仙洞天也。」

青山望不極，沼遞入仙都。黛色横天際，蒼烟斷海隅。泉聲千澗合，雲物萬峯殊。元放端居裏，飛龍定有無？

陟縉雲馮公嶺即木合嶺也上有桃花隘【考證】明史地理志：「縉雲縣西南，有馮公嶺，一名木合嶺。」處州府志：「縉雲縣馮公嶺，義士馮大杲所鑿。宋楊億比于劍閣。桃花隘，界麗水，有基地約三四里，可容數千人。守此百寇自廢，縉之鎖鑰也。」

百折桃花隘，雄關已近天。山川沈顥氣，閩越辨蒼烟。梯壓成阡陌，披雲得市廛。回看下方路，雷雨萬峯懸。

麗水九龍村【案】處州府志：「麗水縣有九龍溪。」

人烟迴樹杪，村落帶江流。數畝樟柟蔭，千家穊麥收。火耕開瘠土，水碓繫虛舟。疑有柴桑隱，還同谷口游。

師次松陽宿淨居館聞警【考證】明史地理志：「松陽縣在處州府西北。」處州府志：「淨居寺院在松陽縣西二十一里。」

溪聲喧鼓角，山色引旌旗。絕澗藤橋度，懸崖石棧危。數烽傳賊壘，六月濟王師。自顧慚隨會，猶煩一旅移。

石佛嶺【考證】松陽縣志：「石佛山，在縣東二十里，高數百丈，前有巨巖如佛，故曰石佛嶺。」

錦障四圍平，蒼崖一線行。片雲當嶺翳，萬木寫溪明。靈鷲孤棲迥，馴猿接飲輕。年年苔蘚碧，眞似學無生。

雲巖　地多靈蹟。【考證】松陽縣志：「雲巖在縣西三里，高百餘丈，有龍巖石，上下石洞，深廣十丈。潘自然築雷院於此修鍊，雷霆常擊其樹，前有石穴，如釜。冬夏常清，傳曰丹泉。」

雲巖巖壑秀，松石照人明。壞道流泉細，荒祠古木平。汲漿留玉女，埋籙走山精。咫尺西屏路，披襟向晚行。

夜觀太白

芒角天文燦，桑榆夜色封。河傳沈白馬，星復貫黃龍。作態干明月，移躔亂夕一作落晚。烽。登臺聊騁望，躑躅過三冬。

除前一夕同畢玉臺郡丞登望海亭　【考證】紹興府志：「望海亭，在府治臥龍山頂，即今之越望亭也。」

孤亭聊騁望，晚歲獨含情。落日三江動，澄湖萬井明。青雲低越樹，白羽過吳城。千里傷春目，萋萋芳草生。

壬午除夕 二首

輝輝芳景逼，冉冉壯心懸。日月商歌裏，山川越望前。春風侵晚歲，朔氣動經年。愁絶蓬萊殿，傳烽夜未眠。

滿目愁無賴，偏生此夕中。亂燈懸夜雨，急管候春風。國事幾投袂，鄉心任轉蓬。明當就詹尹，何計學冥鴻。

初春送士渡錢塘

【考證】明史地理志：「杭州府，錢塘縣，南有錢塘江，亦曰浙江。有三源：曰新安江，出南直歙縣；曰信安江，出開化縣；曰東陽江，出東陽縣。滙而東，爲錢塘江。」

擊節一作楫。乾坤隘，鳴榔吳越分。春迷沙汭雨，潮出海門雲。兩岸燈花發，三江鼓吹聞。落梅歌未止，折柳送從軍。

見新燕

春風吹蕙草，送汝出瑤臺。來往常相並，飛鳴何所哀！香泥新歲淺，綺月隔年開。況有高樓婦，交河戍未迴。

見新柳

不盡青門色，偏驚江甸春。兩京馳道上，二月送行人。鶯弄愁時雨，烏啼戰後塵。那堪思往事，聯騎小平津。

越署春雨

高閣俯風湍，春光入望闌。雨從丹幛落，城壓翠屏寒。津樹啼鶯暗，山花送客殘。不堪千里目，金鼓動江干。

聞雁

隴首暮雲平，霜天胡雁鳴。三江傳朔氣，萬里下邊聲。旅宿驚烽堠，分飛散水城。寂寥湖海後，辛苦向南征。

寒月

苦霧江潭合，明雲天際開。河流凝碧落，霜影拂樓臺。魚海逢歸雁，龍沙寄折梅。漢家餘故壘，永夜照蒼苔。

奉先大母歸葬廬居述懷　四首

國破家何在？親亡子獨歸。無顏上丘隴，有淚變芳菲。彤管虛長夜，丹旌對落暉。空餘雞骨是，霜雪滿麻衣。

前歲南陔草，春風奉錦軒。今來西靡樹，痛哭下松門。遺恨逢亡國，眞慈念愍孫。先朝餘寵在，畫柳向平原。

行遯山河改，歸來松菊荒。尙餘三畝宅，無復萬家旁。祈死煩宗祝，偷生愧國殤。但依親隴在，含笑此高岡。

右軍曾誓墓，平子亟歸田。此日君親盡，非關出處偏。大夫離黍賦，小雅蓼莪篇。併作今朝淚，煩冤莫問天。

野望

谷口棲眞處，柴門極望中。行吟寒日落，揮手暮雲空。明月流沙雁，微霜變草蟲。吾哀非一事，且莫厭墻東。

登辰維閣

平楚微茫盡，繁雲黯淡愁。川光浮樹杪，山雨逼簾鉤。白鳥孤烟暮，丹楓萬井秋。神州空極目，蕭瑟賦登樓。

孟冬宿柴石上人精舍　二首

【考證】先生柴石上人詩序：「釋氏柴公，隱于富林，精修淨業二十年矣。酉、戌之際，江左被兵，郡之美士多棲山澤，無不與師唱和。予之壟廬，去此蘭若不過數武，時時過從，相對永日，接其緒言，都有名理，直法胤之高秀也。」

高閣俯清湍，千峯落木殘。焚香開寶珞，飛梵拂琅玕。禾黍江雲淨，桑榆海日寒。東籬憔悴客，惟得遠公看。

上方通竹徑，殘月照匡牀。烏雀喧初曙，松杉落曉霜。有山還種桂，無海不栽桑。莫測升沈理，相攜問法王。

七夕

輕飈流海月，仙蹕落庭柯。杳杳飛雕鵲，沈沈失絳河。針樓秋思滿，玉宇夜情多。永夕愁無寐，淸輝奈爾何？

忽然秋滿地，愁裏度良辰。有酒還同醉，無衣豈獨貧。月明河鼓動，露落海閶新。欲就君平卜，升沈數未眞。此首夏完淳作，誤入。

【校】「忽然秋滿地」二首，係夏完淳詩誤入。原題「七夕步蠡水先生韻」，見夏內史集。

出塞曲 六首

負羽從驃騎，揮鞭屬貳師。黄雲連瀚海，白日照焉支。劍客穿龍帳，輕兵掣虎旗。玉門宣凱後，幕府上功時。

六郡舊知名，三河出射聲。前軍臨馬邑，□□祀龍城。萬竈寒烟薄，千山堠火明。漢家飛將在，絶漠好横行。

近辭丹鳳闕，遠過白龍堆。落日雙旌度，平沙一騎回。軍中拜印禮，一作扎。幕下勒銘才。正值春楊柳，長安甲第開。

虎節過西海，熊旗適大宛。單車經月窟，幾驛到河源。殘雪留沙磧，疎星落塞門。傳聞張博望，歸日已臨軒。

新屯八校尉，盡護六將軍。蛇鳥終朝變，貔貅靜夜分。雙鵰翻白草，萬馬壓黄雲。不掃龍庭穴，羞稱麟閣勳。

轉戰黃河曲，休兵青海灣。鴻歸上林苑，雀凍紇干山。霜雪穿金甲，風雲望玉關。燕山一片石，蕭颯老紅顔。

早春野望 四首

淑景辭寒近，芳郊極望平。晴雲連草碧，殘雪照花明。河渚歸鴻起，山中杜若生。留華垂老後，相對不勝情。

攜杖北山阿，東風吹女蘿。蘭皋紅藥小，蒲澤紫鱗多。野氣成宮闕，春雲照綺羅。冶遊非昨日，無奈豔陽何？

翠靄迷丹壑，清暉接絳霄。遠山横曙雪，麗日蕩春潮。雊雉分芳草，啼鶯出畫橋。生平湖海志，終得傍漁樵。

抱甕於陵子，彈琴榮啓期。穠花驚曠野，鳴鳥變高枝。衡宇春光滿，山河夕照遲。長歌采薇曲，迢遞入東籬。

避地示勝時 六首

【案】此詩應作於移家武塘時。

江潭愁鼓枻，滄海憶乘桴。此處同攜手，何人可借軀？亂離忘歲月，飄泊憎妻孥。莫作窮途慟，乾坤定有無？

計拙存謀野，時危適遯荒。友人憐豫讓，女子識韓康。周鼎無消息，秦灰正渺茫。冥鴻天路隘，何處共翺翔？

故物經時盡，殊方逐態新。恨無千日酒，眞負百年身。芝草終榮漢，桃花解避秦。家家湖海外，天地一遺民。

踽踽三年內，蕭條一概中。刺船排急難，贈策想雄風。北海孫賓石，東吳皋伯通。比來還寂寞，此義有誰同？

蘆中誰可託？土室更難期。歲月歸三歎，關河動五噫。馬遷違大雅，箕子得明夷。禮樂終干櫓，窮愁亦我師。

力窮支大廈，時異射高墉。未遇夷門老，還從石戶農。朱紘悲匪兕，玄牝愧猶龍。淚盡人間世，天涯何處逢？

仲春田居即事 十首

平野春光極，幽居四望同。漸深芳草色，頻動落花風。絳樹鳴微雨，青山隔斷虹。吾生玄覽盡，何處問襄童？

閉關春草外，矯首碧雲端。行藥乘新霽，登臺怯暮寒。鑿池栽菡萏，移榻近琅玕。偃仰悲生事，相思獨夜闌。

野色淡霏微，攜筇更掩扉。棠梨分曉月，楊柳弄春暉。藉草乘雙屐，當風試夾衣。最憐烟景在，獨與賞心違。

濠上思莊叟，緱山憶子喬。種魚浮碧嶼，相鶴問青霄。大道隨時隱，雄心向晚消。所悲虞夏沒，無地著漁樵。

山櫻荒館靜，岸柳葦門疎。夜雨深丹壑，春星動碧虛。蓬蒿遲二仲，蘋藻弔三閭。歎息故人盡，無勞長者車。

病餘扶曲徑，春望倚荒臺。裘帶違三樂，川原動七哀。楚辭愁北渚，周雅續南陔。灑淚芳菲路，空傳長命杯。

樊圃青蘿合，分畦綠水平。種貽香稻粒，齋出露葵羹。許掾曾聞道，龐公事耦耕。飄搖天地外，眞欲寶無名。

濯纓依石瀨，采藥過山椒。松柏常端正，鶯花慰寂寥。問年悲冉冉，作賦思飄飄。敢學丘園秀，狂歌不可招。

春深歸雁急，山晚落花幽。倚杖斜陽盡，攀條宿雨收。青黏能卻老，丹棘可忘憂。自覺乾坤隘，誰談大九州？

大文收虎變，淸嘯學鸞聲。澤畔貽香草，風前餌落英。石留貞女象，果得隱夫名。握粟辭詹尹，升沈我已輕。

補遺

游神山道院

【考證】青浦縣志：「辰山，在盧山南，舊名神山，爲九峯第四。唐天寶間，改稱細林。元時，仙人彭素雲棲此。構崇眞道院，中有仙椅、屯雲、錦濤諸峯，及礙雲石、甘白泉。」

玉殿丹霄出，玄宮碧巘浮。重梯淩絕磴，萬堞隱危樓。鶴下星壇冷，花飛石洞幽。羣仙何處接？滄海自悠悠。

【附錄】夏完淳從陳軼符先生遊細林山館詩：「載酒扁舟疾，春風不滿帆。酒家藏夏馥，漢臘問陳咸。浩劫桐君籙，明星玉女函。登高湖海盡，愁絕倚松杉。」

送友北行 【案】以下三首似皆越中詩。

爾去乘青翰，桃花客路明。同題雙浦樹，獨聽上林鶯。蹀駿金臺迅，葡萄玉盞清。周郎新有曲，西嶺夜吹笙。

中秋宴友

雨過江樓淨，金波萬里開。人來婺女國，花泛孔融杯。錦石秋槐落，嚴城畫角哀。龍媒今日見，五市重徘徊。

除夕和友韻

歲杪逢君至，清輝映四鄰。寒梅堪共對，彩筆信如神。日月青萍老，江湖白髮新。屠蘇須盡醉，莫問五更春。

陳子龍詩集卷十三

七言律詩 一

感懷 八首

北風日落海雲黃，萬里江南愁正長。城市荒荒淹歲月，山河歷歷散冰霜。家無百頃惟供客，囊少千金不治裝。莫道重論遊俠事，中朝冠蓋本賢良。

【考證】王澐三世苦節傳："奉議公固儒家，產不踰中人，歿後家益落。先生性豪邁，不問家人生產，素喜賓客，座上恆滿。庚午登賢書，兩上春官不第，詩酒之會，倍盛于往時。"

神京奕奕古幽州，紫禁烟雲屬御樓。天子新添太府寺，羣臣多拜大長秋。簿書衡石皆秦吏，封事飛霜半楚囚。奏對卽今誰便殿，幾人江上自披裘。

【考證】明史紀事本末："崇禎四年九月，命太監張彝憲總理戶、工二部錢糧，唐文征提督京營戎政。王坤往宣府，劉文忠往大同，劉允中往山西，各監視兵餉。十一月，以太監李奇茂監視陝西茶馬，吳直監視登島兵餉。自是衡憲四出，動以威倨上官體加于庶司。"又："四年十二月，時考選科道，後更核在任征輸，于是戶部尚書畢自嚴下獄，熊開元、鄭友玄俱譎，吏科都給事顔繼祖上疏救，上切責之。自是考選將及，先核稅糧，不問撫字，專于催科，此法制一變也。」通鑑綱目三編：「三年八月，殺前督師尚書袁崇煥，逮前文淵閣大學士錢龍錫下獄，遣戍。史埜疏言龍錫出都，以崇煥所畀重賄，轉寄姻家，巧爲營脫。帝怒，遂寘崇煥極刑，坐龍錫大辟下獄。中允黄道周疏救，帝意亦寖解，乃減死，戍定海衛。」

北極朝廷倚玉清，千官嶽嶽自崢嶸。外家難治椒房重，察子風聞御詔輕。薄暮赤丸燕市俠，連宵白羽薊門兵。公卿此日多籌策，徒向神宗說太平。

【考證】案明史外戚傳：「新樂伯劉效祖，莊烈帝生母孝純太后之弟，嘉定伯周奎，莊烈后父，均循謹。惟田貴妃父弘遇以女貴，官左都督，好佚遊，爲輕俠。」而綏寇紀略亦云：「田貴妃擅寵幸，其父弘遇數犯法，交結朝臣，謀傾中宮。」所謂外家、椒房應指此。又【案】通鑑綱目三編：「崇禎二年十二月，以何如寵爲大學士，時都人桀黠者，請以私財聚衆助官軍，如寵力言其叵測，會帝得偵事者報，與如寵言合，由是受知。」又：「是年十一月，大兵薄都城，袁崇煥入援，都人驟遭兵，怨謗紛起。會我大清設間，謂與崇煥有成約，語聞于帝，帝信之，遂執下詔獄。」觀此二事，則知帝好偵察也。

軍府烽烟雜雨霜，盧龍萬馬盡雲翔。已將國計歸中貴，更發兵符遣侍郎。虜部徙庭秋上谷，飢民舉火夜平陽。君王留意安邊策，西苑親開內教場。

【考證】明史莊烈帝本紀：「四年九月，太監張彝憲總理戶、工二部錢糧，給事中宋可久等相繼諫，不聽。」又：「五年三月，兵部侍郎劉宇烈，督理山東軍務，討孔有德。」通鑑綱目三編：「五年九月，流賊連陷山西州縣，部議令宜大總督張宗衡駐平陽，巡撫許鼎臣駐汾州，分地守禦。」夢囈集：「內操教場名振武殿，在北安門內。」

文登窮寇夜傳烽，高塹蛇盤第幾重。豈止夷兵能壁壘，更無島帥渡艨艟。五家墮指三多盡，千竈炊烟萬馬供。最是堅城早宜下，誰人百道一時攻。

【考證】明史莊烈帝本紀：「四年閏十一月，登州遊擊孔有德反。五年正月，陷登州，遊擊陳良謨戰死。」又袁崇煥傳：「崇禎二年正月，大兵征朝鮮，并規勦毛文龍。三月，大兵克義州，分兵夜擣文龍于鐵山。文龍敗，遁歸島中。工科給事中潘士龍劾文龍糜餉殺降，尚寶卿董茂忠請撤文龍治兵關寧，兵部議不可，而崇煥心弗善也。遂以閱兵為名，泛海抵雙島。文龍來會，伏甲幄外，文龍至，其部卒不得入。崇煥因詰文龍違令數事，文龍抗辯，崇煥厲色叱之，命去冠帶縶縛，文龍猶倔強。崇煥曰：『爾有十二罪，當斬。』遂取尚方劍斬之帳前。」

老上金人不祭天，分明運轉殺胡年。牛羊耗失思南牧，風雨摧殘滯北還。東甲正宜謀馬邑，盟書誰是奏甘泉。紛紛漢將檻車後，獨使中涓控九邊。

【考證】明史莊烈帝本紀：「四年九月，內臣王應朝、鄧希詔等監視關寧、薊鎮兵糧及各邊撫賞。」

中原側首半蓬蒿，丁壯江南盡輓漕。武備向推河朔勇，寇來無復太行高。聖明倚重惟金部，海內經營恃賊蓄。若有王楊能事主，何煩桑孔計秋毫。

【考證】通鑑綱目三編：「崇禎三年十二月，增田賦，兵部尚書梁廷棟以兵食不足，疏言：『民窮之故，惟在官貪。使貪風一息，即再加派，民亦懼然。』帝命戶部協議，尚書畢自嚴請畝加三釐，于是增百六十五萬有奇，合舊所增，凡六百八十餘萬，海內咨怨。」

謀國登壇事事能，榆關胡騎日憑陵。惟呼將士分三協，不會諸侯築大凌。西極火攻齋寇盜，東會天與費金繒。至尊愁坐承明殿，諸老從容是股肱。

【考證】明史紀事本末：「崇禎四年十月，命太監監軍。王應朝往關寧，張國元往薊鎮東協，王之心中協，鄧希詔西協。」通鑑綱目三編：「四年八月，巡撫丘禾嘉議築廣寧、義州、右屯三城，孫承宗謂廣寧道遠，當先據右屯，築城大凌河，以漸而進，遂以七月興功。」

【校】第四首「虜部徙庭秋上谷」句全集本原缺「虜」字。第五首「豈止夷兵能壁壘」句，缺「夷」字。第六首「老上金人不祭天，分明運轉殺胡年」兩句，缺「上金」「殺胡」四字。第八首「榆關胡騎日憑陵」、「東會天與費金繒」兩句，缺「胡」「東會」等字。並據壬申幾社文選校補。

聞滇

【考證】明史稿地理志：「雲南府，戰國時，楚莊蹻略地至滇池，因王其地，號滇國。漢收滇國地，置益州郡。」

萬里朝廷恩澤阻，益州屬國漲妖氛。徼侯年少心懷土，使者謀輕血染雲。倒水飛蛇吞漢節，叢篁狂象載蠻軍。樓船未建高旗日，誰有相如喻蜀文？

【考證】明史雲南土司傳：「沙定洲者，王弄山長官司沙源仲子，崇禎中，元謀土知州吾必奎叛，總兵官沐天波勦之，調定洲從征，定洲不欲行，出怨言。會奸徒饒希之、余錫朋逋天波金，無以償，錫朋常出入土司家，誇黔府富盛，定洲心動，陰結都司阮韻嘉諸人爲內應，既，定洲入城辭行，天波以家諱日不視事，定洲譟而入，焚劫其府，天波聞變，由小竇遁，其母妻走城北，自焚死。定洲據黔府，盤踞會城，劫巡撫吳元兆，使題請代天波鎭滇，傳檄州縣，全滇震動。」【案】沐英平雲南，封黔國公，子春襲西平侯爵，其後世守雲南，傳至天波，以定洲亂，走死緬甸。

少年

灞陵濃柳疊春姿，玉勒銜烟人不羈。射虎月腥弓影瘦，韝鷹風疾袖痕移。戴星醉入青娥館，觸夜潛行黑帝祠。驃騎既封胡虜弱，年年寂寞羽林兒。

野祠

禾黍灣通小徑邊，橫溪石馬臥寒烟。畫圖詭僊知吳俗，題額荒茫設漢年。安穩燕雛巢繡幕，起居龍女剝花鈿。老巫死後神靈歇，新鬼儌儌舞廟堧。

傷春 二首

江南春放五湖東，花氣傷心萬國同。滇表烟迷金馬廟，海濱烽迫魯王宮。占星夜泊蒹葭雨，結客朝隨楊柳風。猶是太平無早計，茫然舉事爲誰雄？【案】「滇表」句，指雲南沙定洲事。「海濱」句，指山東孔有德事。

深愁柳葉護烟湄，不及兵前學翠眉。鴻射秦臺涼月暗，燕焚海屋漲雲悲。紫貂刻玉鼇標纛，白馬橫金虎識旗。石隱未能當任俠，擬辭黃綺結袁絲。

雪 三首

札札紛紛弄雨工，紫皇新在蕊珠宮。初隨碧海三更月，旋舞紅樓五夜風。孔雀尾翹金照耀，冰蠶絲織玉玲瓏。年來耕盡藍田土，止有盧家堂更空。

西母瑯玕飼鳳凰，粉飄銀漢隱紅牆。連宵樓閣能通火，永日簾櫳不避香。三尺鮫人冰作繭，五銖姑射水爲裳。乘鸞萼綠迷雲路，指點青溪白石郎。

牀引紅牙簾釘犀，絳紗淅淅小樓西。竹房半欲塗雲母，椒實全驚吐火齊。鴛瓦曉深連玉樹，鳳艭朝起踏銀泥。依稀不夜城中夢，恨有寒啼碧野雞。

晚晴見紅霞覆積雪

積素荒荒更不開，咸池返照白龍堆。已贏滄海塵三斛，更接天家酒一杯。絳節仙人雲府度，紅鸞帝女玉山回。可能同載魂猶斷，漢武雄心曼倩才。

初夏雜感 二首

麥隴初晴烟火收，碧溪水鳥踏新愁。吳農減食猶懸耜，漢使乘傳問滿篝。塞北呼庚終餓虎，江南分野本牽牛。幸無自惜疲殘骨，此地忠勤三百秋。

江南風雨綠初清，有客登高意不平。肅愼矢曾飛北地，昆明錢尙阻西京。宮人新少傳封事，常伯徒勞典禁兵。顧上洛陽流涕語，更端歷難漢公卿。

穆天子

穆滿西征天外期，弇茲日影動旌旗。赤烏美女新參乘，蒼璧冰夷導六師。已有笙簧歡阿母，尙愁風雪凍殤姬。猶踰漢帝誇神馬，徒築崑崙使者祠。

春夜深雨聞鄰家絃弄

曲巷通烟泛柳枝，輕寒玉簟黑離離。肥香會伴紅絃語，密雨遙籠白紵詞。風展小纖聲入瘦，夜沈空豔影爲姿。簾櫳愁絕王昌夢，春氣虛無燈暗時。

中秋風雨懷人

誰將幽怨度華年？河漢濛濛月可憐。落葉黃飛妖夢後，輕綃紅冷恨情邊。青鸞徑路簫聲歇，白蝶迷魂帶影妍。惆悵盧家人定後，九秋雲雨泣嬋娟。

至韜光嶺

【考證】西湖志：「從靈隱羅漢堂而西，逕路屈曲，筠篁夾植，草樹蒙密，晨曦穿漏，如行深谷中，援蘿挽葛，約三四里，始達韜光庵。上至寺頂，有石樓方丈，正對錢塘江，江盡處卽海，洪濤浩渺，與天相接，十洲三山，如在目睫。」

鳥道斜盤亭午時，清秋高閣動深悲。湖山南浸雲生雜，江海東封日照危。入檻尚餘龍鳳勢，到人誰見虎狼姿。僧云旁有虎穴。昔年惆悵偏方事，吾輩登臨獨釣奇。

同遊陸文定公墓舍

【考證】明史本傳：「陸樹聲，字與吉，松江華亭人。嘉靖二十年會試第一，選庶吉士，授編修，官至禮部尚書，屢辭朝命，中外高其風。萬曆初，連疏乞休。張居正語其弟樹德曰：『朝廷行相平泉矣。』平泉者，樹聲別號也。樹聲聞之曰：『一史官去國二十年，豈復希揆席耶？且虛拘何益？』請愈力，乃命乘傳歸。通籍六十餘年，居官未及一紀，年九十七卒。贈太子太保，謚文定。」松江府志：「文定公陸樹聲，墓在北城濠之北，萬曆三十三年賜葬。」蓴鄉贅筆：「文定公孫慶曾，居丙舍，頗擅園亭之勝。」

斜照松涼小徑明，紅橋繫柳晚潮平。玉魚寒露菰蒲冷，石馬秋風禾黍聲。有樹豔牽霜後色，隔溪香斷月初情。高原豈是埋愁侶，我獨傷心對九京。

霞起閣即景是日立夏諸同社咸集賦詩竟日

衆碧無心與夏期，麗譙盡入夕陽姿。細烟時上花雙瓣，遠雨常含日半規。老竹走寒穿廢堞，瘦魚飛暑見荒池。哀時江表猶淸晏，挾客登高且賦詩。

生日偶成 二首

問汝此日何高眠？風吹碧梧徒自憐。程生嘲客始三伏，六月一日初伏。鄧禹笑人已一年。時予年二十有五矣。擬勒文章北海上，隨將射獵南山前。功名細事尙寂寂，那敢輒欲爲神仙。

擊劍讀書何所求，壯心日月橫九州。頗矜大兒孔文舉，難學小弟馬少遊。不欲側身老章句，豈徒挾策干諸侯。閉門投轄吾家事，與客且醉吳姬樓。

送方扶予入都 時爲國子博士。【考證】松江府志：「方廣德，字扶予，河南南陽人。崇禎四年進士，任教授，五年，陞國子監博士。」

與爾常期明月居，中原江左昔人悲。賦詩高麗麟龍語，說劍蒼茫將相姿。子皙每勞梁帝詔，林宗當屬漢儒師。艱難莫晦安危略，大半談兵可救時。

送萬年少還彭城 【考證】江南通志：「徐州府，春秋時爲宋之彭城邑。」

飄零蠻錦溼玄霜，永夜蘭橈小帳香。冬煖鏡臺飛孔雀，月明紈扇畫鴛鴦。大江北渡吳歸客，舊楚西來漢故鄉。指點橫塘春事近，莫教惆悵鬱金堂。萬子約于明春納姬吳中，并晤吾黨。

遇桐城方密之於湖上歸復相訪贈之以詩 二首

小雨烟波碧可憐，殘荷衰柳各娟娟。才人南國皆紈扇，軼女西陵怨翠鈿。秋病扁舟能望氣，夜寒古廟半談天。繇來江表論兵者，大抵風流似晉年。

仙才寂寞兩悠悠，文苑荒涼盡古丘。漢體昔年稱北地，楚風今日滿南州。時多作竟陵體。可成雅樂張瑤海，且剩微辭戲玉樓。頗厭人間枯槁句，裁雲翦月畫三秋。

【考證】明史文苑傳：「李夢陽才思雄鷙，卓然以復古自命。弘治時，宰相李東陽主文柄，天下翕然宗之，夢陽獨譏其萎弱。倡言文必秦漢，詩必盛唐，非是者弗道。與何景明、徐禎卿、邊貢、朱應登、顧璘、陳沂、鄭善夫、康海、王九思等，號十才子。」又袁宏道傳：「自宏道矯王、李之弊，倡以清眞，鍾惺復矯其弊，變而爲幽深孤峭。與同里譚元春評選唐人之詩爲唐詩歸，又評選隋以前詩爲古詩歸。鍾、譚之名滿天下，謂之竟陵體。然兩人學不甚富，其識解多僻，大爲通人所譏。」

送勒卣之金陵 四首

憶得秦淮舊酒樓，無端不見又三秋。當年輕薄誇宮體，此度淒清滿石頭。白羽新軍懷楚練，時金陵新立一軍。黃雲俠客動吳鈎。即今天地多兵甲，勿向城西問莫愁。

【考證】案綏寇紀略：「應天巡撫張國維選吳材武良家子六千，成一軍，及皖城之亂，程龍、陳于王、詹兆鵬諸將，一戰而盡。」自注所云「金陵新軍」，應指此。

十二城頭江更寒，君遊此日動波瀾。芙蓉子夜倡樓迴，鴻雁商秋古殿殘。海內於今嗟鳳隱，眼中誰是識龍蟠？生平寂寞孫劉輩，空老周郎強自寬。

南朝子弟每論兵，獨恥爲儒風調輕。吾輩近交吳劍客，君今仍作魯諸生。鳳臺夜色雲中缺，烏榜晨光柳外明。儻過東山思舊隱，永嘉烽火正縱橫。勒卣入太學，故有「諸生」之句，時溫州有盜警。

勿將禮數問朱軒，更有風流暗斂魂。且譜紅絃豔南國，可傳白紵到中原。湖名玄武開

【考證】明史莊烈帝本紀：「五年十一月，海賊劉香寇浙江。」

滇水，山號盧龍象薊門。漢室公卿愁散地，無心挾策莫輕論。

贈轉運崔使君

【案】先生崔霍童詩序云：「予初舉于鄉，而霍童尊人轉運兩浙，得與霍童遊。霍童歸閩，予則往返燕、趙。」是崔使君以福建人而轉運浙江者，而浙江通志不載其人，俟再考。

閩嶠青霞天外開，陸離珠珮照樓臺。賦才新益熬波句，博物應知貢珀來。南楚鼪鼯歸

傲吏，東吳賓客擁奇材。明時莫上輸邊策，轉運猶無中使催。

元日

王正新日曉娟娟，龍鳳旌旗海上懸。我見竹枝驚歲序，誰留雁語及春前。雲霄北極朝歸路，冰雪東方戰後天。聞說偃兵占氣象，雲臺例奏太平年。

上元

雕雲遙映火城委，窈窕湘簾萬戶垂。玉樹吐花千菡萏，虹橋結綵九長離。遺香宛轉吳歌細，墮珥玲瓏羯鼓遲。最憶燕臺繁麗地，內家裝束畫樓時。

聞仲馭儀部以言事奪職

【考證】明史本傳：「周鑣，字仲馭，金壇人。崇禎元年進士，授南京戶部主事，榷稅蕪湖，憂歸。服闋授南京禮部主事，極論內臣、言官二事。帝怒，斥爲民。鑣自通籍後，即交東林，矯矯樹名節，及被放，與宣城沈壽民讀書茅山。十五年，起禮部主事，進郎中，尋罷歸。福王立，馬士英劾鑣從弟鍾從逆，并及鑣，遂俱逮治。阮大鋮居金陵時，諸生顧杲等出留都防亂公揭討之，主之者鑣也，大鋮故恨鑣。亡何，左良玉稱兵，大鋮謂鑣實召之，乃賜自盡。」

紛紛近屬侍中貂，抗疏誰憐路轉遙。名士盡歸憂聖主，正臣留跡動先朝。仲馭先是有請恤遜國諸臣疏。金沙窈窕春深樹，鐵甕淒清夜半潮。放逐莫疑閒日月，吾曹終不似漁樵。

【考證】鎮江府志：「鏕爲禮部主事，疏請恤錄建文君死難諸人。又疏三事：一撤管部務內監張彝憲，一救言官黃道周、華允誠，一糾登州失事孫元化、宋光蘭。又疏劾張彝憲詬辱堂官，凌厲司屬之罪。詔革職。」

補成夢中新柳詩

春光一曲夕陽殘，金縷牆東小苑寒。十樣纖眉新鬭恨，三眠軼女正工歡。無端輕薄鶯窺幕，大抵風流人倚欄。二語夢作。太覺多情身不定，莫將心事贈征鞍。

梅花　二首

冰心窈冥暈微紅，幾度香魂深夜逢。畫閣素娥春漠漠，荒園幽夢影濛濛。曉姿淫帶霜前月，暮態寒禁林下風。借得五銖兼水佩，離情無數碧霞宮。

江南斜景豔相矜，暗數傷心欄遍凭。素女豈知身是月，藐姑何意體如冰。寒隨碧野埋香雨，魂旁紅樓照夜燈。若處春風裁不得，館娃吳殿魏西陵。

春遊　八首

二月天低草不分，遙遙碧野照春雲。鞭衝淫霧張公子，舟泛橫波越鄂君。龍卵乍驚雷後水，鳳車初化雨中裙。近來憔悴東風後，鶯燕無心更入羣。

悵望仙源路不知，杳然雲館意生疑。梨花小苑調鶯後，楊柳長廊繫馬時。試煖珠簾春半捲，留香繡帳晝還垂。晚風搖曳牆東件，非霧非烟瑣玉兒。

豔陽何事獨神傷？春氣茫茫日更長。草碾玉輪都號夢，花當繡戶盡名香。萬條南國宮中柳，千騎東方陌上桑。便有柔情收不得，好憑雲雨放高唐。

一逕花飛香在衣，孤村豔豔正斜暉。已移卓女當壚後，便逐張郎走馬歸。未渴伴將金井汲，少留意與玉鞭違。才情到處春應識，明日重經更掩扉。

綺櫳三月遍垂楊，晝漏初長舞鳳凰。帳底鬆鬟雲鴨綠，樓頭曳袖日鵝黃。珊瑚不斷春生蘂，芍藥多情夜有香。風景自宜愁一概，非關心事託王昌。

春江淡豔逕晴沙，蕙葉蘭旗窈窕斜。燕子不曾經漢殿，楊花猶是怨隋家。俠聯東市金鞍馬，愁對西陵油壁車。遙聽小樓歌白紵，昨宵烟霧弄琵琶。

一片春雲頹不流，九枝瓊樹半綢繆。香迷晝夜梁家宅，日出東南秦氏樓。花幕垂垂臨玉鏡，鳥鈴寂寂下簾鉤。銅鋪搖蕩薔薇影，傳得傾城別樣愁。

長紅萬樹豔陽才，遠嫁東風可自媒。星斗畫圖花夜睡，神僊敕使鳥春來。鸞蜂巢霧蘿牽閣，么鳳銜香草滿臺。我畏多情常閉戶，縱橫桃李向誰開？

【校】第三首：「千騎東方陌上桑」、「便有柔情收不得」，全集本原作「千騎東方陌上柔」、「便有桑情收不得」，「桑」「柔」兩字互誤，今改。

春感

春來花信杳難憑，風雨高歌酒不勝。消息龍鸞仙事遠，飄零鷹犬少年憎。文章綺豔羞江左，蹤跡淹留似茂陵。終日掩書廣武歎，雄心深夜有飛騰。

梨花

小白千林蒴蒴看，瑤臺雲墮夕陽殘。素因蜀帝啼中破，粉共莊生夢裏乾。便逐曉風青冢恨，半籠春雨畫樓寒。爲誰飄落牆東去？一夜離魂不敢安。

桃花

何年容易嫁春風？萬樹烟絲淡靄中。絳雪宮藏天女白，臙脂山染美人紅。别枝流水應吹去，此夜嬌鶯語未終。豈必仙家常爛漫，阮郎歸後一時空。

玉蘭花

皎皎亭亭雲外身，豔當高素不傷神。譜疑澧水猶名楚，種出藍田本姓秦。旁月正宜瑤殿冷，臨風偏鎖玉樓春。應知晉代誇長白，衞氏繇來賦碩人。

紫藤花

窈窕青林霞四垂，流蘇仙女翦烟絲。紫絨高架爲春戲，紅綬齊銜似水嬉。遇雨濯龍藤宛轉，披雲掛鳳藥葳蕤。能誇樂府雙行纏，不許丁香結暫時。

孤鴛

碧羽離離更絳衣，小池獨唼藻初肥。雙名愧近芙蓉宿，單影難隨鴻雁歸。別有一星當婺女，可無孤夢伴江妃。還來慣逐鵜鶘去，莫向韓憑墓上飛。

長卿

豈止才情世已聞，當年節遇自紛紜。學仙欲就凌雲賦，好武初成下瀨軍。大略雄心漢天子，風流放誕卓文君。建元將相皆夷辱，曼倩相如未可羣。

奉酬皖城方密之見懷之作答秣陵之期也　二首

日日離情倚大荒，尺書昨夜下樅陽。俠遊東海予仍劇，文苑西京君最良。陸瑁池邊秋雨急，呂蒙亭外暮雲涼。時危羣聚多英侶，協策何年對未央？

日暮廬江驛馬嘶，周郎一曲動雲霓。兵戈近迫清淮北，時同日得彭城書，詳潁、汝之亂。風雅猶雄建業西。書效官奴名玉潤，文成犬子頌金泥。何時倚劍長干路？悵望秋天自不迷。

【考證】綏寇紀略：「崇禎八年正月初七日，汝寧賊攻潁州。其支賊以初八日由固始夜薄霍丘，三日霍丘潰。初十日，焚壽州之正陽鎭。十一日破潁州，屠之。知州事尹夢鼇手刃賊，通判趙士寬巷戰，皆被創，投水鬭門死。」

【案】通鑑綱目三編作七年十一月事。

寄贈温州杜方伯兼慰悼亡之作

【考證】松江府志：「杜喬林，字君遷，華亭人。萬曆丙辰進士，除刑部主事，出知湖州府。府枕太湖，故多盜，喬林與鄰郡合力擒之，盜悉平，奏功加按察司副使，秩滿遷浙江水利道副使。父憂服闋，起福建屯鹽道，轉右參政，遷山西按察司、浙江右布政司，分巡温處，到官六日，海寇劉香老入犯，圍府城。喬林募勇士韋古生等捍禦，三戰皆捷，事聞再獲褒賜，以病告歸卒。」

永嘉山水晉時長，建節雄風海氣凉。孤嶼障江晴泛泛，羣峯連斗鬱蒼蒼。尙妨吟咏多兵事，不採笙簫有悼亡。更擅樓船能破越，誰人草詔諭淮王？

消夏 八首

碧成窈窕陣連陰，火帝雲旗隔遠潯。風入大王蘭殿冷，水通天嬪絳河深。西瞻積素鸞初舞，東望揺藍龍更吟。正有弄珠人一曲，冰夷擊鼓女媧琴。

長雲欲下意蒼凉，十里扶蘇接豫樟。高棟虹頭天外飲，廣池鯨甲雨前張。紅珠不夜疑寒火，白玉爲人自冷香。更擅細腰凭畫檻，芙蓉從此號低光。

朝來烟霧石家濃，人在亭臺第幾重。鼓翅御風爲木鵲，浮鱗吐水是銅龍。佩因琥珀聲寒骨，浴到薔薇露冷胸。涼快似登凌兢上，鳳簫隱隱白雲封。

何當長夏意珊珊，百戲爲歡更未闌。螢火十升星鬭散，龍人百丈雨池寒。琉璃舊鎖留香幌，冰玉新雕承露盤。猶望上元天外使，玄霜終日未成丸。

半翦龍綃易絳紗，倦來紈扇任欹遮。鏡寒碧海修娥影，簟冷蒼梧帝子家。不共玉肌冰雪夢，更攜雲髻水烟斜。清涼自與羣眞近，莫種相思鶴蔓花。

漢近清秋影不乾，紅牆夜映碧闌干。到湖未敢稱消夏，似月初宜號廣寒。青芡眞珠龍子擲，紫菱碎玉鳳雛餐。姬人誇得蓮花露，戲取方諸滴水看。

雲出靈峯簾半開，沈沈池館浸金苔。已通龍伯移珠闕，更與天孫乞漸臺。冰繭袜腰綠菡萏，涼犀掛手綴玫瑰。霞文箋膩匀香筆，豫寫哀蟬屬上才。

高清疑與玉虛通，鸞扇雙耕似紫宮。自是仙人居雪嶺，從來少女有微風。蔗漿寒共金膏色，菰米香同石髓逢。又撿靈文移赤帝，八龍迴馭過崆峒。

七夕　二首

碧落孤秋雲氣殘，茫茫天上有悲歡。微風一夜靈旗動，涼月三更曉珮寒。漢自多情猶借鵲，星能飛渡更驂鸞。雖然聚散終宵事，猶傲修娥隻影看。

高情終古在西潯，淡漢虛無怕更深。博望歸時多白石，武皇內傳有青禽。明寒風露如常夜，杳冥龍鸞已到今。惆悵人間皆祭祀，不知誰是最傷心？

秋夕沈雨偕燕又讓木集楊姬館中是夜姬自言愁病殊甚而余三人者皆有微病不能飲也 二首

一夜淒風到綺疏，孤燈灩灩帳還虛。冷蛩啼雨停聲後，寒蕊浮香見影初。有藥未能仙弄玉，無情何得病相如。人間愁緒知多少，偏入秋來遣示余。

兩處傷心一種憐，滿城風雨妒嬋娟。已驚妖夢疑鸚鵡，莫遣離魂近杜鵑。琥珀佩寒秋楚楚，芙蓉枕淚玉田田。無愁情盡陳王賦，曾到西陵泣翠鈿。

自慨 四首

豈將豪頓擬高蹤，禮俗由來厭不恭。未得中原驅士稚，先攜湖海近元龍。自羞節俠難爲弟，人指風流亦可宗。日暮登臺愁四起，年華倏忽莫從容。

交遊泛愛屬英姿，儒雅當年自羽儀。應接百人如北海，追隨七子似南皮。風雲江左輕浮體，金石邯鄲絕妙辭。各有耽情難遣放，壯夫何用日相規。

五陵遊俠魯諸儒，意氣皆云非我徒。豈有漢庭思賈誼，虛從江左號夷吾。大荒虎嘯身難隱，深夜雞鳴夢未孤。側足秋風老日月，昔人壯志在彎弧。

欲駕飛輪佇玉宮，豈將劍術學袁公。難諧紫府仙人夢，予七八歲時，夢天闕榜名題云：「乘槎入北海，紫府錄清虛。」近好華陽處士風。黃石傳書開爵土，青禽敕使屬英雄。可知不礙封侯事，四輔三官道未窮。余近好讀眞誥，故有華陽之句。

傷秋　四首

泛泛江南獨自傷，神州鼙鼓尚相望。摸金不止殃齊豫，兕水曾聞會鄴漳。五校秋風雕擊疾，九河戰氣燕歸忙。侵奔所在須籌策，東接荆襄右太行。

【考證】通鑑綱目三編：「崇禎六年二月，流賊犯畿南、河北，賊自山西分道踰太行，掠濟源、清化、修武，圍懷慶，別賊復闌入西山，大掠順德、眞定間，大名兵備副使盧象鼎力禦之。乃自邢臺磨天嶺西下，抵武安，敗左良玉軍。河北三府，焚劫殆徧。潞王上疏告急，詔遣總兵倪寵、王樸帥京營兵六千，會曹文詔等合勦，屢敗之。帝敕諸將速平賊，限以三月。」

諸邊遊俠昔稱雄，掘冢探丸在此中。西極勝兵都護府，時關中逐盜已盡。南山阻盜右扶風。時畿南多盜。紅顏掠載歌黃鵠，赤幘驕淫臥綠熊。安得萬方良長吏，親攜牛種集萑鴻。

【考證】通鑑綱目三編：「崇禎五年八月，曹文詔與左光先等，分勦宜君、清澗、米脂、合水賊，皆大捷。洪承疇亦破賊平涼，賊黨分竄。文詔追北至耀州，衆殺其渠以降，關中亘盜略盡。」

遊魂東溟失天誅，伐鼓先呈支黨俘。欲築石梁難渡海，釁成龍馬未□□。玄菟大將星飛否？蒼兕狂奴水戰無？矯目至尊頻左顧，三韓何日附神圖？【案】此首指孔有德事，詳見登州行注。

閩越餘皇舊水師，伏波猶有舊旌旗。縱橫欲學孫靈秀，除掃還疑戴若思。若思少嘗爲盜，指閩事也。隱護金錢通貴族，浮腥日月引荒夷。番禺萬里循淮海，信國經營自可知。

【考證】綏史「漳泉海寇鄭芝龍，降于總督熊文燦。餘黨蔡三老、鍾六等，自閩海飄至廣東澳、萊蕪、馬耳澳、牛田洋，分往埭頭、洋嶼、青澳等處，我師禦之，頗有斬獲。其中李芝奇稱最強，直犯潮海，入揭陽鋪。知縣馮元飈率鄉兵出戰，互有殺傷，其鍾六名斌，竄而之浙。嘗以佯敗誘官軍入洋，賊蹤四合，總哨皆沒，寧、紹、溫、台、蘇、松，在在告警。」浙江通志：「湯和，字鼎臣，濠人，拜征南將軍。招方國珍，定浙東，封中山侯，進爵信國公。高帝中年，倭寇浙東海上郡，和年已六十，上謂和：『卿尚強健，爲朕一行。』和至台，用方鳴謙議，設指揮衛千戶所於浙東諸郡。揀丁壯三萬五千城之。和自巡衛城功，盡發散州縣錢，及籍犯者家物，工匠往往過所望。不踰年，衛城成，稽軍次，定考格，立賞令，四民一軍守之。吳越海上父老，指烽戍歷歷，稱湯信國焉。」

留別舒章幷酬見贈之作 二首

幾時文史共江東，才子人推鄴下風。未卜五百年玄在，先誇二十萬言通。居平麟鳳悲歌夜，別後山河感慨中。無限相思遼海月，秋深碣石有飛鴻。

相逢抱膝各淒然，大略英謀負少年。南國珪璋誰入洛？中原豺虎獨遊燕。余依閶闔眞人氣，君擅荆吳劍客賢。此別烽烟天下滿，異時羽翰更周旋。

【附錄】李雯送臥子計偕北上詩：「北極雲平秋氣屯，送君不作楚人言。雄心欲旁盧龍塞，麗藻方高銅馬門。天下多壘予未起，霸王大略爾先論。封侯亦是諸生事，幸取金甌奉至尊。」「碣石東南望洗兵，翻然仗劍歷秋城。晝帆晴捲清郊色，魚鑰初含羅幕情。辭賦滿懷陵闕暮，山河未靖甲弓鳴。如君少有功名志，他日相逢見棨旌。」

潤州　二首

【考證】江南通志：「鎮江府，隋曰潤州，以州東潤浦爲名也。」

昔日南徐置棨旌，風流無限擁專城。樓臺列壁藏鶯雨，鼓角横波陣馬晴。終鎖三吳江海氣，誰留六代綺羅情。即今清晏多歌舞，不用桓温北府兵。

縹緲樓臺柳尙濃，女兒江上障輕容。嚴城晴帶三秋雁，孤嶼寒吟五夜龍。若見餘霞憐謝朓，正當初月想王恭。揚州十二珠簾裏，隔得烟波第幾重？

望射陽湖志云陳琳墓在其側

【考證】寶應縣志：「射陽湖在縣東六十里，漢廣陵王射陂，即此湖也。」又：「陳琳墓在射陽村。」

古墓依稀見寂寥，平湖十里怨迢迢。是時才士多書佐，此後文人屬霸朝。水冷潭臺餘繡瓦，草荒淮浦對寒潮。子桓便有當年痛，魂共應劉未可招。

夢中吹簫

夢到江南弄紫簫，禿衿倚柱和紅綃。玉鈴小閣風吹雨，銀鑰雕欄夜與朝。豈有火禽稱鳳律，曾無神女屬鸞翹。鄂君添得蘭橈恨，近過揚州明月橋。

蘭陵野眺即事 二首

【考證】山東通志：「兗州府嶧縣，春秋時屬魯，後入于楚，曰蘭陵。」

魯中雲物自荒荒，欲撫平原道路長。朔氣能連野火白，童山不待夕陽黃。地分南楚懷豐沛，水治西泇避呂梁。歷落異鄉難日暮，秋風崩岸散牛羊。

【考證】明史河渠志：「崇禎四年，總漕尚書楊一鵬，濬泇河。九年，總河侍郎周鼎奏重濬泇河成。久之，鼎坐決河防遣戍。給事中沈允培訟其修泇利運之功，得減論。」

莽莽山昏暮草齊，枯桑烟火咽荒雞。遠分岱色千鴻影，近散河陰萬馬蹄。魯國諸生亡玉簡，漢家使者閟金隄。誰爲慷慨安危語？劍氣連天不敢迷。

經王粲墓

【考證】濟寧州志：「漢關內侯王仲宣墓葬城南五十三里。」

斷風吹草雜寒流，一代才華在古丘。鄴下文人誰彊記？秦川公子獨多愁。從軍神武終依魏，作賦悲涼且事劉。當日英雄俱寂寞，漢南漳北暮雲秋。

衛河道中 二首

【考證】明史河渠志："衛河，源出河南輝縣蘇門山百門泉，經新鄉、汲縣而東，至畿南濬縣境，淇水入焉，謂之白溝，亦曰宿胥瀆。宋、元時名曰御河。由內黄東出，至山東館陶西，漳水合焉，東北至臨清與會通河合。北歷德滄諸州，至青縣南合滹沱河。北達天津，會白河入海，所謂衛漕也。"

淮流朝暮已千回，愁客常傾鸚鵡杯。黄草盡隨雲嶺沒，白楊分帶岸沙開。九河落日搖瀛海，三輔秋風到鄴臺。尺五長安聞北雁，幾行先過上林來。

明月平沙霜氣浮，千帆燈火狎寒流。水分趙魏魚鹽出，天入幽并箕尾收。新塹金堆龍臥夜，古營玉帳雁啼秋。莫愁大漠風烟近，河朔于今是帝州。

楊翰林伯祥過邸中投贈

雲氣層層紫殿重，夾城微雪覆芙蓉。誰能人物推劉劭，何處災祥難蔡邕？是日雜論時人，并晉莊黄門疏。我著玉杯無使者，君傳金管近昭容。才名亦是千秋事，翹首燕山萬仞峯。

【考證】明史傅朝佑傳：「莊鼇獻，字任公，晉江人。崇禎六年進士。由庶吉士改兵科給事中。上太平十二策，極論東廠之害，忤旨，貶浙江布政司照磨。國變，鼇獻事福王復官，久之卒。」【案】朝佑嘗疏論溫體仁六大罪，其一有「日月交蝕，星辰失行，風霾迭見，四方告災，歲比不登，地震河決，地陷井枯」等語，意鼇獻十二策中，亦論及此，故有災祥之句。

彭舍人因萬年少乞予作催妝詩戲贈二律

碧城雲幄夜焚香，七寶臺空待曉妝。爲有求凰栽竹館，可知飛燕宿瑤筐。銀燈細馬青珠絡，石黛愁蛾白玉堂。親摘步搖呼小字，應誇身是紫微郎。

幽露紅文遍採蘭，大陵懷夢意珊珊。六么曲唱人將近，九子鈴言夜未闌。蜀錦同心纏鳳雀，魏釵壓鬢卸龍鸞。朝看謁帝金閨壻，爲拭天香玉手寒。

至後 二首

至後玄風朔氣凝，天街繞繞意誰憑。東來戍火連三輔，北望寒雲滿十陵。倦擲黃金隨駿馬，時聞綠幘縱蒼鷹。夜深不信悲歌俗，惟有嚴霜動玉繩。

【考證】明史稿地理志：「明平天下，建燕邸以捍北垂，成祖因之營建京邑。以昌平、通、易爲三輔。」

畿輔通志：「明帝陵俱在昌平州，成祖曰長陵，仁宗曰獻陵，宣宗曰景陵，英宗曰裕陵，憲宗曰茂陵，孝宗曰泰陵，武宗曰康陵，世宗曰永陵，穆宗曰昭陵，神宗曰定陵，光宗曰慶陵，熹宗曰德陵，莊烈帝曰思陵。」

紛紛使者出金閨，高議雲臺事不齊。爲有黑山侵朔北，皆言白馬借安西。悲涼千載歸湖海，簡點三年盡鼓鼙。縱近仙都登未得，代州劇盜上丹梯。

【考證】流寇瑣聞：「崇禎六年十月，山西河北賊二十四營，渡河犯閿鄉，陷澠池。畿內賊至寧晉，掠南宮，走五臺。」

薊門結客意難明，杯酒誰言是慶卿。裘馬五陵新意氣，文章七子舊才名。夢回午夜人如玉，春到江東花滿城。不有故鄉烟月好，將予戰鬪足平生。

待彝仲久不見至

萬里寒雲接帝都，辭家豈復更踟躕。三冬雀鼠黃河曲，獨野刀環碧海孤。文學定應非御史，縱橫不諫伐□□。于今東閣收銀鑰，挾策何妨且棄繻。

薊門雪中眺望二首

【考證】春明夢餘錄：「東唐還營州於薊，樓館甚盛，今二土阜尚存，所謂薊門也。」

燕山西望壓嵯峨，萬堞森寒出塞歌。日月微茫三紫殿，風烟隱見小黃河。孤城漢節迷鴻雁，古障□□下橐駞。應有威儀誰獻賦？祈年館裏佩聲多。

九塞一作陌。飛塵覆井幹，平原杳冥勢漫漫。周王雕輦歌黃竹，漢將靈旗弭白檀，虎峪熊羆肥自臥，龍沙雕雁健猶寒。□天應壓燕然石，他日爲銘恐未乾。

長安雜詩　十首

誰言百二獨秦關？豪俠幽并帝里間。宮帶玉河穿渭水，樹迴金嶺像驪山。列侯邸第花冬滿，丞相車騎火夜還。最是大家能好武，虎圈熊館不曾閑。

都城旌節似風雷，鳳闕峨峨鼉鼓催。十道青門花下錢，千烽紫塞雪中來。鬬雞宅使毬場穩，馴象交人蠻邸開。更報□□離大鹵，將軍自擬築輪臺。

都尉朱纓翦翦風，期門小隊獵回中。晨衢街鼓馳蘭薄，夜聽流鈴直桂宮。韎韐擲人囊尙紫，茱萸掩帳火猶紅。不愁珠館臙脂盡，明日長楊約射熊。

少年走馬漢宮牆，淒柝踈鐘繞夜光。玉露自寒栽苜蓿，金溝無夢到鴛鴦。嚴城時帶星河動，長笛新翻殿閣涼。不敢悲歌離鳳曲，方傳天子在昭陽。

東南日出照珠樓，金屋雲屏續夜愁。田竇舊恩猶賜第，許班新寵競封侯。橫汾昔見威儀事，下杜曾爲俠少遊。聞愛吳姬歌水調，別宮仍按小涼州。

瓊壺薇帳侍宸遊，十部龜茲在殿頭。禁苑起山名萬歲，複宮新戲號千秋。明駝宣賜朝元閣，紫燕傳封井幹樓。上壽後庭齊致語，增成箋奏是誰收？

殿迥雲春鎖夾城，液池鴨綠覆花明。鶯啼芳樹金丸落，草繡長堤寶馬輕。貴主樓臺鄰禁苑，小侯供帳置屯兵。各誇自有天家樂，不聽西清下鳳笙。

風塵繞繞五都前，豪俠株盤有歲年。石顯上賓居柳市，竇嬰別業在藍田。兩宮肺腑黄金內，四姓交遊駿馬邊。共請縣官爲賜第，何妨濫用水衡錢。

閒出長楸弄落暉，新豐都市月霏微。賈胡合浦徵珠盡，使者于闐採玉歸。金絡香絲僊吏馬，銀燈畫閣舞人衣。內家旗仗雙雙去，客散城頭烏夜飛。

絳紗宮樣半豐姿，輕薄經過李趙窺。平樂官從駿馬監，雲龍人是鬭雞兒。自矜南國珠爲價，莫遣東風柳外吹。憑寄相思天上去，皆言故劍屬拳姬。

甲戌長安元日 二首

鐘鼓沈沈滿鳳城，五雲忽動見平明。奏箋學士宮中女，鹵簿將軍殿後兵。萬井烟花歸北里，九衢日月轉西淸。卻憐河雒朝正使，尙擁風塵望玉京。時中州多盜，郡縣免覲。

【考證】明史紀事本末：「崇禎六年正月，賊謀渡河南向。三月，詔總兵鄧玘將川兵二千，益以石砫土司馬鳳儀兵，馳赴河南。四月，河南西路賊自輝縣入淸化鎭，所在守將敗沒。六月，上念中州寇盜蔓延，命總兵倪寵、王樸分將京營兵，監以內監楊進朝、盧九德。賜二帥弓矢千五百，戰馬三百，健丁三百，馳赴中州夾勦。十二月，賊陷伊陽、盧氏，徧掠汝州、淅川、內鄉、光化、均州，又犯南陽。」

烟塗雲路望春斜，故國繁華自憶家。幽朔旌旗經歲雪，東南士女隔年花。何人日煖歌靑玉？幾處風輕翦絳紗。憑說天都行樂事，總教楊柳付琵琶。

雜感 四首

端居日夜望風雷，鬱鬱長雲掩不開。靑草自生揚子宅，黃金初謝郭隗臺。豹姿常隱何曾變，龍性能馴正可哀。閉戶厭聞天下事，壯心猶得幾徘徊？

【考證】先生自述年譜：「崇禎七年春，復下第，罷歸。予既再不得志于春官，不能無少悒悒。歸則杜門謝賓客，寡議欽，專意于學矣。」

巫峽湘潭窈窕風，三巴殺氣楚雲通。杜弢欲下江陵橫，李特深知劍閣雄。襄國寢園焚掠後，肅皇豐沛甲兵中。五州萬里新開府，腸斷西南上戰功。

【考證】通鑑輯覽：「崇禎七年正月，以陳奇瑜總督河南、山、陝、川、湖軍務，討流賊。廷議以諸撫鎮事權不一，請設大臣統之，乃進奇瑜兵部侍郎，總督五省軍務，專辦流賊。賊渡漢，薄穀城，集六路諸賊犯襄陽，分陷紫陽、平利，南入四川，掠歸、巴、彝陵等六州縣，遂陷夔州。」綏寇紀略：「仁宗第五子，封長沙，改襄陽。憲王瞻墡以下，八傳而靖王之子翊銘，紹封爲襄王。」又：「崇禎之六七年，賊渡河再入關，來楚、豫而窺蜀，諸侯王之被兵者，其鬼神以寗擾，闕其禋祀。」【案】明史世宗本紀：「世宗孝肅皇帝，諱厚熜，父興獻王祐杬，國安陸。武宗崩，無嗣，慈壽皇太后與大學士楊廷和定策迎王于興邸，卽皇帝位。」

吾里蕭然減樂方，應劉寂寂已蒼涼。深源奏記人皆誚，公叔論交道可傷。漸覺少年增意氣，誰知壯士本飛揚。欲尋漁獵爲眞隱，學劍嵩陽闢草堂。

【考證】明史紀事本末：「崇禎六年三月，刑科給事中陳贊化劾大學士周延儒嘗語去輔李標事云：『上先允放，余封還原疏，上卽改留，頗有回天之力，今上羲皇上人也。』此是何語？且引刑科給事李世祺爲證。世祺亦奏延儒有此言，不問。」【案】世祺，青浦人。南吳舊話：「周勒卣亡後，有子不能自存，道逢徐闇公，闇公下輿道故。乃曰：『若云吾嘗爲卿作論，少涉輕薄，人言巨源在，汝不孤矣，我更難爲懷。』相與抵家信宿，臨行送米二十斛，縑二十疋，垂涙而別。」

朝來新病霧冥冥，萬里愁心酒易醒。天險西陲能躍馬，中垣左輔有妖星。掩書愧讀英雄記，秉燭惟看神異經。家近五湖春草遍，欲乘風雨獨揚舲。

【考證】明史莊烈帝本紀：「崇禎七年，是夏，官軍圍高迎祥、李自成諸賊於興安之車箱峽，兩月，食盡僞降，陳奇瑜受之，縱出險，復叛，陷所過州縣，張應昌自清水追賊，敗績。」通鑑綱目三編：「六年十一月，以王應熊爲東閣大學士。應熊熟諳典故，而性剛狠。溫體仁力援之，遂入閣。」

五日 二首

液池漫漫曉風吹，昌歜芙蓉綠滿枝。三殿近臣齊賜扇，六宮侍女盡聯絲。採蟲玉樹黃娥媚，鬭草金鋪紅藥宜。莫憶長安歌舞地，獨攜樽酒弔江蘺。

吳天五月水悠悠，極目烟雲靜不收。拾翠有人盧女豔，弄潮幾部阿童遊。珠簾枕簟芙蓉浦，畫槳琴箏舴艋舟。擬向龍樓窺殿腳，可憐江北海西頭。

送張子服昆弟從任廣陵 二首

柔情渺渺木蘭舟，楚雨吳雲黯未收。江外蒹葭才子散，一作供遠眺。淮南楊柳美人一作待清。遊。可成枚叟觀濤賦，重入蕭家文選樓。頗憶故交愁絕處，應攜玉笛自橫秋。

矯首輕風送晚潮，碧雲江水暗迢迢。三秋玉藕殘紅粉，十里珠簾弄紫簫。無問雷塘生舊恨，有人明月爲魂消。憶君今歲看河鼓，知在揚州第幾橋。時近七夕。

寄上京山鄭師

梁獄初回逐轉蓬，翻然江漢歷西風。關多虎豹文深法，家旁豺狼戰鬭功。楚國大夫瑜瑾暮，長沙才子蕙蘭叢。莫愁秋見朝陽雁，一帶衡湘明月中。

送吳駿公太史還朝時有□警 二首

疎簾畫舫上幽州，寒雨明霞倚壯遊。貴客燕臺增意氣，故人吳市失風流。玉鉤虎觀清深夜，金管龍池窈窕秋。若憶江南多勝事，知予浩蕩獨登樓。

薊門赤羽角聲催，擊楫吳江西馬來。天子自臨講武殿，近臣爭上望烽臺。十陵王氣當秋盛，三輔軍容照月哀。宣室召君前席夜，應誇表餌出羣才。

閏秋雜感 八首 【案】崇禎七年閏八月。

高秋歷落大江陰，桂樹香寒露滿林。斜月自臨吳郡夜，浮雲不斷并州心。五湖烟水芙春晚，萬里川原鴻雁深。回首星辰思北極，淒風荒草日蕭森。

梨花三月漢宮牆，走馬歸來解鷫鸘。從此冀雲常夢繞，卻依江樹獨神傷。關山候火迴南斗，陵墓清笳轉夕陽。慷慨自憐知劍氣，欲隨秋色到龍荒。

北望燕關戰氣收，□兵八月更西遊。熊羆自護居庸樹，虎豹還窺馬邑秋。驃騎露書遲雁塞，婕妤宣答出龍樓。時上坐內殿批答，不繇綸扉。即今頗牧知何在？十載空懸萬戶侯。

漢家關塞白蒼然，□□猶思飲馬年。雁過白登風動地，月留青冢草連天。三秋金鼓西征急，十載烽烟北望偏。卻憶文皇能好武，受降城外□□還。

【考證】通鑑輯覽：「永樂七年二月，帝北巡，五月遣給事中郭驥使韃靼，爲所殺。八年二月，帝自將征韃靼。五月，大敗韃靼于鄂諾河，布尼雅錫哩遁。遂征阿嚕台。六月，擊阿嚕台，敗之。十二年二月，詔親征衛拉特。三月，帝發北京。六月，至和拉和錫袞，大破衛拉特兵。追至圖拉河，瑪哈木特遁。二十年正月，帝自將征阿嚕台。七月，至沙狐原。阿嚕台懼，北遁，遂移師征烏梁海。二十一年八月，帝復自將征阿嚕台。十月至上莊堡，蒙古額森託干來降。二十二年正月，復詔北征。四月，帝發京師。六月，至達蘭納穆爾河，詔班師。七月，帝有疾，至榆木川，崩。」

邊關搖落早秋風，諸將旌旗匝地紅。句注極天盤代谷，桑乾入塞繞雲中。王恢豈誘□□貢，魏尚誰誇郡守功。堪憶幷州樓上月，何人淸嘯卻□戎？

□□千帳徙輪臺，獨保康居竟不回。城郭□□金印在，河湟□□玉門開。黃羊盡奪□

人牧，白馬新從都護來。聞說涼州初報捷，漢兵直擬過龍堆。

在在征輪吏未歸，五年逐盜遍旌旂。中郎摧蕩餘飛燕，公子威名假繡衣。隴蜀幾曾清一道，鄖襄猶自築重圍。車書海內堪惆悵，鬼哭荒村烟火稀。

宵衣便殿聖躬勞，猛士今誰擁節旄。循吏新恩登鳳閣，中涓何日解龍韜？淮陰綸餌朝還出，渭北星辰夜自高。我願相從訪屠釣，長吟梁父憶蕭曹。

送張冷石太守之任閬中

【案】張昂之，號冷石。注見續年譜順治三年。【考證】金山縣志：「張昂之，天啓中授廬陵令。時魏黨禁僞學，迫令撤白鷺書院，不應，但易名鄉約，所祀先賢木主，張綵亭，導鼓樂，移入景賢堂。手書告文，激發忠憤，聞者無不感泣。由南部郎擢保寧知府。歸年甫踰壯，絕意仕進，讀書飲酒，口不談戶外事。築圃于佘山之陰，與高士姚世醇、倪章雝相往還，自稱六銷居士。居郡北之息庵以終。」明史稿地理志：「四川保寧府，唐閬中郡。」

風烟萬里溯蘭橈，益部旌旄擁麗譙。典郡自封炎井熾，一作斜谷險。專征常對雪山遙。晴川羣雁秋還集，暝峽啼猿霧未消。不羡嘉陵春色好，西南形勢倚雲霄。

九日 二首

萬壑高秋動早寒，風搖玄景野漫漫。傷心橘柚千家麗，滿眼芙蓉一夜殘。落日自收江海氣，荒亭猶傍斗牛看。可憐陽九飛霜急，尚有孤鴻弄羽翰。

蕭條落木自然哀，萬里清秋鸚鵡杯。關塞偃烽宜置酒，江湖無客不登臺。豈應鳳嶺眞狂士，何處龍山乏霸才。知爾悲歌難眺望，十年常是在蒿萊。

秋盡雜感憶去歲初渡黄河 二首

紛紛高木散江湖，秋盡蒼茫意轉孤。錦帶燈前温翡翠，佩刀霜下掛珊瑚。幾時漁獵浮天畔，十載風雲望帝都。卻憶去年方北渡，大河歷落舞檣烏。

微霜細雨殢江東，尚覺中原氣候同。天外黄河依舊險，樽前白雪最能工。離人夜夜傷秋月，猛士年年想大風。抱膝高吟滄海上，浮雲北極幾時空？

寄贈東昌徐見輿憲副先君同門生也

【考證】明史稿地理志：「山東東昌府，唐博平郡，元東昌路，洪武初爲府。」山東通志：「徐從治，字仲華，浙江海鹽人。崇禎時，爲登萊兵備副使。李九成叛，巡撫余大成以玩寇削籍，擢從治代之。與登萊防撫謝璉共守萊。時賊困萊久，復分道寇掠，陷平度等州縣，而本兵熊明遇惑于撫議，屢檄毋出兵壞撫局。從治三上疏，言賊不可撫，皆不報。遣兵部侍郎劉宇烈督調京省諸路兵，屯昌邑遣使議撫，賊佯許宇烈，誘宇烈撤援兵，而潛兵繞其後，幷陷昌邑。宇烈走青州，時萊圍已閱半年矣。賊攻萊益急，從治與總兵楊御蕃分陴固守，俄中砲死。及朱大典平賊，詔贈從治兵部尚書，賜祭葬立祠。」

明詩綜：「從治，字肩虞，萬曆丁未進士。」

尙憶趨庭識壯猷，博平重見擁三騶。地形自鎮金堤路，一作口。雲氣遙凌望嶽樓。千騎東方開府日，萬檣北道御河秋。應誇賜履雄風近，明月常思海岱遊。

風夜

獨擁寒衾意漸平，千聲悲動暮魂驚。可憐飛籜吹燈急，尙有棲鴉弄月明。畫角風霜迴大野，玉鈴樓閣振嚴城。十年江海傷搖落，何得常懷萬里情。

聞雁

天高不盡路蒼蒼，孤雁南飛一斷腸。好與星辰成暮態，還隨烟霧向朝陽。大江息影多洲渚，儉歲何人假稻粱？塞北秋來方戰鬭，幾行先自到瀟湘。

水仙花

小院微香壓錦茵，數枝獨秀轉傷神。仙家瑤草銀河近，侍女冰綃月殿新。擣玉自侵寒栗栗，弄珠不動水粼粼。虛憐流盼芝田館，莫憶陳王賦裏人。

孟冬之晦憶去年方於張灣從陸入都 二首

【考證】徐階張家灣城記：「自都門東南行六十里，有地曰張家灣。士大夫之造朝者，舟至於此，則市馬僦車陸行，以達都下。」

回首長征萬里空，去年應望五雲同。潞河水壓天津樹，碣石鴻飛漢苑風。自許星辰常向北，何堪裘馬獨歸東。卽今倚劍悲歌夜，雪滿江關黯淡中。

五陵年少出吳鉤，尙憶驅車見俠遊。動地驊騮來冀野，搴風鷹隼獵幽州。玉京春煖多鳴鳳，大澤天寒獨飯牛。莫羨短衣隨灞滻，雁門太守不封侯。時見獵者。

鳳凰山望南宋行宮故址

【考證】杭州府志：「鳳凰山，在仁和縣南十里，自唐以來，州治在山右。宋建行宮，山遂環入禁苑。元末張士誠築城，始截山于城外。」徐一夔宋行宮考：「行宮在杭州鳳凰山下」，咸淳臨安志：「建炎三年，高宗詔以杭州爲行宮，時執政奏屋宇隘陋，高宗以百官六軍，未得其所，不御正寢。紹興元年，詔守臣徐康國措置，且命不得華飾。二年，南門成，名曰行宮之門。三年，以百官遇雨泥行非便，詔梁汝嘉搬廊序于南門之內。十八年名南門曰麗正，北曰和寧，東苑曰東華。二十八年，始增築禁城。以今地考之，南自勝果入路，北則入城環至德倖天地牌坊。東沿河，西至山岡，自北至山，隨其高下以爲宮殿也。」

永嘉東幸更南遷，疊駕丹梯紫殿連。龍鳳綵舟臨繡嶺，芙蓉高閣望平川。百年王氣歸炎海，兩度金輿慟朔天。獨有斜陽松柏路，子規啼過晚鐘前。

西陵

悵望埋香花影前，同心離別是何年？蘭叢猶繫青驄馬，石路斜飛紫莢錢。不向雲霞登玉籍，偏乘風雨落金鈿。故將幽恨傷人意，露草寒塘二月天。

湖上聞隔樓絃索

平湖一曲晚峯青，別館笙歌未肯停。蠟照鵾絃開繡幔，香吹鳳管隔雲屏。月鳴烏鵲爭瓊樹，夜靜樓臺動玉鈴。疑有傷心人不起，碧窗小語對春星。

西溪有感

【考證】西湖志纂：「西溪，在西湖之西，相傳宋高宗欲都其地，後得鳳凰山，遂云『西溪且留下。』因稱留下。溪流深曲，受餘杭南湖之浸，横山環之，凡三十六里。」

應是雲林第幾家？門前流水接紅霞。碧城暮暮封烟幌，青鳥時時採石華。曲澗微茫攀樹立，空山窈窕倚風斜。小姑不識横溪路，明月無人出浣紗。

臘日暖甚過舒章園亭觀諸豔作并談遊冶 二首

清暉脈脈水粼粼，臘日芳園意氣新。豈有冰盤堆絳雪，偏浮玉蕊動香塵。鴛鴦自病溪雲暖，翡翠先巢海樹春。今日翦刀應不冷，吳綾初換畫樓人。

五陵舊侶重傾城，淑景年年倚恨生。紫萼不愁寒月影，紅箋先賦早春行。蒴糇虛擬黄金事，班管俱憐白鳳情。已近豔陽留一曲，東風枝上和流鶯。

早梅

垂垂不動早春閒，盡日青冥發滿山。昨歲相思題朔漠，去年在幽州也。此時留恨在江關。干戈繞地多愁眼，草木當風且破顔。念爾凌寒難獨立，莫辭冰雪更追攀。

陳子龍詩集卷十四

七言律詩 二

乙亥元日

新年節物照瑤觴，密雨千門花影涼。侍女繡屏添翠柏，兒童馳道濕垂楊。欲依北極浮雲斷，分得東風芳草長。獨憶帝城前歲事，五侯寶馬出明光。

人日

麗日高樓射粉紅，清光先動紫蘭叢。春心歷亂鶯閨事，芳樹玲瓏蝶夢中。千縷綵人傳戴勝，雙花金葉上屏風。大明宮裏多宣賜，腸斷殘枝未肯逢。

登臺野眺

與客常稱濟世才，豔陽天地此登臺。蘼蕪平野青驄出，楊柳春城紫燕來。斜日更遲江路塞，夕烟不斷海雲開。可憐淮右徵兵急，薄暮時聞鼓角哀。

送周勒卣遊南雍

【考證】明史選舉志：「洪武初，改應天府學爲國子學。後改建於鷄鳴山下。既而改學爲監，設祭酒、司業，及監丞、博士、助教、學正、學錄、典籍、掌饌、典簿等官。分六堂以館諸生曰率性、修道、誠心、正義、崇志、廣業。學旁以宿諸生，謂之號房。厚給廩餼，歲時賜布帛文綺，襲衣巾鞾。」又：「永樂九年，始設北京國子監。十八年遷都，乃以京師國子監爲南京國子監，而太學生有南北監之分矣。」

憶君策馬古丹陽，淡柳疎風入大航。公瑾曲高多見誤，伯仁酒態莫須狂。龍旗聖主方求士，虎幄諸生盡拜郎。時有選舉太學之旨。知爾澄清應有志，可無奇計奏明光。

送徐闇公遊南雍

【考證】王澐東海先生傳：「先生累試不得志于有司，乃游南雍。南雍以先生名聞于朝，應薦入都。壬午舉于北闈。」

舊京風物昔年同，五月澄波畫舫中。漢代清流歸太學，徐家宮體擅江東。西陵烽火連雲暗，北府旌旗刺眼紅。君去豈應耽絳帳，論兵早已動諸公。時有盗警，江上列戍。

【考證】流寇瑣聞：「崇禎八年正月，江北賊陷霍丘。河南賊三分趨六安、鳳陽、潁、濮，陷潁州，陷鳳陽，焚皇陵，恣掠三日。路巢縣，圍六合，陷舒城、無爲州。二月江北賊陷潛山、羅田，陷太湖。時豫、秦、晉、楚、江北皆多盜。」

五日　二首

繁香雜綵未曾收，五月清暉碧玉樓。麗樹濃陰宜鬬草，疎簾宿雨戲藏鈎。王孫絛達縈金縷，小妾輕羅染石榴。自有新妝添不得，可無雙燕在釵頭。

畫檻芙蓉一夜生，吳城雨過百花明。蘭香珠幌通人遠，麝粉金盤入手成。清暑殿頒紈扇麗，避風臺試絳綃輕。遙傳烟火回中急，更賜靈符號辟兵。

得扶曦湘中書地雖有山川之美而凋弊難治也

楚南尺素夏雲邊，知爾專城愁不眠。百雉青楓湖外縣，三湘碧草雨中天。桂林虎節時迎馬，粵西貴官，多經邑中。橘浦蜂旗每繫船。卑濕舊歸才子地，看君舞袖更周旋。

夢與楊伯祥同舟語時事時伯祥使蜀方歸

何時旌節更東游？予夢同乘青翰舟。共歎黃巾殊未息，似攜紅錦坐相投。子雲詞賦誇巴蜀，逸少山川問益州。頗憶籌邊樓上語，劍南棧北盡堪愁。

初秋出城南弔邇機之喪隨遊陸氏園亭春初予輩讀書處也感賦二律

【考證】松江府志：「薛靖字邇機，華亭人。崇禎六年舉人。」

城南雲物自成秋，我賦招魂憶舊遊。猶共杯鐺前夜夢，獨當風雨異時愁。殷紅堦草仍相見，零落遺文竟不收。便是三春行樂地，那能含涕向西州。

南陌鳴蟬日晝昏，春時池館不堪論。悲嵇乍聽鄰人笛，悼惠重過傲吏園。未萎芙蓉相秀發，將歸燕子自飛翻。可憐獨有傷秋淚，花鳥無知一斷魂。水經稱莊周悼惠施而隱于漆園。

贈張太羹使君

【考證】松江府志：「張調鼎，字太羹，福建甌寧人。辛未進士。崇禎六年，任華亭知縣，陞禮部主事。」

蹁躚神宰綠槐前，報績方當五鳳年。我邑賦爲吳楚劇，君家政著赤畿先。賜縑榮典歸循吏，羅鳥風流在列仙。他日東封徵上瑞，茸城馴雉草芊芊。

初秋 八首

池臺獨倚北風輕，水國蒼茫浸碧城。菱芡自依秋露冷，梧楸不動夜雲明。南皮舊侶鸞

龍散，東序何人琬琰清？莫憶長安裘馬地，常令湖海足生平。雲落嚴城星

萬里清光迴不收，層霄極望此登樓。魚龍水壯金河夜，鳷鵲風高銀漢秋。

耿耿，月沉荒塞海悠悠。應憐天外三山近，虛擬乘槎事遠遊。曠野楓林消

前歲重遊銅馬門，翻然策蹇宿荒村。關河浩蕩書生拙，宮殿迢遙上帝尊。

白日，滄江草閣臥黃昏。三秋魑魅窺人笑，回首京華欲斷魂。江湖葭菼當

東河亦是舊神京，不數南朝王氣明。地倚蛟龍通貝闕，天分牛斗作金城。

秋盛，楚蜀檣帆向晚行。最喜清虛誇鑑裏，無煩千里寄蓴羹。北極朝廷飛

諸將紛紛盡佩刀，三秦消息夢魂勞。涇原畫角秋風散，上郡□頭夜色高。

虎節，西征幕府駐龍韜。嗟予憔悴浮滄海，翹首關山泣戰袍。當煩大計推

天南磧北共秋河，萬里長風動素波。綠芷烟江簫鼓會，白榆星塞甲兵多。

安攘，坐惜浮名倚嘯歌。欲問故人新奉使，朔雲邊月近如何？時吳來之使山右初歸。虎頭寂寞麒

清秋泛泛暮雲開，惆悵烟波去不回。繞樹虹霓臨水出，隔江風雨傍人來。

麟閣，豹尾虛無鸑鳳臺。咫尺已違金馬地，空憐曼倩有仙才。蓮子微風香

託蹟蓬蒿有歲年，平皐小築晚涼天。不逢公瑾能分宅，且學思光漫引船。

月上，葡萄垂露冷秋前。茂陵留滯非人意，可著淩雲第幾篇？

送蔣抑之年丈之官道州【考證】松江府志：「蔣爾揚，字抑之。萬曆四十三年舉人。由常熟縣教諭，歷官道州知州。」湖廣通志：「道州，元道州路。明初爲府，後改爲州，屬永州府。」

明河宛轉正秋期，南去零陵五馬遲。地接蠻江百草秀，天分瘴嶺九峯疑。畫船夜渡湘妃浦，露冕春遊虞帝祠。最是循良羞獻納，侏儒滿野樂清時。

八月大風雨中遊泖塔連夕同遊者宋子建倘木陸子玄張子慧四首【考證】松江府志：「唐乾符間，老僧如海，築基泖中。作井亭，施湯茗。建塔五層，標燈爲往來之望。」江南通志：「陸慶曾字子玄。」婁縣志：「慶曾，順治丁酉舉人。」尊鄉贅筆：「慶曾以序貢入都中式，事發，遣戍遼左。」

大澤秋陰萬頃愁，美人遙夜佇中洲。地分息壤波猶横，天入重湖雨不收。舟繞魚龍朝渡水，樹盤烏鵲晚登樓。可憐千里風烟路，獨立蒼茫在上頭。

層湖黯淡路漫漫，孤嶼登臨怯羽翰。曉霧東連滄海白，霜楓西接洞庭丹。夢隨風雨銀河近，人在烟波玉佩寒。欲擬招魂秋草外，夜深猶自倚闌干。

秋雲落木水粼粼，昔日風流不可論。此地銷沉秦赤縣，他山婉孌晉詞人。草連枉渚檣帆集，雨隔寒江殿閣新。悵望五湖通一道，生平少伯最嶙峋。

獨上層霄極紫庭，空濛天外出雲屏。一羣秋雁幾時盡，數點海山何處青？珠樹有風通弱水，芙蓉細雨失湘靈。虛疑芳草人無限，夜半揚舲問杳冥。

八月十五夜 二首

明雯涼動桂悠悠，迢遞星河萬里秋。素魄有人常不見，碧虛無路迴含愁。九天鸞鶴聲何近，五夜樓臺影自浮。猶說紫微宮女事，焚香時待月西流。

微風搖曳拂金河，斗迴天高出素娥。萬井鴛鴦秋露冷，三江蚌蛤夜潮多。雲能入夢嬋娟子，月解傷人宛轉歌。應有桓伊吹玉笛，倚欄人靜奈愁何？

讀武紀 二首

山嶽嵯峨倚漢京，武皇別苑下霓旌。明珠南至逾炎海，天馬西來閉宛城。穆滿沙蟲傳駿足，軒轅虎豹有軍營。渭橋鐘鼓何年事？遺恨單于未解兵。

漢家宮殿啓朱扉，夜醮香風動翠闈。銅雀一鳴雲闕曉，飛廉百丈曙光微。座分靈駟頒瓊笈，壇照明星弄羽衣。不識劉郎原自貴，偏思攜手拜眞妃。

乙亥九日

極眺關河霽景開，吳城萬堞倚崔巍。秋風谷口楟梨熟，落木亭邊鴻雁來。吾輩蒼茫花泛少，中原格鬭角聲哀。當時英霸堪回首，大纛三軍戲馬臺。

九日泊吳閶

【考證】江南通志：「蘇州府城八門，西北曰閶門。」吳越春秋：「又曰昌門，亦名破楚門，伐楚出此門。」

畫閣長堤暮水平，寒雲初卷闔閭城。楚天秋後花猶潤，吳苑人歸月正明。雁度西樓金管歇，霜飛南國玉衣輕。誰憐孤客多惆悵，耿耿千門永夜情。

薄暮舟發武丘是日以淮警中丞發師北行

【考證】虎阜志：「虎丘避唐諱，改曰武丘。」明史張國維傳：「崇禎七年，擢右僉都御史，巡撫應天、安慶等十府。其冬，流賊犯桐城，官軍覆沒。國維方壯年，一夕，鬚髮頓白。明年正月，率副將許自強赴援。自強遇賊宿松，殺傷相當，安慶山民，桀石以投賊，賊多死，乃越英山而遁。九月，賊復由宿松入潛山、太湖，他賊掃地王亦陷宿松等三縣。國維乃募土著二千人戍之。而以兵事屬監軍史可法。」

橫塘此路轉孤舟，十里松杉接武丘。愁客捲簾隨暮雨，美人採菊薦寒流。檣帆氣壯關河夜，鼓角聲銜江海秋。聞道元戎初出鎮，可能寄語問神州？

獻留都范大司馬　二首　【案】范大司馬景文。注見年譜崇禎十七年。【考證】畿輔通志范景文傳：「崇禎初，累官南京兵部尚書。時闖賊蹂躪豫、楚，將順流南下，景文綢繆戰守，定營制，治樓船，練火器，壁壘一新，賊不敢渡江。」

尚書高鎮石城秋，畫戟琱戈耿不收。舊制上公班太尉，本留東洛領諸侯。刀環人映麒麟閣，組練江搖鳷鵲樓。征虜亭邊思謝傅，已教前部向中州。

青袍白馬尚縱橫，淮甸風烟接鳳城。此日夷吾在江左，無煩高密向西京。黿鼉不照蛟宮靜，龍虎常浮帝座明。身是劉公門下客，可能分給羽林兵。

贈留都錢大鶴職方　二首　【考證】蘇州府志：「錢位坤，字與立，常熟人，長洲籍。崇禎庚午舉人，辛未進士。官兵部郎中。」

登壇頎皙好輝光，顧盼中樞出尚方。自是慣搖白羽扇，何須賭摘紫羅囊。南朝詞客皆能將，漢代通侯本拜郎。不數潢池輕一掃，象胥歷歷指氐羌。

揮指珊瑚十萬師，青綸白袷影參差。龍韜夜月遊淮水，天馬秋風飲苑池。帳後唱歌張靜婉，樓前置酒庾元規。知君先世丹書在，我欲相從舞繡旗。錢爲武肅王裔。

【考證】明史輿服志：「洪武三年，太祖欲封功臣，議爲鐵券，而未有定制。或言台州民錢允一有家藏吳越王鏐唐賜鐵券，遂遣使取之，因其式而增益焉。」

登長干浮屠 二首

【考證】江寧府志：「長干里在城南聚寶門外。江東人謂山隴之間曰干，一出城闉，山岡綿衍，往安德、鳳臺二門，徑道迴環，寺宇錯置，其間平地，民庶雜居。故相傳有大長干、小長干之稱。」又：「大報恩寺，在長干里。永樂十年敕建，梵宇悉準宮闕，造九級琉璃塔。」張岱夢憶：「報恩塔，成於永樂初年，上下金剛佛像，千百億金身。一金身琉璃磚十數塊湊砌成之。闢筍合縫，信屬鬼工。聞燒成時，具三塔相，成其一，埋其二。海外蠻夷重譯至者，見必頂禮讚嘆而去，謂四大部洲所無也。」

阿育靈標迥翠浮，中天縹緲瞰神州。疑通瑤闕三千界，下俯金門十二樓。文帝祠壇丹鶴夜，孝陵雲樹玉龜秋。雄圖萬禩垂豐鎬，指點危欄動客愁。

帝城臺殿鬱葱葱，極上層霄顧盼雄。山壓衡廬簾外雨，江分吳楚檻前風。平岡百轉浮天闕，錦樹千章繞漢宮。紫蓋一飛齊北向，金輪還在五雲中。

出留都下馬遊顧司寇華玉墓顧能識江陵公於童子時異人也

【考證】明史列傳：「顧璘，字華玉，上元人。弘治九年進士，歷浙江左布政司，山西、湖廣巡撫，右副都御史，遷吏部右侍郎，改工部。董顯陵工畢，遷南京刑部尚書。罷歸，年七十餘卒。璘少負才名，與同里陳沂、王韋號金陵三俊。」又：「張居正，字叔大，江陵人。少穎敏絕倫，十五爲諸生，巡撫顧璘奇其文曰：『國器也。』未幾，居正舉於鄉。璘解犀帶以贈，且曰：『君異日當腰玉，犀不足溷子。』」江寧府志：「明刑部尚書顧璘墓，在彭城山。」

惆悵都亭繫馬情，尋碑秋草暮雲橫。風前鼯鼠松杉靜，月下麒麟劍珮鳴。昭代爽鳩文筆重，何年白鶴羽毛輕？於今若有張童子，空向西州問九京。

丙子元日

今旦春風轉玉琴，江東花發曉寒侵。密雲隱現金輪靜，積雪蒼茫瑤海陰。壘壁諸軍銀甲冷，文昌元會火城深。不知誰任三微事，草野空懸捧日心。

人日

清暉窈窕早春還，愁客新年半掩關。東帝條風吹柳外，西王遺像出人間。芳園步障花前卷，畫閣金屏鏡裏閒。碧樹最高堪悵望，驂驔紅袖自相攀。

元夕 二首

少年此夕不知愁，競逐香車徹曉遊。火樹九枝通紫陌，玉簫一夜滿朱樓。錦屏撲粉芙蓉暖，繡戶邀人鸚鵡留。今日春風傳戰鬪，橫江明月照揚州。時以江上寇警，禁燈火。

【考證】通鑑綱目三編：「崇禎九年正月，高迎祥等圍滁州，盧象昇督祖寬、羅岱等來援，大戰于朱龍橋。」

長安燈市有烟霞，帝里春前御柳斜。萬騎紅塵過北闕，千門碧月鎖東華。已開芍藥留歌管，旋看珊瑚入內家。是日，多早花，集百貨也。惆悵江城兵甲外，鰲山百丈暮雲遮。

【考證】燕都遊覽志：「燈市南北兩廛，珠玉寶器，日用微物，靡不畢具。夜則燃燈于其上，望如星衢。市自正月八日始，十八日罷，今名燈市口。」居易錄：「京師臘月即買牡丹、梅花、緋桃、探春諸花，皆貯煖室，以火烘之。所謂堂花，又名唐花是也。」

贈張運使泰巖年丈

【考證】浙江通志：「都轉鹽運使張繼孟，字泰巖，扶風人，崇禎間任。」【案】題名碑錄：「繼孟，萬曆己未進士。」

新領均輸出上方，威名落落舊張綱。彈文建業推驄馬，樂府昆明表白狠。張舊在南臺，治郡滇中有功。萬竈虎形烟㶇鬱，千帆鷁首雪蒼茫。莫愁轉餉軍興急，指點東南擅海王。

送勒卣省試之金陵

憐君才調似臨邛，獻賦何年動九重？幾夕更嘗京口酒，侵晨復聽景陽鐘。棘堂姓氏人爭問，蓉府風流客正逢。寄語良工誇相馬，可知今日有眞龍。

壽包山許伯贊母夫人【考證】江南通志：「洞庭西山，在太湖中，一名包山，周迴百三十里，縹緲峯爲最高。」復社姓氏錄：「蘇州府許元禎，字伯贊。」

神峯縹緲太湖烟，疑在層城玉女前。談座巳驚陶士行，仙宗應降許思玄。芙蓉十丈華山井，橘柚千頭夢澤天。有客自能誇鄴下，雲間先寄五遊篇。

送陳鶴朋應試武林【考證】松江府志：「陳增遠，字鶴朋。明萬曆甲辰進士國是子，浙江嘉善學生。順治十八年恩貢。」一統志：「浙江杭州府，曰武林，因武林山而名。」杭州府志：「武林山，在錢塘舊治北半里，今錢塘門裏太乙宮道院土阜是也。原名虎林，避唐諱改武。」

晚驛涼雲此壯遊，錢塘曾作帝王州。吳宮繡嶺旌旗歇，禹廟清江風雨秋。西郢陽春驕淥水，大秦明月照瀛洲。知君抵掌東南事，横海樓船耿未收。

送張子美省試金陵

六月江風西上時，秣陵秋色動相思。麗華閣外芙蓉露，慧曉門前楊柳絲。才調新題鳷鵲觀，家聲舊滿鳳凰池。不須更插雕翎箭，落月河陽射大旗。子美精射，而今秋未用。

送陸文孫省試金陵時當七夕

【考證】復社姓氏錄：「金山衛，陸慶曾字文孫。」

君去明河黯澹天，芳洲千里葉田田。仙人觀閣清江上，織女雲霞畫檻前。文筆已銘玄武闕，功名遠繼赤烏年。太平此日無言事，新語應成第幾篇？

得李舒章宋轅文秣陵書有憂時之語

有客南朝寄錦鱗，楚江微雨動青蘋。惟應風賦推才子，何意龍門是黨人。灤水□雲秋晚靄，蔣山王氣日嶙峋。知予矯首能長歎，數卷韜戎共隱淪。

書丙子秋事　四首

燕關迢遞朔雲端，□□連兵度不難。夜月千烽通碣石，秋風萬馬飲桑乾。即盧溝。時平諸將皆乘障，事起君王更築壇。誰逐郅支青海上，漢家得計款□韓。

諸帝遺弓雲樹前，太行兵氣總蒼然。翠微旗暗□頭色，碧瓦烽高箕尾天。玳瑁秋陳儁玉座，漢酎金上陵，或以玳瑁代。虬龍曉漏靜神絃。祠官流涕松風路，回首長陵出塞年。

鳳城雲閉薊門秋，□馬南驅抵白溝。八陘熊羆開上谷，九河鳧雁隔瀛州。諸侯鼙鼓連營壘，列郡風烟接戍樓。莫倚徵兵窮海內，三秦寇盜耿難收。

蹕林秋祭正縱橫，□□翻然睨漢京。自是賈生謀不用，非關江統論先戍。勁兵盡發盧龍騎，最勝惟誇涿鹿城。異日可無哀痛詔，恐防恩澤滿承明。

元日日有食之

【考證】明史莊烈帝本紀："十年春正月辛丑朔，日有食之。"【案】綏寇紀略："是日，免朝賀。"

三朝掩朔未宜逢，賴有微雲翳滿空。卻會可爭荀彧坐，抗章誰見鮑宣風。朱繩自直青壇上，白獸仍開紫殿中。寄語麒麟莫相鬭，省躬玉几未還宮。

壽嘉興令新安羅然明母夫人

【考證】浙江通志：「嘉興縣宋屬嘉禾郡，後屬嘉興府。」嘉興縣志：「羅炌，字然明，徽州人，崇禎甲戌進士，知嘉興縣，清操不苟，民有一杯羅炌之謠。」

使君沖朗過袁劉，壽母輕軒覽勝遊。不稅甘鮺供遠餉，常栽靈果侍淹留。帝貽紫帔龍章麗，家近丹沙鳳吹流。令子今年應報政，嘉禾先上玉山頭。

早朝

殿閣春雲曉日涼，羽林排仗入明光。千門鐘鼓開班劍，九級旌旗繞御香。武帳袞龍垂北極，文衣吹鳳引南廂。分憂聖世多皋禹，端拱無勞問未央。

韋園海棠

【考證】天府廣記：「宏善寺，在左安門外。正德中內寺韋霦建。寺後有西府海棠二株，高二尋，每開爛如堆繡，香氣滿亭。」

名花帝里殢相思，爲爾輕盈不自持。豔質已迷紅霧煖，繁枝弗動絳雲遲。瓊池浴罷凝香後，金屋春深倚醉時。難以豐柔矜夜態，好將玉體問昭儀。

送雷聖肅之夔州推官【考證】青浦縣志:「雷迅,字聖肅,號石帆。少孤,力學,與陳子龍友善。中萬曆三十四年舉人。崇禎間,授夔州推官。居官廉介執法,時賊寇充斥楚南北,與夔相近,迅庀亭障,嚴堡驛,境内肅然。尋以侍養告歸。」明史地理志:「四川夔州府,元夔州路,洪武四年爲府。」

白帝風高鼓角鳴,巴人負弩識逢迎。蛟龍下峽秋聲壯,猨鳥穿林夜緯明。倚檻雲深神女廟,乘軒春接錦官城。瞿塘形勢稱天險,莫歎荆南未解兵。

贈賈仲賁同年母節婦黄太孺人賈河間人也【考證】河間縣志:「賈太初,字毓樸,崇禎丁丑進士,少孤,事母盡孝。初知陝西富平縣,惠愛及民,及調襄陽令,邑人遮戀不得去者彌日。既去,立生祠,刻石頌德。任襄陽未幾,丁母憂,扶櫬歸里。壬午大兵圍河間,太初死之。」湖廣通志:「賈太初,字仲賁,河間人。任襄陽縣令,不數月,除積弊,庭案一清,賦不加耗,驛不知擾。」畿輔通志:「賈允吉妻黄氏,河間府人。夫亡,撫孤守節,旌表。」

瀛洲禮樂漢時英,氷雪餘輝彤管清。曲就陶嬰多徵調,學成崔寔有高名。大夫故里懸銀牓,太史新編佇玉京。更取忠編授紗幔,酬恩不獨振家聲。

初夏集萬駙馬白石園【考證】明史公主傳：「瑞安公主，神宗同母妹，萬曆十三年，下嫁萬煒，崇禎時，煒官至太傅，嘗以親臣侍經筵。國變，年七十餘矣，同子長祚死於賊。」燕都遊覽志：「駙馬都尉萬公白石莊，在白石橋北，臺樹數重，古木多合抱，竹色葱蒨，盛夏不知有暑，附郭園亭，當爲第一。」

平陽池館帝城西，磵道風雲護石閨。大樹輪囷當畫棟，高臺縹緲直金堤。竹廊夏隱桃枝簟，錢埒春馳錦障泥。鳳女一飛瑤瑟在，堂有錦瑟。十三絃靜草萋萋。

【附錄】李雯早春遊萬駙馬白石莊和臥子韻詩：「白石橋邊接御堤，沁園池館向青谿。花分洛苑香猶靜，樹擬長楊葉未齊。金井牀寒妝閣後，玉樓簫斷鳳城西。青山半入朱軒裏，門外春風聽馬嘶。」

京師五日時上幸西苑【案】西苑在皇城內，注見七言古。

甘泉御幄覆花明，此日宸遊滿夾城。西域葡萄縈綵仗，南州翡翠嚮霓旌。石鯨風細更衣晚，玉蝀橋平踏草輕。西內橋名。阿閣於今多鳳羽，大官無事賜梟羹。

【考證】舂明夢餘錄：「瓊花島東南，曰圓殿，即承光殿。有古松三株。曰金水橋，有坊二，一曰金鰲，一曰玉蝀。」

又五日憶故鄉

淹留河朔進瑤觴，回首江城水一方。五日烟花非我土，十年簫管暗神傷。沿溪時出採蓮女，蕩槳常歌團扇郎。勝侶今朝應見憶，便思解組問滄浪。

送同年章于野歸江南

【考證】明史何騰蛟傳：「章曠，字于野，松江華亭人，崇禎十年進士。授沔陽知州。賊將郝搖旗陷其城，曠走免，謁總督袁繼咸於九江，署爲監紀。又署漢陽推官，攝府事，兼分巡道事。給事中熊汝霖、御史游有倫劾其沔陽失城罪，候訊黄州。福王立，何騰蛟至長沙，以曠爲監軍。南京破，大兵逼湖南，諸將皆畏怯，曠獨悉力禦。唐王擢爲僉都御史，提督軍務，恢勦湖北，扼湘陰、平江之衝，湖南恃以無恐。永明王加兵部右侍郎，移駐永州，見諸大將擁兵鬨譁輒走，抑鬱而卒。」

桑乾橋畔盡垂楊，五馬南歸別帝鄉。幽朔夏雲來大漠，岱宗朝雨隔河梁。人誇花萼聯珠樹，家傍芙蓉倚玉牀。更有經年投錦字，好移明月照流黄。

寄宋九靑給事時方使册封趙藩【考證】明史本傳：「宋玫，字文玉，萊陽人。天啓五年進士。授虞城知縣。崇禎元年，擢吏科給事中。歷刑科都給事中，遷太常少卿，歷大理卿、工部右侍郎。十五年夏，廷推閣臣，玫與焉。帝已中流言，疑諸臣有私，比入對，玫冀得帝意，侃侃敷奏。帝怒，叱退之。與吏部尚書李日宣並下獄。日宣等遣戍，玫除名。閏十一月，臨淸破，玫及邑人趙士驥出貲治守具。無何，大淸兵薄城，城上火礮矢石並發，圍乃解。明年二月，復至，城破，玫死之。」【案】諸王傳：「趙王高燧，成祖第三子，永樂二年封。洪熙元年，之國彰德。崇禎時，穆王弟常洟嗣，十七年，彰德陷，被執。」

正牙陪位及臨軒，授節鳴珂出禁門。文帝雲孫開北國，鄴都才子盛西園。桐珪剖月，秦城賤，羽蓋流星漢使尊。借問諸侯誰特達？淸漳荒草憶平原。

送宋令申給諫備兵武昌【考證】蘇州府志：「宋學顯，字令申，吳縣人。天啓辛酉舉人，崇禎戊辰進士，官至通政使參議。」明史紀事本末：「崇禎十年四月，兵科給事中宋學顯、貴州道御史張盛美，俱例轉湖廣、河南參議。撫寧侯朱國弼劾溫體仁私左都御史唐世濟，逐學顯、盛美，上不聽。」湖廣通志：「武昌府，元武昌路，明洪武甲辰年改府。」

漢廷都尉邈難儔，一忤平津不可留。虞長絲來能辦賊，楚人何事但悲秋？江皋珠冷閉官舫，鄂渚峯高倚堞樓。獨嘆掖垣眞寂寂，景陽鐘度碧梧愁。

送蔡雲怡年丈備兵井陘

【考證】明史本傳：「蔡懋德，字維立，崑山人，萬曆四十七年進士。崇禎初，爲江西提學副使，遷浙江右參政。內艱服除，起井陘兵備。十四年冬，擢右僉都御史，巡撫山西。十六年冬，自成破潼關，懋德師次平陽，時太原洶洶，晉王手教趣還省。賊攻平陽，拔之。有詔奪官候勘，以郭景昌代之。懋德誓師太原，罷官命適至，或請出城候代，懋德不可，曰：『吾已辦一死矣。』自成具鹵簿，督衆攻城，城破，自縊。」【案】堯峯文鈔：「懋德，別字雲怡。」明史地理志：「井陘縣在眞定府西南，故關在其西。」

畿南顧盼出西屏，仗節晨馳下紫庭。七較龍驤秋戍早，三關鳥道夜烽停。漢軍旗鼓開泜水，趙壁風雲護井陘。廉李功名成往事，應除恆嶺更書銘。

立秋日陳舍人幾亭屠大行愚仙招飲水關晾馬廠觀荷同席者金水部伯玉

【考證】嘉善縣志：「陳龍正，號幾亭，少穎異，師事高攀龍。崇禎甲戌進士，授中書。戊寅五月，熒惑守心，連進四疏，言事天無過好生，致治當責成宰輔。時盜賊四起，籌餉無策，上墾荒議，反覆數千言，朝議不決，乞歸。」【案】嘉興府志：「屠象美，字幼繩，以進士授行人。」愚仙或其別字，注見後。明史本傳：「金鉉，字伯玉，武進人。少有大志，以聖賢自期許。崇禎改元，成進士，歷工部主事。中官張彝憲總理戶、工二部，檄諸曹謁見禮視堂官。鉉恥之，再疏爭不納。乃約兩部諸僚，私謁者衆唾其面。彝憲慍甚，摭火器不中程，劾鉉落職。十七年春，始起兵部主事，巡視皇城，聞大同陷，疏請撤回監軍中官杜勛，專任巡撫朱之馮，不報。未幾勛以宣府下賊，賊殺之。烽火逼京師。城破，趨入朝，宮人紛紛出，知帝已崩，即投金水河，水淺，濡首泥中，乃絕。」日下舊聞：「水關在德勝門西里許，水自西山經高粱橋來，穴城址而入，有關爲之限焉。」

苑北平波度晚風，亂蟬一帶接花宮。馬嘶忽起蒹葭外，魚戲還窺蓮葉東。紫塞出雲秋漠漠，碧城過雨日濛濛。不須醉說尋源事，身在銀河淸淺中。

燕中秋感　四首

通天樓閣動秋風，虎旅旌旗出苑中。倒影石欄交蕙桂，亂烟錦纜起雙鴻。海雲朝捲蓬萊近，山月霄懸露掌空。聞說我皇多暇豫，可能坐論屬羣公。

紫塞逶迤鎖八陘，薊門天險負滄溟。山河中竦開黃屋，日月西迴掛翠屏。三輔金戈秋簇簇，五陵銀海夜冥冥。本朝尙德興王業，指點無勞論地形。

山前山後總神州，絶塞蒼然倚戍樓。空磧馬來寒日暮，荒臺烽起朔雲秋。健兒大半歸牙將，上錦空思□□□。女直放屯西去遠，紅螺木葉未曾收。

初聞屬國已堪憂，復道東師耿未收。漢將何年過渤海？秦鞭無計渡營州。旌旗極浦迴鯨翅，島嶼孤根動蜃樓。更發三齊城不夜，秋風亭障浪雲愁。

寄李舒章宋轅文

夢到江南曲巷斜，楚雲何處莫愁家？憐予憔悴金臺馬，羨爾殷勤玉樹花。讓木書來，知二君近就詞曲。薇帳夜香迎翠羽，珠樓春雨按紅牙。惟應高唱臨風度，明月懷中憶絳紗。

古意　三首

蠮螉邊頭霜葉飛，鳳凰樓上憶征衣。不知戰馬經年別，但見孤鴻每夜歸。鏡裏秋風吹玉筯，夢回明月墜金徽。莫愁今歲無消息，聞道龍城已解圍。

賤妾新居紅粉樓，狂夫偏逐冠軍侯。三春無草黃河曲，六月飛霜青冢頭。秦地烟花連夜發，邊庭音信隔年收。縱然奪得燕支塞，十五容顏不可留。

初聞遣卒戍漁陽，又報徵兵赴朔方。邊柝亂傳千里月，苑砧重拂九秋霜。帛書望斷黃榆塞，錦字空裁白玉堂。不見誰家麟閣上，年年遼海失鴛鴦。

遼事雜詩 八首

昔年遊俠滿遼陽，吹角鳴鞭七寶裝。帳下紫貂多上客，樓前白馬度名倡。椎牛屬國開新市，射虎將軍獵大荒。李氏家聲猶帶礪，斷垣落日海雲黃。

【考證】明史李成梁傳：「成梁鎮遼二十二年，先後奏大捷者十。迨成梁去遼，十年之間，更易八帥，邊備益弛。」

【案】成梁封寧遠伯，弟成材，參將，子如松、如柏、如楨、如樟、如梅，皆總兵官，如梓、如梧、如桂、如楠，亦皆至參將。

三韓內屬本神州，女直歸巢萬馬秋。玄菟烽烟迷月色，黃龍鼓角起邊愁。閼氏去後東胡盡，趙信封來南幕收。自此乾坤多戰鬭，度遼何處問金甌？

【考證】朝鮮世紀：「朝鮮王準，避衞滿之亂，南浮金馬，民多歸之。統國五十四。以韓地金馬郡，是爲馬韓王，辰韓、卞韓皆屬焉。辰韓王者，秦之亡人也。避居於韓，韓人以東界與之。都辰，是謂辰韓王，亦曰秦韓王，統國十二。卞韓王者，不知其始，都于卞，亦統國十二焉。辰、卞咸韓地，故曰三韓。」通鑑輯覽：「崇禎十年二月，我大清兵下朝鮮。」

二月遼陽大出師，無邊雲鳥盡東馳。烏鳶暗集三軍幕，風雨驚傳兩將旗。長白峯高塵漠漠，渾河水落草離離。國殤毅魄今何在？十載招魂竟不知。

遼東左臂拱神京，遼水中分守將兵。乘障虛傳光祿塞，和戎未保受降城。幹羅白骨愁胡騎，木葉黃雲捲漢旌。經撫可憐皆失策，更煩浮議滿承明。

【考證】通鑑輯覽：「天啓元年五月，以王化貞巡撫廣寧。六月，起熊廷弼經略遼東。以張鶴鳴爲兵部尚書。二年正月，我大清兵取西平堡。王化貞棄廣寧，與熊廷弼走入關。先是，化貞凡五出師，輒引還。廷弼乞勅化貞愼重舉止。化貞上言『臣願請兵六萬，一舉蕩平』，時葉向高當國，化貞座主也，頗右之。廷臣惟少卿何喬遠、御史江秉謙、周宗建等與廷弼合；餘皆右化貞，令毋受廷弼節制。廷弼抗疏言：『臣以東西南北所欲殺之人，適遘事機難處之會，諸臣能爲封疆容則容之，不能爲門戶容則去之，何必內借閣部，外借府道以相困?!』又言：『經、撫不和，恃有言官；言官交攻，恃有樞部；樞部佐鬬，恃有閣臣，今無望矣！』帝令羣臣議兩人去留，時中外俱知經、撫不和，必誤封疆大事，而張鶴鳴篤信化貞，請撤廷弼他用。帝不從，責再議，議未上而我大清兵已西渡遼河，攻西平堡。化貞遣遊擊孫得功、參將祖大壽，合總兵祁秉忠赴援，廷弼亦檄總兵劉渠會師前進，與大清兵遇，乘機急戰。大兵飛馳突入，奮射衝擊，諸軍皆走。大兵追擊至平陽橋，渠、秉忠及副將劉徵、參將黑雲龍等皆死之，全軍盡沒。大壽走覺華島，得功請降。化貞莫知所爲，遂棄廣寧，踉蹌西走。廷弼已離右屯，次閭陽驛，聞敗遂退還，與化貞遇大凌河。化貞哭，廷弼微笑曰：『六萬衆一舉蕩平，竟何如？』化貞慚，議守寧遠及前屯，廷弼曰：『已晚，惟護難民入關可耳！』乃以己所將五千人投化貞爲殿，盡焚積聚。與副使高出、胡嘉棟等先後入關。我大清兵入廣寧，凡四十餘城皆下。遂進克義州而還。敗聞至京師，鶴鳴懼罪，因自請視師。逮廷弼、化貞，並論死。鶴鳴等亦罷歸。」

榆關咫尺望胡天，屯築遼西更幾年。滄海北連秦障塞，營州東斷禹山川。黃金輦下征輸盡，紅袖軍中歌舞偏。投筆競誇邊將貴，莫令烽火近甘泉。

蓬萊閣外海風秋，別將樓船自壯遊。萬里黿鼉通碣石，千帆烏雀轉滄洲。牙兵擁立頻相噬，屬國供輸困未收。今日東方聲問斷，盈盈極目使人愁。

【考證】明史外國傳：「崇禎十年正月，朝鮮告急，命總兵陳洪範調各鎮舟師赴援。三月，官兵出海，越數日，山東巡撫顏繼祖奏屬國失守，國王出降。今大治舟艦，來攻皮島、鐵山，其鋒甚銳。亡何，皮島爲大清兵所破，朝鮮遂絕。」又：「天啓三年，朝鮮國人廢琿而立其姪綾陽君倧，以昭敬王妃之命權國事，命議政府移文督撫轉奏。四年封倧爲國王。五年，毛文龍報：『朝鮮逆黨李适、韓明璉等起兵昌城，直趨王京，被臣禽獲。餘孽韓潤、鄭梅等竄入建州，有左議府尹義立約爲內應，期今冬大舉犯朝鮮。臣已咨國王防守，暫移鐵山之衆，就雲從島柴薪。』」又：「朝鮮國王倧，遣書總兵黃龍，言文龍舊將孔有德、耿仲明率士卒二萬投順大清，向朝鮮徵糧。本國以有德等曩在皮島爲本國患，故未之應。龍以聞。」

盧龍雄塞倚天開，十載三逢敵騎來。磧裏角聲搖日月，回中烽色動樓臺。陵園白露年年滿，城郭青燐夜夜哀。共道安危任樽俎，即今誰是出羣才。

【考證】通鑑綱目三編：「崇禎二年十一月，我大清兵下遵化，遂薄燕京。七年七月，我大清兵入上方堡，至宣府，京師戒嚴。九年七月，我大清兵入塞，連下畿內州縣。」

鄴下西秦蒼莽愁，胡塵南犯幾時收？誰移青海千羣馬，直飲黃河萬里流。星動上台臨虎帳，劍隨中使出龍樓。好憑羽扇揮神策，飛騎先寬聖主憂。

【考證】通鑑輯覽：「崇禎十年四月，楊嗣昌握兵柄，以帝急欲平賊，因薦熊文燦總理南畿五省軍務，增兵餉大半，期滅賊。及文燦至，顧決計招撫，刊檄徧懸通都。帝聞之怒，嚴旨譙責。嗣昌爲救，乃解。」又：「十年十月，以中官曹化淳提督京營，復以李明哲提督五軍營，杜勳提督神樞營，閻思印提督神機營。」

【校】第二首「女直歸巢萬馬秋」、「閼氏去後東胡盡」兩句，全集本原缺「巢」「閼氏」「東胡」等字。第四首「和戎未保受降城」、「斡羅白骨愁胡騎」兩句，缺「戎」「胡騎」等字，並據原本湘眞閣稿校補。第七首「十載三逢敵騎來」句，原本湘眞閣稿作「十載三逢胡騎來」。

人日寄贈楊機部太史充東宮講官

玉樹朝暉接畫轓，横經青禁日臨軒。鳳條已見棲荀邃，龍翰還應讓邴原。機部以講席讓予座師黃石齋先生。綵勝競傳春綺麗，御香分賜夜清溫。知君罷講西池上，可憶垂綸傍海門。

【考證】明史楊廷麟傳：「崇禎十年冬，皇太子將出閣，充講官兼直經筵，廷麟具疏讓黃道周，不許。」

送吳來之大行還朝使晉歸也

雲沙春色夜鴻飛，使者輶軒入帝畿。江上錦帆天際出，河梁碧樹雨中微。風陳晉乘干戈盛，賦就吳都杼軸稀。應有李恂圖畫滿，君王此日正宵衣。

歸德侯朝宗書來盛稱我土人士之美兼慨世事詩以酬之

【考證】明史稿地理志：「河南歸德府，洪武初爲州，嘉靖二十四年爲府。」河南通志：「侯方域，字朝宗，恂之子。幼博學，多大略，江南諸名士，多慕與交。己卯，試南京，阮大鋮使其客通款，方域拒不納。且與吳次尾、陳定生力攻之。及大鋮爲兵部尚書，修舊怨，知方域避亂在吳，以鈎黨名捕。方域匿高傑軍中，乃免。順治辛卯已舉於鄉，復爲忌者抑，置副榜。」【案】今世說：「方域，歸德商丘人。」

春風宛轉下平臺，有客橫江尺素來。雪苑舊推司馬賦，雲間今愧士龍才。東州評隲琅玕重，中土愁驚鼓角哀。歷難公卿年少事，漢家宣室爲君開。

丁丑除夜時予方廬居　二首

暮紀冰紋動碧池，柳條梅萼盡參差。風流漸覺傷心老，豪頓應憐折節時。故國已添新涕淚，中原不改舊旌旗。莫愁回首春光近，永夜嚴城玉漏遲。

去年此日渡祊河，歷歷千山歸夢過。一自淹留丹闕久，遂令遺恨白雲多。寒梅北客誰堪寄？春草南陔欲廢歌。京洛故人能勗爾，可知愁懶易蹉跎。是日得彥升書，相勉甚切。

寄仁和令吳坦公吳約予春明遊湖上也

【考證】杭州府志：「仁和知縣吳培昌，華亭人，崇禎十一年任。」雲間科甲錄：「培昌，字永生，號坦公，崇禎丁丑進士。」

坐擁青山一俊人，板輿飛蓋曉湖濱。常嚴劍佩迎朝貴，更飭廚傳給隱淪。潮上海門丹幛夜，雨來天目碧城春。倦游司馬新添病，羨爾明妝好問津。

立春

蘭臯草色展新晴，無限條風紫陌情。永夜金塘流不極，今朝玉樹染還輕。雲衢日麗烟花動，霞席聲迴簫管平。應有宜春宮裏綵，一枝先得萬年名。立春，在聖誕前二日。

重遊弇園

【考證】鎮洋縣志：「弇山園，俗呼王家山，在隆福寺西，尚書王世貞剏畝，中矗三峯，曰東弇、中弇、西弇，極亭池花卉之勝，今廢。」

放艇春寒島嶼深，弇山花木正蕭森。左徒舊宅猶蘭圃，中散荒園尚竹林。十二敦槃誰狎主，三千賓客半知音。風流搖落無人繼，獨立蒼茫異代心。

花朝戲作晚唐體

昨夜東風倚玉簫，夢回無計又花朝。綠屏曉色人初醒，紅蕊輕寒粉暗消。小語麝蘭吹閣道，斷魂楊柳隔溪橋。年年獨作傷心客，不散春愁與翠翹。

【校】：「紅蕊輕寒粉暗消」句，原本湘眞閣稿作「紅影輕寒粉暗消」。

春泛震澤

【考證】江南通志：「太湖在蘇州府西南三十餘里，禹貢謂之震澤，史記謂之五湖，其實一也。方圓五百里，踞蘇、常及湖州三郡地，中有七十二山，其水由長橋口注松江，東入于海。」

碧草連天極望遙，平湖漠漠進輕橈。雲開羣島浮春樹，地鑿三江接夜潮。風雨金支龍女過，旌旗玉笈鬼神朝。霸才寂寞鴟夷去，滿眼烟波不可招。

辱李司馬萍槎先生贈詩勉以世事兼許文筆怱怱奉酬聊存知己之感【考證】明史本傳：「李繼貞字徵尹，太倉州人，萬曆四十一年進士。除大名推官，歷遷兵部職方主事。天啓四年秋，典試山東，坐試錄刺魏忠賢削籍。崇禎元年，起武選員外郎，進職方郎中。繼貞爲人強項，在事清執，請謁不得行。大學士周延儒銜之。會敍甘肅功，繼貞請起用故巡撫梅之煥，帝怒，削籍。十一年用薦起尚寶卿，遷順天府丞，超拜兵部右侍郎，巡撫天津，督薊遼軍餉。十四年冬，詔發水師援遼，坐戰艦不具，除名。明年夏，召爲兵部添注右侍郎，得疾，卒于途。」明詩綜：「繼貞，號萍槎。」

久瞻樞府重明光，投我連城雲錦章。傷亂已聞劉太尉，賞音深愧蔡中郎。九龍移帳春無草，萬馬窺邊夜有霜。早晚滄江驚驛使，詔書先問右賢王。

于忠肅祠【考證】明史本傳：「于謙，字廷益，錢塘人。永樂十九年進士。宣德初，授御史，出按江西，超遷兵部右侍郎，巡撫河南、山西。在任十九年，正統十三年，以兵部左侍郎召。明年，也先大入寇，王振挾帝親征，謙極諫不聽。及駕陷土木，京師大震，郕王監國，命羣臣議戰守，侍講徐珵言當南遷，謙厲聲曰：『京師天下根本，一動則大事去矣，獨不見宋南渡事乎？』帝是其言，守議乃定。遷本部尚書。九月，景帝立，敕謙提督各營軍馬，加少保。也先見中國無釁，請歸上皇。景泰八年正月，石亨與曹吉祥、徐有貞等迎上皇復位，執謙下獄，誣謙搆邪議，更立東宮，又謀迎立襄王子，遂棄市。都督同知陳逵，感謙忠義，收遺骸，歸葬杭州。弘治二年，贈太傅，諡肅愍，賜祠於其墓，曰旌功。萬曆中，改諡忠肅。」杭州府志：「旌功祠，在三台山，祀明少保兵部尚書贈太傅諡忠肅于公謙。」

紫蓋烽烟竟不旋，手持大計靖胡天。北門虎臥迴鑾日，南內龍飛賜劍年。山外怒濤歸碧海，冢邊荒草像祈連。上皇猶想風雲際，曹石功名倍黯然。

【考證】明史石亨傳：「景泰八年，帝將郊宿齋宮，疾作不能行禮，召亨代。亨受命榻前，見帝病甚，遂與張軏、曹吉祥等，謀迎立上皇。既復辟，以亨首功，進爵忠國公。」又宦官傳：「曹吉祥，景泰中分掌京營，後與石亨結，帥兵迎英宗復位。遷司禮太監，總督三大營，嗣子欽進封昭武伯，權勢與亨埒，時並稱曹、石。」【案】亨、吉祥及欽，後皆伏法。

錢塘東望有感

清溪東下大江迴，立馬層崖極望哀。曉日四明霞氣重，春潮三浙浪雲開。禹陵風雨思王會，越國山川出霸才。依舊謝公攜伎處，紅泉碧樹待人來。

寄夏長樂彝仲　【考證】福建通志：「夏允彝，知長樂。居官廉正，諸所興革，皆得大體，而催科之法尤善。日與書生校論文藝，遠近士子，雲集其門。」南吳舊話：「夏瑗公令長樂，有故官子孫爭產，各言祖父所遺無算。公召至內衙，曰：『曾讀尊祖父行述及諸公誌銘，皆云世傳清白，而足下忍一旦玷之，若能先仆墓碣，則當如數審追。』子孫惶恐辭出，訟遂息。」明史地理志：「長樂縣，在福州府東少南，東濱海。」

使君出宰下長安，閩海南移地勢寬。百粵山川屏上見，九夷城堞鏡中看。諸公久已期鳴鳳，大邑還應化舞鸞。知爾彈琴春色滿，董峯千樹杏花寒。

寄李惠安岦軒　【考證】松江府志：「李沾，字公受，華亭人。崇禎元年進士。慈谿、襄陽、惠安知縣，選授南京吏科給事中。本朝授光祿少卿。」【案】雲間科甲錄：「沾號岦軒。」明史地理志：「惠安縣，在泉州府東北，東南濱海。」

鳴皐酌醴訟庭幽，閩嶠重瞻說李侯。美女峯迷千嶂曉，錦田山熟萬家秋。珊瑚沉綠常無網，荔子輕紅獨上樓。莫問御屏題姓氏，海天東望是瀛洲。

送張訒叟給諫還朝

【案】張元始，號訒叟。注見年譜崇禎十二年。

錦衣持節過江鄉，四牡旋歌入未央。暮雨九河青草色，曉雲雙闕碧梧香。勾吳飛輓頻年急，畫省封章此日長。張以督餉之江南。知有午朝當獨對，可能無劍問安昌？

送方爾止還金陵將歸皖桐

【考證】感舊集補傳：「方文字爾止，號嵞山。江南桐城布衣，戶部郎中大鉞之子。」漁洋詩話：「嵞山居金陵，少有才華，晚學白樂天，好作淺俚之語。」

舊京天闕倚雲看，送客秋河振羽翰。玉樹風殘三閣暮，石城潮上九江寒。管寧避地非無策，王粲從軍強自寬。寄語皖桐新幕府，好收奇計助登壇。

寄答密之于金陵

【考證】杜溪遺稿龍眠愚者方公家傳：「龍眠愚者方公，字密之，諱以智。幼穎敏絕人，比冠益博。嘗謂天下將亂，士君子當習勞苦，故雖身爲貴公子，每徒步百里外。年二十，與松江陳公子龍投契。一時海內清流，以名節相礪。移家南都，顧交者益衆。」

昨夜雲中錦字開，月明應在鳳凰臺。論文河朔無眞氣，久客江東見異才。密之謬稱予京師舊作。萬里風烟愁我老，九秋魑魅傍人來。何時攜手思公子，共採芙蓉薄暮迴。密之書來，甚愁菴人餘氣，故有第六句。

寄屠幼繩太史屠喜談兵以大行改館職異數也　【考證】嘉興府志：「屠象美，字幼繩，以進士授行人，對策稱旨。改翰林院檢討，東宮講讀。疏薦倪元璐、李邦華等三十七人，尋罷歸。乙酉五月，糾衆守郡城，城破，爲亂兵所害。」題名碑錄：「崇禎辛未進士屠象美，嘉興府平湖縣籍。」

池上芳風滿直廬，平明視草待金輿。赤帷嘗奉甘泉使，青簡新修東觀書。薦士雲中誰第一，勒銘狼望一作「銘功塞上」。意何如？應憐攜手論兵侶，秋雨蓬蒿賦子虛。

寄懷唐吳江瞿瞿　【案】唐階泰，字瞿瞿，注見五言古。

西川才子過揚雄，案牘紛紜賦轉工。橋直垂虹多夜月，城連震澤起秋風。吏稀白版樓鋤外，坐撫朱弦騷雅中。欲問故人良會少，采蓴應到五湖東。

送勒卣游睢陽　二首　【案】抱眞堂集詩注：「時勒卣館歸德侯氏，與梁園諸子相雄長。」

鼓角連天露氣寒，短衣躍馬渡江干。迎人北雁秋風動，迴首南雲夕照殘。睢水亂流梁苑落，黃河縈繞宋城看。知君壯思生杯酒，愁絶中原攬轡難。

孝王池館水潺湲，萬里飛鴻下澤門。昔日旌旗同漢殿，至今賓客想梁園。抽毫雪夜清樽滿，放騎秋天荒草繁。幾度平臺能悵望，憐予偃蹇卧江村。

八月宿山中荒園

松風一路引經過，滿院黃昏舊綺羅。露冷小山香氣重，月明荒樹夢愁多。輝輝螢照人皆去，肅肅烏啼夜若何？獨坐玉窗頻悵望，珠簾不捲爲秋河。

寄義興夏給諫

【考證】江南通志：「常州府宜興縣，隋義興。宋太平興國初，改宜興。」宜興縣志：「夏尙絅，字中美，崇禎四年進士，授主事，擢居諫垣。時京師戒嚴，議浚城濠。尙絅切諫，謂擲百萬金錢于水涯，孰若用之疆埸。忤當道，出爲浙江金衢副使。」

梧掖清陰碧幾重，燕山遥對五芙蓉。黃封夜靜端門月，靑瑣秋高長樂鐘。雙引侍班多貴近，獨思補袞倍從容。馬曹舊有籌邊策，爲論呼韓未偃烽。夏由武部改諫官，時有防胡之議。

【校】：「爲論呼韓未偃烽」句，全集本原缺「呼」字，據原本湘眞閣稿補。又末尾注云：「時有防胡之議」全集本原缺「防胡」兩字，並據原本補。

吳淞江口眺望

【考證】松江府志：「松江，舊名吳淞江，後以水災，去水從木，亦曰松陵江。其源出太湖，東注于海。」

吳淞江上盡平疇，蘆荻紛紛古岸頭。祠廟衣冠荒白日，川原雲物變淸秋。霜前落木當風急，天際孤帆入暮愁。湖海蕭條生浩歎，十年戎馬隔中州。

戊寅九日同闇公舒章諸子登高之酌　二首

平原連騎好經過，極目亭皋倚放歌。對酒獨憐新歲月，登高無限舊山河。城邊落日黃花暮，隴首秋雲白雁多。醉裏雄談星劍動，龍荒消息近如何？

龍山戲馬自奇才，舒章每慕此事。姑酌東籬酒滿杯。禾黍斜陽三徑斷，風烟向晚百川開。歸鴻落葉無時盡，野女寒花相對哀。獨憶美人秋水上，白雲一片隔荒臺。時招偉南，以私忌不至。

寄喬聖任侍御時按浙中

【案】喬可聘，字聖任，注見年譜崇禎十一年。【考證】汪琬喬御史傳：「可聘巡按浙江，士大夫下訖吏民，俱相戒勿犯喬御史。嘗出行阻水，求縴夫不得。蘭溪知縣盛王贊持手版立雨中。大聲言：『民方耕，令請代之。』可聘乘輿冒雨去，人疑其怒，而可聘卒薦之。」

越王宮對海門開，驄馬遙從北極來。簪筆秋風探禹穴，行軒春樹轉天台。百城貙虎應無迹，萬里鯨鯢去不迴。獨憶五雲方旰食，更裁封事上蘭臺。

送張子服遊楚中應王學憲之聘 二首

【考證】湖廣通志：「王志堅，字弱生，崑山人。崇禎間，由進士任湖廣提學道，科歲二試，士無遺珠。有諸生以起復同遺材入試，志堅讀其卷，贊歎，留本生坐語，人以爲破格，後果售。以過于勞瘁，病卒。」

張郎辭我赴荆州，十月迴風溯上流。日落漢江橫北塞，天晴衡嶽隱南樓。菁茅舊俗周官重，組練新師楚將愁。世亂詞人易蕭瑟，生平無計更依劉。

武昌城北枕江皋，黄鶴磯頭楊柳高。幕客向憐蠻府賤，曲中誰識郢人勞。京臺風倣齊紈素，雲夢天寒秦復陶。莫問峴山揮淚處，湘弦愁絶爲君操。子服尊人宦沒楚中，時服未除也。

贈淮陽兵憲鄭潛菴年丈 二首

【考證】揚州府志：「鄭二陽，字潛菴，河南鄢陵人。崇禎八年以僉事備兵維揚。九年，流寇焚鳳陽陵寢，二陽簡練士卒，戰守之具咸備。寇再躪滁州，陷和、含，而揚無烽火之警者，皆其力也。馭吏嚴，不事苛細，案無滯牘。公暇，即賦詩屬文。時巨璫以覆鹽至，責監司行屬謁禮。二陽屹然不動，璫亦心折之。鹽政日壞，竈丁困甚，欲爲亂，二陽扁舟往撫之，皆流涕不敢萌異志。五載，以茂績召對，擢巡撫安廬都御史，揚人祀之名宦。」【案】河南通志：「二陽，萬曆己未進士。」

廣陵城堞鬱嵯峨，獵火旌旗夜渡河。高壘獨懸星劍動，澄江無恙錦帆過。三年鼓角登樓暮，十里烟花饗士多。爲下璽書淮海郡，楚中先已奏鐃歌。

擊鼓椎牛海上聞，清秋落日水犀軍。盜從文紀車前散，險自元龍築後分。塞北風烟時借箸，淮南賓客盡如雲。可教萬騎趨陵闕，諸將甘泉未策勳。時有虜警。

【校】此題原本湘眞閣稿「年丈」作「年伯」。又詩末有注云：「時有虜警。」全集本無此注，據原本補。

贈洪洞韓水部還朝

【考證】明史地理志：「洪洞縣，在平陽府北少東。」【案】山西通志：「崇禎四年進士韓文鏡，七年進士韓文銓，俱洪洞人。文鏡浙江杭嚴道，文銓河南道御史。二公不知曾爲水部否？俟再考。」

晚歲征鴻過上林，仙郎四牡日駸駸。詩成水部高何遜，氣蓋關中有季心。祖帳江梅驛使遠，揚旌朔雪戍樓深。五陵劍客知無數，此去雲霄慰好音。時値虜寇薊門。

【校】原本湘眞閣稿此題末有注云：「時値虜寇薊門。」全集本無，今據原本補。

戊寅除夕 二首

朔吹寒花載酒過，流澌一夜滿江河。音書斷後憑烽火，歲月驚心長薜蘿。五餌事虛龍帳入，四愁歌遍雁門多。請纓無計悲華髮，徒作詞人奈爾何？

愁聽鼓角路漫漫，柏酒盈樽未忍乾。揚子驛前頻問訊，滹沱河上寄加餐。時虜警日急，予每遣使從江上幕府問信，而予友楊伯祥，方參盧司馬軍事。鶯花豈獨滄江穩，甲仗猶憐太白寒。虛擬明春遊五嶽，那堪此夜憶長安。

【考證】案宜興縣志盧象昇傳：「崇禎十一年十一月，楊廷麟以兵部主事參象昇軍，象昇卽于是年十二月十一日戰死賈莊。廷麟以乞餉眞定得免。」先生此時應未及知也。

【校】「流澌一夜滿江河」句，原本湘眞閣稿作「流澌一夜滿江湖」。「甲仗猶憐太白寒」句，作「甲仗遙憐太白寒」。

己卯元日

王正雲物遍神州，江外春風攬勝遊。貧擬揚雄能大度，年如潘岳自多愁。五陵佳氣終無改，三輔兵聲迴未收。此日金華應上壽，至尊親爲掃旄頭。

【校】「至尊親爲掃旄頭」，全集本此句原缺「旄」字，據原本湘眞閣稿補。

寄楊伯祥

堠火清笳夜月明，漢家誰爲請長纓？侍臣親下承華殿，大將分屯細柳營。鳳詔頻煩中貴使，龍韜悉護羽林兵。知君綵筆干雲氣，鐃吹春風滿百城。

【校】「鳳詔頻煩中貴使」，原本湘眞閣稿作「御札頻煩中貴馬」。蟄存案：全集本句佳，不改。

勒卣從中州歸納董姬金陵人也作詩調之

【考證】案虎墩筆藏：「勒卣納施子野妓張壽娘，後緣事斷離，勒卣不忍割，同社又爲娶一娼以贈之，想卽董姬也。詩中『山上蘼蕪且放懷』句，殆指舊寵而言。」

周郎新度洛陽街，歸路春風白鼻騧。每顧小喬留一曲，還聞阿杜餉雙釵。周盤龍事。城東桃李常相對，董嬌嬈事。山上蘼蕪且放懷。十四樓中明月盡，最憐生長在秦淮。

送張鯢淵侍御巡閩還朝

【考證】明史本傳：「張肯堂，字載寧，松江華亭人。天啓五年進士，授濬縣知縣。崇禎七年，擢御史，出按福建，數以平賊功授賚，還朝。十五年，遷大理丞，擢右僉都御史，巡撫福建。總兵鄭鴻逵擁唐王入閩，與其兄芝龍及肯堂勸進，加太子少保吏部尚書。順治三年，王敗死，肯堂飄泊海外。六年至舟山，魯王用爲東閣大學士。八年，王航海去，屬肯堂城守。城破，自經死。」明末忠烈紀實：「張肯堂，號鯢淵。」

節使南歸駕玉驄，都亭遙憶薊門東。澄清海甸千家雨，驅掃樓船萬里風。閩嶠霜威霄漢上，河橋春色鼓鼙中。知君向有吞胡策，幾度傳宣謁桂宮。

【校】「知君向有吞胡策」句全集本原缺「吞胡」二字，據原本湘眞閣稿補。

奉酬越大夫卓凡見贈之作

【考證】貴州通志：「越其杰，字卓凡，貴陽人。舉人，倜儻好奇，工詩文，兼善騎射。天啓二年，任夔州司馬，值奢酋叛，連陷郡邑，攻圍成都。其杰率兵援之，大破賊，陞僉事，以齟齬致政歸。崇禎間，起霸州兵備，再起鳳陽監軍，河南巡撫。」

曾題名姓夜郎城，又向漁陽立漢旌。去病無家原爲國，信陵有客盡知兵。十年起舞中宵暗，萬里橫行絕塞輕。共歎乾坤方黯淡，因君卮酒結生平。

酬曹封丘惕威

【考證】鎭江府志：「曹宗璠，字汝珍，金壇人。崇禎辛未進士。黃巖、封丘知縣，上林苑監丞。」明史地理志：「封丘縣，屬河南開封府。」

夷門傲吏楚江濱，紅錦相投及暮春。草檄我慚吳部曲，論詩君冠魏詞人。鼓鼙萬里愁搖落，風雅千秋寄隱淪。莫問新篇最離怨，七哀歌罷轉傷神。

贈冒嵩少僉憲時冒薦邊才而長嗣襄爲索五十壽詩

【考證】鄒之麟冒公起宗墓誌：「公年十七，補弟子員，戊午舉于鄉。年將四十，登進士，蓋思宗元年也。選行人，庚午，北兵薄都城且累月，公獨穿萬馬入朝，朝中始知外事。壬申，授南京考功主事，轉郎中。甲戌，分巡兗西，飭曹、濮。服闋，補高肇道，調衡永，又半載，調襄陽。降大股賊惠登相、守恩光等八萬餘人。而子襄念父踐危疆，陰泣血上書諸貴人，乃得移寶慶。遂乞骸骨歸。甲申，復補漕儲，而南北之變起，公於是不復仕矣。」今世說：「冒樸菴，名襄，一稱辟疆。江南如皐人，孝友易直，能文章，善結納，知名天下。」揚州府志：「冒襄，弘光時以明經廷對爲司李，不就。」

淮海風流常晏如，春風列戟盛簪裾。審才舊守周官典，賜履曾開魯殿書。冒以吏部郎備兵兗州。向日乘槎隨博望，何妨推轂問居胥。丈夫五十佩金印，明月淸樽羽蓋初。

寄獻海道王兵憲

春卿舊禮盛文章，橫海新軍擁大荒。島戍風烟連日本，樓船曙色轉扶桑。潮開昌國蛟龍喜，花滿明山棨戟光。更値珠崖方議郡，漢家遠略事蒼茫。時有議開金堂山者。

送徐九一太史還朝 二首

紫氣青雲望直廬，中原秋色錦帆舒。依然朗月仙人掌，爲副名山太史書。故國十年多戰伐，舊遊三省盛簪裾。共誇連夜迴前席，自此常應奉屬車。

偉長中論重詞林，芳草鳴珂朔氣深。宮裏賜衣傳夜月，苑中開帙散秋陰。天心久已思安攘，吾道奚堪任陸沉。莫以金門能避世，蒼生何日見爲霖？

寄問陳彥升太史時尊公大中丞以邊事下獄 二首

【考證】海寧州志：「陳之遴，字彥升，崇禎丁丑進士及第，尋坐廢。順治初，召爲侍讀學士，歷禮部尚書，拜秘書院大學士。密請裁汰兵將，以紓國用。尋出爲戶部尚書，復拜弘文院大學士。逾年，謫居瀋陽，卒。」崑山新陽合志：「陳祖苞，字令威，萬曆四十一年進士。知崑山縣，遇事果斷，不畏強禦。陞兵部主事，歷順天巡撫。子之遴官少保，大學士。」通鑑綱目三編：「崇禎十一年九月，我大清兵入塞，京師戒嚴，十二年三月，大清兵出青山口，帝逮治失守封疆諸臣，巡撫陳祖苞，總兵吳國鎮等三十六人，同日棄市。」

西宮玉樹隱蔥蘢，珥筆從容待晚鐘。誰使薊門纏大角，遂令梁獄滯雙龍。狗屠市上多相識，漁父蘆中未易逢。幸有舊恩通訟疏，應憐短褐倍蒙茸。漁陽節鎮復南冠，塞月邊雲萬里寒。異日功名誰魏尙？此時賓客愧任安。貴臣意重終難失，聖主恩深強自寬。公子不須頻叩闕，會當飛檄取三韓。

【校】第二首「會當飛檄取三韓」句，全集本原缺「取」字，據原本湘眞閣稿補。

贈淮揚袁臨侯憲使

揚部旌門望斗邊，吳關千里靜烽烟。牙璋落日搖淮甸，玉帳秋風散楚天。海霧漫漫鳴畫角，江流歷歷下戈船。應知上客多詞賦，遙寄相思叢桂篇。

送楊龍友之青田令

栝蒼松檜遠盤天，畫鷁輕帆暮雪前。傲吏青雲連桂樹，美人明月在芝田。雙溪地暖耕耘早，千嶂官閒射獵偏。卻憶十年中夜舞，風烟回首各茫然。

己卯除夕

年華漸與壯心違，翠柏紅椒又滿扉。歲月有情多惜别，江湖無地可忘機。寒梅放蘂常相媚，旅雁驚雲好共飛。惟奉板輿將進酒，春風玉管送斜暉。

庚辰元日

暘谷曈曚啓萬家，兒童相率鬪鉛華。樽中已酌春前酒，江上還舒臘底花。襄漢旌旗高虎帳，幽燕日月靜龍沙。占風共識階平候，野老先耕五色瓜。

送張玉笥中丞擢河道少司空隨召陛見 二首

【考證】明史本傳：「張國維，巡撫應天、安慶等十府，屬郡災傷，輒爲請命，築城濬渠，並有成績。遷工部右侍郎，兼右僉都御史，總理河道。歲大旱，漕流涸，國維濬諸水以通漕。山東饑，賑活窮民無算。」濟寧州志：「崇禎庚辰，國維以工部侍郎總河，召入陛見，敷陳河務幾萬言，上喜其詳明，諭之曰：『國家咽喉，賴此一舉，卿當實心料理，爲永久之計。』賜金帛內饌還濟。時大旱，汶、泗斷流。國維虔禱岱嶽，霖雨遂降。先是漕綱自黃河入駱馬湖，風濤之險，損失阻滯。國維疏董溝以避險，遂收利濟之功。」

舊京開府靜牙璋，詔領河堤入未央。周室保釐分郟鄏，漢家底績念宣房。九天星宿穿秦塞，萬里梯航走冀方。會語至尊南顧日，不堪重問海陵倉。

帝奠天河九曲清，司空持節薊門行。石沉白馬祠川后，舟負黃龍答聖明。葱嶺雪消春漲淺，蓮峯月落夜濤平。論功應便分如帶，禹蹟茫茫萬古名。一作「即看帶礪酬勳業，禹蹟常留萬古名。」

送曾憲長霖寰年丈

【考證】題名碑錄：「萬曆己未進士曾化龍，福建泉州府晉江縣籍。」

漢庭高議漫悠悠，楚客遙思賦遠遊。季布一言何易罷，樂羊兩篋有誰收？時清自棄連城璧，遇險終須萬斛舟。莫倚珊瑚釣滄海，還應迴首鳳凰樓。

壽梁溪封太史馬公

【考證】江南通志：「梁溪，在無錫縣西門外，梁大同中濬，故名。」

【案】馬公應是文肅公世奇之父。

扶風今日見耆英，六代崇儒舊有聲。款段少游違大志，絳紗子幹是諸生。曾收孔壁遺經在，新錫龍門世史名。更喜家山通玉乳，金莖一勺佇霓旌。

登岱　二首

【考證】山東通志：「泰山，在泰安縣北五里，亦曰東嶽，亦曰岱宗。」

懸崖絕磴問眞源，珠館瓊臺祀上元。霞散蓬萊搖日觀，風連閶闔啓天門。練光欲接銀河影，金液常寒玉女盆。七十二君皆寂寞，不知何處拜軒轅？

千盤直上氣漫漫，凌兢高凉振羽翰。碧海未迴秦帝使，白雲更起武皇壇。星辰夜逼金泥動，風雨朝驚玉輦寒。司馬莫誇工作頌，漢家無事整和鸞。

【附錄】李雯秋日聽臥子談登岱詩：「聞君壯思屬東游，抵掌登封散四愁。紫海波清通日觀，碧霞鸞去鎖銅樓。翠華古道秦碑沒，風雨靈旗漢殿秋。一自相如作頌後，白雲千載更悠悠。」

陳子龍詩集卷十五

七言律詩 三

揚州

淮海名都極望遥，江天隱見隔南朝。青山半映瓜州樹，芳草斜連揚子橋。隋苑樓臺迷曉霧，吳宫花月送春潮。汴河盡是新栽柳，依舊東風恨未消。

壽蘇松宋兵憲

【考證】案江南通志職官，無宋姓爲蘇松兵備者，觀詩中第二句，則兵憲應是宋繼登。山東通志：「繼登，萊陽人，萬曆甲辰進士，官參議。」

三吳憲府得名賢，籍甚家聲海岱前。鳳閣舊傳雄彩筆，虎符重起護樓船。帳中甲士魚麗陣，幕下諸生桂樹篇。坐酌紫微須上佐，閬風玉女自嬋娟。

高郵州

【考證】江南通志：「高郵州，元高郵府。明洪武元年，改爲州，屬揚州府。」

孤城日落佇中流，大澤雲生動戍樓。國繞芙蓉平萬堞，水分桐柏浸三洲。秦臺地迥魚龍靜，楚樹天低鸛鶴愁。欲採明珠何處是？驚濤無限海西頭。

河間

滹沱河上又徵兵，粉堞牙旗擁漢京。帝子樓臺通北極，仙人宮闕近東瀛。寒烽百道雲中出，古木千重海岸平。戎馬一來沙月暗，幾回清角動邊聲。

送吳來之膳部請告還江東

【考證】吳江縣志：「吳昌時嫡長兄昌期，由舉人仕至貴州按察司副使。母嘉興黃氏，舉昌期，蟠腸生。懼而抱子歸母家，不與夫同處。昌時爲庶出子，處吳江。既成進士，而昌期沒無子，家甚富，昌時遂往而有之。故明史謂昌時爲嘉興人也。」

南宮槐柳正鳴鑾，東海蒹葭憶掛冠。漢署爲郎稱意少，楚江作客獨醒難。比鄰共拾金光草，同舍相思玉露盤。莫羨清時能臥病，茂陵原自近長安。

贈文啓美舍人

【考證】蘇州府志：「文震亨，震孟弟，字啓美。能詩，善書畫，由貢生官中書舍人。國亡後，寓陽城，憂憤病卒。」明史黄道周傳：「巡撫解學龍以薦道周被逮，詞連中書舍人文震亨，並繫獄。」

紫氣黄雲抱漢關，金門詞客共追攀。鸞坡世掌圖書府，雞樹新聯供奉班。自是枚皋來兔苑，非因楊意識龍顔。知君諷諫多忠愛，西殿徘徊夜未還。

【校】此題原本湘眞閣稿作「贈文啓美中舍」。蟄存案：「來兔苑」者爲枚乘，非枚皋。

飲集水關

【考證】長安遊記：「德勝門之西城垣，有水關，西山諸水，從此流入都城。」

星河仙液泛金巵，漢鑿昆明備水嬉。樓閣斜連玄武闕，波濤常繞鳳凰池。當風羅綺珠簾迥，向晚芙蓉玉露垂。忽憶相如賦中語，還看落日隱西陂。

重遊萬都尉園亭

鳳凰樓上接離宫，貴主亭臺霄漢中。烟散錦屏陰洞曉，雨殘花塢綺筵空。朱門斜帶金溝影，畫閣微交玉樹風。漫擬輕裝隨俠少，平陽羽騎五陵東。

城西園訪史道鄰中丞不值

園在夕月壇側。【案】史可法號道鄰，注見年譜崇禎十六年。【考證】春明夢餘錄：「夕月壇在阜成門外，繚以垣墻，嘉靖九年建。」

城西時裏白雲飛，開府園林對落暉。荆楚奇才多舊部，江淮保障藉餘威。傳書黃石嘗晨出，校獵藍田每夜歸。匹馬從公不相遇，異時旌蓋託光輝。

【校】此題原本湘眞閣稿作「往城西訪史道鄰中丞不值」，原本「往城西」三字誤。

贈方密之進士

故人射策未央宮，何事蕭條燕市東？四海交游誰是石？五侯賓客盡如風。孤臣莫上緹縈疏，聖主終明魏尙功。指日湛恩還棨戟，期君再世有彤弓。

【考證】明史鄭崇儉傳：「方孔炤，字潛夫，萬曆四十四年進士。天啓初，爲職方員外郎，忤崔呈秀，削籍。崇禎元年，起故官。憂歸，定桐城民變，還朝。十一年以右僉都御史巡撫湖廣。擊賊，八戰八捷。嗣昌以孔炤撫議異己，遂因事獨劾孔炤，逮下獄。子檢討以智，伏闕訟父寃，膝行沙堰者兩年，帝爲心動。論護陵寢功，減死戍紹興。久之用薦復原官，命南下，而京師陷。南奔歸隱，十餘年而終。」

送吳魯崗比部恤刑廣東

【考證】鎮洋縣志：「吳克孝，字人撫，號魯崗，崇禎丁丑進士。除刑部主事。在朝不苟謁，失當國意，去職。甲申，用薦補嘉湖道僉事。在刑曹，恤刑廣東，平反滯獄至千二百餘人。國初華亭陳子龍亡命，吏捕急，克孝素與善，疑匿之，并被逮。未至而事解。卒祀鄉賢。」

羊城海外古要荒，斗野星移憲府郎。詔到日南頒漢法，使從天上恤蠻方。瘴消銅柱先春煖，月朗朱崖並夜光。借問陸生能服粵，何如祝網報明王？

五日賜粽擬應制

五日傳宣敕御廚，鳳樓張幄奏笙竽。白舂鈎盾田中米，青裹昆明苑裏菰。風動石榴飄玉盌，香凝昌歜冷冰壺。加餐深愧糜天餼，多黍還期賜大酺。

【校】「加餐深愧糜天餼」，全集本作「加餐原愧糜天餼」，原本湘眞閣稿「原」作「深」。蟄存案：「深」字佳，從原本改。

賜扇擬應制

漸臺涼室接西清，象轂金鐶下玉京。貢自錦官城內出，賜來明月手中生。趨朝障霧飛花重，退食當風拂袖輕。聞道南薰終歲有，無分寒暑佐昇平。
【考證】明史諸王傳：蜀王「椿請繒錦香扇之屬，從王邸定爲常貢。」戒菴漫筆：「端午賜京官貢扇。」

都下雜感 四首

帝里交游十載餘，薊門景色定何如？眼中不見悲歌士，懷裏空懸痛哭書。阿世久知長孺拙，微官敢道曼容疎。莫將襟抱傾人意，放論高談憶故廬。

榆關山險通烽火，巫峽雲深亂鼓鼙。不見雄風生楚甸，忍看明月照遼西。涓人苑裏牙旗動，緹騎城邊玉勒齊。攜酒欲尋行樂地，登高客思轉淒迷。

趙徼燕山不可分，鄉關極目思紛紛。愁中紫塞三更角，夢去滄江萬里雲。東觀有書誰彊記，西園無侶憶離羣。由來作客輕詞賦，莫薦相如善屬文。

側身南望涕縱橫，海上浮雲掩碧城。折檻終能寬直節，杜門猶是坐高名。鷓鴣啼瘴炎天遠，鴻雁飛沙北地情。明主憐才原不薄，無煩九辯慰生平。謂漳浦也。

遊天壇外垣 【考證】明史禮志：「壇壝之制：洪武十年，改定合祀之典。即圜丘舊制，而以屋覆之，名曰大祀殿。成祖遷都北京，如其制。嘉靖九年，復改分祀，建圜丘壇於正陽門外五里許大祀殿之南。壇面及欄，俱青琉璃，邊角用白玉石。內門四，南門外燎爐、毛血池，西南望燎臺。外門亦四，南門外左具服臺，東門外神庫、神廚、祭器庫、宰牲亭。北門外，正北泰神殿，外建四天門，東曰泰元，南曰昭亨，西曰廣利，北曰成貞。壇北，舊天地壇，即大祀殿也。十七年撤之，又改泰神殿曰皇穹宇。二十四年又即故大祀殿之址，建大享殿。」

南郊閶闔肅高清，策馬繚垣騁望情。玉殿參差宮樹隱，金莖縹緲晴雲平。中星五夜迴龍馭，麗日千門對鳳城。知有吾皇隆祀典，祠官松下學吹笙。

喜袁臨侯開府鄖陽却寄　【考證】湖廣通志：「袁繼咸，崇禎庚辰撫鄖，值閣部楊嗣昌督勦流賊，徵調糧餉，由漢入庸，親駐竹谿牛頭寨，轉漕不匱，民力不疲，轉安慶巡撫。」又：「鄖陽府，元鄖縣，明成化中，陞爲府。」

開府旌旟鎮鄖襄，論功何似杜當陽。檄書倚馬銷金甲，賓從投壺佐玉觴。玄嶽本朝藏簡牒，漢江天上借輝光。西南十載無眞氣，自此當應靖虎狼。

贈周其章黄門　【考證】復社姓氏錄：「蘇州府周鼐，字其章。」【案】江南通志：「周鼐，崇禎癸酉舉人，本姓胡，太倉人。」題名碑錄：「胡周鼐，太倉州籍，長洲縣人。」又說鈴載：「庚辰科放榜後，召對，二甲進士以六科用者四人，胡周鼐與焉。」

明光發策帝臨軒，自拔周堪漢署尊。入殿正當玄武仗，瞻星嘗近紫微垣。捧書月色侵青瑣，起草松風對掖門。從古夕郎清切地，每朝獻納奉君恩。

輓萊陽宋五河使君

【考證】案宋琮，字宗玉，號五河，萊陽人，玫兄。崇禎元年進士，知祥符，有治聲。見明史宋玫傳。

十去玉札寄丹丘，京洛從容此唱酬。書報燕關雲黯黯，香迷聚窟水悠悠。家留禪草投明主，夢裏修文憶舊遊。愁聽田横山外笛，招魂獨夜海風秋。

宮燕

紫宮三月翠樓開，雙燕翻飛去復回。掠水每穿清暑殿，無衣偏遶避風臺。龍池雨後披簾見，鳳輦香過拂蓋來。歲歲巢君金屋裏，託身還在柏梁材。

宮柳

楊柳青青落御溝，苑牆寂寂曉鶯流。輕黃萬樹平金掌，晴綠千門上玉鉤。曙後和烟籠羽仗，春深帶雨暗龍樓。六宮隨處花如雪，但到昭陽不惹愁。

德勝橋

【考證】畿輔通志：「德勝橋，在德勝門內積水潭東。」

碧海銀河一線流，星橋玉柱駕中洲。菰蒲色映西山暮，楊柳風分上苑秋。跨渭曾聞馳御馬，析津今擬渡牽牛。莫誇勝地連靈囿，儉德無心物外遊。

宋廷尉九靑先生極稱舒章詩又謬賞鄙作賦此以慰舒章

詞壇久已託光輝，大雅於今正式微。慚我方爲刀筆吏，憐君長著芰荷衣。不逢季札誰能采？自有鍾期莫歎稀。寄語幽人空谷裏，好將白雪事金徽。

寄懷徐闇公

對客嘗稱徐孺子，共驚猶是魯諸生。飄零顧予同王粲，狂簡何人薦禰衡？啓事漸輕三府辟，宦遊每借五侯成。唯應梅尉辭官後，與爾同高吳市名。

【校】「與爾同高吳市名」句，原本湘眞閣稿作「與爾俱高吳市名」。

送包長明同年出牧羅定

【考證】廣東通志：「包爾庚，號長明，上海人。工文詞。崇禎十三年，知羅定州。戴星視事，五載不倦。其清如水，聽訟明允。嘗曰：『我家孝肅，即我師也。』民有訟，即令證佐約會，限期審鞫，不遣隸役。先是圍堡各有陋規，皆革去之。以俸餘置學田八十六畝，備諸生膏油試卷，及賑給貧生之資。欽取回京，四民泣送江滸。」上海縣志：「爾庚，崇禎丁丑進士，守羅定，行取入都，遭祖母喪，不赴。國初，隱居青溪之曲，自號宜壑居士。詔舉山林隱逸，當事強之起，以母老力辭。」明史地理志：「廣東羅定州，元瀧水縣。萬曆五年，升爲州。」

【校】此題原本湘眞閣稿作「送包長明年丈出牧羅定」案：包爾庚號長明，崇禎丁丑進士，與陳子龍爲同年，「年丈」云者，或因其世誼稱之，但就詩意自以稱「同年」爲宜。

河朔三春並轡旋，日南萬里剖符偏。職方新啓諸羅境，牧伯今來大國賢。北界泉爲吳隱變，東方經自長卿傳。莫愁聖主忘蠻郡，看爾徵書嶺外懸。

寄贈曹州劉大將軍

【考證】山東通志：「曹州府，明曹州，屬兗州府。」明史高傑傳：「劉澤清，曹縣人，以將材授遼東寧前衛守備，山東都司僉書，加參將。崇禎三年，大清兵攻鐵廠，總兵楊鎣基遣澤清來援，力戰得入城，敘功至副總兵。六年，遷總兵。其冬，加左都督。恢復登州有功。八年，詔統山東兵防漕。九年，留守通州，加左都督、太子太師。十三年八月，降右都督鎮守山東。京師陷，澤清走南都，福王以爲諸鎮之一，封東平伯，駐廬州。澤清頗涉文藝，好吟咏，嘗召客飲酒倡和，幕中畜兩猿，以名呼之即至。一日宴其故人子，酌酒金甌中，呼猿捧酒跪送客。猿猙獰甚，客戰掉，逡巡不敢取。澤清笑曰：『君怖耶？』命取囚撲死堦下，刳其腦及心肝置甌中，和酒付猿捧之前飲酬，顏色自若。」

將軍夙挽繡蝥弧，家本安東俠者徒。結客能傾四公子，論兵欲繫五單于。門前獵騎金騕褭，帳下材官玉轆轤。此日君王方撫髀，可無鳴劍向伊吾。

【校】「論兵欲繫五單于」句，全集本此句原缺「繫五單于」四字，據原本湘真閣稿補。

初出都門

灞橋花下送驪歌，宮柳深陰夾道過。去路風烟鄉思切，望中雲日客愁多。西山翠靄凝金闕，南內青槐蔭玉河。從此通宵瞻北極，幾回清夢到鳴珂。

過高唐有郭生者云聞余至候數日矣遂以酒饌相餉

齊右荒城月復清，勞歌四起旅魂驚。主人虛左端冠佩，客子停車問姓名。亂後盤飧難得味，愁來盃斝易爲情。獨憐明發風塵路，橫斗殘星班馬鳴。

塗中見西南徼外諸夷貢使而作

征西躍馬下西川，戊己重開蹟外天。銅鼓盡庭卭笮長，玉門遠種月氏田。百年貢賮從王會，萬里馳傳到日邊。使者無煩金馬頌，漢家自有白狼篇。

會通河　二首

【考證】山東通志：「元之會通河，自安民山至臨清，共二百五十里。其自任城至安民山共一百五十里，則初開之濟州河也。至明時重加疏浚，始統以會通目之。」

帝宅崔巍枕薊丘，穿渠中劃大荒浮。派從漳衛東西合，源出萊蕪南北流。千里舳艫趨甸服，萬方筐篚達一作灌。神州。平江帶礪功如舊，少府金錢第一籌。

【考證】明史河渠志：「成祖肇建北京，轉漕東南，水陸兼挽，仍元人之舊，參用海運。逮會通河開，海陸並罷。漕河之別，因地爲號，閘漕者，即會通河。北至臨清，與衛河會，南出茶城口，與黃河會，資汶、洸、泗水，及山東泉源。」又：「永樂四年二月，命尚書宋禮、侍郎金純、都督周長濬會通河。河爲元轉運故道，元末已廢不用，洪武二十四年，河決原武，漫安山湖而東，會通盡淤，至是復之。由濟寧至臨清三百八十里。」

少陽蒼翠總青齊，百道飛泉盡向西。岱嶽雲興燔玉璽，黃河水溢護金堤。渠穿地底龍嘗蛻，帆掛天中烏夜啼。萬古轉輸終不改，更煩滄海問鯨鯢。時有海運之議。

【考證】明史河渠志：「崇禎十二年，崇明人沈廷揚，爲內閣中書，陳海運之便，且輯海運書五卷進呈，命造海舟試之。廷揚乘二舟，載米數百石，十三年六月朔，由淮安出海，望日抵天津，守風者五日，行僅一旬。帝大喜，加廷揚戶部郎中，命往登州與巡撫徐人龍計度。山東副總兵黃蔭恩，亦上海運九議，帝即令督海運。先是，寧遠軍餉率用天津船赴登州，候東南風轉粟至天津，又候西南風轉至寧遠。廷揚自登州直輸寧遠，省費多。尋命赴淮安，經理海運，爲督漕侍郎朱大典所沮。」

【校】「萬方筐篚達神州」句，原本湘眞閣稿作「萬方筐篚灌神州」。

寺中七夕作

璇室深寒雲錦高，奔龍杳冥擁旌旄。可知雕鵠非精衞，莫遣黃姑似伯勞。碧海有光流沆瀣，銀河無影落風濤。最憐永夜臨秋水，不見明珠弄漢皋。

贈揚州守馮玄度

【考證】復社姓氏錄：「寧波府馮文偉，字玄度。」揚州府志：「知府馮文偉，慈谿人，進士。」【案】浙江通志：「文偉，崇禎丁丑進士。」

三年西省一麾輕，淮海春雲五馬情。安石風流嘗作牧，元龍意氣此專城。廣陵濤合能轓過，甓社珠還鵠首明。借問清時誇領郡，何人不讓大馮名。

庚辰除夕大雪時在越署 二首

積雪層陰禹甸中，蒼茫雲海度飛鴻。上才授簡思梁苑，侍女藏鈎憶漢宮。地遠金門慚月俸，年過騎省畏春風。西清玉樹垂垂發，滿眼瓊瑤路不通。

蓬萊東望海天開，此夕登臨一舉杯。黯澹千山迷澗壑，空明萬戶傲樓臺。官梅歲晚將誰寄？神燕春寒故未迴。遲暮已違招隱賦，獨憐無客剡中來。

辛巳元日大雪

同雲連夜滿山樓，淑景條風未肯留。南鎮雪平滄海色，西陵春壓大江流。青幡司令傳三朔，黃竹祈年遍九州。不是郢中無絕唱，柏梁迢遞固難酬。

越署人日

越王古殿接雲霄，人日憑欄積翠遙。殘雪暖消秦望樹，晴光春轉浙江潮。花明南國金屛曉，妝倚東風綵勝搖。漢帝承華仙會夜，馬卿詞賦本飄飄。武帝以人日會王母，時有九仙之祀故也。

二月復雨 時聞邸報有感

新年晴望斷平蕪，二月陰雲復載塗。未見寒梅辭雨雪，漸看春草入江湖。楚臣賦就愁蘭珮，越客吟成凍玉壺。無限東風吹不轉，忍將花柳問啼烏。

霾

輕寒積雪滯南溟，更見風霾越望亭。萬里雲沙嘗漠漠，一天日月倍冥冥。江邊歸雁迷青海，樹底流鶯失翠屛。却憶十年遊薊北，塞門塵起接王庭。

南鎮

【考證】紹興府志：「會稽山，古防山，在會稽縣東南三十里，隋開皇十四年，詔以會稽山爲南鎮。」

靈嶽迢遙積翠浮，萬年作鎮表炎州。天開雲雨參衡霍，嶺絕星辰上斗牛。禹穴有書來帝錫，秦碑無字記宸遊。振衣直拂扶桑影，矯首仙人十二樓。

苧蘿山

浣紗溪對苧蘿山，越女明妝映翠鬟。一日綺羅嬌水上，千秋花草恨人間。春風宿麥荒村靜，夜月啼烏古殿閑。無限江流東向去，一作「去盡」。不勝哀怨到一作「過」。吳關。

越州春日寄舒章

吳城春晚碧烟流，攜伎開觴水外樓。紅藥題詩傾滿座，青萍出匣論封侯。美人彩筆凌黄鵠，下吏朱顔愧紫騮。十載連牀嘗起舞，即今相失少年游。

曉渡錢塘

吳山越岫隔中流，簫鼓平明青翰舟。萬戶晴江開曉郭，千帆春草送芳洲。桃花欲落潮先至，鶯語初聞露未收。何事西陵常問渡，不堪獨上望京樓。西陵樓名望京門。

【校】詩末注誤，西陵，渡名，即西興。

五日郡署齋居憶去歲此日在都門同吳魯岡比部包宜壑馮鴻宗二州守謝禔玄文學飲天壇今吳包在粵馮在晉謝在吳

山館疎簾越望斜，每因佳節念京華。相攜玉勒神仙侶，同飲金庭道士家。樹杪湖流明積黛，窗前海一作岳。色蕩陰霞。折榴懸艾俱江海，共憶甘泉畤裏花。

諸暨逢萬壽節

【考證】莊烈帝本紀：「帝，光宗第五子，萬曆三十八年十二月生。」

粉堞山城接翠微，山頭積雪映朝衣。林光未動梅爭發，江霧初收雁欲飛。百子池邊多氣象，萬年枝下拜恩暉。不分在遠軒臺迥，四海還同舜日依。

臘盡經蘭亭

右軍亭子枕荒丘，萬壑千巖憶昔游。竹引紅泉春欲動，雲封碧澗雨初收。山川異代空餘賞，絲管當時已漫愁。三月年年芳草綠，惟應王謝獨風流。

辛巳越中除夕 二首

雲霄一別瞻天遠，歲序頻移作客遙。山閣燈光連夜雨，江潭柳葉上春潮。素餐遲暮慚歌魏，念亂今年憶度遼。欲折梅花寄京國，漫傾栢酒慰漁樵。

兩年故國思難裁，此夕他鄉春又迴。五夜管絃金屋暖，千門簾幕火城開。且將嬉燕隨民俗，幸有豐登愧吏才。歲月莫愁容易盡，風光次第逐人來。

壬午越中元日

律應元晨玉琯吹，江湖遙憶漢官儀。宮花綵綴青繒幟，庭燎光搖赤羽旗。瑞雪滿簾人欲醉，祥風入樹鳥先知。莫憐留滯關東日，各有韶華樂聖時。

人日立春

淑氣條風入望新，青幡碧草競芳晨。玉蓂七葉春回日，綵燕雙飛勝裏人。解凍蘭芽生小苑，輕寒柳色動河津。韶華今歲無窮賞，歌舞明朝次第陳。

送錢大鶴還吳閶時謫浙幕

遷後相逢別後情，滿江冰雪送君行。十年畫省違南國，萬里浮雲阻北征。暮雨龍蛇神禹廟，春風梅柳闔閭城。五湖縱與家山近，宣室還勞召賈生。

送徐勿齋宫諭册封益藩【考證】明史徐汧傳："崇禎三年，黄道周以救錢龍錫貶官。汧上疏頌道周賢，且自請罷黜，帝詰責汧，尋乞假歸，還朝，遷右庶子，充日講官。十四年，奉使益王府。"明末忠烈紀實："徐汧，號勿齋。"

麻源秋色到江干，羽蓋星軺擁傳看。自有白茅來漢殿，因移絳節佇仙壇。藩維獨倚荆揚重，講幄應懷原隰寒。此去諸姬多禮樂，知君早晚入長安。

諸暨城南作

平崗矗矗隱荒臺，日出寒山江半開。白雪青松相與麗，紅顔淥水至今哀。浣紗石在無亡國，鑄像金多失霸材。高鳥良弓俱不見，六千君子一時迴。

經烏傷因憶閻公欲卜居東義之間卻寄

度嶺攀崖立馬看，陵阿宿麥路漫漫。飛泉絶澗穿雲下，反照雙峯戴雪寒。晏歲冰霜千里暮，空山鼓角數聲殘。冬春射獵堪乘興，此地相攜欲掛冠。

夜歸姚江　【考證】紹興府志：「姚江在餘姚縣南十步許，又名舜江。」

北風吹雁夜如何？獨客帆檣海上過。堠火半明開鼓角，暮潮初漲動星河。霜清古樹鳥啼急，月落荒原虎嘯多。欲問重華還寂寞，酒闌無處起悲歌。

贈豫章謝封君　括李，清遠尊人。

鳩杖春風汗漫游，龍沙晴色滿南州。一星雲卧滄江夜，五老峯寒錦障秋。壁出遺經傳帝子，枕藏鴻寶動諸侯。平反況復推賢子，車馬高門自可酬。

雒陽　二首　【考證】明史地理志：「河南府，洛陽倚，萬曆二十九年建福王府。北有北邙山，西南有闕塞山。」

洛陽亦是漢東京，伊闕轘轅設險成。朱邸中天金作册，黄河繞地帶爲盟。宓妃玉珮烟波冷，淮客銀牀草露輕。渺渺嵩雲愁帝子，二崤風雨夜深鳴。

大國重開洛水陽，先朝錫予倍輝光。周家同姓惟尊魯，漢代諸王更寵梁。昔日楚歌留桂殿，何年蜀魄返蘭堂。定陵奉慰臣工在，愁望寒雲滿北邙。

【考證】明史諸王傳：「福恭王常洵，神宗第三子，母鄭貴妃最幸。二十九年封福王，婚費至三十萬，營洛陽邸第，至二十八萬，十倍常制。四十二年始就藩，下詔賜莊田四萬頃。常洵奏辭，得減半。中州腴土不足，取山東、湖廣田益之。又請淮鹽千三百引，設店洛陽與民市，四方奸人亡命探風旨，走利如騖。如是者終萬曆之世。及崇禎時，常洵地近屬尊，朝廷尊禮之。秦中流賊起，河南大旱，人相食，民間籍籍，謂先帝耗天下以肥王，洛陽富于大內。援兵過洛陽者，喧言『王府金錢百萬，而令吾輩枵腹死賊手。』南京兵部尚書呂維祺方家居，聞之懼，以利害告。常洵不爲意。十三年冬，李自成連陷永寧、宜陽，明年正月，參政王蔭昌、警備總兵官王紹禹、副將劉見義、羅泰各引兵至，越數日，賊大至，夜半，紹禹親軍從城上呼賊笑語，揮刀殺守堞者，燒城樓，開北門納賊。常洵縋城出，匿迎恩寺，賊跡而執之，遂遇害。王妃鄒氏及世子由崧走懷慶。馬士英等迎由崧入南京，稱監國，自立，僞號弘光。」通鑑綱目三編：「賊殺常洵，勺其血，雜鹿肉以食，曰『福祿酒』。」綏寇紀略：「福王遇害，事聞，上震悼，輟朝三日，泣謂羣臣曰：『王，皇祖愛子，遭家不造，遘於閔凶，其以特羊一，告慰定陵，特羊一，告於皇貴妃之園寢。』」

同祁世培侍御泛鏡湖

【考證】浙江通志：「鏡湖，在紹興府城南三里，亦名鑑湖。」

越溪千折繞山流，黛色橫分曉蕩舟。五月陰晴天漠漠，一川風露草悠悠。嗚榔空翠烟中市，捲幔輕紅水上樓。十二雲鬟飛不定，獨留明鏡照人愁。

獻吳鹿友少司馬

【案】吳甡，字鹿友。注見年譜崇禎六年。【考證】江南通志：「吳甡以忤璫罷歸。崇禎初，起巡按河南，擒誅大盜李思慎。延綏飢民爲變，命甡往賑撫，單騎宣諭，衆皆羅拜。擢僉都御史，巡撫山西，治兵守河，無一賊潛渡者。殲大盜賀崇漢等。在晉四年，民戴若慈母。入爲兵部侍郎，拜東閣大學士，謫歸。」

勁節西臺山嶽崇，擁旄嘗建幷州功。晉陽一鎮終磐石，淮海三年起臥龍。南省夏卿原掌政，左樞上將本居中。籌時獨對承華殿，武帳清秋憶大風。

晚秋雜興 八首

江關海嶠接天流，玉露商飈萬里愁。九月星河人出塞，一城砧杵客登樓。荒原返照黃雲暮，絕壁迴風錦樹秋。極望蒼茫寒色遠，數聲清角滿神州。

秦望山連越望亭，千年風雨合滄溟。開簾曉色通丹嶂，隱几秋深對翠屏。獨愧文章違授簡，誰憐刀筆坐談經。金門此日多儔侶，不向人間問歲星。

太行東出擁神京，古塞秋風右北平。笙鶴已辭滄海使，貂蟬初撤羽林兵。清霜玉沼芙蓉苑，旭日金鋪翡翠城。魚鑰時傳宣召急，侍臣通籍在承明。

【考證】明史紀事本末：「崇禎十五年，詔曰：『比者災害頻仍，干戈擾攘，宵旰靡寧，皆朕不德所致也。自今日始，朕敬於宮中默告上帝，戴罪視事，以贖罪戾。惟二祖舊制，每日朝畢，勳戚文武諸臣等奏事者，赴弘政門報名候召。』」通鑑輯覽：「崇禎十五年五月，以鄭三俊爲吏部尚書。周延儒言于帝，以老成名德，不可輕棄，請召三俊復故官。會吏部尚書李日宣以會推閣臣得罪，即命三俊代之。延儒又請以劉宗周長都察院，范景文長工部，倪元璐佐兵部，皆起自廢籍。其他李邦華、張國維、徐石麒等，皆復官，布滿九列，中外翕然，稱延儒爲賢。」

甲帳秋風漢武皇，弓車十道出遐荒。已還鸞鳳棲珠樹，更獵熊羆載玉璜。舄履青雲天北極，旌旗翠靄殿東廂。至尊色喜夔龍會，干羽何年靖四方？

【考證】明史紀事本末：「崇禎十五年八月，召還黃道周，仍任少詹事。先是道周在獄，人謂必不可救。延儒以微詞解之，得減放。至是，上偶言及岳飛事，嘆曰：『安得將如岳飛者而用之！』延儒曰：『岳飛自是名將，然其破金人事，史或多溢辭，即如黃道周之爲人，傳之史冊，不免曰：其不用也，天下惜之。』上默然，甫還宮，即傳旨復官。」明末忠烈紀實：「王漢，字子房，山東掖縣人，崇禎丁丑進士。除高平知縣，調河內。擒巨寇劉二，破妖僧智善，破賊楊六郎，皆以奇險奏功。漢威名動河北，都下推知兵者，必曰王子房。十五年三月，行取入都，召對於德政殿。命以試御史監左鎮保督兵救汴。漢請自立標營兵千人，騎二百，報可。乃簡保營兵百餘人，募邯鄲、鉅鹿壯士三百人，又取故治河內所練義兵，及修武、濟源素從征勦者五百人，并親故子弟合之，共千人。八月朔夜半，襲賊于萬家灘，斬一紅甲賊，檄諸將合勦，漢自走襄陽督左良玉兵救汴。至潼關而巡方之命下。」

盧龍山色抱桑乾，萬里飛霜木葉殘。漢月夜臨榆塞白，□星秋照柳城寒。明妃冢外笳聲起，都尉臺前雁度寒。乘障頻年烽火急，幾回鳴劍問登壇。

西苑芳波百子池，南城玉樹萬年枝。花隈鼓吹龍舟隱，竹澗旌旗鳳輦移。長信風翻堦草遍，昭陽月度井梧遲。宸游珥筆儒臣在，不爲神傷錄盛姬。田貴妃新逝。

【考證】明史后妃傳：「恭淑貴妃田氏，陝西人，後家揚州。父弘遇，以女貴，官左都督，好佚游，爲輕俠。妃生而纖妍，寡言，多才藝，侍莊烈帝于信邸，崇禎元年，封禮妃，進皇貴妃，嘗有過，謫居別宮省愆，所生皇五子薨於別宮。遂病，十五年七月薨，葬昌平天壽山。」

碧嵩淸雒擁干戈，落日愁雲黯渡河。列國幾人存玉馬，五都今復歎銅駝。秦師不見條侯下，魏將惟聞晉鄙多。惆悵夷門雙涕淚，大梁公子欲如何？

【考證】通鑑綱目三編：「崇禎十五年二月，李自成復圍開封，總兵官陳永福射中自成目，賊攻益急，左良玉藉口餉張獻忠，不赴援。帝以孫傳庭總督陝西，勅誅賀人龍，傳庭乃數其開城譟歸，新蔡、襄城連喪二督罪，斬之。」明史紀事本末：「人龍，米脂人，初以諸生効用，佐督撫討賊，叛將劇賊多歸之。人龍推誠以待，往往得其死力，襄城之役，朝廷疑人龍與賊通，密勅傳庭殺之。」綏寇紀略：「侯方域，侍郎恂次子。」

玉泉西去翠微宮，碧瓦丹樓極望中。連騎每從三市出，題名時在五陵東。金莖夜冷仙人露，銀漢秋高少女風。迴首欲陳閶闔迥，昇平今已屬羣公。

【校】第五首「囗星秋照柳城寒」、「都尉臺前雁度寒」，四句中兩見「寒」字，疑後一「寒」字爲「難」字之誤。又第六首「花隈鼓吹龍舟隱」，疑「隱」爲「穩」之誤。

送祁世培侍御入掌大計　【考證】東林列傳：「祁彪佳以病假過八年，自劾請照過五年閒住限例，而詔起掌察。召對，賜茶餅。會吏部郎吳昌時破計典，任意出入。彪佳遇於朝，面折之，叱昌時攬權骫法。疏參昌時，昌時故叵測，而彪佳是時又以疏留掌院劉宗周，爲上所忌。至是疏入，恐重得罪，人人爲彪佳危，而上疑昌時，以彪佳言是。既而昌時敗，彪佳循差例刷南京卷。」

漢廷執法十年回，帝念澄清驛使催。舉奏贛君明黑白，登車孟博有風裁。九州輯瑞甘泉館，六計平衡御史臺。此日殿中無鬬事，掃除苛政咏康哉。

吳興太守陸公別駕張公招飲卞山白雀寺和熊伯甘令君　二首　【考證】案陸太守、熊令君注見前。湖州府志：崇禎間，通判有張令名、張昊，俱不註任在何年，俟再詳考。浙江通志：「弁山在烏程縣北十八里，一名卞山，高六千丈，廣百里。」湖州府志：「法華寺，在弁山東麓石斗山，齊尼道蹟誦法華經，有白雀旋繞若聽經狀，又稱白雀寺。」

卞山精舍聳林端，翠柏青楓夾道看。石澗伏龍成曲水，香臺引鶴舞雕欄。五湖秋色孤帆遠，萬壑斜陽芳草寒。欲向上方攜手去，藤蘿雙徑已漫漫。

花宮曲曲翠微幽，太守華筵在上頭。江左官僚多暇豫，吳興賓客舊風流。解衣欲倚玫瑰樹，換席還登雲母舟。歸去壺觴莫辭盡，依然明月滿南樓。

秋日寄方密之翰林

汝奉金輿帝子家，誰憐孤客滯天涯。午朝下直龍池柳，薄一作日。暮經過杜曲花。鴻雁不來秋愈淡，芙蓉欲落漢初斜。館娃宮裏能相憶，明月還應照浣紗。

馮留仙巡撫天津鄴仙拜少司馬一時命下賦寄

【案】馮元飈，號鄴仙。注見年譜。元颺，號留仙。【考證】明史馮元飈傳：「崇禎十五年六月，召拜兵部右侍郎，轉左。元飈與兄元颺並好結納，一時翕然稱『二馮』。十六年五月，爲本部尚書。八月以病乞休。元颺字爾賡，舉崇禎元年進士，授禮部主事，進員外郎中，還蘇松兵備參議。獲譴，謫山東鹽運司判官。十四年還天津兵備副使，十月擢右僉都御史，巡撫天津兼督遼餉。明年元飈掌中樞，而元颺以衰老乞休。」畿輔通志：「天津府，明天津衞。永樂二年築城，三年調官軍守之，名曰天津。」

左樞司馬擅良籌，憲府中丞擁上游。兵柄一門推世將，軍容兩地接皇州。三邊烽燧甘泉夜，萬國梯航碣石秋。昔日二馮歌魯衞，看君兄弟並封侯。

寄懷楊機部太史時機部以漳浦之獄有連　【考證】明史楊廷麟傳：「崇禎十一年冬，楊嗣昌詭薦廷麟知兵，改兵部職方主事，贊畫盧象昇軍。象昇戰死賈莊，廷麟報軍中曲折，嗣昌擬旨責以欺罔事，貶秩調外。黃道周獄起，詞連廷麟，當逮，未至而道周已釋。十六年秋，授職方主事。」

汝從高臥豫章城，何減關西伯起名。鉅鹿風塵餘部曲，匡廬烟霧擁諸生。清時黨錮非難解，亂後音書倍欲驚。此日楚臣愁獨醒，滄浪東去不勝情。

贈方禹修漕使　二首　【考證】明史方岳貢傳：「岳貢爲松江知府，舉卓異者數矣。薛國觀敗，其私人上海王陛彥下吏，素有郤，因言岳貢嘗餽國觀二千金，遂被逮。士民詣闕訟冤，巡撫黃希亦白其誣，下法司讞奏。一日，帝宴見輔臣，問：『有一知府積俸十餘年，屢舉卓異者，誰也？』蔣德璟以岳貢對。帝曰：『今安在？』德璟復以陛彥株連對，帝頷之。法司讞上，言行賄無實跡，宜復官。帝獎其清執。報可。無何，給事中方士亮薦岳貢，乃擢山東副使，兼右參議，總理江南糧儲，所督漕艘如期抵通州，帝大喜。」

平明閶闔聽臚言，十載淸風動至尊。東郡吏民爭伏闕，南冠君子復分藩。持漕頻告三邊急，搜粟應憐數郡存。河內關中今有託，漢家兵馬正雲屯。

聞道潯陽晝舫多，又傳小隊躍琱戈。荆南芻粟浮江下，淮北旌旗壓海過。姑衍未頒驃騎詔，宣房已和漢皇歌。六軍此日應翹首，極望千帆出九河。

癸未元日

珠斗春光隔歲回，碧城朝雨萬山來。川原海日迷寒樹，樓閣江風數落梅。悵望□□方飲馬，更慚梓愼失登臺。是日郡署廊房災，册籍皆燬。不須潦倒新亭色，起舞還傾長命杯。

送吳巒稚司李桂林

【考證】明史張肯堂傳：「吳鍾巒，字巒稚，武進人，崇禎七年進士，授長興知縣，以旱潦徵練餉不中額，謫紹興照磨。踰年，移桂林推官。福王立，遷禮部主事，抵南雄，聞南都失，轉赴福建。魯王起兵，以鍾巒爲禮部尚書。大兵至寧波，乃渡海入昌國衛之孔廟，積薪左廡下，抱孔子木主自焚死。」又地理志：「廣西桂林府，元靜江路，洪武五年爲府。」

翡翠巢邊匹馬過，千盤桂嶺鬱嵯峨。南浮灕水啼猿滿，北望君山落雁多。鸞府官閒能作賦，漢廷恩近憶鳴珂。愁心獨繫張平子，欲寄琅玕奈遠何？

酬陳實菴翰林

【考證】案紹興府志：「崇禎元年進士陳美發，上虞人，官左贊善。」玩詩首二句，係紹興人而登戊辰榜者，則實菴疑即美發也。

今上龍飛侍從臣，青簾畫舫鏡湖濱。越山絲竹留安石，吳市神仙屬子眞。五嶽瑤華天際夜，十年玉樹漢宮春。鳳池無限新栽柳，前席行看識故人。

潼關

【考證】明史地理志：「西安府：華陰縣，東北有潼水，入於大河，東有潼關。」西安府志：「潼關古桃林塞。東漢名潼關，後周更名潼谷關。」

天險東臨鎖地維，重關遙夜角聲悲。蓮花影照千烽出，竹箭波迴萬馬遲。四塞山河歸漢闕，二陵風雨送秦師。長安游俠知無數，仗劍還能指義旗。

【考證】通鑑輯覽：「崇禎十六年十月，李自成寇潼關，總督孫傳庭死之。初，傳庭之敗于柿園而歸也，力主固守潼關，控扼上游，益募壯士，繕器積粟，置火車三萬輛，俟賊間而擊之。適關中歲饑，苦征繕。士大夫日望其出關，咸上章催戰，帝亦屢詔趣之。傳庭不得已，率師東出，拔寶豐、唐縣，至郟縣，自成以萬騎迎戰，大敗，幾獲之。會天大雨，道濘，糧車不進，自成遣輕騎出汝州，要截糧道。傳庭乃分軍爲三，令白廣恩從大道，高傑親隨，從間道迎糧，陳永福守營。傳庭既行，永福兵亦爭發，不可禁，遂爲賊所躡，至南陽，傳庭還戰，賊陣五重，官軍克其三，已而稍却，火車奔，騎兵亦大奔，賊縱鐵騎踐之，傳庭大敗。自成空壁逐利，一日夜踰四百里，官軍死者四萬餘人。失亡兵器輜重數十萬，傳庭奔河北，轉趨潼關，傑、廣恩從之。已而自成攻關，廣恩戰敗。傳庭登陣固守，賊分兵從山後遶出其背，關城遂陷。傳庭揮刀大呼，衝入賊陣，與監軍副使喬遷高同戰死。賊遂陷華陰、渭南，連破華、商、臨潼。攻西安，守將王根子開門降。自成入秦王宫，執秦王存樞。授僞官。巡撫馮師孔以下死者十餘人，布政使陸之祺等皆降。」

天台萬年寺

【考證】天台山方外志要：「萬年報恩寺，在縣西北六十里，唐太和七年，僧普岸建。宋太平、天禧中，累賜袾衣寶蓋及御袍曳履諸珍玩甚衆。明萬曆十五年，李太后頒賜藏經，并紫方袍，僧明照建尊經閣。」

迴合千峯嘉樹林，蒼崖碧殿晝陰陰。雲生薜荔虚巖動，日隱松杉絶澗深。僧賜紫衣壇卓錫，經傳白馬字函金。更從閣道凌飛磴，悵望諸天清磬音。

烏傷雙林寺

【考證】義烏縣志：「寶林禪寺，在雲黄山下。梁傅大士依雙檮木結庵，卽此建寺，名雙林，有徐陵敕撰碑。」

祇林蕭瑟靜山暉，古殿陰陰燈火稀。花露迴同清梵落，松風欲送午鐘微。雲浮阿育常如蓋，樹自梁朝尚掛衣。爲問殘碑思孝穆，更尋芳草一峯歸。寺有徐陵碑。

秋日登越州能仁寺高閣

【考證】紹興府志：「大能仁寺在府南二里，晉許詢捨宅建。明嘉靖末廢。大學士呂本以其地建樛木園。崇禎十五年，祁鳳佳復買之，仍爲寺。」

極目層霄積翠浮，振衣縹緲玉臺游。湖明萬井雲中宅，地湧諸天海上樓。丹嶂風烟搖落日，黃雲禾黍動清秋。仲宣蕭瑟耽詞賦，面面憑欄起暮愁。

過寧海弔方正學先生緱城故里

【考證】明史地理志：「寧海縣，在台州府東北。」又：方孝孺傳：「孝孺，字希直，一字希古，寧海人。洪武時，除漢中教授。蜀獻王聞其賢，聘爲世子師，每見陳說道德，王尊以殊禮，名其讀書之廬曰正學。」通鑑綱目三編：「建文四年六月，京師陷，帝不知所終。棣自立爲皇帝，殺文學博士方孝孺，夷其族。初，帝發北平，姚廣孝以孝孺爲屬，曰：『城下之日，彼必不降，幸勿殺之。殺孝孺，天下讀書種子絕矣。』帝頷之。及陷京師，卽縛孝孺至，令草登極詔，孝孺悲慟，聲徹殿陛。帝降榻勞曰：『先生無自苦，朕欲法周公輔成王耳。』孝孺曰：『成王安在？』帝曰：『彼自焚死。』曰：『何不立成王之子？』帝曰：『國賴長君。』曰：『何不立成王之弟？』帝曰：『此朕家事。』顧左右授筆札，孝孺投筆於地，哭且罵，復強之，乃大書『燕賊篡位』四字，帝怒，命磔于市。孝孺弟孝友亦死，宗族親友，及門下士，坐誅者數百人。」浙江通志：「寧海縣臥龍山下，有緱城里，即正學先生故里也。」

飛龍北極下天門，叩馬西山大義存。血淚長干無草木，畫圖緱里見蘋蘩。令威已返遼東羽，先生弟孝友臨難贈詩，有「華表柱頭千載後」之句。望帝誰招蜀國魂？千古君臣終不改，莫將興廢問乾坤。

【考證】明史紀事本末：「方孝孺季弟孝友就戮時，孝孺目之淚下。孝友口占一詩曰：『阿兄何必淚潸潸，取義成仁在此間。華表柱頭千載後，旅魂依舊到家山。』士論壯之，以爲不愧孝孺之弟。」【案】孝友，字希賢。

金陵 【案】先生年譜，癸未冬，以解糧至南都，此詩殆作於是時也。

淮水東流吳苑清，蔣山西繞漢宮平。孝陵霽雪輝瓊樹，泰時晴雲護碧城。佳氣遠浮雙闕暮，春光先傍九霄明。君王南顧垂衣日，詞客還應賦兩京。

秋日雜感 客吳中作十首

滿目山川極望哀，周原禾黍重徘徊。丹楓錦樹三秋麗，白雁黃雲萬里來。夜雨荆榛連茂苑，夕陽麋鹿下胥臺。振衣獨上要離墓，痛哭新亭一舉杯。

【考證】案福王由汴邸監國南都，猶典午之南渡，而國祚尤促。故有「痛哭新亭」之句。「茂苑荆榛」、「胥臺麋鹿」，則借吳事以寄慨也。

行吟坐嘯獨悲秋，海霧江雲引暮愁。不信有天常似醉，最憐無地可埋憂。荒荒葵井多新鬼，寂寂瓜田識故侯。見說五湖供飲馬，滄浪何處着漁舟？

【考證】案是時蘇、松已下，而湖中未靖，故有「無處着漁舟」之感。吳江縣志：「順治二年六月初四日，大兵入金閶，閏六月，本邑進士吳易起兵，諸生沈自炳與長洲諸生戴之儁合衆應之。又有原任撫院坐營中軍吳志葵駐兵白蜆江，前句容令朱議滃駐兵南新湖，其他屯聚自保者，不可勝紀。郡城李侍郎延齡遣兵到吳江，鄉兵驚散，吳易退入太湖，七月，易屯水師于簡村，移營梅家柵。時孫孝廉兆奎、趙文學汝璧，共數千艘進圍郡城。土中丞國寶麾騎出，則皆走，自炳移營于爛溪之南，大兵追及之，赴水死。之儁營亦散。八月，土中丞遣兵襲擊易營，破之。易乘單騎走免，兆奎被擒。」又：「徐弘基，中山王裔孫，襲封魏國公，南都不守，弘基避跡吳江之趙田袁進士世奇家」，所云「葵井新鬼」，蓋指死事諸人，而「瓜田故侯」，或指弘基也。然當時故侯之流落者甚多，恐亦不止此。

萬木凋傷歎式微，何人猶與賦無衣？繁霜皓月陰蟲切，畫角清笳旅雁稀。阮籍哭時途路盡，梁鴻歸去姓名非。南方尚有招魂地，日暮長歌學采薇。

【考證】案是時，唐、魯二王監國閩、浙，先生將決策東渡，而海上邏禁甚密，久之未成行，故有途窮之慨。「姓名非」

謂時已僧服，改名信衷，後又易姓李，改字大樽也。「南方」云云，其不忘閩、越之行乎？

桑田海水兩悠悠，汗漫常思歷九州。星漢淸深孤客夜，風雲蕭瑟大荒秋。□□□□連天起，□□□□匝地遊。縱與尙平探五嶽，短衣蓬鬢不勝愁。

【考證】案是首慨滄桑之變，而思遠遊也。王勝時續年譜云：「予與先生別，先生即解維去，不言所之。年來雲水之遊，大都若此。」所謂「星漢淸深」、「風雲蕭瑟」，其有絶人逃世之想乎？然亦不過無聊之極，以寫其愁懷耳。

金闕珠樓瑞靄中，天門端拱萬方同。鳳城南鎖黃河險，鳥道西迴紫塞通。三市銅駝愁夜月，五陵石馬慟秋風。玉泉不識朝宗意，依舊東流入漢宮。

【考證】案是首言燕京形勢，南控黃河，西通紫塞，爲成祖肇基之地。乃自經闖亂，而昔日之金闕珠樓，已不堪回首矣。明史流賊傳云：「三月十三日，焚昌平。四月二十九日，焚宮殿及九門城樓。」「銅駝石馬」二句，蓋痛朝市之變遷，陵園之頹廢也。

妖躟芒角掃黃圖，望帝魂歸定有無？軒后衣冠成異代，湘妃珠玉竟先驅。虛傳龍種還天闕，空見□□入上都。何日侍臣親灑淚，手披荒草問金鳧。

【考證】案是首言莊烈帝、周皇后之同殉社稷。「龍種」句指福王時王之明詐稱太子事。而堯峯文鈔載順治元年十一月，有稱前明皇子者至京師，入故嘉定伯周奎家。奎以僞太子疏于朝，于是吏科朱徽、河南道趙繼鼎等，連章劾奎，則所云「還天闕」者，應是此事也。帝后梓宮葬田妃墓內，斬蓬翟而封之，一切簡率，故有「金鳧荒草」之悲。或云：

「湘妃」句卽指田貴妃。

南臺西苑柳如絲，鳳輦龍舟向晚移。春燕俄驚三月火，昏鴉空繞萬年枝。□□盡繫明光殿，□□新栽太液池。苦憶教坊供奉伎，短簫橫笛譜龜茲。

雙闕三山六代看，龍蟠虎踞舊長安。江陵文武牙籤盡，建業風流玉樹殘。青蓋血飛天日暗，黄旗氣掩斗牛寒。翩翩入雒羣公在，剩有孤臣淚未乾。一作闌。

【考證】案是首言南都覆亡之事。通鑑輯覽：「順治二年五月，大兵渡江，南京大震。福王出走奔太平，忻城伯趙之龍奉表納款，大學士王鐸、禮部尚書錢謙益等文武數百員，幷城內官民迎降。大兵至蕪湖，總兵田雄劫福王由崧以降。」所謂「青蓋黄旗」蓋爲福王而言，而「入洛羣公」則王鐸、錢謙益一流人也。

故宮樓閣照江淸，細柳新蒲日日生。霜老蓮房殘望苑，風飄槐葉下臺城。仙人露掌飢烏集，玉女窗扉蔓草平。回首蔣陵松栢路，按鷹調馬不勝情。

【考證】案是首慨南都宮寢之荒涼而重念孝陵也。通鑑輯覽：「順治元年八月，福王母妃至南京，諭工部以行宮湫隘，亟修興寧宮慈禧殿，剋期告成，以居母妃。二年正月，明南京宮殿成。」詩言「仙人露掌」、「玉女窗扉」今已銷歸烏有矣，故宮如此，而蔣陵之松栢尚可問乎？

經年憔悴客吳關，江草江花莫破顏。豈惜餘生終蹈海？獨憐無力可移山！八廚舊侶誰奔走，三戶遺民自往還。圯上隆中俱避地，側身懷古一追攀。

【考證】案是時湖兵已敗，先生雖身未蹈海，已知力絀移山矣。而平日交游或捐軀故國，或入仕興朝，所與遊者，不過如續年譜所述諸人，故有「八廚」「三戶」二語，「圯上、隆中」，則自述其志也。

登神山仙館同惠朗勝時作 二首

【考證】松江府志：「細林山，舊名神山，仙人彭素雲居焉。舊有神霄仙館四字，是呂純陽書，筆法奇異。明嘉靖間，爲太守吳黃州取去，今榜蓋臨本。」

鰲冠迢遞海天分，緱嶺笙歌徹夜聞。谷口花深三里霧，樓前鶴下十洲雲。羽人珮冷星河影，玉女香消月露文。丹井可能穿地底，裁書誰報洞庭君。

【考證】案是時桂王稱號肇慶，總督何騰蛟、撫院章曠力守湖廣，故借傳書洞庭事，以寓歸往之意也。

九霄縹緲采眞遊，松桂迴風澗壑幽。雲散霓裳金殿曉，月明琪樹石壇秋。素琴寂寂依丹竈，清磬泠泠下玉樓。愧我衣冠無息壤，因君羽翰到滄洲。

【考證】案是時唐王已死，魯王遁入海島，而張煌言、徐孚遠、朱永佑諸人，相從患難，其欲因羽翰以到滄洲者，乃不忘故君之思也。

經陳徵士故廬兼問墓道

【考證】艮齋雜說：「麋道人大隱佘山，與董宗伯齊名，遠而土司酋長，丐其詞章；近而茶館酒樓，懸其畫像。然俯仰之間，已爲陳迹。徵君故宅，他人是保；而書牀藥竈，不可復問矣。」青浦縣志：「徵君陳繼儒墓，在東佘山。」

徵君池館一追攀，花滿中庭尚閉關。綺季衣冠成故國，龐公衡宇在人間。白楊漫指東西路，叢桂空留大小山。此日重翻耆舊傳，不勝淸淚損紅顏。

【附錄】宋存標憶去春同大樽經陳眉公先生故廬詩：「曾買輕舠過九峯，憑闌彷彿舊音容。庭前玄鶴尋笻杖，墓側緇衣饗暮鐘。一畝松花留玉屑，幾行鷗鳥認魚罾。太丘丰範元龍識，亂後殘書剩幾封。」

臘日

臘後繁雲曉渡河，羊裘獨釣漫經過。南榮春早寒梅發，北渚風高陽鳥多。江上丈人殊不遇，杜陵男子意如何？飛騰此日傷懷抱，慘淡三年廢嘯歌。

除夕廬居

隱几荒廬擾夢思，起來攜杖聽流澌。運移日月驚耆舊，春到松楸識歲時。吾祖豈知□

氏口，幾人曾見漢官儀。南冠永夜愁明發，腸斷薰風赤羽旗。

人日

可憐人日漫稱人，潦倒柴門烏角巾。南國繁花供我老，西王巧一作綵。勝爲誰新。雪消紅藥當階潤，風暖黃鸝入座頻。回首兩京思舊事，玉盤金縷倍傷神。

會葬夏瑗公 二首

【考證】續年譜云：「順治四年三月，會葬夏考功，賦詩二首，又作寒食、清明二詞，先生絕筆也。」

丹旐飄飖岸柳疎，平蕪渺渺正愁予。驚濤不盡鴟夷血，痛哭空留賈傅書。華嶽暮雲來大鳥，沅江春草滕文魚。范張未畢生平語，淚灑南枝恨有餘。

二十年來金石期，誼兼師友獨追隨。冠裳北闕同遊日，風雨西窗起舞時。志在春秋眞不爽，行成忠孝更何疑。自傷舊約慚嬰杵，未敢題君墮淚碑。

【考證】案：宋荔裳琬有夏瑗公先生廿載淺土門人盛珍符卜地葬之以其夫人祔焉詩以誌美之作。是瑗公之葬，在康熙初年。今此詩作于順治丁亥，豈是時已葬，其後更改葬耶？其詩云：「幾年松檟缺經營，負土荒原賴友生。曾賦國殤哀翟義，竟無傭保付王成。月明大鳥來華表，劍合雙龍捲素旌。二陸寃魂應共語，雲車風馬笑相迎。」

補遺

題虎丘石上

入洛紛紛興太濃，蓴鱸此日又相逢。黑頭早已羞江總，青史何曾用蔡邕。昔去幸寬沉白馬，今歸應愧一作悔。賣盧龍。最憐攀折章臺柳，憔悴西風問阿儂。

【考證】蓴鄉贅筆：「海虞錢蒙叟爲一代文人，然其大節，或多可議。本朝罷官歸，有無名氏題詩虎丘以誚之云云。」錢見之，不懌者數日。」【案】此詩徐雲將、鈕玉樵俱云是黃門作，但細玩詩意，語涉輕薄，絕不類黃門手筆，姑存之，以俟博雅審定。

題梅花墅和眉公韻

【考證】蘇州府志：「梅花墅在甫里，許中書自昌所搆，今爲海藏菴。」

醉翁行樂及三餘，問字江干滿客車。洞口鹿銜花片雨，松陰月印粉痕書。石藏春草池邊鴨，溪種秋風薄暮魚。選地栽梅今古一，道人有癖肯云除。

【附錄】陳繼儒詩：「屋後開園百畝餘，登臨不用上巾車。青山解紱修儺約，紅袖焚香捧道書。看竹客馴銜字鶴，采蓮舟引聽歌魚。何時倡和如皮、陸？花徑長春共掃除。」

九日登一覽樓

【考證】婁縣志：「超果講寺，在西門外瑁湖之右。崇禎初，王侍御元瑞重建一覽樓。」

危樓樽酒賦蒹葭，南望瀟湘水一涯。雲麓半函青海霧，岸楓遙映赤城霞。雙飛日月驅神駿，半缺河山待女媧。學就屠龍空束手，劍鋒騰踏繞霜花。

乙酉歲朝

小雨凝寒濕翠苔，蕪園春色尚徘徊。傳聞五鳳樓初就，誰信三都賦有才。綸瑁玉堂慚琬琰，身高金穴即蓬萊。旌旗徧滿淮南北，誰陟凌雲韓信臺？

人日雜感

年年愁絕虎狼旗，人日欣逢鸜鵒巵。是處流離堪涕泗，到來老大負鬚眉。獨橫羌笛梅花落，不作吳吟薤露悲。自信榮華無骨相，寧同夸父事驅馳。

乙酉上元滿城無燈

江皐夜色徧烽屯，鼓吹聲銷萬戶春。幕府但聞嚴戍火，冶城不動踏歌塵。九枝瓊樹沈珠箔，半榻香風散錦茵。獨有凄涼霜塞月，偏乘畫角照杯蘋。

輓顧文所

【考證】顧氏芝山家乘：「文所原名檢德，避莊烈帝諱，改明德。崇德縣諸生。甲申三月，李自成陷京師，痛哭絶食死。」

軸覆樞翻叩帝閽，顧厨舊侶幾人存？秋風禾黍鵑啼血，夜月琴書鶴返魂。自愧餘生憐宿草，獨攖多難溷祇園。拔山塡海由來事，爲寫煩寃達九原。

陳子龍詩集卷十六

五言排律

春寒大風雨竟日分詠水讓居

負濕資佳興，天風動碧洲。野雲紛亂甚，潭影瀉茫收。聲雜情難定，寒深春不流。柳沈狂綠泛，花損瘦紅愁。小寺鐘搖暮，孤村樹學秋。展蕉思卷障，夾柏代張油。蔓色聯青草，漁絲起白鷗。蝸生盤廢院，鶯夢結重樓。雨外啼雞重，烟中宿鳥浮。繡畦奔峽澗，幽渚恍蛟虯。病對魂尤歛，詩成客進酬。人今無好事，勒卣畏雨不至。景匆厭常遊。壓霧矜清夜，空雷傴暗丘。籃輿忽匯至，稍愧鄭莊郵。予復以輿載，勒卣遂至也。

爲杜徠西悼亡

【考證】復社姓氏錄：「青浦縣杜駿徵，字徠西。」

本是巫峰秀，移來茂苑鮮。擷芳杜有若，求種楚爲先。劉女門仍大，衛娘家更賢。小樓憐碧玉，曉匣棄青鉛。理鬢秋蟬見，飄裾春燕穿。桃花嬌暮雨，蘭葉破朝烟。龍腦燒鸞帶，龜珠飾雁鈿。紅紋綃罷織，綠水軫初旋。繡幞金爲翦，枯桐荻化絃。珊瑚扶鼠筆，蛤粉拭魚箋。硯愛琉璃疊，文多玳瑁編。書名傳弟子，簫譜動神仙。紗繫輕持臂，鉤藏屢放拳。素娥雲作扇，青雀羽成船。礬石温香露，琅玕刺寶軿。佳人方鳳舞，公子正鳶肩。蝪肉臙脂樣，蟾肪瓊琚邊。犀釘涼不捲，熊席暖餘姸。白髓資朝染，黃臍減夜煎。歡情三午月，愁緒九秋天。急雨催銀箭，狂瀾蕩石蓮。飛花傷要渺，落葉病嬋娟。紅壁釭搖滅，丹旛輦召還。玉妃呼月御，婺女失星躔。閬苑悲離鶴，人間泣杜鵑。返魂香自爇，懷夢草空眠。竊藥先奔羿，凌波不姓甄。抱寒吟桂殿，流眄坐芝田。荳蔻心猶白，悉茗莖竟玄。空餘龍縞襪，何用比肩氈。不見雲爲雨，常看水逝川。劉郎悲毒石，穆滿弔寒泉。銀鴨衣猶熱，金蟲髮尚纏。韓馮飛惻惻，秦吉語儇儇。魂斷燈初淚，神傷月再圓。自多新宛轉，無復舊因緣。熊膽口中苦，馬蹄雲外牽。莎青神女冢，頭白小姑篇。寄子九節草，貽郎七寶鞭。相期同不死，惆悵白雲年。

獻山東俘志感　誅叛將，故毛帥子也。

海宇仍清晏，孤恩自不祥。大淩圍北騎，小隊援東方。露刃廣川道，焚燒漯水旁。回師朝拔幟，作賊夜排墻。刑馬爲兄弟，椎牛號帝王。單求留後節，都剡總戎章。築塹攻萊子，分兵掠過鄉。旌旗多繡虎，官吏半屠羊。設款臣謀誤，窮誅帝業昌。勢成熊搏子，計就鼠歸囊。發弩城如蝟，窺營臂似螳。裸裎逐少女，笑傲盡餘觴。睥睨排蠓首，盤餐用馬腸。脯肝原跖食，腊骨載權糧。豺虎今圈檻，鯨鯢似渺茫。三方柵蔡濟，一面走盧芳。連引田橫孽，鉤牽趙信亡。但耽□作窟，不見溟無梁。鴨綠河仍碧，鹿黃山正蒼。度遼搜島嶼，橫海駕艅艎。王滿終亡國，公孫不啓疆。矧將天射血，安得海栽桑。虎士擒生易，熊渠遞驛忙。東師射雕將，北闕爽鳩郎。告廟崇軍禮，臨軒肅武裝。頭行萬里塞，膽掛五都坊。帝力何年大？皇綱此日張。餘威空赤幘，猛勢震靑羌。內鈔鴉翎黑，南金菊葉黃。孤兒官累若，毅魄廟高涼。銀榜靈雲照，銅符義澤皇。諸生皆奮魯，父老解歌唐。八寓同風動，中垣列宿行。初成夷小醜，終擬截要荒。憶昔營滄海，皆疑據樂浪。漏師豎子橫，矯詔督師狂。幾泣華亭鶴，還生洛下狼。鷹饑如戢伏，虎翼更飛揚。不遇人謀紊，寧知天道長。英雄時灑淚，都欲奏明光。

【考證】明史朱大典傳：「崇禎五年四月，李九成、孔有德圍萊州，大典督主客兵數萬，及關外勁旅四千八百餘人，合勦之。以總兵金國奇將，率副將靳國臣等至昌邑，分三路：國奇等關外兵爲前鋒，鄧玘步兵繼之，從中路灰埠進昌平。總兵陳洪範、副將劉澤清、方登化從南路平度進。參將王之富、王文緯等從北路海廟進。檄遊擊徐元亨等率萊陽師來會，以牟文綬守新河，諸軍皆抵新河東岸，亂流以濟。祖寬至沙河，有德迎戰大敗，諸軍乘勝追至城下，賊夜半東遁，圍始解。賊歸登州，國臣等築長圍守之。十一月，九成搏戰，官軍合擊之，馘于陣。賊渠魁五，九成、有德、有時、耿仲明、毛承祿也。及是殺其二。六年二月，有德先遁出海，仲明以水城委副將王秉忠，己亦以單舸遁。官軍遂入大城，攻水城，城崩，官軍入。賊退保蓬萊閣，大典招降，始釋甲，俘千餘人，獲秉忠及僞將七十五人。有德等走旅順，島帥黄龍邀擊，生禽其黨毛承祿、陳光福、蘇有功，斬李應元。惟有德、仲明逸去，乃獻承祿等于朝，磔之。」

天津

【考證】畿輔通志：「天津屬小直沽。明永樂二年，始立衛。本朝雍正三年，改爲州，九年，改設天津府。」又：「天津地當九河津要，路通七省舟車。」

渤澥孤關重，神京左輔長。地維趨浩蕩，天漢隔蒼茫。淮舶霾朝霧，遼檣帶夕陽。建牙環北極，轉餉出東方。二水爭流急，孤城戍火涼。魚鹽河市白，星月島營黄。自失三韓固，重添九塞防。將軍虚騕褭，□□擬舟航。鶓海初無僕，降□近有芳。絳幢新制府，赤羽舊戎行。蒼兕威珠闕，玄狐奉籙章。樂浪終入漢，平壤更歸唐。帝敕樓船重，兵連屬國強。何時度遼將？飛捷奏明光。

【考證】明史河渠志：「成祖肇建北京，轉漕東南，由山東達天津，曰北河。由天津達張家灣，曰通濟河。而總名曰漕河。」又莊烈帝本紀：「六年五月壬子，孔有德及其黨耿仲明等，航海降於我大清。」

寄贈密之

故人迴首地，三載愧容光。日月還輝照，風雲正渺茫。許身空自大，抱膝意難忘。樂毅干燕主，終軍獻武皇。長纓今不用，駿骨古誰藏？國廐多麒驥，天池滿鳳凰。叩牛還俊傑，牧豕更賢良。督亢生春草，滹沱散夜檣。京華搖落遠，關塞別離長。河決魚龍鬱，江清鸛鶴翔。夢慚紅綿段，佩摘紫羅囊。春後荒荒病，歸來渺渺傷。寄書懷薊北，知汝臥樅陽。筆勢新來橫，星官近可詳。元瑜爲記室，敬禮擅文章。海内芙蓉府，家聲符璽郎。新遊應幷冀，舊客半荆揚。狎主詩名重，抒謀武略彰。蜀山搜寇盜，楚峽上豺狼。白帝天邊固，青巾隴外張。江陵愁竟下，皖口料嚴防。何計干戈戢，長江一葦航。

楊伯祥太史奉使册封蜀藩予遇之吳中作詩贈行兼述舊懷也

【考證】明史地理志：「四川成都府，成都縣倚，洪武十一年建蜀王府。」又諸王傳：「蜀獻王椿，太祖第十一子，洪武十一年封，二十三年就藩成都。性孝友慈祥，博綜典籍，容止都雅，帝常呼爲蜀秀才。時諸王皆備邊，練士卒，椿獨以禮教守西陲，川中二百年，不被兵革，椿力也。萬曆四十三年，至澍嗣，崇禎末，京師陷，蜀尚無恙，未幾張獻忠陷成都，至澍率妃妾投於井。」

帝圖分白社，漢節抵吳天。劍佩辭華蓋，風雲接錦川。桐圭虞叔重，珍玉魯侯專。宗望誰爲首，文昭向比肩。西南迴地紀，井鬼直星躔。益部稱雄鎮，華陽有舊編。昔聞高帝子，獨數獻王賢。禮樂存餘器，經書更幾傳。至今朱邸貴，猶擅綠池妍。玉輅頒王命，金閨輟講筵。乘傳來北極，捧檄喻西偏。上苑推司馬，靈祠頌子淵。到吳秋渺渺，入楚月娟娟，九派魚龍宅，三湘橘柚邊。猿啼星漢影，鳥道薜蘿烟。自解江皋佩，還成巫雨篇。雲深神女廟，風勁屈平田。虛壁秋容壯，空山象緯縣。丁香花杳冥，么鳳羽翩翾。絕岸巴歌冷，平沙石陣圓。波濤恆隱馬，瘴癘欲跕鳶。丞相祠堂在，公孫伯業捐。旌旗隨羽扇，巫覡醉神絃。今日夔天險，還同漢幅隕。使星驚李郃，織女犯張騫。飛蓋循芳草，鳴騶擁曲旃。初辭灌口馬，復入錦江船。負弩平郊盛，張筵法饌煎。諸侯間國禮，父老聽王宣。枸醬傳殊品，嘉魚出異鮮。子侯貽麗錦，官伎乞名箋。卓女今誰豔？揚雄可尚玄。兼稱採訪使，莫作浪游還。劍外豺狼滿，川東羽檄纏。庸知無李特，妄意學劉焉。宰相迴翔處，英雄割據權。弗令形勝地，常在甲兵前。我已歌吳市，君方備漢員。耽文分甲帳，努力事丁年。萬里橋邊暮，相思託杜鵑。

傷秋　五首

黯淡江南日，繁憂更幾端。秋風龍劍動，明月虎旗殘。朔氣危乘障，兵符擬築壇。漁陽突騎遠，時薊督西援。上谷解圍難。漢闕鉤陳正，秦關太白寒。更聞河外警，都護救樓蘭。

聞道西征使，三關擁大荒。胡沙猶置陣，代馬自成行。□□還幽朔，龍韜援晉陽。諸侯爭壁壘，降帥恐翺翔。擬塞蜚狐口，誰增倒馬防。愁言冠蓋子，步履出明光。

天險居庸後，荒城流血深。候臺通戍火，瀦峽斷鳴琴。中使馳千輩，□□搆萬金。松杉迴寢廟，戈戟擁山岑。鳴鏑雖西向，戎車未北侵。神京勞版築，諸將更何心？

烽火頻年見，中原黯不收。征輪滄海盡，盜賊黑山謀。羌部摧河外，安西借隴頭。金牛紛蜀道，宛馬閉涼州。自古秦城險，于今漢將愁。山河多扼腕，歷落對高秋。

郅支西徙日，爭道漠南空。旗鼓轅門偃，篚筐廟算工。但云防□□，誰料直雲中。坐大眞難制，橫流更不同。殷憂煩聖主，振落笑羣公。猛士今誰見？還應咏大風。

上蒲州韓少師

【考證】明史地理志：「平陽府蒲州，元河中府，洪武二年，改爲州。」又列傳：「韓爌，字象雲，蒲州人，萬曆二十年進士。泰昌元年，拜禮部尚書，兼東閣大學士。光宗疾大漸，受顧命。天啓三年，加少師、太子太師。爌居首輔，爲善類所倚。五年，逆黨李魯生劾爌，削籍除名。崇禎元年，召還朝，復爲首輔。與李標、錢龍錫大治忠賢黨，罪分六等，名曰：欽定逆案，頒行天下，而吏部尚書王永光，日爲翻案計。二年十月，大清兵入畿甸，永光等倡言，由袁崇煥殺毛文龍所致，以爌崇煥座主也。明年尚寶卿原抱奇、左庶子丁進、工部主事李逢申，相繼劾爌，爌即引疾，詔賜馳驛歸。十七年卒，卒年八十。」

聖歷輝天鑒，宗臣屬斗杓。姓雄周北國，神降晉中條。秉德星明野，騫暉鶴在霄。生平多大節，爰立事先朝。日月躬彌曜，松筠類可招。比肩趨邴魏，報主必黃姚。宮府方疑貳，乾坤日動搖。殷憂惟一老，煽處已羣貂。封事推劉向，諸公迫趙嬈。都亭歸印綬，蒲坂傍漁樵。萬里君恩重，三年黨禍消。龍飛驚晦夜，虎變出終朝。華蓋星辰正，祥風律呂調。崆峒還訪帝，大麓共臨堯。道契心應一，時艱治轉遙。已聞和鼎味，曾是奏簫韶。公豈耽龍袞，人今想鳳翹。東山初服計，北闕舊名標。河曲烟雲滿，風陵杖屨超。玄言謝傅遠，元壽畢公饒。社稷事多難，忠良德更劭。還應王共載，詎可樂松喬。

【考證】明史魏忠賢傳：「熹宗立，忠賢、客氏並有寵，封客氏奉聖夫人，忠賢自惜薪司遷司禮秉筆太監。及帝大婚，御史畢佐周、劉蘭請遣客氏出外，大學士劉一燝亦言之，帝戀戀不忍舍。既而客氏出，復召入，御史周宗建、侍郎陳邦瞻、御史馬鳴起、給事中侯震暘，先後力諍，俱被詰責。給事中倪思輝、朱欽相、王心一復言之，並謫外，尚未指及忠賢也。及忠賢勢成，其黨謀傾東林，而徐大化、霍維華、孫杰首附忠賢。劉一燝及尚書周嘉謨並爲杰劾去。然是時葉向高、韓爌方輔政，忠賢未克逞。」

吳越武肅王祠

【考證】杭州府志：「錢王祠，在湧金門南，舊名表忠觀，祀吳越王錢鏐，鏐子文穆王元瓘，瓘子忠獻王弘佐，忠遜王弘倧，忠懿王弘俶。宋時觀在龍山，蘇軾作碑記。元時燬，明嘉靖三十九年，總督胡宗憲以靈芝寺改建，寺蓋王故苑也。」

羅平妖鳥集，唐室已顚連。草草羣雄事，紛紛割據年。斗牛占王氣，屠販出豪賢。地屈孫劉勢，形支江海邊。爪牙多健勇，參佐集神仙。本奉中原朔，時分屬國天。錦城開邸第，大木擁旌旃。受册三樓上，歌風駟馬前。自從納土後，終見舉宗遷。青蓋方朝洛，丹書改賜田。金輿何日去？玉盌不曾還。守墓新恩重，荒祠舊德傳。冕旒皆壯麗，子姓特綿聯。晚樹騰鼯鼠，虛簷響杜鵑。崇功銘板碣，遺恨滿山川。異代還祠廟，當年入管絃。寶融應貴寵，張軌共周旋。錫禮何妨盛，王侯豈易捐。誰言脫屣便？不見誓書堅。宋室諸陵在，南枝更可憐。

寄羅湘中少宗伯

【考證】明史本傳：「羅喩義，字湘中，益陽人。萬曆四十一年進士，天啓六年，擢南京國子祭酒。諸生欲爲魏忠賢建祠，喩義懲其倡者，乃已。忠賢黨輯東林籍貫，湖廣二十人，以喩義爲首。莊烈帝嗣位，召拜禮部右侍郎，協理詹事府，尋充日講官，敎習庶吉士。喩義性嚴冷，閉戶讀書，不輕接一客。後見中外多故，將吏不習兵，銳意講武事，推演陣圖獻之，帝爲褒納。明年九月，進講尚書，講義中頗傷執政，溫體仁不懌，吏部希體仁指，議革職閒住，家居十年卒。」

聖代丹青事，何人負壯圖？長沙星應瑞，朱鳥嶽分符。謝傅風流首，山公機鑒殊。玄文原霸楚，大武欲□□。兵法軒轅祖，田功姬旦謨。上書驚朔漠，講幄贊天衢。絳灌眞相厭，蕭劉可盡誣。昔曾鋤僞學，今見逐名儒。懷瑾湘江暮，搴蘭溆水孤。春風天入草，寒雨夜啼烏。家國方多難，英賢孰與俱？猿聲通楚峽，雲影凍蒼梧。應有安車至，徵聞畫像無。蒼生霖雨急，豈得愛江湖！

中都

【考證】明史地理志：「鳳陽府，洪武二年九月，建中都，置留守司於此。」

豐沛承宗祀，神圖奕葉光。櫟陽鍾慶遠，畢陌發祥長。漢太上葬櫟陽，文王葬畢陌。歷數歸龍躍，山川識鳳翔。山名鳳凰，故號鳳陽。寢園騰瑞靄，原廟聳高涼。陵戶趨馳道，祠官拂御牀。配天羣帝饗，鎭地百靈襄。瞻拜三千國，尊崇十五皇。守臣今玩泄，小醜忽猖狂。湯沐恣焚掠，松楸盡翦傷。幸無悲玉椀，已見墮神房。碧獸燒猶變，金鳧驚不妨。衣冠游慘淡，鐘簴委蒼茫。井邑嚴霜白，山林宿霧黃。聖人哀震怒，故老泣彷徨。痛恨誰當國，陰謀竟輟防。先是撫臣請移鎮，朝議不許。使臣恭慰重，將作聚工良。帝力成何易，王心迴弗忘。仲華祠祖廟，傳亮表崇揚。未至天衢翳，重瞻王氣昌。樊崇惡不赦，熊遠計仍臧。勸元帝出師修五陵。北極朝廷盛，東方寇盜亡。已聞奔漢沔，何策遁雍梁。高帝威神大，今皇孝德彰。但思民賜脯，應見舜垂裳。元凱登三事，共驩出四荒。塗山弓劍地，千載頌苞桑。

【考證】通鑑綱目三編：「崇禎八年正月，賊陷鳳陽，留守朱國相等戰死。先是，南京兵部尚書呂維祺懼賊南下，請防護鳳陽陵寢，不報。賊至，焚皇陵，殺軍民數萬，漕運都御史楊一鵬在淮安，遠不及救。帝聞變素服避殿。逮一鵬下獄，棄市。」綏寇紀略：「初，聞潁州失事，卽虞創陵寢。亡何，河道總督劉榮嗣有急奏，後三日，一鵬振纓之疏始至。遣官告天地社稷，哭于二祖列宗之廟。命駙馬都尉王昺、太康伯張國紀，行祭慰禮。用兵部侍郎朱大典爲淮撫，命故總兵楊御蕃馳赴廬、鳳修復陵園。」

【附錄】李雯和臥子詩：「鳳歷眞人受，龍興淮甸淸。鍾離實舊域，豐沛作中京。地首風雲會，山懸日月名。丹陵推火德，渦水發蒼精。白馬諸軍插，黃旗四海迎。大風曾會舞，壽域寄斯城。國以淵源重，神扶列聖明。山河塵不動，玉帛薦逾誠。翠柏朱甍暗，含桃玉盌晶。星辰依劍佩，嶽瀆衞精英。蘭盾恆嚴柝，勾陳屢踐更。千秋甘露下，永夜紫雲栟。乞活流枉矢，中原逸駭鯨。火飛帳殿側，戟斷寢門橫。玉砌麒麟臥，銀河梟雁驚。香寒園令爐，械脫賁囚行。欲使神州靜，多非謀國情。長陵竟抔土，河上但重纓。黃屋悲應慟，赤眉罪已盈。九天聲薄伐，六月寄專征。羣盜仍秦楚，林官自井營。東封何日掃，帝里幸隨平。翦棘玄廬肅，扶榱原廟成。賁躬持素服，恭慰卜騂牲。

日御占虹氣，階符問月卿。倉庚空自語，狐鼠晝長鳴。往往多羅倚，人人謝顧榮。主憂寧免辱，算少孰持傾。且勿耽槐鼎，無勞弄旆旌。願思哀痛詔，努力爲蒼生。」

晚春遊天平

【考證】蘇州府志：「天平山在支硎南五里，山皆奇石，頂平正。曰望湖臺，卽遠公菴遺址，上巨石圓而面湖者，曰照湖鏡。山半有白雲泉，爲吳中第一水。」

自入桃源去，層阿翠不收。珮環空澗響，雲霧曉窗流。紅藥生金屋，青山倚畫樓。鶯啼開玉帳，柳動拂銀鉤。解帶温泉夜，凝妝石鏡秋。碧潭春濯錦，丹樹雨張油。斜月通蕭史，微風醉莫愁。人繇花上度，客似夢中遊。歌舞何時歇，山川盡日留。橋猶名宛轉，鄉已失温柔。豈必千年恨，登臨見古丘。

送宋子建應試金陵隨至海州成婚

江皐紅菡萏，青舫去悠悠。枕簟碧雲暮，帆檣銀浦秋。南朝多俊逸，東府最風流。已拂桓伊笛，還登孫楚樓。彥和攀沈令，思晦舉揚州。鳳翮搴千仞，龍文上九斿。宮槐朝影落，巖桂夜香幽。自夢交神女，何心載莫愁。淮烟飛塞雁，楚色淡牽牛。翡翠過滄海，櫻桃滿鬱洲。相傳謝女秀，應伴馬卿遊。上苑啼鶯巧，清淮芳草柔。貽君錦繡段，黽勉覓封侯。

贈熊壇石大司馬

【考證】明史本傳：「熊明遇，字良孺，進賢人，萬曆二十九年進士，知長興縣。四十三年，擢兵科給事中，旋掌科事。上疏極陳時弊。元詩教等以明遇與東林通，出爲福建僉事，遷寧夏參議。天啓元年，以尙寶少卿，遷太僕少卿，尋擢南京右僉都御史，提督操江，建營伏虎山，選練蒼頭軍，以資守禦。五年，坐汪文言獄，謫戍貴州，莊烈帝即位，釋還。崇禎元年起兵部右侍郎，明年遷南京刑部尙書，四年，召拜兵部尙書。疏陳四司宿弊，悉見採納。五年正月，山東叛將李九成等陷登州，明遇過信巡撫余大成言，力主撫議，久愈猖獗，萊城被圍幾陷。帝責以疎庸僨事，命解任候勘。尋以故官致仕。久之，用薦起南京兵部尙書，改工部，引疾歸，國變後卒。」

篳路開荆域，靈源啓大風。南州時譽重，北斗夜光融。絕俗標清議，橫波見直躬。人驚山嶽氣，名入顧廚空。開府臨江左，英聲到海東。浮雲搖組練，落日靜艨艟。謫籍看鉤黨，淸朝錄舊功。正當□牧馬，得計夢非熊。玄扈天符大，丹書睿算通。四夷懷鞶綬，九伐賚彤弓。勳業風雲際，鬚眉圖畫中。自辭黃鉞去，還與素門同。禮樂宗孺子，江湖老謝公。功成祠濟北，道在訪崆峒。嗣子金閶彥，傳家玉帳雄。更聞持手詔，安坐策西戎。余同年熊伯甘司馬，公長嗣也。

傷春 五首

河北烽烟地，江南花柳春。經年愁戰馬，百驛少行人。謀國無楨幹，憂時獨隱淪。蕭條搖白草，熠燿滿青燐。海岱風雲變，幽燕壁壘新。長安消息斷，中夜望鈎陳。

畿輔瘡痍遍，關河慘淡中。狐狸啼落日，荆棘長春風。星隕牙旗動，沙飛營幕空。詔書頻指授，使者日倥傯。偃息疑諸老，憂勤憶聖躬。何時求猛士？倚劍海雲東。

東秦稱勝地，歷下本名都。不用飛書入，相將卷甲趨。碧泉休虜馬，紫殿飲羣胡。郡主塡甃井，王孫泣路隅。衣冠齊魯盡，藩翰畢毛孤。繞郭無人見，蒼茫城上烏。

閫外嘗推轂，元臣自請纓。何煩中使節，悉護九邊兵。春暝龍蛇鬬，風霾海嶽傾。始知金甲貴，漸覺簡編輕。撻伐眞無計，征輸亦有名。安危憑將相，黽勉效昇平。

漢塞依重險，胡兵去不難。黄金東海盡，紅粉北庭寒。誤國辭膏斧，安邊更築壇。百城新鬼大，三月野花殘。祖逖思横楫，逢萌憶掛冠。從來籌出處，莫作冥鴻看。

【校】第三首「碧泉休虜馬，紫殿飲羣胡」兩句，第五首「胡兵去不難」句，全集本原缺「虜」「羣胡」「胡」等字，並據原本湘眞閣稿補。

贈吳駿公太史充東宮講官

蒼筤開震域，青殿接文昌。霞氣騫玄圃，瓊條拂畫堂。選端周典禮，拜傅漢元良。史職移仙省，宮寮總帝鄉。金貞儲后重，玉立侍臣莊。羽籥傳秋實，詩書出尚方。夏侯經術茂，皇甫素懷芳。雞戟青槐蔭，龍泉碧藻香。珠蓮參晚讌，璧月照春坊。卞賦情文稱，王箴忠愛長。一時推碩德，萬國仰重光。愧我羊裘側，思君象輅旁。臨風疏館靜，遙夕可相望。

游雲棲寺

【考證】浙江通志：「雲棲寺，在梵村，禪師袾宏伐茅建菴于此。宏本諸生，姓沈氏。初，雲棲山居五雲之西，徑曲林幽，頻有虎患。隆慶五年，袾宏行脚南還，愛其寂寥。趺坐壁間，虎即避去。值歲大旱，禱於山，應時而澍，村之民大悅。後其教大行，愚夫愚婦，皆知有蓮池大師之名。」

昔賢開寶地，佇錫此何年？獨翦䫻䫷境，還依薜荔天。𩆜經丹樹杪，杵米白雲邊。制虎移新穴，驅神鑿舊泉。吳山襟壯氣，越國面晴川。花氎殊方貢，珠幢上苑傳。鹿仙參玉座，龍女墮金鈿。超乘人皆學，焚修可自堅。西歸無了義，東度即因緣。化域空三界，門徒落四禪。青菰成宿餉，翠竹冷餘眠。更禮支公塔，鐘聲起暮烟。

靈濟宮

向欲和獻吉詩而未成也讀舒章作遂追賦之【考證】畿輔通志：「靈濟宮在西長安門稍北。明永樂十五年，文皇有疾，夢二眞人授藥，疾頓瘳，乃敕建祀封玉闕眞人、金闕眞人。有英宗御製碑記。」

絳樹蓬萊近，紅牆銀漢中。南臺分御氣，西內接仙宮。族自昇州大，靈因閩海功。讖符移法像，授藥感皇躬。泰一新祠貴，神君議禮崇。晃旒雙輦月，旗仗滿庭風。碧瓦寒金狄，朱闌落彩虹。鋃鐺搖鐵鳳，鉛粉剝華蟲。鶴下星壇白，龍垂內錦紅。元妃張翟羽，侍女靜雕櫳。汗漫逢天使，虛無問鉅公。琅書原共祕，丹鼎幾時空？宗伯明禋正，倪文毅公曾論罷其祀。今皇聖德隆。陳倉迷寶蹟，緱氏失神工。祀典修辭異，朝儀引奏同。近以朝天宮災，習儀于此。升聞端拱足，無事訪崆峒。

【考證】明成祖實錄：「永樂十五年三月，建洪恩靈濟宮于北京，祀徐知證及其弟知諤。初徐溫事吳楊行密，及溫養子徐知誥代楊氏有國，封知證爲江王，知諤爲饒王。嘗帥兵入閩靖羣盜，閩人德之，爲立生祠于閩縣之鰲峰，累著靈應。宋高宗敕賜祠額靈濟宮，入國朝靈應尤著。上聞，遣人以事禱之輒應。至是命立廟皇城之西，賜名洪恩靈濟宮，加封知證爲九天金闕明道達德大仙、顯靈普濟淸微洞玄沖虛妙感慈惠護國庇民洪恩眞君，知諤爲九天玉闕宣化扶教上仙昭靈博濟高明弘靜沖湛妙應仁惠輔國佑民洪恩眞君。」西園聞見錄：「神父封翊亮眞人，繼又進封爲眞君。神母曰淑善仙妃。金闕配曰眞應仙妃，玉闕配曰恭靖仙妃。」又：「弘治元年八月，禮部侍郎倪岳言金闕上帝、玉闕上帝、神父聖帝、神母元后、金闕元君、玉闕元君，誕妄不經，一年數祀，不無煩瀆。且維皇上帝主宰于天，而兄弟並稱上帝，其僭已甚。況父母及妃，並受隆名，稱帝稱后，僭擬益甚。所有名號，乞依永樂中封者爲正，以後加增一切祭祀，俱宜罷革。奉旨靈濟宮祭祀照舊，眞君并父母妻，仍舊封號，新加上帝等號，俱革去。」

【附錄】李夢陽詩：「貝闕崑崙外，浮生此路疑。蓬萊移禁國，塵世出瑤池。蕞爾雙仙跡，飛騰後晉時。論功竟恍惚，讖兆且逶迤。慫慂精靈託，呼噓霹靂隨。先皇親議號，繼聖必修辭。爵陟王侯上，尊同帝者師。龍襦分內錦，宮女準昭儀。雨露宮城切，星辰天仗移。琳琅搖繡栱，松柏蔭丹墀。瓶內金花踴，龕前綵鳳垂。晴還日月祕，暝則鬼神悲。玉鼎推龍虎，瑤編述姹兒。漢惟欒大顯，秦竟羨門欺。五帝非無術，千齡今見誰？累朝盟誓冊，玉櫃少人知。」李雯遙和李崆峒詩：「玉樹宮墻外，金波晚翠中。虛無雙闕影，縹緲一壇風。仙李靈根別，丹砂帝夢通。羽儀冠冀北，法象自江東。列聖崇祠典，眞官肅上宮。雲旗紛偃蹇，絳節掌玲瓏。柏暗星君佩，香迷使者鴻。袞龍分內錦，笙鶴近華虡。歲月風塵異，春秋搖落同。罘罳墮紫鳳，闌楯下彤虹。看壁餘圖畫，登堦惜巧工。文虬角似白，玉女袖能紅。宛若神寧祕，王喬跡未終。祠官祀太乙，才子得崆峒。一代玄宗盛，千秋辭翰雄，聖圖翻實錄，俯仰惕微躬。」

上董遂初少宰

【考證】江南通志：「董羽宸，字遂初，上海人。」上海縣志：「羽宸字原孚，萬曆四十一年進士，餘姚知縣，選授御史，巡按山東。平妖寇有功，歷副都御史、吏部左侍郎。」

統均崇上佐，會府聚名賢。執法星移近，董以副院轉。文昌地自偏。春陰聯小苑，秋月朗經天。盧毓論才正，山濤得士全。九流歸藻鑑，八統助薰紘。卿宰爲龍日，君王買駿年。風雲應鼓盪，人物賴宏甄。綠野冥鴻盡，高岡鳴鳳旋。計功觀式序，咫尺泰階前。

【校】「九流歸藻鑑」句，原本湘眞閣稿作「九流歸藻鏡」。

贈錢牧齋少宗伯

漢苑文章首，先朝侍從賓。三君同海嶽，一老是星辰。作直稱遺古，推賢更得鄰。當時客漸進，文舉氣無倫。陳寶圜中士，蕭劉澤畔人。蟪蛄喧日夜，蘭桂歷冬春。舊學商王重，清流漢史均。范宣誰讓晉，衞鞅欲專秦。獨指孫弘被，仍汚庾亮塵。十年耕釣樂，七略校讐新。當戶無芳草，洪流逸巨鱗。睚眦流訿訿，鉤黨極申申。告密牢修急，經營偉節神。霜華飛暑月，劍氣徹秋旻。明主終收璧，宵人失要津。南冠榮袞繡，北郭偃松筠。艱險思良佐，孤危得大臣。東山雲壑裏，早晚下蒲輪。

【校】「孤危得大臣」句，原本湘眞閣稿作「胥靡得大臣」。

寄吏垣張給諫訒叟 給諫以兵事疏薦予，有知己之感。

漢苑金波靜，燕關玉樹連。近承門下省，獨對仗中天。青瑣通機禁，黃封拆御筵。龍顏頻顧盼，豹尾日周旋。諷議推平子，圖書識茂先。六贏秋月動，千雉晚烽傳。騎士皆乘障，良家悉備邊。兩宮監衞尉，八校託中權。賴有揚干戮，應知郤縠賢。涉川靡獨濟，管庫豈能捐？魏倩搜奇日，韓增得士年。有臺求騕褭，飾畫問嬋娟。落拓慚封牒，迂疎誤簡編。可憐細草嘆，無益大風篇。日月多高議，江湖惜晏眠。尋仙歌白石，射虎憶藍田。州郡誰嫌屈，君親各自然。寂寥揚子宅，慘淡祖生鞭。遇主方加膝，酬恩望仔肩。安危任公等，早晚靖烽烟。

謁禹陵 【考證】紹興府志：「禹陵在會稽縣東南，禹巡狩江南，死而葬焉。明洪武三年，訪歷代帝王陵寢，令各行省臣具圖以進。浙江進大禹陵廟圖。九年，令有司每歲以春秋二仲月祭。」

夏王南狩日，會計此山陽。玉帛朝羣后，旌旗擁大荒。防風膏斧鉞，蒼水貢文章。九鼎山河奠，雙珪日月光。橋陵遺劍碧，梧野出雲黃。廟貌垂千祀，神功啓百王。烟霞移石壁，雷雨暗梅梁。白鶴留陰羽，丹楓落曉霜。銀池墳不起，金簡穴能藏。湍道鉦音發，風簷鈴語揚。冕旒瞻律度，圭璧侍班行。烏鼠游神座，龍蛇靜帝鄉。庚辰來上佐，癸甲授元良。玄女精靈盡，黃熊哀慕長。夏書存渾渾，越絕紀茫茫。萬古終河洛，其咨永不忘。

恭謁孝陵

【考證】江寧府志：「明太祖孝陵，在鍾山之陽，與馬皇后合葬，懿文太子祔葬于左。」

淮右眞人起，江東大業成。羣雄歸掃蕩，諸夏見澄清。鳳羽宸游晚，龍髯帝使迎。海沈金雁冷，壤兆玉龜貞。松檟周廬靜，熊羆禁籞行。三妃虞后寢，四姓漢家塋。弓劍秋霜切，衣冠夜月明。典章垂奕葉，器物象平生。瑞雪深瑤殿，卿雲覆寶城。上公升鼎重，中使拂床輕。虔禮朝原廟，神謨仰鎬京。百靈長自拱，萬禩奏昇平。

送李寶弓司理内召

【考證】松江府志：「李瑞和，字寶弓，福建漳浦人。崇禎七年進士，授松江府推官，時知府方岳貢，政尚嚴肅，瑞和濟之以寬。常言吏道去太甚，焉用多設科條，然其才識明敏，人亦莫能眩也。初漕運愆期，議以推官督兑，瑞和請於督撫，得以軍法從事，弁卒奉約束惟謹。其攝縣時，搉科不擾，有去後思。在郡七年，徵授監察御史。」

閶闔弓車啓，明光劍佩回。鵷雛棲玉樹，騕褭上金臺。平恕于公最，賢良董相來。銀河連禁籞，璧月照中台。雙管朝華潤，千廬夜漏催。校書分御藥，視草落宫槐。右省天言重，西清仙樂開。闢門求俊乂，前席寵英才。應有昇平策，臨軒咏喜哉。

黄建陽五河方今雄俊之士也與予同有事於山寇厥功懋焉仲冬當朝京師詩以贈之【案】黄建陽大鵬，注見年譜崇禎十五年。【考證】龍游縣志：「黄大鵬令龍游時，婺郡許都倡亂，土寇乘機竊發，侯設計討捕，盡得渠魁，地方賴以寧謐。在任六載，治行爲兩浙最。將内召，屢爲墨吏所抑。知勢不可爲，孑身入閩。其明年以兵科殉難云。」

茂宰花成縣，元戎柳作營。政依經術貴，師利武人貞。越嶠蒼烟合，閩天黛色横。深巖驕虎豹，密箐舞鼯鼪。曉瘴連雲暗，宵烽帶月明。授書三略祕，仗劍五溪行。落日雕戈耀，秋風羽扇輕。義眞爲左將，子幹護精兵。枉矢加妖鳥，修綸獲駭鯨。關中迎鄧禹，車下拜張嬰。幕府頒牛酒，胡床捲旆旌。羣山無宿莽，萬井樂春耕。靺鞈從王事，單𠌯奉上卿。運籌因勝算，掎角愧無成。馮異眞能讓，周瑜横得名。璽書來北極，玉輦侍西清。花漏傳經席，鶯聲合禁城。幽燕喧鼓角，嵩雒下欃槍。諸老方調鼎，時賢鄙請纓。安危關社稷，將相必賢英。勉劾旂常事，重開帶礪盟。大匡君濟世，小草予辭榮。異日江湖上，猶憐擊壤情。

陳子龍詩集卷十七

五言絶句

古怨詞　三首

向夕新妝竟，憑欄不自持。春風未相識，猶向桃花吹。

璐琴妾曾理，不解是傷心。今日難爲别，知他哀怨深。

秋心抱明月，相望夜深時。卻羨沈西海，清光待後期。

朝來曲　二首

曉日垂楊裏，雲鬟鎖絳紗。自憐顏色好，不帶碧桃花。

繡戶花明曙，香衾抱夜愁。帶霜鳴玉佩，夫壻富平侯。

夜意

忘卻博山爐，殘燈動幽夢。起探繡羅裳，香氣温青鳳。

采蓮女

明知女伴情，欲問誰能説？對采芙蓉花，相看各愁絶。

古意 二首

日暮吹羅衣，玉闈未遑入。非矜體自香，本愛當風立。

移蘭玉窗裏，朝暮傍紅裳。同有當春念，開時他自香。

長樂少年行 二首

試馬春隄上，悠悠芳草愁。飛花無意緒，猶入鳳凰樓。

問妾門前花，殷勤爲郎起。欲攀第幾枝，宛轉春風裏。

麗人曲

自覺紅顔異，深閨閉曉春。只愁簾動影，恐有斷腸人。

滕縣道中

【考證】山東通志：「滕縣，古滕、薛地，隋滕縣，金滕州。明廢州，以縣屬兗州府。」

落日覆平沙，垂楊夾道斜。幾回躍馬地，前度不思家。

途中 二首

策馬望鄉關，浮雲去不還。明朝回首地，又隔幾重山。

屈指淮上書，故人應已覯。那知百種愁，都在緘書後。

放生詩魚鳥各得一絕

何與投竿事，千秋恥渭川。還將江海意，浩蕩甲兵年。

本厭樊籠性，春風試羽翮。應知斥鷃樂，無異徙南溟。

七言絶句

柳枝詞　四首

朝元閣下障生綃，宫女留春挽細腰。妙舞新傳回鶻隊，紅燈碧月鬭淸宵。
吳閶蕩雨濕三眠，玉腕紅綃染麗川。貪看黄鶯聲顫處，水紋温膩落金鈿。
烟肥小院護春嬌，淡引西陵風雨條。紅罨薔薇鸂鶒睡，倩人驚醒更吹簫。
春風約束甚無名，歲歲腰肢别樣情。何事永豐新唱後？妖鬟十五倚身輕。

野驛

微陽倒映舊紅楣，禾黍荒庭没斷碑。何忍更從褒亂説？太平使者不威儀。

西湖漫興　十首

【考證】杭州府志：「西湖，在錢塘縣西，即古明聖湖。三面環山，溪谷諸水滙而爲湖，周三十里。以在郡西，故名西湖。一名錢塘湖，亦名上湖。」

日暮湖光雜素秋，淡烟遥接小紅樓。一雙鸂鶒荷花雨，畫槳驚飛人更愁。

自一作日。有湖山歡上客，不知歌舞老何人？惟留堤畔千條柳，常對秋風泣鬼神。
朱樓山半綺窗虛，疑是層城碧玉居。暝鳥投烟去將盡，憑誰消息數行書。
蟲怨秋山萬木空，漁燈明滅小亭紅。焚香永夜愁難夢，人在西陵風雨中。
碧水當沈萬古情，香魂寂寞去邊明。烟波小艇南屏下，入暮子規啼數聲。
玉津園畔曉殘鐘，宋帝當年葬玉容。化作滿湖紅菡萏，枝枝常背北高峯。
荒墳秋草雨方深，蘇小虛無已至今。疑是孤山有高士，西陵不許結同心。
渺渺蒼烟天正涼，人言此水似瀟湘。本無雲雨晴湖在，宋玉徽辭不可當。
白馬嘶烟秋更驕，紫薇花下少年邀。知他醉宿青娥館，又夢錢塘第幾橋。
當時風月未全銷，草爛臙脂蝕翠翹。移得秦樓名更好，誰人解弄鳳凰簫。

葛嶺 傳爲賈平章別墅。【考證】杭州府志：「葛嶺，在錢塘縣西北十二里，西湖之北，相傳葛洪煉丹于此。有初陽臺，宋高宗即其地創集芳園。咸淳二年，賜賈似道第于西湖葛嶺，即此。」

楚城吳地十年急，妙舞清歌一日閒。憶得當年遊俠客，爭言江左謝東山。

錫山即事　三首

【考證】江南通志：「錫山在無錫縣西五里，惠山之支隴也。山當周、秦間，大產鉛錫，漢興始殫，遂以名縣。」

小艇高檣烟有無，江南十月下羣烏。寒流頹淡何情思，猶是紛紛入五湖。
迢迢驛路盡寒聲，曲曲山樓似碧城。蕩口酒清人易醒，五更無夢厭分明。
寒江寒日共徘徊，烟裹山成碧玉堆。山外何人更愁絕，青搖萬頃獨登臺。

吳閶口號　十首

衰柳寒雅天四垂，嚴霜纖月滯歸期。已無茂苑千金笑，不許傷春有所思。
無賴三更酒醒時，朝朝曲巷候佳期。將疑翠水人難見，不信君家誠易知。
鳳紙魚箋未曉裁，豈知詞賦是良媒。非關班女文章盡，奉倩緣來不愛才。
那當非雨復非烟，沈綠肥紅障暮天。側首但憐金菡萏，潘家止有步生蓮。
遠視紅酣灩灩扶，近看無復掌中娛。楚王宮裏原難入，檢點腰肢必減廚。
金陵軼女小鬟欹，北里笙歌事事宜。借得夏侯衣四障，教人不敢問容姿。
萬子風流自不羣，盧家織錦已紛紜。可憐宋玉方愁絕，徒爲襄王賦楚雲。萬子謂年少也。

何妨放誕太多情，已幸曾無國可傾。卻信五湖西子去，春風空滿闔閭城。
傳聞夜醮蔡經家，能降乘鸞萼綠華。莫似紅顔同易散，館娃宮外盡烟霞。
各有傷心兩未知，嘗疑玉女不相思。芝田館裏應惆悵，枉恨明珠入夢遲。

清明 三首

碧野離離盡雨絲，傷心高閣語黄鸝。武林天外桃花暮，憔悴春風第幾枝。
梨花冷落野中分，白蝶茫茫翦翠裙。今日傷心何事最？雨中獨上窈娘墳。
一曲溪流碧樹斜，莫言江左最繁華。樂遊原畔隋堤上，多少紅妝鬭晚霞。

初夏絶句 十首

平綠涵涼新雨收，小紅孤對夕陽幽。新蠶玉繭應悲老，乳燕雕梁未解愁。
深庭寂寂冷銅鋪，亭木陰陰入畫圖。石壁化蟲新蛺蝶，玉盆添水長菖蒲。
微雨微雲自去來，半寒半煖意徘徊。吳姬早欲持紈扇，齊著輕衫上舞臺。
青青庭草上人衣，柳絮隨波更不飛。綠野好風吹躑躅，紅樓幽雨泣薔薇。
花架紅鬚落夜衣，桐枝青玉照朝扉。鶯閨望斷雙飛翼，含得櫻桃不肯歸。

鵁鶄飛盡夕陽開，榆柳高烟晴半雷。深碧龍孫搖霧谷，澹黃鳳子逐花隈。

平池細雨綠沈天，一逕青溪入稻田。鯈鯉鱗飛明似鐙，芙蓉葉放小於錢。

連陰萬樹有殘紅，獨笠耕烟隔雨中。布穀催人春去後，平疇十里楝花風。

圃師初種兔頭瓜，侍女新烹蟬翼茶。自掩綠蕉窗下坐，楚州簟子越州紗。

荼蘼牽刺絳羅輕，芳徑深陰淺淺行。步軟松花隨舞蝶，手香梅子擲流鶯。

秋宮詞　十首

秋來玉殿鎖鴛鴦，銀漢橫天閣道長。螢火自矜能照夜，雙雙暗度映金塘。

浴罷斜臨金水河，紫羅紈扇採菱歌。君王自愛長生殿，明月涼風殿後多。

明朝七夕是佳期，菱角雞頭進不遲。欲與君王爲記室，蜀箋先寫女牛詞。

別院天邊奏玉笙，鳳襆鸞帶繞堦行。宮中幸有秦珠在，不信人間月正明。

十二樓前近碧城，玉簫琱管盡停聲。仙家昨進珊瑚散，秋夜金莖露漸清。

金縷歌殘鴛瓦霜，中人傳示索茶湯。始知天子齋宮宿，枉怨三更秋夜長。

水晶簾捲紫菱殘，七尺屏風畫兩鸞。梧葉一聲秋墮地，湘紋簟子殿頭寒。

憑陵萬戶望雲樓，自覺雲中別樣秋。昔在人間頻悵悵，從來天上更多愁。

石屏桂殿九秋丹，金翦絨鋪摘取看。共道姮娥來手授，天香先到貴妃冠。
內鷹九月振金衣，綠袖紅絲對落暉。留意遼西常校獵，掣鈴應向海東飛。

秋雨同讓木泛舟北溪各賦四絶

爲有新愁漸欲眞，强將畫艦泛芳津。豈知風雨渾無賴，自入秋來喜趁人。
浪引平橋鎖暮烟，紅亭朱草自何年？秋風一夜殘蓮子，幾度黃昏未忍眠。
迷離篛竹碧霏霏，小艇紅妝冷玉衣。涼雨踈風何處似？黃陵秋夜照湘妃。
明滅秋星起畫圖，微雲暮雨障淸矑。何曾自定來朝暮，猶怨君家楚大夫。

從軍行 十首

千金蹀躞五花駒，腰下靑萍玉轆轤。獨立軍前呼劍客，九龍廬帳是單于。
荆楚奇材盡錦袍，相逢馬上醉蒲萄。黃昏北出蕭關道，衰草鳴沙月正高。
辭家新屬冠軍侯，胡雁南征塞草秋。夢到長安三萬里，海風吹斷磧西頭。
提兵絶漠過河源，千帳□□不敢奔。瀚海已收天北極，崑崙原是漢西門。
轉戰相從破月氏，連山黃草朔風吹。雕弧夜射胡天雁，鐵馬晨隨漢將旗。

新得胡姬出渾邪，雪寒圍坐弄琵琶。爲憐馬上紅顔盡，奪取焉支屬漢家。
少年家在茂陵邊，獨逐征羌出罕幵。莫憶金閨消息斷，傳烽一夜到甘泉。
射鵰日暮海雲開，沙磧秋風萬里來。蘆葉一聲星斗暗，何人不上望鄉臺？
漢家絶漠事長征，夜合重圍逼虜營。縱使六贏開帳後，寘顔山外有輕兵。
玉門東望敕書來，二十從軍白首回。大將勒銘蒲類海，君王置酒柏梁臺。

春宫曲　二首

十五纖纖上玉杯，豔陽一曲絳紗開。花枝齊襯明光錦，盡是宜春苑裏來。
鶯聲初過苑牆西，敕散笙歌仗馬嘶。别取平陽新女伎，雙鬟玉鳳兩行齊。

青樓怨　二首

燈下鳴箏簾影斜，酒寒香薄有驚鴉。含情不語春宵事，月露微微尚落花。
紫玉紅綃幾翠帷，夜深猶綰綠雲絲。獨憐唱盡金縷曲，寄與春風總不知。

青樓曲　三首

楊花燕子滿青樓，徙倚無人掛玉鉤。今日建章朝散後，定應走馬出長楸。

雕欄窈窕望雲端，君出青門送客寒。一簇旌旗灞橋上，誰家年少向樓蘭？

鳳城春色動鳴琴，夫壻朝回拜羽林。昨日射熊陪玉輦，君王親賜褭蹏金。

殿前曲 二首

朱纓畫戟羽林郎，兩部笙歌白日長。十丈龍旗引符拔，內人紅錦賜胡王。

夜靜新聲天上聞，芙蓉別殿祀元君。已教七鳳扶香輦，齊向靈臺拜慶雲。

閨怨 三首

織罷流黃夢不成，軟金跳脫倚銀箏。心隨明月從西去，應照涼州第幾城。

簾外桃花入暮情，金鈴寂寂度流鶯。東風曾向閨中過，吹到黃河春草生。

一去輪臺道路遙，聞君功擬漢嫖姚。應騎宛馬來宣捷，倏忽揚鞭過渭橋。

吳宮詞 三十首

舞罷宮娃強自扶，且留水殿散明珠。君王莫上胥臺望，無限秋風在五湖。

館娃宮中烏夜棲，白苧紅羅對舞齊。同倚欄干明月夜，清光猶是若耶溪。

昨夜金塘約採蓮，綺羅如霧障清川。八千宮女登樓看，獨與君王上畫船。

楚宮詞　五首

玉漏初停金管催，楚王夜半宴章臺。九微華燭重重閉，明月瀟湘萬里來。

鄢郢城高多曉風，丹楓落盡閉深宮。秋來游獵知何處？只在雲中與夢中。

章華別殿自承恩，簫管沈沈一斷魂。卻憶細腰宮女墓，楚天秋雨怨黃昏。

枕簟清疎侍寢新，君王夢入楚山頻。六宮齊曉行雲態，莫憶高唐觀裏人。

因迷下蔡傾城春，不敢嫣然啓絳脣。一往含情俱脈脈，就中誰是息夫人？

魏宮詞　二首

自約金鈿尙食來，鄴宮簫管倚雲開。秋風渺渺清漳水，春霧濛濛冰井臺。

銅雀春寒暮景催，遙傳天子獨登臺。何堪火照千門裏，細雨香風接夜來。

渡江

樓臺如畫棹歌輕，落葉紛紛到玉京。北雁背人南去盡，江東自此不勝情。

江都絶句同讓木賦　六首

千重閣道覆雲霞，宮女東都自憶家。當日便爲傷別地，胡香不起玉鈎斜。煬帝葬宮人處，名玉鈎斜。

邗溝汴水柳茫茫，鑑裏行游仙路長。憔悴蕭娘歸葬日，莫將雞犬笑淮王。

飄零御路綺羅香，烟雨離離禾黍涼。拾得雷塘遺殿瓦，誰燒大業紫鴛鴦？

九曲迷離夜半時，沈香庭燎照重帷。自從叔寶驚魂後，豈得常憐來夢兒。煬帝姬韓俊娥也。

何年得放絳紗囊？曾照隋宮七寶妝。自此憑欄鸞髮女，秋風夜夜觸衣裳。

美人日夜下揚州，遠嫁傷心異域秋。不及隋家天子好，傍儂門戶築迷樓。讓木戲言廣陵女多遠嫁，可傷也。

南旺湖分水廟作　二首

【考證】一統志：「南旺湖，在兖州府汶上縣西南三十五里。分水龍王廟，在南旺湖上，運河西岸。」

南旺湖頭龍女祠，天南天北使人悲。有情莫恨分流去，識得相逢入海時。

百丈牽絲道路長，從今北去意茫茫。勸君莫愛舟行順，逆水南流是故鄉。

中秋逢閏　二首

秋雲常是倚蒼涼，影入南樓夜怨長。霜節要留青女駕，少遲飛雁到衡陽。

蓮子枯時出棹歌，澄江玉宇尚纖羅。美人自向瀟湘去，卻恨秋來明月多。

何處

何處蕭孃雲錦章，殷勤猶自贈青棠。誰知近日多憔悴，欲傍春風恐斷腸。

寄讓木問疾　二首

爲有傷秋病裏身，珠簾玉帳一時新。向說文園司馬渴，豈應獨誚茂陵人。

捲簾夜夜望瓊臺，雲外嘗教青鳥催。知有玄霜能愈疾，殷勤爲爾月中來。

仲冬之望泛月西湖得三絕句

愁心渺渺凍雲開，柔櫓輕橈獨夜回。鳧雁滿湖寒不起，碧天明月有人來。

羣峯杳冥夜生烟，萬雉平湖接遠天。無限樓臺皆寂寞，素娥空自逞嬋娟。

暖霧輕雲汗漫遊，湖中風物未經秋。獨愁山外錢塘路，惟有寒江傍月流。

送張子服之廣陵約至時立春矣期以來年二月渡江南歸爲賦二絶

君去揚州便作家，玉樓雲暖正琵琶。春風先到唐昌觀，不是相思莫看花。

邗溝二月色如藍，好女鳴箏思不堪。自有鏡臺人並照，早乘花柳下江南。時子服擬明春成昏，乃有納姬廣陵之意，故云。

春思 二首

深院無人花滿枝，小欄紅藥影離離。爲憐玉樹風前坐，自翦輕羅日暮時。

桃李飛花谿水流，垂簾日日避春愁。不知幽恨因何事，無奈東風滿畫樓。

春日早起 二首

獨起凭欄對曉風，滿溪春水小橋東。始知昨夜紅樓夢，身在桃花萬樹中。

柳葉初齊暗碧池，櫻桃花落曉風吹。好乘春露迷紅粉，及見嬌鶯未語時。

寒食 三首

今年春早試羅衣，二月未盡桃花飛。應有江南寒食路，美人芳草一行歸。

垂楊小院倚花開，鈴閣沈沈人未來。不及城東年少子，春風齊上鬭雞臺。

愁見鴛鴦滿碧池，又將幽恨度芳時。去年楊柳滹沱上，此日東風正別離。去年寒食方在瀛、莫間。

桐花

青玉枝頭花幾回，輕陰微雨晝簾開。莫愁香露垂垂散，自有成都小鳳來。

悼女頎詩 七首

靑葱玉立小神清，六載悠悠夢裏情。卻恨轉多聰慧事，累人相憶太分明。

曉風吹火夜蒼涼，弱質悠揚道路長。腸斷一聲人不見，五更荒草月茫茫。

日日堦前笑語開，隨花逐蝶弄花回。生平一步嘗回首，何事孤行到夜臺！

輕苞一夜獨摧殘，必有因緣欲語難。幽砌繡房皆寂寞，九秋風雨泣紅蘭。

春來花裏解尋師，嘗乞魚箋記小詞。最是難忘偏憶汝，病中猶問建安詩。女頗能讀曹、劉、三謝諸詩。

去時忽忽墮狂風，但許相依隔世中。銀椀金環存滿篋，不知能作顧非熊。

幻聚緜來事不明，未能理遣淚縱横。非關左氏偏憐女，自是王戎尚有情。

迎春曲　三首

城東結伴好遨遊，兩兩褰花簇彩毬。豈是今年春色晚，微風細雨滿西樓。

爲有芳晨不自持，采蓮猶唱夜深時。玉窗小女無消息，遍寄春心問柳枝。

頗憶長安春事忙，教坊十部殿中央。小侯下馬花毬擲，內酒冰錫醉玉牀。

壽張鍊師 二首

流鈴解佩別眞妃，碧玉樓前降羽衣。從此人間樂無限，紅鸞獨向海東歸。

我來曾向玉窗窺，蕚綠明霞贈小詞。寄語先生丹井上，瓊花新發第三枝。

予從森陽曹君學射作詩贈之 二首

小時曾事隴西人，走馬呼鷹入錦茵。二十年來大羽箭，不知天下有風塵。

江東才子盡從戎，妙手紛紛有數公。悉向君家誇霸業，何時濊貊獻良弓？

【附錄】李雯詩并序：「同郡曹森陽，精射理，以射觀人，恬競深淺，無不知也。會天下多盜，詔諸生習騎射，予將受射法于曹君，曹君曰：『必欲射者，以子詩爲贄。』作曹生行：『我持三尺弓，腰佩百餘矢。云將決拾應明詔，西郊爲訪森陽子。森陽學射三十年，布衣獨步神黯然。雄心落拓成老大，幾歲惆悵秋風前。舉世但知毛錐貴，雖有穿楊人不傳。彫弓掛壁象弭脫，赤翎零落蛛絲纏。邇來豺虎竟不息，官長文儒皆惻惻。天子方思廣成頌，諸生欲學參連格。南陌春風領少年，一朝故技爲生色。天下射手亦無數，如君注發資精識。太息時無英雄姿，弓矢之間見咆勃。我亦猶然儕輩人，未能穿札徒逡巡。願拾君家一羽箭，小逐南山狐兎塵。』」

贈薊撫陳令威中丞陳繇寧前兵備擢撫薊門　八首

【案】陳祖苞，字令威，注見七言律。【考證】海寧州志陳祖苞傳：「崇禎改元，起車駕主事，歷武庫、職方。廷議以爲曉暢軍機，因陞憲副，備兵寧前，兼督學政，文武事悉嚴辦，遷參政。丁丑巡撫順天，再遷右副都御史。迺訓士卒，峙糗糧，相形便，嚴保障，邊兵稱精鋭者，首薊鎮焉。」

榆關千里塞雲横，一夜移師右北平。遼海西來山漸險，更教驃騎作長城。

三協秋風壁壘新，軍中慣戴白綸巾。更收山外諸番落，突騎漁陽十萬人。

【考證】明史滿桂傳：「天啓二年，孫承宗行邊，議於薊鎮三協十二路，分設三大將，以祖壽領西協，轄石匣、古北、曹家、牆子四路，駐遵化。而江應詔領東協，駐關門，轄山海關、一片石、燕河、建昌四路。馬世龍領中協，駐三屯營，轄馬蘭、松棚、喜峯、太平四路。」

匈奴屯牧近西山，漢將移兵拔朵顔。鐵騎夜開松漠路，秋來不閉馬蘭關。

【考證】明史外國傳：「朵顔、福餘、泰寧，高皇帝所置三衛也。自大寧前抵喜峯口，近宣府，曰朵顔。自錦義歷廣寧至遼河，曰泰寧。自黄泥窪逾瀋陽、鐵嶺至開原，曰福餘。獨朵顔地險而強。」

中使西歸馬市開，敕分萬騎有龍媒。秋深校獵平原上，獨坐軒轅百尺臺。

【考證】明史食貨志：「明初，東有馬市，西有茶市，皆以馭邊省戍守費。永樂間，設馬市三，一在開原南關，一在開原城東五里，一在廣寧。定直四等，上直絹八四，布十二；次半之；下二等，各以一遞減。嘉靖三十年，以總兵仇鸞言，詔于宣府、大同開馬市，兵部員外郎楊繼盛諫不從，俺答旋入寇抄，帝始悔之。明年，罷大同馬市，宣府猶未絕，抄掠不已，乃并絕之。隆慶四年，俺答孫把漢那吉來降，于是封貢互市之議起，而宣、大互市復開。」

海風吹斷古榆關，一線斜通萬疊山。數道角聲西塞口，中丞今夜□□還。

關外將軍近若何？遼西部曲感恩多，新屯細柳防三輔，忠義先教曳落河。

【考證】吳詩集覽：「陳祖苞，天啓六年，任寧前僉憲，典山海關，寧遠被圍，烽火燭天，將吏爭遣其孥歸，祖苞與妻吳氏慷慨誓殉，出入手一短刃，每指關城，語諸將曰：『吾受命典此關，與共存亡，百口俱在，不令諸君獨死也。』崇禎中，巡撫大同。」

三衞平沙二百秋，薊門東望塞雲愁。應窺舊界包灤水，別築新城向會州。

鐃吹三千驛使催，裹蹏十萬自天來。燕然片石寒雲外，可借蘭臺令史才。

長安旅愁　二首

七貴繡筵非我事，五陵芳草未曾遊。閉門且盡傷心淚，恐到人前不敢愁。

過江烟樹隔南徐，枕上迢迢萬里餘。白晝杳然無夢至，開緘重讀故人書。是日，得燕又、存我、舒章書。

授官嶺南後屬小疾臥邸中　三首

【考證】明史稿地理志：「廣東，唐嶺南東道。」【案】先生年譜：「崇禎十年季夏，就選人，得惠州司李。行抵瀛州，聞唐宜人之訃，卽旋里治喪。」

朝來秋色在皇州，枕簟淒淸憶舊遊。夢入故鄉多斷續，驚聞風雨一登樓。

故國微茫天際遠，新恩迢遞日南孤。三江秋色隨鴻雁，五嶺春光對鷓鴣。

猶分淸禁千門月，已是炎天萬里臣。橫海伏波皆意氣，何須常臥茂陵春。

涿州

【考證】畿輔通志：「涿州，漢涿縣，唐涿州。明屬順天府。」

大房西接太行開，涿鹿城東暮雨來。□騎一飛三輔重，秋風鼓角夜登臺。

途中寄彥升太史

數盡垂楊日暮時，於今無復管相思。總敎寄與金閨彥，不及龍池第一枝。

朝發涿鹿霧

【考證】畿輔通志：「涿鹿山，在保安州東南，黃帝與蚩尤戰於涿鹿之野。」又：「涿鹿故城，在州東南四十里。」

斧山秋色盡滄洲，亂後蕭條滿薊丘。黃帝雲旗三十萬，不曾消霧有蚩尤。

督亢

【考證】畿輔通志：「督亢陂，在涿州東南，陂地廣衍，跨新城、固安二境。」涿州志：「昔秦兵入燕，燕太子丹使荊軻齎督亢圖以獻，至今有督亢陂。」

燕南趙北起秋風，亂後斜陽沒故宮。此地輿圖原不小，能藏匕首入關中。

白溝

【考證】畿輔通志：「白溝河，在新城縣南，巨馬、易、沙三水，合流于定興之河陽渡，爲白溝河。」

北師不盡海雲愁，鐵騎晨趨領白溝。是自文皇親掠陣，至今猶有五諸侯。

雲中邊詞 五首

【考證】案雲中即大同。明史稿兵志：「大同川野平曠，故寇抄特甚。西則平虜、威遠，中則右衛水口，皆敵南窺應、朔之路。東則天城、陽和，爲入順聖諸川之衝。而平虜西連老營堡與偏頭關，近套部，南行首涉其境，故大同頗難守。」

燕然山上拂雲堆，北望胡天大漠開。磧裏角聲吹落日，單于千帳一時回。

黃河三月未東風，白草連山野火紅。虜馬莫移青海帳，漢家飛將在雲中。

【考證】明史西域傳：「西寧卽古湟中，其西四百里有青海，又曰西海。水草豐美，番人多居之，專務畜牧，日益繁滋，素號樂土。正德四年，蒙古部酋亦不剌阿爾禿厮獲罪其主，擁衆西奔。瞰知青海饒富，襲而據之，大肆焚掠。番人失其地，多遠徙，其留者不能自存，反爲所役屬。自是甘肅、西寧始有海寇之患。」

隆慶年中將相勞，穆皇宮苑有葡萄。胡兒不惜青驪馬，漢使惟頒紅錦袍。

【考證】明史外國傳：「隆慶四年，兵部侍郎王崇古鎭西邊，條議定貢額，俺答馬十匹，老把都吉能黄台吉八匹，諸部長各以部落大小爲差，大者四匹，小者二匹。馬分三等，上駟進御，餘給價有差，老瘠者不入使還。聽以馬價市繒布諸物，給酬賞。帝從崇古言，詔封俺答爲順義王，賜紅蟒衣一襲。」

卜酋西保賀蘭山，女直東連未肯還。寄語五原諸將帥，秋風莫閉雁門關。

【考證】明史麻貴傳：「萬曆二十年，卜失兔與莊禿賴果合兵犯定邊。貴及李如松等夾擊之，寇乃卻，逐北至賀蘭山。二十二年七月，卜失兔糾諸部深入定邊營張春井。貴乘虛擣其帳於套中，斬首二百五十有奇。明年，卜失兔復入塞，掠八日而還。順義王撦力克約之納款，不從，復擬大入。貴勒兵萬五千人，銜枚疾趨，踰塞六十里，寇莫知所防，大潰。」

大同女兒顏如花，十五學得箏琵琶。莫向中宵彈一曲，清霜明月盡思家。

【校】第三首「女直東連未肯還」句，全集本原缺「東」字，今據原本湘眞閣稿補。

上谷邊詞　四首

【考證】案上谷即宣府，明史稿兵志：「宣府設衞開平，東接大寧，西連獨石，而開平、興和、萬全爲要地。永樂中，開平徙獨石，宣府遂稱重鎭。」

塞雲千里帶皇畿，不盡連山鎖翠微。詔發金錢營獨石，可知烽火夜來稀。

【考證】明史紀事本末：「景泰三年四月，命都督同知孫安，鎭守獨石馬營。以兵科都給事中葉盛爲山西右參政，協贊軍務。盛至，列利害八條以進。又請帑金五千兩，買牛犢，簡戍卒不任戰者，俾事耕稼，歲課餘糧于官。凡軍中買馬、修器、勞功、恤孤諸費皆取之。盛在獨石五年，軍民賴之，邊境得安。」

文皇三度出開平，黑纛黄旗繞御營。已表陰山爲漢壘，莫令北斗近邊城。

【考證】通鑑輯覽：「永樂八年二月，帝自將征韃靼。十二年二月詔親征衞拉特。二十年正月，帝自將征阿魯台。」

期門小隊出回中，帥府旌旗動地紅。武帝神遊應汗漫，黄榆夜夜起秋風。

【考證】通鑑輯覽：「正德十二年八月，帝微行至宣府。江彬欲擅權，數導帝遠遊，因言：『宣府樂工，多美婦人，且可觀邊釁，何鬱鬱居大内爲廷臣所制？』帝然之，至是急裝微服出德勝門，至居庸關，巡按御史張欽閉關不奉詔，乃還。越數日，復夜出，先令太監谷大用代欽，因度關幸宣府。彬先爲帝建鎭國府第，輦豹房珍玩女御實其中。彬從帝，數夜入人家索婦女，帝大樂之，忘歸，稱曰『家裏』。九月，帝自稱總督軍務威武大將軍總兵官，復命戶部發銀一百萬兩輸宣府，以備賞勞。十三年正月，帝還京師，留十四日，復如宣府，廷臣從者四人，餘以次追及。楊廷和等諫不聽。二月，帝還京師。七月，帝復如宣府，令兵、戶、工三部，各遣侍郎一人，率司屬以往。九月，帝自加封鎮國公。十四年二月，帝還京師。帝遊幸邊塞，歷數千里無倦容，至是由宣府還京師。」

險到居庸地脈分，何須常戍羽林軍。關門夜抱千峯月，陵墓春生五色雲。

【考證】明史稿兵志：「居庸關者，京師之北門也，隸於昌平。左轉爲漁陽、盧龍。當山海之交，有關曰山海，關外爲遼陽鎮。右轉循西山西北皆塞外，西南襟帶名城數十，古燕、趙郊也。」又：「洪武九年，敕燕山前後等十一衛，分兵守邊，關隘之要者四：曰古北口，曰居庸關，曰喜峯口，曰松亭關，烽堠相望，百九十六處。」

寧前邊詞　四首　【考證】案寧前，卽寧遠。明史稿地理志：「寧遠衛本廣寧前屯及中屯二衛地，宣德三年置。」又袁崇煥傳：「天啓二年，崇煥爲寧前兵備僉事，大學士孫承宗行邊，集將吏謀所守，崇煥主寧遠。三年九月，承宗命築寧遠城，明年迄工，遂爲關外重鎮。」

榆塞關邊榆樹林，錦州城外錦川深。千帆北轉敖倉粟，萬騎東馳少府金。

八城亦是古遼西，大纛高牙萬馬齊。壯士錦衣行樂地，十年無夢到春閨。

【考證】案通鑑輯覽：「初，額森入犯，獨石等八城俱殘毁，至景泰三年，于謙薦孫安守之，八城遂完。」注云：「獨石、馬營、雲州、鵰鶚、赤城、龍門、李家莊、長安嶺凡八城。」明史袁崇煥傳：「毛文龍鎮皮島，島上兵本河東民，自天啓元年河東失，民多逃島中。文龍籠絡其民爲兵，歲糜餉無算，且惟務廣招商賈，販易禁物，名濟朝鮮，實闌出塞。無事則鬻參販布爲業，有事亦罕得其用。」

將軍醉舞古輪臺，十隊紅妝次第開。若憶遼陽舊風月，綺羅如霧錦成堆。

昨夜寧前大點兵，金鐺鐵騎萬人行。黃封敕使追驕虜，旗號遙分忠勇營。

【考證】明史紀事本末：「崇禎二年十一月，我大清兵南下，始遣乾清宮太監王應朝監視行營。十二月以司禮太監李鳳翔總督忠勇營，提督京營。」

【校】第四首「黃封敕使追驕虜」句全集本原缺「驕虜」二字，今據原本湘眞閣稿補。案：第三首第三句「若」疑作「苦」。

歲暮懷舒章　八首

北風動地滿燕關，天外孤鴻去未還。匹馬桑乾河上夜，一輪明月萬重山。

悲歌一曲棄繻生，灩灩龍文匣裏明。燕市樓臺三十萬，不知何處有荆卿？

南城楡柳鬱蒼蒼，繞樹啼烏落日黃。此地朔風吹不盡，因君短褐更飛霜。

壯士辭家意若何？風塵無計更婆娑。知君舊有平戎策，漢署于今待詔多。

北地胡姬錦作茵，江南才子玉嶙峋。樽前白苧思無限，眼底黃金愁殺人。

郢中高唱本蒼涼，子去風流欲斷腸。惟有多情憐宋玉，紫簫一夜滿三湘。舒章行後，予與轅文小有酬和。

故人高臥白雲廬，海內交遊盡索居。不得與君同歎息，樅陽昨日數行書。時得密之書。

十年比翼共徘徊，薄暮橫雲萬里開。昨歲予遊郯子國，去歲冬盡，予在郯城。今春君上郭隗臺。

【校】第四首「知君舊有平戎策」句，原本湘眞閣稿作「知君舊有平胡策」。

上元送內弟張子服遊邵陵 四首

輕帆春色洞庭遲，西上楊花滿路吹。莫對啼猿便相憶，雨中微月送君時。

傾盡金罍問渚宮，江城燈火碧雲中。何堪繡被焚香夜，面面衡湘帶曉風。

蕭條兵氣沅江濱，君到桃源及暮春。我亦玄都舊賓客，煩將名姓問秦人。

春雨瀟湘夜色開，江風吹雁度章臺。知君淨掃雲根石，寫盡相思在碧苔。

寒食雨

繡野春樓動地紅，美人遙夜玉鈴風。憑欄盡日常無語，相對殘花細雨中。

賀尚木生子　二首

畫閣微涼繡褓紅，一枝玉樹動春風。知君勉就封侯業，已有傳經韋少翁。

嗚珂舊里玉泠泠，釃酒臨風花滿庭。借問荀家舊賓客，可知文若是何星？

【校】第二首「借問荀家舊賓客」句，原本湘真閣稿作「借問荀家衆賓客」。

予讀書池上屢有並蒂芙蓉戲題一絶

宛轉橋頭並蒂花，秋波不到莫愁家。浣紗人去紅妝盡，惟有鴛鴦在若耶。

贈章沔陽　二首

【考證】湖廣通志：「章曠，崇禎時知沔陽州數年，力興古學，人士多有識拔。流賊陷郢、沔，有奸徒欲爲内應，計擒殺之。未幾賊帥白旺擁衆攻沔，力拒不支，城遂陷，曠潛出，招募鄉兵，遂至成疾，後卒于永州。」又：「安陸府沔陽州，元沔陽府。明降爲州，屬承天府。」

地連湯沐本皇州，雲夢蒼茫萬里秋。千騎上頭桑柘裏，專城江漢古諸侯。

邊郭洪波設險成，秦關楚塞莫横行。少年州將蓮花鍔，古戍秋高卻月城。

送韋南遊匡盧　二首

落木孤帆秋色中，橫江西訪大明公。博山爐頂騎鸞女，怪爾新乘萬里風。

長江九派坼荆揚，秀出芙蓉倚大荒。君聽東林鐘磬夜，淸霜明月滿潯陽。

春遊曲　二首

夾道垂楊隱絳紗，吳姬勸酒白日斜。勸君努力醉花下，明日還來看落花。

十五女兒上春堤，桃花李花相對齊。東風漠漠爲誰起？弱柳千條盡向西。

歸雁

一片征鴻背日飛，江南洲渚送將歸。春風萬里無消息，二月陰山雪滿衣。

邵伯驛

【考證】江南通志：「邵伯鎭，在甘泉縣北四十五里。明初置巡檢司，又置邵伯遞運於此。」

迢遞新城甲仗樓，胡牀獨坐望神州。當年一曲東山妓，明月淸淮萬古愁。

渡易水

【考證】畿輔通志：「易水在易州南，一名武水，亦曰中易。源出寬中谷，流至定興，合巨馬河入白溝。」

并刀昨夜匣中鳴，燕趙悲歌最不平。易水潺湲雲草碧，可憐無處送荆卿。

登鄭州廢城

【考證】畿輔通志：「鄭縣故城，在任丘縣北三十里。漢置縣，屬涿郡，唐爲鄭州。開元中，改鄭爲莫，明廢。」

鄭縣荒城烽火樓，平湖沼遞帶幽州。太行東去連滄海，一抹蒼烟萬里愁。

鄭州隄上

菖蒲花發柳毿毿，白鷺青鳧亂碧潭。無限客愁消不得，爭如夢裏憶江南。

雄縣

【考證】明史稿地理志：「保定府雄縣，五代周雄州，洪武六年改爲縣，南有易水，亦曰瓦濟河。」

茫茫易水古雄州，晝角淸笳滿戍樓。咫尺薊門雲五色，莫將明月動邊愁。

宿桑乾　【考證】畿輔通志：「桑乾河，亦曰盧溝河，其源出于代地，名曰小黄河，以流濁故也。」

小黄河上客衣單，揚子津頭別淚殘。夢裏莫隨江水去，春潮原不到桑乾。

寄宣城令余賡之　二首　【考證】江南通志：「寧國府：宣城縣，漢宛陵，隋宣城。」明詩綜：「余颺，字賡之，莆田人。崇禎丁丑進士，知宣城、寶應、上虞三縣，歷吏部主事。」紹興府志：「余颺令上虞，矢公慎，抑勢豪，以文藝交者，歡若平生。甲申燕京陷，越土賊竊發，猝入城，颺勒鄉勇巷戰，格退之，所擒獲，斃之杖下。及得賊狀，急曰：『勿展視，燔其籍可也。』一時良莠，無不感泣。」

江上明霞疊翠封，宛溪如玉浸芙蓉。使君暇日淸樽動，相對陵陽第幾峯。

宣州春色帶南畿，爲政風流花滿扉。更得錦箋多麗句，靑山還屬謝玄暉。

【校】原本湘眞閣稿列此詩在寒食雨之後，賀尚木生子之前。

人日夜觀明月積雪　二首

春宵獨立倚闌干，翠壑丹崖雪未殘。人在瑶臺看不見，碧天萬里素娥寒。
玉管雲璈戴勝游，清光何處接丹丘？更吹瓊樹玲瓏響，夜半風摇十二樓。

二月山行雪中見杏花

山樓曲曲杏花殘，二月飄零雪裏看。此日春風太憔悴，一時紅粉不勝寒。

越中寒食　二首

輕烟不盡水雲閒，官柳風前未忍攀。莫倚闌干愁越女，飛花一夜滿春山。
越王祠外草綿綿，憶昔江村作少年。紅粉高樓花壓酒，錦帆曲港柳迴船。

偶書時事　三首

錦州城上咍刀環，毳帳千重火满山。寄語將軍緩枹鼓，漢兵十道出榆關。

河濟旌旗黯未收，車騎東望指青州。兩京馳道三千里，盡日無人芳草愁。

【考證】流寇瑣聞：「崇禎十四年正月，山東盜李廷實、李鼎鉉陷高唐州。二月，山東土寇掠東阿、汶上。五月，東平賊李青山屯梁山。十五年正月，青山就禽，誅。」

白馬紛紛下漢川，傳聞一矢殪張燕。山河南極千秋靜，日月中原萬里懸。時傳張賊已斃。

【考證】綏寇紀略：「瑪瑙山之敗，良玉於獻忠實縱之。十四年八月，良玉乃從南陽進兵，及之於信陽，大戰，獻忠射中股，負重傷，乘夜返而東奔。左兵分行急躡，掃除殘醜。獻忠前驅八哨，又爲自成所邀取，諜者云：獻忠在上津連三坂矢貫脛，讙譁已斃。既而詗之，在商固山中。」【案】通鑑輯覽：「獻忠於順治三年伏誅。」

春宮曲

春宮烟樹夜蒼蒼，侍宴將闌拂象牀。月轉西樓花露冷，又移歌舞向昭陽。

從軍行　四首

疎勒城南木葉秋，紇干山下月西流。莫將此夜青樓夢，添作征人萬里愁。

蠻弓獨上李陵臺，極望胭支秋色來。磧路西迴三萬里，青天遥掛白龍堆。

一望穹廬匝地寬，將軍中夜出皋蘭。月臨青海千烽亂，雪照黃河萬馬寒。

黃河曲裏受降城，四野清笳徹夜鳴。聞得胡兒雙淚落，那堪吹入漢家營。

德清夜游作

【考證】浙江通志：「湖州府：德清縣，唐析武康置武源縣，尋改臨溪，後又改德清。」

春星歷歷露華流，遠樹蒼蒼烟霧收。棹發清溪驚宿雁，正逢明月下河洲。

哭張天如先生　二十四首

【案】張溥，字天如。注見年譜天啓七年。【考證】明詩綜詩話：「天如狎主復社，以附東林。聲應氣求，龍集鳳會。一言以爲月旦，四海重其人倫。書局刻而百函，賓晝日以三接。由是青衿胄子，白蠟明經，登李元禮之門，不啻虬戶；爲柳百齋所識，勝於笥金。列郡人文，一時風尚，口談朝事，案置漢書。頭包露額之巾，足著踏跟之履。和歌下里，擁鼻東川。俄而哲人其萎，踐康成之妖夢；天子有詔，求司馬之遺書。黨論日興，清流釀禍，周之夔彈之於始，阮大鋮厄之於終，而邦國因之殄瘁矣。」

江城日日坐相思，尺素俄傳絕命辭。讀罷驚魂如夢裏，千行清淚不成悲。

越山北望指吳關，一月緘書定往還。數日不傳雲裏字，那知非復在人間。

憶君弱冠負經綸，予亦童年許俊民。二十春秋如一日，生平兄事更何人！

每念君親自性成，緜來風義古人情。應知何物堪殉汝？一卷尙書與孝經。

當年結納走風塵，四海交游若比鄰。鄭泰有田皆給客，孔融滿座更留賓。

高密扶風相後先，談經嶽嶽腹便便。青麟白鳳無顏色，魯國諸生盡黯然。

五車十乘古來聞，博物司空又屬君。禹穴酉陽多典籍，可能地下作丘墳。

三江潮落月黃昏，巷絶舂歌欲斷魂。賓客如雲人不見，秋風先到信陵門。

沖夷風度極雍雍，善誘殷勤不易逢。天下幾人成善士，早年還似郭林宗。林宗年四十二，而君止四十。

綠波搖蕩月臨窗，垂柳閶門隱畫艭。明歲吳城花放日，莫教春色渡婁江。

知音謬自託金徽，結客中原攬鳳輝。淸德俊才皆不少，汪汪千頃似君希。

文章弘麗潤巖廊，下筆如雲掃七襄。自是才高人莫學，一時枚馬有兼長。

橫經虎觀集諸儒，一日聲名滿帝都。從此已懸公輔望，誰令十載在江湖？

青溪渡口共迴船，痛飲流光十二年。縱有鳳凰臺上月，不堪和淚照江天。憶與天如同舉時。

赤虺雄狐守九閽，國香不復樹當門。數章告密何人意？十載行吟是聖恩。

蓁賁滿野楚天寒，魑魅窺人白日殘。投虎投豺應不遠，爲麟爲鳳異時看。不踰數月，而二讖一廢一讖矣。

疾惡如風最不平，天涯何處有荆卿。長虹莫掛徐君墓，擕爾延津浦上行。謂闖賊也。

萬卷塵封丹旐前，講壇秋樹起哀蟬。莫誇門下多房杜，定有侯芭爲守玄。

二十年來遺錦衾，幾番風雨慰同心。應知南郭先生意，紅樹蕭蕭罷鼓琴。謂受先也。

南冠君子溯風前，慷慨西行倍可憐。已乏何顒爲奔走，更無魏邵與周旋。石齋師之逮，天如經營急難備至，師未出獄，而天如先歿矣。

令君壽考古難當，自信文章走八荒。君到九京無別恨，獨憐夜哭有高堂。

【考證】吳偉業張母潘孺人暨金孺人墓志：「金孺人者，故翰林庶吉士西銘先生諱溥之生母也。虛守公元配陸孺人無子。有子十人，唯潘孺人以繼室生源與濬，而牧菴最少，餘皆少室。金孺人天性謹約，於流輩中素斂退，而獨歸心孺人。西銘貴，賓客生徒奉巵酒、執羔雁，起居兩太君者，車數百輛。金孺人必推孺人而己下之。崇禎己卯，孺人亡，又三年，西銘沒。金孺人傷心盡痛，未踰期，亦至於大故。」

執燭猶持易一編，但稱朗月在中天。知君聞道光明鏡，不向人間號謫仙。天如臨沒，尚講易，問侍者曰：「月甚明，我將行矣。」遂逝。

少婦含啼方避室，萬人齊祝咏維熊。若從此日論天道，應有傳經鄭小同。小同，鄭益恩遺腹子也。天如竟生一女，傷哉！

八月胥江濁浪奔，千人縞素爲招魂。自憐越界慚皇甫，不得相從哭寢門。

去歲孟秋十三夜予從京師歸遇天如於鹿城談至四鼓而别孰知遂成永訣也今秋是夜泊舟禾郡月明如昨不勝愴然 二首

日暮維舟楓樹林，玉峯峯外漏沈沈。那堪獨對當時月，淚落吳江秋水深。

去年相見語情親，今歲相思隔世塵。聞道月輪迴地底，可能還照去年人。

朱雪子贈詩有小築剡中之意酬之 二首 【考證】江南通志：「朱隗字雲子，長洲人。治博士業，雅尚風藻。天啓中，吳中復社聚四方績學之士，分主五經。隗驅馳江表，爲一時廚顧。」

丹崖碧嶂爲誰雄，一半青山屬謝公。異日剡中官舍裏，可容攜伎對春風。

若耶南接赤城梁，萬樹桃花玉女漿。與爾同行莫回首，鸞歌鳳舞白雲鄉。

補遺

送徐乾若還宛陵兼詢余使君 二首 【考證】江南通志：「徐律時，字乾若，宣城人。崇禎庚辰進士，知膠州，清介自勵。時土寇訌發，親率州人防禦，民得安堵。」【案】佘使君即佘廣之也。

夜來梅雨漲前溪，彩鷁離奪強自持。此後相思勞夢寐，莫迷三泖過橋西。
宛陵山下謝公亭，羨爾高齋晝倚扃。退食公餘人散後，一杯遙對數峯青。

清明　【案】此首係陳李倡和集中清明詩第二首。

江南烟雨畫屏中，半鏡斜窗弄小紅。燕子不來樓閣迥，柳絲今日向東風。

陳子龍詩集卷十八

詩餘

如夢令　本意

烟景霏微陰洞，堤上紫騮驕鞚。貪看兩鴛鴦，行過金鼇玉蝀。如夢！如夢！花月十年情重。

綺閣沈沈烟重，倒映綠波風動。悄立曉寒侵，依舊雕闌畫棟。如夢！如夢！玉樹數聲殘弄。

天上仙裾無縫，環珮飄颻風送。倚遍小欄干，咫尺烟迷雲凍。如夢！如夢！瀛海玉簫雙鳳。

醽醁宜春瑤甕，門外青絲雲擁。今夜好思量，總教玉人珍重。如夢！如夢！滿地落紅催送。

鄒祗謨云：「前闋情婉而愉，後闋意深而愴，便知哀樂不同處。」

前調　艷情

紅燭逢迎何處？笑倚玉人私語。莫上軟金鉤，留取水沉濃霧。難去！難去！門外尺深花雨。

長相思　西湖雨中

黛眉收，翠鬟流，壓損芳波一段愁，愁時夢未休。　山浮浮，水悠悠，欲問行雲何處留？有人天際頭。

點絳脣　春日風雨有感

滿眼韶華，東風慣是吹紅去。幾番烟霧，只有花難護。　夢裏相思，故國王孫路。春無主，杜鵑啼處，淚染胭脂雨。

前調

簾捲垂楊，東風羅帶吹芳徑。月華初映，人影闌干並。　又怯空房，花下雙鬟等。青燈冷，碧紗烟靜，半晌愁難定。

前調　閨情

惜別經年，玉階冷落人消瘦。海棠春晝，漫倚雕闌久。愁拂銀牀，淚濕雙紅袖。燈殘後，夢回巫岫，淡月疎簾透。

浣溪沙　閨情

龍腦金爐試寶奩，蝦鬚銀蒜掛珠簾，莫將心事上眉尖。鬭草文無知獨勝，彈棊粉石好重拈，一鈎紅影月纖纖。當歸一名文無。

前調　楊花

百尺章臺撩亂吹，重重簾幕弄春暉，憐他飄泊奈他飛。淡日滾殘花影下，軟風吹送玉樓西，天涯心事少人知！

王士禛云：「不著形相，詠物神境。」

前調　五更

半枕輕寒淚暗流，愁時如夢夢時愁，角聲初到小紅樓。　風動殘燈搖繡幕，花籠微月淡簾鉤，陡然舊恨上心頭。

王士禛云：「本色當行。」

菩薩蠻　春曉

玉人裊裊東風急，半晴半雨胭脂濕。芳草襯凌波，杏花紅粉多。　起來慵獨坐，又擁寒衾臥。金雀帶幽蘭，香雲覆遠山。

前調　春雨

廉纖暗鎖金塘曲，聲聲滴碎平蕪綠。無語欲摧紅，斷腸芳草中。　幾分消夢影，數點胭脂冷。何處望春歸？空林鶯暮啼。

訴衷情　春遊

小桃枝下試羅裳，蝶粉鬬遺香。玉輪碾平芳草，半面惱紅妝。風乍煖，日初長，裊垂楊。一雙舞燕，萬點飛花，滿地斜陽。

王士禛云：「弇州謂清眞能作景語，不能作情語。至大樽而情景相生，令人有後來之嘆。」

醜奴兒令 春潮

紅霞綠芷烟波急，欲問西洲，莫寄東遊，千里淸江一綫愁。落花亂點湘文皺，昨暮瓊樓，今日蘭舟，爲送多情曉夜流。

謁金門 五月雨

鶯啼處，搖蕩一天疎雨。極目平蕪人盡去，斷紅明碧樹。費得鑪烟無數，只有輕寒難度。忽見西樓花影露，弄晴催薄暮。

鄒祗謨云：「縹緲澹宕，全見用筆之妙。」

淸平樂 春繡

繡簾花散，難與東風算。拈得金針絲又亂，尙剩檀心一半。幾回黛蹙雙蛾，斜添紅縷微波。閒看燕泥欲墮，柳綿吹滿輕羅。

王士禛云：「此從瑤臺金屋中閱歷得來，非漫作者。」

更漏子　春閨

愁眉曉，明妝夜，多爲海棠欲謝。紗牕下，繡牀間，沈吟花信寒。　殘紅瀉，餘香惹，撩亂日長時也。人寂寂，意茫茫，憑他雙燕忙。

憶秦娥　楊花

春漠漠，香雲吹斷紅文幕。紅文幕，一簾殘夢，任他飄泊。　輕狂無奈東風惡，蜂黃蝶粉同零落。同零落，滿池萍水，夕陽樓閣。

鄒祗謨云：「情景并入三昧，此譬之畫家神品，不應于句字求之。」

畫堂春　春閨

艷陽深染杏花梢，曉妝初注櫻桃。滿堂春思捲紅綃，昨夜春消。　拾翠綠雲斜嚲，鬬棋紅子閒敲。無邊芳草玉驄驕，人去迢遙。

前調 雨中杏花

輕陰池館水平橋，一番弄雨花梢。微寒著處不勝嬌，此際魂銷。憶昔青門堤外，粉香零亂朝朝。玉顏寂寞淡紅飄，無那春宵。

王士禛云：「嫣然欲絕。」

望仙樓 夜宿大蒸西莊

【案】青浦縣志：「小蒸，在縣西南三十里，其西十里名大蒸。相傳漢濮陽王葬此，蒸土爲墓，故名。」

滿階珠露溢啼痕，閒坐空庭凄絕。今夜鵑聲偏咽，紅透花枝血。自慚尹邢持，回首山河殘缺。燈燼乍明還滅，腸斷誰堪說！

醉桃源 題畫

朱闌清影下簾時，泠泠修竹低。滿園空翠拂人衣，流鶯無限啼。蓮葉小，荇花齊，雨餘雙燕歸。紅泉一帶過橋西，香銷午夢微。

鄒祗謨云：「秦、黃佳處，有句可摘，大樽覺無句可摘，總由天才神逸，不許他人掎摭也。」

山花子　春恨

楊柳迷離曉霧中，杏花零落五更鐘。寂寂景陽宮外月，照殘紅。　蝶化綵衣金縷盡，蟲銜畫粉玉樓空，惟有無情雙燕子，舞東風。

前調

靜掩珠簾透麝蘭，黄昏池閣翠眉殘。葉上數聲梅子雨，損紅顏。　小扇風微雲鬢亂，薄羅香襯玉肌寒。折得一枝新浴後，意闌珊。

王士禛云：「柔情俊語，自淮海、漱玉組織而出。」

桃源憶故人　南樓雨暮

小樓極望連平楚，簾捲一帆南浦。試問晚風吹去，狠籍春何處？　相思此路無從數，畢竟天涯幾許？莫聽嬌鶯私語，怨盡梨花雨。

眼兒媚

裊裊東風軟玉屏，閒摘護花鈴。自薰羅袖，獨尋繡綫，懶與丁寧。無端午夢逡巡起，春事已飄零。只愁又見，柳綿亂落，燕語星星。

柳梢青 春望

繡嶺平川，漢家故壘，一抹蒼烟。陌上香塵，樓前紅燭，依舊金鈿。十年夢斷嬋娟，迴首處離愁萬千。綠柳新蒲，昏鴉春雁，芳草連天。

王士禛云：「繡嶺宮前，樂遊原上，不勝開元盛日之思。」

武陵春 閨怨

看盡雕梁雙燕子，倦倚綠雲鬆。拋却閒愁入夢中，一半剩眉峯。強蹙凌波尋蝶路，金縷罥芳叢。杜宇聲聲和淚紅，灑不遍，落花風。

少年遊 春情

滿庭淸露浸花明，攜手月中行。玉枕寒深，冰綃香淺，無計與多情。奈他先滴離時淚，禁得夢難成。半晌歡娛，幾分憔悴，重疊到三更。

鄒祗謨云：「詞不極情者，未能臻妙如此，朦朧宕折，應稱獨絕。」

惜分飛　詠柳

池上輕陰鶯暗度，啼破淡黃烟霧。一種愁難訴，不禁著意東風處。千縷青青半吐，染就滿溪花露。多是三春誤，常教斷送行人路。

醉花陰　艷情

繡幕屏山紅影對，兩點愁眉黛。消息又黃昏，立遍蒼苔，賺得心兒悔。一縷博山庭院內，人在秋千背。夜久落春星，幾陣東風，殘月梨花碎。

醉紅妝　詠螢

空庭星露暗香消，冷熒熒，烟外飄。一簾涼影點清宵，明還滅，弄花梢。多情飛上翠雲翹，倩他照，晚妝嬌。更喜玉纖輕拂下，偏不見，落紅綃。

探春令　上元雨

寒梅香斷滿簾風，庭院春無主。火微紅，明滅紗窗裏，知有玉人低語。年時花月相逢處，隔小橋幾許。想今宵獨剔，銀燈和淚，多了黃昏雨。

前調 游絲

碧天拖逗嬾悠悠，長短尋無處。爲多情，繞遍閒庭院，牽不住，花飛去。忽忽烟景催芳樹，一縷縈朝暮。可春心斷也，何曾斷了，蕩盡人間路。

南柯子 春月

淡淡花梢去，融融翠影流。碧天無際迥含愁，留得一庭清露上簾鈎。花軟飛紅定，烟深慘綠收。爲誰相送海西頭，應有玉簫吹斷鳳凰樓。

鄒祗謨云：「如此詠月，那數珠斗爛斑、銀河清淺也。」

望遠行 人日

曉日深沈畫閣眠，銀蒻閒開半圓。小屏風上又新年，綺羅香襯落金鈿。思往事，恨緜緜。怕說梅妝柳烟。裁成華勝寄誰邊？一春常是淚花前。

【校】第二句「銀翦閒開半圓」，全集本作「銀翦閒開半窗」，「窗」字誤，以此令應句句有韻，「窗」與上下韻「眠」「年」不叶。幽蘭草作「銀翦閒開半圓」，據改。

浪淘沙　感舊

清淺木蘭舟，春思悠悠。暮雲凝碧舊妝樓，當日畫堂紅蠟下，戲與藏鉤。　何處問重游？好景難留。誰家花月惹人愁？總有笙歌如夢也，別樣風流。

顧琦坊云：「湘眞詞皆申、酉以後作，故令人如讀長門篇，幽房爲之掩涕。」

前調　春恨

閣外曉雲生，烟草初醒。一番風雨一番晴，幾度銷魂還未了，又是清明。　不嫁惜娉婷，特地飄零。落花春夢兩無憑，滿眼離愁留不住，斷送多情。

雙調望江南　感舊

思往事，花月正朦朧。玉燕風斜雲鬢上，金猊香燼繡屏中，半醉倚輕紅。　何限恨，消息更悠悠。弱柳三眠春夢杳，遠山一角曉眉愁。無計問東流。

王士禛云："神韻天然，風味不盡，如瑤臺仙子獨立却扇時。"

南鄉子　春閨

羅袂曉寒侵，寂寂飛花雨外深。草色萋迷郎去路，沉沉，一帶浮雲斷碧岑。　無限暗傷心，粉冷香銷慴錦衾。濕透海棠渾欲睡，陰陰，枝上啼紅恐不禁。

前調

花發小屏山，凍徹胭脂暮倚闌。添得金爐人意嬾，雲鬟，爲整犀梳玉手寒。　儘日對紅顔，畫閣深深半掩關。冰雪滿天何去也，眉彎，兩瞼春風莫放殘。

前調　春寒

小院雨初殘，一半春風繡幕間。強向玉樓花下走，珊珊，飛雪輕狂點翠鬟。　淡月滿闌干，添上羅衣扣幾番。今夜西樓寒欲透，紅顔，黛色平分凍兩山。

木蘭花令　寒食

愁殺怱怱春去早，又恨懨懨春未了。羅襪痕輕映落花，玉輪碾處眠芳草。當日香塵歸後杳，獨立斜陽人自老。不須此地怨東風，天涯何處銷魂少！

虞美人　有感

夭桃紅杏春將半，總被東風換。王孫芳草路微茫，只有青山依舊對斜陽。綺羅如在無人到，明月空相照。夢中樓閣水湛湛，撇下一天星露滿一作在。江南。

李燮生云：「意在題外。」

前調　立春

玉樓昨夜冰壺瀉，又是春來也。韶光不與昔年同，只有花枝依舊愛東風。沉沉芳信初添繡，倘擁餘香透。今宵喜短減相思，奈我多愁偏向日長時。

前調

枝頭殘雪餘寒透，人影花陰瘦。紅妝悄立暗消魂，鎮日相看無語又黃昏。香雲黯淡疎更歇，慣伴纖纖月。冰心寂寞恐難禁，早被曉風零亂又春深。

前調　詠鏡

碧闌囊錦妝臺曉，泠泠相對早。翦來方尺小清波，容得許多憔悴暗消磨。海棠一夜輕紅倦，何事教重見？數行珠淚倩他流，莫道無情却會替人愁。

醉落魄　春閨風雨

春樓繡甸，韶光一半無人見。海棠夢斷前春怨，幾處垂楊，不耐東風捲。飛花狼籍深深院，滿簾寒雨鑪烟篆。黃昏相對殘燈面，聽徹三更，玉枕欹將半。

前調　春閨風雨

花嬌玉㛹，鏡臺曉拂雙蛾展。一天風雨青樓斷，斜倚欄干，簾幕重重掩。紅酥輕點櫻桃淺，碧紗半掛芙蓉捲。眞珠細滴金杯軟。幾曲屏山，鎮日飄香篆。

踏莎行 春寒

墻柳黄深，庭蘭紅吐，東風著意催寒去。迴廊寂寂繡簾垂，殘梅落盡青苔路。　綺閣焚香，閒堦徵步，羅衣料峭啼鶯暮。幾番冰雪待春來，春來又是愁人處。

前調 春寒閨恨

錦幔銷香，翠屏生雨，妝成漫倚紗窗住。一雙青雀到空庭，梅花自落無人處。　回首天涯，歸期又誤，羅衣不耐東風舞。垂楊枝上月華生，可憐獨上銀牀去。

【校】踏莎行春寒閨恨一首亦見顧貞觀、納蘭性德所選今詞初集下及王昶國朝詞綜卷一所選宋徵輿詞，但無春寒閨恨題。首二句今詞初集下作「錦屋銷香，翠屏生霧」，國朝詞綜同。

前調 寄書

無限心苗，鸞箋半截，寫成親襯胸前折。臨行檢點淚痕多，重題小字三聲咽。　兩地魂銷，一分難説，也須暗裏思清切。歸來認取斷腸人，開緘應見紅文滅。

小重山 懷舊

曉日重簷掛玉鉤，鳳凰臺上客，憶同遊。笙歌如夢倚無愁，長江水，偏是愛東流。荒草思悠悠，空花飛不盡，覆芳洲。臨春非復舊妝樓，樓頭月，波上對揚州。

胡允瑗云：「先生詞悽惻徘徊，可方李後主感舊諸作，然以彼之流涙洗面，視先生之洒血埋魂，猶應顏赭。」

唐多令 寒食 時聞先朝陵寢，有不忍言者。

碧草帶芳林，寒塘漲水深。五更風雨斷遙岑。雨下飛花花上淚，吹不去，兩難禁。雙縷繡盤金，平沙油壁侵。宮人斜外柳陰陰。回首西陵松柏路，腸斷也，結同心。

蝶戀花 春閨

紫燕香泥歸畫棟，捲上簾鉤，楊柳籠烟重。窗外曉鶯啼一弄，飛花只有東風送。錦瑟瑤琴都不動，倦倚欄干，白日躭幽夢。金鴨微温紅袖擁，芙蓉半掩鞋頭鳳。

胡允瑗云：「似嬾似悶，畢竟不可言傳，乃其厚處。」

前調　春曉

纔與五更春夢別，半醒簾櫳，偷照人清切。檢點鳳鞋交半折，淚痕落鏡紅明滅。枝上流鶯啼不絕，故脫餘綿，忍耐寒時節。慵把玉釵輕綰結，恁移花影窗前歿。

前調

裊裊花陰羅襪軟，無限芳心，初與春消遣。小試嬌鶯纔半囀，海棠枝上東風淺。一段行雲何處翦？掩過雕闌，送影湘裙展。隔著亂紅人去遠，畫樓今夜珠簾捲。

前調

金屋珠樓都遍了，試問東風，著意知多少？一種艷陽渾欲掃，飛烟淺破丁香小。初放柳條明月曉，爲寫相思，學繡鴛鴦鳥。莫說輕紅何處好，催人連夜傷春早。

前調　春日

雨外黃昏花外曉，催得流年，有恨何時了？燕子乍來春漸老，亂紅相對愁眉掃。午夢闌珊歸夢杳，醒後思量，蹋徧閒庭草。幾度東風人意惱，深深院落芳心小。

前調 落葉

金井雕欄蛩語歇，獨上空堦，簌簌驚羅襪。滿院西風人影絕，亂鴉啼斷寒枝月。今夜霜花樓外滑，一曲屏山，遮過燈明滅。幾陣紗窗聲不歇，夢中又到愁時節。

臨江仙 小春

西風料峭黃花暮，斜陽一角紅樓。羅衣添得又還休，銀蟬寒指甲，寶鴨暖藏鈎。忽憶軟金杯自捧，重移殘燭淹留。於今玉漏漫悠悠，不知千里夢，無奈五更愁。

蘇幕遮 清明

冷風尖，清夢杳。柳蕩花飛，總爲愁顛倒。鈎較斷腸無一了，細雨連天，排演黃昏早。繡原長，青冢小，重問幽泉，可照紅裳曉？地下傷春應不老，香魂依舊嬌芳草。

前調

晚妝新，羅帶繞。纔到黄昏，付與愁多少？支盡淚痕天不曉，得傍香雲，夜夜金釵小。繡幃深，銀燭杳。殘月疎更，有夢何時了？一角無情裝疊早，連宵枉惹多情惱。

漁家傲　春暮

九十韶光如夢短，染紅搓綠隨深淺。賺得那人腸欲斷，全不管，數聲啼鴂風前散。　倚遍玉樓無計款，問春此去誰爲伴？明歲芳菲依舊滿，君莫算，未來先怕難消遣。

青玉案　春暮

青樓惱亂楊花起，能幾日，東風裏？回首三春渾欲悔，落紅如夢，芳郊似海，只有情無底。　華年一擲隨流水，留不住，人千里。此際斷腸誰可比？離筵催散，小窗惜别，淚眼欄干倚。

前調　春思

海棠枝上流鶯囀，試小立，春風面。細草庱波紅一綫，碧雲凝照，綠楊零亂，重鎖深深院。甘蕉翠滴當心捲，徧寫相思空自遣。歸去枕函曾夢見，一天星月，滿庭風露，吹落梨花片。

天仙子　春夜

十二畫屏圍楚岫，一縷水沈攜滿袖。小桃纖甲印流霞，聽玉漏，人歸後，兩點橫波微暈透。荳蔻梢頭春尙瘦，雲膩㛹金燈下溜。鏡臺斜背解羅衣，芙蓉繡，丁香扣，寶林酥溫紅影皺。

前調　春恨

古道棠梨寒惻惻，子規滿路東風濕。留連好景爲誰愁？歸潮急，暮雲碧，和雨和晴人不識。北望音書迷故國，一江春水無消息。強將此恨問花枝，嫣紅積，鶯如織，我淚未彈花淚滴。

江城子　病起春盡

一簾病枕五更鐘，曉雲空，捲殘紅。無情春色，去矣幾時逢？添我千行清淚也，留不住，苦怱怱。　楚宮吳苑草茸茸，戀芳叢，繞遊蜂，料得來年，相見畫屏中。人自傷心花自笑，憑燕子，罵東風。

千秋歲　有恨

章臺西弄，纖手曾攜送。花影下，相珍重。玉鞭紅錦袖，寶馬青絲鞚。人去後，簫聲永斷秦樓鳳。　菡萏雙燈捧，翡翠香雲擁。金縷枕，今誰共？醉中過白日，望裏悲青冢。休恨也，黃鶯啼破前春夢。

驀山溪　寒食

碧雲芳草，極目平川繡。翡翠點寒塘，雨霏微，淡黃楊柳。玉輪聲斷，羅襪印花陰，桃花透，梨花瘦，遍試纖纖手。　去年此日，小苑重回首。暈薄酒闌時，擲春心，暗垂紅袖。韶光一樣，好夢已天涯，斜陽候，黃昏又，人落東風後。

胡允瑗云：「只是淡到極處，而一種艷情，反自此傳，其故實不可解。」

滿江紅 五日同子建、尙木。

槐院深陰，亂花影半鈎羅襪。正鮫綃香透，蘭湯膩滑。百草分來紅袖滿，雙蛾飛上湘裙折。更亭亭無語照池塘，愁時節。傷心事，人難說；當年恨，經今切。且玉簫金管，畫船明月。微雨樽前冰簟冷，輕風扇底蓮歌歇。問多情誰似五絲長？同千結。

滿庭芳 送別

紫燕翻風，青梅帶雨，共尋芳草啼痕。明知此會，不得久殷勤。約略別離時候，綠楊外，多少銷魂。纔提起，淚盈紅袖，未說兩三分。紛紛，從去後，瘦憎玉鏡，寬損羅裙。念飄零何處，烟水相聞。欲夢故人憔悴，依稀只隔楚山雲。無過是，怨花傷柳，一樣怕黃昏。

【校】顧貞觀、納蘭性德所選今詞初集上載此詞，但無「送別」題字。

玉蝴蝶 美人

纔過十三春淺，珠簾開也，一段雲輕。愁絕膩香温玉，弱不勝情。淥波瀉、月華清曉；

紅露滴、花睡初醒。理銀箏，纖芽半掩，風送流鶯。娉婷，小屏深處，海棠微雨，楊柳新晴。自笑無端，近來憔悴爲誰生？假嬌憨，戲揉芳草；暗傷感，淚點春冰。且消停，蕭郎歸去，一作矣。莫怨飄零。

念奴嬌　春雪詠蘭

問天何意，到春深，千里龍山飛雪？解珮凌波人不見，漫說蕊珠宮闕。楚殿烟微，湘潭月冷，料得都攀折。嫣然幽谷，只愁又聽啼鴂。　當日九畹光風，數莖清露，纖手分花葉。曾在多情懷袖裏，一縷同心千結。玉腕香銷，雲鬟霧掩，空贈金跳脫。洛濱江上，尋芳再望佳節。

顧璟芳云：「此大樽之香草美人懷也，讀湘眞閣詞，俱應作是想。」胡允瑗云：「滿腹蕭騷，只是不肯說出。」李葵生云：「全首忠厚，在末句看出。」

二郎神　清明感舊　【案】續年譜：「此首與唐多令寒食詞，爲先生絕筆。」

韶光有幾？催遍鶯歌燕舞。醞釀一番春，穠李夭桃嬌妒。東君無主，多少紅顏天上落，總添了數抔黃土。最恨你年年芳草，不管江山如許！　何處？當年此日，柳堤花墅。內家妝，搴帷生一笑，馳寶馬漢家陵墓。玉雁金魚誰借問？空令我傷今弔古。歎繡嶺宮前，野老吞聲，漫天風雨。

乳燕飛

瓊樹紅雲漉，彩虹低，護花梢瀉，膩涼香浴。珊枕柔鄉凝荳蔻，款款半推情蹙。更小語不明深曲，解語夜舒蓮是葯，生憎人夢醒皆相屬。鳳簫歇，停紅玉。嬌鶯啼破東風獨，移來三起閶門柳，館娃遺綠。栽近粧臺郎記取，年年雙燕來逐。雲鬟沉滑藏雅足。漫折櫻桃背人立，倚肩低問麝衾馥。渾不應，強他續。

詞餘 附

爲宋尙木題梅下美人像

〔傾杯賞芙蓉〕喚起生香軟玉屏，無奈春風冷。只見他萬縷雲鬟，十樣眉峯，百種多嬌，一種多情。恰似生成金屋冰心映，莫待飛上瑤臺對月明。清虛境，有雲璈玉磬，更五銖仙佩，星下坐調笙。

〔玉芙蓉〕雕欄只自憑，綺閣曾相並。奈夢兒縹緲，畫裏分明。生憎玉蘂春前影，淡寫胭脂雨後情。誰同病？有梅花半醒。可憐他，玉人和月夜亭亭。

〔普天樂犯〕踏花茵，情中景；倚鮫綃，身後影。巧丹青，一生成，翻認做兩兩娉婷。夜闌人靜，輕雲半吐巫山嶺。有情人著意端詳，空擔了兩下消停。

〔朱帶錦〕描得出風流傾城，畫不就斷腸情性，無限新愁任醉醒。怕東風紅粉飄零，滿紙寫幽情，也應珍重，麝蘭香暗生。添箇人兒也，喚眞眞，末後兩三聲。

〔尾聲〕漢宮圖畫眞難定，打疊起鳳釵鸞鏡。只願你秋雨彈琴伴茂陵。

【校】全集本題作「爲宋尙木題像」，頗爲費解。據棣尊香詞原題「爲宋尙木題梅下美人像」改正。

詠柳　據棣尊香詞增補

〔集賢賓〕東風細吐春影微，那堪明月披離。如夢和烟嬌半起，更無端情性誰知。飄零始矣，莫暗度艷陽空翠。全不記，曾攀折舞腰餘幾。

〔黃鶯兒〕猶憶把鞭歸，走章臺，晚路迷。綰來多與傷心會。長條掃地，香絲亂飛，好將移植靈和內。想依依風流放誕，時拂玉人衣。

〔簇御林〕鶯闈小，綠未齊。弄輕黃，勻落暉，早春風雨雙憔悴。便付與、閒桃李，在樓西，星寒霧暖，都是攪愁眉。

〔貓兒墜〕奈成輕薄，又逐曉雲迴。盡日空濛吹絮未？一江搖曳化萍飛。相疑尚是春深，暗驚秋意。

〔尾聲〕可憐今日飛花易，莫怨當年繫馬遲，灞岸行人不做美。

宋子建云：「飛爽所思，却妙在情中意中，幽閒窈窕，文中之美人也。」

附錄一

明史本傳

陳子龍，字臥子，松江華亭人。生有異才，工舉子業，兼治詩賦古文，取法魏、晉，駢體尤精妙。崇禎十年進士，選紹興推官。東陽諸生許都者，副使達道孫也。家富，任俠好施，陰以兵法部勒賓客子弟，思得一當。子龍嘗薦諸上官，不用。東陽令以私憾之。適義烏奸人假中貴名招兵事發，都葬母山中，會者萬人。或告監司王雄曰：「都反矣！」雄遽遣使收捕。都遂反，旬日間，聚衆數萬。連陷東陽、義烏、浦江，遂逼郡城，既而引去。巡撫董象恒坐事逮，代者未至。巡按御史左光先，以撫標兵命子龍爲監軍討之，稍有俘獲；而遊擊蔣若來，破其犯郡之兵。都乃率餘卒三千，保南砦。雄欲撫賊，語子龍曰：「賊聚糧據險，官軍不能仰攻，非曠日不克。我兵萬人，止五日糧奈何？」子龍曰：「都，舊識也，請往察之。」乃單騎入都營，責數其罪，諭令歸降，待以不死。遂挾都見雄，復挾都走山中，散遣其衆，而以二百人降。光先與東陽令善，竟斬都等六十餘人於江滸，子龍爭不能得。以定亂功，擢兵科給事中，命甫下而京師陷，乃事福王於南京。其年六月，言防江之策，莫過水師海舟，議不可緩，請專委兵部主事何剛訓練，從之。太僕少卿馬紹愉奉使陛見，語及陳新甲主款事，王曰：「如此，新甲當恤。」廷臣無應者，獨少詹事陳盟曰：「可。」因命予恤，且追罪嘗劾新甲者。廷臣懲劉孔昭殿上相爭事，不敢言。子龍與同官李清，交章力諫，事獲已。未幾，列上防守要策，請召還故尚書鄭三俊、都御史易應昌、房可壯、孫晉，並可之。又言：「中使四出搜巷，凡有女之家，黃紙貼額，持之而去，閭井騷然。明旨未經有司，中使私自搜採，甚非法紀。」乃命禁諸傳誑惑者。子龍又言：「中興之主，莫不身先士卒，故能光復舊物。今入國門再旬矣，人情泄沓，無異昇平。清歌漏舟之中，痛飲焚屋之內，臣不知其所終。其始皆起於姑息一二武臣，以至凡百政令，皆因循遵養，臣甚爲之寒心也！」亦不聽。明年二月，乞終養去。子龍與同邑夏允彝，皆負重名。允彝死，子龍念祖母年九十，不忍割，遁爲僧。尋以受魯王部院職銜，結太湖兵欲舉事，事露被獲，乘間投水死。夏允彝，字彝仲。弱冠舉於鄉，好古博學，工屬文。是時東林講席盛，蘇州高才生張溥、楊廷樞等慕之，結文會名復社。允彝與同邑陳子龍、徐孚遠、王光承等，亦結幾社相應和。崇禎十年，與子龍同成進士，授長樂知縣。善決疑獄，他郡邑不能決者，上官多下長樂。居五年，邑大治。吏部尚書鄭三俊舉天下廉能知縣七人，以允彝爲首。帝召見，大臣方岳貢等力稱其賢，將特擢，會丁母憂，未及用。北都變聞，允彝走謁尚書史可法，與謀興復。聞福王立，乃還。其年五月，擢吏部考功司主事，疏請終制，不赴。御史徐復揚希要人旨，劾允彝及其同官文德翼居喪受職爲非制，以兩人皆東林也。兩人實未嘗赴官，無可罪。吏部尚書張捷遽議貶秩調用。未幾南都失，彷徨山澤間，欲有所爲。聞友人侯峒曾、黃淳耀、徐汧等皆死，乃以八月中，賦絕命詞，自投深淵以死。允彝死後二年，子完淳、兄之旭，並以陳子龍獄詞連及，亦死。而同社徐孚遠舉於鄉，因松江破，遁入海，死於島中。

欽定勝朝殉節諸臣錄 乾隆四十一年頒行

御製詩 有序

清高宗

昨以勝國殉節之臣，各能忠於所事，不可令其湮沒不彰，特勅大學士九卿等，稽考史書核議，予謚入祠，以昭軫慰。其建文諸臣之死事者，並命甄議。茲大學士等議上，錄其生平大節表著者，予以專謚，餘則通謚爲忠烈、忠節，次則通謚爲烈愍、節愍，統計一千六百餘人。若諸生韋布，未通仕籍，及姓名無考如山樵市隱之流，則入祀所在忠義祠，統計又二千餘人。各爲一冊進覽之，均爲允協。因名之曰勝朝殉節諸臣錄，冠以所頒諭旨，附載廷臣議疏，彙刊頒行，俾天下後世讀史者，有所考質。夫以明季死事諸臣，多至如許，迥非漢、唐、宋所可及，錄而旌之，亦累朝所未舉行，似亦足以褒顯忠貞，風勵臣節，固不必如張若淮所請之徧行查訪，徒滋紛擾，致無了期。且即再入數千人，於表章大義，亦無所增減。廷臣駁議惟韙，亦幷載之。爰題詩簡端，用示大意。

信史由來貴癉彰，勝朝殉節與邅鄉。五常萬古既云樹，潛德幽光允賴揚。等度早傳遼及宋，宋李若水，從欽宗至金營，不屈而死。金人相與言曰：「遼國之亡，死義者十數，南朝惟李侍郎一人。」後先直邁漢和唐。諸臣泉壤應相慶，捨死初心久乃償。

專謚

兵部右侍郎兼翰林院侍讀學士陳子龍，華亭人。爲紹興推官，定東陽民亂，擢給事中，屢陳時計。後以結太湖兵舉事應浙閩被執，乘間投水死。

陳子龍學問淹通，猷爲練達，貞心可諒，大節無虧，今謚忠裕。

乾隆四十一年□月□日禮部頒發專謚文

皇帝制曰：取義成仁，式著艱貞之烈；易名表行，爰昭獎錫之公。眷致命之可風，纍迹未湮於異代；期扶綱之攸賴，休稱允協於千秋。爾故明兵部右侍郎兼翰林院侍讀學士陳子龍，砥行能堅，秉誠克裕。遭時坎坷，恒仗節以無撓；殉義從容，竟捐生而不悔。朕攬披信史，軫念忠徽。予褒顯於崇祠，用隆秩祀；示表章於往籍，載錫嘉名。象厥生平，謚爲忠裕。於戲！溯流芳於廉頑立懦，死竟重於泰山；彰定論于世遠風微，榮更逾于華袞。幽光特闡，鑒當年皎日之心；正氣咸伸，勵萬古疾風之節。欽茲茂典，慰爾英靈！

祠墓

〔青浦縣志〕忠義祠在學宮左側，乾隆四十九年教諭王希伊建。王希伊奉安忠義祠三公文：「維乾隆四十九年，歲次甲辰，十一月壬子朔，青浦縣知縣康杰、縣丞邊見龍、主簿戴陞朝、儒學教諭王希伊、訓導朱澍功、生員陸熙等，謹以釋菜之禮，奉安錫列祀典敏甫孫公、錫謚烈愍公槩孫公、錫謚忠裕大樽陳公神位于忠義祠。永惟三公，大節清名，危言直道，遺烈所在，千載如生。爰始爰謀，合享斯室。仲月之吉，神位告成。敢合僚吏，率諸生，以禮告于祠下。蘋蘩在列，誠意感通，三公有靈，尚克歆顧。謹告。」

〔青浦縣志〕明兵科給事中陳子龍墓在廣富林孫鳳鳴陳忠裕公墓田碑記：「鳳鳴自幼誦陳黃門先生之文，洎覽史傳，並仰風義卓犖，未嘗不竊竊然心嚮往之。方謂先生生有雄才，死有峻節，天必昌其後，綿其祀，傳祭田於佳城石槨間，庶無餒而之痛乎！丁未夏，承乏青浦，適當先生之鄉，訪其祠，邑無專祠。近賴教諭王公希伊，將明季殉難二孫公，同建祠于黌宮之左，以棲神焉。訪其墓，則在富林之東阡，僉謂昔年墓旁祀產，計有十四畝，以奉烝嘗，而爲田鄰盜據久矣。訪其孫，則曰絕矣，嗟乎！向嘗爲先生心嚮往之者，今不覺爲先生悲悼也！迺邑之紳士，矢意闡幽，援戶部郎中楊嗣曾改嗣徐姓例，請以先生五世外孫金山庠生王錫瓚之子後昆，爲先生五世孫曰藻嗣，爰具詳以奉先生祀。又據諸生沈寅谷等呈請追產甚力，因爲確訊定案歸田，以供先生祠墓之祀。而後先生奉祀有孫，祭墓有產，或可稍稍無憾于地下；而鳳鳴幼誦先生之文，仰先生之義者，或可稍稍報職于神明矣。敬勒貞珉，用垂久遠。系以詩曰：『帝錫專謚，黃門與焉。號曰忠裕，節炳由拳。塋築富林，彙彙馬鬣。世有祭田，鄰盜爲業。雲仍不繼，抱餒九原。置祠追產，如水歸源。勗哉後賢，服疇毋怠。塋護松楸，兼禁樵採。』」

附録二

陳子龍年譜卷上　自撰

萬曆三十六年戊申

予先世潁川人也。宋南渡，徙居華亭之莘村。入本朝，世業農，稱素封。高祖諱某，長厚輕財，里中號爲大人。曾祖諱某，以任俠，家稍落。皇祖諱某，好讀書，行方正，亦以然諾顯。隱不仕，以子貴，敕封承德郎，刑部山西清吏司主事。皇考諱某，少以文學名江南。舉進士，拜刑部郎，再進工部屯田郎，治山陵。性廉直耿介，執法勤事，甚有名蹟，享年不永，其詳具行述中。自高祖以來，五世一子。予以季夏朔日，生於郡城，先妣韓宜人出也。將産之夕，先妣夢若龍者降室之東壁，蜿蜒有光，故初名介，後先君徵前夢，改今名云。

【考證】案：大樽先生高祖名綬，曾祖名鉞，祖名善謨，父名所聞。郭廷弼松江府志封贈：「陳善謨子所聞貴，封刑部主事。」又：列傳：「陳所聞，字無聲，華亭人，祖鉞好任俠，島寇入犯，率傭奴二百人擊之，頗有擒馘。備兵使者任環欲官之，辭不受，獻其良馬而去。曰，以報知己也。父善謨慷慨好施，訓子甚力。所聞成萬曆己未進士。」華亭縣志：「莘村塘，在縣三十六保二十八圖三十二圖。」

萬曆三十七年己酉

萬曆三十八年庚戌

萬曆三十九年辛亥

萬曆四十年壬子

六月，先妣韓宜人以暴疾見背。予時年五歲，稍知拜跪，涕泣皇皇，絶嬉遊者累月。祖母高太安人憐而育之。予自提抱中，韓宜人即諄諄訓以忠孝大義。幼失母而無飢寒不時之虞，顧復過於所生，皆太安人之德也。

萬曆四十一年癸丑

春，始就外塾。師沈先生，經傳俱上口。

萬曆四十二年甲寅

春，諸氏姑嫁。姑在室時，撫予甚至。既嫁，予時往來其家。秋，先君納先妣唐宜人爲繼室，宜人讀書明理慈愛，然予多依太安人居。

萬曆四十三年乙卯

師張先生，始學爲對偶。是歲，先君舉於鄉，王氏妹生。

【考證】張朝瑞南國賢書：「萬曆四十三年應天鄉試，考官：周如磐，字聖培，福建莆田人，戊戌進士，官右諭德兼侍講;孫承宗,字稚繩,河南湯陰人;甲辰進士,官右中允兼編修。解元葉有聲,金山衞人。陳所聞,青浦縣學增廣生,中式第八十二名。」

【附錄】周茂源修天馬山文昌祠疏:「前輩陳繡林起部,萬曆乙卯登賢書。先一載,廟祝竊見預定蘂珠榜,有陳公姓名。及後,名次俱不爽,爭傳以爲奇。距今五十年來,佔畢之士,咸豔稱之。」徐世禎虎墩筆葹:「陳繡林入試,書表脫『瞻天仰聖』等十五字,中式後方塡補之。功名得失蓋有數云。」【案】繡林,無聲先生別字。

萬曆四十四年丙辰

師李先生。先君試春官罷歸,以秋八月遷居北城馮氏宅。宅後有古冢,茂林籬落之外,搆一椽焉。予誦讀其中,治毛氏詩。

【考證】江南通志:「馮恩宅在華亭縣董漕廳旁。」

萬曆四十五年丁巳

是歲董氏妹生。

萬曆四十六年戊午

師何先生,師性方整,寡言笑。先祖治家訓子孫素嚴,與師甚合,課誦無間寒暑。而先君至慈愛,每夜分,則引予稱述古今賢豪將相,以至遊俠奇怪之事,并教以春秋三傳、莊、列、管、韓、戰國短長之書,意氣差廣矣。時予初見舉子業,私撰伯夷叔齊餓於首陽之下及堯以天下與舜二篇,先君甚喜之。師以非由教授，弗善也。是歲，東事起，蚩尤旗見，大徵天下兵。予時竊聞諸長老言，輒爲流涕扼腕，諸長老則笑曰：「童子言焉，將爲戮矣！」是歲，張氏妹生。

【考證】通鑑綱目三編：「萬曆四十六年夏閏月，起楊鎬經略遼東。冬十月，彗星見氐分。後十數日，犯太微。又三日，逼紫微垣。凡三十四日乃滅。四十七年春正月，蚩尤旗見，長竟天。」

萬曆四十七年己未

事沈先生，舊師也。春，先君舉進士。是歲，予讀書舍旁佛寺中，始專治舉子業，彙通三禮、史、漢諸書。秋，先君從京師歸，益勵以古學，爲予聘張方同先生長女。

【考證】姜氏雲間科甲錄：「萬曆四十七年，會試考官：史繼偕，福建晉江人，壬辰進士；韓爌，山西蒲州人，壬辰進士。會元莊際昌，福建永春人。陳所聞中式第一百七十一名。殿試狀元莊際昌。陳所聞第二甲三十三名。」陳繼儒松江府志陳所聞傳：「所聞少有名諸生間，萬曆乙卯鄉薦，已未成進士，聲籍甚。韓蒲州相國採人望，欲選之史館，而房師楚與黃門，方爲時要人授公旨。所聞曰：『此競地也！』竟假歸，不就試，時論高之。」郭廷弼松江府志：「張軌端，字方同，萬曆壬子與兄履端、拱端同舉于鄉。署興化教諭，遷邵陽知縣。時楚賊犯境，軌端遣間使約苗洞長出兵赴急，大破賊于天王寺。巡撫陳睿謨以聞，得旨獎賚。會軌端病卒，郡人痛之。」

萬曆四十八年庚申八月後爲泰昌元年

師爲鴻卿沈先生，宿儒也。教授嚴密，如章程焉。章句之學，頗賴以明。予幼雖不好弄，而意志流逸，多妄言，好稗官鄙野之書。時師嚴，先王父持家凛凛，每受訶譴，不敢違也。冬，先君就選人於京師。

天啓元年辛酉

先君得刑部郎，治獄。尋改工部郎，護作定陵、慶陵。省縣官金錢以數十萬計，賜幣增級者凡四。先君受幣辭級。每有都下信，予輒上所爲文於邸中，先君手爲評駁以歸。擇其善者以示所親或同舍郎。是時，頗籍籍，以先君爲有子矣。因起居先王父以爲慰，又戒勿洩，恐予聞而驕也。冬，先王父以暴疾卒，時先君在朝，而太安人哀甚。予修庀器用，督飭僮奴，幸無失禮。是歲林氏妹生。

【考證】王鴻緒明史稿熹宗本紀：「泰昌元年十月丙午，葬神宗顯皇帝于定陵。天啓元年九月壬寅，葬光宗貞皇帝于慶陵。」陳繼儒松江府志陳所聞傳：「所聞就選人，得比部。冢宰慰之曰：『卿雄才乃就冷局耶？』厲聲曰：『何官不可見才！』衆愕然。治獄曹中，值天大雨，獄牆毁，囚驚譁，堅臥不應。已徐起立棘竟夜，得無恙。在刑曹甫十七日，即轉佐將作督營慶陵，陵寢事皆中貴人主之，所乾沒財以數百萬計，他郎稱督者，無不染指。所聞計悉錙銖，凡木石細務，莫不躬視，一無所私。中貴恨切齒。例，尚書郎不得笞中貴所委官，獨重笞一犯法者，中貴人大怒，大司空告之曰：『此郎嶽嶽，不可犯，盍往謝之。』及來謝，下拜，特立不爲禮，則益怒，欲中以危法，而竟以外艱歸。計慶陵已完十之七，僅費二十餘萬金，歸後至告成，不啻百餘萬矣。歸啓其槖，僅餘賻金三金而已。」郭廷弼松江府志陳所聞傳：「時內侍劉、李輩，以李選侍噦鸞宮獄在繫，士大夫叩扉往還，無愧色。諸郎見之，必避席遜語，退則使人通殷勤，其報謝亦不貲。獨所聞見之如常囚。間日同舍郎邀飲，款曲屏人請曰：『某託致公，幸假顏色，不敢忘報。』所聞艴然，謬醉，應以他語，索馬歸。明日上記尚書，內犯驕肆，不省懲，交外人，宜禁。尚書弗善也。未匝月，調工部主事，董作神宗陵，奄人監護，恣乾沒。所聞故饒心計，凡工作所需材用，皆與商平較，而給直于昌平，虛冒無所容。奄人憤，思與爲難，不得間。而其黨有盜尚方陶磚作私廬，爲所聞覺發，且上奏。奄懼，委罪于從吏，尚書爲之解，乃榜其吏，毀其室，歸磚于庫，羣奄奪氣。八月，玄宮成。冬，復治光宗陵，所聞以陵近澗道，寒凝土僵，必不固，工當俟春月，尚書持不可。所聞遭父喪解職，其後積雨傾圮，卒成大獄，乃追思其先見焉。」王澐林伯子傳：「林氏自太僕公以來，三世一子。至太學公名希顥，舉五子，伯子名子卿，字安國。仲子名子襄，字平子。皆負大志，肆力于學。太學公爲延名師，制義師包長明，古文詞師李舒章，兩君皆器重之。陳黃門大樽，居同里。平子內兄也。嘗稱曰：『異日安國當掌諫垣，平子其掌臺班乎。』國變後，仲子與叔子子威皆棄去諸生，後仲子客死嶺南，叔子旋亦中疾不起，伯子至辛未始卒，年七十有四。」

天啓二年壬戌

春，先君歸自京師，治喪。是歲，予事默公王先生，始學詩賦，日誦數千言。先君讀禮之暇，時相問難，予自是慨然有著述之志焉。至秋，先君以毁瘠過禮，羸弱致瘍，庸醫攻伐，日以益劇矣。

【考證】姚弘緒松風餘韻：「王元圓，字默公，華亭人。陳黃門幼從受經，共相倡和。其詩頓壯渾直，務去纖渺，嘗作擊劍行，黃門尊人水部公見之，稱其雍雅，曰：『廊廟器也。』」松江府志：「所聞在官，最有清望。及弁計，號慕毀瘠，家人幾不相識，未幾疾作。」

天啓三年癸亥

先君養痾園林，予侍湯藥，暇輒爲文，先君時時擊節，曰：「兒爲我七發也。」就童子試於青溪，時侍御德清徐未孩先生爲令，甚賞之，欲拔置第一。已而知爲貴人子也，改第二。蓋是時守令尚畏謗議，薦紳子弟，雖高才不得居寒畯之上云。清源大中丞張石林先生方守郡，與先君有磬折之嫌，然奇予文，竟置高等。西蜀孫六吉先生督學政，獨擯不錄。蓋予文無繩簡，且題有脫落，非有司之過也。是歲，予好言神仙，自謂沖舉可致。或夜分焚香不寐，若有俟者。先君以爲狂易，禁止之。作春思賦、蟹賦諸篇，舉子業亦稍稍布人間矣。

【考證】青浦縣志：「徐尚勳，號未孩，浙江德清人。天啓二年進士，任青浦，適當四年大水，尚勳力請改折，邑人賴之。五年，調華亭，擢監察御史。」松江府志：「題名知府張宗衡，號石林。」又列傳：「宗衡，字梁山，山東臨清人，萬曆四十一年進士。天啓二年，自大理寺正擢知松江府。強武有吏幹。湖州盜葉朗生既誅，其黨馬文元善邪術，潛逸至郡，群不逞轉相護匿。宗衡知賊曹卒周忠，素善文元，許以不次賞。忠遂誘執以獻，訊實伏法。忠故藏納亡命，恣睢鄉曲，尋亦被收，瘐死。餘黨解散，境內肅清。秩滿遷按察副使，累官總督宣大都御史。」山東通志：「宗衡，崇禎初總督宣大，深言款撫非策，貽害邊庭。帝善其言。及闖賊入山西，當國者銜夙嫌，責以玩寇，削籍歸里，壬午之難，竟死於兵。」江南通志：「天啓初，督學御史孫之益。」四川通志：「孫之益，字六吉，邛州人。萬曆丁未進士，歷仕太僕寺卿。天啓時，同鄉元標等劾奏魏忠賢欺君擅權，觸忤璫貴，解職家居。崇禎元年，忠賢伏誅，起復，仕浙江巡撫。」

天啓四年甲子

是歲，先君病少間。夏秋之交，魏奄禍起，耆碩魁壘之臣，黜辱殆盡。先君每閱邸鈔，則扼腕歎息，爲予剖別邪正甚悉。是時，江左才俊之士，方以名譽相高，予亦稍稍濡足矣。然又不得於督學之試。

【考證】明史宦官傳：「魏忠賢，肅寧人。萬曆中，選入宮，爲皇長孫母王才人典膳。諂事魏朝。長孫乳媪客氏，素私朝，及忠賢入，客氏遂薄朝而愛忠賢，兩人深相結。光宗崩，長孫嗣立，是爲熹宗，忠賢、客氏並有寵。」通鑑綱目三編：「天啓四年夏六月，杖殺工部郎中萬燝。時左副都御史楊漣抗疏發忠賢罪狀，給事中魏大中等七十餘人復交章論忠賢不法，葉向高、翁正春請勒忠賢閒住以塞謗，皆不聽。燝疏最後上，言忠賢毒痡士庶，威加搢紳，生殺予奪，盡出其手。先帝陵工所需，忠賢靳不肯與，自營西山葬地，制儗陵寢，前列生祠，糜金錢數百萬，乞加顯戮。忠賢卽矯旨杖殺之。黄尊素語楊漣曰：『可以去矣！』漣曰：『苟濟國，生死以之。』卒不去。漣疏中有門生宰相語，顧秉謙、魏廣微見之，恨甚。遂以己意點搢紳一册，以葉向高、韓爌、何如寵、成基命、繆昌期、姚希孟、陳子壯、侯恪、趙南星、高攀龍、喬允升、李邦華、鄭三俊、楊漣、左光斗、魏大中、黄尊素、周宗建、李應昇凡百餘人，目爲邪黨。以黄克纘、王永光、徐大化、賈繼春、霍維華等爲正人，進之忠賢，俾據是以爲黜陟。」

天啓五年乙丑

奄禍益熾，所屠滅賢士大夫，不可勝數。先君憤懣，疾增劇。又以治山陵時，曾奏發某中貴人不法狀，適其人大用事，舉室憂之。

【考證】通鑑輯覽：「天啓五年六月，逮前副都御史楊漣、僉都御史左光斗、給事中魏大中、御史袁化中、太僕少卿周朝瑞、陝西副使顧大章下詔獄，尋斃之。削前吏部尚書趙南星等籍。先是讞汪文言獄，詞連趙南星、李三才及漣、光斗等二十餘人，許顯純坐漣等以移宮罪。徐大化獻策于忠賢，令顯純復鞫文言，使引漣等納熊廷弼賄。文言至死不承，遂即日斃之，而具獄詞以上。漣、光斗六人逮下詔獄。南星、三才等俱削籍。漣、光斗等先後逮至，非法拷掠，俱自誣服。忠賢乃矯旨令顯純五日一追比，至七月，漣、光斗、大中同夕爲獄卒所斃。又踰月，化中、朝瑞亦斃，大章投繯而卒。」松江府志陳所聞傳：「時南昌萬燝以糾奄人杖死，所聞與燝同曹友善，糾奄事實與共謀，泣謂其子曰：『萬君當不獨死。』意恐有連也。」

居無何，逆奄矯旨逮治周忠介公，吳民憤，奮擊緹騎至死。時道路洶洶，以爲四方響應，將有漢末討卓之舉。予亦陰結少年數輩，詗伺利便，久之寂然，歎恨而已！則縛芻爲人，書奄名射之。諸長老罔不詈童騃取赤族，不以聞之先君也。

【考證】明史列傳：「周順昌，字景文，吳縣人，萬曆四十一年進士。天啓中歷文選員外郎，乞假歸。魏大中被逮，道吳門，順昌出餞，與同臥起者三日，許以女聘大中孫。旂尉屢趣行，順昌瞋目曰：『若不知世間有不畏死男子耶！』因戟手呼忠賢名，罵不絕口。旂尉歸，以告忠賢。御史倪文煥承忠賢指，劾順昌與罪人婚，且誣以贓賄。忠賢卽矯旨削奪，已與周起元等並逮。順昌好爲德于鄉，以故士民聞逮者至，咸憤怒，號寃者塞道。至開讀日，不期而集者數萬人，咸執香爲周吏部乞命。諸生文震亨、楊廷樞、王節、劉羽翰等，前謁巡撫毛一鷺及巡按御史徐吉，請以民情上聞。旂尉厲聲罵曰：『東廠逮人，鼠輩敢爾！』大呼『囚安在』，手擲琅璫于地。衆益憤，曰：『始我以爲天子命，乃東廠耶！』蜂擁大呼，勢如山崩。旂尉東西竄，衆縱橫毆擊，斃一人，餘負重傷，踰垣走。一鷺、吉不能語，知府寇愼、知縣陳文瑞，素得民，曲爲解諭，衆始散。順昌乃自詣吏，又三日，北行。一鷺飛章告變，東廠刺事者言：『吳人盡反，謀斷水道，劫漕舟。』忠賢大懼。已而一鷺言『縛得倡亂者顏佩韋、馬傑、沈揚、楊念如、周文元等，亂已定』，忠賢乃安然。自是緹騎不敢出國門矣。順昌至京師，下詔獄，許顯純鍛鍊，坐贓三千。五日一酷掠，每掠治，必大罵忠賢，顯純椎落其齒，自起問曰：『復能罵魏上公否？』順昌噀血唾其面，罵益厲。遂于夜中潛斃之。時六年六月十有七日也。明年，莊烈帝卽位，贈順昌太常卿，謚忠介。」

是歲，師事陳威玉先生。始交同郡夏彝仲、周勒卣、顧偉南、宋子建、尚木、彭燕又、朱宗遠，金沙周介生諸君。

【考證】上海縣志：「陳正容字威玉，崇禎己卯舉人。行己端愨，問學該博，授徒著書，聲名籍甚。」江南通志：「夏允彝，字彝仲，華亭人。才學宏贍，與陳子龍等創爲幾社，名重海內，登崇禎丁丑進士。」奉賢縣志：「周立勳，字勒卣，茂源從子，與同里陳、夏齊名，爲雲間五子之一。以太學生屢試不第。留滯南雍，未幾客死。」松江府志：「顧開雍，字偉南。嘉靖丙戌進士中孚玄孫，華亭學貢監。」又：「宋存標，字子建。隆慶戊辰進士堯武孫，崇禎十三年，貢監，注選翰林院孔目。」又：「宋徵璧，字尚木，堯武孫，崇禎十六年進士。本朝薦補中書舍人，陞禮部員外郎、郎中、潮州知府。」又：「彭賓，字燕又，華亭學，崇禎三年舉人。本朝汝寧府推官。」又：「朱灝，字宗遠，萬曆甲午舉人應熊子，國子生。以保舉授延平府通判。」鎮江府志：「周鍾，字介生，金壇人。崇禎癸未進士，庶吉士。」

天啓六年丙寅

予時爲文，頗尚瑋麗橫決，而彝仲稱譽揚厲之過其實，名益顯。先君亦深賞慰，以爲可望特達。而是時交遊日進，先君重以爲戒。嘗曰：「交道自古難言之，而名者，難副之物也。小子無馳騖以爲親憂！」是夏，受知於京山鄭澹石先生，郡邑試皆異等，遂補博士弟子員，督學爲周柱石先生也。

【考證】青浦縣志：「鄭友玄，號澹石，湖廣京山人。天啓乙丑進士，有文名。令青浦三年，能以片言折獄，發奸擿伏如神。年甚少，老吏皆憚之。遷華亭，擢監察御史。」江南通志：「天啓中，督學御史周邦基。」題名碑錄：「萬曆癸丑進士周邦基，湖廣黃州府麻城縣籍。」

先君病日甚，至是竟不起。臨歿，惟勗予爲善士，又以不得終事老母爲恨，諄諄以屬藐孤。今屈指二十年矣。予雖嘗竊祿於朝，而忠孝不立，名行無聞，未嘗盡一日色養於大母。今遭逢喪亂，奉太安人率彼曠野，未知所屆，追思遺訓，異日何以見先人於地下哉！昊天罔極，愧痛何已！是歲，始交陳眉公、董玄宰兩先生，及嬰水侯豫瞻、武塘錢彥林昆弟。

【考證】陳繼儒松江府志陳所聞傳：「所聞事親孝，居喪以毀，輒病。至熹宗末年，璫難起，鬱鬱不欲出，貧困，病愈甚。後聞中貴人與爲難者入用事，愈用憂憤以卒，年四十耳。賢者皆痛之。」明史隱逸傳：「陳繼儒，字仲醇，華亭人。爲諸生，與董其昌齊名。年甫二十九，取儒衣冠焚棄之，築室東佘山，杜門著述，有終焉之志。工詩文，兼能繪事，暇則與黃冠老衲窮峯泖之勝，吟嘯忘返，足跡罕入城市。侍郎沈演及御史給事中諸朝貴，先後論薦，屢奉詔徵用，皆以疾辭。卒年八十二。」【案】朱隗同社姓氏：「繼儒號眉公。」又文苑傳：「董其昌，字玄宰，華亭人。萬曆十七年進士，授編修，皇長子出閣，充講官。因失執政意，出爲湖廣副使。光宗立，召爲太常少卿，天啓二年，擢本寺卿，兼侍讀學士。明年秋，擢禮部右侍郎，尋轉左。五年正月，拜南京禮部尚書。時政在奄豎，黨禍酷烈，其昌深自引遠，請告歸。崇禎四年，起故官，掌詹事府事。居三年，屢疏乞休，詔加太子太保，致仕，又二年卒。」又列傳：「侯峒曾，字豫瞻，給事中震暘子也。天啓五年進士，授南京武選司主事。崇禎七年，改文選司主事，由稽勳郎中遷江西提學參議。益王勢方熾，歲試黜兩宗生。王怒，使人誚讓，峒曾不爲動。遷廣東副使，不赴。起浙江右參政，分守嘉湖。吏部尚書鄭三俊舉天下賢能監司五人，峒曾與焉。召爲順天府丞，未赴而京師陷。福王時，用爲左通政，辭不就。及南京覆，嘉定士民，推峒曾爲倡，偕里人黃淳耀等，誓死固守。大清兵來攻，大雨城崩，峒曾拜家廟，挈二子元演、元潔並沈于池。」嘉興府志：「錢栴字彥林，士晉子，癸酉舉人，兵部職方司郎中。國破死。」又：「錢棻，字仲芳，士晉子。崇禎壬午舉人，少失恃，事繼母盡子職。流寇披猖，閣部史可法招至幕下，辭不就。暮年，著書大滌山以終。」

天啓七年丁卯

予廬居，杜門博覽，好爲深湛之思，致力於古文詞。其秋，先皇帝卽位，誅逆奄，登賢俊，天下想望太平，予亦有用世之志矣。

【考證】通鑑綱目三編：「天啓七年八月，信王由檢卽位。十一月，魏忠賢、崔呈秀及客氏等，皆伏誅。帝素稔忠賢惡，卽位後，深自儆備。廷臣交章劾忠賢，忠賢大懼，以重寶啗信邸太監徐應元求解。帝斥應元，安置忠賢于鳳陽。旣行，遣使逮之。并逮崔呈秀，及工部尚書吳淳夫、兵部尚書田吉、太常卿倪文煥、副都御史李夔龍。忠賢、呈秀自縊死，詔戮其屍。客氏及魏良卿、侯國興、客光先等並伏誅，籍其家。田爾耕、許顯純等以次伏法。十二月，以錢龍錫、李標、來宗道、楊景辰、黃道登、劉鴻訓並爲東閣大學士。帝以施鳳來輩皆忠賢所用，不足倚。詔廷推閣臣倣古枚卜，貯名金甌，焚香肅拜，以次探之，得龍錫、標、宗道、景辰，輔臣以天下多故，請益一二人，復得道登、鴻訓，並命入閣。」

是歲作梅花賦、蚊賦。始交婁江張受先、張天如，吳門楊維斗、徐九一。父黨姚現聞、魏仲雪、龔淵孟、文湛持諸先生咸賞其文，互相揚譽焉。是歲，鄰人不戒，予居燬於火者三之一。

【考證】葛芝張受先先生行狀：「先生諱采，字受先，晚號南郭，世爲太倉州人。先生少通慧，十七補弟子員。天啓丁卯舉于鄉。明歲戊辰，崇禎改元，禮部中式第三名，謁選得江西臨川令。臨川文風素著，先生至，益鼓勵，旁及鄰邑士，士依以成名者數十人。先生既刻苦，又嚴邑事煩，遂病，因告歸。」明史列傳：「張溥，字天如，太倉人。與同里張采共學齊名。崇禎元年以選貢生入都，采方成進士。兩人名徹都下。已而采官臨川，溥歸集郡中名士，相與復古學，名其文社曰復。四年成進士。改庶吉士，以葬親，乞假歸。」又列傳：「徐汧，字九一，長洲人，與同里楊廷樞相友善。廷樞，復社諸生所稱維斗先生者也。魏大中被逮，過蘇州，汧貸金資其行。周順昌被逮，緹騎橫索錢，汧與廷樞斂財經理之。崇禎元年，汧成進士，改庶吉士，授檢討，三年，廷樞舉鄉試第一。」又列傳：「姚希孟，字孟長，吳縣人。萬曆四十七年進士，改庶吉士。天啓初，請假歸。四年冬還朝，黨禍大作，希孟鬱鬱不得志。其明年，以母喪歸，甫出都，給事中楊所修劾其爲繆昌期死黨，遂削籍。崇禎元年，起左贊善，歷右庶子，爲日講官。三年秋，主順天鄉試，有武生二人，冒籍中式，給事中王猷論之，遂獲譴，尋移疾歸。」蘇州府志：「魏浣初，字仲雪，常熟人。萬曆丙辰進士，改嘉興教授，遷南京戶部主事，晉吏部郎中，陞廣東僉事，分巡嶺南，禽巨盜李魁奇等。尋陞參政，提學廣東，公慎明允，卒于官。」又：「龔立本，字淵孟，常熟人，萬曆乙卯舉于鄉。選太平教授，遷福安知縣，調崇德，政最，遷南京刑部主事。是時江東烽火相望，兵部日諜奸細百餘人下刑部，立本提牢，奮筆縱捨若干人。尙書范景文大怒，立本跪告實民非賊，乃解。辛坐鞫獄輕，降調歸。」明史列傳：「文震孟，字文起，吳縣人。天啓二年，殿試第一，授修撰。時魏忠賢用事，震孟上勤政講學疏，忠賢摘疏中傀儡登場語，謂比帝於偶人，傳旨廷杖，貶秩調外，六年，斥爲民。崇禎元年，以侍讀召改左中允，充日講官，尋進左諭德，五年擢右庶子。久之，進少詹事。八年七月，特擢禮部左侍郎兼東閣大學士。方剛貞介，有古大臣風，惜三月而斥，未竟其用。」朱隗同社姓氏：「姚希孟，號現聞，文震孟，號湛持。」

崇禎元年戊辰

秋，豫章孝廉艾千子有時名，甚矜誕，挾詖詐以恫喝時流，人多畏之。與予晤於婁江之弇園，妄謂秦、漢文不足學，而曹、劉、李、杜之詩，皆無可取。其詈北地、濟南諸公尤甚，衆皆唯唯。予年少在末坐，攝衣與爭，頗折其角。彝仲輩稍稍助之，艾子詘矣。然猶作書往返，辯難不休。

【考證】明史文苑傳：「艾南英，字千子，東鄉人。天啓四年，舉于鄉。負氣陵物，人多憚其口。始王、李之學大行，天下談古文者悉宗之，後鍾、譚出而一變。至是錢謙益負重名於詞林，痛相糾駁，南英和之，排詆王、李，不遺餘力。兩京繼覆，江西郡縣盡失，南英乃入閩。唐王召見，陳十可憂疏，授兵部主事，尋改御史。明年八月，卒于延平。」李延昰南吳舊話：「艾千子、陳大樽兩人，論文不合，作書與瑗公，極詆陳。語粗鄙，使人不堪。大樽更將駁之，瑗公阻之曰：『無論謝上蔡語，了不可得；王藍田面壁豈遽爲難事？』大樽細閱上蔡語錄，至『懷蔽錮自欺之心，長虛驕自大之氣。』俯首曰：『瑗公所以教我矣。』遂立瘞之。」江南通志：「弇山園在鎮洋縣隆福寺西，明王世貞家園。」

同郡某貴人者，以黨逆罷歸，恣甚，強委禽於良家子，予爲書以詈之。貴人者大怒，以浮薄儻蕩中予於學使者，賴京山鄭師保持之，議不行。臘月免喪，張孺人歸于我。

【考證】宋徵輿於陵孟公傳：「郡人朱國盛者，明熹宗時，官嘗至九卿。崇禎初，黜歸里居，頗恣，強委禽于良家子，孟公聞，投書以詈之，中其隱。國盛慚怒，陰訴學使者，欲坐以浮薄，賴邑令保持之，得解，孟公亦勿顧也。」【案】黄門末年，自稱於陵孟公。雲間科甲錄：「朱國盛，萬曆庚戌進士，歷官太常寺卿。」【案】類聚數考欽定逆案：結交近侍，減等四十四人，內有朱國盛名。青浦縣志：「張氏，邵陽知縣軏端女，年十九，歸兵科給事中陳子龍。性端敏，通書史，事大母高安人、繼姑唐宜人。皆盡孝道。」詳見王澐三世苦節傳。

崇禎二年己巳

太安人以予既婚，遂謝家政。予母唐宜人，素善病，好靜，不任事。乃以筦鑰屬予婦，予始有晨昏之累矣。時相國穀城禹修方公守郡，有重名，稱好士，試諸生，拔予爲第一。是歲，始交李舒章、徐闇公，益切劘爲古文辭矣。冬月，撰時政策三十餘篇，又作騷賦數篇，頗行於世。

【考證】明史列傳：「方岳貢，字四長，穀城人。天啓二年進士，授戶部主事，進郎中。崇禎元年，出爲松江知府。」松江府志：題名知府方岳貢，號禹修。又本傳：「岳貢明敏彊記，案牘過目成誦不遺，援筆下判，簡刻入情，大獄轇轕，片言立折。又謝絕餽問，罷諸徵索，廉能之譽，騰於遐邇。」南匯縣志：「李雯，字舒章，邑諸生。父逢申，官工部主事，遭誣謫戍，雯匍匐走京師訟其冤。甲申父殉闖難，雯募棺殮之，饘粥不進者累日。本朝定鼎，內院諸大臣憐其孝，且知其才，薦授弘文院中書。」華亭縣志：「徐孚遠，字闇公，崇禎壬午順天舉人。聞都城破，遂入閩，唐王以爲兵科給事中。唐王敗，轉入廣西，晚又流寓潮州，病卒。」

【附錄】南吳舊話：「徐孚遠闇公，少時與陳子龍、夏允彝言志，慨然流涕曰：『百折不回，死而後已。』允彝曰：『吾僅安於無用，守其不奪。』子龍曰：『吾無闇公之才，而志則過于彝仲，顧成敗則不暇計也。』後三人皆如其言。」

崇禎三年庚午

大行張梁公時爲同舍生，延予讀書其家，甚相敬禮。試於督學始寧玉完李公，亦在高等。

【考證】青浦縣志：「張玢之，字梁公，崇禎壬午舉人，癸未進士，官行人。」江南通志：「崇禎初，督學御史李懋芳。」紹興府志：「李懋芳，字國華，上虞人，萬曆癸丑進士。令興化，廉正著稱，擢御史。魏璫柄國，懋芳卓然不阿。崇禎間，疏論宰相前後植黨，害將在國。出之南畿刷卷，遷廷尉。會流寇告警，命巡撫山東護漕，適雨雹災，奏謂小人害正所致。當軸者劾去之。卒于家。」【案】是年，先生科試青浦縣學第一名，見趙鈊松雨堂考卷前選。

六月，偕勒卣、闇公遊南都，寓謝公墩佛舍，專治舉子業。暇則遊城中名勝，及近郊山林、陵園、壇壝、觀閣、臺榭，靡不歷焉。予幸登賢書，本房卽京山鄭師也。是科相國姜燕及、陳贊皇兩先生爲試官，南國得士稱最盛，而鄭師之門，尤多名士云。予卷姜師初欲首拔，以小雅義與傳註小迕，乃置平等，然甚愛其文。姜師本先君同年生也，相友善，榜發知之，感慨喜慰有加焉。俗例凡得售者，家每設鼓吹，具旗幟，召親戚爲歡飲，予深疾之，概謝去；惟祀先拜慶而已，僮僕不增一人。是歲，女頎生，張孺人出也。冬月，偕計吏如京師，同行者彝仲也。

【考證】南國賢書：「崇禎三年，應天鄉試考官：姜曰廣，字居之，江西新建人，己未進士，官左庶子兼侍讀；陳演，字發聖，四川井研人，壬戌進士，官右中允兼編修。解元楊廷樞，吳縣人。陳子龍，青浦縣學生，中式第七十五名。」明史列傳：「姜曰廣，萬曆末舉進士，投庶吉士，進編修。天啓七年，魏忠賢以曰廣東林，削其籍。崇禎初，起右中允。九年，積官至吏部右侍郎，坐事左遷南京太常卿，遂引疾去。十五年，起詹事，掌南京翰林院。北都變，福藩改曰廣禮部尚書，兼東閣大學士。未幾，馬士英特薦起阮大鋮，曰廣力爭不得，屢疏乞休，遂歸。其後左良玉部將金聲桓反江西，迎曰廣以資號召。聲桓敗，曰廣投僕家池死。」【案】名臣錄：「曰廣，號燕及。」又列傳：「陳演，登天啓二年進士，改庶吉士授編修。崇禎時歷官少詹事，十三年正月，擢禮部右侍郎，協理詹事府。演庸才寡學，工結納，初入館，即與內侍通。其年四月，中官探得帝所欲問數事，密投演，條對獨稱旨，即拜禮部左侍郎兼東閣大學士。」江南通志：「謝公墩，在上元縣冶城北二里，相傳謝安所嘗登也。」

【附錄】吳偉業彭燕又壽序：「往者予偕志衍舉于鄉，同年中雲間彭燕又、陳臥子以能詩名。臥子長予一歲，而燕又、志衍，俱未三十，每置酒相與爲歡，志衍偕燕又好少年摴博之戲，浮白投盧，歌呼絕叫，而臥子獨據胡牀，爇亘燭刻韻賦詩，中夜不肯休，兩公者目笑之曰：『何自苦！』臥子慨然曰：『公等以歲月爲可恃哉！吾每讀終軍、賈誼二傳，輒遶牀夜走，撫髀太息，吾輩年方隆盛，不於此時有所紀述，豈能待喬松之壽，垂金石之名哉！曹孟德不云乎，壯盛智慧，殊不吾來，公等奈何易視之也。』其後十餘歲，志衍不幸歿于成都，臥子則以事殉節，其遺文卓犖，流布海內，不負所志。予與燕又偷活草間，又六七年於玆矣！自顧生平無所表見，追念臥子疇昔之言，未嘗不爲之流涕也。」

崇禎四年辛未

試春官，罷歸。予卷爲省中某公所黜，陽羡從闈中上疏，恐多遺才，求少緩時日，令各房互閲，上俞之。予卷遂爲文鐵菴、倪鴻寶兩先生所賞，陽羡欲置異等，已見塗抹太甚，恐爲某公所疑，遂止。

【考證】雲間科甲錄：「崇禎四年，會試考官：周延儒，南直宜興人，癸丑進士；何如寵，南直婺源人，戊戌進士。」明史奸臣傳：「周延儒，字玉繩，萬曆四十一年，會試殿試皆第一，授修撰。天啓中遷右中允，尋以少詹事掌南京翰林院事。莊烈帝即位，召爲禮部右侍郎。延儒性警敏，善伺意指，二年十二月，特旨拜禮部尚書兼東閣大學士。明年二月，加太子太保，改文淵閣。九月爲首輔，改武英殿。」又列傳：「文安之，夷陵人。天啓二年進士，授檢討，除南京司業。崇禎中，就遷祭酒，爲薛國觀所搆，削籍歸。久之，言官交薦，未及召而京師陷。福王時，起爲詹事，唐王復召拜禮部尚書，皆不赴。永明王以瞿式耜薦，拜東閣大學士，亦不赴。順治七年六月，安之謁王於梧州，乃就職。桂林破，王奔南寧。安之念川中諸鎭兵尚強，欲結之共獎王室，乃自請督師，加諸鎭封爵，王從之。即令安之齎敕印行，孫可望遣兵邀止，追奪敕印。安之復赴貴州，將謁王於安龍，可望坐以罪，戍之畢節衛。久之，走川東，十六年正月，王奔永昌，入緬甸，地盡失，安之鬱鬱而卒。」【案】湖廣通志：「安之，字汝止，號鐵菴。」又列傳：「倪元璐，字玉汝，上虞人。天啓二年進士，授編修。莊烈帝踐阼，魏忠賢伏誅，元璐請毁三朝要典，言『梃擊、紅丸、移宮三議，鬨於清流，而要典成於逆豎，其議可兼行，其書必當速毁』。帝命焚其板，歷遷南京司業，右中允。四年，進右諭德，充日講官，進右庶子。八年，遷國子祭酒，爲溫體仁所忌，落職閒住。十五年，起兵部右侍郎，兼侍讀學士。明年春，抵都，五月，超拜戶部尚書。陳演忌元璐，風魏藻德言於帝曰：『元璐書生，不習錢穀。』元璐亦數請解職。十七年二月，命以原官專直日講。踰月，李自成陷京師，元璐整衣冠拜闕，遂自縊死。」【案】徐秉義明末忠烈紀實：「元璐，號鴻寶。」倪文正公年譜：「崇禎四年，公會試分闈詩一房，詩二房分考爲文安之，闈卷兩房五商，彼此師生，亦舊例也。」

四月抵里門，即從事古文詞，間以詩酒自娛。問業者日進，戶外屨滿。是時意氣甚盛，作書數萬言，極論時政，擬上之。陳徵君怪其切直，深以居下之義相戒而止。上以仲春朝日於東郊，予竊從道旁見千乘萬騎之盛，因作東郊賦，又作江南父老難中原子弟中州災異對、擬漢有司核張京兆奏、求自試表諸篇。是歲第二女生，尋殤焉。鄰人相閧縱火，予居被燬如丁卯。

崇禎五年壬申

集同郡諸子治古文辭益盛，率限日程課，今世所傳壬申文選是也。

【考證】婁縣志：「太虛草堂在南門外，舊爲陳子龍、夏允彝纂壬申文選地，後林子卿居之。」王澐春藻堂謙集序：「我郡之有古文辭也，自崇禎壬申昉也。先是辛未陳黃門臥子、夏考功彝仲、宋太守尙木、彭司李燕又、杜職方仁趾，同上公車，與吳中徐儋事九一、楊孝廉維斗、張庶常天如、吳祭酒駿公、豫章楊太史伯祥、彭城萬孝廉年少諸公，會于京師，擬集燕臺之社，以繼七子之蹟。會杜職方、張庶常、吳祭酒、楊太史登第，黃門四公報罷，歸，乃與同里周太學勒卣、徐孝廉闇公、李舍人舒章、顧徵君偉南、宋待詔子建、朱郡丞宗遠、王文學默公，共肆力爲古文辭。上溯三百，下迄六朝，廢不揚扢，至壬申而集成。吳中姚文毅公爲之序，天下所稱幾社壬申文選是也。」

崇禎六年癸酉

文史之暇，流連聲酒，多與舒章倡和，今陳李倡和集是也。季秋，偕尚木諸子遊京師，是時，烏程當國，政事苛促。吳鹿友、文湛持、許霞城諸賢在列，皆與予善，相對蒿目而已。

【考證】明史奸臣傳：「溫體仁，字長卿，烏程人。萬曆二十六年進士，改庶吉士，授編修，累官禮部侍郎。崇禎初，遷尚書。爲人外曲謹而中猛鷙，機深刺骨。元年冬，詔會推閣臣，體仁望輕不與。遂上疏訐錢謙益關節受賄，不當與閣臣選。明年六月，遂命以禮部尚書兼東閣大學士。」又列傳：「吳甡字鹿友，揚州興化人。萬曆四十一年進士。歷知邵武、晉江、濰縣。天啓二年，徵授御史，與魏忠賢忤，削籍。崇禎改元，起故官。溫體仁訐錢謙益，周延儒助之。甡恐帝即用二人，言枚卜大典，當就廷推中簡用，事乃止。命按陝西，劾大將杜文煥冒功，置之法。遷大理寺丞，進左通政。」又列傳：「許譽卿，字公實，華亭人。萬曆四十四年進士，授金華推官。天啓三年，徵拜吏科給事中。譽卿抗疏論忠賢大逆不道，鐫秩歸。莊烈帝即位，起兵科給事中，都給事中。薛國觀訐譽卿東林主盟，結黨亂政。譽卿上疏自白，即日引去。七年，起故官，歷工科都給事中。明年正月，流賊陷潁州，譽卿請急調五千人守鳳陽，疏入而鳳陽已陷。譽卿痛憤，直發本兵張鳳翼固位失事，及大學士溫體仁、王應熊玩寇速禍罪。帝不問。謝陞長吏部，希體仁意，疏攻譽卿把持朝政，遂削籍。福王立，起光祿卿，不赴，國變後，爲僧卒。」【案】雲間科甲錄：「譽卿號霞城。」

予師鄭先生，拜御史，失政府意，以言事謫矣。又摘抉其爲令時上司農會計不相應，下之獄。予與同門生楊太史伯祥，極爲奔奏，忌者持益急，卒重譴以去。邸中朝夕者，兗州黃禎臻、彭城萬年少也。是歲納妾蔡氏於家。張孺人產一子，尋殤焉。

【考證】明史畢自嚴傳：「時有詔，縣令將行取者，戶部先覈其錢穀，華亭知縣鄭友元已入爲御史，先任青浦，逋金花銀二千九百。帝以詰戶部，自嚴言：友元已輸十之七，貯太倉。帝令主庫者核實無有，帝怒，責自嚴，遂下自嚴獄，遣使逮友元，御史李若讜疏救，不納。」又熊開元傳：「崇禎四年，令有司徵賦不及額者，不得考選。給事中周瑞豹考選而後完賦，帝怒，貶謫之。命如瑞豹者悉以聞，于是開元及御史鄭友元等三人，並貶二秩調外。」又列傳：「楊廷麟字伯祥，清江人。崇禎四年進士，授編修。十年冬，皇太子將出閣，充講官，兼直經筵。明年冬，京師戒嚴，廷麟劾兵部尚書楊嗣昌及薊遼總督吳阿衡朋謀誤國。嗣昌大恚，詭薦廷麟知兵，改兵部職方主事，贊畫盧象昇軍。象昇令往真定轉餉濟師。無何，象昇戰死賈莊，嗣昌意廷麟亦死，及聞其奉使在外，則爲不懌者久之。會廷麟報軍中曲折，嗣昌責以欺罔，貶秩調外。十六年秋，復授職方主事，未赴，都城失守，廷麟募兵勤王。福王立，召爲左庶子，辭不就。順治二年，南都破，江西諸郡惟贛州存。唐王加廷麟吏部右侍郎，復吉安、臨江，加兵部尚書兼東閣大學士。無何，吉安復失，廷麟入贛，瀴城守，力不支，走西城投水死。」兗州府志：「黃家瑞字禎臻，滕縣人。崇禎甲戌進士，授汾陽知縣，再補良鄉，遷祠部主事、員外郎。尋簡揚州兵備僉事，舉卓異第一，超拜右僉都督，理淮揚鹽法軍餉，未匝月，闖逆陷北京，瑞慷慨激烈，以城守自任。福王立，遂乞休去，僑寓無錫。乙酉，以身殉國，揚州祀名宜。」　江南通志：「萬壽祺，字年少，徐州人。由選貢中鄉試，五上公車，不第。築室袁公浦，博覽羣書，吟詠無虛日，書畫俱精工絶倫。」朱彝尊明詩綜：「萬壽祺，崇禎庚午舉人。」

崇禎七年甲戌

春，復下第罷歸。予既再不得志於春官，不能無少悒悒，歸則杜門謝賓客，寡讌飲，專意於學矣。是歲作古詩樂府百餘章。

崇禎八年乙亥

春，偕闇公讀書陸氏之南園，創爲時藝，閎肆奇逸，一時靡然向風。間亦有事吟詠。秋，女頎殤焉。

【考證】婁縣志：「南園，在南門外阮家巷。陸都憲樹德別業，侍郎彥禎繼居之。有梅南草廬、讀書樓、濯錦窩諸勝。崇禎間，幾社諸子，每就是園讌集焉。」

【附錄】李雯會業序：「今年春，闇公、臥子讀書南園。余與勒卣、文孫輩，或間日一至，或連日羈留。樂其修竹長林，荒池廢樹。登高岡以望平曠，後見城堞，前見丘壟，春風發榮，芳草亂動。雖僻居陋壤，無憑臨弔古之思，而覽草木之變化，感良辰之颸馳，意慨然而不樂矣。兼以春多霖雨，此鄉有惡鳥，雉尾而赤背，聲若甕中出者，繞籬大鳴，鳴又輒雨，臥子思挽弓而射之，竟不可得。又有啄木鳥，巢古藤中，數十爲伍，月出夜飛，肅肅有聲。獱獺白日捕魚塘中，盱睢而徐行，見人了無怖色。臥子顧而言曰：『此固昔賢笑歌遊樂之場也，此事曠絶既數十年，而後惡鳥、啄木、猿獺之羣，相與聚族而居之，飛走飲食其中又數十年，而此蟲鳥者又何知？若夫志動日月，氣厲風雲者，固不堪鬱鬱坐對此曹耳。』予笑而言曰：『今流人之亂也，大江以北，大河以南，有介而登者乎？』曰：『有。』『有負而走者乎？』曰：『有。』『有偃而斃者乎？』曰：『是不可勝數也。』『則我儕之聚于荒郊，悠優詩書，是不可謂非天子之福，南人之幸。且我等今日六七布衣諸生，偶得偃仰而追隨也，使他日或在朝廷，或在方國，或在蠻瘴，或在鄉里，千里相思，十年不見，則又安知南國之啄木、惡鳥、猿獺之羣，不又爲賞心樂事不可復遇者耶？』臥子以爲然，曰：『是不可以無所志。』文孫曰：『卽我南園之中，我數人之所習爲制科業者，集而廣之，是亦可以志一時相聚之盛矣。雖然，今天下徒以我等爲飲酒賦詩，擴落而無所羈，方與古之放言之士，鄙章句，廢畦町，岸然爲躍冶者以自異于世；而不知其局促淹困，相守一方，是區區者，蓋亦有所不免也。』

同郡某貴人，素嫉予。適有無名子作傳奇以刺之者，疑予與舒章使之，怒益甚。予同門生朱翰林早服，與貴人求復故業文園，予立議黜之，恨愈刺骨。遂行金錢賕南臺某上奏，大意以官吏諸生，皆有所統，獨孝廉久不入太學，橫恣無專轄，宜下巡按御史舉核示懲勸。制曰可。其意專欲黜予與彝仲也。時使者江右王公，端人也，行部察予兩人行修飭，舉方正，報聞。某貴人聞之，咄咄咤歎失氣也。是歲有屬玉堂集。

【考證】松江府志：「朱積，字早服，崇禎癸未進士，大韶孫，庶吉士。」又：「朱大韶字象元，華亭人。嘉靖丁未進士，授檢討，以親老乞改南，遂得司業。解任歸，築精舍，搆文園，一以吟詠燕樂爲事。」華亭縣志：「文園在東馬橋西，朱司成大詔所葺，後歸錦衣衛指揮徐有慶，額其堂曰愛日。」江西通志：「王肇對，字銘新，東鄉人，天啓進士。崇禎初，拜御史，所奏議皆關國家大計。嘗曰：『居官必先分別公私，人才消長之關，亦在吾輩力持之耳。』巡按江南，遘疾卒。」【案】題名碑錄：「肇對，天啓乙丑進士。」

崇禎九年丙子

春，讀書南園，時與宋轅文相倡和。復當計偕，以先妣唐宜人久疾，予意不欲往。先妣以義勉之，冬盡，始克行。偕彭燕又、鄭超宗阻凍邵伯，驛路且斷，秦郵王鐵山司馬，時罷縣令家居，遣私馬護行，得達淮陰。除夕始抵費縣。是歲有平露堂集。

【考證】江南通志：「宋徵輿，字轅文，華亭人。順治丁亥進士，以文章風雅著稱，少與陳子龍、李雯選訂明詩，學者宗之。督學閩中，所拔皆單寒士，歷副都御史。」又：「鄭元勳，字超宗，江都人，崇禎癸未進士。與東林諸賢遊，一時推爲聲氣夙望，以知兵，授職方主事。」吳偉業王文通神道碑：「公諱永吉，字修之，一字鐵山，揚州高郵人也。具文武材略，由進士起家，再爲縣令于大田、于仁和，一爲推官于饒州，咸著異政。從戶部郎備通州兵事，有威名，遂推以巡撫山東。未一歲，改薊門總督。入本朝，授大理卿，晉工侍郎，用疏辭，報罷。再起戶侍郎，尋擢兵部尙書。賑饑眞定，即道上拜左都御史，未至，召入爲祕書院大學士。」【案】題名碑錄：「永吉，天啓乙丑進士。」華亭縣志：「平露堂，陳忠裕子龍宅，在普照寺西。」

崇禎十年丁丑

以孟春之五日，偕燕又登岱宗，上天門，眺日觀。驅車而北，入長安，則上元矣。榜發，予與彝仲俱得雋，素稱同心，而予又出於漳浦黃石齋先生之門，生平所君宗也。時人多舉廬陵、眉山之事相譽，予深幸得良師友之助，而廷對則予與彝仲俱在丙科，當就外吏。

【考證】雲間科甲錄：「崇禎十年會試考官：張志發，山東淄川人；孔貞運，南直建德人。會元吳貞起，南直宜興人。陳子龍中式第三十七名，殿試狀元劉同升，江西吉水人。陳子龍，第三甲十七名。夏允彝，第三甲一百十八名。」明史本傳：「黃道周，字幼平，漳浦人，天啓二年進士。道周學貫古今，所至學者雲集。銅山在孤島中，有石室，道周自幼坐臥其中，故學者稱爲石齋先生。」

當是時烏程相秉政久，得君專，韓城、清苑輩附之。交通受賕，搆害忠正，道路側目。賢士大夫之在列者，亦深謀危行以備之。予與彝仲雖新進，以素知名，賢公卿多就議者。予惟勉勵飭行以防奸，積誠以悟主，其他稍涉傾危，脣舌筆札，皆無與也。識者稱爲雅正，而宵人耽耽，目爲黨魁矣。

【考證】明史列傳：「薛國觀，韓城人。萬曆四十七年進士。爲人陰鷙谿刻，不學少文。溫體仁因其素仇東林，密薦于帝，遂超擢大用之。崇禎十一年冬，首輔劉宇亮出督師，國觀與楊嗣昌比構。罷宇亮代其位，一踵體仁所爲，導帝以深刻。帝初頗信嚮之，久而覺其奸。史𡑒者，清苑人，爲御史，無行，善結納中官，爲王永光死黨。巡按淮陽，括庫中贓罰銀十餘萬入己橐。擢巡鹽，又掩取前官貯庫銀二十餘萬。檢討楊士聰發𡑒盜鹽課事，給事中劉焜芳復劾薀侵盜有據。帝怒，褫薀職，薀急攜數萬金入都，主國觀邸。都人籍籍，謂薀所攜貲，盡爲國觀有，家人證之，事大著。國觀猶力辨薀贓爲黨人搆陷，帝不聽。」

會吳中奸民張漢儒訐奏錢牧齋、瞿稼軒以媚政府，有旨逮治。而奸民陸文聲又以復社事上書，齮齕張受先天如，報聞。一時無賴惡少年，蠭起飈發，縱橫長安中，俱以附會時宰相矜誇，且夕得大官矣。閩人周之夔者，舊司李於吳，險人也。有宿嫌於二張，以病去官。尋喪母家居，揣時宰意，縗絰走七千里，入都門告密，云「二張且反」，天子疑之，下其事撫按，予與錢、瞿素稱知己而二張密友也。錢、瞿至西郊，朝士未有與通者，予欲往見。僕夫曰：「校事者耳目多，請微服往。」予曰：「親者無失其爲親，無傷也。」冠蓋策馬而去，周旋竟日，乃還。其後獄益急，予頗爲奔奏，聞於時貴。而之夔既上書，因石齋師比之人梟，憾甚，又疑予輩爲二張道地，則以黃紙大書石齋師及予與彝仲、吳駿公數人之名，云：「二張輩金數萬，數人者爲之囊橐。」投之東廠，又負書於背，蹩躠行長安街，見貴人與馬過，則舉以愬之。蜚語且上聞，人皆爲予危之，而鄭峚陽之事起。

【考證】明史列傳：「瞿式耜，字起田，常熟人。萬曆四十四年進士，崇禎元年，擢戶科給事中。十月，詔會推閣臣，禮部侍郎錢謙益以同官周延儒方言事蒙眷，慮並推則己絀，謀沮之。式耜，謙益門人也。言于當事者，擯延儒弗推，而列謙益第二。溫體仁遂發難，延儒助之。謙益奪官閒住，式耜坐貶謫。式耜嘗頌貴寧參政胡平表殺賊功，其後平表坐不謹罷，再貶二秩，廢於家。久之常熟奸民張漢儒，希體仁指，訐謙益、式耜貪肆不法，體仁主之，下法司逮治。比就獄，體仁已去位，獄稍解。謙益坐削籍，式耜贖徒。」【案】明末忠烈紀實：「式耜，號稼軒。」又溫體仁傳：「張漢儒訐謙益、式耜，謙益等危甚，求解于司禮太監曹化淳。漢儒偵知之，告體仁，體仁密奏帝，請幷坐化淳罪。帝以示化淳，化淳懼，自請案治，乃盡得漢儒等奸狀，及體仁密謀。獄上，帝始悟體仁有黨，命漢儒等立枷死。體仁乃佯引疾，意帝必慰留，及得旨，竟放歸。時十年六月也。」又張溥傳：「溥與同里張采齊名，號婁東二張。集郡中名士，相與復古學，名其文社曰復。四方啖名者，爭走其門，聲氣通朝右，所品題甲乙頗能爲榮辱。執政大僚，由此惡之。里人陸文聲者，輸貲爲監生，求入社，不許。采嘗以事抶之。文聲詣闕，言溥、采爲主盟，倡復社亂天下。溫體仁方柄國事，下所司。提學御史倪元珙、兵備參議馮元颺、太倉知州周仲連言復社無可罪。三人皆貶斥，嚴旨窮究不已。閩人周之夔者，嘗爲蘇州推官，坐事罷去，疑溥爲之，恨甚。聞文聲訐溥，遂伏闕言溥等把持計典，己罷職實其所爲，因及復社恣横狀。章下，巡撫張國維等言之夔去官，無預溥事，亦被旨譙讓。至十四年，溥已卒，而事猶未竟。周延儒當國，溥座主也，其再相，溥有力焉，故事得解。」題名碑錄：「崇禎辛未進士周之夔，福建福州府閩縣籍。」鎮洋縣志：「吳偉業，字駿公，號梅村。崇禎辛未會試第一，殿試第二，授編修。乙亥，充纂修官，時有奸民首告復社事，當軸陰主之，欲盡傾東南名士，偉業疏論無少避。」江南通志：「鄭鄤，武進人，天啓壬戌進士。」【案】杜登春社事本末：「鄭字峚陽。」

峚陽多才藝，依附正論，與石齋師同館交善。然其人貪險，內行不修，無鄉曲譽，石齋師不知也。烏程知鄭品穢易乘，可使羣正奪氣。遂披抉其閫門，下之獄。石齋師憫之，且惡宰相以私意殺人，上疏稱其才。得嚴旨，師更欲自直，予力諫，以爲其人本公論所斥，諸君子誤收之。今既爲大奸所中，宜棄一人，以全善人之朋。其語微聞於鄭，則大憾，於獄中作文，盛稱予才俠，趨人之急，諸公在厄者，罔不營救，卽己犯不測之罪，交遊皆絕，急難之友，惟陳子耳。然予實無是事也，其意欲以相中。鏤其文於板，且布長安中。幸大金吾吳祖洲與予善，先見之，爲咋舌。屬獄吏削去之，否則禍烈矣。

【考證】明史溫體仁傳：「許譽卿劾籍，文震孟力爭之。體仁訐奏震孟語，謂『言官罷斥爲至榮』，蓋以朝廷賞罰爲不足懲勸，悖理滅法。帝遂逐震孟，體仁憾未釋。庶吉士鄭鄤與震孟同建言，相友善也。其從母舅大學士吳宗達已謝政歸，體仁劾鄤假乩仙判詞，逼父振先杖母，言出宗達。帝震怒，下鄤獄，其後體仁已去，而帝怒鄤甚，不俟左證，磔死。」又黃道周傳：「崇禎六年閏月，進右諭德，掌司經局，疏辭。因言己有三罪、四恥、七不如。三罪四恥以自責，七不如者：謂品行高峻，不如劉宗周；至性純孝，不如倪元璐；湛深大慮，不如魏呈潤；犯顏敢諫，不如詹爾選、吳執忠；志尙高雅，不如陳繼儒、張燮；朴心純行，不如李汝璨、傅朝佑；文章意氣，不如錢謙益、鄭鄤。鄤方被杖母大詬，帝責以顚倒是非。道周疏辯，語復營護鄤。帝怒，嚴旨切責。」畿輔通志：「吳孟明，山陰人，以錦衣衛籍居京師。天啓中，魏忠賢用許顯純掌詔獄，孟明適爲之副。羣小搆陷東林，孟明從容語顯純：『連染太多，於鉤黨者則快，盍亦自爲他日地乎？』顯純亦爲聳動，後先縱舍四十人。又佐顯純定爰書，坐贓皆無左證，豫爲昭雪地。羣小詗知之，嗾閹逐孟明去，大獄遂成。崇禎初，起都指揮使，掌衞事。」

【附錄】孫承澤春明夢餘錄：「崇禎十一年，錦衣吳孟明回奏鄭鄤杖母疏：『犯官鄭鄤，久患癱瘓。一日，會協理陸完學，渠詢鄭鄤病勢如何？臣對以未愈，因問其杖母事，完學云：此事最爲可宥。鄭父振先家有箕仙，能發人隱事，一家崇奉。凡有過失，皆遭撲責，謂之懺悔，不獨鄭母吳氏一人受杖也。吳氏受杖，係振先之婢動刑，想懷宿憾，杖之太重，時鄭與父皆在其前，不能救護，事則有之，實非所挑激也。臣因思鄭鄤罪案，在誤奉箕仙，至於杖母一事，則鄭罪不至死矣。』」

予觀政刑部，登白雲樓，嘉靖中王、李諸子所倡和之地也。予亦集是時所賦詩得百首，曰白雲草。

【考證】李雯白雲草序：「白雲者，刑部之望樓也。昔李攀龍、王世貞諸人，皆出刑部。故京師號刑曹曰『西翰林』。臥子觀政於此，詩歌早夜間作，哀而集之，曰白雲草。」

季夏，就選人，得惠州司李。令甲：遐方吏得乘傳。予行抵瀛州，聞先妣唐宜人之訃。予自痛未得升斗養，而竟貽終天恨，一慟歐血。至維揚，痢大作，幾不起。抵家旬餘，始克治喪。

【附錄】侯峒曾與陳臥子進士書：「聞榜之夕，方禹修太守，適在南中，秉燭相告，喜滿大宅。無何，而太夫人之訃至矣。海內知己同此痛傷，惟節哀自愛，仰慰九原，乃眞大孝之事。而或者歉于仁兄之未踞木天，或又謂訃聞差早，異日可坐致輦上，此市井細人之言，非仁兄所願聞，亦非僕所以爲仁兄道也。惟是僕孤嬾至極，契闊以來，不通尺素。蓋自前春至今，實未嘗以隻字入長安，此亦有微尙焉，不獨爲赫蹏掌大，恐爲知己累也。自聞銓司一席，已有其人，僕始謂可發春明之牘矣。而改授之義又起。鄭大司寇故遏其節推，以俟南咨之至。僕祕不聞南中諸老，而急求勳郎一轉，以超然於評論之外。乃不意知我如臥子、彝仲二公，亦復前邪後許，惟恐其不得當，此所謂感恩有之，知己則未也。僕意但欲滿三年考，以部郎里居，長奉老母，今幸謝選事，自可聽之主者，但毋使僕生姓名，復廁其間而已。惠子之側，不敢不告其區區，他語不復以凟孝履。生芻一束，弗躬弗謐，惟仁兄鑒之。用布告几筵，爲施多矣。不宣。」

崇禎十一年戊寅

春，予以報謝往武林。海昌吳中翰者，大猾，當定陵時，黨於戚畹，大通賄賂。既里居，父子恣爲橫暴，以睚眦殺人。前直指使者劾奏之，有詔窮治。浙中諸貴人多爲居間，德清尤力。時廣陵喬聖任來按浙，晤予蘭若，而許霞城給諫適有書致喬。德清方內怯，深疑予兩人必聳喬連及之，大恨。居無何，言路有論列者，德清疏辯，有寄居蕭寺等語。或曰：蓋指予也，俟上詰問，即指名矣。賴上明聖，不之及。

【考證】海寧州志：「吳中彥，字瀛石，武英殿中書。」【案】江西通志：「文德翼，崇禎中司李嘉興，大憝吳中彥子徵羿，倚恃持國柄者，武斷鄉曲，戕害善類，德翼特揭而力討之，卒置於理。」又【案】浙江通志：「崇禎間，巡按御史喬可聘，前巡按御史爲鄧鈲。」江南通志：「鄧鈲，字元岍，金壇人。天啓壬戌進士，授中書舍人，擢監察御史，巡按浙江，罷橫征，鋤大猾。」大猾者，應指中彥也。湖州府志：「徐倚勳，德清人，山西道御史。」【案】倚勳注見前。江南通志：

「喬可聘，字君徵，寶應人。天啓二年進士，授中書舍人。時魏忠賢勢方張，即請告終養。崇禎改元，補前官。吏部侍郎張捷，力薦逆案呂純如爲本部尚書，有旨不許，給事中呂黃鐘遂薦捷爲之。可聘上疏謂捷罪浮于逆案中人，黃鐘罪又浮于捷，彼倡此和，相倚爲奸，禍自此始矣。考授監察御史，巡按浙江。」【案】明詩綜：「可聘，字聖任。」

是夏，讀書南園。偕闇公、尚木網羅本朝名卿鉅公之文，有涉世務國政者，爲皇明經世文編。歲餘梓成，凡五百餘卷。雖成帙太速，稍病繁蕪；然敷奏咸備，典實多有，漢家故事，名相所採，良史必錄者也。

【附錄】宋徵璧經世文編凡例：「儒者幼而志學，長而博綜，及致治施政，至或本末眩瞀，措置乖方，此蓋浮文，無裨實用，泥古未能通今也。唐、宋以來，如通典、通考，暨奏疏衍義諸書，尤爲切要，亦既繁多，乃本朝典故，缺焉未陳。其藏之金匱石室者，聞見局促，曾未得覩記，所拜手而獻，抵掌而陳者，若左右史所記，小生宿儒，又病于鈔撮，不足揄揚盛美，網羅前後，此有志之士所撫膺而歎也。徐子孚遠，陳子子龍，因與徵璧取國朝名臣文集，擷其精英，勒成一書。如采木于山，探珠于淵，多者多取，少者少取。至本集不載，而經國所必須者，又爲旁采，以助高深。共爲文五百卷有奇，人數稱是。志在徵實，類曰經世云。」

婦翁方同先生卒於楚之邵陽，予偕婦迎其喪於吳門。冬，石齋師以謫還，居禹航之大滌山。予往謁之，賦詩而歸。

【考證】通鑑綱目三編：「崇禎十一年秋七月，謫少詹事黃道周官。初，還安郭鞏以逆案謫戍，其鄉人爲訟寃。楊嗣昌時巡撫永平，聞于朝。及奪情入閣，又起復逆案陳新甲爲總督。于是言官相繼論之，道周上三疏，一劾嗣昌奪情，一劾新甲走邪徑，一劾遼東巡撫方一藻主和議。時帝憂兵甚，謂廷臣可屬大事者惟嗣昌，遂鐫道周六級，謫外。」

杭州府志：「大滌山，在餘杭縣西南十八里。」

【附錄】黄道周大滌書院記：「壬申秋月，予以逐客南旋，實攜杖履，啓闢斯山。何兄羲兆，左經右鉏，綱紀其事，曾不數年，茨塈聿立，苞籠既平，環流既清，四方高蹈之彦，時亦往來與詠其間。予方攀柏藝松，棲遲漳海，未之能從也。戊寅初冬，再以逐客南旋。緬念斯山，暌違七載，遂誅茆其間，徘徊日夕。當時從遊者，爲嘉興倪梅生先春、汪爾陶挺、錢仲雍琳、蕭山曹木上振龍、松江陳臥子子龍。時臥子以桐杖不遂登高，諸數往還，予病未之能從也。」又記云：「景陵胡公占、繡水倪梅生、汪爾陶、吳江錢仲雍、雲間陳臥子、仁和朱美之、蕭山曹木上，與羲兆遞爲主人，余一日凡三記。」

崇禎十二年己卯

讀書南園，編農政全書。故相徐文定公負經世之學，首欲明農。裒古今田里溝洫之制，黍稷桑麻之宜，下至於蔬果漁牧之利，以荒政終焉。有草稿數十卷藏於家，未成書也。予從其孫得之，慨然以富國化民之本在是。遂刪其繁蕪，補其缺略，粲然備矣。大中丞張公、郡伯方公爲梓之。後五載，其家上疏進御，先帝褒歎故輔甚至，與一子官，頒其書於郡國。予又以唐興元之有陸敬輿，會昌之有李文饒，皆中興之相也。思如二公之人而不可得，因評論其集合梓之，頗行於世。是歲，予春秋三十二矣。季秋，禫除之際，感安仁二毛之悲；又以少而孤露，親年日衰，王室多故，艮嬰世難。意欲絕仕宦，供菽水，終老於衡門之下，遂作秋興賦以自寄焉。此志一移，蹉跎至今，出處不貞，君親兩負，良可痛悼！冬，葺舍東偏，以廣其宅，示無志四方也。張訒叟給諫，疏薦予爲職方郎，不報。

【考證】明史列傳：「徐光啓，字子先，上海人。萬曆二十五年舉鄉試第一。又七年，成進士。由庶吉士歷贊善、少詹事。天啓三年，擢禮部右侍郎。五年，魏忠賢黨智鋌劾之，落職閒住。崇禎元年召還，以左侍郎理部事。帝憂國用不足，敕廷臣獻屯鹽善策。光啓言『屯政在乎墾荒，鹽政在嚴禁私販』，帝褒納之。擢本部尚書。五年五月，以本官兼東閣大學士，尋加太子太保，進文淵閣。光啓雅負經濟才，有志用世。及柄用，年已老，值周延儒、溫體仁專政，不能有所建白。明年十月，卒。贈少保，謚文定。帝念光啓博學強識，索其家遺書，子驥入謝，進農政全書六十卷。詔令有司刊布，加贈太保，錄其孫爲中書舍人。」松江府志：「徐爾爵，字縻之，文定公孫，蔭中書舍人，未仕。」浙江通志：「張國維，號玉笥，東陽人。天啓壬戌進士，授番禺令，清理沙漲田數萬畝，以業貧民，擢刑科給事中，陞太常寺少卿，巡撫江南。江南通志：「國維，崇禎時巡撫應天，寬惠得士大夫心，屬郡災傷，輒爲請命，多獲寬減。時流賊躪江北，國維引軍擊之，屢摧寇，解圍。」南匯縣志：「張元始字貞起，號訒叟，崇禎戊辰進士。歷官給事中，抗疏言封疆失事，保舉非人，侃侃不避權勢。在諫垣八年，清忠謇練，朝廷將大用之，會遭母喪。服闋，起太常卿，未赴；卒，年六十九。士論惜之。」

【附錄】李雯與宋轅文書：「頃見臥子秋興賦，明淡閒雅，安仁不足道也。安仁文詞恬適，意實躁競，觀其閒居、秋興，皆志有所不得而强爲之詞。而臥子宦情不深，解巾以來，便思投閒以養太夫人；又存念素交，欲共草澤，以視望塵乾沒者何如耶？則又不獨以文勝矣。」

崇禎十三年庚辰

春，納側室薄氏。予堅意不出，而前輩如許霞城、孫魯山諸公，力爲敦趣，以爲天下尚可爲。而太安人亦見責以「汝家世受國恩，無以我老人故，廢報稱大義」，遂以三月黽勉北發，然意殊戀戀，無日不回顧也。徘徊淮、泗之間者累日。渡黃河，遇李映碧給諫謫還，語時事，復慨然思歸。

【考證】台州府志：「孫晉，字魯山，桐城人。由進士累官兵部尚書。明末避地仙居二都方宅，後復移寓一都安寧。有『烟霞皆物外，雞犬即仙家』之句。」【案】魯山先生於崇禎庚辰、辛巳間，嘗客遊茸城，霞城給諫爲置酒高會，爾時黃門或與相聚云。明史李春芳傳：「李清，字映碧，興化人，崇禎四年進士。由寧波推官擢刑科給事中。熊文燦撫張獻忠，清論其失策。以久旱，請寬刑，忤旨。貶浙江按察司照磨。」王晫今世說：「映碧歷官廷尉，嘗列刑垣數十章論祥刑，獄中人見疏無不感涕。黏其疏于獄街之壁，時共讀之，合掌誦佛以過，後以風節著稱。」

抵任丘，聞石齋師得嚴譴，逮治益深，悔此出矣。逡巡入都，遍走當局稱同志者，求明石齋師，爲聖主惜此舉動。皆蹙額相向，以爲上意方不測，若申救則益其禍。是時，上新拔進士數人爲翰林臺諫，予意數人者新進，爲上意所傾，信其無黨，若得一言訟之，或可解悟。微以語激一二公，皆笑不應。

【考證】吳氏說鈴：「庚辰科廷試放榜後，召對二甲進士，觀相貌質辯欽定四衙門，即日到任。檢討姚宗衡、葛世振、孫一脈、劉瑄、趙玉森、嚴似祖，六科宣國柱、黃雲師、胡周鼐、周正儒，吏部驗封司董國祥，稽勳司顧渾，兵部武選司葛奇祚，職方司張朝紘、蔡紘明、田有年，武庫司盧若騰、錢志騶、陳纁、呂陽。」

時師以論武陵相起復非是忤旨。予遂具疏求終養。外臣不敢正言，聊以愧世之忘親者，以無負師教，且得遂其初志。納言以爲子苟欲養，則如不來；來而求歸，無是例也，阻之。不得已，以六月就選人，得紹興司李。浙中諸公，意所久定也。

【考證】明史列傳：「楊嗣昌，字文弱，武陵人。萬曆三十八年進士。崇禎七年秋，拜兵部右侍郎兼右僉都御史，以父憂去，復遭繼母喪。九年秋，兵部尚書張鳳翼卒，即家起嗣昌。明年三月抵京，召對，嗣昌有口辨，帝大信愛之。嗣昌乃議大舉平賊，福建巡撫熊文燦者，討海賊有功，大言自詭足辦賊，嗣昌薦之，建「四正六隅」之說，欲專委重文燦，而文燦顧主撫議。至明年三月，嗣昌以滅賊踰期，疏引罪，薦人自代，帝不許。六月改禮部尚書兼東閣大學士，仍掌兵部事。嗣昌既以奪情入政府，又奪情起陳新甲總督，於是給事中何楷、御史林蘭友及少詹事黃道周，抗疏詆斥。帝怒，並鐫三級。刑部主事張若騏上疏，醜詆道周，遂鐫道周六級，謫外。十二年五月，文燦所撫賊張獻忠反穀城，帝詔逮文燦，命嗣昌督師。十四年二月，獻忠陷襄陽，嗣昌憂懼，遂不食卒。」

七月，南還，遇石齋師於邵伯驛，詢京師近事。緹帥促行頗迫，須臾別去。師意甚慷慨，而予不勝欷歔矣。至鹿城，夜遇天如，議急石齋師之難，將傾身家以圖之。眞有賈彪之風，予甚愧焉。抵家治裝，以八月奉太安人攜家渡錢塘。以到官日聞石齋師廷杖之耗。予以師素羸，且不免矣；與倪鴻寶先生悲涕竟日。

【考證】明史黃道周傳：「道周劾嗣昌，貶江西按察司照磨。久之，巡撫解學龍薦所部官，推奬道周備至。大學士魏照乘惡道周甚，擬旨責學龍濫薦。帝怒，立創二人籍，逮下刑部獄。責以黨邪亂政，並杖八十。尙書李覺斯讞輕，嚴旨切責。移獄鎭撫司掠治，逾年，戍廣西。」孫北海先生年譜：「崇禎十三年庚辰，少詹黃公召對抗言，懷宗大怒，欲殺之。府君率諸給事力救之，黃公得減死，廷杖一百。府君恐其杖死，亟請大金吾駱公養性留意救之。駱公曰：『廷杖自有法，如黃公死，吾非丈夫也。』於是得不死，遣戍。」【案】石齋先生劾武陵起復，係崇禎戊寅事，至本年，則以解公之薦被逮，而年譜仍書論武陵起復忤旨，此追論禍始也。

有司初到職，例謁上官，而司李尤時時出入省會。時有中貴人崔璘者，奉命治鹽筴，據撫、按上，郡縣無不庭謁長跪，至有交歡求其薦牘者。予數次至省城，竟不通謁。中貴人大怪，寮寀皆爲予懼。予笑曰：「若欲我屈膝此輩，惟有拂衣耳！」至冬，崔竟以失上旨撤去，予卒無患。益信卑諂者無益也。

【考證】谷應泰明史紀事本末：「崇禎十二年二月，以司禮太監崔琳清理兩浙鹽課賦稅。」

諸曁缺令，臺使檄予攝縣事。曁邑向多盜，且水災五載，是歲益甚，盜賊如蝟毛而起。予廉邑中知名豪數輩，久以贓罪錮者，召訊之，持其陰事，令擒賊自效。又力行保甲，設互首之法，申連坐之令，獲渠魁數人，立誅之。即盜賊人人相疑，主藏者每爲人所發，枹鼓罕鳴矣。

【考證】諸暨縣志本傳：「子龍爲紹興司李，攝諸暨篆，時歲大饑，奸民聚誘亡命，肆以剽掠，子龍以計擒之，民賴以安。」

又暨俗，睚眦動以殺人誣訟，比爲白之，家已破矣。予初至，有以殺子訟者，哭甚哀。訊之曰：「汝子以何日死？」曰：「昨日。」「何以致斃？」曰：「以鐵椎碎首。」「去縣幾何？」曰：「四十里。」予即呼馬往驗其尸，其人以山路險遠爲辭，予益疑之，命攜襆秉燭以去。至發視，則其子以羸病死數日，所訟乃舊仇也。蓋奸民本知殺人事不可竟，而有司又無從數十里外立往驗死人者，冀得遷延，以肆其憤，或取賂而解。予既重懲其人，傳示闔境，奸宄稍稍失氣矣。邑有銀礦數十所，神廟時遣稅監開鑿，旋即封禁，山旁奸民往往窟穴其中。時以歲饑，聚衆至數千人。予察其魁，置之法，陰爲解散。忽有武弁王之輔者，持撫臺熊公檄，命其察視便宜。大意以「飢民無所得食，仰給於沙石以代稼穡，而以其餘助軍府之糈，事或可行，當條其利害以報。」視符印皆合，予獨心疑之，令主簿陽款其人，而密詢之熊公，則僞也。因屬予窮治其獄，得大奸數人，咸如律，礦事遂息。冬，太安人還吳。

【考證】明史神宗本紀：「萬曆二十四年七月，始遣中官開礦於畿內。未幾，河南、山東、山西、浙江、陝西悉令開採，以中官領之，羣臣屢諫不聽。」浙江通志：「巡撫熊奮渭，商城人，崇禎間任。」【案】河南通志：「奮渭，萬曆丙辰進士。」明史宋玫傳：「大學士周延儒客盛順者，爲浙江巡撫熊奮渭營內召，果擢南京戶部侍郎。」

崇禎十四年辛巳

正月，予以賀節入省。還，大雪者旬餘，山路皆斷。暨民大擾，予聞之馳往。途次見飢民千百爲羣，持梃刃，負囊橐，擁車不得行。愬曰：「民旦夕且死，當往刼某氏某氏。」予反覆曉勸，一羣解去，數輩又來，兩日始達邑中。遂出令四郊，救飢民，斬亂民，擒亂首數人立誅之。先是，予初攝邑時，知明歲饑必甚，集邑中士民議積儲，以爲積於官則多弊，不若藏於民間。因置籍，令富室各量力書所積之數，至米貴時則減價以糶；若有天幸，民無飢則聽自便，官不問升斗也。民頗安之，書籍者約萬餘石。至是予徒步雪中，求其發粟，富室皆感動。或有減價十之三以惠鄉閭者，又有願捐十之三作粥糜以拯下戶者。坊市鄉遂，皆令孝廉諸生領之。又移公帑數千金，遣賈人給符驗，告糴於鄰郡，價所低昂，則以其半惠民，以其半利商。不過旬日，金歸庫藏，不稽上供，而兩利存之，民始有更生之望矣。境內帖然，無狗吠之警。而郡中則大擾亂，攻剽富室，公府閉門不開。二月新令至，予得還郡。奮撫遂屬予專司賑事，以暨邑例遍行郡中。是時，廷尉鄭公爲守道，及郡守王公，皆一時循良。薦紳則劉念臺、倪鴻寶、祁世培、余武貞諸先生，咸以救民爲心。孝廉諸生亦多賢者，相助爲理。而世培尤與予晨夕同事，官米粥廠，遂遍於窮鄉深谷矣。

【考證】浙江通志：「鄭瑄，上宮人，崇禎間，任分守道。」嘉興府志：「鄭瑄，字鴻逵，崇禎進士。知嘉興府，政務簡靜，興起文教。遷寧紹副使，累擢大理寺卿。」倪文正公年譜：「十五年壬午賑事至半，以分守使者鄭公瑄力拊循，而瓜代將及，則公揭兩臺，咨留久任。」紹興府志：「王孫蘭字畹仲，無錫人，崇禎四年進士，知紹興府。會歲饑，定賑救法，預爲分區，使鄉官分主之，籍記飢民之受賑者，合萬九千六百零口，立廠二百七十六所。設散米、給錢、粥廠、移粥、藥局、病坊、官糶、民糶、官積、民積諸事，共二十六則。浙東三府十九縣，皆行其法，所全活以萬計。」明史列傳：「劉宗周，字起東，山陰人，萬曆二十九年進士。崇禎元年，召爲順天府尹，居一載，謝病歸。八年七月，內閣缺人，命吏部推在籍者，以宗周名上，詔所司敦趣。宗周固辭，不許。明年正月入都，授工部左侍郎。帝欲大用，溫體仁惠之，上章力詆，遂斥爲民。十四年九月，吏部缺左侍郎，帝謂劉宗周清正敢言，可用也，遂以命之。明年八月，擢左都御史。十月，京師被兵，請旌死事盧象昇，而追戮誤國奸臣楊嗣昌，逮跋扈悍將左良玉。防關以備反攻，防潞以備偷渡，防通、津、臨、德，以備南下，帝不能盡行。時姜埰、熊開元以言事下詔獄，宗周約九卿共救，帝大怒，革職爲民。福王監國，起故官。馬士英薦阮大鋮知兵，有詔冠帶陛見。宗周曰：『大鋮進退，係江左興亡，老臣不敢不一爭之。』疏入，不聽，遂告歸。明年五月，南都亡，宗周不食卒，學者稱念臺先生。」又列傳：「祁彪佳，字弘吉，山陰人。天啓二年進士，授興化府推官，外艱歸。崇禎四年，起御史，上合籌天下全局疏。復陳民間十四大苦，帝善其言。出按蘇、松諸府，尋以侍養歸。北都變聞，謁福王于南京，遷大理寺丞，旋擢右僉都御史，巡撫江南。高傑駐瓜洲，跋扈甚，彪佳勉以忠義，共奬王室。傑感歎曰：『如公，傑甘爲死。』羣小疾彪佳，彪佳竟移疾去。南都失守，杭州繼失，彪佳端坐池中而死。」【案】浙江通志：「彪佳，字世培。」又列傳：「余煌，字武貞，會稽人。天啓五年進士第一，授修撰。崇禎時歷左諭德、右庶子，充經筵講官、戶部尚書。程國祥請借京城房租，煌爭不可，乞假歸，遂丁外艱。服除，久不起。魯王監國紹興，拜煌兵部尙書，時諸臣競營高爵，請乞無厭。煌上言：『今國勢愈危，朝政愈紛。尺土未復，戰守無資。諸臣請祭，則當思先帝烝嘗未備；請葬，則當思先帝山陵未營；請封，則當思先帝宗廟未享；請廕，則當思先帝子孫未保；請謚，則當思先帝光烈未昭。』時以爲名言。大淸兵過江，王航海遁，煌赴水死。」

予蹈芒屩，策短笻，馳驅林麓中者累月。又設病坊，延名醫，治癃羸，不幸死者，官爲瘞之。又設局收棄兒於道者，募老嫗及乳媼飼之，或跡其父母，或爲人乞養以去。大約費官帑及富室所捐助米七萬五千有奇，前後活人十餘萬。病坊用藥萬餘劑，所活人千人，活棄兒三百餘人，事詳賑史。此皆上官及賢豪長者功也。而大中丞上奏見稱，與道府同奉旨紀錄。越李歷數人，大約欲以風裁見，不無稍自倨重，輿從多光麗，掾史輿臺，因以爍小民，見者恒惴惴。予性既坦易，少威儀，不立章程，小民可以不時見。訟獄以數言決，每以善言解諭之，使各悔過以去。苟非大過，鞭扑之聲，竟月不聞也。又不輕拘攝，虎冠者眈眈無所事，終日假寐，或荷鋤去耳。出則禁呵殿，前導不過五人。時遊山澤，與諸生高論淸言，人不知爲官長也。惟奸吏刁奴之戕民者，逆子傲弟妒婦之敗倫捍化者，雖豪大家必破柱求之，窮治乃已。朔望集嗇夫、三老，講聖諭六言，則令其人跪聽，必宗黨鄰里，保其改過始釋。吳、越鄰壤，饔飧之需，半給於家。官廚蕭然，門多鳥雀，民頗信之。故時行度外事，開隙權勢，卒不能奪衆論也。

【考證】紹興府志本傳：「子龍爲紹興推官，士以其夙有文望，爭師事之，皆無峻拒。雖居官不釋書史，而聽訟明決，庭清如水。」

【附錄】杭州府志：「毛先舒，字稚黄，一名騤，字馳黄，錢塘諸生。八歲能詩，十歲能文。著白榆集，鏤之板，陳子龍爲紹興推官，見而咨嗟，赴省城特詣之。先舒感其知己，師事焉。」又白榆集小傳：「先舒著白榆集，流傳山陰祁中丞之座，適陳臥子於祁公座上見之，稱賞，遂投分引歡，即成師友。其後西泠十子，各以詩章就正，故十子皆出臥子先生之門。國初，西泠派即雲間派也。」【案】西泠十子：陸圻、柴紹炳、張丹、孫治、陳廷會、毛先舒、丁澎、吳百朋、沈謙、虞黄昊也。朱彝尊靜志居詩話：「王介人翃，初擅詞曲，後研聲詩，平湖陸職方嗣端訪君於長水。值君洗硯河頭，挾之登舟，家人不知也。徧遊苕、霅乃返。既而入越，謁陳推官臥子，方置酒送客。君詩有『前路夕陽外，行人春草中』之句，臥子擊節曰：『此今之高三十五也。』爲序其詩詞。」嘉興府志：「徐白，字介白，嘉興縣人，徙居吳江，初師竟陵詩派，後以太湖落日賦見賞於陳黄門子龍，晚年持論，稍歸和易。」又：「彭孫貽，字仲謀，海鹽人，博聞強記。推官陳子龍奇其才，薦之主司，已定第一，病不竣試。」沈季友檇李詩繫：「蔣平階，初名雯階，字斧山，華亭人。爲嘉善諸生，遊陳子龍之門，後避地居嘉興。久之，徙越中卒。」紹興府志：「潘集，字子翔，會稽人。爲文頃刻千言，司李陳子龍兩試第二，學使者以文太奇，不錄也。南北變後，出五雲門，渡東橋，袖石沈死。」又：「姜廷梧，字桐晉，餘姚人，姿度絕異，爲文穎脫而成，日求儒雅之士，以高文逸韻相唱酬。陳子龍司李越中，一見相器重。」又：「史奕楠，會稽人。崇禎癸未拔貢，少爲陳子龍弟子。乙酉過維揚史可法幕，適四鎮乏餉有變，可法患之。奕楠往與馬士英縱談邊患情形，士英肅然，竟得所請而歸。可法喜曰：『此眞千里奇才也。』」又：「沈之泰字魯瞻，餘姚人，弱冠通諸史，陳子龍亟稱之。魯王授中書舍人，從入海，後遣至寧波招兵，爲里人所白，執繫死。」【案】先生爲司李時，樂引後進，其一時從遊之士，有散見於志傳者，採錄數人，以附於此。

是歲，浙西大旱，漕事迫。嘉之崇德，湖之德清，素頑梗，屬年饑，益不辦。大中丞奉旨譴責，令予專督崇德，而自督德清。予疏剔月餘，遂與他邑相後先矣。邑有倉儲米，以給士兵者，無折閱之費運兌之勞，而與漕等，故人爭欲得之。然其額不過數千，倭入寇時，以惠諸生之守城有功者。其後薦紳引例，令不能拒，奸吏又乾沒其中。至於末流，歲不下萬餘石，而倉額如故，不復會計。以石米入倉者，慮不滿三斗，益爭爲利藪。至漕額不足，則暗加派於闔縣，漕額日增，縣既久無賢令，奸吏及豪家爲政，小民不知司農籍，唯唯而已。輕重不均，故民重困，不能急公，橫被頑梗名，實不幸也。予廉得其實，鞫奸狀，論斬論戍者數人，悉追冒倉糧漏賦者抵漕，以甦逃亡之戶。因察邑境有磽鄉四，請於臺使者，令其永納倉糧，以惠瘠土。計畝定賦，勒石於縣。雖國計歲有增減，倘得明宰豫爲昭示，使民洞然，卽無所容大奸矣。秋，以積勞致病，初則瘖耳，後日增劇，服葠附百餘劑，長至，始克櫛沐。是歲，納側室沈氏。

陳子龍年譜卷中　自撰

崇禎十五年壬午

春，予奉臺委，督新漕於吳興，交穀各邑者二旬，登艘者十之七。適越守王公遷去，復檄予攝郡事，而學憲王公來校士。越中以試事爲最難，每當試，則諸生塡塞，官長至陳兵出入，或呵噪隨之。予所拔多名士及才而單寒者，雖於貴遊不甚屬，而終事帖然。劉念臺先生素方正，移予書曰：「公之試事，可謂十得其八，數十年所無也。」先生之不輕許人如此。

【考證】吳偉業王公畹仲墓誌：「公補紹興守，歲大祲，設法賑救，所全活甚衆。久之，以積勞擢廣東南韶兵備副使。」

【案】浙江通志職官：明末提學道王姓者有二，一爲王畿，一爲王應華，俱不註任在何年。而春明夢餘錄載，上以勘察皇陵，命取原任禮部郎中今陞浙江提學副使王應華來，其事在崇禎辛巳四月二十五日，則學憲王公之爲應華無疑。題名碑錄：「王應華，廣東東莞人，崇禎戊辰進士。」

又直指左公行部，簿書盈錯，手目爲疲。左公見知甚深，凡州縣利弊，吏治良窳，罔不採納。

【考證】江南通志：「左光先，桐城人，光斗弟，天啓甲子鄉薦。知建寧縣，以異績入西臺，按部兩浙，勤恤民隱，周厯官方，疏凡百餘上，悉報可。生平不避艱險，偉烈直聲，與兄齊名。」明史左光斗傳：「福王立，馬士英薦阮大鋮，光先爭不可。後大鋮得志，逮光先，亂亟道阻，光先間行走徽嶺，緹騎索不得，乃止。」

浙中有死囚害人之俗，奸宄之徒，有不快意於良民者，則結獄中一老囚，以其名誣訟之，其詞絕痛。治獄者，不知其囚也，爲理之。囚既坐殊死，罪無可加，而良民與之糾纏，甚可憎，則每每行賄以免。而奸宄漁其利，至對簿得情實，囚不過箠楚，而良民已重困。予因請於兩臺，勒石爲禁。凡讞獄者，必先攝訟主，而後拘被訟者。若囚也，則重懲之，考竟主使，而罷其案。兩臺採予言，申令全浙，其風少減。栝州山箐險阻，界於衢、婺及閩之建州、江右之信州，恆爲逋逃藪。閩之流人種藍藝麥於中者，日以益衆。主客不相安，則聚而爲盜。四方亡命附麗之至數千人。三省五郡之間，流毒幾徧。官兵入討，厄於地險，時至敗衄，連兵者五年矣。

【考證】遂昌縣志：「崇禎初年，閩人來浙東諸郡，種靛、蔴、蔗者，布滿山谷。久之，與土人爲仇。汀州人丘凌霄父子，與金華人陳海有隙，勾海賊稱兵作亂。巡撫羅公新涖任，親至勦寇。寇懼，以義烏、湯溪皆有備，陸至遂昌縣中，殺傷相當，走石練。撫院遣衢州守備成紹譽躡其後，追至石練，大戰於溪灘，衆寡不敵，紹譽死之。寇遁浦城界而去。撫院上其事，詔贈紹譽驃騎將軍。十五年閩寇在浙者將歸，而福建浦城縣防守嚴甚，不得過。由是積聚多人，嘯聚於遂昌之西鄉茶園。知縣許啓洪申詳督撫，院遂題義烏知縣陞工部主事熊人霖、推官陳子龍勦賊。」

撫按奏其事，上震怒，奪閩中諸司職，而責浙以合勦。適大中丞董公初受節，上賜宴，面諭以山寇不亟撲滅，其勢將復爲流寇，而東南大事去矣。限以五月成功，賚之金幣。公受命而出。公與予同郡，又先君同籍也，素相信。乘傳至浙，即召予詢其事，予曰：「寇之所以逋誅者，以山境險廣，而我發兵不多，株守一隅，不能制其死命。卽有敢戰之將，深入其阻，而此入則彼出，大較以鄰國爲壑耳。今欲一舉蕩平，必大發兵，約閩中合攻之，某願任其事。」董公大喜，卽屬予監護諸將吏。

【考證】江南通志：「董象恒，字有仲，華亭人，萬曆己未進士。知開州，白蓮賊倡亂，捕斬之。歷福建參政，討鄭芝龍有功，擢僉都御史。巡撫浙江，捐俸造漕船五百以濟運。時流寇竊發，各省多殘破，兩浙獨完，象恒之力爲多。」上海縣志：「象恒擢右僉都御史，巡撫浙江，召對稱旨，賜酒膳銀幣。到官，屏卻餽遺，正己率下，時頻年災荒，萑苻嘯聚，屢奏請蠲賑，賊漸解散。」

五月，予督撫標兵千人，由江道西上。而予由暨陽以發，收東義壯士百餘人以爲衞。謁直指左公於栝，適烏傷令熊君伯甘還水部，入辭直指，予知其嫻於兵事，說左公疏留之，與共事。因會兵於遂昌，而甌兵亦至。熊君則往督三衢之兵，遣使閩中、江右會師期。

【考證】義烏縣志：「熊人霖，字伯甘，江西進賢人。兵部尚書明遇子，崇禎丁丑進士。十一年涖任，下車卽奉檄築城，民弗知役，行保伍法以軍令月再肄之。作金城、講武兩營，而除戎器正伍兩寓焉。壬午遷工部主事，祀名宦。」

是時，暑雨交至，瘴霧四塞。予日馳谿谷中，穿荆棘，衝虎豹，夜與卒伍同處。山險歲饑，人戶逃散，糧運不繼，至斷鹽豉者數日。予惟以身先士卒激厲之，將士感奮，屢發兵深入死鬭，終以厄於地險，殺傷相當，而賊亦重困。六月，奪其一寨，斬數百級。賊西走，所棲益峻，不可攻。予與熊君謀，凡近賊巢五十里內，民家牛羊米粟，皆遠徙。官兵分據大坪、茶源、黄村諸要害，凡栝山嶺之高峻者，號曰坪，其深者曰坑，源者，水泉所自出也。賊乏食益困，遂南走獅子峯入閩界。先是閩中以兵事屬黃君五湖，黃亦智士也。購得賊主藏，持其事，縱之入巢，說以利害。適浙兵深入，賊內悔，遂受戎索，以七月降閩。其賊帥汪松等數百人降於浙，山越靖焉。

【考證】明史鄭爲虹傳：「黃大鵬，字文若，建陽人。崇禎十三年進士，爲義烏知縣，有能聲。唐王召爲兵科給事中。從至建寧，令與爲虹共守仙霞嶺，竟同死。」福建通志：「黃大鵬，字南溟，授龍游令。時義烏兵叛，逼龍游城下，大鵬單車諭之，餘黨解散。」

是役也，浙無閩之奇計，則賊將復入閩山，更稽掃蕩；而閩非浙之力戰，則賊氣未挫，投誠未必能速也。予復上善後數事，凡編流民於主戶，互相保結，及被兵各邑，宜緩徵，設府佐於黃村口，專備盜。兩臺疏請，皆得俞旨。事下吏、兵二部論功，予得增俸行取，然以韋豺代治行，非予願。時陽羨爲知交，接引頗殷。而大司馬馮鄴仙稱莫逆，移書問予，予力謝，願守常格，故其事久不行。

【考證】遂昌縣志：「賊大半詣浦城降，其餘黨並降軍前，解撫院。因題立防禦廳於黃村，移溫州府通判一員駐昌𡹣來，春冬防禦，夏秋仍回溫州。復取溫州原額兵二百名來縣，永爲防守。」明史本傳：「馮元飆，字爾弢，慈谿人，天啓元年，與兄元颺同舉於鄉，明年成進士。崇禎十五年拜兵部右侍郎，轉左。尚書陳新甲棄市，元飆署部事。帝曰：『大司馬缺久，無踰卿者。』元飆以多病辭，乃用張國維。十六年，國維下獄，遂以元飆爲尚書。」【案】社事本末：「元飆，號鄴仙。」

八月，本省分校，解首予所取士也。十月，分校武試。

【考證】嘉興府志：「黃濤，字觀只，嘉興縣人。崇禎壬午解元，出陳子龍之門。早歲卽知名，四方名士，皆願與交。入國朝，爲龍游教諭，秩滿擢滋陽令，未赴卒。」吳偉業黃觀只壽序：「往余讀碧山集，知嘉禾黃葵陽先生以省元取高第，既而從吾師西銘之門識其孫觀只，亦以省元後先踵武，浙東西誇爲盛事，則又吾友大樽所鑒拔而登之者也。觀只之爲人，能孝友，知大節，收者到門，曲刃在頸，夷神委運，詞色不撓。『誰謂荼苦？其甘如薺』，觀只其甘之矣。」

【附錄】黃道周大滌書院記：「崇禎壬午，予以解網至白下，買舟將出長沙，値江北告警，桐、皖之間，風鶴騷然。四月十五日至西泠，十月廿五日，與錢去非、孟長民入禹航，時陳子龍臥子爲紹興推官，陸自巖魯瞻爲湖州太守，予以二賢在治，不欲久滯越中，二賢亦先後過大滌，竟日別去。」

崇禎十六年癸未

春，闖賊破承德。左兵東下，金陵大震。

【考證】明史流賊傳：「李自成，米脂人，充銀川驛卒，數犯法，有安塞馬賊高迎祥者，自成舅也，自稱闖王。自成乃與兄子過往從迎祥，號闖將。崇禎九年秋，孫傳庭禽迎祥於盩厔，磔死。於是賊黨推自成爲闖王。十六年春，自成陷承天，將發獻陵，有聲震山谷，懼而止。旁掠潛山、京山、雲夢、黃陂、孝感等州縣皆下。」又列傳：「左良玉，字崑山，臨淸人。目不知書，多智謀，撫士卒得其歡心，以故戰輒有功。崇禎十五年九月，李自成謀拔襄陽，時良玉壁樊城，大造戰艦，驅襄陽一郡人以實軍，諸降賊附之，有衆二十萬。自成乘勝攻良玉，良玉退兵南岸水寨相持，以萬人扼淺洲，賊兵十萬爭渡，不能過。良玉乃宵遁。引其舟師至武昌，從楚王乞餉，王不應。良玉縱兵大掠，自十二月二十四日，至十六年正月中始去。良玉既東，自成遂陷承天，旁掠諸州縣。當是時，降兵叛卒，率假左軍號恣剽掠。蘄州守將王胤成爲亂首，破建德，劫池陽，去蕪湖四十里，泊舟三山、荻港，漕艘鹽船，盡奪以載兵，聲言諸將寄帑南京，請以親信三千人與俱。南京諸文武官及操江都御史，至陳師江上爲守禦，士民一夕數徙，商旅不行。都御史李邦華被召，道湖口，草檄告良玉，以危詞動之。而令安慶巡撫發九江庫銀十五萬兩，補六月糧，軍心乃定。」

大中丞董公議修備練軍實，屬予董其役，因築獨松、昱嶺二關，以杭城西南隅近山，外嶺高於內，築敵臺三以峙之，稍殺外勢。軍器火藥，皆稽核修製，百工具興。予又以自江以東，越一都會也，城卑無敵臺，睥睨多隳壞，濠雖廣，間有淤淺可涉者，予議治之。余武貞宮諭與予協策，慨然任其事。於是割贖鍰，議捐助，既范埏埴，爰修土功，重立女牆，堅厚倍昔。築臺輔城，以塞要害，廢郛復建，重門始壯。鎔金爨革，爰固國關。伐木於山，是作閈閎。宥彼輕繫，爲我濬池。始用見譏，及成晏如。余公之勞不可忘，予挈領而已。

【考證】杭州府志：「獨松嶺在餘杭縣西北七十五里，有關在其上。嶺路險狹，東南直走臨安，西北則道安吉，趨廣德，爲浙江二境要害。」又：「昱嶺山，在昌化縣西七十里，嶺高七十五丈，地勢險阻，舊置關于此。右當歙郡之口，東瞰臨安之郊，南出建德之背。」紹興府志：「崇禎十六年秋，金華山賊許都，聚衆倡亂，時震鄰郡，鄉紳余煌建議，請於署府事推官陳子龍，增設耳城五處以捍之。」

又以郡少火器，聘精西學者陳博士，造大小砲數百位，儲於麗譙。州縣歲請硝磺於都使司，例也。予察各屬邑所儲幾何，吏曰：「請而不發者數年矣。」及按司籍，則歲發山、會等邑者，累累也。蓋司吏縣胥及工匠，相緣爲奸，縣歲具文以請，司如例以發，諸奸售而分之，滅其牒，令視爲故事。非吏治所急，置不問；即問及，則以有司停閣爲辭，莫能詰也。予得其弊，逮繫諸奸窮治之，得贓數千金。遣健卒監致之中州，買硝磺以歸，封之郡庫，於是越之武備稍具矣。是歲以京師戒嚴，四月始舉計吏之典。時冢宰鄭元嶽先生爲政最清嚴，舉天下有司大廉卓者八人，以予爲首，奉旨優擢。秋滿三載，考績如例，先考得晉階奉訓大夫，兩先妣皆晉贈宜人，婦爲孺人。

【考證】明末忠烈紀實：「陳于階字瞻一，松江上海人。從徐光啓學曆法，爲欽天監五官挈壺正。南渡，督造火器。大兵至，縊死天主堂。」明史列傳：「鄭三俊字用章，池州建德人。萬曆二十六年進士。天啓初擢左僉都御史，四年，遷左副都御史，引疾去。崇禎元年，起南京戶部尚書，兼掌吏部事。南京諸僚，多忠賢遺黨，是年京察，三俊澄汰一空。八年正月，復當京察，斥罷七十八人，時服其公。考績入都，留爲刑部尚書。十五年正月，吏部尚書李日宣得罪，命三俊代之。三俊爲人，端嚴清亮，正色立朝。國變後，家居十餘年，乃卒。」周櫟園先生行述：「癸未舉天下廉卓，陳子龍、湯來賀、夏允彝等十人，先大夫與焉。」

冬，獻賊入袁、吉，南都方懷上游之慮，而糧運稽阻。舊制，越運米四萬餘石餉南都，越不通轉漕，踐更者領價於官，而糴於他郡。富民憚遠，奸猾吏代之運，既挾重利，則貿易於江、楚，不以時輸，南庾益困。而有司徒受黜責，後專以郡李董之，然卒莫有如期者。是歲大司農高公、大司馬史公告急之檄交至。

【考證】明史稿流賊傳：「張獻忠，延安衛柳樹澗人也。生與李自成同歲。崇禎三年，陝西賊大起，王嘉胤據府谷，西陷河曲，獻忠以米脂十八寨應之，自號八大王。明年，嘉胤死，其黨紫金梁復聚衆三十六營，獻忠偕闖王、曹操、老回回等皆爲之魁。」流寇瑣聞：「崇禎十六年七月，獻賊西渡，陷咸寧、蒲圻，向岳州，陷長沙、湘潭，又陷衡州、永州，破寶慶、常德，分賊入廣西全州，犯江西袁州，獻歸長沙，陷萍鄉，徇攸縣、分宜。」明史列傳：「高弘圖，字研文，膠州人。萬曆三十八年進士，授中書舍人，擢御史。天啓初，巡按陝西，移疾去。莊烈帝即位，起官擢太僕少卿，復移疾去。三年召拜左副都御史，五年遷工部右侍郎。中官張彝憲來會，弘圖恥之，不與共坐，七疏乞休。帝怒，遂削籍。十六年，召拜南京兵部右侍郎，遷戶部尚書。福王立，改弘圖禮部尚書，兼東閣大學士。馬士英疏薦阮大鋮，弘圖不可，士英曰：『我自任之。』乃命大鋮假冠帶陛見。大鋮入見，歷陳冤狀，以弘圖不附東林，引爲證。弘圖則力言逆案不可翻，大鋮、士英並怒，遂乞休，流寓會稽。國破，逃野寺中，絕粒而卒。」又列傳：「史可法，字憲之，大興籍，祥符人。崇禎元年進士，授西安府推官，稍遷戶部主事，歷員外郎、郎中。八年遷右參議，分守池州、太平。其秋，總理侍郎盧象昇大舉討賊，改可法副使，分巡安慶、池州，監江北諸軍。十年七月，擢右僉都御史，巡撫安慶、廬州、太平、池州四府及河南之光州、光山、固始、羅田，湖廣之蘄州、廣濟、黃梅，江西之德化、湖口諸縣，提督軍務。十一年夏以平賊踰期，戴罪立功。可法與下均勞苦，以故得士死力。連敗賊英山、六合。十二年夏，丁外艱去。服闋，起戶部右侍郎，兼右僉都御史。代朱大典總督漕運，巡撫鳳陽、淮安、揚州，漕政大釐。拜南京兵部尚書，參贊機務。」

予念各郡皆坐視，一脫巾而呼，如根本何？因督屬邑悉發金，而召應往役者，諭之曰：「米終不能免運，但遲速之間耳。倘南都以困生變，卽爾越豈能獨安？今米價方賤，我願與爾輩偕往謁大司農，與倉氏面較輸納，彼虎冠之吏，豈能深難若等？是國與民交利。今我往而汝後至者，部則縶戮，汝毋我尤！」越民素見信，爭先西行。予以十二月抵南都，督新舊米七萬餘石入倉。是時京軍缺餉三月矣，各郡無升斗至者，史公至欲下拜，曰：「非子事將不濟！」遂與高公同論薦焉。

【考證】周立勳符勝堂集附錄：「豫章陳伯璣云：癸未冬，予避亂金陵，同鄉羅公萬象居戶垣，一日相過，謂：『文人談經濟，罕覩其效，昨陳臥子從紹興督軍糧數千石至，遂免此中脫巾之呼，眞濟世才也！』予心識之。明日楊龍友介予謁陳公於承恩寺，所言皆機務，絕不論文，座中桐城光、左二兄，偶談其鄉社事水火，欲公收回所撰某某序文，公應聲曰：『天下何等時？正當渙小羣爲大羣，奈何意氣若此！』予退而益歎服公之慷慨激烈，非僅文人比也。其大節不具論，如玄黃之戰，至今猶紛拏未已，安得聞公長者之言乎？」

予未出都，而閩浙東有許都之亂。都者，諸生，任俠多結輕悍，予素知之。時語當路：「此等人用之可得其死力；不用，亦能爲變。」人無應者。時婺吏多貪縱，失人心，而東陽爲甚。烏傷有奸民假中貴人招兵者，都無涉也。事發，令文致之，因以索賄。都家不過當中人產，無以應。令持之急，適都葬母，其賓客咸會，諸負氣者互煽之，因發憤舉兵，以誅貪吏爲名，民怨毒深，多從之。旬日之間，衆至數萬。遂破東陽、義烏、浦江三邑，圍金華，全浙大震。

【考證】明史稿陳子龍傳：「許都者，副使達道孫也。家富，任俠好施，以兵法部勒賓客子弟，思得一當。子龍嘗薦諸上官，不用。東陽知縣姚孫棐，桐城人也，以備亂斂士民貲，坐都萬金，都乞免不得。適義烏奸民假中貴名招兵事發，孫棐誚都結黨謀逆，持之急。都葬母山中，會者萬人，或告監司王雄曰：『都反矣！』雄遽遣使收捕，都遂反。旬日間聚衆數萬，連陷東陽、義烏、浦江，遂逼郡城。」周裕度客諸偶鈔：「許都者，金華東陽諸生。癸未冬，流賊寇江西，都練兵自衛。令遂指都爲不法，陽與掣肘，而陰實有求於都也。餽千金，不能解。且曰：『而匿吳昌時欽贓十萬，是應輸官。』都懼不免，同友人入辯。令怒，喝令進監。許之黨與憤怒，擁入縣治，執令鞭數十，反收之獄。因封府庫，聚徒衆，且夕合數千人。」

【附錄】紹興府志：「鄭遵謙，會稽諸生，好酒色，暱妓金氏。金以妒殺其婢。時陳子龍爲推官，惡遵謙無賴，與金氏並論死。遵謙與東陽許都爲死友，獄事急，都馳至越，白子龍，曹：『天下有事，幸無殺英雄。』子龍納之，得不死。順治二年，潞王出降，遵謙密結數十人，起兵迎魯王於台州，稱監國，封義興侯。王師渡江，從魯王航海，爲鄭彩所迫，投海中死，金氏亦赴海殉之。」

時舊撫董公被逮，新撫黃公未至，直指左公方以復命行，予在南中聞變，時新直指任公寓居金陵，予以地方事重，求其亟行。予遂星馳還浙，知左公復回省會，治兵調發遍境內，予抵杭，則二十二日矣。

【考證】客諧偶鈔：「浙撫董臣棐象恒，戊午鄉薦，才二十三歲，距今癸未又二十五年矣。昨聞其黨以事觸聖怒，以本年八月二十四日，就逮於任。」浙江通志：「黃鳴俊，字啓甸，莆田人。萬曆己未進士，知諸暨縣，調繁會稽，歷陞浙江提學參議，改杭嚴兵備，超擢都御史，巡撫浙江。甫三月，值甲申之變，聞江南馬士英用事，解組歸。」又：「巡按御史任天成，舒城人，崇禎間任。」【案】江南通志：「天成，崇禎甲戌進士。」

謁左公，願效行間。左公即委予監護諸軍，仍許以便行剿撫。二十四日渡江，次日即督越兵千人西行。二十六日抵諸暨，撫標兵千人來會，遂誓師。是時官兵已收浦江矣。予率師以二十八日屯龍潭，賊以二千人據山阻溪爲營，夜則多列燈火於林莽間，莫測其衆。又遣人僞降，予諜知之，定計次日除夕發兵逼之。賊依險矢石交下，予率勇士策馬先登，斬退縮者一人，又遣別將從間道繞出其後，焚其巢，賊遂奔潰。逐北三十里，斬首虜五百餘，生擒賊渠馮某等百餘人。至大陳村，兵士有取民間一銅器者，予立劍斬之。即以松材供炊爨，皆召其主給以直。民大悅，牛酒日至矣。

【考證】吳偉業綏寇紀略附紀：「許都葬母於某山時，會葬者，有馮龍友、戴法聰，二者力千鈞，皆萬人敵。即葬所用白布裹頭而反，故人號曰『白頭兵』。」

崇禎十七年甲申　清世祖順治元年

正月二日，予率師恢復義烏，斬賊首將，餘衆悉奔。次日，進屯雙林寺。是時遊擊蔣若來等，已擊破其團聚之兵，脅從多散。都收餘卒三千人，保南巖，遣使乞降於予。予以事重不許，及各路兵大會，備兵使者王公以直指方責其起隙狀，急欲平寇自解，屏衆咨予曰：「賊以必死保險，皆精銳也。山徑峻阻，兵不得仰攻，上既有積穀，而其後通台、栝諸山，非曠日持久不能克。而我軍聚者萬人，有五日之糧耳。直指日馳尺一見責，奈何？賊若悔禍，因而撫之，戢兵救民，計之上也。」予曰：「某與都有故，昨曾遣使投誠，某以事大未許，今惟有進剿耳。」方拔營，而都使復至，自反接請死。王公問予：「何以處之？」予曰：「受降如受敵，誠僞未可知，某願自往察之。」予遂單騎以往，將士請從，予曰：「無庸也。」令二賊控馬，一人前導，行四十餘里，抵山麓，賊以兵守之。予欲登其山，從者辭以險，不可以馬，請余少憩，令都下謁。蓋予直欲覘其山徑，而賊亦恐予得其虛實也。薄暮，都至。予責之曰：「汝向以豪傑自負，當爲國家出死力，今何故反？官兵四面至，汝棲窮山，且暮耳！」都泣下，愬東陽令。且曰：「自知罪重，今當束身歸命，惟公活之！」予曰：「汝罪已無生理，今惟有自縛見王公，表誠信。幸得不誅，當率其徒，徙江北剿寇自贖耳。然必以今夕行，遲無益也。」都慨然曰：「苟明我以激反，又能爲國家用，雖死無恨！請即從公往見王公。」羣賊大譁，咸諫，以爲當決死戰，往則受縛耳。因欲加刃於予，予曉譬百端，都亦徧諭曰：「事已大誤，幸陳公來示生路，我計決矣。有異同者，可先散去。」衆始寂然。

【考證】江南通志：「蔣若來，字龍江，長洲人。獨骨臂，善騎射，累擢參將，拜都督。後守金華，孤城援絕，先焚其妻子，巷戰經日，力盡自刎死。」浦江縣志：「崇禎十六年，東陽許都聚衆倡亂，人民逃竄。賊黨義烏吳奎，於十二月十三日破城，坐縣十八日，杭營遊擊蔣若來討平之，斬賊五百餘級。」紹興府志：「分守道王鏞，江西廣信府人，進士，崇禎十六年任。」【案】王鏞，先生本傳作雄。浙江通志：「寶林禪寺，在義烏縣雲黃山下，梁大通三年建，即今雙林寺也。」又：「南巖，在松陽縣，幽勝甲於一邑，四明張即之扁曰小峨嵋。」【案】南巖，先生本傳作南砦。

都遂以三騎從予出山。予陰計向順者惟都，其黨皆不可測。官兵之在屯者，咸欲得都以爲首功，萬一都出，爲別營將士所奪，則撫局壞，而餘黨必叛，何時當平耶？因語都：「將士無不欲剸刃於若者，若至營，可但稱都部將。」都然之。夜半至營，予先馳入見王公，告以故。王公召都入，諭之曰：「爾歸語都，若果效誠款明，當燬營壘，納兵械，悉散徒衆，以二百人自縛來降，當待以不死。」都唯唯謝，始知予言不欺。予復挾都走山中，以王公意諭衆。衆以都不返也，皆甲矣。見都與予偕至，則大喜，願散去者半。予皆給以符信，所至不得誅求。餘願隨都編行伍自效，予恐徒黨多，生他變。復令都多方遣發，僅以二百人降於王公。

【考證】紹興府志陳子龍傳：「歲癸未，金華許都聚青衿，結亡命，據山寨以反。僞先鋒朱之彪，擁衆萬餘，攻掠東陽、義烏等邑，寧、紹、台咸震，省會亦患兵單。子龍曰：『許都嘗執贄於我，一旦爲山寇所惑，可招而致也。』遣諭利害，『苟來歸，必請之臺憲假以事權，爲富貴基。』都受諭俯首，之彪抗聲云：『陳司李即不賣我，能保巡按不賣司李乎？』尋引去，乃解散所部。特以三千餘人儒服渡錢塘，伏按院乞降。」

初，諸將吏皆謂賊反掌可得，以書生奪其首功，咸懷慍忿。軍士造煽浮辭，至不忍聽。及諸將吏登賊巢，見絶險，非懸索不能度；而其後萬嶂重阻，不可窮討。始謝曰：「微公，我輩方與賊爭命谿谷矣！」又各執生口訊詰，知都起事日淺，方假義聲以誘愚俗，擄掠隨手輒散。衆意始息。然諸軍之託名搜巢者，一賊不可得，縱火夷蕩，數十里内，良民無聚廬焉。予以前謗，不敢爭，惟先移所部遠屯，不與焚林之役而已。都既作亂，破圍城邑，婺郡士大夫，必欲殺之。予以兵護降者至暨陽，途遇姜端公掌科，以危詞動予，勸予誅之於途。予以殺降不祥，拒之。

【考證】浙江通志：「姜應甲，字叔乙，金華人。崇禎戊辰進士，授行人，選刑科給事中，以親老乞養歸。會東陽許都反，應甲傾家貲、募死士，迎敵於孝順街，寇遂退。晚乃披緇，自號頑石，結茅於北山巔，年七十有六卒。」

及抵省，而直指迫於薦紳之論，具斧鑕矣。予請之不得，則請誅首惡而釋從者，又不得。都等六十餘人，竟同斬於江滸。夫都以書生爲逆，雖降必誅之以爲後戒，亦法之正也。特造隙之貪令不除，乞降之實跡復晦，世將并疑予爲詭士也，故表而出之。

【考證】浙江通志左光先傳：「光先，崇禎間按浙，適許都倡亂，據蘭溪、東陽、義烏、武義、浦江。光先命蔣若來、賈鴻陽等共擊之，連收四邑，都退保紫薇山。紹興司李陳子龍單騎説其降，光先曰：『三城未破，可受都降，今窮蹙將就擒，奈何欲受降以寬其罪哉！』執戮之。」明史史可法傳：「何剛與東陽許都善，語之曰：『子所居，天下精兵處，盍練一旅以待用。』都諾而去。十七年正月入都，上書薦都，而都作亂，已前死。」綏寇紀略附紀：「都一書生，能得衆，其才必有大過人者。當朝廷拊髀良將，曾不能有一言之薦，俾上知之，此浙中任事者之過。而又縱貪令及監司之庸且悖者以激變，觀其去巢穴，率徒衆，束身於知己之一言，夫豈輕信子龍，誠以舉事本無此心，故急欲自明，庶幾一有所出以贖罪。主者無能爲國家惜人才，救禍亂；而徒箝制於二三紳士之口，致十數豪傑，生受梟懸之慘，死蒙叛逆之名，良可痛也！」

是時新撫黄公，新按任公至。各路官軍之奉調而後到者，既無所分功，則以搜餘黨爲名，多所披抉；而官吏因緣其間，株連無算，報仇者四起。賊平已數旬，而郡邑吏尙以軍興法，自得斬刈人民以重足，予奏記黄公、任公，亟下令禁止之。婺事稍定，先是太安人不樂處官舍，還家歲餘矣。予日夜思念，考成後，即屢上書當路，求歸侍養，不聽。因顧量移南中冷曹，易以罷去。時穀城爲御史中丞，予知己也。上記以誠達之。而會是時江南司官久缺，朝議咸屬予，予實無意；而內外爭欲得之者數人。自陽羨敗，井研當國，朝士之分曹攻角，闔闢變遷，日益眩幻。初時同鄉前輩，莫不主予，後知甚淡漠，而爭者鋒距各利，遂首鼠不置可否。

【考證】明史方岳貢傳：「吏部尙書鄭三俊舉天下廉能監司五人，岳貢與焉。帝趣使入對，見於平臺，即超擢左副都御史。尋命以本官兼東閣大學士。閣臣帶都御史銜，自岳貢始。」又周延儒傳：「十六年四月，帝賚延儒蟒蔽，延儒席藁待罪，帝降旨許歸。已而命削延儒職，遣緹騎逮入京師，十二月，命勒自盡，籍其家。」又陳演傳：「十三年拜禮部左侍郎，兼東閣大學士。明年，進禮部尙書，改文淵閣。十五年改戶部尙書、武英殿，被劾乞罷，優旨慰留。

明年五月周延儒去位，遂爲首輔。十七年正月，改吏部尚書、建極殿。踰月罷政，再踰月，都城陷，遂及於難。」

最後良鄉入政府，被眷方隆。金沙呂大行因其援，遂定議。同鄉噤不發語，而呂以資俸太淺，心不自安，移書慰藉予，許爲提挈。予笑不答，時穀城亦在政地矣，量予素意，舉以語主爵沈君。沈君亦予舊交相信，遂推升南京吏部文選司主事。與江南司官疏先後上，予即得俞旨，而呂疏竟留中不下，上意眞莫測云。

【考證】明史列傳：「魏藻德，順天通州人。崇禎十三年舉進士，殿試第一，授修撰。十五年，都城戒嚴，疏陳兵事。明年三月，召對稱旨。帝意其有抱負，五月，驟擢禮部右侍郎兼東閣大學士。陳演見帝遇之厚，曲相比附。十七年二月，詔加兵部尚書，文淵閣大學士。演罷，藻德遂爲首輔。三月，都城陷，藻德被執，幽劉宗敏所，勒內閣十萬金，藻德輸萬金，賊以爲少，酷刑而死。」鎭江府志：「呂兆龍，字霖生，金壇人，崇禎庚辰進士，中書舍人。」【案】沈君疑即本集五言律中所云建陽沈令也。福建通志：建陽知縣沈鼎科，江陰人。又明末忠烈紀實：「鼎科，字鉉臣。崇禎辛未進士，兵部主事，城陷自縊。」此云主爵，或鼎科嘗官吏部歟？俟再考。

居無何，而浙中平寇之信至。初，京師傳婺州之變張甚，倪司農以家鄉面奏，上深爲根本慮，召輔臣問方略，議發諸道兵，不數旬得報功疏。越中薦紳在朝者，謬歸功於予。侍御震崚吳公，首論薦予，宜大用，御史中丞四明施公上奏則云：「臣鄉雖暫定，後慮宜周，必得威信素著者，爲之彈壓綢繆，莫若擢陳某以科員巡視兩浙，安集遺民。」事下所司，吏部以予及山東守城有功縣令周君亮工等三人同覆請以優異，得旨授予兵科給事中，巡視兩浙兵馬城池，而周君等皆授御史。

【考證】倪文正公年譜：「甲申正月三十日，召對文華殿，諭府君錢糧戶部職掌，目前務措百萬，以濟邊需。時庫貯不滿二千，而責成重大如此，府君奏外解未到，中途梗阻，因言浙中東陽、義烏之變。」紹興府志：「吳邦臣，錦衣衛籍，山陰人。崇禎十三年進士，御史。」【案】㠉崆吳公，㠉即此人。明史列傳：「施邦曜，字爾韜，餘姚人。萬曆四十一年進士，歷兩京光祿寺卿，改通政使。黃道周既謫官，復逮下詔獄，國子生涂仲吉上書訟之，邦曜不爲封進，而大署其副封曰：『書不必上，論不可不存。』仲吉劾邦曜，邦曜以副封上，帝見其署語，怒，下仲吉獄，而奪邦曜官。踰年，起南京通政使。入都陛見，陳學術、吏治、用兵、財賦四事，帝改容納焉。出都三日，命中使召還，曰：『南京無事，留此爲朕效力。』吏部推刑部右侍郎。帝曰：『邦曜清執，可左副都御史。』時崇禎十六年十二月也。明年，城陷，聞帝崩，即解帶自經。僕救之蘇，恨曰：『是兒誤我！』乃市信石雜燒酒服之，血迸裂而卒。」【案】明末忠烈紀實：「邦曜，號四明。」河南通志：「周亮工，字元亮，祥符人。明庚辰進士。國初，福建布政，歷仕至戶部左侍郎。」周櫟園先生行述：「庚辰成進士，釋褐，得山左之濰縣。是時，山左板蕩，相望無全城，先大夫登陴擐甲帶劍，身中箭創，瀕死者數，城卒賴以無恙。癸未，舉天下廉卓，行取授浙江道監察御史。甫受職，而有甲申三月之變。」

初，臺中疏上，時穀城知予歸志甚決，語人曰：「此君本不當置之南銓，但已定志侍養，借此作歸計耳。奈何復以美官苦之？」吳橋相公，先君乙卯房師也。素惜先君未展其才，愛予甚篤，部疏上，則曰：「我爲朝廷用才耳，遑恤其私？」遂票如議，且入暮得俞旨矣。小臣何以得先皇帝特達之知，未能一日報稱，未幾而神京淪陷，鼎湖告變矣。痛哉！

【考證】明史列傳：「范景文，字夢章，吳橋人。萬曆四十一年進士，授東昌推官，擢吏部稽勳主事，歷文選員外郎，尋乞假去。天啓五年，起文選郎中。魏忠賢暨魏廣微中外用事，謝病去。崇禎初，用薦召爲太常少卿。二年七月，擢右僉都御史，巡撫河南，京師戒嚴，率所部八千人勤王。明年三月，擢兵部添注左侍郎，練兵通州，以父喪去官。七年冬，起南京右都御史，拜兵部尚書。十一年冬，楊嗣昌奪情輔政，廷臣力爭多被謫，景文倡同列合詞論救，帝怒，削籍爲民。十五年秋，用薦召拜刑部尚書，改工部。十七年二月，命以本官兼東閣大學士。都城陷，赴雙塔寺旁古井死。」

予以三月初，奉撫軍令治兵於蛟關，得銓曹之命還越。知家大母病甚篤，蓋大母念予素切，聞予有尉注之役，郡人訛言予戰沒者，驚惑至不能言。家人恐予知，必棄官歸，竟不報。見除目，始相聞。時予久遣家累，惟一妾在官舍，書卷數束而已。即日啓行，抵家而大母霍然愈。因是乞身之志益決，立草疏遣行，未幾而改官之旨見矣。時，四月中也。

【附錄】王澐贈無言先生序：「憶崇禎午、未之際，予從大樽先師在越，時劉忠端公講學，於古小學，予從多士後，側聞其緒論。甲申三月從師去越，越友王玄趾諸君，渡江送至湖上，珍重而別。明年劉公殉節，王子從之。忽忽近五十年矣！」

前疏以兵阻，不得渡淮而返。而寇勢日急，席捲三晉，度恆山，破雲中、上谷，聲問盡絕。

【考證】明史稿流賊傳：「崇禎十七年正月，李自成稱王於西安，僭國號曰大順，改元永昌。事聞，帝大驚，召廷臣議，大學士李建泰請督師，帝許之。時自成別遣賊山西，自平陽陷河津，稷山、榮河亦陷，他府縣多望風送款。二月，自成渡河，破汾州，攻太原，執晉王，巡撫蔡懋德死。北徇忻、代，寧武總兵周遇吉戰死。自成乃先遣遊兵入故關，掠大名、眞定而北，而身率衆並邊東犯京師。陷大同，巡撫衛景瑗、總兵朱三樂死。自成殺代藩宗室殆盡。犯宣府，總兵姜瓖迎降，巡撫朱之馮死。遂犯陽和，從柳溝以逼居庸，總兵唐通、太監杜之秩迎降。三月十三日，焚昌平，總兵李守鑅死。十七日，賊環攻九門。門外先設三大營，悉降賊。十八日，賊攻益急。自成駐彰義門外，遣降賊太監杜勳縋入見帝，求禪位。帝怒叱之。日暝，太監曹化淳開彰義門，賊盡入。」

予與同志者謀，以爲主上必不棄京師，第恐不能持久。上書撫軍鄭公、大司馬史公，欲其間道密奏，請太子從津門入海南發，而三吳則集水師萬人，乘南風直抵碣石，奉迎儲君。兩公深然其說，松守陳君，願爲措餉，而我貛盡捐家業以助之。予方經營，而時已無及。至五月二日，而京師告陷之信至矣。悲夫！聞總憲李公，曾以此面奏，上竟不之聽，孰非天哉！

【考證】江南通志：「崇禎末，巡撫應天都御史鄭瑄。」【案】鄭瑄注見前。松江府志：「知府陳亨，字蓮石，福建侯官人，庚辰進士。崇禎十五年，以戶部郎中任，陞蘇松常鎭督糧道副使。」通鑑綱目三編：「三月丙午日晡，外城陷。明帝登萬歲山，望南城烽火徹天，歎息曰：『苦我民耳！』遂命分送太子、定王、永王於外戚周、田二家，劍擊長公主，令皇后自盡。翌日昧爽，內城陷。鳴鐘集百官，無至者。帝復登山，以帛縊於山亭。」明史列傳：「李邦華，字孟闇，吉水人。萬曆三十二年進士，崇禎十五年冬，掌南京都察院事，俄代劉宗周爲左都御史。十七年二月，李自成陷山西，邦華密疏，請帝固守京師，倣永樂朝故事，太子監國南都。又請永、定二王分封太平、寧國二府，拱護南京。帝得疏意動，繞殿行，且讀且歎，將行其言，會帝召羣臣，中允李明睿疏言南遷便，給事中光時亨以倡言洩密糾之，帝曰：『國君死社稷，正也，朕志定矣。』遂罷邦華策不議。未幾都城陷，走文信國祠，投繯而絕。」

弘光帝監國南都，予補原官，隨奉命巡視京營。予以國家傾覆之後，義不敢中前請，而又決江左事尚可爲，決計赴召。而史相國及職方萬君以予前有水師之議，移書徵促爲守江之具。予因具疏請兼用公帑，而事以其事屬職方何君剛，得俞旨。

【考證】通鑑輯覽：「順治元年五月，明兵部尚書史可法等，奉福王由崧監國於南京。北都既陷，南京諸大臣議立君，而福王由崧與潞王常淓俱以避賊至淮安。鳳陽總督馬士英，利福王昏庸，欲立之。密與操江誠意伯劉孔昭、總兵高傑、劉澤清、黃得功、劉良佐等結，而致書於可法。可法意未決，而士英操兵於外，與諸將送福王至儀眞，可法不得已，乃迎王於江浦，百官迎見於龍江關。王素服角帶哭。五月戊子朔，王謁孝陵奉先殿，出居內守備府。羣臣入朝議戰守，可法曰：『王宜素服郊次，發師北征，示天下以必報讎之義。』王唯唯。明日再朝，出議監國事。右都御史張愼言曰：『國虛無人，可遂卽大位。』可法曰：『太子存亡未卜，倘南來若何？』劉孔昭曰：『今日既定，誰敢復更？』可法曰：『徐之。』乃退，又明日，王監國。」【案】明史諸王傳：「壬寅，福王自立於南京，僞號弘光。」明史列傳：「萬元吉，字吉人，南昌人。天啓五年進士，授潮州推官，補歸德。崇禎四年大計，謫官。十六年，起南京職方主事，進郎中。福王立，仍故官。四鎮不和，元吉請奉詔宣諭，又請發萬金，犒高傑於揚州，諭以大義，令保江淮。乃渡江詣諸將營，傑與黃得功、劉澤清方爭揚州，元吉與得功書，令共奬王室，得功報書，如元吉指。乃錄其稿示澤清、傑，嫌漸解。以元吉能輯諸鎮，擢太僕少卿，監視江北軍務。明年五月，南京覆，走福建，歸唐王，擢兵部右侍郎，總督江西、湖廣諸軍。順治三年三月，吉安城破，元吉退屯皁口。四月，大兵逼皁口，元吉不能禦，入贛城。十月城破，死之。」又史可法傳：「何剛，字慤人，上海人。崇禎三年舉於鄉，見海內大亂，慨然有濟世之志。十七年正月，入都上書，言今日救生民，匡君國，莫急於治兵。臣讀戚繼光書，數言義烏、東陽兵可用，誠得召募數千，加之訓練，準繼光遺法，分布河南郡縣，大寇可平。帝壯其言，卽擢剛職方主事，募兵金華。剛出都，都城陷，馳還南京。先是，賊逼京師，剛友陳子龍、夏允彝，將聯舟師達天津，備緩急，募卒二千人，至是令剛統之。子龍入爲兵科，言『防江莫如水師』，更乞廣行召募，委剛訓練，從之。尋進本司員外郎，以其兵隸史可法。可法大喜得剛，剛亦自喜遇可法知己。士英惡之，出剛遵義知府。可法垂涕曰：『子去，吾誰仗？』剛亦泣，願死生無相背。踰月，揚州被圍，佐可法拒守，城破，投井死。」先生募練水師疏略曰：「守江之策，莫急水師，海舟之議，更不容緩。幸松江府知府陳亨，志切同袍，氣雄擊楫，多方措置，以求成旅。適接兵部尚書史可法、職方司郎中萬元吉手書，并錄部司移檄，以江上守禦方殷，望此一軍，共爲犄角。不妨動支正供，以俟銷算。總之，以朝廷之糧，養朝廷之兵，無分彼此也。但船隻器械，衣甲火藥等項，事事草創，不能卒辦，臣等推職方主事何剛，忠勇性成，清介絕俗，令以專司募練，而佐之以原任山陰縣知縣錢世貴、舉人徐孚遠、李桼、廩生張密，已經收買沙船三十五隻，皆堅緻可用，所募沿海材官水卒，共一千餘員名，多堪戰守之士。其置造器甲，修船鍊藥等事，則試中書舍人董庭、都司李時舉、生員唐侯等，分頭經理，一月之內，可有就緒。」【案】此疏見心梅野叟南國志餘，惜已殘闕，故節錄之。

【附錄】何氏族譜：陳正容何職方傳：「何子名剛，字愨人，其先上海人。崇禎中，入郡居，與予里閈相望，初聞其讀時人行卷，日必二寸許，予曰：『此文學士也。』庚午，與予門人臥子，同舉於鄉，因同社，臥子爲予言其日讀古人書，亦必二寸許，予曰：『此好古士也。』既與予父執吳繩如先生善，繩如告予曰：『何子家徒四壁，取嚴一介。』予曰：『此好古勵行士矣，何子進矣。』會流賊四起，何子詣闕上書，大陳綏靖之策。上嘉納之，即授兵部職方主事，命徵兵援中原，捧檄歸里。予曰：『愨人渺小丈夫，乃具此壯略耶？』就之語，抵掌時艱，氣如白虹，而殉國之志，貫射金石。居久之，何子調兵至浙，予訪之院署，出史閣部手書相示曰：『史公欲予往助，子天下有心人，其何以教我？』予遜謝之，而益心重其言。年四十，未舉子，家書報生男，頷之而已。俄聞其殤，徐曰：『亦省一事。』比歸，大書一聯於堂曰：『養親不逮，此身已許君王；討賊未能，何心復念妻子！』北都陷，福王監國南京，何子督水師，將渡江，馳書於予曰：『比來風鶴聲愈惡，剛疆場之臣也，行矣！此去濟則君之靈，不濟則以死繼之。』時朝議已棄淮陽，專備左兵，史閣部請陛見面陳，勿許。未幾，揚州被圍，何子佐史公，竭力固守。城陷，史公拔劍自刎，相傳何兵部已縊死城上，後數日，何子部下一張姓者，松郡人，自潰兵逸歸云：『是日兵亂，轟如山崩地裂，初見史閣部騎白驢出城調戰，何兵部居守，忽喧傳城破矣，何兵部坐一古刹井上，遂北向再拜，投井死。相繼投者衆，井遂滿。』時張語忽止，予復訊之，張哽咽曰：『何兵部死慘矣，有亂卒數十人入寺，見井有人焉。意其腰有金，用鉤鉤起，搜之至末，始見何屍，怒氣如生，目未瞑焉。』予曰：『噫！何子苦矣，然從此何子之事畢矣！何子之大節，可不朽於天壤矣！』因三歎而作何子傳。」

其偉謹案：族譜家忠節愍人公，原名厚明，莊烈帝御筆改今名。爲其偉七世伯祖士宏公諱應恢之孫，六世伯祖乾齋公諱峻德之子也。生平大節，已詳見史傳，茲錄黄門師陳威玉先生作，以備參考。

予遂以六月望後入都，而是時貴陽入輔，祥符出鎮，國事稍變矣。貴陽一至，卽薦懷寧當大用，衆情大譁，攻者四起。新建、膠州力主正論，而羣失職之徒，咸欲用貴陽以取世資，報仇隙。內通中貴，外鼓勳鎮，至攘臂殿陛之間，上爲和解乃止。

【考證】明史奸臣傳：「馬士英，貴陽人。萬曆四十四年，與懷寧阮大鋮同中會試。又三年，士英成進士，崇禎五年，擢右僉都御史，巡撫宣府，檄取公帑數千金，餽遺朝貴，爲鎮守太監王坤所發，坐遣戍，尋流寓南京。時大鋮名掛逆案，失職久廢，以避流賊至，與士英相結甚歡。大鋮機敏猾賊，有才藻，居南京，頗招納遊俠爲談兵說劍，覬以邊才召。無錫顧杲、吳縣楊廷樞等，皆復社名士，方聚講南京。惡大鋮甚，作留都防亂揭逐之，大鋮懼，乃閉門謝客，獨與士英深相結。周延儒內召，大鋮輦金錢要之維揚，求湔濯。延儒曰：『吾此行謬爲東林所推，子名在逆案，可乎？』大鋮沈吟久曰：『瑤草何如？』瑤草，士英別字也，延儒許之。十五年六月，遂起兵部右侍郎，兼右僉都御史，總督廬、鳳等處軍務。十七年三月，京師陷，士英迎福王監國，進士英東閣大學士、兵部尚書、都察院右副都御史，與史可法、高弘圖並命，士英仍督師鳳陽。士英大惱，令高傑等疏趣可法督師淮、揚，而士英留輔政，仍掌兵部，權震中外。士英欲起大鋮，令劉孔昭及湯國祚、趙之龍等薦大鋮知兵，遂命冠帶陛見。於是大學士姜曰廣、侍郎呂大器等並言大鋮逆案巨魁，不可召。士英奏辯，用中旨起大鋮兵部添注右侍郎，兼右僉都御史，巡閱江防。」又史可法傳：「福王監國，廷推閣臣，衆舉可法、高弘圖、姜曰廣，誠意伯劉孔昭，攘臂欲並列，衆以本朝無勛臣入閣例過之，孔昭勃然曰：『即我不可，士英何不可？』乃幷推士英。」

予朝見後，即具三疏：一勸主上勤學定志，以立中興之基。一上經略荆、襄布置兩淮之策，以爲奠安南服之本。一歷陳先朝致亂之由，在於上下相猜，朋黨互角，以爲鑒誡。俱蒙溫旨。

【考證】明末忠烈紀實陳子龍傳：「南渡起原官，子龍言：『自古中興之主，如少康、周宣，皆躬親武事，以克仇邦。三代以後，漢之光武、唐之肅宗，莫不身先士卒，戎車數駕，故能光復舊物。未有深居法宫之中，優游處順，而可以戡定禍亂者也。今者，人情泄沓，不異升平，從無有哭神州之陸沈，念中原之榛莽者。臣瞻拜諸陵，依依北望，不知十二陵尚能無恙否？而先帝先后之梓宫何在？輿言及此，陛下當嘗膽臥薪，宵衣旰食，而羣工庶尹，亦宜砥礪鋒鍔，奮發志意，以報仇雪恥是務，庶中原可收，而舊京可復也。竊聞山東、河北，義旗雲集，咸拭目以望王師，朝廷晏然置之度外，何以收三齊技擊之雄，慰燕趙悲歌之士乎？臣恐天下知朝廷不足恃，不折而歸敵，則豪傑皆有自王之心矣。伏望陛下，速駕幸京營大閱之，復弭節江滸，大集舟師，分命輔臣，一至蕪湖，一至京口，以視險要，固根本，使天下曉然，知陛下下詔親征，六師北發，歸重淮、泗，令一軍由歸、亳以入汝、雒，一軍由襄、鄧以攻武關，出褒、漢，巴、蜀之甲，燕、晉之師，則用之爲奇兵，爲聲援，逆賊授首，可計日待矣。』又言：『防江之策，莫過水師，海舟之說，更不容緩。』又言備邊三要，又言收復襄陽，皆當時至計，莫之能用也。」

貴陽，先君同籍也，遇予亦厚。其人儻蕩不羈，久歷封疆，於門戶之學，非素所深研也。當困厄時，與懷寧爲狎邪之交，相歡如父子，浸潤其言，且曰：「苟富貴，無相忘！」及貴陽柄用，而懷寧挾其權智以御之，且責前盟。見攻之者多，則曰：「彼黨人者，不殺我兩人不止。」又造作蜚語，以爲主上之立，非諸君子意。故力攻擁戴定策之人，以孤人主之勢。蓋懷寧挾貴陽以爲援，而貴陽挾主上以自解。予因正告貴陽曰：「懷寧之奸，海內莫不聞，而公之功，亦天下所共推也。公於人無豪髮之隙，奈何代人犯天下之怒乎？且公之冒不韙而保任者，以生平之言，不可負也。公以素交而薦之，衆以公義而持之，使公既信友，又不害法，則衆之益公者大矣，而公何怒爲？今國家有累卵之危，束手坐視，而爭此一人，異日責有所歸矣。」貴陽曰：「逆案本不可翻也，止以懷寧一人才，不可廢耳。」予曰：「公既不能負懷寧而獨用之，則懷寧又何辭以拒同科之數百人而獨登膴仕乎？一小人用，衆小人進，必然之勢，一踰短垣，雖公亦無如之何矣！且公爲宰輔，苟能眞心以求天下之才，何患無人？如懷寧者，何足數哉！」予又進曰：「公之擁戴主上，以贊中興，巍巍之功，有識共瞻。然公每以定策自居，則竊以爲不可也。夫人臣而以定策自居，必上見嫌於人主，而下取謗於海內。公歷覽史冊，以此自全者幾人哉！」貴陽曰：「我非敢然也，人方欲殺我，不得不持此乞命於主上耳。」予應之曰：「主上以親以賢，億兆樂推，誰有異議？凡此皆奸人造作流言，以傷君相之心，惑上下之志，公奈何墮其術？且主上撫有區宇，乃云：翊戴者止數人，而貳心者徧朝野，何示天下以不廣乎？公若能遠讒去佞，惟賢是與，勞謙不伐，秉心無競，而士大夫尚有以微文及公者，某不信也。」時貴陽以予爲新建門下士，而諸君子多素交，稍信之。數日後新建師語予曰：「日來貴陽在閣，氣甚和，亦絕口不言定策事，君讜言之力也。」貴陽家廝隸臧獲，大都受奸人指，爲何意氣；且置人屏幕間，察客語云何。予言無慮不盡漏，羣小怨益深矣。居無何，而山陰之彈事至，責政府及四鎮甚切。

【考證】楊陸榮三藩紀事本末：「順治元年六月，福王召劉宗周爲都察院左都御史。宗周疏論時事，一言『據形勝：江左非偏安之業，宜以親征之師，東扼淮、徐，北控豫州，西顧荆、襄，漸恢漸進。』一言『重藩屏：路振飛坐守淮城，久以家眷浮舟遠地，劉澤清、高傑亦有家口寄江南之說，是二鎮一撫，皆可斬也』。一言『愼爵賞：各帥封賞，孰應孰濫，宜嚴加分別，如左帥以恢復而封，高、劉以敗逃而亦封，將誰爲不封者？武臣旣濫，文臣隨之；外廷旣濫，中璫隨之。臣恐天下聞而解體也』。一言『覈舊官：燕京旣陷，有受僞官而逃者，有在封守而逃者，有在使命而逃者，宜分別定罪』。又言：『賊兵入秦踰晉，直逼京師，大江以南，二三督撫，坐視君父之危亡，未嘗遣一騎入援。旣而大行之凶問確矣，督撫諸臣，仍復安坐地方，止圖定策之功，未嘗肯移一步。洎乎新朝旣立，自應立遣北伐之師，而諸臣之計又不出此。紛紛制作，蠱厲體面。更難解者，先帝升遐喪詔，距今月餘，浙中尚未頒至，近省如此，遠省可知。仰惟陛下再發哀痛之詔，立興問罪之師，請自中外諸臣之不職者始。』未幾，宗周予告去。」明史史可法傳：「福王監國，議分江北爲四鎮：東平伯劉澤清，轄淮、海，駐淮北，經理山東一路；總兵官高傑轄徐、泗，駐泗水，經理開、歸一路；總兵官劉良佐轄鳳、壽，駐臨淮，經理陳、杞一路；靖南伯黃得功轄滁、和，駐廬州，經理光、固一路。可法開府揚州。」

山陰孤介特立，生平舉措，不謀諸子弟。奸人激政府意，則曰：「是新建所爲。」而山陰久留雲陽，予新從吳中來，相與定計。故陽以好語解政府，而陰爲驅除，適予上疏論汙賊諸臣，復及逆案不可翻狀，政府遂深疑予，予亦決去志矣。時福邸隸人常應俊，以恩澤封伯，予上疏論其非制，得旨兩解之。

【考證】明史劉宗周傳：「劉澤清草一疏，署高傑、劉良佐、黃得功名上之。言：『宗周勸上親征，謀危君父，蓋非宗周一人之謀，姜曰廣、吳甡合謀也。曰廣心雄膽大，翊戴非其本懷，故陰結死黨，翦除諸忠，然後迫劫乘輿，遷之別郡。如甡、宗周等入都，臣等即渡江赴闕，面訐諸奸，正春秋討賊之義。』」又：「澤清日夜謀所以殺宗周者不得，乃遣客十輩，往刺宗周。宗周時在丹陽，終日危坐，未有惰容。客前後至者，不敢加害而去。」南國志餘：「福府千戶常應俊，本革工，値上出亡，負之行雪中數十里，脫於難，封爲襄衛伯。兵科給事中陳子龍上疏請愼名器：『陛下間關南返，從官幾何？今天位既登，來者何衆？人誇翼贊之功，家切從龍之念，一爲輕濫，後將無極，唯陛下愼持之。果係服勞有功、但當賚之金帛，不應授以爵位，以貽曹風不稱之譏，犯大易負乘之戒。』又言：『爵人宜公，如計臣之特用也，計臣清端敏練，百僚所服。但古制爵人於朝，與衆共之。墨敕斜封，覆轍可鑒。萬一異日有奸邪乘間，左右先容，銓司不及議，宰輔不及知，而竟以內降出之，臣等不爭，則倖門日開；臣等爭之，則已有前例。立國之始，臣願陛下愼持之。』疏入俱不聽。」【案】計臣特用，卽下文張大司農用中旨內傳事也。

而是時，議遣北使。上坐行宮，召羣臣入對。馬紹愉者，故嘗受陳大司馬意，奉使遼東，竟不得要領而歸。先帝罷不用，司馬亦以他疆事坐誅。是日紹愉娓娓稱長壽功，且云：「當時非有言路阻撓，則款事成而國家至今磐石也。」上意動，隨諭閣臣以新甲不當誅，誰定爰書者，當追論，而恤新甲。予上疏爭之，且戒紹愉今奉使，毋蹈前轍再辱國。上納之，遂止恤議。

【考證】明史左懋第傳：「福王立，大兵連破李自成，朝議遣使通好，而難其人。懋第母陳歿於燕，懋第欲因是返匶葬，請行。乃拜懋第兵部右侍郎，兼僉都御史，與左都督陳弘範、太僕少卿馬紹愉偕。馬紹愉者，故兵部郎官也。嘗爲陳新甲通款事，至義州而還。新甲既誅，紹愉以督戰致衄，爲懋第劾罷，及是紹愉已起官郎中，乃進爲少卿，副懋第。懋第言『紹愉臣所劾罷，不當復與臣共事』。閣部議止紹愉，改命原任薊督王永吉。王令仍遵前諭，齎白金十萬兩，幣帛數萬匹，以兵三千人護行。」又列傳：「陳新甲，長壽人。萬曆時舉於鄉。崇禎元年，爲刑部員外郎，進郎中，遷寧前兵備僉事，進副使。七年九月，擢右僉都御史，巡撫宣府。九年五月，內艱歸。十一年，宣大總督盧象昇丁外艱，楊嗣昌薦新甲堪代。十五年三月，松山、錦州相繼失。言官劾及新甲，新甲乞罷，不從。初新甲以南北交困，遣使議和。大學士謝陞言於帝，召新甲詰責，陞進曰：『倘肯議和，和亦可恃。』帝默然，尋諭新甲密圖之，帝手詔往反者數十，皆戒以勿洩。一日，所遣職方郎馬紹愉以密語報，新甲視之，置几上，其家僮誤以爲塘報，付之鈔。於是言路譁然，給事中方士亮首論之。降嚴旨切責，令自陳。新甲不引罪，帝怒。給事中馬嘉植復劾之。遂下獄。周延儒、陳演帝前力救，且曰：『國法，敵兵不薄城，不殺大司馬。』帝曰：『他且勿論，戮辱我親藩七，不甚於薄城耶！』遂棄市。」

已又疏論張大司農不由會推，用中旨內傳，弊政不可開。又總憲既至不召見，倍前旨，非是。

【考證】江南通志：「張有譽，字誰譽，江陰人。萬曆己未進士，授南戶部主事，権邗關，歷江西糧道。天津有警，以兵法部勒漕艘五千餘，退入海口。事定，抵通，擢四川按察使。癸未大計，舉清廉第一。累官南戶部倉場侍郎。」三藩紀事本末：「順治元年八月，福王中旨傳陞張有譽爲戶部尚書。時欲起用阮大鋮，故先以清望傳陞有譽。」【案】總憲，謂劉宗周。明史稿本傳：「宗周既入都，士英不使入對，給事中陳子龍以爲言，不省。」

他疏復薦孝廉祝淵、太學生涂仲吉可任言官。二人者，在先朝一救山陰，一救漳浦得重譴者也。以此重違時宰意，連得嚴旨。

【考證】明史劉宗周傳：「祝淵，字開美，海寧人。崇禎六年舉於鄉。十五年冬，會試入都，適宗周廷諍姜埰、熊開元削籍，淵抗疏曰：『宗周戇直性成，忠孝天授。宗周以迂戇斥，繼之者必洩沓；宗周以偏執斥，繼之者必便捷。洩沓便捷之夫進，必且營私納賄，顛倒貞邪。乞收還成命，復其故官。』帝不懌，停淵會試，逮下詔獄，詰主使。淵曰：『男兒死即死耳，何聽人指使爲？』移刑部，進士共疏出淵。未幾，都城陷，營死難太常少卿吳麟徵喪，歸其柩，詣南京刑部，竟前獄，尙書諭止之。上疏請誅奸輔，通政司抑不奏。給事中陳子龍疏薦淵及待詔涂仲吉義士，可爲臺諫。仲吉者，漳浦人，以諸生走萬里上書明黃道周寃得罪杖遣者也，不許。宗周罷官家居，淵數往問學。杭州失守，淵投繯卒。」葛芝涂君傳：「君名仲吉，字德公，少負大志，常遊吳，好張臨川采、周儀部鑣之爲人，皆師事之。一日在儀部坐上飲酒，儀部大言曰：『漳浦黄石齋先生，非君之鄉人乎？天子以先入之言，繫之獄，旦夕且死矣，誰乎能以一言白其寃乎？』既而低徊曰：『是必無人！』儀部察君雖不言，隱隱有自負色，明日索之逆旅，已徒步三千里入都，爲黄先生頌寃矣。天子震怒，杖之百，與黄先生同繫刑部獄。君乃師事黄先生。無何，天子意解，赦之出，皆置戍籍。留都建國，官君翰林院待詔，乙酉春，始至金陵，而留都已弗守矣。君歸，竟悒悒以卒。」

左氏以前春東下之役，與貴陽有隙。上之立也，不與推戴，心常怏怏。既專制荆、楚，益桀驁。按臣黄澍，左氏私人也。以請餉入都，廷責貴陽，冀以此博名高，得罷去脫疆埸之役；而左氏必爲之請，終得美職。貴陽揣其意，益欲以楚困之。澍愈怨望，與左氏交搆，且見之簡牘。貴陽微聞之，漫然也。予因疏論楚、蜀賊情，因及措置上流羣帥之策，報聞。

【考證】明史馬士英傳：「左良玉接監國詔書，不肯拜。袁繼咸強之，乃開讀如禮。而屬承天守備何志孔、巡按御史黄澍入賀，陰伺朝廷動靜。澍挾良玉勢，當陛見，面數士英奸貪不法；且言嘗受張獻忠僞兵部尚書周文江重賄，爲題授參將，罪當斬。志孔亦論士英同上行私諸罪。司禮太監韓贊周叱志孔退，士英跪乞處分，澍舉笏直擊其背，曰：『願與奸臣同死！』士英大號呼，王搖首不言者久之。贊周即執志孔候命。王因澍言，意頗動。夜諭贊周，欲令士英避位。士英佯引疾而賂福邸舊奄田成等，向王泣曰：『上非馬公不得立，馬公去，誰念上者？』王默然，即慰留士英。士英亦畏良玉，請釋志孔，而命澍速還湖廣。故都督掌錦衣衞劉僑者，嘗遣戍，由周文江賄張獻忠受僞命，爲錦衣指揮使。及良玉復斬，僑逃去，澍持之急，而士英納僑賄，令訐澍，遂復僑官，削澍職。尋以楚府中尉言逮澍，良玉令部將譁，欲下南京索餉，因保救澍。士英不得已，乃免逮。澍遂匿良玉軍中。良玉與士英由此有隙。」江南通志：「黄澍，休寧人，崇禎丁丑進士。」

又北兵日南，二東告急。督撫徘徊河上，委而棄之。予上疏極論，兼陳情實。幷前疏，皆密旨下部，稱其可佐謀議，戒不發鈔，然亦寂然未見舉行者。居無何，議復設廠衛，至上臨朝，面責執金吾選愞狀，同官上公疏力爭，予所屬草也。而禮垣袁彭年竟以專疏外謫，予論救，願同罷去，報聞。【考證】三藩紀事本末：「順治元年八月，福王命錦衣督馮可宗遺役緝事。禮科給事中袁彭年言：『相傳文皇帝十八年，始設東廠，然不見正史。嗣後一盛於成化，西廠汪直踰年卽罷。再盛於正德，逆瑾煽虐，天下騷然。三盛於天啓，逆魏之禍，幾危社稷。先帝亦嘗任廠衛緝訪矣，乃當世遂無不營而得之官，中外自有不脛而走之賄。廠衛之盛衰，關世運之治亂，不可不革。』疏入，謫浙江按察司照磨。」湖廣通志：「袁彭年，公安人，崇禎甲戌進士。」

適中貴人私買女口，多橫勒，都民囂然。予疏諫，得旨申禁。而是時諸勛臣張甚，妄與啓事，至薦邪臣張孫振等，予既與同官章正宸等力爭，又昌言於朝，羣小益側目矣。【考證】通鑑輯覽：「順治元年八月，明選淑女。時以母妃命選淑女。羣奄借端肆擾，隱匿者至鄰里連坐。兵科給事中陳子龍言中使四出搜巷，凡有女之家，黄紙貼額，持之而去，閭井騷然。明旨未經有司，中使私自搜採，甚非法紀。御史朱國昌亦以爲言，乃命禁訛傳誑惑者，尋復使太監李國輔等，分詣蘇、杭採訪，民間婚娶一空。」江南通志：「張孫振，霍山人，崇禎戊辰進士。」明史列傳：「章正宸字羽侯，會稽人。崇禎四年進士。由庶吉士改禮科給事中。九年遷吏科都給事中。周延儒再相，正宸出其門，不肯阿徇。未幾會推閣臣，救李日宣謫戍均州。福王立，召復故官。魏國公徐弘基薦逆案張捷，部議並起用鄒之麟、張孫振、劉光斗。安遠侯柳祚昌等薦起阮大鋮，正宸並疏陳，不納。改大理丞，請假歸。魯王監國，署舊官。事敗，棄家爲僧。」

九月何職方將舟師至京，侍郎解公閱視，疏敍首事，予亦加服俸一級，兵發高資港，稱勁旅焉。

【考證】明史列傳：「解學龍，字石帆，揚州興化人，萬曆四十一年進士。天啓二年，擢刑科給事中。五年九月，御史智鋌劾學龍爲東林鷹犬，削籍。崇禎元年起歷戶科都給事中，遷太常少卿、太僕卿，五年改右僉都御史，巡撫江西。十二年冬，擢南京兵部右侍郎。明年春，薦舉屬吏，并及遷謫官黃道周，坐遣戍。十七年五月，福王立，召拜兵部左侍郎。十月，擢刑部尚書。時方治從賊之役，倣唐制六等定罪，學龍議定，以十二月上之。明年正月，保國公朱國弼，御史張孫振等詆其曲庇行私，遂削籍，卒於家。」江南通志：「高資渡，在丹徒縣治西四十里。」

予私念時事必不可爲，而祖父俱在淺土，甚懼。請急歸營窀穸之事，蒙恩允放。予在言路，不過五十日，章無慮三十餘上，多觸時之言，時人見嫉如仇。及予歸而政益異，木瓜盈路，小人成羣。海內無智愚，皆知顛覆不遠矣。十一月，舉一子，妾沈氏出也。十二月始克葬祖考、皇考、兩先妣於青浦之富林東阡，遂徙家焉。是歲，推上登極恩，先考晉階奉議大夫，兩先妣再贈宜人。

【考證】明史稿阮大鋮傳：「大鋮雖長兵部，職巡江，顧一切軍事不問，而時時攙六部權，任劉應賓爲文選，濁亂銓政，擢私人林有本、王錫袞等二十餘人爲給事、御史。嘗欲罷撫按糾薦，命納金於官，糾者免，薦者予，其謬誕如此。江西袁繼咸請以陳麟、鄧林奇爲總兵，大鋮索賄，始給敕印。諸白丁隸役，輸重賂，立躋大帥。都人爲語曰：『職方賤如狗，都督滿街走。』」松江府志：「明工部屯田司主事陳所聞墓，在廣富林。」青浦縣志：「廣富林在縣治南三十二里。曹時中兄弟居此，名雙桂里。陳忠裕子龍亦居之。」

弘光元年乙酉【案】弘光年號，業已載入通鑑輯覽，故仍照先生自撰原文。

時羣小愈張，諸君子多被彈射，予爲此輩深忌，而未有以中。私念大母年益高，多病，再出必重禍以爲親憂。陳情侍養，得遂宿志焉。而齮齕者尚不休。

【考證】明史馬士英傳：「大鋮進尙書兼右副都御史，仍閱江防。呂大器、姜曰廣、劉宗周、高弘圖、徐石麒皆與士英齟齬，先後罷歸。士英獨握大柄，內倚中官田成輩，外結勳臣劉孔昭、朱國弼、柳祚昌、鎭將劉澤淸、劉良佐等。而一聽大鋮計，盡起逆案中楊維垣、虞廷陛、郭如闇、周昌晉、虞大復、徐復陽、陳以瑞、吳孔嘉，其死者悉予贈卹，而與張捷、唐世濟等比，若張孫振、袁宏勳、劉光斗皆得罪先朝，復寘言路爲爪牙。朝政濁亂，賄賂公行，四方警報狎至，士英身掌中樞，一無籌畫，日以鋤正人引兇黨爲務。」

會妖僧大悲及王之明之獄起，黨人欲借以羅織善類，而予所首及者，幸事鑿空，難以周內。

【考證】明史馬士英傳：「時有狂僧大悲出語不類，爲總督京營戎政趙之龍所捕。大鋮欲假以誅東林及素所不合者，因造十八羅漢、五十三參之目，書史可法、高弘圖、姜曰廣等姓名，內大悲袖中，海內人望，無不備列，將窮治其事，獄詞詭祕，朝士皆自危。而士英不欲興大獄，乃當大悲妖言，律斬而止。」三藩紀事本末：「乙酉二月，鴻臚少卿高夢箕密奏先帝太子在浙。初，甲申之變，太監栗宗周、王之俊以太子、二王獻於李賊，賊幽之劉宗敏所，至是南來。三月初一日，命太監李繼周往浙，召至，寓僧寺，令內員迎入宮。內員報不實，尋命移寓錦衣衛都督馮可宗家，傳文武官識認。給事中戴英直詰其僞，投以紙筆，供稱高陽人王之明，係駙馬都尉王昺姪孫，家破南奔，遇高夢箕家人穆虎，教以詐冒東宮。遂敕法司根究，御史陳以端奏愚民觀聽易惑，將謂諸臣有意傾先帝血胤，請勿加刑。士英言宜付法司，窮究主使，與臣民共見而棄之。越三日，鞫於午門外，夢箕、穆虎皆具服，下刑獄。士英欲并傾姜、黃，令法司究主使附逆者。四月，寧南侯左良玉，稱奉太子密旨，舉兵南下。至九江，江督袁繼咸請赦太子以止之。王切責不聽。五月十一日王師薄南都，王奔，南都士民出太子於獄，奉之監國。十四日，同趙之龍出降，北去。」

某某等又倡爲不時考察之例，欲以錮我輩，未及舉行，而左師東下，北兵亦渡淮矣。左師以清君側爲名，時人頗意三吳朝士導之，而予與江督善，尤深疑。方擬平楚後興大獄，詎意長江失險宗社淪亡至此極哉？悲夫！

【考證】明史左良玉傳：「良玉之起，由侯恂，恂故東林也。馬士英、阮大鋮慮東林倚良玉爲難。謾語修好，而陰忌之。築板磯城爲西防，良玉歎曰：『今西何所防，殆防我耳！』會朝事日非，監軍御史黃澍與諸將，日以淸君側爲請，良玉躊躇弗應。亡何，有北來太子事，澍借此激衆，以報己怨。召三十六營大將，與之盟，良玉反意乃決。傳檄討馬士英，自漢口達蘄州，列舟二百餘里。良玉疾已劇，至九江，邀總督袁繼咸入舟中，袖出密諭，云自皇太子，劫諸將盟，繼咸正辭拒之。部將郝效忠陰入城縱火，良玉望城中火光，曰：『予負袁公。』歐血死。諸將祕不發喪，推其子夢庚爲留後，軍東下，朝命黃得功渡江防勦。時大清兵已下泗州，逼儀眞，夢庚偕澍以衆降於九江。」又馬士英傳：「僞太子獄起，良玉遂假爲兵端，時又有童氏者，自稱皇妃，亦下獄。督撫鎭將交章爭太子及童妃事，謂士英等導王滅絕倫理，澍在良玉軍中，日夜言太子冤狀，請引兵除君側惡。良玉移檄遠近，聲士英罪，復上疏言：『自先帝之變，士英利災擅權，事事爲難。逆案先帝手定，士英首翻之；要典先帝首焚，士英復修之。越其杰貪婪遣戍，濫授節鉞；張孫振贓汙絞犯，驟畀京卿。他如袁宏勛、楊文驄、劉泌、王燧、黃鼎等，或行同狗彘，或罪等叛逆，皆用之當路。已爲首輔，用腹心阮大鋮爲添注尙書，又募死士伏皇城，詭名禁軍，動曰廢立由我，陛下即位之初，恭儉明仁，士英百計誑惑，進優童豔女，傷損盛德。尤其甚者，借三案爲題，凡生平不快意之人，一網打盡。今皇太子至，授受分明，忍以十七年嗣君，付諸幽囚。凡有血氣，皆欲寸磔士英、大鋮等，以謝先帝。乞立肆諸市朝，傳首抒憤。』疏上，遂引兵而東。士英懼，乃遣阮大鋮、朱大典、黃得功、劉孔昭等禦良玉，而撤江北劉良佐等兵，從之西。時大清兵日南下，淮、揚備禦益弱。」【案】江督，謂袁繼咸。明史本傳：「繼咸，字季通，宜春人。天啓五年進士，授行人。崇禎三年冬，擢御史。七年，擢山西提學僉事。十年除湖廣參議，分守武昌。十二年移淮、揚。十五年賊逼江西，廷議設重臣總督江西、湖廣、應天、安慶軍務，駐九江。擢繼咸兵部右侍郎，兼右僉都御史以行。福王立南都，繼咸陳致治守邦大計，語侵士英，悉停寢。明年，左良玉反，繼咸會良玉於舟中，曰：『先帝舊德不可忘，今上新恩亦不可負。』及良玉死，其子夢庚降於我大清，遂執繼咸北去，不屈，殺之。」

五月，聞南都不守，予避地泖濱。叛帥陳洪範，舊交也，遣其裨將致書，以貝勒意招予及夏考功。考功抗辭答之，而予避之不與見。又有洪弁者，素執弟子禮，自稱安撫使，過郡求見，亦拒之。

【考證】通鑑輯覽：「順治二年五月，我大清兵渡江，南京大震。福王荒宴至夜半，跨馬自通濟門出走，遂奔太平。時黃得功方收兵屯蕪湖，福王潛入其營。我大清兵至蕪湖，明總兵田雄劫福王由崧以降。靖國公黃得功死之，明亡。」明末忠烈紀實左懋第傳：「南京建號，使懋第通好於國朝，以陳洪範、馬紹愉副之。十月，至張家灣，議以四夷館處使臣，洪範唯唯，參謀兵部司務陳用極曰：『國事關係甚大，今陳帥委蛇如此，勢將辱國。』遂告懋第，懋第謂譯者曰：『我奉命通好，今欲以夷館投我，是以屬國禮見待也，我必不入。』乃改鴻臚寺。十四日，內院大學士剛林至，謂使臣曰：『何不朝見？』懋第曰：『議禮定，然後可見。』林曰：『禮如何行？』曰：『當以客禮。』林大笑曰：『爾福王朝貢使臣，乃欲以客禮見乎！』洪範懼有變，乃曰：『此大事也，非可一日而決，姑徐之。』林遂去，明日復來，懋第慷慨引義，辭氣不稍屈。而洪範私請以江南降附，許之。二十七日，悉遣使臣南歸。十一月初五日，至滄州十里舖，數騎自北來，邀懋第、紹愉還，獨遣洪範，而大清已舉兵南下。」【案】洪範官左都督，注見前。　又夏允彝傳：「乙酉八月，大兵遣安撫官入郡，郡人出謁，允彝避之於野，上書請存亡社以爲三恪。當事以人望所歸，必欲見之，曰：『進退惟其意，但求一見，有何不可？』允彝曰：『嘗有貞婦，或欲嫁之，婦不可，則語之曰，爾即勿從，姑出其面，婦將搴帷以出乎？抑以死自蔽乎？』乃作絕命詞曰：『少受父訓，長荷國恩。以身殉國，無愧忠貞。南都既覆，猶望中興。中興望杳，何忍長存！卓哉吾友，虞求、廣成。勿齋、繩如，懿人、蘊生。願言從之，握手九京。人誰無死？不泯者心。修身俟命，敬勵後人。』九月，自沈於松塘口。」

閏六月，各郡義兵起，予亦從同郡諸公後，奔走戎索。而所召募多市人，又餉無所辦。兵雖衆，固知其不堪，而義不可止。

【考證】夷門子夏考功傳：「北兵南下，文武吏士，望風迎附。江南副總兵吳志葵頓兵海上，獨不屈。時同郡給事中陳子龍、孝廉徐孚遠陰與陳湖義士率諸亡命起兵。公以尺書招志葵與參將魯之璵，率舟師三千，自吳淞入澱泖，將窺蘇州。公出入諸軍，飛書檄聯絡士大夫，共舉義旗。於是吏部尚書嘉興徐石麒、左通政嘉定侯峒曾、進士嘉定黃淳耀、職方吳江吳昜、職方監軍嘉善錢栴、嘉定知縣錢默、崑山知縣楊永言、總兵黃南陽、編修朱天麟、□□江陰黃毓祉、孝廉丹陽葛麟、行人宜興盧象觀、編修休寧金聲、鎮南伯黃蜚、總督華亭沈猶龍、舍人李待問、武選平湖倪長玗、御史長洲李模、西儒上海潘國光、總兵太倉張士儀、總兵嘉定蔣若來等，競起兵爲恢復計。」明末忠烈紀實陳子龍傳：「閏六月十日，松江起兵，子龍設太祖像誓衆。沈猶龍稱總督兵部尚書。子龍稱監軍左給事中，延至水師總兵黃蜚、吳淞副總兵吳志葵，故巡撫王家瑞，蘇松道李向中等爲城守計。」楊陸榮殷頑錄：「南都破，子龍集衆起事，結營泖湖間，軍號振武。沈猶龍守松江，子龍不與城守。王師圍松江，子龍與吳志葵結營自固，亦不敢援。」陸時隆侯文節傳：「先生字雍瞻，名岐曾。嘗與論內外局曰：『闇公、臥子，似分似合，瑗公主於靜守，然陳、徐部下，半是綠林爲合，轉恐爲地方憂，安得如武穆之用劇盜耶？一爲擊頸，一爲寒心。』」邵嶙耕餘雜錄：「乙酉五月，吾郡糾衆起義，奉某王爲主，設朝倉城，用染手蔡長爲將。蔡善用雙鞭，然一勇夫耳。所統卒皆泖濱漁人，未嘗衝鋒陷陣，不知紀律，一戰卽潰。兩廣總督沈猶龍，堯鑰北門，李都督弔伐兵至，門不能守，死亂軍中。夏考功允彝，陳黃門子龍兩先生，埋名隱去。」

黃文祿以二萬衆至松，欲移營黃浦。予力爭以水隘不利旋轉，未有舟師單行數十里，首尾不相應而不敗者也。不聽，支撐兩月，竟無濟。而黃卒以此敗。八月三日城陷，予於西郊遇兵，幾不免。擕家走崑山。四日與夏考功別，自此遂永訣矣。大母以病留崑山。予走金澤，未幾走陶莊。

【考證】殷頑錄：「黃蜚，字文麓，南昌人。本姓涂，少隨其舅黃龍鎭遼陽，龍死，無子，蜚襲蔭，遂冒母姓。積官後軍都督。大兵南下，諸將皆迎降，不降者，惟蜚與黃得功而已。得功死後，蜚孤軍駐池、太間，閩帥鄭芝龍移書於蜚，約發兵下江南。蜚大喜，移兵江口，抵蘇州。而芝龍兵不出，遂與吳志葵結營湖泖間。大兵下松江，蜚將航海，我兵襲之。會水舟膠，蜚先取其妻子投水中，乃自沈。我師鉤致之，斷其左右手，而後戮之。」明史沈猶龍傳：「閏六月，吳淞總兵吳志葵自海入江，結水寨於泖湖，會總兵官黃蜚擁千艘自無錫至，與合。猶龍乃偕里人李待問、章簡等募壯士數千人守城，與二將相犄角，而參將侯承祖守金山。八月大清兵至，二將敗於春申浦，城遂被圍，未幾破。猶龍出走，中矢死。待問守東門，簡守南門，俱被殺。大淸兵遂攻金山，承祖與子世祿猶固守。城破，世祿被獲，死之。承祖亦被獲，說之降，不從，遂被殺。志葵、蜚旣敗，執至江陰城下，令說城中人降，志葵說之，蜚不語，城迄不下，後皆被殺。」」松江府志：「崑山在府西北二十三里長谷之東，蘇縣名崑山，義取乎此。因其地有馬鞍山，俗誤爲崑，遂以小崑自名。」青浦縣志：「金澤在縣治西三十六里，當江、浙之交。」嘉興縣志：「陶莊在縣西北三十六里，本名柳溪。宋紹興中，保義郎陶文斡自姑蘇徙此，遂名陶莊。」

【附錄】宋徵輿夏瑗公私謚說：「乙酉秋八月，華亭夏瑗公先生自沈於淵以死。越二月，於陵孟公自禾歸於郡，徵輿往見之，盡問郡故，及瑗公先生，孟公曰：『古有私謚，我欲謚夏子可乎？』徵輿曰：『可哉！其所亡國而旣亡矣，朝無所冀，野則專之。且吾子習於夏子，吾子而謚，誰曰不宜？』孟公曰：『請謚故吏部考功司華亭夏公允彝曰忠惠。』徵輿曰：『敢問忠？』孟公曰：『從國而亡者有矣，從城而亡者有矣，夫豈不義，或拘於時，無所復之也，否則一朝之激也。今夏子處野，士無所寄，敵無所索，民無所望，爰造於淵，如在牖簀，宣厥治命，以訓後人，以申臣誼。史遷有言：其𥹋所蓄積者然也，可不謂忠乎？』徵輿曰：『敢問惠？』孟公曰：『知死必勇，夫夏子豈不知致憤於疆，必有與斃哉？豈不知絕脰剖肝足以耀志哉？以爲彰譽而殘民，亦勿攸濟，有弗忍也。且夏子曰：予以國固也，夫宗何罪？予以有考而予兄與予子也免，先人其無予尤。外及寬乎國，內及愛乎宗，令終有俶，施及生民，不亦惠乎？且夫魯人之頌展禽，孔子之論國產，皆是名也。』徵輿曰：『善哉！吾未之聞也。禮曰：君子表微。』」

陳子龍年譜卷下　王澐續

順治二年乙酉

八月，先生在陶莊之水月菴，託爲浮屠。菴僧衍門深研梵學，甚相敬禮。同避地者，婁東張受先先生也。

【考證】華亭縣志陳子龍傳：「大兵下松江，子龍以祖母年九十，不忍割，衣浮屠服，潛遁泖湖間。」【案】先生爲僧，名信衷，字瓢粟，又號潁川明逸。　嘉善縣志：「水月禪院，在縣西北三十六里。」

【附錄】夏完淳贈衍門上人詩：「法雲無際化城陰，錫杖凌空不住心。春滿樓臺通北郭，天高笙磬隱東林。雨中花影空階靜，風外鐘聲隔浦深。白社遠公如見問，山中謝客倦登臨。」【案】菴僧衍門，無考，姑引此詩證之。

時先生寄家於金澤武塘孝廉丁文博，先生浙闈所取士也。家近西塘，去陶莊數里，虛室以延，先生遂以九月攜家僑居於丁氏，始自小崑山奉大母高太安人至，得侍晨昏焉。

【考證】浙江通志：「丁彥，明崇禎十五年舉人。本朝順治六年進士，嘉善人，工部主事。」【案】今世說：「彥字文博。」周茂源丁易齋詩賦稿序：「吾友武塘丁易齋起部，清惠公從子，初舉於鄉，出吾里大樽先生之門。大樽爲近代詩家之的，猶憶壬午秋，以易齋闈牘見示，曰：『斯人業治尚書，而含情結響，於制義中往往見風人之旨，殆深於詩者歟？』己丑與予爲同年生，同爲曹郎，而易齋得冬官。」　嘉善縣志：「斜塘在縣北二十四里，一名西塘。」

予自七夕與先生別於泖上，兵戈塞道，不通問者三月。至是得訊，乃偕張子服、徐惠朗，扁舟渡泖，以十月朔日，晤先生於丁氏，相對欷歔，不能自勝，信宿乃別。予三人請問出處之道，先生曰：「張子，用世才也。王子年少，家貧親老，皆當出。徐子素有箕、潁之心事，其從我爲山澤之遊乎？」三人皆心識之。丁君賢者，事師甚至，先生頗安之。西塘左右皆大澤，澤中一二知名豪亡命，或以義爲名，而平林、下江之徒徧於震澤間矣。時安人病日篤，十一月，先生乃移居禾中之徐灘，與孝廉黄觀只寓相望，黄則先生浙闈所取解首也。先生自述年譜成。

【考證】金山縣志：「張寬，字子服，諸生，從陳子龍遊，有聲藝林。」復社姓氏錄：「華亭縣徐桓鑒，字惠朗。」【案】黄濤，字觀只，注見前。

順治三年丙戌

先生年三十九歲，在徐灘侍安人病。三月，安人卒。先生幼年失恃，育於大母，既獲祿養，旋求終侍。而國亡家破，播越異地，每言報劉之願，未申萬一，輒傷感不已。及罹大故，予操舟往唁，猶孺子泣也。自冬春之交，閩、浙之命，間從海船而至，先生久欲奔赴行在，以大母衰病，不能絶裾。至是藁殯於徐灘，移家武塘，將決策東渡矣。而海上邏禁甚密，久之未成行。

【考證】通鑑輯覽：「順治二年六月，故明兵部尚書張國維等，以魯王以海稱監國於紹興。時浙江屬郡多歸降，寧波惟一同知治府事，已齎圖籍迎附。故明兵部員外郎錢肅樂，力議拒守。士民集者數萬人，肅樂乃建牙行事郡中。聞魯王以海在台州，遣舉人張煌言奉表請監國。會諸生鄭遵謙，兵部尚書張國維等舉兵紹興，給事中熊汝霖、九江兵備僉事孫嘉績等自餘姚應之。國維自迎以海於台州。以海即日赴紹興，用方逢年議，稱爲魯監國。以國維爲太傅、兵部尚書、武英殿大學士，督師江上，畫錢唐而守。總兵官方國安亦自金華至，與王之仁等皆加封爵，樹木城於緣江要害，聯合諸營，爲持久計。」又：「閏六月，故明兵部尚書黄道周等，以唐王聿鍵，稱號於福州。鄭鴻逵等擁唐王聿鍵至閩，道周與福建巡撫都御史張肯堂、南安伯鄭芝龍等，奉聿鍵稱監國。鴻逵請急正位，不然無以厭衆心，諸臣皆以監國名正，候出關建號未遑。而擁立者豔推戴功，不數日即定議，稱號於福州，改元隆武。」明末忠烈紀實陳子龍傳：「閩中授兵部左侍郎，左都御史，東浙授兵部尚書，節制七省漕務。」

會震澤之間，戎旃蜂起，推松陵吳公昜爲主。公與先生舊交也，去秋，以吳郡之兵，相爲犄角。松郡既潰，吳公亦敗於長蕩，舉室殲焉。公血戰潰圍而出。草澤諸雄，先後如沈泮、李勢、周瑞、陳繼輩，無不稱吳氏兵者。既連攻嘉善、吳江，入其郭，聲勢漸振。是春，又與蘇郡兵戰於汾湖，斬獲過當。吳公以羣將之意，請命於先生，先生爲馳蠟帛間行入越，以捷聞監國，封吳公爲長興伯。羣將皆受將軍印，而先生亦拜浙直視師之命。

【考證】明史楊文驄傳：「吳昜，字日生，吳江人。生有膂力，跅弛不羈，崇禎末成進士。福王時謁史可法於揚州，可法異其才，題授職方主事，爲己監軍。明年，徵餉江南，未還而揚州失，已而吳江亦失。昜走太湖，與同邑舉人孫兆奎、諸生沈自駉、自炳、武進吳福之等謀舉兵，旬日得千餘人。屯於長白蕩，出沒旁近諸縣，道路爲梗。唐王聞之，授兵部右侍郎，兼右僉都御史，總督江南諸軍。楊文驄奏昜斬獲多，進爲兵部尚書。魯王亦授昜兵部侍郎，封長興伯。」明末忠烈紀實吳昜傳：「昜與孫兆奎等起兵，時邑城已失，乃以水師千餘人，屯長白蕩。八月二十四日，出戰於塘口，獲舟二十艘，次日大雨，爲大兵所敗。昜孑身走，父承緒，妻沈氏及女皆溺死，一軍盡覆。丙戌春，昜鄉人周瑞聚兵，復起長白蕩，巡撫起江副將討之，八百人皆爲所殺，軍聲頗振，遂迎昜入營。」吳江縣志：「沈胖聚衆掠松江歸，而持其物貨於盛澤，官偵知盜之在是也，遂屠盛澤。」【案】沈胖，當卽沈泮。殉國彙編：「丙戌春，吳昜復集水軍一旅，有周瑞者，善鳥銃，與陳繼俱隸昜營。」楊陸榮夢鸞集：「乙丙之際，白腰黨大作，爲首者吳江進士吳昜，聚衆千餘艘，結營太湖，時時出掠泖湖間村鎮，所至焚劫一空。朱涇四保匯，則有生員周毓祥烏合數千人。蘇、嘉、松三郡發兵搜勦。我出彼歸，我歸彼出，偶或相遇，互有殺傷。乙酉十二月，官兵集於盛澤鎮，時有諜至總鎮，言白黨在泖西地方，因發兵出勦，賊已遁去。丙戌正月二日，忽聞白黨破城，城中兵丁男婦，俱奔走出城，官不能禁。七月獲周毓祥，送南京殺之。」華亭縣志陳子龍傳：「丙戌三月，魯王授以兵部職銜，結太湖兵舉事。」吳江縣志：「汾湖去縣治東南六十里，舊名分湖，以半屬嘉禾，故名。」

長興開幕府，以五月登壇誓師，請先生臨其軍，予與錢漱廣從焉。既至，乃在大澤中孤洲。土人謂之盛氏書院。敗屋數椽，壁間有王龍溪題字尚存，歸宿於天寧莊錢氏別墅。先生私語予曰：「長興，一世人豪也，闚其意頗輕敵。又幕客皆輕薄之士，諸將惟事剽掠而已。師衆而不整，其又爲長蕩乎？」未幾，漱廣卒，予復同鹽官陳子木往，見其軍紀日弛，後遂不復通。

【考證】嘉興府志：「錢熙，字漱廣，嘉善人，中丞士晉孫。沈靜簡默，不尙芬華。父栴，性豪逸，絲竹滿堂，熙焚香縱帙，如無所覩。孝廉徐郴臣，歎爲洗馬當年，年二十七卒。」又：「陳恂字子木，明季舉人，名著復社。鼎革後，杜門奉母，薦舉不出，爲浙西四孝廉之一。」明詩綜：「陳恂，本姓曹，海鹽人。崇禎壬午舉人。」嘉善縣志：「天寧莊在遷西區。」

時越師臨江，撑拒且一載，閩師出建州，三吳之人，妄言長興爲遙援。及秋，大兵渡錢塘，越師潰，遂入閩。而長興以輕舠潛出武塘，爲遊騎所執，先生言果驗。

【考證】通鑑輯覽：「順治二年十二月，唐王聿鍵自福州駐於建寧。時楊廷麟等請聿鍵出江右，何騰蛟請出湖南，浙中諸將請出衢州。蘇觀生以事權悉爲鄭氏所握，請出贛州。聿鍵遣觀生先行，赴贛州募兵，以曾櫻、鄭芝龍留守福州，司轉餉。十二月，聿鍵發福州，駐建寧。三年夏六月，我大清兵克紹興，魯王以海遁入海。征南大將軍貝勒博洛等，以五月二十日抵杭城，魯王以海諸軍列營錢塘江東岸，綿亙二百餘里，艤舟江上以待。大兵未具舟楫，不能渡。忽江沙暴漲，水淺可涉。二十七日，大兵策馬徑渡，方國安盡棄戰艦，拔營走紹興，劫以海南行。江上各營俱潰走。六月一日，大兵入紹興，國安決計獻以海來降，遣人守之。會守者病，以海得脫，至台州航海走。張國維、余煌等皆死之。大兵進克金華，督師大學士朱大典闔門死。時以海至石浦，定西侯張名振從之，至舟山，守將黃斌卿不納，乃浮海至廈門，遂走南澳。秋七月，我大清兵克衢州。初楊文驄走處州，唐王與之有舊，拜爲兵部侍郎，提督軍務。至是聞衢州告急，命與誠意伯劉孔昭共援衢。大兵至，文驄不能禦，退走，爲追騎所獲，不降，戮死。八月，我大清兵克建寧。鄭鴻逵駐關外，聞兵至，徒跣疾走。王師至仙霞嶺，關門無一守兵，遂長驅直入，鄭爲虹、黄大鵬並死之。唐王聿鍵奔汀州，我大清兵克延平。閩中自鄭芝龍去後，羣情益離沮，會仙霞關敗問至，聿鍵遂以八月二十一日，自延平出走，抵順昌，聞追兵至，騎而奔數日，方至汀州。我大清兵至汀州，獲唐王聿鍵，福建平。」吳江縣志吳易傳：「易至嘉善，與職方倪撫合營，集飲孫璋家，偵者知之，大兵猝至，被執至杭州，總督張存仁甚重易，館於署舍。勸以官，不應，勸以薙髮，不許。曰：『然則祝髮僧服乎？』乃聽之，然卒不屈，戮於杭之草橋門。」

先生向以歸國之計不遂，沈憂咤歎，至廢寢興。及越、閩失守，志不欲生。孤笻單襆，混跡緇流。一日在武塘大勝蘭若，向予泫然曰：「茫茫天地，將安之乎？惟有營葬大母，歸死先壟耳。」遂於七月遣家歸里，命予護行。先生五世單傳，宗支無人，而戚屬皆以避難遠徙，執紼之役，無左右之者。先生獨間行辭歸治葬事，命予赴徐灘，奉安人旅殯至，以十一月葬於富林東阡，自此屏居丙舍，盡絶人事。有報夏考功書，自道平生志行甚具，後人讀其書，知先生意矣。

【考證】侯氏集注：「乙酉金陵之變，夏考功先死，公爲長書焚考功墓前，述己所以未死之故，期不負夏公。已而事露，當事者訊之，公曰：『何必訊，事皆有之，但惜未得就耳！』不屈死。」嘉善縣志：「大勝講寺，在縣東二里。宋熙寧中建。」

【附條】王澐宋轅文選唐五言古詩跋：「崇禎之季，吾師大樽先生與李舒章、宋轅文，有明詩之選，既竣事，乃取唐詩紀參閲之。歲在癸未，舒章北行，予從先師在越，命予與轅文佐校讎之役。初、盛唐詩選始畢，會有甲、乙之變，未暇及中、晚也。丙戌秋，師遊虎丘，遇吳門朱雲子論詩，朱曰：『我與雲間論詩，終古而不能合者，五言古詩也。』師歸以語予，予曰：『斯言也，亦天下人之言也，雖然，五言古者，風雅之初變也。五言古詩正，則諸體皆正，論詩而不先辨五言古詩之得失，焉可以言風雅哉！』師曰：『然。』時在富林廬居，因舉所選唐詩紀授予曰：『子善藏之。』明年丁亥，廬居被兵，是書遂失所在。」

是歲，往來禾郡、武塘間，所與往來者，禾郡則吳佩遠、徐似之，武塘則錢彥林、仲芳兄弟及彥林子漱廣、不識、夏存古、蔣大卿篆鴻、鹽官陳子木，至松常寓僧舍。故人惟張冷石先生，予與惠朗、子服及其弟處中而已。先生讀禮之暇，有所感觸，不廢吟詠。予與惠朗、處中，亦有屬和，先生謂之三子焉。

【考證】吳江縣志：「吳祖錫，字佩遠，崇禎十五年副貢，父昌時爲文選郎中，與周延儒比，祖錫力諫不納。昌時誅，兩都相繼陷，祖錫乃變名鉏，字稽田，從陳子龍、徐孚遠等謀恢復。子龍使偵事杭州，旋爲讎家縛至士國寶軍門。時子龍死，孚遠遁入海，國寶乃薙祖錫髮，縱之去。魯王聞其名，授職方郎中，永明王立，官如故。王死，祖錫益鬱鬱，不知所爲。後客居膠州大竹山，會莊烈帝忌辰，哭之慟，歐血而卒。」又：「祖錫父昌時，嗣父昌期，並居嘉興，故祖錫爲嘉興貢生。」明詩綜：「徐爾穀，字似之，國子監生，坐事被逮，死白門。」【案】嘉善縣志：「爾穀，尚書石麒從子。」又：本集徐冢宰行狀：「公有三子，皆不育，立族子爾穀柱臣爲嗣。」嘉禾徵獻錄：「錢栴子默，字不識，崇禎癸未進士。知嘉定縣，鼎革後不知所終，或言其爲僧，名成回，卒於越之顯聖寺。」明史稿夏允彝傳：「子完淳，字存古，生有異稟，七歲能詩文。年十三，擬庾信作大哀賦，文采宏逸。允彝死後二歲，以子龍獄連及，亦逮下吏，談笑自如，作樂府數十闋。臨刑神色不變，年甫十八。」嘉善縣志：「蔣玉立字亭彥，順治甲午拔貢。」阮元兩浙輶軒錄：「蔣玉章，一名璪，字篆鴻，嘉善人，玉立弟。」靳榮藩吳詩集覽：「按志稱玉立弟雲翼，字鳴大，甲午舉人，璪字禹書，辛卯副榜，有武塘三蔣之目」。【案】鳴大，疑即大卿。江南通志：「張昂之，字匪激，華亭人，天啓壬戌進士，授廬陵令，郡紳有欲改文天祥白鷺書院建璫祠者，昂之力格其事，遂爲所構，削籍歸。崇禎初，起兵部主事，知保寧府。張獻忠寇蜀，昂之召募勇銳，梟其大帥，措餉給兵士，力保嚴疆，以功遷川東道。告歸。」【案】青浦縣志：「昂之號冷石。」金山縣志：「張宫字處中，乙酉拔貢。」

【附錄】王澐重修息菴引：「憶昔丙、丁之際，予從大樽先生作方外之遊，嘗過冷石先生齋，談及禪悅，先生曰：『近郊有息菴者，耆宿珂月大師卓錫焉。予與帶三，白社也，盍往遊乎？』同刺舠而往，盤桓竟日，珂師道風淵穆，苔岑同契，先師喜得禪友，自此往還無間，予皆負劍焉。及先師從彭咸之居，冷石先生亦歸道山，珂師亦示寂，予與帶三先生追念舊遊，未嘗不愴然神傷也。」

順治四年丁亥

先生年四十歲，在富林廬居。時李舒章自北還，來訪先生，相向而泣，旋別去。蘇、李河梁之賦，良可感也。先生念生平知交，如夏考功輩，一時零落殆盡，而周勒卣歿將數年，兩世之喪未舉。慨然曰：「我死，誰爲了此事者？」遂捐地葬之於莘村。三月，會葬夏考功，賦詩二章，又作寒食、清明二詞，先生絕筆也。是時霖雨浹旬，先生往遊殷元素中翰村墅，又過武塘錢彥林家，予皆以雨阻，不獲從焉。

【考證】松江府志：李逢申傳：「長子雯，丙戌以父喪歸葬，事竣還朝卒。」又辟舉：「殷元素，華亭人，中書舍人，加車駕司主事。」殷頑錄：「殷之輅以吳勝兆獄詞連及，逮至江寧，我洪內院曰：『汝是明朝都大的官，作謀反大逆的事？』之輅如言以報，殺之。」董含蓴鄉贅筆：「中翰殷公之輅，性忠烈，慷慨好施，養士常數百人。與夏考功、陳黃門深相結，期死國難，而中翰一門兄弟，被禍尤慘。」

至四月，而吳勝兆之事起。勝兆者，遼人，以降將從征至吳，授提督，開府姑蘇，頗以威信招來草澤。吳郡戴之儁、當湖陸同輩數百人，歸其麾下。及移鎮於松，當長興軍敗，湖泖之間，降者麇至，皆撫而用之。巡撫土國寶名位相軋，心勿善也。勝兆故椎魯少文，凡有舉措，皆幕中越人吳著管之。著與其兄蕓頗知文義，嘗以語微動勝兆，勝兆不為忤也。之儁輩伺得其指，與深相結。又出以煽其徒，詗察機便，顧事未有以發。會勝兆以他事奉嚴令切責，國寶復譖之，總制洪承疇上奏，劾其濫收降卒。著因危辭動之，謂禍且不測。勝兆武人，心動，出以謀諸之儁、同輩，因力贊之，由是起兵計決矣。之儁舊為諸生，與先生相識。乙酉之秋，舉兵澤中，又與先生遇，既降勝兆，絕問久矣。及先生廬居，之儁因舒章請見不得，復遣使通殷勤，且曰：「某非敢忘疇昔也，欲得一當以報明公耳。」先生漫謝之，莫測所以也。時島上之師猶盛，三吳皆以防海為務，島帥黃斌卿者，當壬癸之際，爲昌國參戎，先生方司李越州，頗爲推轂，果致大帥。及銜閩命，率舟師復至昌國，嘗因海舶寓書先生，大言恢復，久之寂然。如是者數四，蓋謾語也。之儁妄意可爲外援，欲通使於黃，不得其要領。一夕之儁忽乘小舠，微服叩門請見，具道來指。先生爲言「海上虛聲寡信，事必無濟」。之儁固請不已，先生曰：「海舶往來，不乏信使，汝等善爲之，亦不汝沮也。」之儁辭去，自是不復相聞矣。時道路籍籍，皆言勝兆且反。至四月八日，先生自丙舍乘舟至東郊，招予往晤。予以人言告，先生始述其概。予曰：「此何事也，而可草草耶？今且云何？」先生曰：「不知也，我固言其無濟，但彼以義來，何忍拒之。我縱不能自爲之，而可沮人爲之耶？我久辦一死矣，君等亦將不免矣。」是夕，子服、惠朗亦至，同宿於東郊。明日，予與先生別，先生卽解維去，不言所之。年來先生雲水之遊，大都若此，予亦不之問也。勝兆事久不果，謀遂洩，至十六夜，爲其下所執，檻致南都。執之儁等十餘人殺之，事遂定。

【考證】三藩紀事本末：「順治四年丁亥四月，松江提督吳兆勝據城以叛。先是丙戌六月，李成棟調往福建，兆勝移鎭松江，有周謙者，故從白黨來降者也，稍知文墨，兆勝暱焉。因通海寇黃斌卿，令舉兵內向。給事中陳子龍、舉人殷之輅、生員張寬等，皆與其謀。斌卿約於四月十六日兵至，而海舟非風不行，連日北風大作，舟不時至。海防同知楊之易、推官方重朗知其謀，潛移書洪承疇，言兆勝反狀。承疇未之信，卽以其揭下兆勝，兆勝大懼，十五日夜將半，以令箭促之易、重朗至，殺之，意明日黃兵必至也。天旣曙，城外寂然，副將詹天祥知事不濟，卽同都司高永義率兵入執兆勝，按誅將校二十七人。」【案】兆勝當作勝兆，江南通志：「提督軍門吳勝兆，順治三年任。」明末忠烈紀實陳子龍傳：「松江破，子龍逃匿，無何而有吳勝兆之事。勝兆提督松江，長洲諸生戴之儁爲其客，教之反。時黄斌卿在舟山，使人通之。斌卿封號已改，以故所封伯印授勝兆，約水師於丁亥四月十五、六兩日至松江，爲謀不密，國人皆知之。勝兆知事不可掩，使其中軍張世勳及高永義偵海師至，而海師已於十四夜爲颶風所沒。世勳、永義登東南城頭而望，烽烟寂然。兩人遂變志，以兵劫勝兆，矯其令箭，召勝兆所親信者，盡殺之。之儁亦死，勝兆解總督，窮治其獄，詞連子龍，子龍亡命，與華亭夏之旭同奔嘉定，告急於侯岐曾，匿其僕劉馴家。已遷崑山顧天逵所。」虎墩筆葹：「時有狂生蔣雯階，向從允彝之閩，習海道，因亡命周謙而與黄斌卿通。斌卿漳人黄道周族子，子龍又道周門生，遂相結，圖恢復。而松鎮帥吳勝兆，武人，不知書，浮慕子龍名，吳人戴之儁起湖寇受招，爲吳帥主書，與子龍暗相通，謬從斌卿所投一劄，署子龍翰林學士兼提督七省軍門事。之儁又受吳帥指招湖泖逋寇，鱗集城下爲內應，以待舟山之師。及事敗，大索諸逋寇，多斬誅。」復社姓氏錄：「長洲縣戴之儁，字務公。」江南通志：「巡撫土國寶，大同人。順治二年任。」八旗通志：「洪承疇，漢軍鑲黄旗人，世居福建漳州府。初仕明，累官至經略，討流寇有功。崇德六年，率兵十三萬來援錦州，聞太宗文皇帝親征，遂回松山固守。七年二月，肅郡王豪格等，圍困松山城，遂克之。城中文武各官俱被擒。特諭洪承疇及總兵祖大樂隸旗籍。順治二年，以大學士總督軍務，招撫江南各省地方。」【案】題名碑錄：「承疇明萬曆丙辰進士，泉州府南安縣人。」夢囈集：「黄斌卿，興化衛人，以恩蔭授把總，累陞舟山參將，江北總兵。大兵下江南，斌卿遁歸。唐王自立於福州，斌卿上恢剿便宜數策，且言舟山艦艣，為海外巨鎮，招徠訓練，北可窺長江，進取吳越。王善之，封肅鹵伯。令屯兵舟山。丙戌六月，魯王敗，投舟山，斌卿不納。丁亥春，有兩王子來赴，斌卿沈之外洋，掠其金寶。有標將王大振者，見斌卿婪詐不已，乃逃去。與鄭彩、阮進等，共訴斌卿逆跡於魯王。王命諸鎮會討斌卿，將佐皆逃去，阮進手斫斌卿，破其腦而沈之海。」

五月，南都固山額眞巴山、操江都御史陳錦，聞變至蘇。會巡撫土國寶謀，乘此盡除三吳知名之士，而以先生爲首。至松，屯兵西郊，艤舟古浦塘，大索先生。既至，先生植立不屈，神色不變。錦問：「何官？」先生曰：「我崇禎朝兵科給事中也。」問：「何不薙髮？」先生曰：「吾惟留此髮，以見先帝於地下也。」又詰之，先生瞠目不答，乃引去，繫諸舟中，令卒守之。先生伺守者懈，猝起投水。卒出不意，大驚羣呼，奔流洶湧，令善泅者入水索之，良久乃出，已氣絕矣。卽舟次殊其元，棄屍水中。時五月十三日也。

【考證】江南通志：「鎮守江南江寧等處滿州將軍巴山，滿州人。」【案】操江陳錦，江南通志不載，而浙江通志載總督陳錦，遼東人，順治五年任。則卽操江陳公，於後一年遷去。夢醒集：「厙成棟者，總督陳錦奴也。順治九年七月，錦軍於鳳山尾與鄭成功相持，成棟殺錦歸成功。」芥菴老人陳臥子年譜：「甲申三月，臥子方考選歸里，聞國變，與其友夏瑗公號慟欲絕。哭臨日，血淚沾衣帶。及福王立，起授兵科給事中，與當事議論不合，明年春，請告歸。五月南都陷，同沈司馬雲升倡守郡城。城破，避西泖六篙灣。遭祖母喪，塋於廣富林，遂廬居其里。鬱鬱不得志，幅巾布袍，往來神、佘兩峯間，多感懷之作。會與鎮舉事，招之，臥子踴躍同事。事敗，匿嘉定侯氏，後乃獲之崑山道中。扭解郡西，巴、陳、土諸公訊之曰：『叛黨何在？』答曰：『文天祥止有一人。』繫之舟，將解南京，忽赴水自盡，時丁亥五月十三日也。」【案】徐汧菴先生世禎，爲黃門執友。所著黃門年譜，甲申以前，與自述年譜同，今錄其國變後事。汧菴本姓朱，字雲將，青浦人。明崇禎丙子舉人。陸時隆侯文節傳：「吳勝兆事敗，窮治黨與。黃門與夏太學之旭隨一童子，奔嘐境投先生。先生恐不密，有僕劉馴者，慕義，託之匿黃門，馴欣然願效死。黃門乃易姓李，改字大樽，潛蹤馴家。居數日，捕者益急，先生又屬顧天逵護之道崑入吳門，遠走於越。時道路戒嚴，舟航盡絕，不得行，留天逵家，天逵，先生壻也。山等不得黃門，索太學，得隨行童子，拷掠之，因知黃門所匿。遣兵五百人挾弓矢，以童子爲導，得馴，問：『汝主安在？』馴故引之別室，冀主可徐遁。先生聞變，端坐以待。俟太恭人從旁舍出，遂就縛。見山等文武諸大吏，踞地不屈。詰問匿黃門罪，馴請獨當之。有頃，聞太恭人沈水死，乃昂首大罵不絕口，而先生被害矣。」崑山縣志：「顧咸正子天逵、天遴，並重然諾。岐曾欲脫子龍，以屬天逵兄弟，遂載以歸。居吳縣潭山之祖墓，子龍僕洩其處，遂縛去。」雲間兵事：「吳勝兆就擒，子龍議亡去，其友夏之旭曰：『公有重名，人來跡公易耳，死義可也，逃將安之！』子龍曰：『我非脫死也，若不我索，大幸；即索我，從他所聞之，先赴水矣，可以免辱。』已而名捕子龍，大索五六日，得之崑山顧氏。子龍既被執，見巡撫諸公，即據地夷踞以坐。卒或牽之，提督巴公山叱卒去，於是子龍遂坐。操江陳公錦曰：『若何故反？』子龍曰：『謂我反者，非也，我無兵。』陳公曰：『汝受魯王官，官七省總督，非反而何？』子龍笑曰：『先朝有七省總漕，無七省總督也。魯府命我總督義師，我有三年喪，未之受也。』陳公曰：『若督七省，人人知之，何辯爲？』子龍曰：『總督七省應死，總督義師不應死耶？是固無容辯矣。』巴公指子龍髮曰：『髮何爲者？』子龍曰：『留此可以見先皇帝耳！』諸公雜然大笑，且駡之。子龍作色怒，操吳音而語，語不可復辨。諸公令牽之去，載之以舟。是日，子龍乘間竟赴水，守者鈎而出之，死矣。守者皆被刑毒，故其屍殘。遂梟於松城之西門，路人皆爲之流涕。」五茸志逸：「丁亥四月十六日，中軍詹世勳，殺吳帥標將李魁、吳著、喬世忠、王興邦、黃國楨、孟學孝、參謀戴之儁等，以七人首級貯之華亭縣獄中，幷隸卒八九級。至五月十三日，陳黃門子龍被執，躍入跨塘橋死，乃割其首。會日暮，令貯之獄。時華令陳鑑以事見繫，爲位而哭，作文哀之。詰朝，懸之西門樓上，數夜，有書佐葉思訥，賄邏卒，以他級易之，得葬富林焉。」陳鑑哭臥子陳公文：「維明之爐，百城草靡。金陵以摧，蘇臺忽圮。迢迢雲間，孤城孰峙！沈尸其雄，公握其距。遙奉名藩，神武厥紀。傳檄東南，豈曰一旅。天不祚明，民不效死。八月兵燹，萍散川潰。沈旣殞身，公亦飄逝。時予來松，歎公忠義。過公之廬，已爲口踞。踞公之室，收公之田。噬公坐公，予不謂然。緣茲叢釁，林火池延。戹予獄予，於今三年。或傳公死，或傳公仙。或傳公入道，或傳公入禪。或傳公去閩，或傳公去滇。孰知公卽在山兮公卽在川，公卽在海兮公卽在田。黃鵠旣舉兮胡不摩天？神虬旣逝兮胡不深潛？乃爲網罟之所罥羅兮，乃爲鋃鐺之所拘攣，乃爲梃刃之所敲擊兮，乃爲桎梏之所鐍鉗。按以械而迫就艇兮，將雜俘獲以歌旋。賓據公爲鴻伐兮，森環衞其中邊。故日中之焰焰兮，忽天矯其沈淵。淵已沈其未絕兮，紛鉤獲以戈鋋。揮白刃而肆毒兮，擠其髮而喪其元。城市爭覰以目淚兮，人百身其舍旃。曰詰朝而懸之竿兮，日將暮而貯之獄筌。旣友屈原而從水濱兮，奚訪皋陶而來我屋。霪夫喧喧兮，肩攤而蹴躅。予藉爾見公鬚眉兮，儼生前其如玉。髮襹褷其無恙兮，羞我曹之口口。繞悲蓌之怵目兮，聯梟顱之在櫝。惟暐暐其威儀兮，予叱皂隸其勿瀆。奉几案而覆之巾兮，私爲位而一哭。嗚呼哀哉！是日高舂，有一大鳥，縞衣玄裳，集於園扉，銜棘南翔，衆目咸覩。公神先來耶？嗚呼哀哉！緬予友公，始於燕京，再於會稽。感公肺腸，愛公文章。王、李之後，大雅洋洋。天喪斯文，餘子孰匡？嗚呼！公心在明，如日在天。一腔熱血，三載孔艱。龍性難馴，鶴髮難芟。義形於面，志溢於顔。漢之北海，宋之文山耶？嗚呼哀哉！公有良朋，亦有懿親。爲夏爲徐，生耶死耶？爲李爲宋，出耶處耶？公有愛妾，亦有孤兒，藏耶獲耶？在耶亡耶？嗚呼！吻公者幺幺蟲蟲，侶公者曖曖曚曚，拜公者馡馡醲醲，報公者豐豐隆隆。五月十三，醉竹千叢，若祭關公，當祭卧龍。」

【附録】明末忠烈紀實陳子龍傳：「其以匿子龍死者，侯岐曾一門。延安推官顧咸正、諸生顧天逵、顧天遴、張寬、夏之旭。」　蘇州府志：「顧天逵，字大鴻，貢生，天遴，字仲熊，諸生。崑山人，大學士鼎臣玄孫，延安府推官咸正之子。順治四年丁亥，上海諸生欽浩通款舟山，疏吳中忠義士二十三人，首及咸正，乃與同事四十餘人並死。天逵兄弟，亦以藏陳子龍故俱死。」　金山縣志：「張寬以陳子龍案内獄詞連及，死於江寧。」　明末忠烈紀實：「夏之旭，字元初，華亭貢生。丁亥五月二十五日自縊於文廟顔子位旁。其絶命詞云：『嗟予薄祜，少遭不造。皇路多虞，撫膺思報。壤壤國人，藩之垣之，惴惴縲宰，抗章白之。予一介儒，曾瞻天顔。歲寒之意，至死勿遷。仲賦懷沙，身無貶屈。惜哉卧子，何不早決！故君日逝，故友已亡，吾將安歸？敬附首陽。從容自引，會璧蹌蹌。遐哉尼父，予敢對揚。』」　檇李詩繫：「錢栴字彦林，嘉善人。甲申後，陳子龍薦之，授職方郎中。奉敕視江、浙城守，還里而南都又潰，乃避跡村隖。丁亥松督變作，捕子龍不得，相傳匿栴所，亦被逮。適其壻夏完淳，又以閩疏事發，語多連及，遂同日死於市。」婁縣志：「徐開祚以陳子龍獄詞連染，繫江寧死。」汪琬堯峯文鈔跋侯岐曾傳後：「陳給事亡命，與岐曾同死者，有僕俞兒、朱山、鮑超、陸二、李愛凡五人，皆傳所不載。」

是日午後，予至西關。聞難，急趨至東郊惠朗家，相對悲泣。予語惠朗曰：「今日之事，收屍爲急。日來殺人甚多，皆棄於野，纍纍難辨，惟先生死於水，然緩則恐不知所之矣。詰朝，我當挺身往，死生以之。」惠朗曰：「然，子勉爲其難者，吾爲其易者。」十四日至西郊，遇先生輿人吳酉於道，告以故，酉慨然願從，曰：「聞明旦兵當去，乃可往。」因與之約，望日，同酉乘小舟徧訪，久之至毛竹港，聞鴉聲，果遇於亂葦間水夾，血殷然。膺前有毳，右臂斷索尚存，諦辨之良是。即識其處，疾馳歸告惠朗，亟治棺斂具。十六日，同酉駕小舟往載屍，覆以葦蓆。夜泊西倉城南小河。

【考證】王錫瓚陳忠裕公遺像跋：「先高祖勝時先生，當黃門殉難後，求其屍不得，乃禱於郡城隍廟中，而祈夢焉。夜夢至一所，見一大樹，有鳥十二，集於其上，其下一屍偃臥，則黃門也。越明日，乘舟至毛竹港，境與夢合，因得其屍。而其首已爲兵士所斷，歸諸金陵矣。先生薙髮，易緇衣，徒步詣金陵，求之不得，已知事露，乃匿跡以免。」又云：「黃門當亡國後，有輿人吳酉者，常給役左右。吳故學傳神技，比黃門殉難，吳輒夢見之。因私祝曰：『公誠欲某圖像耶？是某之素志也。』遂殫思竟日，曰得之矣。操筆爲圖，無不神肖，後乃不復夢云。」【案】婁縣志：「呂岡涇，在李塔匯東北，俗呼毛竹港。」

十七日同惠朗至張冷石先生齋，請於其鄰，貰得一棺，乃束芻爲首，製白衣冠具斂。予再拜蓋棺畢，彷徨無所適，乃夜載至孟蒲莊，暫藏亂冢荒草中，人無知者。同載者，予與酉及惠朗之僕畢桂三人也。歸謀諸惠朗，彼地不可久留，惠朗家有殯宮一室，在洞涇西涘，地稍僻。遂命畢桂復乘舟夜往，載置室中。予同惠朗往拜哭而歸。是役也，人或尼之，或危之。予歎曰：「時無掩骼之禁，且予浮居也，何懼爲？」所至苦者，囊無一錢，家無一僕，張空拳，疲兩足，烈日暴雨，奔走西郊，足跡所至，幾同怪鳥。或掉臂不顧，或搖手去之，幸有同志惠朗一人，鹹先生之死友也。相助爲理者，張冷石先生，則先生之執友且姻也。吳酉，義僕也。慕義而趨事者朱元趾，亦平日奔走之客也。嗟夫！嗟夫！先生平生交遊徧海內，門生故吏，滿於吳越。遠近之士，求登龍門而不可得。至是親朋星散，獨一緇衣弟子，出入於闌提羅刹之叢，匍匐於青燐野水之間，此時此身，已付之度外矣！賴先生之靈，幸不辱命，不至貽笑於天下後世，謂秦無人耳，豈敢自多欒公之義哉！亦惟是二三子左右之力，不敢忘也，故詳述之。是時子服亦被難於南都。及秋，惠朗憂悸出遊，客死桐城。憶乙酉冬日在西塘旅舍，先生命予三人之言，爽然在耳。是歲，二子先後從遊地下，而予偷存視息，以迄於今，直強顏耳，尚何言哉！然予不言，後人誰復有知之者？昔先生自作年譜成，愴然執手曰：「自茲以後，我不復措筆矣！患難之餘，獨子朝夕，我死，子其爲我續書之。」予飲泣唯唯，嗚呼傷哉！敢不如命。易代之後，良史傳先生者，自述年譜具在，可考而知；而予之續書者，字字皆實錄也。九原有靈，實式臨之！先生諱子龍，字臥子，一字懋中【案】又字人中。號軼符。座師漳浦黃公贈言有云：「愛物若騶虞，指佞如屈軼。」嘗榜之座右云。晚年，自號大樽，蓋寓意於莊生五石之瓠也。生於萬曆戊申六月初一日，殉節於丁亥五月十三日，享年四十。越歲，嗣君孝岐奉先生柩葬於富林祖塋。配張氏，邵陽知縣方同張公女，敕封孺人，自有傳。一子嶷，字孝岐，側室沈氏出，早卒。娶丁氏，先生門人文博丁公女。一孫錫瓚，字望若，早卒。娶張氏，即孺人姪大川張公女，遺腹生曾孫世貴。今歲癸酉，孺人知予子栘有女孫，命從姪來問名，予承命，以女孫字焉。

續譜起草於戊子，書未及半，傷心輟筆。藏之篋中，忽忽四十六載，而犬馬之齒，已七十有五矣。今春始訂兩姓之盟。至秋，而孺人旋以壽終，乃簡舊章，疏所記憶，補錄成編，焚於先生之墓，以報宿諾。副本仍藏篋中，俟世貴之長也而授之。癸酉中秋，門人王澐識。

案丁亥之變，同時被難者，自張子服寬而外，同郡殷中翰之輅、練川侯太學岐曾、武塘錢職方栴、徐太學爾穀、崑山顧州守咸正也。聞變赴文廟自經死者，夏考功兄文學之旭也。先逃得免者，門人蔣文學平階也。鞫而後釋者，禾郡黃孝廉濤也。最先釋者，子服弟子函也。子函先被獲，陳操江見其稚，以好語誘之，盡言平日往來親知，分兵四出，故諸公皆不免。間有一二得免者，亦屬有天幸云。至若他郡知名之士楊廷樞輩，同時被難者甚多，以非松事株及，故不附錄。

宋轅文嘗作於陵孟公傳，宋雖舊交，而趨舍異路，傳聞之辭，每多失實。同郡袁介人作文以駁之，公論具在，予以據事實書，不足置辨。又恐後人之疑也，附識於末，以告知者。〔案〕已上三條，俱係王勝時先生跋語。續譜原本祗書干支，蓋成大樽先生志也。今敬冠本朝年號，以遵正朔。

【考證】三藩紀事本末：「子龍死，其子時方五歲，亦論殺。」嘉定縣志：「孫元化子和鼎、和斗，經理侯通政家事，脫陳給事遺孤，有不愧古人者。」王昶蒲褐山房詩話：「公湛淵之後，子嶷無恙。故吳梅村詩云：『相看徐孺與陳郎，無家二子同哀郢。』董得仲詩云：『對此嵇紹孤，中心良耿耿。』皆謂嶷也。又邵雲章哭忠裕詩云：『殺身有妾甘膏斧，襁褓無兒得瓦全。』公有三妾，蔡氏、薄氏、沈氏，不審甘膏斧者爲誰，當再詳考。」華亭縣志：「儒童陳嶷妻丁氏，雍正十一年旌，陳錫璜妻張氏，雍正十年旌。」江南通志：「陳子龍門人王澐，字勝時，才譽早著，有入室之目。子龍死，澐收葬之。」婁縣志：「王澐，原名溥，字大來，世居聽鶴軒東。幼爲陳子龍弟子，處師生患難時，卓然有東漢節義風。以諸生貢入成均，不得志，縱遊齊、梁、楚、粵，晚歸老康園。著有輞川稿。子世穆，字有相，以貢生爲安東訓導，栘字尊華，諸生，皆世其學。」【案】黃門子嶷，生錫璜，華亭縣學生，年二十一卒。錫璜生世貴，字頌賢，金山衛學生，年八十餘卒。世貴生二子，長南儒，次文穆。文穆早夭，南儒生一子，名日藻，亦早夭，陳氏之後遂絕。黃門玄孫女之子金山諸生王君錫瓚，勝時先生玄孫也，述陳氏世系如是。

【附錄】杜登春社事本末：「慨自熹宗之朝，閹人焰熾，君子道消。朝列諸賢，悉罹慘酷；山中遺老，埋棄人間。有錫山馬素修先生世奇者，新舉孝廉，有心絕業。痛東林舊址，久閉講堂，奮志選書，寄是非邪正於澹寧一集。時婁東張天如先生溥、金沙周介生先生鍾，以明經貢入太學，先君上辛酉賢書，夏彝仲先生允彝亦以戊午領鄉薦，偕遊燕市，獲締蘭交。目擊匪類猖狂，聖學衰息，慨然深結，計樹百年。於是先君與都門王敬哉先生崇簡，倡燕臺七子之盟，漸至二十餘人。宛平米吉士先生壽都、閩中陳昌箕先生肇曾、吳門楊維斗先生廷樞、徐勿齋先生汧、江右羅文止先生萬藻、艾千子先生南英、章大力先生世純、朱子遜先生健、朱子美先生徽、婁東張受先先生采、吾松宋尚木先生存楠，後改名徵璧者皆與焉。是時，在朝擊璫諸君子，斬刈已無噍類，惟有庶常黃石齋先生道周、鄭峚陽先生鄤、項水心先生煜，晨星落落。三人深相結納，時一過從，借文章欣賞，通達聲氣，冀得扶不絕之緒於一綫而已。予時未生，故先君燕臺社友姓氏，不能悉數，獲聞於敬哉、尚木兩先生者如是。維時丁戊之際，崇禎帝從代來，楊維斗以太學生上言魏忠賢配享文廟一事，幾墮不測。戊辰會試，惟受先、勿齋兩公得雋。先君中副車，與下第諸公南還，相訂分任社事，昌明涇陽之學，振起東林之緒，以上副崇文重道之至意。於是天如、介生，遂有復社國表之刻，復者，興復絕學之義也。先君與彝仲，有幾社六子會義之刻，幾者，絕學有再興之幾，而得知幾其神之義也。兩社對峙，皆起於己巳歲，予以是年生，生之時，兩郡畢賀，借湯餅爲東南一大會，社事之有大會，自賀予生始也。婁東、金沙兩公之意，主於廣大；先君與會稽先生之意，主於簡嚴。惟恐漢、宋禍苗，以我身親之，故不欲並稱復社，自立一名。諸君子同於公車，訂盟起事，並駕齊驅，非列棘設藩，各爲門戶也。國表初刻，已盡合海內名流，其書盛行，戊辰房稿，莫之與媲。幾社會義止於六子，六子者何？先君與彝仲兩孝廉主其事，其四人則周勒卣先生立勳、徐闇公先生孚遠、彭燕又先生賓、陳臥子先生子龍是也。時先王父延燕又先生於館席，授諸叔古學，凡得五人同筆硯，臥子先生甫弱冠，聞是舉也，奮然來歸。諸君子以年少訝之，乃其才學則已精通經史，落紙驚人，遂成六子之數。先是吾松文會，有疊花五子，先王父與張侗初先生鼐。李素我先生凌雲、莫涵甫先生天洪、暨予伯祖十遠公名林，齊名一時，爲松人矜式。涵甫子寅賡先生儼臯與先君有小疊花之約，陳無聲先生所聞、唐尹季先生允諧、章少章先生闇、吳澹人先生楨、朱宗遠先生灝、唐名必先生昌世、唐我修先生昌齡、俞彥直先生竑、焦彥弘先生維耆、王默公先生元玄，偕游侗初宗伯之門，並以課業稱祭酒。莫於丙辰同先王父登進士第，宗遠、少章、默公皆不遇，餘以次俱雋。無聲延默公爲臥子師，臥子與先君居子姪行，年二十餘，已奪鰲而登矣。會於七錄齋中，與千子肆論朱、王異同，以手批千子頰，其才氣鋒利如此。然幾社六子，自三六九會藝詩酒唱酬之外，境外交游，概置不問。至於朝政得失，門戶是非，尤非草莽書生所當與聞。而婁東、金沙之聲教，日盛一日，幾於門左千人，門右千人，爲同心者所憂，異己者所嫉矣。婁東舉辛未進士，授館職，以選政悉委之金沙。金沙名山業一選，膾炙人口，衣被天下。有兩兄，一雋於甲戌，名鏕，字仲馭；一雋於丁丑，名銓，字簡臣。先生至己卯，始得舉於鄉，屢上公車，不第。數年之內，金沙專司選政，而社局一歸之婁東。自辛未至辛巳，婁東之聲氣愈廣，凡文武將吏及朝列士大夫，雍庠中子弟，稱門下士從之遊者，幾萬餘人。其姓名並載金孺人會弔門籍。四方會弔畢，退而大集於虎丘，爲復社最盛事。時辛未同年周之夔者，心竊非之，又以國表二集，選渠文一首，評無褒稱，遂奮身作難，具疏特糾，以張、王、趙、蔡爲四配，以吳偉業等十人爲十哲，以復社爲欲傾覆宗社，以天如爲名號比天。婁東方以庶常憂居，得牽自行回奏之旨，思宗之愛文才，消黨禍，用意良深，誠爲末造所希遇耳。所云四配：一爲趙我完先生自新，予及見之。餘忘其名氏，聞皆古朴宿儒，爲西銘老友也。十哲者何？西銘之門人吳駿公先生偉業、孫浣心先生以敬、許堯文先生煥、穆苑先先生雲桂、周止俶先生肇、吳純祜先生國杰、金道賓先生達盛，暨其兄來宗先生源、禹疏先生潛、弟無近先生王治也。婁東又有楊、顧之學，不與社事，而與西銘稱把臂交，一爲顧麟士先生夢麟，一爲楊子常先生彝，閉戶讀書之君子也。吳魯岡先生國孝、吳志衍先生繼善，俱以宦遊得不與黨禍。張受先以出宰江右，久不與選政，不講社局，雖疏指有名，亦不以黨魁目之，幸矣。論者謂烏程當國，周推官承其意旨，而發此大難，貝錦含沙，究不得逞其毒射。一語自白，歸於冰消，然西銘之心，已隱然大傷。慮夫禍患將及，無可解免。雖門弟子日進，而社局中之盟會，寖以少息。維時楊維斗先生設教於滄浪亭，爲其子焯擇友，錢子鉄錬百、章子在玆素文、王子發其長、王子復陽禹載、尤子侗展成、彭子瓏雲客、宋子實穎旣庭同與焉。徐勿齋先生亦爲其子枋、昭、法擇友，葉子襄聖野、朱子隗雲子、繆子慧遠子長、陸子壽名處實、汪子琬苕文皆與焉。綀川侯豫瞻、雍瞻兩先生，爲其子玄演幾道、玄汸記原、玄潔雲俱、玄泓研德、玄瀞智涵世之所謂五侯者擇師，則黃子蘊生淳耀；取友，則朱子明鎬昭芑、陳子瑚言夏、陳子淑義扶、許子子位自俊、呂子雲孚石香、葛子雲芝瑞五、歸子玄恭莊、周子止淑譽、暨我郡徐子武靜致遠、顧子偉男開雍、予兄端成甲春輩皆與焉。搜羅實學，不事浮名，爲吳下教子弟第一家法。梁溪馬素修先生爲其子壬玉，壻施子召徵延師，則顧子修遠宸；取友，則吳子漢若濯。而錢蒙叟先生倡古學於琴川，爲其子孫愛者擇師，則黃子蘊生，擇友則蔣子鳴玉，以下其小阮湘靈燦，孫子扶桑曜，赤霞暘，馬子丹卿廷棫，皆出其門。三吳子弟，各自一宗，不敢齒及復社二字者數年。然原原本本，無一非復社之子弟也，無一非婁東之及門與其門人小子也。己卯之夏，維揚許力臣會人舉大會於秦淮，盡閩、越、楚、豫之上舍，及東吳名宿，敍弟昆，投縞紵，而推介生、勒卣二周先生，與徐闇公先生執牛耳。西銘聞之，竊慶吾道之不孤。及榜發，金沙得雋，而勒卣不得入彀。闇公以援北雍例，欲咨回南，使者從水道不達，致阻鄉薦。

西銘竊歎貧士之遭逢，天意似不可強，而又慮閶公家坐困，乃以選政歸閶公。於是乘文一選，爲天下第一部書。吳下選手，亦虛無人，惟艾千子先生有艾選，溧陽陳百史先生名夏，有五十大家之刻。他房行社稿試牘，統於乘文，莫敢與之爭衡者，閶公之教，至是大昌。皆婁東爲之主持而推轂之也。是時烏程去位，楊、薛相繼秉國鈞，竊見主上崇儒扶正，無吹求西銘之意。門下或有私附楊、薛以圖顯榮者，故西銘得以逍遙林下，批讀經史爲千秋事業；而中夜不安，唯恐朝端尙以黨魁目之也。計非起復宜興，終是孤立之局，乃與錢蒙叟、項水心、徐勿齋、馬素修諸先生，謀於虎丘石佛寺，遣幹僕王成貽七札入選君吳來之先生昌時邸中。時吳手操朝柄，呼吸通帝座，而輦轂番子，密布內外，線索難通。王成以七札熟讀，一字一割，雜敗絮中，至吳幔中，爲蓑衣裱法，得達靈要，此辛巳二月間事。於是宜興以四月起，而西銘卽以四月暴病云殂，悲哉！予時年甫十三，東林之腹未坦，西州之淚已枯。憂社局之將衰，歎孤兒之無倚，有心結納，思續前人，遂與夏子存古完淳，王子后張爽鞏，於少年場中，留意人物，以社事爲己任。迄今事在目前，已恍如隔世矣。復社自己巳至辛巳十三年中，凡三大會，至西銘之變，海內會葬者萬人。壬午春，又大集虎丘，維揚鄭超宗先生元勛、吾松李舒章先生雯爲主盟。桐城方密之先生以智、直之先生其義、孫振公先生中麟、合肥龔孝升先生鼎孳、溧陽陳百史先生名夏、宋其武先生之繩、江右曾庭聞先生傳燈，武林登樓諸子，如嚴子岸先生渡、嚴子問先生津、嚴子餐先生沆、吳錦雯先生百朋、陸麗京先生圻、陸鯤庭先生培、陳元倩先生朱明、吳岱觀先生山濤、禹穴張登子先生陛，及錦雯之徒丁子飛濤澎，海鹽范文白先生驤、查伊璜先生繼佐、彭仲謀先生孫貽、嘉興陳子木先生恂、徐郴臣先生亦于、曹秋岳先生溶、秦中韓聖秋先生詩、楚中杜于皇先生濬、白下郭臥侯先生亮、余濬心先生懷、鄧孝威先生漢儀、葉天木先生舟白、孟調先生夢鼎、仲調先生夢鼐、武進唐采臣先生德亮、咸价人先生藩、董玉虬先生文驥、維揚冒辟疆先生襄、吳門黃心甫先生傳祖，暨前所稱諸先生之子弟，雲間之後起皆與焉，其他各省名流，予不能悉，得之長兄端成，及外舅無近公所傳，稍稍憶及。嗣後復社無復大會，社局將衰矣。而吾松幾社之文會，則日以振，幾社自先君辛未舉進士後，次年有壬申文選之刻，王默公爲臥子師，才學爲松人所稱，與先君子有雁行誼。特以舉業龐雜，素履恢奇，不與六子之會，而古文辭居然作者，仿昭明文選體，與宋子建先生存標刻成此選，先君爲之弁言，海內爭傳，古學復興矣。六子之刻，每人六十首，乃制舉義也。舒章、子建、偉南、默公諸先生與陸子玄先生慶曾、徐聖期先生鳳彩、盛鄰汝先生翼進、何愨人先生剛、郁子衡先生汝持，另刻幾社會義初集，擴至百人。宋轅文先生徵輿，原名元身，與張子美先生安茂並爲青年英俊。而六子之昆弟姻婭及門子弟，踵起而上文壇矣。闇公幼弟武靜先生，臥子內弟張子服先生寬、子退先生密、予叔同思諱驥徵、徠西諱駿徵、暨長兄端成，偕同郡錢子璧先生穀、王大來先生溥，卽改字勝時名澐者，以及徐惠朗先生桓鑒、翁子上先生起鶚、李公峻先生大根、公寧先生同根、陳子威先生爾振、唐服西先生醇、宋人峩先生卓、張處中先生宮、蔡服萬先生謙、沈子凡先生迴、曹魯元先生嘉，并華范友、邢子萬、徐元宣凡二十餘人。每月課藝，闇公先生爲之評騭焉。又有歷試優等如談公敍先生璘、唐玉汝先生爾鉉、歐冶先生鎔、李原煥先生時楫、湯公瑾先生瑶、錢荀一先生起龍、章宗季先生本練、王伊人先生廣心、陸文饒先生慶裕、王玠右先生光承、名世先生烈、陸集生先生慶臻、趙人孩先生侗如、陸孟聞先生慶紹、何我抑先生德著、予師陸亮中先生彰吉、陸椒頌先生慶衍、輩相師友，每月傳題，亦以闇公爲宗師。又有世家子弟如李存我先生待問、張謀遠先生壽孫、張友鴻先生一鵠、李素心先生慄、朱早服先生積、宋又韓先生與琦、曹子顧先生爾堪、張子固先生安苞、單質生先生恂，楊扶曦先生枝起、包長明先生爾庚、李竹西先生長苞、李方思先生延渠、傅服生先生虔，予姊壻姚子彥深世曙，折節讀書，皈依社會。初集人材，此其表著者也。癸酉先君捐館，同社失一宗盟，甲戌乙亥，陳、夏下第，專事古文辭，文會各自爲伍，皆聽闇公先生月旦。至丙子刻二集，戊寅刻三集，己卯刻四集，人材輩出，非遊於周、徐、陳、夏之門者，不得與也。蓋此數十人，出婁東之門者，居其七，四先生所得士，必引之以就正於婁東。至庚辰辛巳間，刻五集，猶闇公先生主之。而求社、景風，雖兩路分馳，而社刻總歸一部。壬午闇公上北雍，以六集之刻，委子服操之。於是談公敍、張子固、唐歐冶兄弟、錢荀一有求社會業之刻，以王玠右、名世二公評選之。李原煥、趙人孩、張子美、湯公瑾有景風初集之刻，仍託闇公名評選，幾社數子之文，悉登於景風，求社則自收新人，不刻數子之文，數子亦狎景風，而旻求社，蓋因求社之人，專力勤學，精舉子業，而景風之人，多涉獵詩酒讌游間也。以故壬午榜發，得雋者皆求社中人，幾社中惟闇公先生雋於北榜。求社與幾社，駸駸乎有並立之勢矣。壬午冬，周宿來先生茂源與陶子冰修㥄、蔣子馭閎雯階、蔡子山銘峴、吳子日千騏、計子子山安，後改名南陽，集西郊諸子爲一會，有雅似堂之刻，此景風之分支也。彭燕又先生率其徒顧子震雉鏞，即改名大申號見山者，舉贈言社，亦有初集之刻，似乎求社之分支，而實幾社之別派。其中人材，實有可觀；如王子伊人即農山先生、章子武謀飈高、沈子邵六朝棟、盧子文子元昌後名駱前、何子椀珠竹、宋子武賓演後名泳、唐子少伯同保、陸子射石廣，皆其選也。何我抑率其徒有昭能社之刻，盛鄰汝率其徒爲野腴樓之刻，王玠右率其徒韓友一、范閔山紆峻有東華集之刻。癸未春，予與夏存古有西南得朋之會，爲幾社後起。闇公先生下第歸，命我等數童子，赴求社之招。如盛子弇建威、徐世威虔遼、金漢臣震龍今名獎、橐子來卽孝力宜兆、盛子鐔揚化、顧子韶九成、予兄子曠同春卽南池，暨予與后張存古也。以故許在公昌國、許孝修纘曾、季南明天爍、章錫遠世奕、張□□世揚、陸佐臣亮輔、陸代之亮工、姚可補仲令、施及甫維翰卽硯山、沈貞蕤荃卽繹堂，皆求社子弟，親予數人，而奉爲師表矣。同社排擊璫孽凡二事：一在戊寅歲，方郡伯與學使者俱係同譜，謬允鄉賢，致合郡有撾堂之舉。一在甲申三月，聞變哭臨，孽欲隨班行禮，同社草檄攻之。孽憤，募青手數十以自衞，欲侮辱諸生。徐武靜與張退谷各率東陽、義烏之力士戴宿高等，亦手執白棒，見青手卽擊逐，孽是以不敢臨，士氣稍振，而怨毒皆歸會稽先生矣。先是，甲申正月，予輩數人稱江左少年，上書鄉紳四十家，乞舉義勤王，爲衆紳所嫉。又於哭臨時，草檄討從叛者，一時投閹之輩皆側目，而主其說者，實予與存古二人。因謂投指於會稽，遂羣思甘心焉。會南中擁立，考功居憂不在列，羣小以私戴潞藩爲題，作匿名文討會稽，其文竟出於社中權貴子弟。門內戈矛，人皆齒冷。此同社之不幸，亦社局將衰之兆也。夫南中建國，貴陽馬士英爲婁東友，一時擁戴竊柄，引重東林，如起用錢、徐、陳、夏諸君子，褒旌死難諸賢如范公景文、倪公元璐、凌公義渠、成公德、馬公世奇、吳門許公仲玉輩，皆復社之君宗也。復社中失節者，貴陽日加歎恨，且陰憐之，悉欲置末減。及福藩恣用私人，搜羅璫孽，而阮大鋮輩盡起而謀國是，外則附貴陽以招權納賄，內則實爲黨人作翻局計，授意督學御史朱國昌，凡婁東門下，悉置三等，吾郡同社，聞而戰慄。彝仲先生在憂，臥子先生請告終養，無能爲同社解憂者。社中文會選刻仍不輟，闇公謝事，以避黨魁之目，七集之刻，委之徐麗沖允貞、夏昇略維節，徐郎聖期先生之子，夏則元初先生之子也。詩義之選，委之王勝時、錢子璧、張處中。七集一選，風行考肆中，朱學使不以爲病，且極稱雲間多才，而留心排抑者，止在復社之子弟。乙酉四月，起用周之夔於廢籍，特命巡按蘇松。聞命語人，首以嚴按社局爲事。復社之門人子弟，無不畏懼，而吾郡同社，亦有刻不自保之勢。若偉南先生挈其家口卜居東義，舒章先生守其父櫬，就館燕臺。詎意之夔甫離白下，而王師已渡江破建業，福王隻身出奔，節羣公連裾獻俘，社稷用傾，門戶之憂，亦從此烟消木脱矣。乙酉、丙戌、丁亥三年內，諸君子之各以其身殉國者，節義凛然，皆復社、幾社之領袖也。史道鄰先生可法，及何愨人先生剛，守揚州死。侯豫瞻先生峒曾，率其子玄演、玄潔，黄藴生先生淳耀，率其弟淵耀，守嘉定死。張玉笥先生國維，守東陽死。沈雲升先生猶龍，偕李存我先生待問，章夵公先生簡，守松江死。徐勿齋先生汧，楊維斗先生廷樞，於蘇州破日死。夏瑗公先生於松江破日死。周簡臣、仲馭兩先生，於金壇破日死。祁虎子先生彪佳，陸鯤庭先生培於杭州破日死。黄石齋先生道周起兵死徽州。陳元倩先生朱明起兵死六和塔。馮留仙先生元颺、鄴仙先生元飈起兵死寧波。陳臥子、張子服兩先生，以吳勝兆案坐死。夏元初先生以匿臥子自縊明倫堂。錢公栴、侯公岐曾、顧公咸建暨其姪大鴻亦以匿臥子死。華公允誠死梁溪。左公蘿石懋第講和不屈死。劉公公旦曙與夏子存古，以率表唐藩死。楊伯祥先生廷麟、楊維節先生以任，均以舉義死。吳日升先生昜死泖澱。徐子世威死於黄蜚之兵變。施公召徵死粤東，吕子石香死太倉。張公肯堂、朱公永祐皆入海死於兵。一時諸君子，慷慨就義，視死如歸，就復社、幾社中追數之，已若干人；此外孤忠殉義，死而不傳者，不知凡幾。他如徐闇公先生以舟爲家，不仕鄭氏。張公名振、張公煌言擁兵撓敗，終身蹈海以沒。熊魚山先生開元、許霞城先生譽卿、倪伯屏先生長玗、方密之先生以智、張帶三先生若羲、予母舅張冷石先生昂之、梁公先生玢之，及林公垐、林公之蕃、王公鎬、祁公豸佳，皆終身披緇。而侯子智含以家難付拂靈隱，年止二十，死於禪關，尤予所最痛心者。豫瞻先生似續，竟無孑遺矣。更若陸麗京之賣藥、蔣馭閎之黄冠、歸玄恭、張洮侯之酒狂、黄心甫、朱雲子之詩癖、王玠右、名世兄弟之躬耕海上、侯秬園、研德伯仲之混迹寰中、葛瑞五、陳言夏、華健龍字天御、陳濟生字皇士、魏允柟字交讓、錢肅潤字礎日、張子退、吴日千、計子山、葉聖野、金道賓、穆苑先、張來宗、唐服西、王周臣、彭仲謀、林平子、白孟調、范樹鏦、徐昭法、馬端午、許九日、沈東生、許在公、陳子威、予師陸亮中、予叔徠西公，皆兩社翹楚，終身高隱。由今思之，諸君子貴賤異等，死生異路，而名節自特，百身一致，使非平生文章道義，互相切劘，安得大節盟心，不約而同如此哉！」【案】兩社爲東林後勁，黄門爲兩社君宗，凡所交遊，類皆社中之人，故節錄杜九高先生社事本末，并於殉節諸人，略爲訂正，以附年譜後。九高先生名登春，青浦人。順治辛卯拔貢。祖喬林，字君遷，父麟徵，字仁趾。

三世苦節傳

王澐

三世苦節者，有明敕封孺人陳母傳也。孺人姓張氏，父邵陽知縣張公軌端，以萬曆壬子科，與兄拱端、履端同舉於鄉，昭代傳爲盛事，松郡所謂三張者也。母王氏，首生孺人，生而端敏，孝敬夙成。長通詩、禮、史傳，皆能舉其大義，以及書算女紅之屬，無不精嫺，三黨奉爲女師。有弟五人，莊事女兄如伯兄然。張公奇愛之，而難其配。公好友奉議公有子，少負奇才，即大樽先生也。張公一見之，大悅曰：「此當代偉人也，非此子不克配我女。」陳公遣媒問名，遂許字焉。年十九，于歸，時舅奉議公已歿，大母高安人年高，繼姑唐宜人久疾，孺人初歸，即秉家政。上奉高安人晨昏，得其歡心。侍唐宜人疾，手治湯藥積歲不倦。中外稱其孝。奉議公固儒，家產不踰中人，爲郎以清節名，歿後家益落。先生性豪邁，不問家人生產。素喜賓客，座上恒滿。孺人躬自操作，鉅細井辦，交遊日益進。庚午先生登賢書，兩上春官不第，詩酒之會，倍盛於往時，孺人嘗節縮衣食以應之。先生慷慨好施，孺人常先其意，爲之問遺親故，任卹匱乏，莫不懷其惠。高安人一女，篤愛之。贅諸氏壻共宅而居。奉議公以寡兄弟，而勿忍也。先生承先志始終不替。孺人承高安人歡，敬愛有加。撫其子女如同生，冠婚如禮，安人爲之色喜。唐宜人生四女，次第及笄。孺人爲設巾帨，治奩具而歸之，嫁禮稱盛，宜人忘其疾。諸姑感而涕出，曰：「嫂，我母也。」丁丑，先生成進士，未歸而宜人卒。孺人哀毀逾常，經營周身含斂之務，綜理詳密，靡不中禮。高安人見之泣曰：「賴有孝婦，勿之有悔矣。」先生司李越州，迎養安人於官，安人輒念其女不止，數數往還。孺人不忍違，惟戒僕隸愼舟車，問起居相屬於道，安人樂之。先生服官廉介，廚傳蕭然。孺人性儉而習勤，安之若素。予從遊邸中，侍先生讀書，常至乙夜，猶聞內庭紡績聲。御下慈而有紀，家人終歲無嗃嗃之聲。侍婢不過一二，供灑掃而已。綦縞之服，躬自澣濯；箴管之佩，不辭井臼。媵妾皆化之。廉吏之績，孺人克成之也。陳氏五世一子，旁無期功之屬。孺人屢舉子女不育，爲置側室，亦不宜子，孺人心憂之。乃自越遣人至吳，納良家子沈氏以歸。甲申春，崇禎帝召先生入諫垣，攜家還里，至冬始舉子。先生時年三十有七，喜而名之曰巍。孺人乃自鞠之，曰：「今而後可以慰大母心矣。」是歲，先生先以越李考績，敕封孺人，旋以諫垣遇南都登極恩，再封如初。臘月，先生葬兩世之喪，禮成，將爲偕隱之計。越明年乙酉，而南都之變作，松郡兵起，舉室播越，先生避地禾中，孺人扶衰親，抱幼子，展轉流寓，備歷艱險。而安人老疾日篤，侍奉床笫，至廢寢食，將半載而安人壽終旅舍。先生旣以家國之難，痛不欲生；孺人亦以拮据大事，遠不逮治唐宜人喪時爲憾云。丙戌冬，歸治安人葬，禮畢，先生常爲雲水之遊。孺人遠依諸弟於吳、越間，不常厥居。是以丁亥五月之變，不及於難。及聞先生殉節之訃，孺人驚痛，絕而復蘇，誓以身殉。時子巍年方四齡，不去懷抱，諸弟羣勸慰之曰：「陳氏單門，惟有此子，破巢完卵，此天意也。今日之事，保孤爲重，所以報夫子者大矣；姊死，孤兒寧能生乎？」孺人素明大義，見其言切，乃止。會復有令原之難，家門凶禍，一時洊至，瀕於危者屢矣。屬有天幸，卒得免。乃抱孤兒，變姓氏，毁容羸服，遠避山野。如是者累歲，嶷始成立，孺人乃還故鄉。先世田園，已入縣官，孤寡煢煢，衣食不給。孺人躬自紡織，拮据盡瘁，夜以繼日，血淚交迸，人生所未有也。於是營葬先生於祖墓，爲嶷娶於丁，門人丁君彦女也。舉子錫璜，孺人且喜且悲，曰：「夫子有孫矣。」孫生六歲而嶷卒，年僅二十有九。孺人大慟幾絶，謂婦丁曰：「此汝事也，我可以無生矣。」既而曰：「孫孤婦少，我目未能瞑也。」於是共抱持之，如鞠嶷時。錫璜稍長，出就外傅，孺人勉之以學。曰：「毋墜前人之業，居易以俟命可也。」早歲，補博士弟子員。娶於張，卽孺人姪得一女也。逾年，婦有娠，而錫璜卒，年僅二十有一。孺人哭曰：「天乎？昔我不從夫子死者，爲有嶷也，嶷死而我不死者，爲有錫璜也。今錫璜死，我安能生乎？」丁婦泣請曰：「婦有遺腹，若幸生男，是天不亡陳氏也，盍忍死須臾以待乎？」孺人乃朝禮西竺，夕禱北斗，越半載，而曾孫生。時丁卯臘月也。既舉曾孫，孺人喜而泣，謂兩婦曰：「而今而後，我乃更生矣。」予聞之喜，遣使賀孺人起居。孺人因使人下問，曾孫當何名，因憶先生丁丑登第時，方望舉子，嘗鐫世貴名於齒録，若有先兆。請卽以名曾孫可乎？孺人曰：「善。」孺人年八十，予遣兒孫登堂介壽，孺人壽而康寧，曾孫年已三歲，往來膝前，宛若成人，孺人爲加觴焉。歲在癸酉仲春之吉，孺人命從姪倬來，知予子栘有女孫同歲生，請問名，予額手曰：「此小子宿心也，敬聞命矣。」乃告於先祠，以女孫字世貴焉。既拜命，而孺人慰可知也。蓋予家與清河世爲婚媾，今又重之以潁川，三姓世好，猶一姓云。季夏，孺人示微疾，豫治襚衣，綜理畢具，乃曰：「未亡人宜衰絰以從夫子，然先朝之命婦也，不可以廢禮。」命製冠帔如前典，曰：「他日具斂，衷素而加命服焉，可也。」服成而寢疾，兩婦曁諸姪，延醫進藥，孺人卻之曰：「我之藥久矣，今始得所歸耳，何以藥爲？」因屏飲食，戒不復進。拊二婦曰：「勉之！善視曾孫，以成我志。」越數日疾革，神明湛然。時癸酉七月十三日也。遡生自萬曆庚戌，春秋八十有四。子嶷婦丁氏，孫錫璜婦張氏，皆克以節世其家。

瓠史曰：昔趙氏下宮之難，程嬰不死，曰：「死易，立孤難。」及趙武立，而嬰卒死之，曰：「報成事也。」孺人蒙難四十有七載，而爲嬰者三焉。嗚呼艱哉！所成不旣多乎？其生也不亦重乎？風於二嫠，比烈三辰，皜皜乎，先生之流光遠矣。易曰：「苦節不可貞。」夫苦而貞，聖人固難之已。

陳子龍世系表

（高祖）綬

世居華亭，其先世源出潁川。

（曾祖）鉞

好任俠，島寇入犯，率傭奴二百人擊之，頗有擒馘。備兵使者欲官之，辭不受，獻其良馬而去，曰：「以報知己也。」

（祖）善謨

以子貴，封刑部主事。慷慨好施，訓子甚嚴。妻高氏，封安人，卒於丙戌年。（一六四六）

（父）所聞

字無聲，號繡林。萬曆十五年生，萬曆四十七年己未進士，刑部郎，天啓六年丙寅卒，年四十。

妻韓氏，生子龍。萬曆四十年卒，封宜人。

繼娶唐氏，封宜人，卒於崇禎十年丁丑。

姑，適諸氏。

子龍

字懋中，亦字臥子，生於萬曆三十六年戊申六月初一，殉節於丁亥年五月十三日，年四十。崇禎丁丑進士，仕紹興推官，擢兵科給事中。

妻張氏封孺人，張軌端女，生於萬曆三十八年庚戌，卒於淸康熙癸酉七月十三，年八十四。

妾蔡氏、薄氏、沈氏。

王氏妹

董氏妹

張氏妹

林氏妹——嫁林仲子子

襄，字平子，國變後，棄諸生，客死嶺南。

（子）嶷

母沈氏，子龍妾。

嶷生於崇禎十六年癸未，儒童，卒年二十九。

婦丁氏，子龍門人丁彥文博女。

（孫）錫瓚

華亭縣學生，卒年二十一。

婦張氏，祖母張孺人姪得一女。

（曾孫）世貴

字頴賢，金山衛學生，年八十餘卒。婦王氏，王澐女孫，王杉女。

文穆（早夭）

女適王氏。——王錫瓚——後昆

王澐玄孫。奉陳門祭祀。

（玄孫）南儒

日藻（早夭）

女——嫁某氏

越遊記

王澐

予年十有四，始師事大樽陳先生。時歲在壬申，先生方以古文辭倡起東南，牆宇高峻，士之及其門者，造次不能自達。予以童子隅坐，晏如也。先生成進士，歸而廬居三載，益切劘於學。予時時過從，誨有加焉。及先生之官越州，予遘先慈喪，苫次疾作，先生聞之，貽書見慰。且曰：「越中山水之勝，晨夕寓目，舍中清曠，庭除鳥雀，殊宜書史，敢屈從者。」予初失恃，復嬰疾，未忍去倚廬，請於先君，先君曰：「師命也，孺子勉之！」予遂以癸未春適越。越州治負臥龍山，李邸居西，舊有宛委齋，先生築堂於其前，漳浦黃公以八分書署之曰「清音」，又贈言題柱云：「愛物若騶虞，指佞如屈軼。」黃公者，先生座師也。會稽羣山，皆在堂前，遠岫參差，雲物回互，昏旦萬變。郭內萬井鱗次，樓榭繡錯，亦有因山成墅，亭亭隱見。堂中周列圖史，橫陳棐几，予處堂之右，左則先生寢室也。越中吏事清簡，旦起出堂皇治簿書，不移晷而畢。歸坐堂中，讀書自若，遇快意，輒呼予並讀之。或命予檢視某書某卷某事，摘發靡遺。有所著撰，端坐凝神，間一微步，拂几疾書，授予高誦，相與鼓掌爲樂。或授簡於予，予遜謝不敏，先生勗之，一言之獲，必加獎掖。間出以示座客，予心愧焉。時山陰劉忠端公，方里居講學，先生赴講席，歸則又爲予極論天人性命之旨。予請質所疑，窮探幽賾，嘗自作往復數次，終日亹亹無倦色。每日晡，先生秉燭讀書，聲琅琅徹戶外，夜分未止。予嘗假寐以待，或遙呼予問云何，予從寐中起應。先是先生讀書，必至丙夜，繼以談讌，及就寢，則鷄且鳴矣。旋辨色而興，其勤若此。考功夏忠惠公聞之，貽書相戒，以葆生宜子爲言。先生感其言切，乃損三之一。聞漏二下，即出室談讌，縱論古今治亂成敗之數，下及當世之務。有慨於中，則太息而起，或環柱而走。往往罷酒，亦已漏三下矣。是歲，秦寇日熾，而楚帥左良玉潰兵南下，吳、越岌岌震鄰。夏秋之際，予從先生往還虎林，慨時撫事，邑邑不樂，自此遂有乞歸之志矣。先生性高簡，門無雜賓。至是時時稱病謝客，予所睹記，一歲中以講學至者，婁東張受先先生也。以談風角至者，閩中蔡山人無能，故相高陽孫公客也。以治神器至者，海上陳博士仲台，故相徐文定公甥也。我鄉戚友以遊覽至者，顧偉南、張子服、子退、曹魯元、謝禔玄、宋轅文、周宿來也。周子則與蔣子大閎，先予從越遊者也。其同舍者，惟盧鹿田與予二人。越中名士升堂者，王玄趾毓蓍輩，不及數人而已。歲暮，先生以督軍糈赴南都，予請歸省，甫抵里，而聞婺州許都之變。當事亟檄先生歸撫之，降其衆而還。時甲申之正月也，事載先生之年譜中。予馳赴越，則變已平矣。仲春，先生量移南銓，士論皆失望，而先生以得遂歸養志，聞之欣然。亟命治裝，未行，旋以平婺變功，改除黃門，非先生意也。先一歲冬至，吳、越間大雷電。是春陰霾，浹月不解。去越之日，大風拔木，雨暴至如盛夏。時蓋崇禎甲申三月十九日云。

客曰：「子適越，曾未覩夫越之名山大川耶，何言遊？」曰：「山川不以人重哉！甲申以來，越之賢士大夫，先後殉國者，非先生所嚴事即誼友也。先生事大母歿而後終厥志，從先生者未有與也。此宋、景之徒，所爲慓慄於遠行也。

軼事

大樽嚴於論詩，凡獻詩者踵相接，大樽意態傲岸，若不足當一顧者。予語大樽：「前輩好推挽人，那得爾爾？」然大樽未嘗不虛心，嘗向予道律詩如「春城月出人皆醉」及「羅綺晴嬌綠水洲」之句，詩餘如「無處說相思，背面鞦韆下」一詞，生平竭力摹擬，竟不能到。有味乎其言也。宋徵璧抱眞堂詩話

大樽性好諧謔，一日偶集子建齋，戲子建曰：「君詩文比宋襄公何如？」家兄未及答，予曰：「猶明府之於陳恆。」滿座絕倒。以其寬博，有似襄公不鼓不列云。同上

乙酉，臥子與予同侍從武英，陳曰：「所謂君隨丞相後，我住日華東。」予曰：「不若婉孌崑山陰。」抱眞堂集詩註

陳臥子負海內重名，柳如是欲委身焉，從盛澤至松，屢以刺謁，自稱女弟。陳嚴正不易近，因轉屬於虞山錢蒙叟。華亭縣志，亦見鈕琇觚賸。

陳軼符僧服杜門，有秦人曲生者，自言宋將端之後，願得北面。軼符再四辭之，曲請愈苦。及見，軼符曰：「菰蘆之中，豈少陳人？」生曰：「吾聞師儒之席，不拒曲士。」軼符嘉其對敏，竟通春秋易傳而去。南吳舊話

夏考功自縊於舟，報至陳臥子所，臥子一慟幾絕。歎曰：「瑗公自是令僕材，一朝騎箕，吾何堪獨存面目，使天下士猶稱陳、夏！」同上　【案】考功投水死，此云自縊，誤。

陳臥子、陸子玄兩先生祈夢於于忠肅祠，臥子夢負一虎，謂必風雲會合之意。而子玄則忠肅授以瀋陽地圖一卷，亦意其當官於此地也。後臥子以起義殉國，雖赴水死，猶懸其元於虎頭牌上，宛然虎負之象。而子玄丁酉之役，以通關節，竟流遼左，無不奇驗。袁穀錫見聞麤記

子龍豹目蜷髮，人相其凶。又目上視，爲盼刀眼。居恆攬鏡曰：「此頭終當爲誰斫？」及是，卒不免。虎墩筆藁

大樽先生於丁亥元旦，筮得明夷，五月遂遇難。林子卿詩注

予乙未四月初十夜，渡河南還。泊舟白洋河，夢陳黃門過予，握手話舊，歡若平生。因拉予遊曲廊小閣云：「是俞彥直內室。」俞旋出講賓主禮，時黃門著單葛衣，汗浹襟袖，予與款，移時乃寤。嗟乎！富林一別，星霜九移，自非夢中邂逅，卽欲再睹黃門，豈可得哉？盧慶臻詩序

忠裕題仇英甘露渭橋圖云：「丙戌漢臘大樽獲觀於頑閣。」丙戌冬杪，侍大樽師於頑閣，予攜此圖索鑒，爲之感慨神動，許作長歌以紀其盛，猝猝未果，遂成永恨，回首忽如昨日耳！絹素宛然，而鍾期不作，撫圖不免三歎！戊子冬日，王澐跋。

附錄三　各集原序

岳起堂稿序

臥子年弱冠，而才高天下。其學自經、史、百家，言無不窺；其才自騷、賦、詩歌、古文詞以下，迨博士業，無不精造而横出。天下之士，亦不得不震而尊之矣。然余嘗謂人曰：「臥子千古才，吾代一大家也。」則然疑半焉。其然之者，徒以遊于其內，不得不推其高且大；而疑之者，亦未必果有說以相難也。曰：「某某諸大家，豈復人所敢望而及哉？臥子獨何人也！」山居者，不信有如城之魚；水居者，不信有千尋之木，亦誠然無怪矣。余間爲臥子思之，以臥子之才，宜卽顯重于時，與唐之韓、柳，宋之歐、蘇等，然而不能驟起者，時代爲之也。唐、宋之時，文章之貴賤，操之在上，其權在賢公卿。其起也以多延獎，其合也或贄文以獻，挾筆舌權而隨其後，殆有如戰國縱横士之爲者。至國朝而操之在下，其權在能自立。其起也以同聲相引重，其成也以懸書示人，而人莫之能非。故前之貴于時也以驟，而今之貴于時也必久而後行。由前之失，下多上諂。得則如韓魏公、富鄭公、張方平之同心好士；失則如韓昌黎之上書宰相，甘擬身于盜賊，甚有如子厚之失身叔文輩，所謂萬事瓦裂，大可痛憫也。由今之失，上不下交。貴爲公卿，徒雄重傳呼唱，門下無一人。憤才士之骨強，則連挫以柔之，至有移僇其父者。然而才人之遇日以艱，而才人之品日以重。假令以臥子其品，欲其急日月、冒霜露、謁門獻身，以求苟得，臥子必不能。即一旦驟爲時重，使出入公卿間，曲身細語，睨顏而發，臥子不已病乎？幸而獎賞所不被，得自高大其所爲，猖放衝馳，肆意所欲，及作爲語意以震壓千古，千古之下，巍然一臥子存。而今之然疑臥子者，不復見天地間曾有是物也。臥子應悲憐之不遑，尚忍與之辨貴賤而爭其若是乎哉？且才不必驗于今，而徒冀後世之傳，則識者且疑之。即韓、柳諸公之相推崇也，皆于其當代。今者自王公先生以暨吾黨，誰非能知臥子者？要臥子所謂蹇敵，徒以無公卿間譽耳，豈足以疑其所操之非是乎？臥子之才，臥子之所爲，自足以伸之。故余之序臥子詩也，特道其素所感慨而不及其詩。雖然，今天子明聖，公卿盛多，必有好賢下士者出其間，敢曰必不知臥子，寧自知也，少須之！社弟夏允彝彝仲題。

詩者，性情之作，而有學問之事焉。凡論美刺非，感微記遠，皆一時託寄之言。學士大夫，賦以見志，一經之士，不能獨知其辭，豈固可以不學哉？自聲律代變，體各人殊，古詩十九章，遂爲擅響。後之比肩詩儒者，惟才所安，以爲華實。蓋聲勢相沿，而通圓鮮矣。唐興，沈、宋之流，研練精切，號爲律詩。而意義格力，能兼昔人之所專者，必稱子美。亦由其博極羣書，周行萬里，觀覽之際，哀樂交貫，不自知其所變化，而才無拘長也。今臥子出，而言詩之家，又爲一變。縱橫浩達，于學無所不窺；雄深悽惋，于預風化，尤極于古。所撰著樂府以下，諸體備存旨槩，多爾雅之文，斌斌有作者之象矣。人之才有至分，不可強同，或激于感遇，或溺于風尚。故曹氏父子，賦詩鞍馬間，雖哀怨悲離，往往遒壯。他若王、徐、應、劉，述恩寵，敍遊宴，亦多慷慨任氣之作。齊、宋之放蕩聲情，梁、陳之刻飾艷麗，則又敎失本根，而才不逮夫古者也。臥子脫棄凡近，放浪縱恣于文翰之間，無不以奇古取稱。及爲歌詩，本諸性情，該以學問，其言無不似古人，而又無古人得似之。所謂古人之才，必有總萃，非臥子之謂歟？余故因詩以言其詩，而天下之觀臥子之詩者，亦可以得其志之所存矣。同社周立勳題。

余固未知善詩之樂也，若不善詩之苦，則固知之矣。意有所期，啞然不能吐；身之所歷，如夢往還，覺而逝矣。或周行巡步，爽心流妍，及深林迴溪怪峯幽泉之眺覽，記憶隱隱；及操筆欲下，羞澀自止。且情滯一族，不相連引；遇悲憤亢疾，狂叫呼籲，無所借以自寄。則雖剛直俠烈之氣，上干雲霓，而一發不中，鬱鬱焉難向妻子道，亦已病矣。故詩者，志之所之也，自上古已然矣。童兒聞之大夫，大夫曰：「古詩豈卽孔子所删三千餘篇耶？」余友臥子髫齔時，便解作詩賦，縱橫上下，無所觝滯。有竊得其句者，大率綿芊風麗，近于六朝者爲多，此豈是非子建皓首爲期者哉！而臥子深自斂晦，謂「若毋言童子事，詩之爲道，本于性生，而亦隨其聞見覩記，情緒感遇之淺深以遞進」。由是言之，臥子之所歷者，未嘗博觀宇內名山大川，以快其筆墨之所欲騁；又非有極歡厚遇獲明天子賜帛，如漢詔能爲七言者得上坐。則是集也，以盡臥子可乎？惟不足以盡臥子，而魚龍各變，諸體咸備。自漢、魏以上，晉、宋間顔、謝以後及三唐諸家，業已備于臥子之胸中，則是終無以盡臥子也。今天下彰灼知名之士，類學爲一端，以求似于大道，夫奚所不至，而詩歌文辭，猶未極于人人少陵，家家太白者，豈眞有所慚顧矜惜于其間哉？選義期于稱物，考辭貴乎就班，非若八比之可空文掩也。且明興尙制舉藝，禮部久廢給韻詩賦，士之進至乎公卿者，不因之得失，則爭之也緩。爭之也緩，則學爲一端，以求似之也亦寡矣。以故臥子之今文不樂表見于世，而先取樂府詩辭諸篇以行，寧獨孤情之有所近乎？以爲庶幾樂府詩辭之途，猶未至于混濁，而世之稱之者之少也。則余于臥子，而知善詩之樂矣。社盟弟彭賓燕又氏題。

壬申文選序　幾社合稿

嘗歎今之人，未必無古人也；而今之文，必不能爲古文。夫古人而文人者，必曰忠摯如靈均，曠覽如蒙莊，秉直如丘明，負氣如遷，而今未必無其人也。洵有之，而有屈亦無騷，有莊亦無南華，有丘明有遷亦無左、史。此其故有三：古創而今襲；古以朝氣，而今皆暮氣；古人以文詞相高，而熙朝敦本課實於古文辭，若詩皆駢枝也。何以明其然也？弘、正之季，變歐、曾而宗秦、漢，變中、晚、宋、元而歸初、盛。今則祧主仍還泰祝，而千金之享，等於芻靈。遞相詆實遞相師，其爲優孟等也。鑿蠶叢之路，啓篳簵之山者爲誰？故曰襲也。古者父兄敎子弟學，鞶革象勺之年，以六籍爲乳湩，而諸子百家皆糜餌也。今則以帖括生涯，浸漬于老生之宿唾；峩峩進賢，多不免伏臘金根之誚。其好爲詩文者，猶是夙生結習未忘。竊其塾師肄習之餘，以代紙鳶棘猴之戲；否則謝去訓詁，乃從事焉。如閭中之秀，既操井臼，始習紛朱，風華韶令，半銷亡矣。故曰暮氣也。古之人主，強半右文，所以長卿、太白、子瞻各有真知己。其他標彩揚英者，非當陸爲之扶輪，則同聲代其植幟。至今日而文則誰憐誰忌？人亦可有可無。作者或雞口自雄，旁觀則鼠肝非貴，文章之不尊，未有甚於此日者！其誰傳之？而又誰攻之？故曰駢枝也。近有雲間六七君子，心古人之心，學古人之學，糾集同好，約法三章。月有社，社有課，仿梁園、鄴下之集，按蘭亭、金谷之規。進而受簡，則勇競倍於師中；聚而獻規，又譏彈嚴於柱後。此二百年來所創見也。諸君子不鄙，而出其副本以眎余。如遊縣圃，草木都非人間；如入鮫宮，璆琳莫能名狀。欲效一言，罔置甲乙，但憶唐人評文，其最者則曰：「楩木枝幹，結構大廈，上棟下宇，孕育氣象。可以燮陰陽而閱寒暑，坐天子而朝羣后。」又云：「赤羽玄甲，延亘平野，如雲如風，有貙有虎，闐然鼓之，誠可畏也。」文章之妙，約盡於此。而余庚有進焉，諸君子所爲傾北海之尊，敲西窗之燭，永夕陶陶，歡言娓娓者，既從今人中得古之文矣，請從古文中論古之人乎？徒以文云爾，則屈、宋同抱哀音，何以別茝蘭蕢葹之臭？莊、荀各尋懸解，何以分燕雀鴻鵠之操？盲史腐令，豈無微類可攻？不至於舉升天按入地者，同其誣穢，豈非有一種孤行之氣，亘星河而綿世宙乎？今之風會，日趨日洗，其能逆挽洪河之流，掃暮煙而還朝暾者：一則賴舉業家盡發二酉之藏；而經生自囿者，不得竄名文苑。一則賴名下士必置身千古之上；而傭鄙自甘者，不得連袂清流。此其青萍之末，實始吳、會。而煽爲麗景，邑爲繁條，極芳華明艷之辰，隱寓鐵幹冰稜之骨，則彝仲、臥子輩以螢弧爲之招也。迺有識者，恐其標持之過，沿爲東京末造，而吾獨以文章占其未然。東京之文，悃而僿孑，直而易盡，有霜枯木落之意，此天地閉藏之徵也。今則千常之松，借噫氣吐舒，燕爲崩濤走峽之聲，可以蕩滌氛祲，使妖狐老魅聞之而斯慄。萬樹寒花，破蓓蕾而出，結爲玉圃，散爲珠田。凡葳蕤茸薔者，雁行魚貫，以領東皇之命；而不敢分乞兒餘火，爲冬華不祥之桃李。休明治象，尚留於此。獨是聖天子大觀作人，釐正文章之詔，纍纍掛壁。而既曰文矣，恐非文人不能正；既曰正矣，又非正人不能文。此韓、歐諸公所以起八代而光萬丈也。若以枯木朽株，而曆鄧林之材，陳陳餖飣，氣且逆鼻，而踞案大嚼曰：「吾烏乎識龍鮓？」誰不姍笑之！必欲釐正，請還而求之於古。唯嗜古則必窮巖壑之林，按是非之則，而萬世之公論出。唯嗜古則必託憑弔於銷沈之後，定皈依於譌亂之中，而人世之寵辱輕。所以讀茲編者，謂峯泖斌斌，多文人焉，不知其爲古之人；古之人也，吾亦論其人而已矣。吳郡姚希孟撰。

文章起江南，號多通儒，我郡爲冠。以余之所交，彝仲擅論議之長，勒卣通雅修之度，闇公邁沈博之論，偉男盛瑋麗之觀，宗遠赴幽嶮之節，默公娟秀，大宋坦通，燕又隱質而擷藻，小宋敏搆而繁昌，舒章雄高而傑盻，臥子恢肆而神驤，人文之美，具於是矣。昔余守故里，從諸子游，經術之外，古文間作。天才所騁，溢爲騷賦。然未見其相聚而爲之也。及余官京師，與伯祥、天如爲燕臺之會，歎諸君子之不得與焉。然當今天子綜理爲治，京朝官鮮休沐；而余又守職方，章疏之煩，爲六曹劇，日屬稿數十上，不得與侍從悠優比。而側聞諸君子在鑾間建毫穎，振雄藻，立期赴的，動盈卷素，則又恨不得脱冠解珮，身操觚槧，而觀獲數子之間也。屬不幸而遭偏孤，崩痛歸廬，未遑文事。而諸君子又將或南或北，聚散不可知；雖其文日益遒，以望向者之同堂齊唱，又焉可得哉！昔者孝宗之時，何、李聯鑣；及乎世宗，王、李並駕。其間景附而起者，蓋有數人，亦各自雄一方，寡同里閈。長卿、子雲，同地而異時；建安諸子，同遊而異產。以古況今，良云極盛。而或者以爲時直明主，方建隆業，諸君子當鼓吹昌時，助贊休景；而憂思過當，動發危言，似不知時務者之所爲。此言殊不然！今天子方惡闒冗之風，下賢良之詔，固將博採聲聞，覽其諷議，以追古烈於無窮。賢良之士，必出方正；方正之氣，必有切摩。既挾此名以求之，不宜駭天下有此等士也。若其頌虛美，蔽實禍，或深默以取容者，天下甚不乏，然天子亦安所望之！且其言曰，「漢有鉤黨，唐有清流」，又何其薄待聖朝，而不知大體也。嗟乎！士亦幸而生於聖明之時，不幸而不生於聖明之時，如諸君子者，又安敢操筆而言，仰首而哦哉！杜麟徵撰

今天子詔下禮官，孳孳以進文學選德能爲務，甚盛事也。詔書到郡縣，吏史左右顧，升堂受命，書其邑之人，上應明詔，率逡巡不敢發。深山白髮之老，聞詔書歘動顏色，或有欷吁泣下，恨生非其時者。其他高才子弟，年未任衣冠，卽提筆走謁官府，願頌太平，通齒籍，終身爲聞人。然度其時勢，不滿

三歲，天下之人不出。獨雲間諸子異甚，凡詔書之言，皆其所素爲。辛未之秋，聯事鄉黨治古文辭者九人，壬申冬，成二十卷，悉所期約；其未期約而自撰述者，不在其中。讀之體不一名，折衷者廣。大都賦本相如，騷原屈子，樂府古歌繇漢、魏，五七律斷繇三唐，贊序班、范，誄銘張、蔡，論學韓愈，記仿宗元，至時事著策，經義數說，別爲一書。自夫四海之大，百歲之久，不能有也。諸子生不出里閈，年不及強仕，爲時幾何，其言滿堂，不綦盛歟！曩者庚午之役，予偕勒卣、闇公、臥子、燕又東歸，論著作抵夜分，臥子奮曰：「誠如子言，卽不得官，可不恨！」大聲慷慨，舟人動色。辛未，彝仲、燕又、臥子罷春官歸，謂予曰：「今年不成數卷書，不復與子閗！」今其言皆驗。余獨俯仰客中，無所發舒；又不能勸說同里，蚤夜樹立，彬彬有聲辭命間。一旦誦詔書，盥沐不給，寢興太息，甚愧諸子暇豫矣。或謂諸子文辭太盛，無束帛丘園之義，疑與儒者不合。然則六經非聖人作乎？委巷之言，君子所鄙；言文行遠，國家賴之。且其人孝於而親，忠於而君，卽不聞猶傳；又有文焉，其事全矣。今人聞談性命，不察其生平，稱爲儒家者流，方言里諺，視若太玄，謂聖人在是。諷雅頌之音，覽竹素之字，則等於鄒衍九州，濫耳不信。此固明詔所不許，亦諸子當日所竊笑也。張溥撰。

天下嘗苦於鮮才，以諸君子觀之，多卓乎之彥矣。平居之所講論，皆古今之故，當時之急也。大者俊偉奇邁，懷生民之憂；小者明辨雍雅，成風流之選；雖諸辭小言，各有深趣。余雖不知古人，其殆庶幾矣。至於文章之事，非諸君所急也。各懷異才，而無所用，壯心難抑，則假柔翰以解之。然其寄寓遐深，情見乎辭，古人所不免矣。天下多事，有可用之才而不見知，徒使其放情文史之林，良足悼也！夫文史雖盛事，要豈當世所關治亂者乎？余竊悲諸君子之僅以文名也，故記之。徐鳳彩題。

壬申、幾社之行世也，非諸君子意也。自余與墅期、鄴汝輩蓋成之。弇州先生曰：「行天下始知天下大也，行天下又悲天下小也。」天下凡幾郡國，賢才以百輩，吾郡以海隅百里之邦，自諸君子出，而卓然推雲間之文，爲海內首。弇州之論，豈欺我哉？諸君子方將各成一家之書，藏之名山；而文者，又非諸君子所欲自號於天下者也，故祕之。雖然，曹子桓身有天下，而曰「文章不朽盛事」，是又安可忽哉！當世聞諸君之風者，咸能興起古學，則行世未爲失也。楊肅題。

陳李倡和集序

陳、李二子，蓋皆當世之士也。資局傑濟，才識秀達，有攬奇之概。故能奮舉藻思，博綜渺義，每談天下事，則壯往健決，莫不符會。發爲文章，形之歌詠，類有然矣。當其搖筆，能者卻思。單辭所行，飄嘆滿世。春夏之間，予棲遲秣陵，意氣困辱，猝猝塵鞅，未暇與山水識也。二子時詒予以倡和之言，慷慨惻怛，兼擅音旨，夙期劉亮，如朗氣之投懷。已而南歸，失足敗意，顧盼園圃，風物悽悵，求曩哲之遺編，愧時賢之工藝，未嘗不嘆悼扼腕，悔其多作。及觀二子之全詩，搖蕩誕逸，矜懷競爽，淒悷而變創，剛莊而鬱沈，又深自失也。昔人有言：「窮賤易安，幽居靡悶，莫尚於詩。」故作者愛而甘心矣。今臥子行矣，朝廷方將播威夷夏，揚功泰岱，郊廟之章，輝煌典實，與風雅接踵，此其聲也。而舒章伏處草野，猶得與吾輩爭辭比句，雕潤哀怨，淵放景物之內，鏗鏘容狀之間，於以陶發性情，抽導幽滯，則又予之所深慰矣。同社盟弟周立勳撰。

癸酉倡和詩者，予同郡人李子、陳子之所爲作也。係以年者，重時會也。陳子少好奇負氣，邁激豪上，意不可一世。年二十餘，得李子爲益雄。而李子顧方嚴沖簡，不輕接物。然二子者，皆慨然以天下爲務，好言王伯大略，曲儒陋士，聚而非之，顧盼豁如也。然俱好爲詩，若斯集者，其一已。李子之詩，剛凉沈實，抗飾高情；陳子之詩，蕩逸明華，攄寫雄質。合其殊觀，均歸壯麗。至于寄嘆歷落，宣意危深，營情六寓之間，俯身千載之際，可謂有英雄之姿，備將相之器矣。夫謠頌之興，感由風運；騷雅之變，激始憂傷。不有是也，于居何德？故姬公、吉甫，古之聖臣；子卿、孟德，時之名士。歌詠所著，咸能感振侯伯，悼動天人，斯爲足尚耳。後之作者，挾纖微之見，少寓意氣，強投聲作，或冥索枯稿之中，或纏綿委奥之事，雖極精能，無關興廢，揚雄所謂壯夫不爲，蓋謂此等也。二子生於窮巷，負志當年，跡其導厲之辭，符溫雅之正性，寓飛揚之奮情，可謂不誣矣。當今天下多事，上方欲得英傑數輩，驅策中夏，二子苟有言也，寧惟辭技，可不勉哉！予嘗謂劉越石、祖士稚氣概相敵，意志相歡，惜無文辭交與酬唱。至越石間關幽、并，志桓、文之業，作詩以示從事盧諶，諶文俗吏，駭置不答，不能發揚其志。嗟乎！無論功業難成，而文章莫解，苟非祖生之流，豈能測其淺深哉？此英雄之所爲長嘆也！今觀二子唱和之詩，各能洞見其意，苟有符于異日，曷抱昔人之慨，見望於知己耶？同郡社弟夏允彝題。

明興幾三百年，能詩之家，何、李振其風規，七子挺其秀實，斯既斌斌矣。自是以還，吟咏之事，斐然間作。然皆驅染蕪陋，經營功寡，比於大雅，無當蛙聲。豈特湛湛之句，有傷體則哉！友人陳子，擅儁妙之逸氣，發懷古之遙情。徵召英契，搖綴淵圃。于時同郡之士，蓋有數人。至於齊鑣方軌，卓絕領袖，共推李子，于是有陳、李之目矣。歲在癸酉，予既已羈跡秣陵，餘子亦以他事罷去，長夏寂寥，二子鮮歡，倡和之集，所由作也。陳子之詩，澹動溢麗，發言舒卷，有若明霞。李子之詩，清切瀏亮，奇思天拔，自然可貴。以二子之才地，顧盼左右，足爲時雄，遂方昔賢何如哉？然予觀孝宗之治，有過漢文；世宗大略，彷彿孝武。北地、瑯琊數子，生當其世，建旗擂鼓，高風絕塵，偃蓋前後，所謂遭時也。今天子夢想英傑，思宏至道，而在廷縉塞，牽拘鄙瑣，未明大趣。二子慨然悼其若斯，故其爲詩，咸與悲涼，放詞宕越。至乃留連綺艷，刻畫情思，妙絕動人，聊以送日，蓋寄託之篇也。雖然，二子無患久寂寂，天下多故，上方拔擢非次，置之侍從，鋪揚絕業，薦寵文章，即異日元長北伐之書，希逸東封之議，二子不得謙讓矣。所得孰與何、李輩哉！是集既成，陳子遂北上，予與李子羣祖之，因言曰：「離合時也，元禮默識之才，握手知契；仲翔東南之美，千里瞻風。子方高嘯于燕臺，李子即長歌于吳市矣。」社弟徐孚遠題。

陳臥子子龍，其源出於太白，文多超逸之風；若其涼壯明秀，則龍標、右丞之流亞也。李舒章雯，其源出於渤海，動寫壯武之致；若其沈蔚秀上，則太祝、盱眙之比肩也。之二子者，通才軼發，流離少陵之篇，泛灩西崐之作，固無不可。然方其縱轡，風軌齊驅；及乎反息，營壁各建。言乎建安之時，則臥子彈冠，陳思聯袂；舒章揚鑣，公幹執鞭矣。夫詩之爲術，鬱舒壯發，事異平淡。神仙婦女，荒惑之餘事；蟲吟鳥思，幽微之下聽。而昔之賢人，或有天下之大慮，沈噤而不發者，往往覩秋風而動容，攬春荑以抽怨。馳四海者，措情幃房之中；期鐘鼎者，閒吟澄棲之事。蓋遊思蕩神，荒忽若此之甚也。不如是又何以騰踔文彩，震動胸腹者乎！若夫儒正之流，好經實，寡風尙，高樓織婦，等於牆茨之言；白馬名都，以爲狡童之作。斯則遠背風騷，擬跡銘誥矣。乃有雅命達人，屢懷止足。吟格所限，綠葵紫蓼之儔；沖懷所值，布帽繩扉之素。牀竈之間，所營六尺；麴茗之具，爲樂數端。固不能激越英旨，生其宏麗矣。亦有裙屐之子，腐毫而擬玉臺；狎客之徒，色飛而作宮體。事窮雕刻，已盡草蟲；工劘諔詭，止存烟霧。則靡思弱氣，謝于壯夫矣。今茲二子，皆有當世之志，才度英邁，略少當意。而臥子弱年孤露，心多傷悼，遇物纏綿。舒章壯志沈寂，觸事所起，增其風調。是以遊思流暢，不廢兒女之情；深懷孤出，動有風雲之氣也。國家自孝宗以來，風雅三嬗：濟南、吳郡之視何、李，貞元之與天寶也；舒章、臥子之視王、李，會昌之與貞元也；然使千載之下，以何、李爲盛者，不能以王、李爲中；以王、李爲中者，不能以陳、李爲晚。豈天錫我明，保以盛符，助之富昌耶？不然，何後起之奕奕也！同郡社弟宋存楠題。

吾等古文辭倡與與其所以盛，天下而既知之矣。然情適有會，舉各當時，合離之際，余重感之焉。異時諸君子皆久居郡中矣，良辰入懷，泳賦彌日；酌桂陶芳，永夜無間。意謂此時，當有千古樂相樂也。子桓豪頓于左顛，東阿朗激于名山，雖位列南面，榮割大蕃，猶顧而壯之。若吾屬風調，何況能已。今年吾等奄邁時會，咸傑有壯心，遊處頗劇。時則首夏，勒卣、闇公、聖期相繼詣太學，比同舍郎多談藝之事，余亦不遠抵石頭。爾日五方雜厝，風聲寂寥。盧視晥桐方子，與所善周子，慨忼振藻，稱江左風流，謂吾等不朽。然所視宮闕之盛麗，山陵之嵯峩，舒體構記，則病未能也。方是時，凡在郡者，五六人耳。雖俯仰座左，不及以半，然聞其聚會韶逸，尤妍於往日。若陳、李所賦詩，並皆修飾天藻，涵濬風景，體致摩發，掩拔前音者也，斯又一時之概矣。洎乎秋物頹淡，淹拙多故，闇公以試左，先日到邑。江表之士闃者，爲阻傷久之。而勒卣、聖期與我及諸同調，又重落當事意，退而里居，不省愆咎。又念此日海內交知，擯放略盡，截鵲方翔，仁鳥增逝。自此方離，可爲寒心！而諸君子且謂此歲月犯奎壁，名士無光。又占曰：「在泰之四，翩翩其來。」此實有天意，予復何爲申茲懸嘆，懷文寓譏，卒蹈當世之譏乎？今臥子旦夕濟江矣，方當挾盛策，奮砌功，嘉與諸君子同獎中原，驅光龍驤。使經國大業，告于靈鼓，勒于景鐘。吾伏葦艾，光華自得耳。吾又以下闕顧開雍題。

屬玉堂集序

今江南之士，好作詩者，臥子及余，年相若也。而臥子固少，又先余作詩凡十餘歲，蓋自其先工部時，臥子方弱齡，甫握觚槧，輒纚有所作，作又奇麗。而余于是時，方捕鳥雀，跳虎子，瓦雞奇蟲，是爲弄好。年長矣，稍知讀書，二十出與臥子交，又三年而始學作詩，則臥子固已絕塵而奔，不可望矣。然而臥子獨好與余言詩，方其得意，撫掌竟日。大約以爲詩貴沈壯，又須神明。能沈壯而無神明者，如大將軍統軍，刁斗精嚴；及其鼓角既動，戰如風雨，而無旌旆悠揚之色。有神明而不能沈壯者，如王夷甫、衛叔寶諸人，握麈談道，望若神仙；而不可以涉山川冒險難，此所謂英雄之分也。以樂府古詩論之，曹孟德雄而不英，曹子桓英而不雄，而子建獨兼之。以唐詩言之，則高達夫雄而不英，李頎英而不雄，王右丞則英中之雄，王龍標則雄中之英，而子美獨兼之。此臥子之才，縱横間出，凡此諸家，命意即合，而獨於二子深有宗尚也。臥子既自得于此，而又喜以告人，與余言之又最多。而余嘗與臥子有所並作，余苦思而不得者，臥子出手得之；臥子一言而了者，余數言不了。余欲措意荒遠，而常在數武之內；臥子舉目高盼，而若在千里之外。臥子雲興霞布，在空虛之中，而體有自然之華；余粉白黛綠，盡塗飾之工，而動有攙露之跡。正使早十年作詩，而其才智所限，豈能敵卧子今日哉！然余與卧子年方壯耳，使卧子軼若飛鴻，余亦當走及奔馬。天路壯闊，氣逸風高，時顧其後，見有李生者，則又安知逐日之杖，不爲追風之策哉？昔二陸三張，並居洛下，（一作並起吳中。）而不聞有羽毛之相假。徐昌穀、王元美同在百里之內，而先後不相及。劉子威輩相及，而所尙又殊異。今余與卧子，年輩正等，登堂之義既非一世，意好相得甚樂，可謂文士不世之遇。勉而爲之，則卧子長于元美，而余猶與敬美、仲蔚諸人，相爲上下。然生平意願，未敢以此自足。會卧子有屬玉堂之編，而余亦有彷彿樓之刻，合二帙而觀之，可以知兩家之優劣矣。隴西李雯題。

平露堂集序

陳子成進士歸，讀禮之暇，刻其詩草名白雲者，體格高渾，固已卓然盛唐大家之作矣。已又裒乙亥、丙子兩年所撰，著爲平露堂集。刻成，命予序之。予髮未束即學詩，唯時言詩之家，倡和角逐，無所短長，欣欣然以爲詩之爲道，庶可勉而造也。已而卧子主盟壇坫，予相與周旋，得朝夕縱觀卧子之詩，乃嘆詩之爲道，其難乃至此。因遂不復作詩，已經五六載矣。夫詩文之道，遠之則相與闊絕，而義味不出，是予之不復作詩也，亦竟當不復言詩矣。而予猶强言卧子之詩者，以詩有豐有纖，有奇有正，無所不有，而各隨其性之所近。使豐者學纖，骨未必雋，而徒失其容觀；使奇者學正，法未必合，而徒傷其神氣。故古人因性自然，如柳宗元所云「恒偏勝獨得，而罕有兼也」。國朝前有何、李，後有七子，固已追建安之遺風，儷開元之殊軌矣。然論者必言何之輕綺，李之傲岸，而不能兼也。卽七子之於何、李，或得其逸，或得其雄，其氣象之輝然於外者，無以異也；而神氣之所伏藏者，未必不少異也。兼而有之，庶惟弇州。而擬議勝，則有刻畫之跡；用事繁，則少窈渺之意，此詩之所以難也。若陳子之詩，一何盛歟？前人所擅之長，靡不畢舉；而前人所有之累，則盡洗而去之。故其爲詩，和平之詞，要有纏綿淒怨之致；摹古之製，自多激揚盪厲之情。縱横一時，超軼前後，如登岱嶽而攀雲霞，臨滄江而釣日月，孰能測其高深哉！且以臥子之才，當諸生時，卽留意經國。凡緣情賦物，感懷觸事，未嘗不於朝廷治亂之關，世風升降之際，一篇之中，留連規諷焉，爲得作詩之本也。況乎身既見用，爲時棟梁，其黼黻盛隆，揄揚休美之製，富有日新，又當何如耶？猶憶乙、丙之間，陳子偕李子舒章、家季轅文，唱和勤苦，徐子闇公戲之曰：「詩何必多作，我輩詩要須令一二首傳耳！」一時聞者，以爲佳談。然徐子之言，要豈爲陳子設？陳子詩文，兼諸家之長，既足冠冕一代，而又志在竹帛，其所表樹，方將駕前賢而上之。使後人讀陳子之詩，與其致恨于所傳者少也，夫寧多乎哉！同邑友弟宋徵璧題于瑤華堂。

白雲草序

予覩臥子新詩，而重有感焉！士當不得志而寄情篇什，憂悶悲裂，雋詞遙旨，往往有之。然未若躬歷山川，意馳卉木，眺曩跡，本土風，覽宮闕之嵯峨，極邊庭之蕭瑟，爲情與境雄也。臥子少而能詩，夙擅雅宗。而又三至帝京，得觀齊、魯、燕、趙之勝；一登泰山，見秦碑漢館，鬱然可紀；今年成進士，更熟悉累朝故事，諸陵風物。以故詩益工奇，益典麗有聲，詠之琅琅，眞若出金石也。蓋臥子之詩；樂府爲漢製，古詩原子建，歌行諸體，取則子美。五言律亦本之杜，而風逸過之。七言律兼盛晚之長，音節鏗然，華艷清綺。五七言絕句，則吟寫性情，不事刻飾。博綜風雅，成一家之言，建安而下，少其儔也。予嘗論古今文人，才不相及，不獨詩文難並，卽以詩言，或長於狀物，或妙於託意，或精於詣格，或工於切響，未有跌宕昭彰，抑揚爽朗，無辭不貞，無體不備，若臥子者也。昔人論蘇、李二子，天與其性，發言自高，而未有作用，臥子其兼之乎？同郡周立勳撰。

白雲者，刑部之望樓也。國家右文爲治，翰林之選，既招天下英茂博聞之士矣；而其奇材逸翰，著于人間，若李攀龍、王世貞諸人者，往往皆出于刑部，故京師號刑曹曰「西翰林」。臥子既成進士，觀政于此。因以其暇，覽山川之勁雄，望宮闕之壯麗。上林青蒼，郊壇肅穆，皆當顧眄。出國北門，瞻十二陵，懷祖宗之風烈，中心發皇，感慨徘徊。身未得有所建明于時，其于詩歌，早夜間作，裒而集之，曰白雲草，以附于昔賢之興言于此樓者。李子讀而論之曰：「夫詩之爲道，臥子蓋深知之，而能言之，迺今而身至之矣。向以空淡不足以娛情，故求之于華縟；既以華縟不足以振氣，故求之于輕健。然而健之入輕，猶俊鶻之凌利風也，決而逝矣；輕之入華，猶弱絮之墮春波也，悅而溺矣。今臥子之詩，三累而上之，舍華騁而之輕健，舍輕健而至雄脫，譬若山河之起伏，雲霞之出沒，皆有自然之致，而足以使人目怡心蕩，流連而不已。所由來與河朔劍騎之氣，江南紈綺之習異矣。我未知自此而往，臥子其更有進於此者否耶？夫昔之詩人，篇章流布，皆不可考其年歲；略可考其年歲者，于唐惟有李、杜二家，而亦不見其前後之有所變易。今臥子之詩，獨異于是者，豈李、杜之格，定于臥子耶？抑臥子之才，高于李、杜耶？往者元美爲白雲之社，于時則有子相、明卿、公實、子與，連鑣並唱，比于建安七子。或以爲：「當肅皇帝全盛時，故諸君子得以從容翰墨如此，今天下頗多事，一作「方多故」。臥子所值，其亦有元美之時耶？」余應之曰：「不然，肅皇帝之時，北虜南夷，交侵上國，天下未爲無事。賴天子神聖，終至剷平，至今忘其憂衂，而仰其休盛。今天下雖有□□，而天子盛德有加，才智之士，亦將有見于時者，吾又安知不終□平如世宗時耶？臥子軼羣之材，際會明世，出其緒餘，發爲詩歌，吾又安知後之讀白雲草者，其望臥子，不如今日之望元美耶？或更以爲元美弗如耶？皆未可知也。」同郡李雯題。

夫人之不工于詩也，當其不得志于時，所見卑困，風土人物，不越鄉井。其境平者，其情亦平。平情者率寡怨，寡怨者無孤鳴。卽其賦物縈懷，間有所得，亦草蟲斥鷃之吟，蓽門圭竇之咏而已。烏足與揚名都而登淸廟乎？及其名通帝籍，身綰王符；端拱峩峩，鳴騶肅肅。以爲不宜雕繪，卑者不能，高者亦不暇。其不詆才人爲好事，等騷客于狂夫也幾希矣！臥子嘗慨然曰：「前此之說，則或有之；若夫後此之說，不敢信也。毋論抗賓席于承明，借前籌于鈴閣；即一旦離棄經生家言，摩空之勢，羽翮已成，所云投翰太息，不忌綺麗，何詎讓古人！」嗟乎！臥子豈不過人遠乎？臥子性耐鞅掌，不辭賢勞。假使上憂王事，下軫民瘼，兼以據鞍草檄，飛符萬里。或殿上給筆札，與羣臣賦詩，猶且洋洋灑灑，文質相炳，優如也。況乎顧眄英偉，言詞伉壯，陳子之自視何等也！而豈僅放情于騷雅，致工于雕蟲乎？當肅皇帝時，王、李最有名，而一時俊傑，若宗、徐輩俱同曹，唱和之盛，至匹建安。然而達識鉅公，猶以爲壯夫不爲；今陳子卽欲以燕臺之會繼之，而又不可得；退歸邸寓，閉戶自吟，亦氣運使然歟？夫人材不乏，或散在四方，或同立本朝，而會際不同，志趣各異。故或以孤鳴，或成羣唱，其于世運盛衰之際，人材聚散之間，咸非偶然也。況乎意在鐘鼎，功在竹帛，又豈苟焉而已哉！同郡彭賓題。

丁丑春，陳子舉進士。觀秋官之政，趨曹之暇，間有歌咏。六月，除官嶺南。行抵鄭州，卽得先安人訃，憂閔沈潰，繼以疹疾，前者一二韻語，亦不復問矣。冬日小定，偶簡敝簏，稍爲删潤，合之得一卷云。陳子喟然嘆曰：「文章之道，既以其才，又以其遇，不其然哉！」我嘗與李子言之矣：「詩者，非僅以適己，將以施諸遠也。」詩三百篇，雖愁喜之言不一，而大約必極於治亂盛衰之際。遠則怨，怨則愛；近則頌，頌則規。怨之與頌，其文異也；愛之與規，其情均也。夫左徒、陳王之作，悽惻而纏綿，推其大旨，又何忠愛之至乎？長卿、子雲，當大漢之隆，宣導盛美，文詞瑋麗，然而上林則曰：「忘國家之政，貪雉兔之獲，仁者不繇也。」甘泉則曰：「想西王母欣然而上壽兮，屏玉女而卻宓妃。」是故怨而不傷，頌而不諛者，君子之事君也。今之爲詩者，我惑焉，當其放形山澤之中，意不在遠，適境而止。又曰：「我恐以言爲戮也，一旦歷玉階，登清廟，則詳緩其步，坐論公卿，彼柔翰徒滑我神，何益殿最爲？」如是則國家之文，安能燦然與三代比隆，而人主何所採風存褒刺哉？或曰：「曩子之未仕也，與李子輩湛思而雕采，日有程，月有稽，蓋琅琅焉。今子覩山川都邑之盛，典文禮樂之華，宜有雍容歌頌之業，揄揚聖朝，而胡其寂寥也？」陳子曰：「主臣，是豈鄙人所及，雖然，猶有說也：夫鵷鳩之署，非嘉靖七子所稱名之地耶？是時海內乂安，薦紳之家，靡然向於文學。諸子皆久於其官曹，既讞決多暇日，又以聞聲者衆，交相切劘，是以其文頗著。然其時譁呶之者申申起，卒難奪其衆且久，故弗勝耳。今仕子束於繩墨，日給不遑，言及西京、建安，未嘗不以爲狂客，親愛相勉，皆以此等不宜於官，可亟焚棄。且留京師不過三月，交游期謁損十之九，遂忽忽佐一遠郡去矣，既無朋友之助，又無歲月之深，亦何怪簡鄙而不文乎？假令大官給筆札而游於承明著作之庭，又得如李子輩者爲之左提右挈，遇郊廟燕享之儀，游畋征伐之役，則奏之管絃，揚之鐃吹，以庶幾潤飾鴻業於萬一，其古義也，夫而今非其時也。予故曰：既以其才，又以其遇也。然則此寥寥者而集之何居？曰：存吾志也。其曰白雲草者，紀官也。」

湘眞閣稿序 此篇於甲子春補入

李子、宋子、陳子相聚於逆旅之舍，相得而徵詩。李子曰：「凡詩之情，和厚而渾深，悲離而近眞，留連於物而無黷嫛之心，毋苟爲逞極而失其平。道之，以觀其通也；湫之鬱之，以鳴其不得已也；隱之，以觀其思也；約之，以示其不淫也。故審情之作，十不失四五焉。」宋子曰：「凡詩之氣，桀立而負雄者高，體實而屢變者長，滔漭而善制者勝。體有時而激，有時而夷；節有時而疾，有時而紓；材有時而蓄，有時而馳。高山極之，龍嵸乎其有望也；深淵停之，而不可澂竭也。故審氣之作，十不失三四焉。」陳子曰：「凡詩之聲，發於內心，流寓乎物變，殽雜乎山川。是以明堂、清廟，取其和以平也；故國故都，取其感以思也；邊風朔雪，取其壯以悲也；勞人思婦，取其幽以怨也。純大，則皆鼓與角也；純細，則皆絲與竹也；純浮，則韋縵而不震也；純切，則弦絕而不醳也。故審聲之作，十不失一二焉。」蓋三子之所以言詩者備矣。然而二子有其意而未得既其才，故望而未入；陳子既其才而又專其學，故入而遂優。是編也成，乃白雲之後勁，而宛委之前茅也。李子既樂觀之，因迹前言而序之。同郡友弟李雯題。

三子詩選序

三子者何？李子雯、宋子徵輿及不佞子龍也。曩予家居，與二子交甚歡，衡宇相望，三日之間，必再見焉。見則有吟咏，互相劘切，申以旦旦，曰：「是無間寒暑而不輟風雨者也。」已而曰：「人生豈麋鹿乎？而得羣遊而常處哉！勉旃，各自愛！」相泣也既而相笑，時人莫測也。庚辰，予治獄越州，行役之暇，間有篇什，不能當曩者十之二，而二子在里門，相倡和無倦。嘗一再過從，相與上會稽，探禹穴，投贈送別之篇，亦有存焉。癸未，李子從其尊人太僕公入燕邸，余移書尼之，不聽。明年春，先皇帝召予爲諫官，未至，京師陷於賊，太僕殉難。□師入，寇遯。李子守父喪，不得歸。今天子起淮甸，都金陵，東南底定。予入備侍從，請急還里。宋子閒居，則梓三人之詩爲一集，大率皆庚辰以後之所作也。夫鳥非鳴春，而春之聲以和；蟲非吟秋，而秋之響以悲。時乎爲之，物不能自主也。當五六年之間，天下兵大起，破軍殺將，無日不見告，故其詩多憂憤念亂之言焉。然以先朝躬秉大德，天下歸仁，以爲庶幾可銷陽九之阨，故又多惻隱望治之旨焉。念亂，則其言切而多思；望治，故其辭深而不迫，斯則三子之所爲詩也。今身更大變，輿蓋傾倒，我見夫榛莽之間，昔有廟社，椎髻之首，曾戴章甫者矣；我見夫君子爲僕御，而餓吏享茅土者矣。試取曩者之詩而誦之，其遊衍歷覽之區，如奏鈞天而射熊羆也；刺譏諷託之志，將假巫咸而愬九天也；贈答親串之人，或墓有宿草而身羈異域也。悲夫！悲夫！人生離合豈有常期哉？當此之時，雖飛鳥疾風之聲，猶爲魂驚。況乎追念疇昔，紬繹篇章，思燕笑之期，體咏歌之志。詩則猶是也，而哀可知矣。豈必雍門之琴，乃能浪浪沾襟哉！今宋子方治婚宦之業，而予將修農圃以老焉，自此以往，未知所屆。若夫燕市之旁，狗屠之室，豈無有擊筑悲歌，南望而流涕者乎？蘆漪之側，有漁父焉，予將和日月之章，以續此編，不敢遂咏參辰之作也。

丙戌遺草序　卽焚餘草

嗚呼！時値昌隆，豪傑圖形而鑄鼎；運逢衰亂，才喆隕命而蹈危。固知桂非續命之膏，齒乃焚身之具。士而才，不特人將忌之，造物每忌之矣。然而戢翮隱鱗，庸妄人每因之藉口，而矢激弦張，動與禍會。古今烈士，雖欲求以自全而不可得，而身名終致不朽。觀乎士龍入洛，見器茂先，門第既高，才名亦赫。及河陽之敗，舉宗覆滅，有志之士，固不以爲非也。崇禎末，吾鄉陳軼符子龍，豈非方今之二陸哉？當其才鋒飈發，四座皆傾，固已觸目琳瑯，亦復擲地金石。下筆爲文，千萬言立就，莫不光燄燭天，珠璣照世，當世之士，桴應影隨。然而標榜太高，門牆過峻，遂使汝南之月旦，幾同釋之之爰書。識者已知俊、及之黨禍，不發于東林；則蘇、黃之詩獄，必成于南播矣。亡何，舊京淪喪，半壁全傾。時則苫臥墓田，賦詩自遣。方且銷光劃彩，匿影卑棲；而天發殺機，卒嬰大戮。舍曰留此身以有待，其誰諒之！然文士之禍，人卜其卒，吾卜其初。假令說難不作，呂書不懸，二子卒何道以自免哉？吾識陳子，在其襁中。萬曆壬子，乃翁繡林先生，落落失意，又喪韓夫人，指軼符而告予曰：「吾家上世皆單傳，此渺渺一孌，未知亢宗誰屬？」未幾，而繡林成進士，稱望郎，陳子試澄江，屬予爲之左右。于時方髫耳，而食牛呑象之氣，固已逼人。及庚午成名，而繡林不逮，通家之誼，雖未暇爲陳子一一縷數，而心念繡林有子。繡林有子，亦第謂有子而文，有子而成名士耳，不意其烈烈以死，遂成不朽也。或曰：「文山之烈，猶必待炎午之生祭，軼符死矣，不死于申、酉，而死于丁亥，遲三年而作鴟夷，不如先三年而爲汨羅。」嗚呼固已！屈子沈湘以前，九歌、天問、漁父、卜居諸篇，躑躅淋漓，沈痛憂憤，逾于吹篪擊筑，若有不能自已於此者。豈非將有以自表見，而不欲以旦夕黄墟沒沒烟草也哉！則爲今日陳子之死恨晚者，是尚未讀乙酉以後諸篇也。試卒讀之，可以見其志矣。其詩古則晉、魏，今則少陵。詞如清平、花間，不作宋人伎倆。百世而下，有好文者，自能評之。予但序次其事以告來者，且酹繡林先生，以附于知己，不専爲陳子志也。庚寅子月華亭芥菴老人徐世禎書於抑隅堂。

陳忠裕公全集序

吾鄉陳忠裕公以文章節義，稱於勝國之季，位雖不顯，而聲譽布於天下。當時所刻詩文，共有六種，其餘見之壬申文選、陳李倡和、三子新詩、二十四家詩選，蓋未嘗有全集也。及公湛淵抱石，黍離、麥秀之歌，往往爲人諱匿。乾隆丁卯、戊辰間，婁縣吳君光裕，零星掇拾，或得之江湖書賈，或得之舊家僧舍，叢殘缺軼，以致章亡其句，句亡其字，字失偏旁點畫。積有多篇，授之剞劂。未幾，吳君客死，板亦散失。故四庫全書館之開，有司訪求甚殷，而卒莫能得其全上之史館，此天下所共惜者也。嗣寶應王君希伊來爲我邑教諭，重公節義，而篤嗜其文章，與同學莊君師洛、趙君汝霖、吾宗鴻逵，蒐羅采訪，互相討論，先將公自述年譜鋟板行世。又於公詩中所載時地及交遊事蹟，輯而注之。時予方以江西按察使居憂在家，教諭與諸君常過從商榷，予亦助其搜采，然終惜其集之未全，而所注之未廣，存之篋中，迄今又二十年矣。教諭下世既久，莊君等及何子其偉，近搜得公遺文，幷公弟子王勝時澐所撰續年譜，亟爲補入。而輾轉藏弆，復恐有鼠嚙蠹傷之患。因出而重加考訂，分爲正續年譜三卷，賦二卷，詩十七卷，詞一卷，文十卷。又以前注未詳，復博采羣書彙而增注；尚有不可考者，姑俟將來，而公集已粲然可觀。於是何子取以付梓，乞予文爲序。予先爲嘉禾朱教諭邑刻公集，已敍其大概。而公岳起堂、采山堂諸刻，本有序文，今皆搜錄，共得十八篇，俱刻而置之卷首，無庸復序。惟是諸君之前後編輯，既勤且久，不可沒也，因詳悉而書之。至公後嗣，五傳而絶。先是勝時之曾孫某娶於陳，爲公之玄孫女，生錫瓚，蓋公五世外孫也。故教諭王君，因公墓無人供祭掃，援巡撫徐嗣曾之例牒縣，以錫瓚夾子後昆爲公後，守其祭祀，詳見公墓田碑記。以是公之遺稿，多得諸錫瓚所藏云。幷附及之。嘉慶癸亥六月，同邑王昶撰，時年八十。

陳忠裕公全集跋後識

予少時於書肆中購得雲間三子詩集，讀而愛之，而於忠裕詩尤至。遂留意搜求，遇有忠裕著作，手爲鈔錄，然卒未睹其全也。乾隆壬寅歲，授經於藻溪王氏，適金山王君錫瓚亦館其地，知其爲勝時先生裔孫，忠裕玄孫女之子。因叩以忠裕遺集，得其家藏數種，內有忠裕自述年譜一卷。因與王雲莊鴻達昆季，按譜之年月，以考詩中時事，與明史所載悉合，眞詩史也。時少司寇述菴先生讀禮家居，方輯忠裕詩文，而以吳公光裕刊本付雲莊校錄。其舅氏趙平菴汝霖爲予舊交，亦時至其家，共相考訂，歷四寒暑，彙成全集。而予又館青浦丘氏，以其集呈學博寶應王師希伊。師夙重公節義文章，爲先刊年譜行世，予與平菴亦竊有商榷，及王師歸里，而予客簳山何氏，此集之庋閣者十五六年。去冬，述菴少寇屬雲莊重爲校錄，將授剞劂，因方刻金石萃編、湖海詩傳諸書，卒卒未暇。予因請於主人何淡安世仁，主人欣然許諾，令其長嗣其偉校讐付梓，而何生平日亦篤嗜公詩文者，遂踴躍從事，七閱月而竣工。予喜是集之得成，爰備述其顚末以識。嘉慶八年癸亥仲秋既望，婁縣後學莊師洛跋。

去年冬偉承述菴師之命，校刊陳忠裕公集，見所輯詩文，多他本搜采所未及，竊謂公之著作，略備於是矣。然其中諸集咸在，而鄉聞公有安雅堂文集，獨未得見，意同郡舊家，必有寶而藏之者。乃廣爲搜覓，卒不可得。因就述菴師輯本，益以雜文四十餘首，編而梓之。既竣事，而金山徐香沙先生祖鎏訪得此集，攜以見示，詳加校勘，知公文尙多遺漏，因卷帙浩繁，未便分體增入。茲先即已刻者印行，而本集所遺，姑俟續刻，以成全璧云。嘉慶八年冬十月，同邑後學何其偉識。

陳忠裕公全集凡例　十則

一、公殉難捐軀，明史久經論定，恭逢高宗純皇帝崇獎忠貞，易名賜祭，顯微闡幽，增光泉壤。伏讀上諭：「劉宗周、黄道周、熊廷弼、王允成、葉向高諸臣所言，若當時能采而用之，敗亡未必若彼其速。是其書爲明季喪亂所關，足資考鏡，惟當改易違礙字句，無庸銷燬。又彼時直臣如楊漣、左光斗、李應昇、周宗建、繆昌期、趙南星、倪元璐，所有書籍，並當以此類推。即有一二語傷觸本朝，本屬各爲其主，亦止須酌改一二語，實不忍並從焚棄，致令湮沒不彰。」天語煌煌，眞亘古未有之曠典。惟是公遺稿，各種散見，向未彙刊成集，是以流傳絶少。謹竭累年之力，蒐羅放逸，雖於公著作，猶未全備，而上諭所云「爲明季喪亂所關，足資考鏡」者，是集或亦其百中之一。至零星所得諸稿，其中間爲蟲鼠所嚙，或已經昔人塗抹刪改，不能復辨原文，缺佚已爲不少，存者實無違礙。

一、詩文次序先後，關乎生平梗概。如岳起堂稿之作於庚午以前，采山堂稿、幾社稿之作於庚午、辛未、壬申，陳李倡和集之作於癸酉、甲戌，平露堂集之作於乙亥、丙子，白雲草、湘眞閣稿之作於丑、寅、卯、辰，三子新詩之作於辰、巳、午、未，焚餘草即丙戌遺草。之作於乙酉至丁亥，按之年譜，瞭如指掌，而甲申一年，詩稿獨闕。至各集原本，古今體詩或分或不分。今彙爲全集，概行分體，而仍標各集之名，以存其舊。雖其中次序，間有淆亂，然亦不甚懸隔也。

一、公賦才不減屈、宋，集中所存，已極宏富，而年譜所云：蟹賦、春思賦等篇，竟散佚不傳。蒐訪遺珠，請以俟諸異日。

一、公詞有湘真閣、江蘺檻兩種。國朝王阮亭、鄒程村諸先生極爲推許。又曾選入棣萼香詞、幽蘭草、四家詞，俱未之見。今錄公高弟王勝時澐所輯焚餘草，益以散見別本者數闋，彙成一卷，并略采前人評語附之。俾讀者知公樂府亦爲塡詞家正宗，如宋廣平賦梅花，不礙鐵石心腸也。

一、公古文僅見於壬申文選，即幾社稿。而徐雲將世禎所撰年譜，云乙酉告歸後，刻有奏議一卷，訪之藏書家，絶無知者。卽公自述年譜所云時政策三十餘篇，亦未見全本。今於殘編中采錄得如干首，分爲十卷，其所著之先後，無從考定。

一、自述年譜係公曾孫世貴所錄，王勝時玄孫錫瓚所藏，其中字蹟，頗多漫滅。因以趙君汝霖先世手鈔本，互相校訂，始得完善。學博王公希伊曾刊行之。然當時勝時所撰續年譜，其家已失，故於鼎革後事，尚未具詳。今得顧君元龍藏本補之，并附苦節傳、越遊記、軼事合成三卷，列於詩文之前，於是公之生平出處，以及交遊聲氣，庶幾詳備。

一、是集輯注年譜較詳，而詩文中尚多罣漏，本可不存，以年來翻閱采掇，稍費心力；且於公之本意略有證明處，因姑存之。分爲考證、附錄兩門，間用案語，參以管見。至所采之書，首列欽定明史、通鑑綱目輯覽，次及志乘，又次及詩文集、說部等書。其引經據典，則俟博雅君子。

一、三子新詩所采，俱係公越中之作，原集既分體又分類，故次序最爲淆亂。今依王勝時手鈔本編次，然按之時事，亦不能無謬。近聞公自有清音堂集，堂在紹興理署，以此名集，想即越中詩也，安得此本正之。

一、公安雅堂文集，其名見姚太史宏緒松風餘韻，而書已失傳，即本集諸稿，岳起堂僅得樂府七十餘首，采山堂僅得古文三十餘首，俱非全本。故集名不能備列，他若華亭縣志載公有史拾載補八卷，亦無從訪覓。

一、是集蒐輯頗難，古文尤甚。積年所錄，雖體製略備，終恨不能無遺。今又得顧君元龍、李君保泰、徐君祖鎏、陳子琮、王子禮圭、王子復旦、姜子皐各出所藏，以補闕略，其功洵不可沒。至參訂疑義，則方君玉臺、丘君思燕、陳君韶、陳君逵、王君蔚宗、錢君侗、王君鼛和、王生勳、何生世英，皆與有力焉。

嘉慶癸亥六月上澣，編忠裕公集成，遵述菴先生命，發凡起例如右。莊師洛識。

附錄四

諸家評論

臥子五古，初尚漢、魏，中學三謝。近相見輒諷太白諸篇，其才性故與相近。七古直兼高、岑、李頎之風軌，視長安、帝京，更進一格。五律淸婉，七律格淸氣老，秀亮澹逸，絶句雄麗。由其才大，靡所不有，寬然有餘。明詩綜採朱雲子語。

五古學漢、魏者，大抵轉關必在大謝；唐之曲江，明之北地，皆是如此。黃門亦祖其說，能於質悶之中，兼以俊秀，信是雅宗。七古弘、正間皆仿浣花，惟青蓮學者絶少，黃門起而一振其風，昔人詩「芙蓉露下落，楊柳月中疎」，黃門近體佳境，往往相似。詩綜採魏楚白語。

剝窮而反，否極而復，先徵於聲音之道，臥子當楚人衆咻之餘，力追正始，允矣人豪。詩綜採繆天自語。

臥子定幾社六子之作，目曰壬申文選。東鄉艾南英千子貽書誚之，蓋學前後七子之詩，而幷學其文，千子非之，是也。若詩當公安、竟陵之後，雅音漸亡，曼聲並作，大樽力返於正，翦其榛蕪荊棘，驅其狐狸貒貉，廓淸之功，詎可藉口七子流派，幷攢譏及焉？予嘗購得甗甎洞集，係先生手自施鉛，自越江渡錢塘，往返點筆無虛日，卷尾必以朱墨識之。於吳明卿若是，剙古賢吟稿乎？今人手放翁、誠齋詩，讀未終卷，便毀唐人爲不足學，多見其不知量已！詩綜採龔蘅圃語。

大樽當詩學榛蕪之餘，力闢正始，一時宗尚，遂使羣才蔚起，與弘、正比隆，摧廓振興之功，斯爲極矣。詩綜採錢瞻百語。

雲間七律，多從艷入。大樽味特深厚，而詞更娟秀。同上。

陳公子龍，少有逸才，文章雄麗。明詩自袁宏道、鍾惺後，失其正傳，天下不知風雅，公與李公雯力振之，卒歸正始。練石林語。

余年十有五，師陳大樽先生，今三十餘矣，墨守師說，久而無成，如海上三山，望見之而未能至也。汪勝時集。

明末七言律詩有兩派，一爲陳大樽，一爲程松圓。大樽遠宗李東川、王右丞，近學大復；松圓學劉文房、韓君平，又時時染指陸務觀，此其大略也。漁洋詩話。

明末暨國初歌行，約有三派：虞山源於杜陵，時與蘇近。大樽源於東川，參以大復。婁江源於元、白，工麗時或過之。分甘餘話。

陳大樽明詩選，於弘、正間，持擇甚精；嘉靖以來，便稍皮相，什得七八耳。至擬早朝應制之體闌入，未免可厭。萬曆以下，如湯義仍、曹能始不愧作者，槪置之鄶下無譏之列，此則大誤，須合牧齋列朝詩集觀之。弘、嘉間，虞山先生之論，不足爲據，當以陳爲正。古夫于亭雜錄。

吳梅村嘗與陳臥子共宿，問其七言律詩，何句最爲得意？臥子自舉「禁苑起山名萬歲，複宮新戲號千秋」一聯。然予觀其七言，殊不止此。如：「九龍移帳春無草，萬馬窺邊夜有霜」、「左徒舊宅猶蘭圃，中散荒園尚竹林」、「禹陵風雨思王會，越國山川出霸才」、「石顯上賓居柳市，竇嬰別業在藍田」、「七月星河人出塞，一城砧杵客登樓」、「四塞河山歸漢闕，二陵風雨送秦師」諸聯，沈雄瑰麗，近代作者未見其比。殆冠古之才，一時瑜、亮，獨有梅村耳。香祖筆記。

王、李教衰，公安之派浸廣，竟陵之焰頓興，一時好異者，譸張爲幻。關中文太青倡堅僞離奇之言，致刪改三百篇之章句；山陰王季重寄謔浪笑傲之體，不免綠衣蒼鶻之儀容。如帝釋既遠，修羅藥叉，交起搏戰，日輪就暝，鵬子鶚母，四野羣飛。臥子張以太陰之弓，射以枉矢，腰鼓百面，破盡蒼蠅蟋蟀之聲，其功不可泯也。觀其與李、宋二子選明人詩自序略云：「一篇之收，互爲諷詠；一韻之疑，互相推論。攬其色矣，必準繩以觀其體；符其格矣，必吟誦以求其音；協其調矣，必淵思以研其旨。於是郊廟之詩肅以雝，朝廷之詩宏以亮，贈答之詩溫以遠，山藪之詩深以邃，刺譏之詩微以顯，哀悼之詩愴以深，使聞其音而知其德，省其辭而推其志。」先生之論詩，知所本矣。明詩綜詩話。

臥子先生，我郡之龍門也。其詩沈雄豪邁，博大昌明，空同、大復之後，一人而已。倪永清詩最。

黃門贈方密之詩云：「漢體昔年稱北地，楚風今日滿南州。」其宗法在弘、正諸賢，學博才大，更多師以爲師，氣魄力量，足以牢籠一切，不落方幅，自是大家。余鈔黃門詩以終明一代之運，劉、高開宗於前，西涯接武於繼，李、何、王、李振興于中，黃門撐持於後，此明詩大概也。朱笠亭明詩鈔。

七言古，杜詩出以沈鬱，故善爲頓挫；李詩出以飄逸，故善爲縱横。臥子兼而有之。其章法意境似杜，其色澤才氣似李。同上。

臥子七言律，秀絕寰區。乃其天姿清妙，故落墨高華，非翡翠蘭苕可比。或謂雲間派本以豔入，失其本來矣。同上。

大樽奮起江左，寓内曉然，羣奉黃門詩派，歷數十年流風未墜。余近爲定其集，前集已刻者得十之六，後集未刻者得十之四。蓋天地精英之氣，結轖鬱勃，以發爲聲律，光芒騰上，干星辰而沸江海，前集至矣，而後集尤有必不可沈燬廢缺者。二十四家詩定。

松人之詩，故明特盛。海叟之後，競推黃門。才雄氣壯，吐納百家。古選則尊漢、魏，近體則崇初、盛。大雅復興，狂瀾欲障，功亦鉅矣。乃安雅堂文集外，如年譜所載屬玉堂、平露堂集俱不傳，其詩見雲間三子及散著於壬申文選，後雖有作，又深匿而不敢出，宜其少也。先生豈僅以詩傳者，乃至於詩而猶不能盡傳也，亦可慨已！松風餘韻。

詩教之衰，至於鍾、譚，剝極將復之候也。黃門力闢榛蕪，上追先哲，厥功甚偉。而責備無已者，謂仍不離七子面目，將蜩螗齊鳴，不必有鈞韶之響耶？明詩別裁集。

陳大樽先生四言古詩，全從嵇康贈秀才十九首中得來。蘭川偶筆。

黃門五言古，從選體入手，後復自爲雄麗之作，其大旨寧整毋散，寧實毋虚，寧重毋佻，截然自防，與三唐五古分界限。同上。

忠裕文章名節，兼而有之，本不藉詩以爲重。然其見于詩家推挹者，如董閬石云：「神龍四傑安足數，黃初七子差堪伍。大雅風流久不存，起衰扶弊功殊普。」李舒章云：「千秋抗江、鮑，今日壓盧、王。」王儼齋云：「響發必金聲，弩末可穿札。」董得仲云：「吐詞潤金玉，芳氣馥蘭蘅。」蓋推重如此。而西亭給諫云：「誰與鄉邦別詩派，等閒陳、李雜俳優。」周彝亦言：「臥子以沈鬱閎麗之筆，提唱壇坫，往往語盡而意無餘。」彝之謗傷，固不知其何故。至給諫父九徵爲忠裕所推引者，而蚍蜉撼樹，欲效文人相傾之故習，眞所謂自有肺腸者也。蒲褐山房詩話。

余少時評陳臥子湘眞詞，如香車金犢，流連陌阡，轉令人有草頭一點之樂。分甘餘話。

大樽先生文高兩漢，詩軼三唐，蒼勁之氣，與志節相符。乃其詞風流婉約，堪付十八歌喉，傳稱河南亮節，作字不勝綺羅；廣平鐵心，梅賦偏工柔艷。吾于先生益信。古今詞話。

湘眞閣、江蘺檻同爲大樽詞稿，而情事正自不同。同上。

詞至雲間幽蘭、湘眞諸集，言内意外，已無遺議，所謂華亭腸斷，宋玉魂銷，稱諸妙合，謂欲專詣。所微短者，長篇不足耳。北宋諸家，大率如是。正如嘉州、右丞不能爲工部之五七排體，自足名家。倚聲集。

明季詞家競起，妙麗惟湘眞一集，江蘺檻諸什，如詠斜陽則云：「弄晴催薄暮。」詠黃昏則云：「青燈冷，碧紗烟盡，半晌愁難定。」詠五更則云：「愁時如夢夢時愁，角聲吹到小紅樓。」詠杏花則云：「微寒著處不勝嬌，一番弄雨花梢。」詠落花則云：「玉輪碾平芳草，半面惱紅妝。」詠春閨則云：「幾度春風人意惱，深深院落芳心小。」詠艷情則云：「難去！難去！門外尺深花雨。」皆黃門意到之句。梅墩詞話。

投贈詩

東門行寄陳氏

李雯舒章

出東門，草萋萋；行入門，淚交頤。在山玉與石，在水鶴與鵜。與君爲兄弟，各各相分攜。一解南風何飂飂？君在高山頭。北風何烈烈？余沈海水底。高山流雲自卷舒，海水揚泥不可履。二解喬松亦有枝，落秦亦有心。結交金石固，不知浮與沈。君奉鮐背老母，余悲父骨三年塵；君顧黃口小兒，余羞三尺童子今成人。三解聞君誓天，余愧無顏。願復善保南山南。聞君慟哭，余聲不續。願復善保北山北。四解悲哉復悲哉！死不附青雲，生當同蒿萊。知君未忍相決絕，呼天叩地明所懷！

【附書】三年契濶，千秋變常。失身以來，不敢復通故人書札者，知大義之已絕於君子也。然而側身思念，心緒百端；語及良朋，淚如波湧。側聞故人頗有眘舊之言，欲訴鄙懷，難於尺幅。遂伸意斯篇，用代自序，三春心淚，亦盡於斯。風雨讀之，或興哀惻。時弟已決奉柩之計，買舟將南，執手不遠，先此馳慰。

送臥子陳大入燕

周立勳勒卣

秋雲蕩河色，送子涉長湄。高天鷹隼滿，鸞鳳世所疑。江月發奇秀，汀花粲姸姿。景物攬以曠，客行會良時。盛才經文武，大雅振綱維。天下方戰鬬，甲兵難具治。余非窮巷志，側足逢險巇。子氣多感慨，頹傷中自嘻。關河未霜雪，擁楫渡寒淄。西眺天山樹，東觀遼水坻。壯心增歷落，文章富威儀。公卿接談論，精略帝者知。白日散平原，涼風吹草茨。緬焉淒中腸，不敢交別辭。廣衢先驥足，尺涔蟠蚪螭。豈不懷世道？出處良有期。

寄陳子　　宋徵璧尚木

一身任搖落，譬彼野田蓬。相將入泥潦，況復當長風。峻坂下九折，層嶺越穹窿。人生既失路，躑躅將安窮？履險惟坦步，當歡多苦衷。臨淮謝文蛤，語冰愧夏蟲。何以平神聽，願言理絲桐。乙酉暮春，陳子以侍養乞歸，予奉使將出白門，賦以慰之。

贈陳臥子給諫　　董黄律始

君子崇大雅，古學振鴻聲。吐詞潤金玉，芳氣馥蘭蘅。姿朗遠沈滯，性豁出中誠。遐心契管葛，抗志邈公卿。嶽立萬仞巔，高風莫與京。

寄別臥子兼懷鴻寶　　黄道周幼平

紹興使君萬斛珠，隨方飛洒千澤蘇。文章經濟各大雅，出之我口寧爲諛。雲門、蘭亭坐親切，鵠子下堂啄碧雪。客棹不敢閒遊移，猶請老翁看五洩。天下水無匡廬奇，雁宕無聲差勝之。五洩壯險不可及，安能過於倪公詩。倪公與余最相契，一字動有千峯勢。每頌使君明且清，董、賈、韓、蘇失位置。我行當過三閭江，若耶溪情橫相縱。迂迴二千三百里，不顧白璧黃金雙。使君偶來再夜坐，剡舟如蟻截白墮。不知身在眢井中，恍惚槎從銀漢度。倪公抱我如抱雞，五年兩過靈峯西。一夕折杖各分去，無情潮到難爲啼。聽君微談動四壁，倪公新詩在小冊。匡廬冰瀑雁宕澌，五洩奇觀走辟易。只今天下多風塵，明州山水清絕倫。褰帷帶星亦閒暇，蘭槳桂楫搖青春。老翁西去洞庭水，不著些涎弔屈子。不死還來此中遊，樓園竹杖報知己。

丙子除夕有懷臥子

李雯

去年今夕飲何處？陳生堂前高火樹。語深不覺梧桐寒，酒闌起見春星露。今年獨酌何蕭然，江湖沈伏心可憐。送君不得更惆悵，遙吟長嘆東南天。春風欲動尋常事，卻使男兒無意氣。歡樂轉思往日多，飛揚不見新年異。慷慨日爲徒步人，布衣難望長安塵。朱樓鐘鼓暮還見，白馬風烟朝又新。天下事非十八九，聖王臨春更回首。未聞黃閣但杜門，復有神羊不開口。流年翻擲付干戈，豈惟我輩傷蹉跎？傳柑恥作兒女事，擊筑還應烈士歌。少年羯鼓今不懌，復看梅花舒小白。壯氣還憑知己生，鶯聲明日洛陽陌。

與魯瞻臥子同過靈隱　二首　　黃道周

約爾集松去，逢余墜葉時。幽芳石榻共，遠志壁蘿知。世事留賢輩，雲逵愼羽儀。更誰能溉釜，爲煮夜明芝。

連牀何日契，扶杖此同遊。古道看諸子，貞心結素秋。人無車馬氣，天洗鶴猿愁。對影忘華髮，移家憶葦舟。

送臥子北上赴選　　宋徵輿轅文

三月百花明，送君千里行。黃河春水漲，岱嶽海雲輕。仗劍淸尊盡，高歌班馬鳴。起家年及壯，人識棄繻生。

丁丑榜後留別夏彝仲陳臥子　　鄭元勳超宗

榮遇君無愧，放歸吾有辭。但能扶社稷，不必任安危。應謝雕蟲技，寧忘伏驥悲。忠懷雖莫禁，且勿犯時宜。

宿平原村同臥子用杜少陵韻　周立勳勒卣

水濶風威厲，帆收日氣陰。得溪江口合，隔岸社烟深。鐘磬開荒寂，星河徹夜沈。忽聞蟬噪雨，秋思積空林。

寄陳臥子　邵梅芬景說

使君爲政地，廳事越山頭。樹朗天台月，雲生禹穴秋。開軒一水積，臥閣萬峯幽。莫漫悲留滯，風塵傲吏謀。

臥子招飲臥龍山蓬萊閣　李待問存我

故人留牘少，酒坐亦從容。俯視湖一曲，不知花幾重。澄烟天鏡水，哀壑禹陵松。身在蓬萊閣，千巖第一峯。

初春四日與張郡伯冷石陳黃門大樽小飲珂上人息菴時兩君已受僧具矣　二首　李雯

相逢半緇素，相見必禪林。猛虎回雄步，潛龍長道心。域中春屢換，世外語能深。日暮浮雲合，遙思梁父吟。

春寒矜翠竹，客至禮慈雲。今古園禽變，人天初地分。長旛猶掛樹，斷雁復呼羣。別後悲歌者，同時清磬聞。

除夕飲臥子齋

李雯

辛盤醉客玉顏酡，陳子風流不易過。羯鼓迴春耳熱後，蘭燈消雪夜明多。布衣歷落皆如此，戎馬縱橫奈若何？三十已非年少事，幾時起舞一高歌。

陳臥子舟泊邗上一晤而別時聞內艱

鄭元勳

強病登舟就故人，支牀鷄骨愴余神。小人有母慚違養，遊子成名怨失親。寇退驚魂猶未定，悲來聚語忽無倫。臨行但訂深秋約，三泖湖邊共採蓴。

送陳臥子司理紹興

邵梅芬

清時車馬且翩翩，佐郡風流屬大賢。雲近雷門迎彩節，月高秦望倚朱絃。去探禹穴山中字，行讀曹娥江上篇。此地但留名蹟在，至今王謝有人傳。

送臥子師之任越州阻雨不及　姚世靖子清

烟江畫舫動清波，隔岸青山入越多。曾到龍門親講席，不聞馬帳出笙歌。陸機宅畔留詩別，范蠡湖邊悵望過。今夜語溪深聽雨，傳經問字兩蹉跎。

暮春日憶往歲事寄臥子于紹興　宋徵輿

金陵昨歲送仙槎，夜醉長干曉月斜。千里黄塵君獨去，一江春水我還家。隔年尺素頻雙鯉，今日東風又落花。海内宦遊豺虎地，山陰高臥自堪誇。

清音堂晚眺示臥子在官署中　宋徵輿

與君相見卽相攜，歲暮論交冰雪淒。落日風生雲似馬，半天晴色月如珪。市門擊柝憐梅福，海上扁舟憶范蠡。只向故人稱薄宦，五湖芳草正萋萋。陳子有歸志。

奉簡陳軼符先生二首　王澐勝時

使君高對越山青，臥閣雲深花滿庭。地盡東南收竹箭，時無王謝想蘭亭。茫茫禹蹟探神簡，歷歷嚴灘隱客星。可憶絳紗人寂寞，滄江極目恨浮萍。

五湖烟水放扁舟，尚識南皮十載遊。一自陽春高郢曲，至今明月照吳鈎。名山吏隱堪瀟灑，藝苑才人自唱酬。更有鐃歌絲竹裏，尊前倚劍海雲秋。時平栝寇。

懷臥子先生 二首　吳懋謙六益

風流悵別已經年，回首旗亭落暮烟。染翰春雲來几席，開簾晴旭散原田。三吳兵火悲鴻雁，萬里風塵哭杜鵑。卻憶故人情更重，苑花梁燕各悽然。

曲江臺畔轉初晴，夾岸枌榆向日榮。海上傳詩還二月，天涯歸夢過三更。青尊浩蕩嵇中散，白眼悲歌阮步兵。獨立陂塘難自遣，憑欄遙望暮雲平。

乙酉初秋村居寄懷陳子　宋徵璧

相思何計慰瓊瑤，兵火間關重鬱陶。人伴小山依叢桂，潮連大海散秋濤。中天皓月流螢火，午夜涼風動桔槔。十載覓酬耕鑿願，好將歌辯續離騷。黃石齋先生有離騷詩投陳子，陳復札云：此摩詰集。

臥子約晤水月菴聞警散去　王崇簡敬哉

野際停橈幸子閩，兵戈無定歎紛紜。倚林爲屋烟霞合，逐水尋門蘋蓼分。幽性宜僧非避亂，雅懷須友復離羣。他年夢繞蒹葭外，尙憶蒼寒秋浦雲。

寄問陳臥子 三首

宋存標子建

法星嘗照寶山東，宛委神編石匱中。聞道若耶溪水綠，春來澗草盡蒙戎。

紫騮高躍五花文，露冕行春五洩雲。烏帶紫英傳異夢，萬家鷄犬臥斜曛。

鏡湖東望石門秋，臥看秦皇酒甕流。幸喜使君神鑑遠，淸光自滿越山樓。

哀弔詩

古樂府　詠陳黃門

周兆龍印武

漢家恩厚微軀安足惜，漢家恩厚微軀安足惜？友我汨羅，媲彼潔白。再世衣冠，九死何益？悠悠蒼天，曷此其極！歌以言志，微軀安足惜。

九哀詩　青浦陳子龍

侯方域朝宗

陳公湖海姿，本出簪纓後。逸藻驚老宿，少與考功偶。文成經國編，制作慎不苟。俯視翰墨林，雕蟲復何有。啓、禎論才子，推公爲之首。白眼睥奔電，照人刮塵垢。當其投分交，藹然溢眞厚。贈我宣室辭，陸離比瓊玖。高冠曳長佩，道直忌羣醜。小儒引繩墨，紛紛避卻走。反歸簡傲名，不滿時流口。延津會有神，望氣遇黃叟。拂拭光燭天，紀歲在丁丑。驅車會稽山，禹穴相待久。中藏洞庭書，鳥篆蒼玉紐。旁有採芝翁，取來繫公肘。博物窮天地，大業益奇負。徵入芙蓉省，依遲建章柳。金鑰夜一鳴，東方驚戶牖。矢陳皋夔謨，早朝尙星斗。補袞曾不供，生平未全剖。無術謝羣奸，愚戇負我后。掛冠延秋門，託病棲畎畝。致主志已違，況乃覯陽九。考功先投淵，傷哉左右手。和歌高生筑，餞送荆卿酒。長雙奏地下，端不欺杵臼。後死欲有爲，成敗事皆偶。斷頸何足惜？固其含笑受。萬卷識是字，文人非無守。從來誚輕薄，賴公重不朽。

哭陳太僕

顧絳寧人

陳君鼂、賈誼，文采華王國。早讀兵家流，千古在胸臆。初任越州李，一矢下山賊。南渡侍省垣，上疏亦切直。告歸松江上，欻見戎馬逼。拜疏至福州，願請三吳敕。詔使護諸將，加以太僕職。遂與章邯書，賚其反正力。幾事一不中，反覆天地黑。嗚呼君盛年，海內半相識。魏齊亡命時，信陵有難色。事急始見求，棲身各荆棘。君來別南浦，我去荒山北。柴門日夜扃，有婦當機織。未知客何人，倉卒具糲食。一宿遂登舟，徘徊玉山側。有翼不高飛，終爲尉羅得。恥爲南冠囚，竟從彭咸則。尙愧虞卿心，負此一淒惻。復多季布柔，晦跡能自匿。酹酒作哀辭，悲來氣哽塞。

江上吟效太白弔陳子

宋徵璧

江上吟，江上之吟愁人心。不信江水濁，不信江水深。長沙浮湘直至今，使人朝暮長沈吟。屈子含文揚潔清，離憂坎坷生不平。杳冥眞與造化合，寧徒萬古爭光明。讒邪何惜飛霜霰，虎豹狺狺滿宮殿。楚國由來妒細腰，宗臣豈必耽荒晏。且陟長沙采芳芷，南浦連娟邀美子。蘭臺大夫弟子行，與爾同生不同死。死亦不足恨，生亦安足樂。既不連轡攜手偃蹇凌玉京，九土茫茫空大索。橫流滔滔曷所之，汨羅江上長相思。彭咸皓首桑所期，舒情寫意那得知。側身上下張水嬉，皎皎白日不我欺。奠桂酒兮摘江蘺，搴金支兮樹翠旗。招女巫兮橫鼓吹，上瑤臺兮睇九疑。君不見三楚放逐有伍胥，煙波江上還愁余。拔劍叱吒江水立，素冠白鎧騎龍魚。君不見九疑綿亙皆刦灰，章華臺樹成莓苔。文彩風流安在哉？林猿清切增悲哀！讀君文章三太息，翠竹紅巾啼不得。裹尸焉用鴟夷皮，壠頭詎少延陵石。吁嗟乎湘君蕙帶兮氤氳，徘徊兮歲晏，翱翔兮夕曛。雪山銀浪舞傞傞，手劈湘絃發浩歌。三江五湖太綿渺，濡足褰裳奈若何？

細林野哭

夏完淳存古

細林山上夜烏啼，細林山下秋草齊。有客扁舟不繫纜，乘風直下松江西。却憶當年細林客，孟公四海文章伯。昔日曾來訪白雲，落葉滿山尋不得。始知孟公湖海人，荒臺古月水粼粼。相逢對哭天下事，酒酣睥睨意氣親。去歲平陵鼓聲死，與公同渡吳江水。今年夢斷九峯雲，旌旗猶映暮山紫。瀟灑秦庭淚已揮，髣髴聊城矢已飛。黃鵠欲舉六翮折，茫茫四海將安歸？天地跼蹐日月促，氣如長虹葬魚腹。腸斷當年國士恩，翦紙招魂爲君哭。烈皇乘雲御六龍，攀髯控馭先文忠。君臣地下會相見，淚灑閶闔生悲風。我欲歸來振羽翼，誰知一舉入羅弋。家世堪憐趙氏孤，到今竟作田橫客。嗚呼撫膺一聲江雲開，身在羅網且莫哀。公乎！公乎！爲我築室傍夜臺，霜寒月苦行當來！

大樽汨羅之遊於雲間第一橋下予五日過其處以詩裹金投波中弔之庶知小子殊不漫然也　　周兆龍

大哀三十載，毅魄久沉淪。白馬驅潮怒，丹霞映血新。九秋悲宋玉，五日弔靈均。不腆投金意，江頭應有人。

輓陳臥子　　吳懋謙

五月炎天忽雨霜，太丘生死合行藏。閒關風雨摧家室，躑躅江湖憶廟堂。四海衣冠俱涕淚，一時賓客半佯狂。横流不盡孤臣淚，落日招魂暗大荒。

春感　　吳騏日千

寒食東風草樹稠，富林夙昔想同遊。銜杯晝永花臨戶，論易宵分月上樓。四海無人藏複壁，千秋遺恨託江流。生芻麥飯俱寥落，落日荒原哭太丘。

直方夜過憶臥子談詩　王廣心伊人

偶逢宋玉過西鄰，把酒重論故國春。一榻早懸陳仲舉，九歌親授屈靈均。衣冠白社沈秋草，賓客黃初散洛塵。醉裏寒星空自數，天門騎尾竟何人？

神鼉仙館昔同大樽先生來游分韻今翰墨尚存人琴俱痛感慨係焉　董黃

靈崖昔日駐神仙，一去蓬萊三百年。玉館尚留丹鳳詔，石函空鎖白雲篇。鶴迷桂樹山邊霧，鼉冷桃花洞口煙。回首蘭臺憑眺處，陽春未和已潸然。

午日謁陳軼符夫子墓　蔣玉章亭彥

富林白草暗蒙茸，孤客傷心望九峯。五日龍舟荆俗事，千秋馬鬣漢臣封。誄文未擬工潘岳，碑頌何須假蔡邕。卻憶會稽同難者，夜臺吟眺獨相從。

過陳黃門墓　周茂源宿來

碧血當年濺鐵衣，猶餘蒲首入泉扉。草深斷碣眠香麝，花落空山叫姊歸。夜雨靈旗常自出，秋風白馬竟何依？天招擬賦還停筆，掛劍濳來恐是非。

富林弔大樽先生　　顧國棟退菴

黄門舊第鎖苔蕪，遐弔西風幾嘆吁。曾向天家承雨露，敢云吳下戀蓴鱸。秀夫沈海寧忘宋，伍相浮江總事吳。猶記去年寒食日，空留詩壁墨痕濡。

絶句口號　八首之四　　夏完淳

去年人送短長亭，一片烟波入洞庭。江海無情人不見，芳洲春草爲誰青？
毅魄歸來風雨多，瀟湘春盡晚生波。可憐屈宋師門誼，空自招魂弔汨羅。
朱門華屋已成塵，黄土荒丘未卜鄰。天下文章俱寂寞，平陵一曲屬何人？
昨夜驚魂渡五湖，愁中飛夢到姑蘇。丹陽道上南冠客，重到新亭洒淚無？